哈佛燕京圖書館文獻叢刊第四種

美國哈佛大學哈佛燕京圖書館藏明清婦女著述彙刊

2

方秀潔(Grace Fong)(美)伊維德(Wilt L. Idema) 主編

廣西師範大學出版社
GUANGXI NORMAL UNIVERSITY PRESS
·桂林·

第二卷目録

《月蕖軒詩草》一卷　袁鏡蓉　道光二十八年（1848）刻本　一冊……一
《翠螺閣詩詞稾》五卷附舞鏡集一卷　凌祉媛　清咸豐四年（1854）延慶堂丁氏刻本　四冊……二五
《信芳閣詩草》五卷　陳蘊蓮　咸豐九年（1859）刻本　四冊……七九
《瑤華閣詩草》一卷《閩南雜詠》一卷《瑤華閣詞鈔》一卷補遺一卷　袁綬　同治六年（1867）刻本　四冊……一五三
《繡佛樓詩稿》二卷　錢守璞　同治八年（1869）自刻本　四冊……二三一
《爨餘吟》二卷　屠鏡心　同治九年（1870）刻本　二冊……三一五
《芸香館遺詩》二卷　那遜蘭保　同治十三年（1874）寫刻本　一冊……三五三
《冷紅軒詩集》二卷附詞　百保友蘭　光緒元年（1875）刻本　二冊……三七一
《慈暉館詩詞草》　阮恩灤　光緒元年（1875）據咸豐四年（1854）武林沈氏刊本補刊刻本　二冊……三九五
《徐烈婦詩鈔》二卷　吳宗愛　清光緒元年（1875）雲鶴仙館刻本　二冊……四二五
《蓮因室詩詞集》三卷　鄭蘭蓀　光緒元年（1875）刻本　二冊……四七五

月蘖軒詩草

袁鏡蓉

月藻軒詩艸

道光戊申十月上澣張金鏞題

序

月藻軒詩草者
師母袁夫人所著也夫人夙耽諷詠前後所
作殆牣藤篋是編手自刪定計如干首意約
而長詞靜而婉蓋庶幾風雅騷選之遺焉夫
人素不以詩自鳴居母氏家已共式爲女宗
及歸我少司空
吳公梅梁夫子自食貧訖處貴穆宣內政婉
瘱出天性夫子敭歷中外事尊章鞠幼穉盤
匜滫瀡錢布篝纚悉夫人躬任之夫子歿後
家事孔棘夫人擘畫精整不茹不吐所歷之
境所值之事類皆鬚眉所難而因應悉稱措
置廓如著有月藻軒傳述略志歸葬時諸務
燦然大備然則夫人之才固夫人之德之餘
而詩又其才之餘也才之餘且極其精詣若
此則其他當何如耶抑又有說焉閨閣之以

詩名者大都圖繪煙景模範風雲多緣情體
物之辭少沈鬱頓挫之致是編則聲參正變
語雜悲懽海燕何為而依人鸚鵡何為而慧
舌牡丹移植遽索去於比鄰瓜蔓叢生幸傳
來夫吉兆則讀是編者可以識夫人之苦心
而卽夫人編是詩之意也兆霖久侍門牆獲
詳槼範循誦再三謹書緣起如右時道光戊
申嘉平月門下士錢唐沈兆霖拜撰

予長姊字月蕖幼時隨先君子厚堂公學卽
能詩文先大父柏田公愛之甚為之擇壻歸
會稽吳梅梁少司空隨任宦遊一至楚再至
蜀道經數萬里奔走二十年凡名山大川以
及蟲魚草木風雲鳥獸之狀類人情喜怒哀
樂之變態無不蘊於中而發於詩其言或幽
吟俯唱或慷慨悲歌類皆本於性情見於閱
歷者嗚呼塵海茫茫孰知巾幗中有詩人如

吾姊乎予嘗讀姊氏所著傳述畧已贊歎其
為人行事可以傳矣今觀所作詩益信其才
之鉅細悉工也亟勸付梓以廣其傳云弟克
家謹序

予與會稽吳梅梁少司空庚午同舉於順天次子斅爲其壻甲辰歲奉其妻母袁夫人所作傳述畧求正於予予覽之而嘉其孝且才已爲之序戊申夏斅又寄袁夫人詩集來求予序予知夫人工吟詠而未見其詩也今縱觀諸什格超體備殆所謂天授非人力者耶宜其佐梅梁和聲以鳴　盛世也夫人爲袁柏田方伯孫女博學多識能治家政其立言

行事皆足以垂教後人嗚呼若夫人者可與言詩矣秀水莊仲方序

序

禮所謂溫柔敦厚其詩教乎教以淑性教以陶情非讀古人之詩無以觀其通非藉一己之詩無以抒其蘊不特文人學士爲然也卽閨閫中何莫不然觀夫關雎之詠起自宮中因之采蘩采蘋爲命婦者皆賦其事以見志猗歟休哉化之盛歟漢魏以來如謝道韞之詠絮衞夫人之簪花伏女之解傳經曹昭之

能續史至若唐之李柳宋之蘇程皆詩才也而亦各勵品我
朝表旌典重懿德揚芬聞蔣心餘姥氏甘荼老人自題歸舟安穩圖尹文端嘗稱之他若畢秋帆太夫人之培遠堂集彭大司馬夫人之瓊樓吟鐵冶亭夫人之竹軒稿類皆以淵穆之衷達爲鏗鏘之韻非侈銘椒頌菊之材也以端莊之度發爲和厚之音非尙嚼徵咀

商之調也卽或遭際偶殊志趣各判而宣播德音總合乎溫柔敦厚之旨然則如吾妹月蕖夫人所著月蕖軒稿洵堪伯仲矣乎月蕖系出汝南爲袁明府厚堂公之長女而吾邑梅梁少司空之賢配也先是大父柏田公觀察浙西隨之任年甫數齡嫺姆教弄柔翰有聰慧不自衒履華貴不自知來歸後上事舅姑內睦娣姒守寒素無悴容質糲匳爲膏火

篝燈佐讀中饋自持儉不言貧勤不言苦夙夜操勞并無暇搦管揮毫致曠婦職柏田公擢江右方伯輒遣使顧問處不足若有餘勿以匱乏告恐遺母家憂藉非識見度量迥越尋常能裕富貴福澤於久長者曷由臻此耶逮少司空蜚英聞苑草諫柏臺屢典鄉闈旋持學節既而外領監司內拜京尹晉少司空總禮部試先後二十餘年少司空之文章勳

業炳然人寰而要資內助之賢不淺偶得暇晷拈韻自娛以言唱隨則琴瑟諧音焉以言跋涉則山川紀蹟焉以言贈答則瑤玖同情焉以言題詠則縑緗生色焉推之卽景抒懷託物寄興隨在皆至理所寓前後共得詩百餘首裒然成帙藏之篋笥不肯出以示人予知其工於詩而亟索之猶以燕越相距數千里未得郵寄爲恨昨獲展卷讀竟快甚亦佩

甚請付棗梨以公同好勒緘商之月蕖然予言并屬予序予自問譾陋何敢弁言然忝在歲長與月蕖相知有素且戚里世誼既密又摯憶甲午科京兆試少司空監臨予孫嘉福列明經榜則桐枝叨附桃李之末矣越乙巳嘉福捷禮部試卷出楊簡侯觀察手而楊君出自公門揆厥淵源愈增欣忭因不揣老筆頹唐畧抒所見還以質之老妹勿貽笑井蛙

之語天徑也此亦予之深幸也夫
道光二十八年重陽日愚姊羅本周肅
衽譔時年八十有三

月蕖軒詩草

華亭袁鏡蓉著

詠竹

勞君日日報平安欲捲晶簾翠袖寒滿地月明清似水有人斜倚碧闌干

涓涓涼露洗篔簹十畝清陰覆玉塘可惜此君清節好風來亭外不聞香

蒼苔一徑綠雲深不許紅塵半點侵卻怪澄

湖明似鏡被他照見歲寒心

夜坐聞外子讀書聲口占

碧雲無際月華明斜捲珠簾夢未成風過小欄天似水花陰飛出讀書聲

秋夜聞雨

風度窗前鐵馬鳴一庭疏雨滴深更來朝添得秋多少好聽芭蕉葉上聲

苦雨

秋雨滿江城連朝苦未晴簷牙長短勢屐齒萬千聲入草蛩音切摧花蝶夢驚暗窗無箇事兀坐聽鳩鳴

中秋夜雨

無端佳節雨瀟瀟小院涼生透綺寮疏滴梧桐清灑竹洗將秋色度良宵

春閨

黃鶯啼曉綠窗幽暖帳輕彈上玉鉤好夢初

回人乍起一簾晴日照梳頭

開匳芍藥一枝斜眉鬬雙蛾鬢掠鴉妝罷春閨無箇事半簾紅雨詠桃花

風揭簾櫳香滿衣一欄紅藥倚晴暉下階欲挽花枝起半怯輕寒半力微

綺窗日暖透輕綃花樣新翻未易描繡到鼠姑暫停手戲將紅線逗雛貓

碧窗人靜試臨池銅雀新磨學作詩瘦綠肥紅吟不穩幾回擱筆幾支頤

瓶桃

東風催遍萬花開紅豔亭亭傍鏡臺一片絳雲吹不起誤他蜂蝶隔簾來

探春花

繽紛紅紫日相催合與迎春一例開試向此花問芳訊十分消息幾分來

長春花

花開占得四時新點綴黃金小朵勻縱使東籬延壽客也應低首慶長春

芍藥花

蕊放春闌染絳霞幾枝濃豔倚欄斜愛他金帶呈祥兆應數人間第一花

夜坐詠桃花

春影上窗紗餘香帶露斜夜闌人不寐銀燭看桃花

登吳山

城郭憑臨正夕陽萬松頂上颯秋涼海門一線潮生白越岸千螺雨洗蒼綽有霸圖錢氏擁了無王氣宋宮荒含愁卻俯西湖水滿浸芙蓉落夜霜

錫山惠泉

九龍點點曉峯排弄水輕橈處處皆汲取清泉誇第二試看湯火候金釵

渡揚子江

破浪快揚舲風帆去不停潮吞瓜步白山隱秣陵青戰伐名空在魚龍氣自腥羨他陸鴻漸汲水辨南泠

露筋祠

古木昏鴉噪寺門儼然廟貌對江村傷心惟有長淮月冷照悠悠萬古魂

望泰山

嶽勢出天表層雲壓盡低獨憐瞻崒嵂未得一攀躋仰止心徒切流連望轉迷何當凌絕頂眼底小全齊

曉行蘆溝橋

平橋虹影跨蘆溝轆轆輕車似水流何事曉風吹夢斷一鞭殘月五更秋

古鏡

鳳篆龍紋蘚翳蒼靈輝全在暗中藏如懸寂

寂秦時月曾照盈盈漢殿妝鏽澀欲侵眉畔綠塵昏半隱額間黃憑誰細把金膏拭寒影重看瀉一堂

題自畫墨蘭扇面

安排卷石寄幽芳試學湘蘭寫幾行不買燕脂畫桃李好教花藉墨痕香

荼蘼花

深院纔過廿四風紛紛香雪撲簾櫳莫愁花

事闌珊甚駐得餘春一架中

初夏

荼蘼一架了殘春深院楊花暖撲人正是清和好時節半甌雀舌試茶新

閒庭梅雨日霏霏紅自飄零綠自肥倦倚闌干無箇事看他燕子引雛飛

偶成

坐領荷香趁晚晴薰風拂拂動簾旌忽來一陣催詩雨沁得詩腸分外清

寄懷王夫人汪佩湘姊

香閨自昔訂蘭盟雲水三年兩地情花滿長安欣再見春風同坐聽流鶯

珠箔晨開徑掃花瓊筵款我醉流霞大羅天上兼旬住忘卻人間更有家

玉壺清徹貯冰心寶鴨香添坐夜深把酒茜窗頻絮語忘形話到月西沉

瀹茗清談繡幌垂品花評竹日追隨正歡姊妹重相遇無奈東風又別離

笛吹楊柳別愁新惆悵臨岐意轉親回首天涯感知己心香惟祝畫堂春

試看廣樂奏鈞天學士蓬萊冠衆仙奪得瓊花新錦樣五雲璀璨鏡臺邊

秩晉鸞閨煥彩霞鳳銜　丹詔出　天家還期麗月隨星使照到吾鄉桃李花

千里相思共月明花飛陌上又長征江天不少鱗鴻便好語爲傳到錦城

灞橋

離亭柳色最魂銷隔岸山光入望遙灞水年年送行客傷心無復舊時橋

登七盤關

繡嶺重巒疊萬千羊腸曲徑走盤旋風來壑底猶飛雪人到山巔望若仙殿角鈴聲悲落

日馬頭雲氣阻征鞭迴看絕壁臨無地但聽潺湲響碧泉

自題桐陰坐月圖

晚窗無箇事小坐玉欄東涼浸梧桐月香飄菡萏風清輝團扇滿瘦影淡煙籠心鏡澄如水悠然萬籟空

題山水扇面贈潘夫人陸琇卿妹

湖山一抹淡煙籠三月夭桃夾岸紅笑指春

帆天上坐不知身在畫圖中

題山水扇面贈潘夫人汪佩之妹

畫閣參差水一涯綠陰深處有人家瓜皮艇子輕於葉載得青山訪若耶

咸陽古渡

官街草色碧於煙驛路風輕柳欲眠清渭東流入北去咸陽古渡水連天

詠白荷花

亭亭玉立照銀塘月夕風晨淺淡香偏向熱中矜冷豔愛從世外學仙妝冰心凝露清如許瓊影流雲澹不妨縹緲凌波誰得似二妃縞素步瀟湘

宿驪山下望月

玉笛金釵總刦塵人間天上兩無因傷心祇有驪山月曾照長生殿裏人

遊華陰廟

翹首欣瞻華岳門森森翠柏古猶存九重宮闕金天聳萬古衣冠白帝尊玉女蓮花都到眼青牛老樹尚蟠根（相傳老子曾繫牛於樹因以名之樹無枝葉而老幹梢根歷久不朽）蓬萊仙境何曾遠五鳳樓高接紫闥

山行

高風瑟瑟動前旌萬疊岡巒不易行盤馬迴峯愁鳥道掀車亂石走雷聲眼穿落日孤城

遠身入層雲一羽輕自笑此生常作客年年隨宦苦長征

出山抵孟縣宿

回首岡巒萬斛愁喜心今日走平疇村圍綠樹千章遠麥捲黃雲一片秋渡口人歸天欲晚山頭日落鳥空留河陽縣裏眠初熟怕聽鳴雞報曉籌

孟津渡河

莽莽黃河水年年此渡頭狂流來絕域急浪駭行舟隔岸平山遠輕帆夕照收側身時極目萬里使人愁

發修武縣

迢遞出城西東風信馬蹄危橋通野寺亂水繞春畦樹遠籠煙小雲歸逐日低鄉思寄何處一帶綠楊隄

發懷慶府由淸化鎮抵寧郭驛宿

太行山不斷驛路出城遥竹翠環村舍溪清架石橋河魚充饌入筐筍帶泥挑向晚沽春酒燈前瀉一瓢

自題墨竹

蕭蕭蒼玉雨聲寒信手塗鴉墨未乾粗服亂頭無筆法勸君莫作畫圖看

畫竹寄大女

潑墨寫琅玕瀟瀟風雨寒燕雲千萬里仗爾

報平安

夫子以白髮詩寄示因步原韻和之

二毛纔見客愁邊憔悴天涯祗獨憐詩就郵筒傳別恨書來粉署感華顛秋風鱸膾期他日春柳丰姿說往年白首青山好偕隱待君陽羨買新田

附原作

雪痕吹上鬢絲邊蒲柳生涯暗自憐偕老

與君堪白首名場如我亦華顛家園散髮知何日閬苑簪花憶少年失計桑榆收未晩秋風端合賦歸田

岳州阻風

經年又泊岳陽樓雪雨連朝動客愁湘水多情留我住北風競起阻歸舟

菊花

園菊叢開殿衆芳數枝冷豔繞籬黃漫嫌三

徑秋容瘦能向西風傲晩香

白菊花

欺霜籬畔菊淡淡數枝秋晩節香逾久花開兆白頭

白桃花

流水仙源望不分冰姿怎耐夕陽曛劉郎去後春無色千載天台祇白雲

謝潘夫人陸琇卿妹惠青果

梅花香裏課熊丸諫果須來翠滿盤最是酒酣茶熟後恍逢知己話甜酸

深閨厚貺我何堪珍重傳來自嶺南入口頓教人意爽思量滋味在囘甘

謝潘夫人陸琇卿妹惠金橘

妝成蠟樣小於丸色味黃香秀可餐薰手擎來仙子贈丹砂粒粒轉金盤

爛然陳向畫簾中無數鵝黃訝許同爲是鑄

金人在望卻看光彩倍圓融

題潘夫人汪佩之妹紈扇美人

紈扇曾經障美人忽從畫裏覩全身丹青第一誰爭購粉黛三千此絕倫玉樹臨風傳態度梅花映月肖精神閒來偶倚湖山畔芳草碧苔處處春

道是桃花又杏花新紅輕暈臉邊霞時妝豈料成仙子國色於今出畫家翠影漫摹眉黛

淺墨痕微沁鬢雲斜南薰一拂能消受正是
清涼好歲華
縞袖湘裙寫素姿畫工點染恰相宜豈因倦
繡閒尋夢若為耽吟偶寄思著色喜逢春暖
後招涼合伴晚妝時蘭閨自有憐卿者珍重
秋風好護持

錢夫人李紉蘭將之河南寫墨蘭摺箑
贈之兼系以詩

十載擅書名日下共傾倒坐談春風生臭味
同懷抱執手忽言別悠悠洛陽道贈行無長
物相思何日了染翰寫幽蘭聊以遺芳草

自題紙屏風

賸有殘箋半幅紅裁來剛合小屏中不求片
石誇雲母為守家遺儉樸風

伯康弟以雁字詩寄示依韻和之

一幅瀟湘影綴空天然字跡印高穹數行寫
破衡陽月萬里書傳朔塞風筆陣橫排斜照
外雲箋輕界晚霞中題名佇盼南來雁塔上
爭看點畫工
誰憐片影落雲邊畫荻生涯又一年飛白何
人傳筆妙蔚藍倩汝染毫顛雪泥陳跡懷湘
浦先夫子督糧楚南予隨宦焉風雨單行怯水天日暮沙
汀悲失侶斷文空自破寒煙

辛丑初夏有雙燕來巢於堂喜其不登

華屋而來棲此更憐其經營辛苦也
賦四絕句以誌感

風暖閒庭綠滿槐晝長人靜獨徘徊忽聞雙
燕呢喃語似慰孤棲特地來
飛去飛來日日忙落花泥壘一巢香經時喜
引雛兒出學語梳翎試頡頏
雕梁畫棟滿京畿偏到儂家便緊依豈是戀
儂門第好知他不向熱場飛

歲歲京華逐軟塵綢繆牖戶倍勞神憐他辛苦還憐我一樣經營寄此身

觀巢燕有感即疊前韻懷先夫子兼悼恩兒也

生意婆娑歎老槐閒看雙燕舞徘徊呢喃好似同心語偏向人前細說來

自歎營營隻影忙空梁落月冷衣香傷心已作孤飛燕能否他生共頡頏

偶尋社侶到郊畿哺乳還巢樂共依幾度呼

兒情更好避人先引傍簷飛

舊夢投懷感幻塵那堪回首最傷神分明十五年前事垂別還依阿母身

秋社燕歸詩以送之并自述懷再疊前韻

嫋嫋金風颭綠槐動人秋思起徘徊剛逢社日喧村鼓又看烏衣歸去來

秋去春來應候忙辭巢猶戀舊泥香呢喃勸汝休愴別來歲梁間待頡頏

我亦羈棲在　帝畿頻年形影自相依家園遙隔三千里夜夜鄉心逐夢飛

回首南天望隔塵每懷椿蔭視精神夫子曾題居室曰椿蔭軒秋風不許隨歸燕為撫孤雛絆此身

題畫薔薇蘭花

一枝折得淺深紅聊伴芳蓀付畫工自是幽香愛空谷不隨桃李鬬春風

蔡鏖洲侍御視學蜀中鄭靜石夫人將隨之任特寫海棠白頭翁便面兼賦短章以贈別

最好通家最有情曾憐弱女訂蘭盟隨肩正喜長安樂偏詠皇華去錦城

才披繡豸麗東臺又看鸞旂夾道催寄語蓉城舊桃李新陰移向及門栽道光壬午歲先夫子視學川中

劍門雲棧疊重巒我亦曾經蜀道難先夫子視學川

中子宦焉 隨 衣鉢欣傳今日事離情無限逐征鸞
悵别銷魂正九秋愧無瓊玖向君投丹青聊
寄榮華意畫錦堂開到白頭

題金夫人翁繡君羣芳再會圖畫卷

才女名花一例看比肩接迹古來難披圖重
喜逢嘉會缺陷憑君爲補完

奪得黃筌筆一枝萬花飛舞各呈姿春生腕
底爻占萃想見描摹得意時

題麟河帥夫人太常仙蝶圖畫卷

翩翩來自曲臺新不是南華夢裏身題詠昔
裳 宸翰灑悠揚今傍節樓馴河清呈瑞龍
爲侶樂奏來儀鳳作鄰爲想繡帷風動處翟
衣相映彩璘彬

題潘夫人陸琇卿妹蘭窗讀畫圖

明玕窗外照亭亭靜裏叢蘭自發馨鬬罷玉
堂新賜斿鴉乂重挂玉瓏玲

贊元穩繼沂公志忘勢從無獻子家館號鷗
波容自道吳興轉恐遜清華

簪杏人偕詠絮才蒼蒼作合費疑猜神仙富
貴尋常事似此雙修那得來

吳淞斟酌翦秋水縹緲商量收夕巒著筆定
知幽意足乞將畫本細尋看

寄贈孔宥函司馬夫人兼自述懷

烏沙河畔泊歸船忽聽鳴騶花外傳省識春

風桃李面師門情重話纏緜

畫閣爭推一字師倡隨鴻案詠齊眉遥知刻
燭題詩夜鏡檻風低月上時

水國宣勞夫壻才萬家鱗屋上春臺 鸞封
佇看從天降指日 恩綸疊錫來

歎我奔馳返故鄉舟車跋涉減容光舊時門
巷滄桑變痛哭先人逝世忙

寃家經營手自親銜悽負土劇酸辛鑑湖明

月澄如鏡照見傷心祇一人時歸葬先舅兼修先夫子墓
無限離情兩地同駒光如駛更愁儂何當重
轉長安道倚棹袁江訪女宗

盆蘭

春色滿長安春風送曉寒同心誰結契栽得
一盆蘭

題朱建卿太夫人竹報平安圖小影

通家共仰女中師淑德嶶音我夙知萬里丹

山雛鳳起更看擢秀到桐枝
宛同膝下日承歡母範長從展卷看遥指鴛
鴦湖畔路年年修竹報平安

李晴川侍御迎養太夫人於京寓屬予
繪寸草春暉圖因綴一絕於後

西臺清望肅冰霜寸草春暉報正長試譜蘭
笙舞萊綵年年洗斝奉高堂

感燕吟 并序

癸卯歲 先舅棄養里門一月而夫
弟殂予歸葬時故居已圮無以蔽風
雨燕故壘亦圮予葺屋時有雙燕來
修巢老僕笑指燕曰主人赴都數年
汝何未至今日主人歸汝亦歸耶予
初不以爲異乙巳歲予復至都燕亦
隨來守家媼告予曰主人回里後燕
即不來今又至耳予始悟故里修巢

之燕即隨予南北奔馳之燕也嗟乎
予身負重責不辭車馬之勞燕亦何
心而隨予不遑安處耶然人皆淡漠
燕獨長依無世態之炎涼有故人之
情誼撫懷棖觸即事抒吟

京國羈棲歲月移年年勞瘁費支持舊時臧
獲皆雲散雙燕相隨未忍離

暫辭冀北整歸鞭憔悴風塵暗自憐何事一

雙梁上燕緊依千里伴南旋

乍卸征鞍感昔情華堂冷落燕巢傾敝廬重葺烏衣至一樣銜泥故壘營

春風又送轉京畿家事而今歎昨非惟有多情雙燕子依然仍向舊巢飛

爲底奔馳南北忙不堪回首暗神傷殷勤賴爾常相伴各自酸辛各自嘗

塵海浮生處處難艮禽偏汝此心丹人情冷暖休相笑任爾梁間取次看

雙苞牡丹行并序

予家居時見盆中牡丹忽發雙苞羣以爲祥爭相賀士大夫亦賦詩稱慶癸卯歲予歸葬 先舅庭中羣芳如故獨不見雙苞牡丹詢之家人皆不言有小婢告予曰此花自有主也昔日經老僕向鄰家乞來其一枝已萎其一枝則我老主故後鄰人已索還矣予始聞而異之既而歎曰凡物各有其主不可強移因即事作詩以紀之

憶昔當庭春風香牡丹國色豔新妝忽發雙苞驚奇異親知故舊賀相將名公鉅卿皆稱瑞聯吟紀事馳詩章此事經歲又經時忽然遁跡何所之小婢斂容前致詞此花本自蓬門移一枝已向秋前萎一枝故主仍攜回吁嗟乎物各有主難相強徒勞往日人爭賞榮枯變幻總歸眞昨非今是堪追想我聞此語長歎息昔日栽培今何益孤根原是鄰家來一朝歸去無人惜當年緣合本無因名花依舊轉蓬門姚黃魏紫各有種強自移來徒勞薪

嘲鸚鵡

觜未深紅尾未全聰明流露已天然不嫌畫
閣雕籠鎖任舞瑤軒翠羽翩一世並無才子
賦半生幸得美人憐此間樂不須思蜀香稻
今秋況有年

戊申初夏立頎勳爲嗣孫年甫五齡予
憐其幼而冀其成以大我門閭緜我
嗣續是月也忽庭前有瓜蔓茁出根
葉蕃盛既花且實結一甘瓜熟而視

之其中蓄子尤多噫其緜緜瓜瓞之
意乎予喜其兆之徵祥爲賦詩以自
慰

欲緜世澤繼清芬種得蘭孫自有根豈爲含
飴娛我老要他繩武大吾門
忽看瓜蔓傍階生密葉修莖日向榮一朶花
黃還結實甜香多子妙天成
奕葉相承蔓互纏自然生意衍延緜玉芽剛
喜償心事天錫祥徵到眼前
正值清和淑氣催孫枝毓秀好滋培儂今誌
慰裁詩句更看瓜還緜瓞來

戊申十月寫菊花便面寄祝胡夫人金
湘琴壽

一枝瘦影壓羣芳陽月春回暖更香爲爾延
齡呼壽客寫將儂意佐稱觴

盆榴結實一枚摘寄外孫莊翼孫并系

以詩

門前有盆榴含葩尚未吐野老攜入城欲賣
苦無主借問價幾何四百錢可買予憐而售
之隨意供堂廡薰風吹花開樹葉頗楚楚枝
頭照眼明幾朶何足數忽然朱實呈碩果快
先覩特出竟無雙嬌嬌紅當戶豈無五夜霜
況復連旬雨犬戲驚盆翻鳥啄兼蟲咀那知
靈秀鍾獨立誰能侮涼風自西來落葉階前

舞兹榴不膚坼一枝自得所花奴畏天寒擕盆遂摘取我喜兆多男紅珠不忍剖寄與女之子兼以慰吾女

貧居異鄉斗米無從賖取歲除故無索逋者入門轉覺悠然戲占反送窮一章

天下無人不送窮獨我款留君且住祗爲貧交不忍離柳車草船故不具療饑尚有飯疏

糲禦冷何妨衣麤布放膽犬眠夜不驚鬬心雞乳冬將暮入室清風似故人破窗明月索新句蝸廬雖小貧亦樂勸君何必往他處休管黃金論結交任憑白眼頻相顧與君朝夕好盤桓無是無非得眞趣

臘月舟次揚子江爲風雪所阻臘八日金山寺僧以佛粥泉水山蔬相餽詩以記之

臘月風寒雨雪飄欲行不得阻征橈江上茫茫添粉本起視金山高復高忽來小艇疾於矢中有老僧不紀齒餽我佛粥七寶香滕以山蔬及泉水可知飲啄皆前定行役之間猶如此吾聞古人製佛粥食之祛邪而膺福今之餽粥無乃是況泉自清蔬不俗

臘八夜舟中觀金山寺塔燈

臘鼓初鳴揚子驛金山清夜塔懸燈峯環梵

宇三千界水湧蓮花十二層倒影波心光燦爛淩虛色相勢崚嶒上方妙境當頭是何事青雲梯共登

月蕖軒詩餘

華亭袁鏡蓉塡

高陽臺

題伯康二弟梅花條幅

裊裊寒香亭亭疏影描來冷豔幽葩會記前遊當檐一樹杈枒翠禽素女前宵夢更誰知身隔天涯但欣然幾回索笑幾處攀花　神仙品格超凡俗況風摧雪擁獨自橫斜見說

孤清等閒也是繁華水邊籬落黃昏候占春光好共流霞莫憑欄吟成逸句寄遠情賒

齊天樂

寄賀黃比部妹倩新婚

層巒疊澗山陰路秦樓快逢簪組翠幰雕輪松舟檜楫添得蓬門媚嫵笙簫咽處想畫燭輝凝金猊香吐乍到家書紫鴛比翼歸去

凝雲漫煙墮渚正殘雪融時春迴繡戶玉琯飛葭椒盤獻瑞鏡聽幾回容與道來好語許我小姑神仙伴侶記取明年折宮花分汝

戊申之夏斆以長蘆鹽官承乏海隅我　外姑袁夫人寄所作月蕖軒詩草見示命題斆不才何敢言文然心竊嚮往之執卷三復不禁拜手而有言曰夫大上有立德其次有立功其次有立言雖久不朽斆嘗讀　外姑所撰傳述畧一編其述先德設祀田治祭葬敦本睦族孝慈兼摯言而可爲子姓則行而可爲後人法所謂立德立功立言三者備矣今之士大夫其孰能當此而無忝者乎　外姑工文辭斆隨侍時輒請業博於古而通於今尤能虛衷抑節以求寡過詩草其餘事耳雖然詩以道性情誦其詩知其人若　外姑之詩情既本於風人義不詭乎大雅當與傳述畧共垂不朽也夫豈斆一人之私言哉門下

子壻莊斆謹跋

獨抱靈襟自成馨逸而風格之高渾氣韻之靜穆悃忱之肫摯情致之纏緜覺古來頌菊銘椒俱屬小家無從抗手宜其佐吾師黼黻休明文章華　國也當代宣文夫復奚愧

門下士蔡振武謹題

自來椒花製頌柳絮工吟要皆逞綺慧於單
辭寄穠華於短什未聞位隆八座才富七襄
玳瑁裝書琉璃築硯出其餘技便可專家如
我
吳太師母袁月蕖夫人者也惟
太師母簪笏名門珩璜粹質作劉殷之順婦
婉娩修容佐束皙以怡親莊妹表度賢聲颷
起淑問霞鶩繡翟載耀於璇閨

醲綸疊承於
珠闕剏復菩提樹大功德水深仁里斯宏義
莊式廓贍宗祠而若敖罔餒培子弟而原氏
無亡紅綻榴房遠攜戚末碧纏瓜蔓預兆孫
曾族郮盡煦春温臧獲亦分冬愛宜乎本慈
祥之德抒敦厚之音雪剌初生工倡酬於鴻
案嵐光不斷恣遊眺於魚軒蜀嶺攢鋒楚江
澄練無不諳煙覓句掬月成吟至若開到白
桃便裁佳什寫來墨竹每賸新詞或棖觸乎
前塵或睠懷乎勝侶鸞箋時擘麝墨紛飛筒
寄庚郵燈挑午夜至情緣於小雅衆體賅爲
大成雖左芬之解綴文曹昭之能續史方斯
鉅製不讓前嶶承德以子夏之門人侍莫春
之末座樗庸增愧樾蔭頻叨黃絹詞工幸向
外孫而讀紫雲奏雅如隨王母而遊豔盡洗
乎香匳芳永流乎彤管聊陳芳躅敢矜豹巳

全窺謹贅蕪言應笑貂真妄續道光二十有
八年歲在著雍涒灘良月既望門下晚學生
俞承德謹跋

翠螺閣詩詞稾

凌祉媛

翠螺閣詩詞稾

海昌許楣題

咸豐四年甲寅閏七
當歸草堂丁氏開雕

傳

秀水莊仲方撰

婦氏凌名祉媛字茝沅錢唐人光祿寺署正名詠之次女杭郡文學生丁名丙之室也生而穎慧七歲母朱安人授以毛詩內則諸篇已窺大義十歲通音律能吟咏性幽嫺凝重戚里罕睹其面女紅之暇以咏詩作字自娛間爲小詞曼聲自度飄飄然有出塵之槪事親孝禮無違得其歡心父母絕愛憐之年二十歸丁氏事舅姑如其親相夫以順御下以寬暇則與夫子相唱酬夫以屢躓名場爲大慼婦規之曰讀書志聖賢豈在區區之科名邪母患風疾動止維艱故常歸甯奉侍已而疾加劇婦迺遍詣廟中禱於神願以身代而家人未之知也既而泣語其夫曰吾不久於世矣以身代母矣勿漏言以重親憂未幾卽病迨母病愈而婦遂卒蓋天重其孝鑒其誠而從之也時咸豐二年五月二十日年二十有二著有翠螺閣詩稾四卷詞稾一卷

論曰婦德惟貞烈足傳此外則孝行獨重而嫺

於風雅次之孺人乃孝行與詩兼之誠閨秀之稱首者矣余與其父交有年今其夫又來請故記之嗚呼若孺人者固自足以傳矣又何待余文哉

序

西湖山水甲天下靈秀所鍾時出英賢不惟藝林聯玉筍之班閨苑誇木天之選即閨閣名媛亦能戛玉鏘金別樹一幟余在杭日久聞汪芍坡中丞之室方芷齋夫人汪雨園詹事之室潘虛白夫人皆著作等身自成一家其餘錦心繡口摛藻揚芬者指不勝屈凌莚沅夫人爲錢唐丁君松生之室也幼耽聲律肆力於唐宋諸大家鍼黹餘閒往往寄情吟咏閨中早有詩名及

年二十適松生伉儷相得迭爲唱酬獨惜其年二十二而遽逝松生傷之裒其翠螺閣詩詞遺稾索序于余余披而誦之近體及詩餘清麗芊緜溫潤如玉猶可想見林下之風至於懷古諸章如咏岳武穆梁紅玉等作感慨淋漓沈鬱頓挫其議論雄偉幾欲與古人頡頏非復兒女子之態安得以尋常閨秀目之哉及讀放譚一詩則飄飄然有乘鸞駕鶴之思聞作此詩後未幾即下世蓋夫人本董雙成許飛瓊之流偶謫塵

世旋返瑤池則其不能永年亦無足怪松生結褵未久比目分飛悲長簟之空牀歎遺衣之挂壁懷玉容而不見感落葉而徒傷讀其悼亡詩淚情緜邈幾于一字一淚較之奉倩安仁殆有甚焉顧余謂夫人之詩雖不多覯而集中所載魚魚雅雅已足以信今而傳後松生其速付剞劂以垂不朽且松生甫逾弱冠馳聲藝圃何不奮志雲衢題名雁塔取青紫以遂生平博封誥以光泉壤則夫人之願益慰矣謬悠之見請以質之松生以爲何如也是爲序

咸豐四年歲次甲寅文登于克襄拜手時年七十有九

序

易家人彖辭曰言有物非專爲位外者訓也物者事也言中事理之謂物言合古事之謂物女正位內能以娟職餘閒流覽篇什啟其性靈則四德之美備即於言覘其全矣經解云溫柔敦厚詩教也厚坤道也柔妻道也詩教男女並學而於女子爲近風詩所載后妃夫人之作無論已漢唐以來代不乏人類皆才德炳著形爲歌咏著爲誡令於以享大名獲厚福不知凡幾間有早年殂謝窮愁落莫者後人獲其零章斷句珍若球璧亦往往諷不去口則名之傳不傳正不係乎辭之富不富也翠螺閣遺集清麗緜邈猶人所能其激揚忠節開拓襟抱諸篇有才士之所不及者豈非言中事理言合古事乎松生悲其年不永而欲梓其詩以傳傳其詩所以傳其德與才而聲聞之壽固可永其年于無旣極矣予將以此塞松生之悲也是爲序仁和高學沅

序

才子鍾情誰能遣此美人曼壽自古所難雪鴻爪留霧豹皮蛻紅蠶辛苦玉蘭藏身絳蠟分明銅槃賸淚錦心僊襟詩骨天裁居近珠潭住宜金屋大家才識漢書簡篇小字芳馨離騷苗裔不櫛進士劉孃最優掃眉才人謝女獨擅茗發穎豎蕙秀瑤清當夫春閨婕裙晝長倦繡秋宵虬箭暝寫然脂一字冥搜千篇競秀小時憐母嫁日從夫松夢三公管花五色袍斬柳染衿惹芹芬蘋藻季女采湘澗錡簧翻君子倡和閨房鏡檻吟花紡甎弄月御琴靜好揮筆推敲別具史才咏懷古蹟錦袍璀璨奇女征聲銀缾轆轤孝娥遺井體物劉亮言情鬱紆波及詩餘風清林下紅妝周史翠袖姜張世羨秦徐人方趙管樂已然而天畀以才學妨乎命香烈先燼采高易飛前哲所稱名言有味錦囊吟苦冰簟淚酸廡虛賃春鴻杵罷相軒局寫韻鸞箋遊仙生有自來悲應難遣縹緗插架痕餘粉脂梨棗散錢

翠螺閣詩詞稾 序 一

營同齋奠寸帙五卷尺波千秋問句從天埋憂入地短緣伉儷絕世婳婭如此閨賢乃在臣里（余家亦北門外）㫖忘美橋慙過唐棲（女士祖居）今吊枯蘭悲與鮑唱爰將蕪製用質松生

咸豐四年夏四月朔錢唐魏謙升滋伯甫譔

翠螺閣詩詞稾 序 二

序

詩不可無品也閨閤之詩尤以品爲貴何者身守閨範既無從橫軼奇恣以發爲鯨魚碧海之作而纖詭靡曼綺麗塗澤則有志者不屑爲之夫是故不得不尚品嘗譬之花木焉今夫松柏杞梓之材柯鐵幹虬輪囷勁直鬱乎茂矣然而宜植于殿廷之上或原野間非綺窗繡闥之所宜至如穠桃豔李春杏秋棠芍藥有情薔薇無力非不鮮豔悅目芳馨襲肌然其品俗矣惟梅之清妍蘭之幽秀其色澹然其香澄然其神與韻蕭然泠泠乎其品之異俗也且梅可以喻隱逸蘭亦號王者香不必與松柏杞梓爭材而自非凡卉所能擬論詩閨閤此其最上者乎凌茝沅女士工詩能以品勝所著翠螺閣集其色其香其神其韻莫不與梅蘭之品同是誠使梅不得擅其清而蘭不能專其秀也今女士已仙逝丁君松生伉儷素篤感逝傷離將刊遺稾與梅蘭競芳於天壤彼世之纖詭靡曼綺麗塗澤者

直桃李杏棠芍藥薔薇類耳讀女士詩當亦自慙其品之俗矣我盦居士高炳麐序

序

繙淨名於月上慧業曾修迓靈匹於星前幻因易覺文刊紫石金鑾愴柏匱之詩魂斷青袍錦瑟下玉溪之淚由來淑質每少長年而況灼灼芙蕖才如蘇蕙翩翩楊柳埒是秦嘉青案秋莊下樊英之拜綠郊春饁陪冀缺之耕高鳳竿持勸學不嫌漂麥樂羊笈負成名益勵編蒲是以鴻廡聯吟鹿車對咏辨來鐙盞真協雙聲拈到尖叉同賡七字仿茂漪之格風簾則互習簪花

吟道韞之詞雪案則迭酬咏絮齊詩讀罷愛聽鳴雞唐韻書成願隨跨虎方謂鶴乘丁令曲總雙飛石拊凌華歌終九奏矣而乃紅蘭委露碧月埋雲香少返魂絲難續命微之情重眼任常開奉倩神傷體從何熨徒夢葳蕤之鎖驛近稠桑卽留通替之棺人無靈藥用是裒集遺編刪存佳什殘釵蜨化與鍼線而未開賸紙蟫封偕棗棃以不朽此翠螺閣遺集之所由刊也觀其嚼羽含宮鏘金戛玉鍊冰作骨鏤月爲心非小鸞綺麗之詞得大家莊婉之度當作枕中鴻寶定逢香贈蘅蕪比將牒上鴛盟何異誓堅釵鈿襲之錦匣幾于一字一珠傳此瑤編勝似營齋營奠

咸豐四年歲次甲寅孟冬上澣錢唐朱智拜譔

序

詩之義根乎情風人三百篇其大要不外忠臣孝子勞人思婦數端而其用情也懇而至故其爲詩也正而葩女甥祉媛予姊丈凌君達夫之次女也垂髫卽解音律稍長益肆力焉女紅而外恆焚香靜坐斗室吮毫舒紙爲繞梁吟尤能以幽閒柔順之質先意承旨博堂上歡予嘗戒之曰女子不當有才汝事親孝安善體此意祉媛由是不多作詩亦並不以詩才自炫庚戌于

歸丁生名丙號松生武林望族也亦善吟咏祉媛相夫夜讀因亦時相唱酬而三載結褵歸甯實過其半蓋彼時予姊適患風疾祉媛思母艮切故常歸侍湯藥歷寒暑晝夜不稍倦吁卽此可見其孝矣迨壬子春予姊復病勢已綦篤祉媛膝行各廟虔誠禳禱誓以身代未幾姊疾瘳而甥疾作矣蒼蒼者天抑何感應之甚速也聞其病中委宛向予姊曰兒不孝不能終事母今將已矣願毋毋以亡女爲念及其彌留予姊撫之哭之慟且曰汝真代我去耶汝去我復奚爲祉媛猶睜目搖首喉間噎噎欲吐語意在止勿過傷而已含糊不可復辨予每悲其孝益嘆平日之發而爲詩其情之幽閒柔順實先有蘊乎其中不僅僅以詩才見也惜乎福慧不並立亦聰明有以誤之爾今松生將集其遺稾付諸棗棃而因索敘于予予不善詩亦不計此詩之能傳與否特其幽閒柔順孝思所結似有不可盡沒者用摭數語以識顛末則謂敘其詩也可謂

敘其孝也亦無不可

咸豐甲寅之秋七月既望仁和朱城譔

序

自來韻語之作所以發抒性情不僅才人有集抑亦吾輩所不廢或專事女紅不暇旁及耳吾杭爲人才之藪閨秀代興日下工詩詞者皆各梓一篇若芷沅凌夫人則其尤者也所著翠螺閣詩數卷清詞麗語讀之意銷其間懷古諸作沈鬱頓挫雖須眉何多讓焉所存詞不甚多深得南宋遺響惜乎天靳其壽早年物化爲可悲矣其聓丁松生茂才裒遺集既成來索題詞予且衰邁何能更爲韻語爰書數言歸之芷沅有知當勿笑予之疏懶也時咸豐乙卯春仲蘋香吴藻書于香南雪北廬

序

余曩序汪玉卿女史遺集愛其劖鏤冰雪拔萃羅紈如沉花冒烟綽爾姿媚珊網張月朗焉襟懷霞水爲之失鮮竹素竟至不死爝火既逝嗣音爲難而芷沅夫人復以翡翠之心運鑪鞴其手韶應鐸而競響菊爲蘭之殿芳釵釧鉼盆爲器不嫌夫異醍醐酥酪至味終歸於和所著翠螺閣詩四卷搴芳媚春蜚玉疑霧蘭息胎夢椒馨麗篇轆轤井中之絲藁砧山上之唱潭水春影芳草日夕而動魂紈扇秋輪素月司魄以悽夜餐花咀雪芻及詩餘華豔之才殆有天相焉而乃蓮㶔謠夢蘭煤讖凶百子之帳不晨併肩之檀觸痛琴瑟在御絃管遽離以愛婦高柔作悼亡潘岳展象文之簟莫解胸春發蟲網之匳祇增省蘊嗟嗟廿四宮真靈之位慧業何多九十劫鍛金之姻妄緣奚極雖鳳遺羽以傳采豹著文而在皮球璧一篇烟墨千古亦飲者留名之想盡戲言當日之心而彗星隕秋玉樹凋夜

華鬘小刼已完弦氏餘緣淚雨秋墳豈憶鮑家遺唱哉鍈文章依樣未改葫蘆哀感中年況聞琴笛愴舜華之易謝念冰繭之同功泉陸殊塗古今同痛不揣蕪穢書代糠粃若謂妝樓紀聞自有張泌玉臺序首當推徐陵何待瓦礫之姿濫溷金銀之氣也羽釵無恙落紙猶聞玉葉在人辦香未墜後有感者當劵予言咸豐四年四月錢唐秋芙女士闗鍈頓首譔

題詞

閩縣高均儒伯平

舒詳閑雅配彼哲彥令儀小心用永蕃孌紹述雅意潛淪大幽淑慎其止不愍少留尋思髣髴榮列有章思齊先始允女之英集蔡中郎句

震澤陳來泰訒菴

女而有士行彤管所必錄餘事擅文章亦復超流俗豈曰閨中秀無才乃稱福錢塘凌夫人天賦清才足生小嗜吟咏夙有仙心蓄腕底彩霞飛紙上清風穆嗤效玉臺體喜和陽春曲偕哉倏歸眞年華一何促奉倩爲神傷遺編畀我讀寒鐙照昏花佳處輒三復瑤篇定壽世永永留芬馥班姝與謝女千秋繼芳躅

錢唐方　騰玉裁

詎是尋常不櫛人談忠說孝本天眞梁紅玉像銀絣井憑吊江山筆有神

夕陽花影滿庭隅倦繡閒將翠墨濡最好心源靈活處一潭秋水澈明珠

玉笙理罷返瑤京錦瑟年華嘆此生尺八任拋
蒼蘚石丁僊隻影怕尋聲

元和高毓岱魯峯

夙慧丁年擅徽音子舍知昔時聞淑女此日見
遺詩一則曹家範千行幼嬪詞誰將彤管贈硯
縷述芳儀

母族凌江裔郎君丁廙才門楣皆舊澤唱和出
新裁不謂離鸞引猶思待鶴來琳瑯詩一卷肯
共落花埋

長洲馬　釗遠林

難得詩家天性真清詞麗句總超倫仙才多似
曇花現何况金閨翠袖人

惆悵瓊花小劫過折除清福爲才多可憐明月
珠潭夜空讀遺詩泣翠螺

仁和周玉麒蘭友

墨花灑入琅玕紙紙上芳魂呼不起黃絹詞留
幼婦工紅閨夢斷詩人死詩人小謫自瑤京香
草湘江是小名縷雪團香縈妙緒拈花吹絮寄

餘情停鍼倦繡編初集珠潭玉照詩重輯鄭重
璇閨墨會篇珍藏瓊島雲珠笈一自雲窗繫綵
絲與松同夢畫眉時織成兩縷同功繭唱出雙
聲連理枝豔才豔福雙修好但有歡娛少煩惱
不信人間短命花難求海上回生草藥沫跳珠
石鼎涼曇花一現影難長臺前又破溫郎鏡（并松生前聘室言）
袖裏猶留荀令香琳瑯一卷珍珠字夫壻
含愁爲編次簫聲吹斷已多時想見霞裳與雲
帔兒女英雄寄興豪有時懷古入吟毫淚多欲

溢銀缾井戰苦猶悲紅玉袍神僊眷屬傷離久
有時三島還回首奏成靈樂羨雙成傳到壽觴
懷阿母二十餘年一夢醒空中天樂賸泠泠鮑
家香茗才華豔白氏金鑾性質靈紅顏壽數年
來短小錄燃脂更誰纂詩筆琴絃兩渺茫翠螺
閣與慈暉館（慈暉館主人爲阮太傅女孫適沈竹齋茂才通琴學余數日前爲題其停琴待月圖故併及之）
頻年廢學澀寒竽老去周郎筆不腴題句難消
佳壻恨瓣香合拜美人圖

婺源齊學裘玉谿

千秋知有翠螺閣詩與西湖爭豔名慧業長生
君莫悼前身原是董雙成

吴縣夏尚志靜甫

才多每損福嗟實頗有之女子抱慧心難與白
髮期淩家有名媛天賦婉嫿姿聰明淨冰雪斑
管燦陸離墨雨灑五色著紙成華蕤飄渺翠螺
閣吟聲天風吹擇配得參軍雙笑聯清詞罡風
一夕起吹折瓊樹枝人去妝樓空牀頭錦囊遺
芳塵永不滅寶此一卷詩

仁和高學淳古民

前生定著綠銖衣仙韻奇才眼底稀此日御風
歸碧落投壺玉女笑相依
儘有名篇壓謝家班姬劉妹庶同誇新詩數卷
堪垂遠奉倩從今莫嘆嗟

海甯吴元禧葆山

雙旌江表舊門楣鏡檻幽蘭綴碧枝鴛杼雅裁
蘇蕙錦雁箋工咏左芬詩詞宗白石清真法帖
寫黃庭恰好時合與丁仙作佳偶添香夜伴讀
書帷
小謫剛逢浴佛辰龍華會上證前因拈花解脫
琴臺幘遺稾空留硯匣塵閣冷翠螺吟韻舊釵
飛紫鳳淚痕新荀郎自是詩腸斷殘簡空同片
玉珍

吴縣王　復彥卿

西湖一幅軟玻璃無數青山寫黛眉多事髯蘇
輕比擬苧蘿村女不能詩西湖之明秀意惟美人能詩者足以當之
妝樓吟煞女書生折福才名況豔名解得從來

彼蒼意女兒識字合心驚
史續傷心爾亦愁玉臺序寄古杭州箏絃不敢
彈哀怨生怕檀奴淚易流茶盦所爲序極悽麗索子製詞未能應也

仁和高　楨飲江

浣花箋寫玉臺詩傳遍江鄉幼婦詞比似管夫
人畫品湘江楚畹覓幽姿
腸斷詩人錦瑟篇繐帷組帳怨空烟緣知出浴
離塵格絕豔驚才玉井蓮

漢軍徐同善公可

如此工愁合損年華名氏楚騷鐫火輪翻喜
抽身早雲錦初如脫手妍夜月珠潭餘古墅春
風玉匣冷荒阡禮宗才範雙清絕豈獨詞華侈
擘牋

江山劉履芬泖生

玉骨西風病不支累儂夫壻涕漣洏蠶眠細字
親披校恐有春蠶未盡絲
日餐湖淥寫烟鬟此去瑤池第幾班竟遣埋愁
從地下何妨遺槀出人間

粱紅玉與岳銀缾兒女英雄事慣聽說到遺文
南渡後夜窗風雨是西泠
稠桑一去竟難呼後約重來鶴背孤應憶斯人
同賭句篝鐙自辦試茶鑪

德清許際華雲裳

絕代金閨秀湖山著作多微吟託毫素仙子步
凌波遺墨蒼涼恨征袍慷慨歌英雄與兒女筆
底儘搜羅
一卷含冰雪清思慧業全紅腔新樂府碧落小

游仙詞館裁金縷妝樓整翠鈿靈潭珠吐媚記
事悟因緣
柔情深一種去住兩心違生怕護花悴相思鴛
夢飛靈犀通脈脈別緒記依依賸有零膏翠黃
門涕淚揮
菱花圓月鏡三載畫修眉空有長生願難求續
命絲隨肩呼姊日含睇待親時驀地雲璈起羣
仙迓玉墀

仁和孫光裕瀛帆

憶昔與而翁（女史父達夫二兄與余總角交）同作東甌客絮語話家
常素心樂晨夕屢誇雙掌珠道爾尤岐嶷我偶
理歸棹傳書代騎驛到家郎驅車徑訪凌雲宅
入門甫升階之子已布席覽刺識我名叉手向
我揖呼我爲孫叔敬我爲父執繼詢而翁安風
土次第及子年甫八齡短髮未覆額舉止步從
容應對詞剖析不櫛進士流惜哉誤巾幗歸來
告家人疑是藐姑射瑤池侍書仙偶向塵寰謫
鳩婦慕鶼雛妄思託燕翼瓊砌幽蘭花擬乞蓬

門植此念終蹉跎嗟余屢行役（丙子閨女史夙慧擬乞爲寄女因余客游因循未果）彈指戊申春華居事修葺寄寓南園南暫辭北郭北（南園卽余對門王氏小圃）世誼本通家望衡欣咫尺而翁每乘閒過我攄胸臆我亦步屐從高譚時岸幘命駕呂攀嵇結鄰元羨白德操遇龐妻主客忘形迹予時年及笄見我輒引匿而翁對我云近更嫻內則但傳賢淑聲豈料工翰墨未賡咏絮吟況睹簪花格內言不出梱工容掩以德是秋我了殤闔家愁慘戚而母憐我媍譬喻開幻

惑子頻遣婢媪殷勤㑹眠食我婦感子誠悲懷爲少釋無何珠潭珠仍還珠潭側北郭村睇遥南園花事寂芳訊雖閒通城闉悵阻隔燕爾賦新婚黽勉禱初結快婿選佳士雙丁並時傑長姒郎賢姊行雁襟聯綴和鳴叶壎篪靜好御琴瑟事姑如事親尊嫜咸慶悅唱隨曾幾時歸甯躬侍疾慈幃患風眩藥忤醫窮術摶顙徧祈神齋心虔禱佛益算誓減齡兒亡冀母活果然精誠格萱茂芝英折可憐旣彌留手握同心玦猶

恐病母哀欲語氣哽咽淚眼滴欲枯纏緜腸寸裂內外諸宗親相看盡悽絶半空仙樂迎滿室異香鬱縹緲蓬萊山神歸奔雷掣孝女出僊姬戚黨流傳谥我聞歎畸行彤史思載筆昨見鐵槎翁（于蓮亭觀察）序詩霏玉屑始知才德兼正思覓遺帙孟冬哉生明丁生訪蝸室出示翠螺編詩詞燦然列挑鐙亟披讀一讀一擊節詩源溯風雅詞調諧音律貞性激忠肝靈心吐慧舌就此數卷傳流輩已度越若再假之年精詣更誰匹奈

何鈞天夢遽奪女長吉及觀爾舅文才德强分別（朱秋子敘有女子不宜有才之語）此論正而迂勝文翻累質我謂有春華而後有秋實代親緹縈孝殉親曹娥烈無詩固不朽有詩愈不滅離象柔麗中文明運天闢二南王化基大半閨房什自來沒字碑何以藏書穴矧茲孝烈名允堪泐貞石復工冰雪辭倍覺超凡骨其德固難能其才亦秀出丁生鍾情人志不間存歿謂壽本難齊而名或可必迢遞返魂香惝怳游神訣不如刊玉臺姓氏千

秋揭灑灑八章揮茫茫百端集因生落葉悲惹我摧蘭泣我每見而翁未敢顯言詰大都兒女情振觸機隨發安得菩薩泉淨滌情腸潔安得慈悲刃猛割情緣決一絲蠶縛繭兩曜駒馳隙曠懷作達觀妄語將悲塞瓊函真詰篇紫府長生籍慧業定昇天造化終莫測已矣不忍言搔首徒呵壁

吴縣楊　白元絜

古來風月屬愁多絲盡春蠶喚奈何一事勝他蘇蕙子不曾錯嫁竇連波

鏤月裁雲寄怨長前身疑是杜蘭香若教生及乾嘉日應列隨園弟子行

雲散高唐十二峯鄂君被冷繡芙蓉遥知風雨孤眠夜數遍南屏百八鐘

錢唐姚　若仲芳

濟陽佳耦得詩人江表賢閨自有真十索詞編金屋豔百篇咏繼玉臺新芳馨取號香成韻護壽添齡孝感神讀罷翠螺遺稿句擣肴才子此無倫

歙縣吴端甫畹清

閨中別有沈初明奏表通天感至情彤史他年傳孝女千秋名字續緹縈

鴛鍼繡罷更拈毫伉儷相酬勝杜羔解道科名身外物不教輕唱鬱輪袍

家住西泠二十秋等閒不上木蘭舟新聲譜出堯章曲載月重過水磨頭

一卷遺音署翠螺哀絃淒絕竇連波珠兒潭上明明月還照當年舊綺羅

仁和許　郊子社

福慧不雙錫此例成古今長生曾素願短句自高吟春暖玉先萎潭空珠並沈徵題廣同輩聊慰九泉心

秀水楊象濟利叔

采風合等二南文韻事湲閨此策勛後死千秋同灑涕淞南冰雪海東雲余嘗搜錄家族祖母貞烈沈孺人及從妹曇雲姑遺稾故云

賸墨餘香劇可思彩鸞飛去問何之絕憐橫槊

無才筆勲煞君家幼婦詞時余復有從戎之役
仁和姚巽謙益齋
女中名士少誰復擅詩詞翠閣才爭捷珠潭秀
毓奇曇花初現相絕筆又增悲珍重潘郎意泉
臺定有知
吳縣浦毓慈蓮航
翠螺染就墨輕磨佳偶天成唱和多圓月易虧
花易謝古今同慨奈情何
聞說生逢浴佛辰好從慧業證前身況兼撒手

歸真候滿室奇香擁繡茵
紅塵小謫廿餘年大半光陰付彩牋贏得夫君
多著作近來悲悼有新編
仁和高碩麐子彦
催換紅羅繡舞筵花蕊夫人春花秋月入詩篇魚元機
自埋劍履歌塵散關盼盼還照離人泣斷絃鮑家四妹
今日忽登虛境望薛濤弄珠灘上欲銷魂襄陽女子開
箱疊練先垂淚侯氏花落黃昏空掩門劉媛　集唐句
昌化方寶椿春木

名媛兼賢媛詞章一代欽慣將黃絹妙寫出素
琴心靈秀鍾原厚英華洩太深只今湖上月冷
照墓碑陰
仁和譚廷獻滌生
彤管飄零幼媍詞檀奴回首淚如絲可憐華燭
分明夜不是香車歸省時
青天碧海總茫茫歸卽當歸大士堂自是小鸞
難懺悔人間傳徧返生香
錢唐章　黼次白

摸魚子
證前因蕊珠仙侶誰教吹墮塵土姓名流落人
間識常伴翠窗吟苦拈妙句更可愛英雄兒女
情懷古庭闈笑語正閒卻簾櫳任他春到何事
咏飛絮　尋芳處行繞闌干細數空留陳迹如
許年華不爲天涯恨恨把浮名貽誤容小住只
一點靈犀寫入瑶琴譜夢回栩栩且待駕青鸞
長生不學歌罷早歸去
吳縣戈　載順卿

百字令

鳳皇歌咏選樓中曾共二真詩錄麟見亭河帥太夫人選國朝閨秀正始集僕爲宋訪校刊有凌興鳳鳳凰歌及凌淨真凌潔真咏古詩皆入集中復覩雅音存正始咳唾九天珠玉句燦金箋調高銀字林下風堪續裁霞曳繡世間無此機軸　原是董婉仙班瑤池筆管慣奏元靈曲青鳥書來疑閬苑卽用集中女游仙及放歌詩意鈿閣畫眉人獨尺八聲沈大千愁滿一現曇彎速芳徽慧業手編猶播蘭馥集中祭詩詩緗篋披來手自編

錢唐張應昌仲甫

念奴嬌次集中題茶夢庵詞集韻

秀靈清氣是天生慧業文人才數詩句搴蓉詞漱玉音好何曾愁苦一霎曇花兩年團月痛煞離鸞譜飄飄袖薄翠篁凝佇雲暮　原是小謫神仙拈毫寫韻占得尋詩路打箇磨陀醒短夢歸去瑤天笙鼓簾燕春情笛龍秋感唱和懷前度秦嘉腸斷綠波流恨南浦

長洲宋志沂浣花

念奴嬌次前韻

玉臺詩好嘆此才不是尋常家數料得鴛幃春絮語分領鐙邊甘苦檀板新詞錦囊麗句總是雙聲譜翠螺閣上畫眉人共朝暮　誰想小劫優曇雲烟縹緲遮斷仙山路潘岳牀空長簟冷獨聽城頭笳鼓淚裏香箋塵封殘稾花底吟千度珮環歸否夢魂應繞湘浦

仁和楊錦雯絅士

洞仙歌

廿年短夢歷華鬘劫小絕命書成授青鳥嘆頌椒妍唱咏絮清才塵緣盡天上鸞笙催早　璇圖詩織錦黛管霏花漱玉香詞又工妙仙果證瑤京賸墨零縑永傳向世間堪寶只愁鏁丁簾畫眉人悵影事空存翠螺吟稾

蕭山田人熙子青

一　齊天樂

飛瓊慧業原修到罡風暫辭仙府咏絮高才銘椒綺思并入玉窗琴譜離騷記取有沅沚搴芳問名偏苦倡和閨房結褵經歲病魔侮　安仁

華髮未老真情天鍊石媧女難補繭紙迴腸鮫
珠織淚袖出遺編重撫掇柈助鼓更題井銀瓶
感均今古冷照蟾蜍翠螺誰共語

錢唐張左鉞韻梅

浣谿紗

吟偏香籢十索詞哀鵑嗁血送春時難從閬苑
覓仙枝　小字雅宜香草配前因除有綠華知
潘郎無奈鬢成絲

永康應寶時可帆

摸魚子

敲青疏颯然風過白蓮香墮如許冰文一卷誰吟就
道是凌波仙女人甚處向姑射山頭翾袂翩然舉
靈絲慧緒只恨字蠹僵吉光鳳蛻長命續無縷
黃門痛曾與潘郎同茹而今愁絕何語年華一樣悲
瑤瑟有底心情重撫儂更苦又一事輸君能把雲箋
譜幽懷莫吐但回首當時縑零翠落怕作玉臺序

仁和趙慶熺笛樓

齊天樂

碧城那許留仙住而今畫欄單扣鏡檻鸞空釵
梁燕冷翠黯晨窗螺岫西風送牖憶妙咏黃花
捲簾人瘦小硯烏絲墨痕濃研淚痕溜　當年
孝思未泯痛春暉易逝愁損眉柳病骨闌珊心
期楚惻低視鑪香凝獸天乎鑒否願替折蘭芽
續緣蘐壽賸有瑤編玉臺傳播久

吳縣馬鍾彥雨華

瀟湘夜雨

瓊奩香埋金釵塵冷可憐荀令神傷廿年淪謫

返仙鄉思往事愁填翠閣悲小劫夢醒紅窗偏
奇處臨空鸞鶴仙樂悠揚　湖山好處修簫酌
月一任清狂算佳人才子福慧無雙渾不信彩
雲散早能忘卻碧海情長從今後湘縑滿帙字
字盡淒涼

仁和周　達善夫

一斛珠

鸞牋花譜紫霞白石同淒楚是多少別情離緒
海闊雲深問謫仙何處　流水潺湲三月暮鳥

唬花落渾無據翠毫透涴春宵露閒展殘篇道
漫題金縷
仁和程邦祚柯亭
念奴嬌
黃梅時節聽瀟瀟雨滴不勝酸楚何況一鐙紅
似豆讀徧傷心詞句道韞前生易安後世福慧
雙修具問天何事由來才壽相妬　記說鼓樂
迎門彩雲夢散回首無尋處拋了鴛鴦新簿子
登了碧城仙簿賸粉香銷遺牋淚溼缺月愁難

補神傷奉倩翠螺空掃眉嫵

閨秀題詞
錢唐鮑　靚玉士
談忠說孝事巍峩壁月鶯花嘯咏多一卷玉臺
人宛在莫將佳話等閒過
桑柘陰陰近水涯蔆幃侍疾每停車書傳佐讀
加餐意小別當年亦自嘉
溫家玉鏡喜初圓錦瑟雙調正綺年奈是塵寰
難久駐步虛聲裏識嬋娟
明妝豔豔翠螺新繡閣吟匳絕點塵瘦骨香桃
零落盡遺音淒斷畫眉人

仁和高　茹子柔
楚騷幽怨入詩章玉刻茗華字亦香洗句澂潭
鈷鉧記尋源鄴水語兒鄉絲絲栗尾螺烟溼寂
寂松陰鶴夢涼莫道一珠沈夜月名園北墅有
餘芳
仁和施　貞蓮因
洗盡鉛華習斯才獨絕今神仙成小劫忠孝寄
幽吟空冀香魂返休教片羽沈遺編一展誦何

事苦嘔心

錢唐孫佩蘭譜香

氣味相投一見時常敎聚首比荆枝左芬有德伊誰亞蘇蕙多才許我師春煖綠窗商刺繡夜湪紅豆學吟詩可憐往事都成夢泉下難通尺素辭

憶昝西湖攬勝游韶華轉瞬八年周蘋蘩采采看隄畔楊柳依依感陌頭韻事品評三月暮詩情珍重一篇留而今回首雲林路怕聽空山鶴

唳秋

造化無端降玉棺傷心五月落梅寒青年同學懷何遠白髮雙親淚暗彈格倣簪花收隻字韻新賦茗泠吟壇九原銜感夫知已賸有殘編訂夜闌

惡耗傳來事豈非彌留泣下類珠璣異香繞屋乘鸞去讖語遷居駕鶴歸方證蘭因悲破鏡又驚萱萎哭慈闈瑤臺畢竟思生我無恙晨昏滕下依

錢唐張佩珍蓮卿

詩法隨園敢效顰（余學詩茶䕷庵獲覩鉅製）瑤華入手愛清新風高林下能超俗集譜花間不染塵標格遠追楊妹子才名肯讓管夫人廿年忽醒遊仙夢遽把芙蓉禮玉真

琅玕幅幅費裁量轉眼人琴欲斷腸聞說降生剛佛日定應歸去咏霓裳吟成柳絮千秋豔修到梅彎一例芳從此蘭閨添韻事遺編珍重慰潘郎

吳縣陸 蒨芝僊

乳燕飛

獨抱牙琴怨忒無端一彈再鼓朱絃重斷天下傷心誰似此恨海終難填滿歎歲月暗中偷換刻燭論詩人似玉怎悤悤鏡裏空花幻便夢也抑何短　翠螺肴黛紅螺硯最淒涼一般閒卻張郎斑管賸有閨中酬唱稾待付香檀梨板未讀也寸腸先亂何況凝情儂亦累算蠶絲未了餘生喘愁病味備嘗慣

錢唐韓　瑛菊如

憶江南

聰明誤冰雪擅才華秋雨芙蓉人似玉春風楊栁筆生花雲錦織流霞

聰明誤才藻損年華賸有新編工栁絮堪嗟薄命比桃花鸞馭返烟霞

仁和夏倩雯耦鄰

金縷曲次集中吊銀瓶并韻

聲寂瓊簫後悟因緣漚珠槿豔文鸞雙耦姓氏

凌波仙子妙花貌絮才兼有歎卻扇新詞纔就緣淺三年春夢短是蘭香謫下紅塵走看遺挂黯回首　玉臺妙咏溫家婦鬬尖叉一般清絕綺思各剖怨別東風纔幾日輸了天長地久檢籢匳粉花紅繡尺八簫兒休按曲怕吟魂前調都翻舊營齋奠一杯酒

漢陽燕　翼燕貽

清平樂

凌波仙女重返瑤天去妙墨人間留寸楮增了秦嘉愁緒　記曾翠閣聯吟玉窗倦繡金鍼鍼線尚留殘帖至今酸刺芳心

仁和趙我佩君蘭

賣花聲

倩影望盈盈目斷鵑屏一樓風絮撲簾旌想見咏花人似玉冰雪聰明　短夢忒怔惺翠閣烟横慈雲爭不護飛瓊空說玉牌牌上字與佛同生夫人誕於四月八日製有玉牌鐫與佛同生四字

仁和汪靜娟雯卿

菩薩蠻次集中韻

鸞笙吹醒夗央夢零縑斷墨須珍重春去冷落衣落花紅亂飛　清才高咏雪小劫羅浮蜨吟閣賸斜暉遺芳魂不歸

翠螺閣詩稾

錢唐 凌祉媛 茝沅

停鍼倦繡集 乙巳丙午丁未

春曉

昨夜東風來落紅滿庭沼惆悵惱花人無眠達清曉攬衣啟前楹獨立蒼苔早凝愁倦理妝香霧雲鬟繞花氣襲疏襟尚怯餘寒峭須臾斂韶景晨曦上林杪嘸鳥弄新晴一聲秦吉了

鐙花

鏡聽釵卜總無靈焰吐銀釭喜氣盈別擅繁華春一點不愁風雨夜三更幽芳有意爭霞綺冷豔無多傲月明寄語飛蛾休亂撲綠窗留取聽碁聲

寒食口號

雨香雲嫩禁煙時落盡飛花嬾主持端整明朝插檐柳湖濱新折兩三枝

毋命咏新月仿歐陽禁字體

屈指初三夜銀蟾影尚微佳人妝甫就半面認依稀顧兔渾難辨棲禽不敢飛風前勤拜祝珠露暗霏衣

暑齋日暮荷風扇香薄睡半醒偶成短句

薄暮新涼延小院重整殘妝理釵釧小南強插一枝斜香襲疏襟神思倦竹簟藤牀偶睡佳雛鬟替引齊紈扇匆尼鶯喚夢初醒醒來猶把新詩卷

韜光秋憩

萬竹圍蕭寺肩輿入翠微偶乘秋氣爽到此俗

塵稀野味供蒲饌新涼逼紵衣晚鐘催落日歸思尚依依

同人分咏銷寒雜事

翻緜

生衣涼透易繁霜整頓吳緜試早裝刀尺秋風懷遠道篝鐙夜雨課高堂綢繆挾纊吟身健反覆牽絲素手忙比是狐裘倍輕暖何煩曝背向斜陽

糊窗

風刀獵獵作嚴寒新拓明窗眼界寬雪影冷疑三尺積月光圓隔一重看褻成未許蠅鑽透鈌處還留鼠齧殘縱有玻璃誇巧製何如雅潔護唫壇

自題梅花帳額

東風忽破衾池凍紙帳春回暗香送東額吳綾巧畫梅疏影垂垂壓清寢尺幅裁量護碧紗描成皓質本無瑕繡鴛莫羨銷金貴且伴儂人夢綠萼橫斜顧影饒妍媚霜雪爲肌冰是淚花亦

如人瘦可憐寂守寒宵同不睡常此花魂寄玉臺夢魂人影兩無猜半牀明月清如水試問美人來未來花枝入夢香侵骨人與梅花共清絕夢醒三更不耐寒滿身疑帶羅浮雪

西湖雜詩

簫管聲中盪畫橈衣香鬢影暗魂消流金橋與塗金墖不毀金鍋頃刻銷

集慶禪林落日秋昔時遊讌趁風流畫圖不鈌江山鈌空羨閻妃面目留

半閒堂外繞煙嵐疊石玲瓏曲徑探冷笑平章事樓閣丹青未及木棉盦

禁烟時節近三三陌上人歸渡錦驂桃李未開梅已謝春風鬧煞馬頭籃

桃花流水了無痕油壁香車杳墓門蕭蕭不呼呼小小西冷橋畔吊芳魂

十里湖光漾碧空湧金門外杏花紅土宜齊向湖濱賣黃胖春游樣最工

流水潺湲響不停飛來峯下冷泉亭媧皇遺恨

知誰補萬古天留一綫青

御墨新題濬復濃麝煙凝處印飛龍若非別取黃山產九里應無一樹松

松棚密密四圍遮槿樹疏籬一帶斜爲有普門香市好道旁齊賣本山茶

南屏山色最清奇斷墖斜陽影半欹一字沿訛存兩可黃妃勝建號黃皮

天竺進香曲

雨雲飛散晴雲豁春城一路泥滑滑筍輿侵曉

入山剎只怕頭香燒不著普門士女何雜遝渡
迷愿仗慈悲筏清淨持齋復戒殺千里朝山誠
意達一炷沈檀兩銀蠟繡旛禮佛願各發覓利
鑽緣笑老衲蠟炬頻更不見跋殷勤膜拜快十
合依依絮祝塵根拔過去未來參上瀛牟尼一
串珠百八南無觀自在菩薩

破曉憩雲棲洗心亭上

松古澹涵烟竹翠溼成雨獨立悤蒼茫幽禽向
人語雲破日初昇穿林紅一縷

時將入梅霖雨初作擁衾忘寐矢口成吟

萬斛愁腸抵海寬昏沈天氣病無端夜來添陣
黃梅雨湊得風聲分外酸
溼霧冥濛黯曙霞但聞繁響滴檐牙綠鸚簾外
聲聲報說砌階多落花

晚涼

好風吹冷然涼意侵々簟何處雨雲歸帶來三
兩點

聞雁

小坐剔寒檠長天落雁聲帶來秋萬里叫破月
三更消息此時遞關山何處征離人應不寐聽
得最分明

鐙窗展誦方芷齋夫人在璞堂詩集即題
簡末

讀書萬卷行萬里巾幗遠勝奇男子亥算靈長
甲第崇福慧雙修有如此清閨淑質亦清才咏
絮簪花各爭美（夫人媳女俱耽吟咏）才名品望冠當時一卷
新詩餘事耳瓣香我奉魯靈光天上神仙差足

擬若徒目以詩人詩不啻失肩養一指

上元節事小樂府

還鏡

詞驪別鵲夢魂亂泣碎菱花各持半密約他年
緣續斷市都闉節上元證舊物通新緣侯門不
惜明珠還珠還朗不缺圓鏡剛圓月金鵲化飛
應媿絕

撾鼓

滅字刺傷鸚賦自古英雄悲末路權門恥作微

員微賓前笑著岑年衣解衣兮不作淵淵兮伐
鼓援桴別作漁陽譜譜漁陽音鏗鏘棱棱傲氣
非清狂餘音猶繞漳水旁

偷笛

駕漢王宮上陽新聲三疊飄霓裳來宵聽訝瓊
樓上玅譜葫蘆笑依樣何處傳音試延訪人來
宮禁邊仙音飄九天引商刻羽心流連紅橋立
月偎乎偎瓜州擫篴懷他年

買鐙

鼇山已賜春鐙滿禁弛金吾愁苦短欲買朝廷
春夜展火樹兮銀花千門兮萬家民財物力豪
情賒一旦豪情節度願州十三錢十萬百年王
氣臨安銷國五祚鐙五宵

春日偕孫譜香嫺姊家鶴清姊書君妹泛
湖卽席酬譜香韻

小集褰簪娟水濱等閒肯負豔陽春六朝雲樹
繁華舊三月煙花眼界新買棹未教伸後約啣
杯聊復滌纖塵扁舟移向西泠去鷗鷺紛紛解

避人

翠螺閣獨坐有懷譜香疊前韻卻寄

清遊珍重別湖濱轉眼韶華又暮春料有瑤篇
添綺麗媿無佳句鬬清新花香易醉樓頭夢柳
色遙迷陌上塵一種閒情消不得娟娟簷月伴
唫人

外王母命觀圃中芍藥連日觴咏樂甚謹
呈長句

當階忽見紅尖展紙醉金迷次第呈色相幻成

菩薩面繁華預卜相公名未刪鄭國風詩舊猶
記豐臺月影明連日埽廳成雅集春遲芟尾酒
開甖

題梁韻蘭芬蕉窗覓句圖

披書鮮真趣横篴乏遠音新詩寫衷曲靜唫酬
素心主人愛風雅開軒傍園林綠蕉方展葉一
逕披涼陰陰濃上寮槁仿彿苔痕侵和煙色昏
暗翻訝斜陽沈有客獨來往溼翠沾衣襟推敲
細尋味約畧聞長吟亭亭不堪數鹿夢難追尋

虛窗雨聲滴秋意詩同湀

卽目

晚風庭院夕陽斜十二疏櫺啟碧紗忽見一雙綠蝴蜨飛飛飛上水萍花

西湖竹枝詞

不須鍋裏怨金銷第一明湖水利饒賣過荷花復荷葉橫塘秋雨種魚苗

風物西湖美不勝嫩涼天氣試吳綾溪盆權作瓜皮艇侵曉臨流采刺菱

秋晚

袷衣涼意透人倚晚風前別緒雕梁燕餘聲古樹蟬香霏庭桂早秋到井梧先坐久銀蟾上流螢竹外穿

送叔氏燕庭譽之官吳郡

一曲驪歌一斗酒河干折盡行人柳柳牽離思不勝情遠送華旌忍回首回首髫齡弱不知牽衣索果最嬌癡靈心會解連環玉學舌能傳絕妙詞酒邊琴畔譚詩格猶子相依數晨夕嗣後

蘭閨理繡筐謝庭閒煞吟詩筆今番別思動河梁秋雨秋風亟束裝花縣風清懷茂苑槐堂日麗永吳閶吳閶自昔繁華地珂里鳴琴慰湀意司馬青衫淚漫彈等閒暫屈風塵吏道旁忭舞快羣生黍雨棠風起頌聲五馬他年榮晉秩雙鳧此日記離程程途三百原非遠梓里何時錦衣返霽顏一隔夢魂遙湀情願祝加餐飯

雪凍等伴月冷了圓釀罄甕頭禦寒無策而簷梅一點微逗新紅矣暗香泥人頗

嬾岑寂因仿稽留山民三體詩咏之

密霰又將集朔風嘷暮鴉絮衣微怯薄今夜較寒些二

破凍拈毫炙硯辟寒把卷焚香誰向花間暗泣紅冰凝就嘷妝

嚴寒殘雪峭風天倦擁緜衾瘦可憐賸有梅花清不睡暗香催我理唫箋

苦寒

曝背日無力聳肩風有棱疏林寒噤雀敗紙凍

鑽蠅鑪火縮紅欹墨花疑黑冰薑芽齊斂手握管悄難勝

除夕立春口占

屠蘇飲罷酒三巡爆竹聲中物候新忙煞妝臺燦花筆錢餘殘臘又迎春

翠螺閣詩稾

錢唐　凌祉媛　茝沅

南園萍寄集 戊申

自北郭移寓南園即景有作

山林城市境誰如容我蘭閨一隱居小住生涯同寄燕等閒心跡悟游魚樓臺有限胸襟暢風月無邊眼界舒遙想翠螺舊妝閣照幃閒煞玉蟾蜍

玻璃面面拓疏欞微雨新晴總不扃開遍菱花池水碧遮餘樹色苑牆青梵鐘隱約來晨夕（鄰街近佛惠寺）詩筆安排寫秀靈從此鷺鷗聊結約何須載酒泛西泠

春閨

薛濤箋滑界烏絲自寫淒閨漱玉詞一字推敲嫌不穩碧桃花底立多時

夕陽斜上小紅樓楊柳依依最解愁燕子已歸香已燼簾垂閒煞月兒鉤

層雲淒黯絲雨泥人花飛滿階春恨如織

婢子愔紅戲翦綵絨製掃晴娘以爲祝
予愛其解事也寵之以詩
翦綵裝絨舊製誇舞衣搖曳鬢雲斜好隨夕照棲孤影漫向東風掃落花笑學紅兒持敝帚快迎青帝駐香車凌虛巧試珊珊步倩女離魂莫認差

磨鏡辭

嫩寒侵曉凝愁重倦倚鴛衾墮釵鳳驚閨樓外擊丁當和恨和愁破春夢夢醒迎寒怯卷簾曉

妝宛轉啟晶奩可憐病久常相棄容易塵紅澀翠添團團桂月如雲掩皎潔菱花堆古蘚鼻鈕龍蟠跡縱存眉尖螺暈痕難辨街頭負局試噓來拂拭磨礲到鏡臺轉眼光明依舊好瑩然照澈絕纖埃纖埃滌盡冰華映吉卜芙蓉佳兆應回思寶匣暗塵封妝罷摩挲疑雨鏡吁嗟乎漢宮遺製今猶在夜夜冰奩吐瑤彩幾番磨洗見光輝一樣圓蜍常不改

雨中隨母暨諸姊妹泛舟至皐亭看桃花

春光九十嗟彈指緜雨積旬愁不止愔春兼作愔花人清游忽被鬮呼起裊簪小集出城闉瞻眺風光愛沅沚青蚨三百租野航聯袂登舟坐篷底舟人解纜趁風行獵獵衝波去如矢雨絲煙縷蕩迴波頃刻行程十餘里俄焉山色迎人來入望皐亭散霞綺紅雨紛紛媚水濱素姿間雜風前李彷彿桃源舊徑通盈盈一片清流水相看人面似桃花醉態休疑杯泛蟻從今始信雨游佳漫道仙源隔尺只觴咏移時暮色催花

香載取歸舟裏

蘭生弟以蕉扇索題口占二十字寫以澹墨炙麝煤薰之髣髴飛白書頗足供清玩也

明月懷中墮清風腕底收井梧猶未落一葉已知秋

寄懷張沚芳藻馨姊

半簾花影月黃昏獨倚闌干欲斷魂春樹蒼茫縈夢想秋山依約認眉痕相思但恨音書杳接

坐難忘笑語溫最愛簪花詩格好一篇吟就願
同論

十三間樓寫望

繙經重啟舊樓臺大好窗明面面開一朵碧雲
漾天際恍添隱約遠山來

歲云秋矣梁間燕子將有去思絮語喃喃
昕夕無間豈其不忍別余歸耶爰作小
詩以祖其行

不須重問舊茅茨雲樹蒼茫故國思軟語呢喃

會識我長途憔悴最憐伊秋風怕咏樓頭賦夜
月誰歌塞上詞來歲花間早相待殷勤先爲繫
紅絲

巵言

雲氣蒸蓬蓬沖霄忽成雨神龍吸海波沛然散
下土迺非天源來仍由地氣鼓或謂水就下鑿
說笑愚魯我意頗不然寓言君可悟津涎藏丹
田升吸作咳吐山下有流泉轉旋飛瀑布若不
探從來錯等六州鑄

醬瓿覆美集塵竈焚焦琴錦鞍策疲驥珠彈抛
凡禽蠢俗殺風景舉世誰知音匪遭造化忌胡
爲辰與參念之不忍念但覺憂沖襟
蘇蕙無陽臺迴文錦不織長卿無陳后千金賦
誰識苟非困境遭安得奇才出造物弄微權無
端示頗側盈縮互迴環稾枯變華質茫茫闢闔
中機緘亦嚴密何爲蚩蚩者轉欲意罔測

紅葉

遠如野燒近如花掩映山涯更水涯雅背亂翻

催落日燕脂濃抹襯殘霞恍疑戰壘新懸幟最
愛寒山小駐車莫向風前感飄溷換回春色也
繁華

羃餘疏靄抹餘烟瘦蝶零蜂枉自憐名士文章
歸老境美人顏色感衰年一溝流水淺宮外三
徑涼雲古寺邊烏桕白榆相掩映冬心獨抱歲
寒天

贈彈詞女郎筠姑

鶯歌燕語試瓏玲逋髮鬖鬖正妙齡唱出孤城

楊栁曲雙鬟聲價重旗亭

賞雪

同雲如墨撥難開消息梅花破萼纔會啟煖鑪邀女伴翩翩都著羽衣來

喚醒癡龍譜篆腔紛紛鱗甲怒難降竹枝斜壓梅枝折淅淅瀟瀟亂打窗

翠螺閣詩稾

錢唐　凌祉媛　茝沅

珠潭玉照集 己酉庚戌

人日小酌即席分賦春蔬二種

黃芽韭

雪菜清寒號共詳嫩芽色許占中央杜詩陸句兼楊帖領取芳新一種香

紅莢菔

芳名曾記紫花菘葉似青蕪點綴工別有紅裳傳夢幻問誰唱出火吾宮

春雨兼旬小園花事盡廢書以破悶即柬新媛妹吳門

輕寒輕暖春風驕聲聲鳩婦喚林梢嫩晴天氣日未高烟絲霧縠迷層霄春陰黯淡凝不消霏霏散雨隨風飄縱然五色濃于膏沾濡已透春泥郊一犂既足沾麥苗胡爲連日還相遭纍纍不絕明珠跳池塘漲綠平畫橋苔鬚積翠盈腮寮堦前花木辭灌澆葉底流鶯梭倦拋粉黏溼

蜨香魂銷祠山生日漸次交飛觴翦綵稱花朝古梅娟娟新破苞嫩紅淺紫霏仙桃其他衆卉揚芳標二須占春光饒若使雲仍將日包萬花痕藉如殘絹好春風景夢幻泡只愁辜負韶光韶笑余枯坐耽吟毫宵湊懶把銀鐙挑忽憶紅杏江南嬌驛程三百何迢迢新詩一幅手自鈔鯉魚珍重乘春潮

讀袁家三妹合稾感題卷尾

本來慧業自天成珍重紅閨月旦評樂府好歌三婦豔詞華尤盛二喬名漫將薄命歸前數總爲多才累此生舊譜曾傳楊妹子飄零一樣不勝情

庭前有老桂數本翠蘚蒼苔紛披盈榦梅雨後忽滋細草若坩枝而生者諦視之則牙牌草也

天工地力破成例也逐人間試博藝莫云小草總無知幻作牙牌事遊戲此戲昉自宣和中牙籤徑寸勻裁工短長文武笑捭闔攙和錯亂忙春葱纖莖何亦解微妙點點葫蘆依樣肖三十有二數非奇二百廿七星同耀（牙牌數凡二百二十七點以應星垣羅列之）一瓣香痕透一張居然丱丱疊成場妝臺權把輸贏角鬬草何須午日忙

女遊僊

明河耿耿漏遲遲萬籟無聲夜靜時玉殿一雙青鳥集爲傳西母下瑤池

齊紈障素著衫黃呼伴車爭上七香只爲玉峯人不識名花從此愛唐昌

眉痕綽約甫髫齡飯食胡麻別有馨一尺硬黃新製絹蠅頭繡出灋華經

瑤臺筵啟酒開罌試聽雲和彩鳳笙不少侍兒奏靈樂新聲冠絕董雙成

分龍日以紅鹽一箸從陸氏聘貓雛翌日謝之以詩

吳鹽裹箸聘烏圓靜守蘭閨臥玉磚索飯從人知偶語看書伴我亦前緣微醺荷酒身常懶戲劈花絨耳乍穿是否願將因孽懺喃喃解諷野

狐禪

酷熱

老天開洪鑪大地作炙甕炎官威燄張旱魃虐權縱煎熬毒鮮加鍛鍊苦殊衆喘急胡牛奔聲停乾鵲哢北風披乏圖西爽挹無縫符六癸不靈伏三庚卻中著衣先汗流揮扇勿手空趨炎非吾儕逭暑商侍從亟喚素蟾來快把赤烏送纖潔碧紗廚髣髴白雲洞清宓竹簟陳香愛荷瓶供解渴瓜試浮迎涼草先種四更風露微一枕清涼瘳瘳入水晶壺絳雪元霜凍

七夕賦牽牛花

揉藍染碧影重重籬落疎花帶露濃忽憶畫屏人不睡一叢涼雨洗秋容

未了塵根亦太癡更從地下證相思銀河影落秋宵短蕉萃曉風殘月時

梁紅玉戰袍小像歌

生綃一幅裝珍重不寫妍妝寫忠勇兒女英雄事絕奇活潑丹青神欲動誰與繪者妙得真英英貌出韓夫人桃花馬上倦馳驟戎裝側立疑天神征袍一領好結束禿巾窄袖渾殊俗想見援桴助戰時怒氣干霄更誰觸江山半壁恨難消二輦終期返北朝方圖娘子軍聲振詎意中原志已搖浙臉惟知償故地秦頭甘事成和議金牌十二召須師朱仙鎮裏全功棄先生縛虎計東窗居士騎驢老故鄉漫云巾幗終無濟殺賊知難舊願償吁嗟乎昔日英名堪想像千秋名女兼名將披圖嘆息若有聞鼕鼕戰鼓黃天蕩

也

秋日買棹至塘棲訪親水程郵落風景絕佳雜述五章扣舷歌之頗覺其聲清越

宿雨破新霽晨曦媚暘谷肩輿赴河干秋容靜如沐呼舟作客游臨流豁吟目去去路非遥水程互迴複寒翠蕩空波鳧鷗遠相逐

封姨忽僭力十幅懸蒲帆蓬窗漾波影涼意欺征衫衝風獵獵行夾岸迷松杉犬吠見村落幽

景殊僊凡平橋跨谿口栁髮垂髟髟
十里王家莊五里三家村郵程數歷歷荒草棲
烟墩秋水浩無際縴路迷沙痕漁舟自來往撒
網蘆花根水鄉好風趣吟詩誰共論
行行日未暮已抵棠郪驛夾岸繞長廊市廛苦
逼窄曲巷指斜暉舊家此園宅戚黨見相歡依
依話疇昔一笑故鄉來此身反如客余祖居唐棲
作客頗不厭況得依所親當此清秋節尤愛風
景新魚蝦雜近市鵝鳥喧比鄰安得移家來卜

築棲唫身憯哉唐珏廬蛩語荒秋榛

有感

逝水匆匆感歲華春風一別滿天涯不如歸去
禽投樹有限光陰蜨戀花塡恨新詞金縷曲埋
愁遺塚玉鉤斜蓬萊爭說仙源近願乞張騫貫
月槎

鐙下寫南華秋水篇

懶向秋鐙剔翠蛾一篇浪寫意云何人生不及
魚眞樂無怪天天被墨磨

石間秋海棠一叢弱質幽姿娟娟可愛酧
之以詩

畫屏銀燭照深秋月暗牆腰倩影留生小凝羞
渾不語溫存含笑故低頭暱妝帶雨嬌如滴醉
臉迎風韻欲流立盡苔階清寢冷夜深霜露替
伊愁

珠潭曲

叔氏燕庭自蘇臺假歸後從事桑麻小
葺圃圃中有潭一泓每當宵半則纍

纍珠泡吐納潭心故號曰珠潭而里名
亦從此得也相傳其地爲賈秋壑別業
上下七百年而潭猶澄澈可鑑撫今追
昔感成長古一篇

一泓清澈平波漾明珠錯落澄輝朗素影娟娟
靜瀉春廣非十笏深盈丈皎潔涼同汲井華寒
潭小字勝桃花虛闌月映疑噴雪古甃煙迷誤
點沙縱云泡影成浮幻圓泛纍纍當夜半露點
斜飛共走盤雨絲密織難成串珠光潭影兩分

明從此潭新得豔名秋斂當年留舊蹟至今鑑
水發幽情豈似珠江通一綫源頭汩汩浪花濺
不然珠浦運泉靈地脈迴環無少間鑿言幻想
鮮折衷我今欲問空潭空空潭水淨不解語大
珠小珠跳玲瓏玲瓏仙掌列青嶂潭側有古石形似屏障號仙人掌亦舊物也恰好明珠擎掌上竹木樓臺映帶玄石闌
坐眺吟衷曠主人大阮興清狂花縣遙辭返故
鄉息景小園新拓地杜門抱甕傲柴桑澄潭波
靜騰輝彩夜光奇品堪同采由來川媚本懷珠

髣髴胚胎藏碧海遺址流傳七百年舊規新濬
芧山泉芧山泉一名珍珠泉亦南宋舊蹟也文明水利並毓秀此潭合
與稱珠聯

二十生辰自述

瑤池輕悔謫紅塵小住蘭閨二十春浴佛僧方
傳盛會洗兒母尚話前因頭銜自署拈花使才
調淡慙咏絮人溫清高堂聊盡職好將堅節勵
松筠
平時習靜愛焚香謝卻鉛華理澹妝索姊解詩
勞記憶從師學繡費評量修真未脫身前劫療
病難求肘後方今日熟梅風信緩花間祝嘏自
稱觴

閨友以綺疏咏物詩貺余得三十餘種可謂美且富矣余因補所未備成五首

眉匠

黛螺細刷理妝遲淺淺淡淡總入時別有匠心
能獨運不須京兆筆尖兒

壽字香合

玲瓏寶盒鏤金裝檀屑勻鋪引篆長道有長生
靈藥在不須重覓返魂香

指鎖

玉葱銀甲愛尖新解脫雙環細鏤金阿母堅持
開不得借他纖指鎖芳心

唾壺

粉澤脂香氣味聯病時常伴枕函邊箇中莫笑
都糟粕珠玉雙清落九天

翠鈿

翠鮮膏膩樣圓勻鬢角雙黏弱不禁半助悄妝
半療疾些些勝彼華陀鍼

與姊夜話

本是同行雁辛餘味並嘗髫年憐弟弱艾髮幸
親強剌繡隨肩習唫詩把臂商一般姜氏被風
雨此聯牀

佛手柑

不須祇樹種優曇妙手空空取次探蓮社儘多
如意草旃林別有合歡柑霜苞皺處微黃嫩露

掌擎時稚綠酣色界都從皮相悟禪機合向指
頭參三生證果塵根脫一笑拈花妙蒂諳檀座
皈心疑拱北蓮龕禮頂似和南新枝雅稱麻姑
摘嘉實難容橘叟談寄語諸天淡護惜慈雲濃
雨共濡含

書所見

涼欺竹簟清夢醒短檠挂壁鐙尚青闌珊曙色
通冥冥迎涼起坐開窗櫺花棚露灑茉莉馨曉
風殘月秋氣澄煙光澹澹迷莎汀白荷花立紅

蜻蜓

題顧螺峯韶手繪玫瑰花便箑

偶買燕支寫折枝天生紫玉妙年時些些香韻
些些豔能禁風前蜨不癡

新月上鉤夕陽晒綫晚涼院落吟懷悄然
砌卉盆花各含生意分栽短什聊期無
負秋容耳

鳳僊

金鳳僊乎僊幽花幻嬌小霜繁驚素秋露濃媚

清曉丹穴攢芳心絳痕染蒽爪佳名不敢呼盈
盈女兒好

雞冠

唬月悄無聲鬬霜濃有影如舞復如飛秋光一
枝頷瑣碎蹙丹砂翦裁盤纍頂獨立誇高官畫
圖寫英挺

金錢

圓迹日微鎔晴香露輕鍛本色卻不如銖三復
兩半（唐盧肇金錢花詩有本色金錢卻不如句）子午驗開落買笑豈煩喚

牽牛負聘錢欲借償萬貫

玉簪

娟娟玉玲瓏臨風放花早瓊臺清瘦幽鏡檻微香嫋霧鬢更雲鬟醉餘遺縹緲金釵十二行妝成都壓倒

小華鬘館主人供菊招飲卽席奉酬

四壁瑶花綺席張菊天風景快傳觴傲霜寫影詩同瘦和露餐英酒亦香秋色漸殘饒冷豔冬心獨抱殿羣芳幽懷我媿塵氛擾三徑年來歎就荒

翠螺閣詩稾

錢唐 凌祉媛 茝沅

畫省餘晷集 辛亥

元旦

元日逢元歲今吾卽故吾時和勤儉懍家慶笑言孚碧甕開新釀朱扉易舊符吟春催試筆梅萼暗香敷

試鐙後三日集吳山淳素山房觀演鐙劇

樓臺百尺羅綺裝屏風九疊琉璃張離合金碧搖神光廣寒仙子歌霓裳銀華寶炬列兩行月明忘卻圓中央此時觀者如堵牆紛紛幻作天花場一隊兩隊旌旃揚繽紛綺組織女相穠歌豔舞明珠妝翩翩髩影兼衣香琵琶絃索笙竽簧妙音宛轉調宮商忽驚赤燄騰熒煌火攻灼爚清輝彰恍如旭日搖扶桑金迷紙醉交相當或疑神龍來巨洋攫拏鱗爪爲低昂犀燃牛渚耀海藏魚腥尾炙升穹蒼或疑埜火焚崑岡綠煙朱燄紛飛颺蹲獅伏兔奔踉蹌棲鸞宿鳳驚

迴翔不然赤壁聯軍航舳艫縱火神周郎不然焦土嗟阿房丹青一炬誇項王其他妙技各奏長鰲山一座森光芒星流電逝難永望綵棚陳設紛琳瑯禁掌金吾笑不妨聲催玉漏情俱忘須臾微白生東方綺筵已罄流霞觴明星落盡日出剛鐙殘燭炧光微茫事作如是觀最艮熱中我欲投清涼

壽朱外王母陳太恭人七十

天上神仙侶女中師表身花齡新轉甲　楓誥

喜重申老去精神健平時德性純無量同古佛從此祝千春

遶膝附孫行承歡列錦堂試鐙風信煖奉爵日華長勁柏懷貞操寒梅發古香瑤池正開宴座上紫鸞翔

裏湖櫂歌

波光綠浸柳陰陰新種魚苗小似鍼五日東風三日雨裏湖水比外湖深

輞川莊外浪迢迢攜得青罇復碧簫商畧儂舟泊何處嫩寒春曉段家橋

病起

妝臺閒煞翠螺新病裏流光瞥眼更風外落花過小劫月中靈藥果長生久停梳櫛晶奩暗偶譜宮商玉笛橫卻怪燕雛解相伴飛飛常自傍簾旌

陰晴天氣費商量爲怯微寒閉曲房蝴蝶飛來春已暮薔薇開後日方長劈牋尚懶搜詩篋壓綫還慵理繡筐獨倚胡牀無一事爲呼小婢替焚香

松寥寮主藏有磚硯一方側鐫永龢九年四字古趣巉然洵文房佳品也奉題一律未識郎墨侯能點頭否

非瓦亦非鐵磚遺晉永和文章千載壽風雨幾人磨歲並蘭亭紀形殊竹節多（西域無石硯硯俱竹爲之）換鵝遺硯杳空有洗餘波（文房四譜越州戒珠寺右軍舊宅也有洗硯池今水仍黑色）

書宋器之梅華喜神譜後

寫生體物兩相宜百樹梅花百首詩試問丰神

何處好暖風晴雪月明時
菡破香殘各寫眞別從芳譜妙傳神廣平地下
應相慰鐵石心腸有後身

問花精舍即景寄松生時五月二十四日

柴門久閉絕人敲翠竹新抽籜尚包紫楝風過
春已暮黃梅雨作夏初交蛛絲零落猶牽網燕
語呢喃待補巢題徧蠻箋三十幅肯將佳景等
閒拋

六月中旬八日偕姊鶴清小姑蓮君遊水

僊王廟坐蓮池上納涼成長歌一首兼
贈女冠普明

炎官忽駐繖卻熱計無郵揮扇乏遠風拈鍼意
疏慵長晝如小年排遣無一可招涼愛林泉清
游願忽果侵曉出城闉風清涼欲墮同行僅兩
三約伴敢云夥游人集尚遲烟翠遠峯鎖寂寂
曉湖濱鬧紅繫詩舸漫云船總空客畏身揚簸蓮君不慣乘船故云肩輿遶隄行輕勝木蘭柁水僊謁靄
祠一勺迎神詧雛尼幸客臨應門解事頗淨室
邃且幽石磴掃苔坐松蔭壓庭墀雪龍鱗甲脞庭中有白皮雙松千餘年物也方池皺微波新蓮散香朵翠蓋漾
高低玉容爭璨瑳幻影說西方今宛託席左或
者界大千即在米一顆花國與禪林勝景測誠
叵更愛阿師賢俗例戒繁瑣香饌設伊蒲禪餐
屏烟火解渴試茶鐺塵譚勝炙輠清涼愜素懷
塵世忘坎坷寄語鷗鷺知訂盟有一我

秋夜同松生坐翠螺閣聞鄰笛感賦

畫樓風定月昏黃玉笛飛聲趁晚涼可是霓裳

新譜就有人偷曲倚紅牆

歸甯三月矣聞松生肺疾又作予以母病
逗留未得歸問宵深悶坐因成四絕寄
之

承懽侍疾戀庭闈顛倒心情百事違生怕靈藼
易蕉萃玉階忘卻種當歸
書不空譍到月斜當時小別勸秦嘉縱非獨客
天涯感涼燠也須珍重些
閒來弱筆費吟哦燭盡香殘奈爾何且莫嘔心

學長吉此身已彀病消磨
鐙前無計理妝鈿愁緒如絲劇可憐一種相思
何處著夢魂飛越枕函邊

敬書五世祖姑周太安人節烈記後（事實詳全淛省志及東越府乘記爲龍泓先生所述）

稽山山比峻越水水同芳大節鍾巾幗清芬達
尚方心貞梅傲雪骨勁柏凌霜禮節三千冠春
秋二百長貽謀懷木本數典寫蕪章少小紅閨
守艱難自屋嘗笑言徵靜肅舉止協端莊荆製

翠螺閣詩稾　畫眉餘晷集　六

釵雙股機工錦七襄孤貞原性格摯孝盡倫常
病憫護枝劇靈慳藥石商摧肝情力竭刺指血
痕涼（太安人侍母惟謹當母疾劇醫禱鮮應有人傳海上方云須指血可療太安人盡刺指血和藥以進病果立愈）
娟道三從仰閨儀四德彰殷勤操井臼精潔作
羹湯舉案誇聯璧懸弧慶弄璋牛衣方共泣雁
侶忽分翔社鼠開奇釁池魚受慘殃　王師旋
定鼎小醜敢跳梁攬臂顏嗤忿捐軀志激昂（國朝甫定鼎餘匪掠村見太安人姿美攬臂以行適過河干罵賊不屈投水殉身）雙孤遺白髮（太安人歿時二子均幼遺囑族人善育焉）一躍痛泉黃生氣三辰凜炎威六月
忘（時當盛暑三日後方殮凜然面色如生）涕洟傷戚里名實報膠庠（鄉里紳者無不感嘆因環籲黌宮乞詳牒焉）長吏生欽佩童孫快熾昌（家孫官州司馬荼遇）
請　覃恩　封　紫泥頒　鳳誥彤管錫　龍光豐樹河
干碣（有碑立蠶豆橋側題曰欽旌烈婦丁周氏盡節處）　恩褒道側坊棠梨
封墓隴芹藻薦祠堂（粟主入山陰節孝祠）餘恨難塡海沈冤
等赴湘七傳珍玉護一卷寶金相表已詞章富
（重修墓表爲湘潭曾侍郎國藩所撰）書還史冊詳琳瑯紛記載潔烈徧
稱揚家乘今虔展遺徽頌不遑

集禽言五章

翠螺閣詩稾　畫眉餘晷集　七

儒生生計將如何架架格格經史羅又是一年
春去了案頭稽古莫蹉跎
脫將布袴事耕耘布穀前邨綠似雲割麥插禾
還拔筍喚工做活替辛勤
春泥滑滑雨成湖挂挂紅鐙空自呼葉貴麥枯
情亟了笑伊猶是勸提壺
得過且過安樂多瘦兒何苦歷風波作客不如
歸去好一聲行不得哥哥
鵓鴣鴣苦聽魂銷花果無偷奈寂寥且莫聲聲

怨姑惡可憐婆餅已烘焦

蟹

介士橫行莫與儔霜天月黑聚汀洲豈知多足
翻貽患漫說無腸不解愁入世何煩戈甲擁殺
身終爲稻粱謀爬沙一曲黃昏靜鐙火前村斷
暗投

敬瞻岳忠武王遺翰謹書長古

是卷爲紹興八年夏所書凡十有三字
曰城上草植根非不高所恨風霜早筆
意蒼勁墨色淋漓誠眞蹟也近藏武林

姚氏

力振千軍撐半壁轉戰中原幾時歇將軍好武
亦好文揮灑霜毫如鑄鐵筆力堅凝氣古蒼墨
花磅礴生光芒森嚴活潑各臻勝好處直逼歐
栁王翰墨原非等閒事遺蹟流傳敢輕置電逝
雲馳七百秋鐵畫銀鉤十三字字字勁整飛海
鴻歲時欵式詳厥終英姿弈弈想英挺銅章壓
尾芝泥紅從來筆諫有深意況復偉人秉靈異
落落揮毫止數言當時奪盡奸雄氣勢餤薰天
非不高風霜曾奈歲寒彫秦頭厭日知難挽二
葦蒙塵恨未銷我思奪情重賜敕御翰宸章嘉
乃德不及風波紙一張翻令英雄長嘆息君書
不及公書艮鑾牋尺幅珍琳瑯桃谿廳事偶題
句零落惜已經滄桑吁嗟乎湼背深文久磨滅
臏有芳名榮竹帛淋漓滿紙墨痕濃和血書成
血猶熱

銷寒九絕句

朔風獵獵曉霜嚴釀雪光陰冷意添何事安排
新煖閣辟寒香篆卻寒簾

匆匆急景惜三餘凍筆雲霞燦未舒分得鄰鐙
紅一穗半烘冰硯半讐書

錦棚罷繡鏡停妝寒擁薰鑪坐曲房領畧殘年
好風趣破梅消息煑茶香

同雲潑墨雪飛花寂寂疏窗掩碧紗生怕瓷瓶
容易凍温泉清供美人茶

佳果涵香愛栗魁經風皺殼紫成堆筠籃鎮日

茅檐挂試取金鑪共芋煨菜畦新喜鬬三弓薄日微黄映晚菘風味别餐蔬譜外辛盤堆滿雪梨紅

檐際冰垂鵲噪稀晚來作勢霰紛飛紅鑪新煥堆花酒閒煞熏籠舊絮衣

香閨正喜綫添時九九圖成刺繡遲一瓣梅花消一畫不將粉本畫胭脂

素娥簾外寫嬋娟梅影横斜滿玉磚忍凍圍鑪眠不得今宵寒月了團圓

小除夕以舊作分編釐卷酹杯酒祭之

尋常花下理吟牋緗篋披來手自編已去年華成舊夢此中況味動餘憐嘔殘心血人都瘦祭到香鐙蠹亦僊賸稾零篇重檢取好留遺事話從前

分賦新年節物得狀元籌歡喜團以下爲壬子所作

及第占春風都歸掌握中輸贏權子母拋擲任兒童未必靈心具全憑妙手空阿誰誇獨勝一笑滿盆紅

也有團圞意紅鑪一夜圓餘懽留隔歲新喜卜今年鴿炭難爭熱烏金試共然何須誇厚惠遺送雪中天

楊花曲

春來不見楊花開春歸但見楊花落花開花落總無端逝水沾泥苦飄泊吁嗟乎桃花命薄怨東風汝比桃花命尤薄

放歌

異哉有客來何鄉客云來自崆峒陽廣成親授

長生方嗔鸞叱鳳亟束裝促我整霞帔爲我著雲裳向我耳語聲不揚瑤池阿母今稱觴珊瑚之枝高于柳驪龍之珠大如斗肅向瑤池九頓首玉女投壺開笑口金童執爵賜尊酒此酒一沾脣碧翁黄媪同長久借我雷公鞭駕我雲母軿阿香爲我御御我歸翩翩青鳥東南來銜書置余案上言長相思下言胡不願吁嗟乎人生誰不樂長生自憐凡骨修未成

翠螺閣詞稾

錢唐 凌祉媛 茝沅

尺八餘音

菩薩鬘

簷鈴驚破紅閨夢曉妝人怯餘寒重纖手捲簾衣風前放燕飛 落紅紛似雪倦了尋香蝶樓外易斜暉春歸人未歸

賣花聲

題美人拜月圖

鐙影掩蘭房寂寂昏黄春人拜月理殘妝花徑風來煙暗裊一縷心香 倩影倚迴廊羅帶輕颺弓鞋立盡露華涼卻怪嫦娥無一語没个商量

念奴嬌

季夏偕同人泛舟湖上時三潭荷花盛開柳陰小泊花枝壓船冷香醉人素影留客更于遠處望之見綠陰搖動時露靚妝帶笑含嚬彷彿西子浣紗時也

綠雲迷望繫吟舟人在藕花香裏搖曳舞衣渾不定挹取滿襟涼意素影淩波清芬入夢都把鉛華洗千枝玉立四圍煙水無際 當此小集裠釵碧筩喚飲幾度吟箋理世外軟紅吹不到消受湖天風味瑟瑟驚秋亭亭寫照送到斜陽未漁舟歸晚沙邊鷗鷺飛起

調笑令

紅豆紅豆苦爲相思消瘦遠憐風雪歸途彈得雙行淚珠珠淚珠淚人坐一鐙無寐

金縷曲

銀瓶井弔岳娥

不媿英雄後俯澄波翩然長逝貞魂誰偶當日風波悲父子三字獄成何有歎恨海終難塡就殉國縱非兒女事抱銀瓶竟向泉臺走留井畔漫回首 援枹肯學韓家媍便江山烽烟頓息奇冤莫剖一樣趙家乾淨土贏得芳名長久看鴛甃苔痕如繡環珮歸來潭影靜早月華流照常如舊懷古恨酹杯酒

栁梢青

清明日東步香妹申江

不定陰晴釀花天氣又屆清明記得年時櫻桃花下同聽鶯聲　而今隔卻郵程數不盡長亭短亭望斷天涯斜陽芳草無限離情

侍香金童

七月晦日爲金地藏誕辰謹拈此解以代香花之獻

會過盂蘭佛誕今宵屆放大光明通下界幾處

焚香庭院外貼地蓮鐙向風紅擺　祝長生一樣如來觀自在道常此金身不壞眞个愁魂超孽海多少癡兒下階膜拜

摸魚兒

己酉九月歸自唐棲布颿十幅穩渡秋風一路烟水郵程繫人吟思喜歸懷之可遣更游蹟之難忘卽景倚聲遂成此解

暢游悰匆匆幾日西風重打歸槳扁舟一葉斜陽裏帆影和雲搖漾嵐岫敞看倒映波心遠黛延秋爽蕭蕭送響更蓼漵飛煙蘆汀捲雪寒色動蒼莽　天涯路陳迹都如夢想獨憐鷗侶無恙疏疏禿栁長亭外省際都添愁况閒眺賞向篷背弦詩頓覺吟裏曠鄉關試望指埜水平橋一鐙紅處晚渡雜漁唱

唐多令

年餻

切玉妙能工香調桂米濃快登筵粉膩酥融仿

佛劉郎題字在誰印取口脂紅　佳號復誰同年年祝歲豐更團花簇滿盤中市上攜來紛餽餉須買到落鐙風（上鐙圓子落鐙糕杭諺也）

栁枝

牽春恨栁枝牽離恨栁枝折贈淩情流水知訂歸期栁枝　寫黛看栁枝數腰圍栁枝一縷纏緜萬縷絲寄相思栁枝

齊天樂

萬籟初寂涼月在庭清風徐來響動檐

鐵敧枕聽之使人黯然欲絶也

蓮壺漏靜蘭房悄清聲送來何處碎響循廊繁音繞屋好向風檐尋去敲殘夜雨似一曲淋鈴隔簾聽取好夢難成半窗鐙影黯愁緒　秋淚涼意漸緊玉關離思切遙和碪杵亭角烟荒樓陰月暗驚起棲枝雅侶無人院宇更落葉蕭蕭響攙蛩絮擾碎香魂枕邊如共語

蝶戀花

夏夜坐翠螺閣納涼

亭院鐙昏煙暗瑣靜夜迎涼斜凭闌干坐庭樹雅棲清夢安涼蟾飛上雲陰破　銀漢無聲秋澹沱露溼釵翹漸覺鬟雙嚲竹外流螢三兩箇隨風又向衣邊墮

浪淘沙

偕鶴清姊遊香山蘭若

蒼翠聳層巒苔磴躋攀重來梵刹訪香山三徑白雲秋色冷巖桂香殘　幽壑水潺潺六月猶寒繽紛花雨散旃檀一杵晚鐘斜日裏落葉聲乾

洞仙歌

朔風釀寒斜陽無信花飛成陣棋冷洌香斗室圍鑪疑在瓊樓玉宇中也媿無謝女清才殊覺辜負此景耳

凍雲擾墨正釀寒時候六出飛花滿巖岫似瑤臺僊子碎翦瓊霙看頃刻世界琉璃裝就　玉龍誰喚醒起舞迴風鱗甲紛紛撲窗牖消息問南枝漏洩春痕笑梅影也如人瘦且獨擁熏鑪倚妝臺道日暮天寒早停鍼繡

釵頭鳳

春盡日松生以病中所製春恨辭見眎因倚此聲奮之嗟乎青春不常白日難駐草無情而自綠花將離而褪紅撫景傷時實有所同慨者矣

春光杳春懷悄一場春事闌珊了絮飛盡花飛盡咒罵東風者般薄倖忍忍忍　啼鴂老啼鶯少綠陰滿地餘芳草恨相引愁相引日暮憑闌

香消酒醒怎怎怎

風蜨令

秋宵獨坐擷芳軒有作

舊夢憐釵鳳寒聲數箭虯經旬小別動新愁怕聽琦簫飛響上南樓　蠟淚燒銀燭香心爇玉篝瘦腰扶病不勝秋獨倚畫屏無睡待牽牛

虞美人

閏中秋

木犀香裏飛黃雪又屆中秋節賞秋須索酒腸寬難得今年明月兩回圓　瓊樓玉宇懷仙侶重訂游僊去嫦娥最是博人憐爲問廣寒風景可如前

念奴嬌

題茶䕷菴詞集

琴心欲語向花間奏出閒情無數舞榭歌樓游歷處莫笑詞僊吟苦舊跡青邱新聲白石訂就金荃譜酒盃跌宕鬢貫絲休嘆遲暮　曾羨韻事流傳雙鬟畫壁唱遍旗亭路一遂東風吹夢醒

不是尋常簫鼓側帽狂懷題瓊俊筆都把紅腔度江南春煖客愁堆滿煙浦

浣谿沙

栁絮飄零滿徑飛酴醾落盡雪霏霏一年花事又將離　坐樹唬鸎窺鏡檻銜泥飛燕蹙簾衣無人庭院綠陰肥

姪女芷沅性敏慧舉止嫻靜寡言笑七八歲時即解儷語嘗與其姊薔媛及余女苾媛同讀余偶以厚樸爲對芷沅即舉薄荷以應乙巳歲余之官吳下閨中吟筒迭至時得好句余極賞之比余假旋里門芷沅亦歸丁氏事舅姑相夫子以賢淑稱暇則倡和爲樂豈意曇華芬短遽撒塵緣姪壻松生傷之因錄其遺稿若干卷登諸木復乞余數言以識卷尾余自衰病日侵何心及此惟憶芷沅幼時每得一題攬筆立就著紙

後即復揉去亦不輕以示人余猶記其春眺七律云溪頭新綠平篙眼樓角微黃上柳鬚病中即事云因貪月色猶憑檻爲愛花香不放簾讀列女傳云德由天授非關學事貴人傳不在多閒情云親鈔眘史調烏麝細把心經教綠鸚五言斷句云平橋楊柳雨深院海棠風病多聊種藥愁絕不關花類此可誦者尚夥皆松生所未及搜撫茲片羽宛如當日牽衣問字倚案裁牋老淚浪浪不覺墮卷即書數語歸之具見松生伉儷之重余亦不勝咏絮詩寒之感云叔譽跋

松寧寮主屬

舞鏡集

西堂題

月府蟾殘雷岍鴻岨
池艸悲余庭葉感汝
繭獸緒零鸞悽鏡儛
銅苍易脃光藻滅吐
唯此寸心鬱爲千古

咸豐甲寅之秋

竣德初題

舞鏡集序

星沉婺向晨興弋雁之悲月暗參辰戒旦動離鸞之操天上之墜歡不少寶鏡孤飛人間之離恨何多珠絃再絶況復結褵伊始方將舉玉案以齊眉矧當卻扇未遙何遽扣瓊釵而折足望斷巫山十二媧皇莫補情天渡窮弱水三千精衛難填恨海荀奉倩餘香猶熨黯爾傷神潘安仁遺挂空瞻潸焉隕涕此我松生二兄悼懷詩所由作也君配莅沅凌夫人詩書舊族簪笏名門曹則大家左爲嬌女初也十年待字脩內則而能奉巾槃繼迺四德稱賢理中饋而克操井臼實家選壻崔盧仍兩姓之懽晉室求姻鍾郝本一門之淑奉舅姑而盡職曾調廚下之羹相夫壻以成名欲斷機邊之杼固已鮑宣室內知有賢妻許允房中稱爲令媛者也不謂春鶊秋蟀雨閱華年氏妁參媒重驚惡耗鳴女牀之鸞鳳空開稱意之花占子舍之熊羆徒佩忘憂之草墜到檐前鴛瓦噩夢爲妖誤看壁上虵弓

狐疑致病醫雖遇鵲菑侵二豎以難禳卜可憑龜煞犯三刑而莫懺襲異香于一室妙諦拈花降鈞樂于三霄上乘證果驚鴻大去空懷寫韻吳姬控鶴長辭竟作吹簫嬴女遂乃憂生炊臼張瞻愴懷哀動鼓盆蒙莊增痛理錦衾兮獨抱玦訣傷離顧繐帳以空懸鞋諧悟脫香銷粉蠹繡匳之金鵲分飛簡斷牋殘妝閣之翠螺冷落然而塵封脂盝猶記殘痕欸暗油缸堪尋舊夢金錢撒帳枕邊聯鏘臂之盟玉管催妝鏡裏認

畫省之彩公子留秦之日鳳侶曾偕王孫質趙之年雞鳴同警太息琵琶僊去魏東阿撫珊枕以悲哀相思環佩魂歸劉禹錫理朱徽而悼痛是卽達觀齊物未能消兒女之私太上忘情不免下英雄之淚況夫騷人解賦寄興蘅蕪才子能文工吟豆蔻本說相如善病更憐平子多愁淚漬青衫未博投壺之笑香添紅袖徒思拊瑟之歡憶前番楚國委禽已雀屏之處中恨此日秦樓跨鳳復鴛牒之空存舊恨紛來新愁迭至吁其甚矣傷如之何爰是攜玉楮以鐫愁撫銀箏而彈怨悵彩雲之易散歎缺月以難圓飛雉長悲如聞夜月定情之曲哤烏暗泣怕聽秋風長恨之歌僕與松生綺歲論交髫年結契鱣堂習禮同列師門鷗國尋盟況關戚屬論玉臺之倡和因秦嘉而獲覩瑤章媿下里之謳吟幸蘇蕙之早題巨製以故相知有素所見非虛今者南浦烟波僕正遠游于吳市西泠風雨君方悼逝于楚潭示我小詩率爲長序嗟乎坤靈乞合

懽之扇少女風微牟尼拈記恨之珠夫人星墜杖廬舊制似子真之善守妻喪齋奠新營異孫楚之已除婦服

咸豐二年歲在元黓困敦孟秋上澣姻愚弟高望曾頓首拜譔

亡婦凌氏行略

媍姓凌氏名祉媛字茝沅錢唐人父名詠光祿寺署正母朱安人光署公生二女一子長爲余嫂次卽婦也生而頴慧七歲讀書內塾朱安人授以毛詩內則諸篇時能窺其大義尤嗜詩十歲後輒吟吟亦輒工所作雖無淵源頗能肖古性幽嫺凝重族戚罕覩其面女紅之暇偶及楮墨書法亦勻秀時作小詞㬅聲自度飄飄然有出塵之槪外舅姑絕愛憐之性又至孝能得親

懽時外舅橐筆客游歲晚賦歸團欒一室未嘗不顧而色喜也年二十來歸余事兩大人惟謹御僕嫗勿加辭色雖不親操井臼而督理家政井然不紊余或宵分坐課必挑鐙佐讀鍼黹餘暇兼及倡酬余禀質旣弱嗜好中之肺疾時作婦親承湯藥昕宵無倦容辛亥試余卷因污墨被斥衷甚鬱鬱婦固期余艮切然余方多病曲爲慰藉曰讀書志在聖賢豈以功名得失爲病邪會外姑患風疾動止維艱婦日侍蔘苓代籌瑣屑以故歸余以來歸甯過半旣而外姑疾漸劇婦以父衰弟弱內政需人膝行各廟私誓身代亦未與人言後于壬子上巳偶拈放歌余訝其結語不祥詰之淚下涔涔旣曰行將逝矣吾身已代吾母矣并囑諱言恐增親憂未幾外姑疾漸瘳而婦病竟不起豈彼蒼感其孝而從其志歟抑修短適符其數歟呻吟牀第兩月有奇及病篤時顧余曰子今日甯忘前聘邪余頷之且曰余病已不起恐他日嫡繼無以分子盍早

圖以慰余志先自余聘沈氏錢塘貢生名文緯公長女未來歸而卒時有迎主之議兩大人以長婦未入門逡巡未果及婦歸屢相促今際病革猶能顧大義兩大人嘉其意因命丙迎沈氏主于家婦聞之欣喜竟日且呼沈氏爲姊時距婦亡止十日耳噫謂之知禮豈過譽哉婦于彌留之際尚以讀書養身勿貽親憂毋爲余念相勗含淚直視者凡兩時旋呼家人易簀從容而逝婦以道光十一年辛卯四月八日辰時生歿

于咸豐二年壬子五月二十日未時存年二十有二無子女著有翠螺閣詩稾四卷詞稾一卷明年癸丑春二月二日權厝于金沙港環壁橋之側嗚呼婦秉性儉約恆居不著華服遇不給者每周貸之尤好持華嚴諸偈夙有離垢之志歸余一載餘未嘗有間言處娣姒間克敬克和臨事寬而不苛緩而能周從不作疾遽態故三黨咸稱其賢而惜其夭也余自婦亡百憂蝟集默默不欲語加以鼙鼓震驚人事間阻何暇理

及筆墨惟是余婦一生言行若不亟行纔述懼將就湮因麄述梗概以告立言君子采擇焉九原有知不獨余所深感也已咸豐三年夏五月

錢唐丁丙淚書于新登寓齋

悼亡

一別悽惶了此身可憐欲泣也無聲招魂衹望疑來夢懺佛難償往日情已續鵾絃驚再斷空持鴛牒證三生壁間遺挂分明在舊恨新愁兩度并

憶昔庭開卻扇筵職修內則共稱賢小姑爲試調羹味大婦同賡咏絮篇書勸少譬憐我弱藥因多病累卿煎回思往事都陳迹怕理妝臺舊翠鈿

婦儀淑慎女儀貞歎息萱闈病幾經不厭驅風薫艾蒳更勤排日進蓡苓親衰每替持家政弟弱尤殷護穉齡一事外堂愁絕甚重泉何處盼歸甯

珍重溫柔少女風館甥時寄丈人峯養痾心力常勞爾錯意功名幾慰儂替翦蘭釭宵課永互酬絮什別情濃珠潭潭畔吟窗冷從此含酸怕過從

七旬牀第痛呻吟噩夢爲妖最愴神病莫能興

還撫姪彌留時姪立誠亦患恙尚憶及之歿而猶覩爲思親婦當垂危余嫂泣曰
盍俟父來以訣一面及外舅至僅含淚直視而已拈花早脫長生願證果空留
不壞身病革時自言仙樂來迎歿後咸聞異香滿屋不散安得鴻都仙士在黃
泉碧落叩前因
數遍彌留十二支歿時自子暨亥數訖絕語淚枯猶盼我多時
始知再造醫無術虛算三年偶結褵含玉忍教
卿目瞑沈珠定與姊肩隨謂沈氏九原寂寞如相
憶環珮須偕入穸遲
延齡北斗原空求余至法華山設醮卒不應萬種情深付水流

小謫紅塵剛佛浴厭居白屋竟仙遊病中曾言家屬將營小屋使其
獨居母姊百方慰解終莫釋疑豈以厭居塵世而小屋特其寓言邪嫁衣成殮香猶護寶鏡
封匳影亦愁記得去年除夕讖燭花雙折舊妝
樓去臘歲燭未竟而滅殆先兆邪
紅消碧歇惹愁多爛錦年華委逝波殘夢怕聽
雞警旦良緣空盼鵲填河媿無騎省傷秋感敢
效蒙莊箕踞歌賸有翠螺遺稾在梓傳我願費
編摩

生生死死總爲情多色色空空皆緣意造感華
年之不駐驚逝水以難停月瞰虛幃冷三載文
鴛之夢鐙搖短燄領經年別鵠之悲能終局者
曰情人惟求舊少收場之謂恨逝者如斯吾友
丁君松生衛玠風流王戎瀟灑結簫鸞仙侶訂
姬姞良緣蘇若蘭織錦工詩薛靈芸針神善繡
固已歡聯儷影喜慰從心矣而乃薄命有徵美
人無壽彩雲陡散璧月難圓翰林之鳥聲哀錦
瑟之絃響絕翠螺賸墨搜盡篋以傷心白奈開

花過珠潭而增慟此身漸覺百事非宏密約虛
留三生誰主於是感羅幬之淒夕效白傅以書
哀斫地而謌呼天試問夜深難覓斷魂則扶夢
樓西大暮不晨抱影而追蹤硯北悲哉此境人
也天乎僕夢醒評花身捱浩劫鶴巢已隻鰥目
常開對卷裏之崔徽皤鬢絲于潘岳嗟嗟注命
宮磨蝎如此坎坷悟漚槿因緣者般搖落此日
草栽獨活須知我輩無情當時花隕合歡莫謂
天公太惡咸豐三年仲冬韻仙弟金繩武拜跋

于評花仙館

舞鏡集　跋　二

武林倪廷蘭香谷董栞并書

武林任有容齋重栞

信芳閣詩草

陳蘊蓮

序

信芳閣吟稿一編經當代諸名家評閱者無[illegible]搜有奇共賞毋容姿贅譽辭自取雷同唾拾之誚矣

國朝文治光昭才人輩出二百年來璇閨傑作直可上掩玉臺新詠之編余就此三四十年中奉為閨閣大家者向惟心折錢塘方芷齋虞山李紉蘭兩家謂其天才亮特一時無與頡頏今讀信芳閣詩詞諸作則天分人功鑄辭命意實已兼有衆長

盧前王後幾不敢定其位置瓣香之奉茲乃鼎足而三嗚呼盛矣夫人繪事絕人昨於向庭參軍篋頭得見一斑則固兼有孫漢陽惲正叔賦色寫生之妙其手錄吟稿全帙楷法清勁流麗深得文衡山太史丰神諸君子未有讚頌及此者瑚於用筆之道略窺門徑竊為三絕能兼固未肯遠讓李唐鄭廣文者讀竟附識一言於卷後世之具慧眼者或不斥其言為河漢歟

道光辛丑仲秋六日石門方廷瑚書

序

嘗聞鐵雲鉥月巧奪化工刻翠翦紅才驚絕豔王尙書之宦囊一官一集溫飛卿之腹笥八韻八叉斯亦足以繪月露之高華狀山川之壯麗矣顧研香作屑每粘才子之筆端集錦成囊未著閨中之韻事豈不以興搖滄海足為豪翰之驚春鎖紅樓絕少江山之助乎然而詠到春椒爭傳頌體銘成秋菊雅寄高懷議曹固是無鬚進士何妨不櫛乃知蕙心蘭質分餘韓泊之牋繡口錦腸奪得江郎

之筆等陳宮之學士邁魏氏之尙書昔誠有之今亦宜然

慕青女史穎擢蓉江名高蘭閥稱閨中秀有林下風茜窗繡暇習徧史書紫府夢游飫餐仙篆總髮趨庭文勒香山之石濡豪述史名傳班掾之家又復神契二奇心專六法桃腴杏瘦分點脣紅山遠水清澹描眉翠每成妙繪必綴新章若邇良辰輒傳佳詠遂使筆垂秋露未足比其清華思湧春泉奚能方斯潤澤斯固宿慧之天成抑亦性情之相

近也夫愁苦之音易好歡娛之語難工故謝庭詠絮興王郎天壤之悲蘇錦成文起竇帥邊庭之怨爾乃趙姬才識以虞璉而益彰徐淑文詞因秦嘉而彌顯若盌香爐共評金石梅窗竹屋商染丹青既擅薛媛左妹之才更兼萊婦鴻妻之舉況復郎君薄宦彩鬘相隨途路長征輪蹄消盡岱雨燕雲吟肩並秀橋霜店月詩骨雙清凡斯眼底之廓寬盡入豪端之揮灑故能洗盡鉛華之氣獨標俊逸之詞裁花翦葉居然金闕仙才綴貝編珠半是玉臺新詠以之比踪英傑嗣響詞宗陋容華鸞鳳之章薄崇嚴璧圭之句余幼耽吟癖心血嘔枯老染沉痾才華竭盡琉璃之硯匣長封翡翠之筆牀久棄清才斧藻熟聞道韞芳名老眼昏花快讀令暉佳什一編須到開緘盡是琳琅七字吟安擲地應聞金石漱薔薇之芳露齒頰俱芬熏蘭芷之妙香心神交爽從此遴風月而選章付棗梨而問世傳播藝林並儷遺芳之集奪標詞席齊驅漱玉之編云爾

道光丁未上元山陰殘梦老人汪潘素心撰

序

齊妃雞鳴鄭女雁弋皆三百篇中賢婦人之佳什也世謂女子無才便爲德豈篤論哉左君向庭以翩翩佳公子佐鹺曹工於吟咏與余交最久素稔其夫人陳慕青工繪能詩庚戌冬余攝篆海防向庭以信芳閣詩二冊示余寒夜挑燈讀之無體不備乃歎曰慕青之工詩卽其工繪也古人謂摩詰詩中有畫畫中有詩猶憶前五年向庭道出東邑遺余一軸余喜其筆墨活秀見畫卽決其能詩今

信然矣夫化工一畫工也詩人一畫工之筆也今觀其詠山水花鳥宛繪其生動之態詠家庭倫常曲繪其孝友之心然則慕青之詩卽作慕青之畫讀亦無不可至其相夫子勤儉有禮互相警戒猶有齊妃鄭女之遺意焉乃援筆而爲之序

咸豐辛亥春三月漢易蕭德宣撰

序

自來選詩者以閨秀一門置之卷末竊以爲未得大聖人三百篇之旨也三百篇首列關雎關雎者太姒之徽音卽千古閨秀詩之權輿也其時葛覃卷耳化之於上南國夫人有采蘩采蘋也宮嬪妾御有小星江汜也賢媛哲婦有柏舟之矢志綠衣燕燕之傷己也開一朝風雅頌之先聲實自宮闈諷詠基之假令刪定出自後人必以七月東山公劉卷阿周召諸公之作爲壓卷矣自來操選政家

惜無有仿此以選一代之詩者余同懷妹二人其一淡如適中州白氏其一慕青左向庭鹺尹室也兩人姿性明慧絕倫慕青尤韶秀端麗余舉業之暇課之如弟嗣隨侍 先君子宦旌陽共聞過庭之訓每拈一韻語輒蒙 先君子許可爰是寶愛異於常兒淡如詩淸超絕俗有春暉閣一卷惜不永年學力未粹其壻子威參軍歿於廣陵詩亦隨廣陵散矣慕青之詩天分旣勝而又專精致力博洽群書其一種纏綿悱惻之致大都發於樹萱草

慨杕杜詠草蟲而吟風弄月流連光景之作特其緒餘洵乎得溫柔敦厚之教者矣吟咏之暇猶有餘力為花鳥寫生邇年偕向庭遠宦津門兩人俱以詩畫相切劘一時有管趙之譽津門地當畿輔閒官清況吏隱恒兼慕青乃以詩畫易貲硯田之潤轉勝於折腰五斗矣由是公卿延譽遐邇傳聞自臺省封圻以至僚友徵詩求畫紛至沓來口誦手揮得瀟灑倜儻之概誠吾家不櫛進士也客歲余續修家乘曾採其詩數十首刻入潁川家集頃得向庭書知將以慕青全集付梓囑余一言為弁余喜其幼耽翰墨今乃克底於成顧安得默默無言已乎遂欣然為之序

咸豐紀元歲次辛亥同懷芝房兄祖望序

序

傳云詩言志歌咏言若是乎志之所在當必藉詩[illegible]以達之而要皆存乎人之性發乎人之情三百[illegible]不盡忠孝之言然亦勞人思婦孽子孤臣之志[illegible]勃於中而後宣天地之奇洩山川之蘊詩固非[illegible]然苟作也余自垂髫時秉先人庭訓偶一拈[illegible]為韻語少長覺女紅之外惟翰墨足以涵養[illegible]而通我誠欵暢我襟懷尤於詩有偏嗜焉迨[illegible]後侍宦遠遊經西泠歷楚南攬聖湖花月與夫[illegible]瀟洞庭之勝遇賞心處輒為詩以咏嘆之自媿[illegible]植鮮學迄未敢自信為佳間亦以所作呈　舅翁輒蒙許可由是益私[illegible]沾焉寤寐所勿忍舍伉儷在室惟事唱酬中歲隨夫婿官津門去家益遠

阿母且八秩矣眷念慈闈亦惟藉吟咏以抒寫其烏烏之情然則詩之為用誠大矣哉穎幼習作畫染翰為花鳥木石虛名所被丐者益夥由是分力於繪事而詩學幾致荒蕪[illegible]夫直[illegible]

如王右丞趙松雪輩而又勿忍棄畢生眞性以錮於寘漠無知之鄉爰取數十年來所存詩釐為四卷以畫易貲付諸梨棗非敢妄冀永傳其或以此存吾之志而留吾情性於天壤間是亦此心之不容已者歟或謂詞章非閨閣所宜則古作充棟汗牛未嘗棄巾幗而悉取冠裳也則無待余之置辨矣

咸豐紀元六月上浣自序

信芳閣詩草卷一

蓉江陳蘊蓮蘋青

月中梅　家大人命作時年十二歲

鉛華不染任天眞雪壓霜欺倍有神莫道幾生修得到此身原是月中人

擬宮怨

滅卻春光早閉門梨花滿地月黃昏含情欲向君王訴團扇猶存也是恩

旌陽道中早發

踈星欲沒霧昏昏猶見山頭落月痕淸切鄰鐘敲不住人家多半未開門

和芝房兄皖江寄示移寓宣州述懷原韻

久作他鄉客能安即是家無魚莫彈鋏有地可栽花積雪雲浮嶺垂虹月貫槎歸鴻頻寄語不覺在天涯

接洞庭三姊珮玉書

搴蘭采芷君思我聽雨挑燈我憶君木落洞庭消息到南飛羨殺雁成羣

擬古

坐月宵復深不覺露華冷一聲絡緯鳴梧葉滿金井

睠言連枝樹遠望衡陽道道遠莫致之且喜雁來早

客舍偶作寄芝房兄 時尚客皖江

客裏秋來早驚心景物非雲濃天不雨風定葉還飛砧杵聲何急刀環望又違忽聞南去雁已作一行歸

秋懷

晨風歸北林鴻雁皆南征羈人當此際悵觸不勝情無將大車驅驅車塵滿軸塵滿猶可拂衣單不可服飄風發發來穿牖復破屋飽聞好消息車裘不可驚曠哉陶淵明不作窮途哭怡然酒一壺獨對籬邊菊我家芙蓉村數畝環水竹曷月余還歸金錢燈下卜

客舍遣興用陸放翁臨安初霽韻

簾櫳疎雨細如紗閒倚雕闌玩物華淺碧凝烟新柳綠深紅着樹半開花一池水滌端溪硯兩腋生頷瀹茶身在十洲圖畫裏任人比作列仙家

客舍燕來巢敬步 家大人韻

休論爲主與爲賓飄泊他鄉合比論羣羽烏衣花下侶綠天紅雨客中春豈求大厦尋前夢但借茅簷寄此身羽尾翛翛棲未穩哺雛總足一番新

擬古 時家大人被議罷官攜家寓宣城客舍賦此述懷

皎皎當頭月流光滿前楹徘徊流光裏愁思何縱橫宦海足風濤飄泊如浮萍阿爺吏治最雜草生

訟庭素稟四知戒不屑三窟營一朝罣吏議花縣停鳴琴穆如風雨袖匏繫羈宣城何當賦歸去婢織僕自耕草廬蔽風雨林園無俗情關山恨難越旋葛嘆屢生願爲雙黃鵠奮翅起遐征

侍宦隨雁行跡羈在江北展轉懷故鄉中心愴以惻人境憐芙蓉靜對君山碧行當返歸棹骨肉一朝集理我舊瑤琴樂我好[illegible]石臬臬庭前花向我[illegible]笑靨念此心[illegible]然承顏[illegible][illegible]徑

[illegible]甲浦佩蘭大姊

錦箋頻寄脊鴒詩嘆惜年華半別離若問何時同翦燭桃花春水是歸期

舟中晚眺

怪樹迎人立奇峯侶虎蹲蒼茫烟水裏犬吠欲黃昏

野泊

月黑草驚風沉沉野寺鐘孤舟何處泊漁火一星紅

高淳湖玩月

遥天空翠撲肌膚冷月無聲白滿湖縱有鵞溪好東絹難將清景畫成圖

還鄉感賦

迎門骨肉喜扶將好時亭臺幸未荒硯匣筆床重拂拭雪泥鴻爪已茫茫

記得塗鴉學賦詩最承色笑慰重幃椿萱榮茂田園樂凄絕追懷大母慈

喜晤佩蘭大姊

憶昔鄉園別我尙雙髻垂牽衣復執袂凄絕難致歌罷鄰娃戲語催予歸有日漫低徊莫辭辛苦殷勤采明歲春風姊不來

偕冠梅蓉卿仲蓮過怡花館看新竹限韻

幽齋結伴喜重經一片清陰拂滿庭雨後笋抽新榛碧風前籜解舊時青虛心似爾纔佳士勝友如雲少白丁未識放梢深夜裏幾回好夢打窗醒 調纓亭主人

理安寺訪月樓上人

一徑穿雲入雲深冷逼衣野花沿路放山鳥避人

飛松影迴青嶂鐘聲出翠微叩關共揮麈法雨滿林霏 寺有法雨泉

柳絮詞

暖烟情日影濛濛飛去飛來只任風莫恃身輕亂飄泊也應防墮溷泥中

一片春痕寫渺茫短長亭外又斜陽東風觸起纏綿意不是離人也斷腸

送春

杜鵑聲裏落花紅九十韶華一瞬中我欲送春無

省
不知風露深靑琴松下弄萬籟寂無聲花間[illegible]
動

畫梅

風標何必染胭脂一任冰容不入時掬得淸泉歸
墨沼暗香疎影弄參差

月夜懷司蘭六姊

可憐今夜月寂寞倚闌干淸露竹間響微風松下
寒山空猿嘯急天末雁行單壁上留題句籠紗墨
未乾

春日漫興

韶光最好惟三月半是晴明半是陰花影上堦知
月午苔痕滿砌覺春深茶浮雀舌新攜鼎笋煮貓
頭乍出林細玩物華堪寄興援琴幾疊譜閑吟

舟次姑蘇

聲聲欸乃促行程一片離心夢不成野寺鐘鳴知
夜半輕舟已近闔閭城

偕蘭溪嫂游平湖

渺渺平湖氣佀秋我逢勝景每勾留何當再買山
陰棹把酒攜琴月下游

歸甯將次里門舟中閑眺答外

鄉近翻嫌路轉賒蓬窗指點答泰嘉一灣流水桃
花遶幾疊靑山雲錦遮讓畔農夫勤黍稷攜筐蠶
婦治桑麻不須更向長年問綠暗紅稠是我家

送外

莫向罇前怨別離送君不獨我依依但看衣上慈
親線密密縫時怕晚歸

月夜

涼月閨中只獨看憐他牛女望團欒閑堦立盡梧
桐影露濕雲鬟不覺寒

中秋

拜月月當空離人思未窮闌干雖獨倚明月總相
同高館笙歌夜深閨寂寞中橫琴不成弄花影下
庭東

倚闌

纍纍紅豆已含丹無那離懷悄倚闌生小不知門

外路梦魂何處覓長安

西瓜燈

采摘曾經月毳西雕來宛佀碧琉璃解煩豈遜崑崙玉照讀何須太乙藜紫餤自宜輝翰墨丹心忍使棗塗泥玲瓏製奪天孫巧當作冰壺入品題

司蘭姊寄詩見懷卽和其韻奉答

靈禽連日噪庭除正値花飛得報書慰我離愁千萬斛雙南金重也難如

前詩未盡所懷復用長句寄慰

江北江南遞報章草生好梦繞池塘白雲渺渺家千里綠水迢迢人一方惜別空庭對花柳思歸客邸憶星霜數行書慰天涯望秋巳爲期話轎膓

梦囘

梦囘支枕思依依蕭瑟窗前葉亂飛猶是孩提舊時態慈親欵欵屬添衣

將赴楚南寄懷蘭溪大嫂

憶昔深閨裏相依共簡篇聯吟明月下分韻䓫花前烌水獨洄溯春華各勉毋[illegible]懷何所獻[illegible]

君賢

遊金山寺

中流誰結宇勝境好留連飛閣臨無地長江遶[illegible]天探幽穿曲逕極目上層巔坡老談禪處名[illegible]並傳

舟中晚眺有感與外聯句

風正帆懸一葉輕慕青飛飛孤鶩晚霞生亂山[illegible]滴衣裳重向庭遠岸星搖漁火明梦裏何曾還[illegible]省慕青途中難得是和鳴海潮不入瀟湘派向[illegible]

囘首蒼茫千里情慕青

舟次岳陽喜晤佩玉三姊

昔憐君遠赴瀟湘後會俱愁愈渺茫今日相逢渾是梦音容各自細端詳

天涯契濶十星霜何幸相逢又一堂喜極忽驚身亦客白雲同望愈茫茫

偕三姊夜登岳陽樓

岳陽樓高高接天分明人語白雲邊尋常一[illegible][illegible]只覺今宵分外圓

和外子舟中即景

雨愛烟波晴愛山耳邊細浪又潺潺郵禁同首[illegible]
天末何處白雲是故關

春閨雜詠

閨中之樂樂何如草色苔痕徧不除展卷堪消春
晝永焚香端坐誦關睢
玉樓人醉繡慵拈貪看春山自捲簾欲放一雙飛
燕入愛他來去似鶼鶼
東皇着意弄芳妍嫩柳穠桃景物鮮欲譜閒吟翻

古調一番細雨慢琴絃
乍晴乍雨小庭中一片斜陽院角東女伴相邀棋
半局不知新月掛疎桐
挑燈展卷坐臨池得失推敲暗自知凭几渾忘宵
漏永小鬟低說又吟詩
隨意揮成九畹蘭但將懷抱寄毫端肯教荆棘同
爲伍露葉風枝仔細看
閒來煩惱自家尋無限蒼茫弔古心多少英雄兒
女淚一時到眼又沾襟

水光月影浸堦墀簾幙風輕香自吹只覺花陰
袂濕禁他冷露立多時

寄慰洞庭三姊

憐君遠宦洞風塵十口飄蓬楚水濱菊可飡英蘭
可佩莫愁山鬼善傷人

舟次琵琶亭即事

二郎洲畔總宜舟紅粉裊裊坐兩頭一曲琵琶江
月白依稀司馬舊風流
琵琶急響暮江頭兩岸灘聲咽不流雨雪風濤驚

倦客爲儂譜出四般愁

赤壁懷古

江空月小壘山高黃泥坂下艤輕舠狂濤激岸風
夜吼似聞桴鼓鳴江臯東望武昌西夏口大江洶
湧山岩嶤沙沉折戟不可覓難將磨洗尋前朝緬
昔周郎擁旄日年逾弱冠何其豪八十萬軍同日
死數千戰艦連營燒烝相逃如喪家狗曳兵棄甲
許昌走方信江東尚有人從茲臣節暫時守嗚呼
王室衰微大業空阿瞞虎視掃羣雄又延炎漢卅

年祚端賴鏖兵一戰功

湘江道中

九疊屏開雲錦張蒻江風駛泝衡湘舟經屈子行吟處一路汀蘭沅芷香

乞巧

也向中庭笑語和暗將心事訴銀河從今不乞天孫巧乞得多時別恨多

白菊

甘讓春花占豔陽高懷原不伍羣芳白衣送酒來

仙侶一醉渾教色相忘

閑披鶴羽自徜徉淡立風前骨自香采得延齡眞妙藥好同四皓老仙鄉

病中

病魔欲去尚懨懨書卷縱橫塵滿奩開盡好花花未繡新詩贏得篋中添

昭君

妾本承恩願報恩琵琶一曲靖邊塵寄言漢代麒麟閣莫畫將軍畫美人

輕寒

一庭烟靄翠交加風露微微透碧紗正是輕寒紅未整畫眉飛上海棠花

白牡丹

穠芳偏是厭鉛華富貴人家第一花猶幸未遭妃子捻至今留得玉無瑕

敬步 家翁山塘買花口占韻

袖滿清芬舟滿花歸裝卽此勝繁華眉迎翠岫來雲際背指丹楓繞水涯豈爲蒓鱸辭組綬且同泉

石伴烟霞殷勤添得秋英好不羨柴桑處士家

簪未成絲眼未花閑情到處擷英華攜來小艇平江上賞到烌光淺水涯詩卷不題凡草木林泉添襯好烟霞芙蓉金粟新開塢補入羣芳總一家

秋宵卽事寄外

輕羅衣薄怯黃昏瑟瑟京風月一痕蟲咽草根如有恨扇藏篋笥尚餘恩皐禽警露眠難穩野鷺栖香夢正溫幽寂偏教饒逸興畫屏無睡笑天孫

哭六姊司蘭

噩問驚從意外傳達宵無恠梦魂顛斯人猶是泄
摧折楚些歌殘欲問天
附身珠玉終何益緣會他生總是虛一卷春暉冰
雪句輶軒采得幾篇無時鄭梦白廉訪選詩刊正聲集
天涯契濶幾星霜梦裡分明尙對床痛定追思心
欲碎頻年踪跡似參商

嗟哉老烏行感懷質外

嗟哉老烏爲鴟所傷羣雛哀鳴繞樹徬徨解一羣棲
之下恐無完卵嗟爾羣雛好擇棲所解二或失所恃

或失所怙覩物懷憂泣涕如雨解三旣知反哺胡不
自保人生到此何論天道解四陟岵望父陟屺望母
孝思勿替桑榆景暮解五

別夜

支頤獨坐漏聲遲燈炧香消花影移愁水愁風眠
不穩慈親翻是責兒癡
月落烏啼欲曙天靑燈如豆對愁眠姑蘇城外笙
歌沸可有鐘聲到客船

授衣

寄到寒衣悲轉深線痕密密在衣襟身宜珍重歸
宜早好慰靈幃慈母心

默坐

掩卷凭烏皮紗窗日落時簾開歸紫燕鈴響戲文
貍自得閒關理誰餐糟粕醻眼前忽然覩虛白生
庭墀

自題翰墨和鳴圖偕外聯句

良宵小立畫簷前慕靑皎皎冰輪爭碧天連理枝頭
棲比翼向庭合歡花下並吟肩簫吹玉管倚歌和慕靑

詩滿雲箋疊韻聯細語喁喁人寂寂向庭百年長此
共嬋娟慕靑

歲暮

山空木落歲將殘吟徑蕭疎靜倚闌留得靑靑數
竿竹何須翠袖怯天寒

和外子和人盆梅韻

欲便索笑置房櫳人靜花香味自融性爲躭吟憐
爾瘦妝猶隨俗惜伊紅眠雲梦月原應共飲水餐
霞可許同我亦前生修得到與君相對綺窗中

見召新季齋兩女姪能詩喜書於右

書學傳家體自工詩吟柳絮豈因風不須更羨竹林阮同是吾家女仲容

詠史

新君孤立忠貞老狐鼠披猖社稷遷自是彼昏終日醉致令人賦碩人篇

拾金已棄尙堪羞何況紛紛搆與求此道今人賤如土未容輕易笑龍頭

白衣搖櫓計誠良翻向荆州捨許昌當日若能明

順逆阿蒙功業豈尋常

題姜如農給諫研 背鐫宣州老兵四字

勝國當年事盡非批鱗邊計履危機但令聖主金湯固何惜孤臣血再飛閫帥生辜關內祭老兵死惡敬亭薇研田以外無餘地想見摩挲淚滿衣

燕來巢感賦與外分韻得鈎字

幾回爲爾上簾鈎紅杏交枝花正稠每看人情多白眼翻憐卿意有青眸頃居高士蓬蘅廡不羨豪門[illegible]笑栖栖遠世俗此心閒達本無求

雛燕

呢喃雛燕語依依眼盼青冥力尙微待得養成毛羽滿五雲深處任高飛

聞蛩

月華如洗夜涼生團扇初抛侶少情却怪寒蛩緣底事階前也作感秋聲

外子將北上作此贈之

欲遣愁魔恨不勝終朝兀兀復騰騰半生多病憐徐淑一往深情感杜陵跋涉風霜君未慣仰承甘

旨妾猶能初經人海無他囑顧影休教愧寢興

車遙遙篇

曉寒入室燈光白喔喔鷄聲車駕軏離人此際倍消魂賓御斯時偏促迫車遙遙兮馬洋洋欲別離別斷我腸不怨閨中耽寂寞但愁客路歷冰霜君子守身原侶玉此語何須妾相勗焉得隨君共苦辛難顧將身代僮僕

得外書感賦却寄

[illegible]使人嗟回首鄉關望更賒朱橘遠懷憐

陞績寶釵遥寄感秦嘉君有甘旨呈　堂上並諸昆仲詩內有釵鏡秦[illegible]之句故云閨中怕見團欒月陌上愁看常棣花苦道倚
閭勞白髮何曾安樂戀京華

觸緒

形影長依倚何堪一旦分豈惟勞瘄瘵無刻不思
君
怕啓團欒鏡有人相對愁無知懀小婢幾度請梳
頭
無意施膏沐窗前日已斜生憎癡婢子爲揷並頭
花

觸目皆愁緒無非憶遠人有時眉暫解爲省白頭
親

擬古長相思二首寄內　向　庭

長相思在長安辭家月已三團欒羈遲京國歸
路難北風凛冽歲云暮黑貂裘敝衣裳單美人
誰爲勸加餐望穿秋水愁春山牽蘿補屋翠袖
寒置書懷袖字不滅何時淚痕雙照乾長相思
摧心肝

長相思望長安海棠紅冷楓葉丹君何留滯[illegible]
刀環京華一去數千里錦箋頻寄人未還[illegible]
明鏡鴛衾寒愁如迴飆亂白雪首如飛蓬減[illegible]
顏高堂問子歸何時强顏歡答淚暗彈君念[illegible]
兮早歸來妾念君兮憂心殫長相思空長歎

寫到

寫到家書下筆難幾回封好又重看憐他小小雙
魚腹載得離人緒萬端

言懷質外

天心故阻折腰謀遲爾添修五鳳樓我亦卑棲非

素願何須羞敝黑貂裘

寄芝房兄時客康中丞幕

幾年何事獨留燕遠道依人亦可憐平素恥彈門
下鋏元龍幸遇孟嘗賢
坐風懷想每依依苦憶京華消息稀寄語南陔蘭
可採歸來好共戲斑衣

案頭供瓶梅數枝幽香沁肺靜對怡然忽憶
去春偕芝房兄巡簷索笑擘牋崔詩池塘

麥草皆爲康樂之吟棚絮因風獨懈道韞
之句信乎蘇轍每偏於兄私也張元常稱
其妹誠一時之雅集天倫之樂事也今則
天各一方不禁余懷渺渺爰成二截即以
寄懷
橫斜疎影小窗前伴我清吟索笑便忽憶驪珠推
獨得去春盆梅詩和者甚衆兄獨愛余作云後必有辨之者一時懶擘浣花
箋
瓊枝靜對漫凝神壁上淋漓墨尚新吳地燕山幾

千里苦難驛寄一枝春

謁露筋祠

玉碑情甘恥瓦全凜然高節古今傳我來不具牲
牢奠酌巳澄泉薦白蓮

雪夜詞

蕭蕭屋角鳴枯葉呵凍書成腕無力捲簾啓戶粟
六花點點飛花入綺帷踏雪巡簷弄冰蕊邨笑汝
[illegible]不起一縷寒香撲面來籬前應有早梅開幾
[illegible]空山竹莫使佳人怨幽谷

題王明經瘦梅家塾天寒有鶴守梅花冊子

水邊籬落門橫斜好是孤山處士家試向此中參
妙諦仙禽着意護寒花
元裳丹頂當關立未許塵氛到此中更羨烏衣諸
子弟滿身香雪坐春風

春日寄懷小姑次芬

駕言澤畔折芳芬欲寄還愁隔暮雲池上草生君
憶我屋梁月落我思君論文窗下燈常共妹詩古文詞皆余所授啼鳩聲中袂又分若問離情何所似楊花如

雪競紛紛

閨中消夏詞

蜜脾已滿靜黃蜂簾額低垂倦綉工戲覓狸奴穿
曲徑不防蹴損牡丹叢
睡蓮深處數鴛鴦花裏風來冉冉香不是廣寒仙
世界冰肌玉骨自清涼
赤日行天午不知碧紗櫥裏靜臨池細看未得坡
仙意剛健宜含婀娜姿
十二湘簾控玉鈎輕搖團扇倚珠樓采蓮女伴[illegible]

輕折仔細花叢有並頭
斜簪茉莉綠雲香浴後來追小院涼閒步花陰推
白羽撲將螢火置紗囊

姪元壽校字

信芳閣詩草卷二

蓉江陳蘊蓮慕青

還雞行

忽聞雞苦啼小童縛一雞問雞從何來飛來自鄰
西飛鳴而過我攘之用作饕主人曰噫嚱童子爾
何知臨財毋苟得汝勿爲自欺童子再拜告恐此
事非奇非財亦非帛烹之復何疑君子防未然[illegible]
擇細與微所以瓜田中不可納履綦姑盜尚不食
吾聞樂羊妻況聞西鄰婦煢煢老且嫠無食復無
衣方且賙恤之嘆汝貧家子無力延塾師人生天
地間貴用知四維邱山不可勝毫髮之瑕疵行止
苟不虧豈必讀書詩爾勿違我語持去莫復遲童
子豁然悟長跪謝訓辭解縛縱之去我心安且怡

題程夫人從軍圖

男兒生世間功業封王侯女兒處閨閣有志不得
酬讀書空是破萬卷焉能簪筆登瀛洲胷懷韜略
復何用焉能帷幄參軍謀千載僅聞木蘭尊代父
從征[illegible][illegible][illegible]全濟不復辨雄[illegible][illegible]孝堅[illegible]

夫人有[illegible]亦相同畫作從軍佩劍容但求
代無征戰莫顰蛾眉老此中

梦題十洲三島卷子

海上湘靈奏未終誰言弱水路難通披圖使我重
追省身在方諸第幾宮

游仙曲 紀梦

霓衣風馬紫鸞車弱水游行不用槎却笑迷踪劉
與阮沿流一路認桃花
頃刻三山又十洲相邀舊侶話綢繆層城小謫何

須恨可記天花着袂否
山海蒼蒼曉日紅彩霞飄渺滿晴空雲璈不是人
間曲何處鈞天宴未終
千巖萬壑逕通幽彷彿曾經鴻爪留枝上碧桃猶
爛熳人間已過卅春秋

敬和 家翁閏重九口占原韻

朝禰何如穩釣遊逍遙泉石足勾留莫言老圃荒
三逕白有豪吟寥九秋采到紅萸香滿袖邀來仙
[illegible]舟題糕佳節年年健黃[illegible]歡看漸上頭

菊有名小桃紅者贈之以詩

傲骨偏饒幽豔姿花開不競早春時莫將輕薄天
桃比冷蝶寒螿未許窺

思歸

思親愁讀澣衣章生計烟驅墨染忙井臼親操羨
桓孟丹青虛譽愧徐黃最憐烏鳥情偏切却怪鱗
鴻信渺茫步月看雲愁欲絕幾時好慰倚閭望

饑雁

覓食焉能矰繳防啣蘆結伴趁風翔劇憐黍稌如

雲滿嘆汝何從得稻粱

冬夜偕外聯句

萬籟無聲淨碧空（慕青）良宵樂事賞心同一庭冷月
詩情澹（向庭）幾樹寒鴉畫本工階砌虛明涵藻荇（慕青）
池塘清淺漾玲瓏援琴試譜梅花曲（向庭）已覺幽香
入綺櫳（慕青）

和呂幼心年伯雪後用蘇玉局書北臺壁原
韻

[illegible]公試手弄纖纖陡覺寒威分外[illegible]豈有新詩歌

白雪不將陳語擬飛鹽戲援柳絮擎珠箔笑索妬
花繞畫簷險韻也如蘇玉局詞源萬斛瀉毫尖

伯原倡
長松落雪伴翻鴉映我書窗闘五車茶鼎濺濺融
碎玉硯池點點入飛花漫愁白曬寒千里漸喜黃
緜暖萬家呵凍書成詩較晚深籠翠袖不須叉

聽雨約婢

入夜簾纖雨瀟瀟未肯停花應深巷放人在小樓
聽仔細紅襟燕安排碧玉瓶渾忘宵漏永呼婢重

丁寧

自題畫蘭

紉蘭何必涉瀟湘露葉風枝腕底香野草不妨微
點綴蒺葹焉得蔽幽芳

春日苦雨

已過清明節還如秋氣涼隨風飛石燕帶雨舞商
羊綠嫩枝偏重紅稠花未香幾時乾后土黎庶慶
豐穰

適湯總戎雨生太夫人斷釵吟卷即用其韻

手澤摧殘痛未休摩挲永抱恨悠悠沉吟往事兩
拈韻血淚應垂不律頭
忠孝堅貞萃一門誦詩如見典型存憑將畫荻茹
冰苦博得天書紫誥溫

前詩意有未盡復成一律

記得釵初賜匆匆卅九年春暉恩莫報手澤痛難
鐫夢斷邗江月心傷閩海天披圖如識面大節仰
前賢

初夏雜興拈得西字偕外各賦四章

琴書瀟洒稱幽棲可得名同管趙齊莫道閨中無
粉本好花時放石闌西
碧梧端合鳳凰棲畫就鶼鶼詩共題小婢知人將
着句安排筆硯綺窗西
合歡花裏鳥歸棲彩徹雲衢落照低爲惜三餘時
展卷長庚已帶草堂西
詩瓢茗椀手親攜花下安排屬小奚半局殘棋天
欲暮一鈎月掛竹林西

幽居雜興

春深院落步靑蕪最愛幽居景物殊朝惜好花[illegible]
鳳子夜憐飢鼠飼貍奴重重紅藥翻階砌簌簌新
篁解屋隅若問仙心何所雜無非畫債與詩逋

小稿删成誌感

偷得餘閒手自鈔删成小稿費推敲韲鹽日近疎
書史漫說詩情似灞橋

慕仙

何曾俊佛與逃禪不慕榮華却慕仙偷得餘閒常
默坐須臾雲淨月當天

題湯淑君女史遺照

逢門曾約爲君開陌上花時緩緩來去春曾有小園看花之約後女史以病未果來怪底空教蘿逕待誰知二豎已成災
學書初學衞夫人咏絮才華可並倫聞說珠沉咸
惋惜傷情豈獨白頭親
嗟哉淑女孝而賢雖屬葭莩有宿緣不信斯人竟
摧折巫咸欲召問靑天
焚香煮茗始披圖宛若當時冰雪膚疑是姍姍呼
喚起此時還識故人無

姪婿吳聖俞以留別詩索和偕外各賦二章

侶綺年華且樂胥淸才絕藝更誰如風枝露葉徐
熙筆鳳翥鸞翔石鼓書采綠采藍情正苦謂仲采姪女
負薪負米計非疎大家手澤東征賦外之曾祖姑聖俞高祖母有靑筠軒詩草數卷每到披吟一啟余
杜宇無聲鷓鴣催靑雲有路豁然開卞和若遇知
艮璞伯樂如逢識駿才志士襟懷原磊落男兒意
氣豈淪灰此行定展垂天翼竚看龍門奪錦回

題畫

或飛或落羣雁半含半開好花綠波春花一色竹
籬茅舍幾家

自題畫

筆端造化孰能窮意匠經營慘淡中冉冉圓荷傾
積露翩翩輕燕接飛蟲雨餘新漲半篙綠雲淨初
陽千頃紅詩畫消磨成底事可能名與古人同

偶成

花壓闌干春晝長詩逋畫債太匆忙粧成卽向書
窗坐絕侶兒時坐學堂

憶母三章

注目遙天下階拜月睠念萱堂神思飛越

天高聽卑念有老母願將女年增母上壽

不逢雙鯉空候江湖握粟出卜幸遇謙爻

擬張平子四愁詩

秋風起兮吹我衣心不安兮念萱幃念萱幃兮神思飛狼跋前兮鵜後退頻年未得占歸妹願多違兮我心痗焉得萲草樹之背

秋風習習吹我衣歲將暮兮百草腓青青松柏在翠微仙人贈我齋房芝何以報之綠玉枝就筵尊兮降以辭何為獨抱遺世思

子夜吳歌

贈奩盤龍鏡永照連理枝豈如天上月終有盈虧時

芝房兄烹茶招飲賦詩言謝

活水還從活火烹竹林深處置鑪鐺玉川風格同千古桑苧襟懷祇一清洗出詩腸輸錦繡分來茗[illegible]佐棋枰天和正好新焙養絶勝煉鬢煮葯情

同作　向庭

汲得清泉手自烹詩囊香椀並茶鐺松聲[illegible][illegible]輕圓瀉茗戰當軒次第賡入座人都如菊淡[illegible]山心本似泉清玉川花乳饒風味翻笑侯鯖[illegible]俗情

山塘竹枝詞 時偕小姑同里舟過山塘偶書所見

山塘向暮少遊人聯袂相將步水濱一自西施捧心後至今溪女慣含顰

笙歌欲過白雲飛畫舫悠揚金縷衣多謝好風吹繡綃翩翩素素露依稀

舟過惠山天已向暮未得登覽偕次芬閒眺得句與外分韻得鴉字

欲躡雲梯日已斜停橈閒泊惠山涯長空遠岸粘衰草野渡疎楊帶暮鴉天上小團無分試村中清酒尚堪賒同舟猶幸攜仙侶翦燭論文直到家

詠蜘蛛

慣將機巧設虛空旋毀旋成技不窮若使無知試回首自身終在網羅中

冬日雜興

閒棲地僻稱端居澹泊襟懷自晏如莫道避喧還避俗探求不盡古人書

重門習靜晝長扃寶鴨閒翻百和馨翠袖寒生慵筆墨閒呼嬌女講葩經

詩畫生涯可禦冬好傳儒素舊家風齊眉舉案相師友百尺樓頭萬卷中

病起遣興

懨懨臥病冬復春今朝始得離重茵瑤琴玉瑟久不御藥爐茶竈時相親解鬟臨鏡慵梳洗梅花瘦影菱花裏珠簾一半上曲瓊窗外好花開遍矣水流花落不關情一任枝頭鶗鴂鳴病魔棄甲曳兵走詩句挑燈倚枕成消除世慮焚香坐閉目齋心默自課不愁衣帶緩腰肢但恐靑春忽忽過篆刻雕蟲空自嗟雁箋虎僕屢相加筆端可得誇三絕百次常思富五車嗜痂有癖誠堪笑覆瓿由來多筆妙葥通畫債欠尋常幾學坡仙充轍料漫道超羣與軼倫虛名幻想集龍賓吁嗟乎飛龍倉頡從

紛紛不若俞兒識味人

和韻　　向庭

綠稠紅褪欲暮春玉人病起離衾茵搴帷下堦趁晴煥名花好鳥時相親方塘似鏡新磨洗亭亭瘦影澄波裏婀娜臨風態不勝眉痕今日纔開矣小窗銀燭亦多情積前宛轉同和鳴漫將畫卷重渲染還取詩篇共續成東風料峭寒侵坐莫更勞神須減課體弱應知笑臉稀才淸肯放良辰過迴思曩歲生感嗟三冬疾苦紛交加惟卿左右善調護轆轤方寸馳雲車年來張角少歡笑隨遇安心卽元妙卿惟憐我我憐卿當前佳景供吟料此時至樂邁羣倫相看如友還如賓耽情翰墨値嘉耦管趙而今有幾人

落梅

飄紅墮白正霏霏拂去還來香滿衣不爲江城吹玉笛羞同桃李鬥芳菲

舟中卽景

檜枝搖夢不成眠况値淸和景物妍荇帶菱盤新

漾裏雨絲風片暮春天紅蜻蜓立烟波上白鷺鷥
飛夕照邊安得荊關寫生手為圖尺幅臥游便

荷花

欲賦含毫謝未能紅衣翠蓋句堪憎天然標格清
而潔不媿花中君子稱

讀淮陰侯傳

國士信無雙功應冠太常豈惟輕絳灌直可軼陳
張德不忘漂母恩寧負漢王廢書三嘆息懷古有
遺傷

外以諸昆仲喜雨詩見示并有和章即次其
韻

好句如珠乙乙穿咸歌膏澤足陂田誰將慘澹營
邱筆畫出溟濛水墨天秀擢秧針青欲遍潤添山
色翠無邊雨窗勉和陽春曲笑折芭蕉當彩箋

鳳仙

有色無香別出奇偏能風露耐東籬卻饒一種幽
閒態端合人稱好女兒

見外子和盛光祿雨後寫懷詩即用其韻

一雨洗煩暑北窗清且曠羲皇以上人此樂豈多
讓吾鄉苦亢旱久切雲霓望山中一夜雨江海河
奔放天紳舞澎湃地籟號震盪豹腳喧軒檻蝸牛
上闌障好為喜雨詩不作愁霖唱歡騰徧閭閻咸
頌　聖君既時當病初瘳頓覺神逾王烹茶汲
新泉滌我冰雪臟登高眺四郊分畦走翠浪飄沒
憐浮蟻救渡用衣桁緬思癸巳秋澤國半失養桑
田變滄海生計何所仰嘆無倉箱儲中懷空惻愴
安得三千弩射退百川漲析米賙里鄰聊以濟彫

喪天不遺斯民仁愛無已倘未幾玉燭調林總賴
造物歸之　天子力斯言豈虛誑久旱賜甘霖
民藏兩無恙處處停溝車家家聞舂相穀賤恐傷
農誰能論列上感此綴聲詩喜極轉惆悵

歸舟

漫云騎馬似乘船帆飽舟如箭脫弦寄語長年休
緊纜倚門人望眼將穿

游惠山

挈伴上層巔探幽意最先飄飄雲繞袂淼淼水生

颯攜得小山桂來烹第一泉游情殊未愜無計挾
飛仙

外子爲余畫梨花白燕便面感賦一首於右

素羽差池下上飛花枝交暎玉生輝烏衣燕子應
相羨安穩雙棲無是非

外子倩畫芙蓉便面即題以詩

調脂滴露傍紗窗深淺花頭畫一雙出入芬芳懷
袖裡不教搖落在秋江

自題芙蓉便面

秋風裊裊到池塘細把胭脂滴拒霜豔似春花高
傲菊不愁瘦蝶與寒蛩

病中枕上口占

經旬小別思緜緜況復傷離倍黯然君子未曾南
浦別妾心已逐北旌懸葭蒼露白消魂際霧重霜
濃覓夢天此味慣嘗休訴與淚痕暗拭枕函邊

丁酉仲秋送外北上

君子將啟行無心理紅粧階前蘭蕙花顏色黯不
芳豈不願君留相視愁空囊先人撫偏沅廉行貽
青箱裹糧少旨蓄逋負難遽償典我篋中衣文彩
雙鴛鴦質我奩中飾珊瑚與明璫聊充客中笥用
爲公子裳纁染間青紫雜采同元黃枕用伏熊繡
緜以同工裝肥馬與輕裘炫燿自生光非欲市童
憐世態恐炎凉居貧豈不佳翰墨鳴閨房慇前樵
徐陸燈下臨鍾王詩成遞倡和賦就同平章館名
繼鷗波繞屋千篔簹好鳥相和鳴關關似笙簧坐
卧必以耦形影隨君旁近希管與趙遠勝孟與梁
君本瑚璉器立身期廟堂霜蹄屢顛躓雲路難翱

翔今茲爲微祿奔走名利場低眉素不屑折腰豈
慣常毋忝爾所生毋負爾行藏不忮亦不求云何
用不臧君子和弗同俾免意外防行舟慎波濤驅
車避風霜童僕以恩待御下固有方我言有盡時
我愁不可量瀕行載相勗慎旃願勿忘

君子之出矣

自君之出矣無心沐與櫛愁比秋葉多掃去復堆
積
自君之出矣不飲如中酒豈惟兒女情詩畫琴棋

友
自君之出矣難覓歸愁帚妾居深院中君在風塵
走

夢中作

月斜燈淡五更雞水複山重路轉迷馬足不方車
少角教人何處認輪蹄

憶遠曲

涼秋九月天肅霜君胡行役在遠方饑驅所迫豈
得已囊中未足兩月糧居者行者兩不易捉襟肘

露肉補瘡君才俊逸志磊落青雲無路難翱翔浸
蹉鸞鳳在枳棘會當有日貢玉堂長安居誠大不
易不如命駕歸江鄉遠希梁孟近管趙與君翰墨
鴛鴦房

歸寍為風雨所阻感賦

久雨阻歸槎還家未到家逆風欺小艇惡浪打蒼
崖莫唱公無渡還愁母曰嗟濕雲如潑墨安得變
晴霞

惠山紀游

入門穿破碧玲瓏曲徑探幽處處通花氣襲衣紅
覆檻山光排闥翠橫空鶴歸松頂落金粉人過澗
心踏彩虹何必仙丹換凡骨飄飄我已御天風
仙侶相攜步翠微（時偕季齋女姪同遊）九龍泉試雨前旗撥
雲尋逕苔侵履刻竹留題露滴衣閒鷺驕人時泛
泛好花送客故依依何當築室安林麓樂水看山
靜息機（時將赴津門故云）

將赴津門別母

生女誠何益今將遠別離依懷惟此夕繞膝復何

時母恐兒思母兒愁母憶兒相看腸欲斷惟有淚
沾頤

渡黃

浩浩湯湯接太清乘槎直欲上瑤京莫言波浪黃
流險竟比崎嶇世路平（是日渡黃波瀾不驚轉瞬已登彼岸矣）

舟行風阻悶極無聊偶閱周石苔大令綠滿
書窗吟草內有西竺菴題壁詩數十疊率
皆勞人黃鳥之歌悵觸於中不能自已即
用其韵以寫余懷

天光水色碧於藍借得糧艘僅一龕惡說東風輕雨五愁吟越鳥繞枝三梦隨飛絮遠猶戀人愛夕陽晚更貪渺渺余懷數回首白雲何處是江南

千行官柳半天藍映入篷窗綠滿龕逆浪舟如鷁退六借花春已月過三書因苦讀人嫌腐詩為旁搜自笑貪莫嘆行囊無長物誰能坐擁百城南中丞公以儒素傳家所攜惟書簏最富行李則數肩而已

同作　向庭

十幅蒲帆映水藍攜來書畫米家龕波間清濁

流分兩窗外烟雲岫列三身歷風塵難免俗泉思廉讓欲除貪故園花事憑誰訊記否春宵坐檻南

寫生無地設青藍容膝何妨寄一龕清酒我輸焦遂五色絲卿擅鄭虔三忘機應自知魚樂薄俗真堪笑鼠貪水色山光添逸興不須風景憶江南

舟中閒眺言懷示大姪彥華

梦裡猶依慈母懷兒行千里已天涯烏啼雁唳靜偏切雲影波光晴更佳采綠采藍滯音信彥華[illegible]昏佐[illegible]甚篤彌月就道時切思鄉之念毗岡毗岬隔江淮茫茫世事渾[illegible]料骨肉何年夙夜偕

初抵津門偕外分韻得籬字

辛苦艱難借一枝牽蘿補屋葺茅茨卷舒偶似雲離岫進退還同羝觸籬漫恃詞人堪賣賦津門米珠薪桂如居長安欲藉筆耕而外子初到一人不識故詩中及之敢誇巧婦善為炊米求五斗談何易羞讀淵明歸去辭

莫汚

幸免負薪勞何須嘆折腰黃塵勤拂拭莫汚舊時袍

津門咏懷質外并寄芝房兄

異鄉風景何蕭索莽莽漳遼一何濁黃塵入戶避無門令我胸中時作惡僦得茅茨僅數椽土花滿地難容足米珠薪桂居大難步兵信有窮途哭豈惟典盡鷫鸘裘轉瞬還愁及襏襫異地何來將伯呼舉頭仰見秋雲薄嗟我居貧豈無食薄田尚可供饘粥花為四壁繞草堂墅勝東山負城郭迭奏

蕪箎桃李園我亦無慚犬尾續月旦誰蒙壓卷[illegible]
歲摧柳絮因風曲佳辰時復省萱幃一巵春酒花[illegible]
前祝苦憶吾兄欲見難客路三千勞夢轂兄嫂當
年夙夜偕敲碁刺繡共燈燭春江花朝秋月夜一
觴一詠相酬酢碌碌風塵已少歡那堪同憶天倫
樂望望南雲不可攀飛飛越鳥難相逐曷不相將
歸去來芙蓉江上衣初服

歸梦

骨肉眞成見牽衣笑口開兄同當日硯嫂共別時

杯撫體憐兒瘦觀顏惜母衰殷床鐘鼓急淒絶梦
初回

題馮新齋參軍百粤攬勝圖

把酒臨風寵辱忘看山樂水足徜徉聲華昔滿春
明地弊政今除瘴癘鄉茺徼偏能娛子厚盛時終
不屈馮唐詩情幸比并刀快翦入先生錦繡囊

旅館春寒遣懷作四絶句

春還已五尚嚴寒爽氣山頭未足觀惆悵故園花
似海一枝誰爲寄來看

一番細雨一番寒眼倦拋書倚畫闌怪底情懷轉
惆悵宵來夢境雜悲歡
可憐骨肉似搏沙佳果空儲道路賒阿母思兒應
更切漫言生女莫興嗟
遠宦三千旅食難黑貂典盡畏春寒劇憐安步當
車馬不遇田文鋏莫彈

暮春之初偕外暨姪彥華女小蓮芥園看花
有感用東坡定惠院海棠韻

丁沽斥鹵鮮花木小院閒棲苦幽獨偶然買得擔

頭春大葉麤枝一何俗聞道西郊有芥園窈窕巾
車訪村谷此時始信已春深桃李陰陰露茅屋石
闌點筆坐題詩着袂飛英紅映肉我從香雪海中
來萬紫千紅看不足鳩聲呼雨遠更淸花氣襲人
芳且淑不有佳作伸雅懷孝先空負便便腹白鶴
歸來巢古松翠袖徒思倚修竹（園中花木蒼蔚惟少此君耳）偃
僂遥逢郭橐駝蠻語侏離數名目梅花水遞自江
南海棠陸褒由巴蜀直被東坡賺到今何須唧子
美鵓鴿瓊姿祇合在瑤臺胡亦風塵淪海曲乘輿

閒來興盡歸無限低徊費悵觸

前詩外子和竟彥華小蓮迭有和章樂此忘疲遂增吟興維時天氣澄和風日閒美鳥知娛客迭奏笙簧花解留人咸鋪錦繡餐落英而飲墜露步仄逕兮臨清流幾疑身在畫圖自爾趣諧酬唱彌覺前作未盡所懷因再疊前韵質外子并示彥華小蓮

且復徜徉憩雲木行歌互答不愁獨何須檀板共芳樽肯被桃花笑人俗奪得文通五色毫酒數無

憂罰金谷漫言早夏異春初畢竟山林勝華屋梅可嚼兮芝可餐遣興無須饜粱肉北地由來物候遲朱朱白白開纔足鶯啼燕語韻抑揚天淡雲閒氣清淑也能蠻語詠娵隅斯免參軍負此腹休懷楚水與吳山怕聽哀絲與豪竹浩然烟景來無邊滌盪塵襟豁心目案上瑤琴試解囊桐自龍門錦西蜀一揮萬壑松風寒如見平沙落鴻鵠拂衣乍起共憑闌溪籐再疊坡仙曲魯縞重穿非曰能適過吟機感相觸

久不得小姑次芬書作此代柬

雲鴻江鯉竟消沉知否天涯契濶深不望瓊瑤報桃李緣何惜墨便如金

經年羅袖苦分攜劇恨先春鵑鴂啼惟有多情天上月逗人猶照藥闌西

不堪回首憶當年月夕花晨每並肩惆悵連宵采香夢竟難飛渡到吳天

秋夜書懷 是日連得家信

蕭蕭木葉動秋聲無那支頤對短檠籬畔寒蛩當

砌織天邊歸雁急宵征慈雲喜接連三朶白髮愁看益數莖老母書中云幸常善飯鄉杖惟多添白髮數莖耳何日采蘭重繞膝好令烏鳥遂私情

烟蘿仙館雜感

更休欲進又趦趄時竹栽花讀漢書獻賦不求楊狗監此心早已薄相如

詩逋畫債日紛紛勝似焚膏繼晷人慘淡經營成底事天公何苦與清新

壯士無顏囊橐空敝裘充貨怯西風談何容易貧

而樂鬼亦揶揄僕怨窮
月吐明輝大火流井梧一葉報新秋鏤金箱裡留
紈素勿使他年棄置憂

題某參軍姬人美人紈扇

吳姬憨態更嬌癡碧玉輕盈楊柳枝解語還愁迷
下蔡故應默默坐多時
何殊通德伴伶元擁髻無言韻更妍休怕秋風藏
笥篋大都一見即生憐

夢歸侍　先君子於家庭覺音容笑貌如平

日適為風雨所廢悲不成寐因憶老母兄
嫂相隔三千餘里欲歸不能撫今念昔倍
難為懷口占六章以寫我憂不計工拙也

匆匆竟已返鄉關得見嚴親認舊顏室暗燈昏雞
喔喔淚痕濕枕夢初還
十二年悲無父人劬勞未報每沾巾沉思轉展番
成喜又向三更夢裡親
言念慈親夢不成何年纔慰倚閭情誰添游子天
涯感風撼棲烏返哺聲
苦憶吾兄即我師失行旅雁嘆參差不堪風雨添
蕭瑟愁誦坡仙別弟詩
當年出入影形俱教繡嘗羹愛小姑采到芙蓉情
脈脈伊人欲贈隔江湖
捧抱曾勞庶母慈每因梳沐憶兒時此身羈泊愁
多負怕誦中原采菽詩

姪元壽校字

信芳閣詩草卷三

蓉江陳蘊蓮慕青

閱文姬歸漢故事

漢季紛爭失權柄賢臣遠戮親奸佞何進庸愚召外兵一時士庶罹鋒刃中郎身後更堪傷嬌女流離入虜鄉異域羈身免溝壑一朝託體左賢王名公女作名王配托身得所榮遭遇漢家公主尙和親當時誰解陳斯議摸金校尉多黃金千金贖取鴻毛輕煦煦爲仁誠可笑喪人名乃自沽名君子

愛人必以德豈可使人失大節幾拍胡笳枉斷腸千秋遺恨良堪惜地下中郎若有知也應抱憾無窮期如何不矢靡他志枉賦傷懷悲憤詩嗚呼奸雄不顧綱常義可惜文姬徒識字

烟蘿仙館種竹偶成偕外分韻

帶雨移來鄠杜烟緣雲旋繞畫堂前瀟消赤日炎蒸氣好結淸風明月緣只許佳人依翠袖未妨高士聳吟肩烟蘿館繼鷗波館不羨封侯不羨仙

匯花有感

銀瓶鳴玉汲奚奴我正迴腸似轆轤花怨客懷何厚薄將離鋤卻種文無

外子衙參寒夜待旦感賦二章

引領東方尙未晞薰籠先爲暖裳衣低呼小玉牕前望歷歷寒星月色微

料峭西風苦晦冥寒威偏是逼重襦更憐聽鼓應官客夜踐嚴霜未慣經

爲鴿營巢贈之以詩

擇隣而從豈同梟爲爾經營傍綺寮從此鵓鵓棲

息穩免教風雨嘆飄搖

休因剥啄搆爭端共藉枝棲息羽翰小惠殷勤非望報可能借汝報平安

盆梅

移來華屋置房櫳（花爲家謙齋太守所送）從此塵埃路罕通一樣寒香生陋室不須日炙與雲烘

幾生修到有深緣沁骨香來我欲仙何必司風煩令史護花不讓四禪天

珍重靈根謹護持豈容塵俗近仙姿縞衣翠羽渾

虛妄卻笑師雄假夢思

春草

借問東風爲阿誰離離綠徧草如絲難忘恍惚深宵夢不盡纏緜遠道思目極平蕪南浦路愁生細雨夕陽時更添遊子無窮感報答春暉有卷施

咏宋史

鳥盡何曾弓盡藏香孩兒度過高皇弟兄分痛恩尤厚盃酒消兵計亦臧可惜當時容趙普致令他日卒秦王（太祖子德昭太宗踐祚時封秦王）徽音相繼師文母肅

穆宮幃勝漢唐

謝項夫人蘋香惠素心秋蘭

頻分秋色到書龕屢乞奇葩不厭貪一笑拈花轉惆悵逗人舊夢落湘南

蘋香姊招玩秋蘭即席口占

相投臭味一何深入室芬芳已滿襟幽谷佳人原絕代空山高士本同心思親何日循陔采覓句曾經繞澤尋（先舅中丞公駐節湘南曾隨侍任所）豈獨分攜紉作佩歸來猶許鬢旁簪（姊曾以一本見貽）

讀史有感咏懷質外

寶鴨閒添夜向闌燈前幾度廢書歎臣饑誰惜東方朔宦巧休譏司馬安鋏食短衣嗟數換無魚長鋏笑頻彈高風畢竟羊裘子雲水蒼茫把釣竿

仲秋外子解鹽入都口占以贈

辛苦年來兩度嘗猶難補卻眼前瘡居官錯料多生計絕似饑鴻覓稻粱

雲月輕分可奈何批紅判白已蹉跎（暮春有大梁之役）消魂又折西風柳漫說春秋佳日多

浪說津門紙價騰慚居畫苑最高層（有目余爲趙文淑馬江香以上人者聞之增愧）春明親友如相索爲報秋來病未能

憑闌

憑闌離思渺無端暫撇深閨錦字盤怯步中庭望明月雲鬟玉臂不勝寒

鶴處雞羣食常不飽詩以歎之

鍛羽雲霄未許翔閒堦花逕足徜徉憐渠本以高雅倒羞逐雞羣覓稻粱

雅字

剖捲霞光作紙紅雲藍一一滹征鴻筆飛墨舞縱
橫似鳳翥鸞翔變化同爲有好音思繫帛並無怪
事評書空想因纖芥攙槍落露布疑傳到粵東時粵省暎夷滋事林節使移駐粵東穴蟻鼎魚行當撲滅也

有以九秋詩來屬和者和如其數

秋月

娟娟素月正流天如此良宵未肯眠掩漾清輝花
弄影凄迷香霧臂加棉秋霜點鬢愁潘岳凉露沾
衣感仲宣正是吟懷棖觸處南飛烏鵲過庭前

秋雨

瀟瀟風雨滿庭秋樹杪重泉瀉不休注面將毋同
陸楯沾衣焉肯乞秦優胭脂紅冷海棠泣金粉香
消蝴蝶愁一事差贏杜陵老床床幸未濕衾裯

秋水

上下天光一色同波平如鏡遠涵空漁舟唱晚搖
漁火雁陣驚寒拍拍風明月蘆花千頃白夕陽楓
葉平江紅溯洄宛在伊人想渺渺余懷正未窮

秋砧

霜信頻催急暮砧隨風入夜逗疎林寒侵羅襪焉
辭倦力盡柔荑恐不禁何處流黃連月擣誰家紅
豆和蛩吟大都思婦情偏切或欲人聽空外音

秋柳

丰神豈復舊靈和憔悴烟痕可奈何春色依依愁
少婦秋風嫋嫋怨湘娥珠樓漸露新粧面粉本將
摹不了柯莫聽消魂吹玉笛故園搖落想無多

秋花

蕭條三徑就荒時點綴疎籬景尚宜種近日邊承

露早寒依竹下得霜遲盈盈粉淚窺粧鏡澹澹紅
香卧曉枝莫訝秋深開最晚喜無瘦蝶冷蜂知

秋草

霜落津門草樹荒平原一望野茫茫懷人南浦蒹
葭老觸目西園蝴蝶黃大地枯時疾鷹隼夕陽明
處見牛羊寸心肯逐燒痕盡轉眼春暉報正長

秋蝶

芳草天涯夢已非翩翩宛宛趁餘暉采香逕內笙
[illegible]拾翠園中紅紫稀[illegible]

繡五銖衣不知暗裏消炎暑猶倚秋風作態飛

秋蟬

何事枝頭訴恨頻桐陰百尺足容身生無求世如
高士秋有餘音愧諫臣露重伶俜棲未穩風多搖
曳聽難眞行當補入維摩畫添箇柴門倚杖人

枕上偶成

摘句尋章素未諳驪龍珠向暗中探無端詩思來
何處自識天機到枕函

和沈西雍太守楊花用王漁洋秋柳韻

流鶯枝上攪吟魂桃李陰陰覆院門看去春愁愁
有影照來夜月月無痕花生謝女題詩筆香滿吳
姬壓酒村莫羨因風霄漢近顛狂身價不堪論
舞訝珍珠掃訝霜半隨塵土半池塘飄來茶鼎疑
煎雪點上圖書誤置箱閒逐兒童嗤白傅愁生羌
笛感詩王不堪同首消魂地正値花飛曳練坊丁酉

春余與次芬妹別於吳門

濛濛漠漠糝人衣結習留痕似也非燕子啣來春
渐老鶯兒打起梦偏稀可容月地和梅種祇合花

天伴雪飛傍路拋家同一慨趨庭咏絮願常違
開誰行惜墮堪憐滾作輕團散作烟自有新詩吟
白雪莫將陳語擬吳縣風梳雨沐剛三月鳳泊鸞
飄又一年萬種柔情吹不斷逗人離思浩無邊

汪少司農兩姬同日殉節歌 滿洲正白旗人

維建寅月歲庚子司農阿爾邦阿死司農身去門
誰從兩姬身殉呼天只兩姬者何姓氏香惟公側
室蔡與楊誰知桃李春風面生就冰霜鐵石腸夫
人會得淑姬意不令舞衣歌扇侍佐理蘋蘩內政

怭食譜茶經惟是議一旦罡風折棟樑絲彈寡女
淚沾裳相將身試黃泉路攜手同歸掩曲房生同
所天死同日元之七姬纔可匹金谷惟傾一斛珠
說與石崇應羨絕泰山一死豈尋常巾幗能爭日
月光願竭鄙誠書萬本作歌未盡我揄揚

苦雨行 時有嘆夷之警

時庚子歲建申月惟畢有星躔太白曾看雌霓下
[illegible]崙颷忽青霄似潑墨赤電驚褫烏[illegible][illegible]白波翻
[illegible]入室例[illegible]黃河瀉不休幽冥[illegible][illegible][illegible][illegible][illegible]三不

愁佈被濕脉脉但恐縹緗汚手澤聞道城中十萬
家十室九傾墻與壁可憐生死在須臾斷指烈[illegible]
復奚惜（檐崩棟折時有壓斃者傷損者更復不少）海氛又復傳聞惡[illegible]
臂翻思撼車軸將相謀深李郭儔穴蟻鼎魚應就
戮紛紛蛇豕不須驚憤極蛾眉欲請纓料應傾盡
天河水好向攔江洗甲兵

催粧詞爲蘋香姊令子賦

薇垣今夜照三星法曲雲璈引玉軿分付蕭郎添
鄴架女兒箱有十三經

生花斑管石州螺半寫新詞半畫蛾今日分明登
月窟錯疑攀桂近嫦娥

將歸述懷

跡阻津門閱四年高堂白髮漸盈顚幸逢君子皇
華賦喜遂歸入將母篇（外督餉南河故得便道歸省）古渡漫愁
新漲地（時值大雨後沿途尚多水阻）長途暢好小春天（時擇小春望日長行）
感時恨別憐花鳥每到憑闌倍黯然

留別蘋香

暫時賦別也魂消閨閣情如管鮑交莫訝得歸翻
悵悒感君眞義薄雲霄
歸心雖已逐南雲幾度遲留總爲君陌上花開鴻
北嚮好從林下接清芬

留別烟蘿仙館（寓中書室顏其額曰烟蘿仙館）

築室穿池借數椽我居爰定葺初完花南滴露摹
長卷研北題詩擘彩箋健步移梅和月種文牕聽
雨枕書眠不知此後烟蘿館可再重棲吏隱仙

曉行遇雨即景言懷

鷄聲喔喔霧冥冥催上征輪夢乍醒細雨濛濛疎

又密疲驢躄躠去還停枝頭返哺慙烏烏原上呼
羣感鶺鴒莫怪歸心急如箭高堂屈指數郵亭

行抵滄州車溺於水戲作

古道年來坑阱多雙輪忽爾陷盤渦須臾脫險遨
天佑依舊芙蕖出淥波
淖入滄浪幸水清一泓眞可濯塵纓大都愛讀離
騷傳遺則幾乎傚屈平

齊河懷古

[illegible]道古河接晏城能尊天統正應得覇圖

成勳佐桓公盛民憐戰國輕蒼茫憑弔處山色遠相迎

入山

澗斷疑無路車從千仞馳登山窺霧豹入水采元芝世路雖危險中心自坦夷行當凌泰岱振筆好題詩

山路曉發

轆車兀坐意瞢騰顛播傾欹已不勝殘雪消時氷乍合曉霞明處日初昇長途辛苦原嘗慣險道中孚或可憑無象太平還有象納禾拾穗滿田塍

不信還家似此難羊腸亂石走千盤嵯岈巖谷排雲上迢遞關河立馬看辛苦最憐嬌女弱驅馳更怯曉風寒故園南望猶千里安得凌風振羽翰

途中卽目

處處紅粧瘦馬馱眼紗高髻黑皮韡如何絶少驚鴻態枉說佳人燕趙多

長清道中

一車適千里陂陀少平陸倏如高[illegible]浪又若上[illegible]升木仰觀接青冥俯視駭心目去地已千尺路轉幾百曲怪樹生龍鱗空巖轉羊角無令塵汚人其奈風翻撲黃沙集成嶺亂石疊作屋居民半瘤瘿村姬更粗俗無由辨頸腮澗領裁衣服言語盡侏離形骸間磽禿不知彼蒼意賦此一何酷行行長清道輒作數日惡茅店薄暮投留客少餐粥堆盤具蔥薤畏飯進藜藿云此歲歉收山家少旨蓄郤之勿復進所至因休沐在山泉水清渴飲意已足明發新泰郊好與淸景逐

行經泰山

泰岱馬前迎名山此日經雲橫半嶺白峯吐一痕青餘綺明丹旭奇光現翠屏斯遊眞快意車轂恨難停

蘭山放歌 過此出山

長空蒼蒼野茫茫雨旁亂石如牛羊車聲磷磷石上過雷掣雷轟半空墮時防脫輹愁須臾蹈促已仆轅下駒馬瘏僕痛色沮喪百步九折向空上忽然一躍如飛鵠轉瞬已下千丈坡又如[illegible]接王[illegible]

策八馬去天不盈尺又如亞夫將軍降自天仰覩千仞心茫然此時未免心如擣此際咸愁不自保平生辛苦我深嘗此險眞如上太行雲靑靑兮日將暮眼前忽得康莊路白沙沒踝水波平穩渡巾車馬不驚是日過沂州心折骨驚疲犖确如何轉又戀山麓時時回首望雲林齊魯山餘未了靑險中得樂聊自快指日歸帆淮海掛

換馬灣覆車口占并序

山路崎嶇深林月落獨行踽踽四野茫茫

馬忽旋溢難號慶鄭車誰掀淖尚有欒鍼險能倖脫敢云佑是彼蒼岸已誕登或者護由我佛於是重膏吾車載秣我馬問征夫兮前路皆云豺虎縱橫詢土著兮村旁咸謂盜賊出沒斯時也骨驚心折聞草木兮皆兵嶺斷雲橫盼村墟兮何處幸防身一劍堪倚崆峒忽導我雙燈重披雲霧乍投茅店喜賓至之如歸聊托管城紀客途之重險云耳

高山啣日漸昏黃猶是崎嶇陟亂岡心折骨驚魂脫轅幾回歷險愧王陽

風高月落野茫茫豺虎縱橫暴客揚悦若重生投旅店此身幾欲付魚腸

換船

一辭故國四經秋買棹仍尋古渡頭夢裡猶驚山路險耳中已愛櫓聲柔風藏柁底颼颼響月映波心瑣碎流歷徧巾車顛播苦者番眞擬賦仙游

舟泊揚子江感傷亡姊司蘭

臨風酹酒祝泉臺揚子江心雁陣哀卅載同懷生死別可能魂魄夢中來

到家

疲馬解鞍馱弱羽返故巢行行泝清溪彌覺桑梓遙到家夜已半心急門亂敲老僕喜我至走報提飛猱黃犬喜我歸迎門尾屢搖惟時高堂親待我燭尚燒見我步庭除早覺悲喜交未暇敘欵曲投懷效兒曹思兒白髮衰憶母朱顏凋愁來似膏火晝夜相煎熬得歸慰老親跋涉不知勞辛苦萬山

來屢恐不測遭責兒何太輕泰山等鴻毛母問未及答兒嫂羅酒肴彼蒼相吉人孝行天自褒勿復愁往日且用樂今朝願妹年年歸斑衣壽春醪揚揚紫荊花灼灼榮綺寮啞啞返哺烏故故啼樹梢骨肉會合難坐久忘深宵願茲天倫樂莫再等閒拋

偕外赴次芬三妹之招口占賦贈

既見還疑夢疑眸各費猜樓頭玉人望天際錦帆來舊榻勞君掃愁懷此夕開喜心翻感泣相對涕盈腮

骨肉摶沙似分攜竟五年吳天聽雨坐渤海望雲眠酒盞今宵共燈花昨夜妍何當置雞肋長傍舊林泉

小蓮于歸後寄懷

暫覺辭勞瘁其如惜別何苦難尋好夢不易遣愁懷似玉離纖掌如花恝故柯啞啞烏返哺偏是感人多

別夜三月朔始離膝下啓行

耳畔如聞喚女聲瞢騰支枕已三更最憐小婢初離母余新得一婢性甚慧巧常夢中呼母故云一樣思親夢屢驚

舟中遣悶

今日方知行路難歸時冬仲出春殘無家信有王尼嘆滄海橫流總未安

浮家又傍水雲居到眼溪山畫不如閒向蓬窗攤素卷愛他雨過潤琴書

一湖水氣冷侵衣頓覺他鄉風景非柳未含顰花未笑故鄉此際絮應飛

題美人梳頭

屧廊小響夢纔醒驚起芙蓉倚玉屏無那嬌憨春正嬾畫眉聲喚幾曾停

綠雲欲展故遲遲記得前宵摘髻時怪底幽香盈繡戶分明薇露潤胭脂

雲鬟散馥襲輕裾非麝非蘭透綺疏最愛粧成明鏡裏一奩秋水映芙蕖

聞定海復陷

日浸論功望土茅蚩尤猶未沃腥臊夷來不覺關

河險戍遠誰憐士卒勞罵賊小臣甘斧鑕定海[illegible]知縣[illegible]懷祥不屈赴水死典史全福立獄門外罵賊遇害忠君上將飲靴刀壽春鎮總兵王錫朋處州鎮總兵鄭國鴻定海鎮總兵葛雲飛並同日戰死吾　皇神武訏謨廣看爾游魂何處逃

保陽贈吳春竹夫人

天涯萍聚豈無因賓至如歸氣誼眞詩到苦吟憐我瘦炊猶無米嘆君貧飄搖千仞丹霄鳳零落空山絕代人夫人爲吾常望族偕其外旅食保陽家屢空匱備嘗艱苦而處之宴如嘗謂朮詩每誦絕代有佳人之作聲淚俱下桑梓葭莩兼世好那能相見不

相親

旅夜書懷津門夷警避居保陽

看劍

飄泊誰憐淚暗彈出何草草返何難夜深胆怯挑燈坐但把吳鈎子細看

[illegible]衣

天涯萍[illegible]欲何依歸夢都因久客稀玉質自知勤[illegible]惜將[illegible]舊時衣

[illegible]

美人原不隔雲端咫尺誰知一面難舊日明珠今草芥有誰憐惜此時寒

糧船竹枝詞補辛丑暮春作共八首

千斛糧艘上閘難百夫牽挽泝狂瀾紅旗亂掣銅鉦急桿索如雷下急湍

閘官高坐矮皮交土室茅簷紅傘飄到此帆檣俱暫住頭船常例進錢刀

枉學江南淺淡粧施朱太赤粉如霜逢人也解佯羞澁一笑怭於傘底藏其婦女出游乘小舟無論陰晴但持雨傘逢人用以

障面

吳語年來習慣常自誇服製擅維揚旗丁眷屬尊榮甚不向街頭唱鳳陽常郡旗丁皆鳳陽人其地逃荒婦女常向街頭唱鳳陽歌丐錢故云

玲瓏瘦石伴幽蘭悞認花磚最可觀一笑番成噴飯具瑤琴不枉對牛彈適爲船主畫扇船主指石爲磚殊可噴飯

那許聲中走逆風篙師揮汗怨天公愛山翻喜舟行緩飽看烟鬟翠掃空

服飾輿居大不同猶言澹泊是家風難求海外龍

誕餅好辟行厨屆突葱

三義廟

莫言三義訛傳誤孝友原從光武傳（劉演遇害光武哀痛甚枕蓆間恒有涕泣處）不是阿瞞諸子弟然萁煮豆自相煎

病起紀事

最苦他鄉貧病侵牛衣宛轉共呻吟良醫用藥須當病同死同生並命禽

妻子從來比緼袍君如山岳妾鴻毛不知身僅餘皮骨刲股猶思索鸞刀

罡風吹墮北邙鄉已覺浮生付渺茫魄煞幽冥喚才女重生小草賴慈航（緜惙時悵然暈去見矮屋鱗次內有猛惡數輩欲驅余入苦不能脫正惶遽間聞鈴鐸聲約相去數武一亭巍然內懸琉璃燈甚明有青衣黃帽者手擊金鉦走而呼曰陳才女菩薩有旨汝等速退頓覺眼界光明罔兩悉避卽得重生）

綦嘉驚起應聲呼悲喜交加一[illegible]扶連理枝頭花又放倩誰畫箇再生圖（余病至[illegible]月十七[illegible]手足木彊奄然[illegible]外知[illegible]亦驚暈自巳至亥凡七閱時坐起呼外日歸[illegible]外郎蹶然起應歡然握手余卽備述所見兩相慰藉笑語移時若[illegible]荷者）

[illegible]已返魂醫藥誤尚[illegible]先服某醫藥[illegible]（魏寶齋診治始無錯悞然再生實賴神佑）掃眉素忝居名士名士膏肓

信謬論

晴怯溫和雨怯凉最難穿換是衣裳素甘澹泊無兼味何必劉郎消食方

慈諭傳來卅六鱗（今年四閏月始得家書）床頭披誦淚沾巾不知兒已邀天佑卤問訛傳累老親

聞寍波警

可能擒賊使擒王轉戰經年缺斧斨諸將承恩兵用命威弧指日落天狼

傳來消息浙川東聞道樓船一炬空（總兵鄭國鴻子鼎臣設計燒燬夷船數隻賊始退至定海）果使逆夷眞破胆也應韓范在軍中

風月從來屬四明可憐烽火似邊城三千安得錢王弩不射江潮射賊兵

聞京口警

羽書驛使日紛然樓艣驚聞北固傳浮玉山頭開全壘無諸臺畔接烽煙神能礮賊三千弩（海寍有武肅王[illegible]最著靈異近傳逆夷行近廟側若不能[illegible]兵頷[illegible]頭目墜馬[illegible]得而死衆始退去海寍[illegible]遂）

神佑云民不知兵二百年可惜衣冠文物地犬羊蹂
躪更堪憐

自題畫

牡丹

冰綃霧縠想衣裳絕代佳人正淡粧贈芍秉蘭誇
故事何曾相譴及花王

翠雀花

柔姿弱蔓自婀娜顏色眞堪並翠蛾甘向階前耐
風露不愁山澤暗張羅

水仙

羅襪凌波不染塵鉛華洗盡見天眞生香玉質尤
清潔合稱詩家比洛神

雪景 梅竹水仙甘蕉

羣芳移植自瑤臺綠蠟紅梅月雪開修竹何人依
翠袖芝田館外洛神來

題會集羣芳圖

羣芳摘自蕊珠宮香滿田田翠葉中若使淵明知
此意也應五色補籬東

擬行路難 外子復有保陽之役歌此贈之

春君辟塵八銖之寶鏡無瑕雙美之瓊瑤玉局掃
愁之倣帚顏淵樂道之簞瓢人生識字雜憂患李
侯官歎壓百僚年來數折蒲陽柳畫地作餅誠堪
嘲我心則憂載饑渴君子復嘆勞薪勞乃知作客
別更苦魂睘睘兮心搖搖

君不見秦嘉贈婦何纏緜貞士終始誓簡篇徐淑
答書益悽愴愁如膏火晝夜煎又不見長松千尋
屈澗底荆棘徑尺栽山巔士牛騎猴苦不進乞兒

乘車緊着鞭世間萬恨故相似居易俟命何尤天
父爲萬石子末吏貟薪衣褐誰見憐風清月白貟
艮夜崇轅聽角宰華年王侯將相旣無分靑燈四
庫嗟無緣囁嚅趦趄苦局促曷不歸種二頃田胡
爲摧眉折腰爲五斗風塵奔走凋朱顏迷陽射工
愼川陸太行孟門防面前終身之慕本無已于後
勿忘尙愼旃舉杯再歌行路難我懷歷亂何由捐

愁坐

脈脈含愁坐難禁分手時縱非千里隔門外卽天

涯
脈脈含愁坐氷輪相對愁懸知蓬底客同是掛心
頭
脈脈含愁坐支頤倚枕時鮫綃藏袖底上有淚痕
滋
脈脈含愁坐飛蓬鬢可憐芙蕖去雕飾本是出天
然
脈脈含愁坐深閨怯晚凉檀奴當此際誰爲促添
裳

脈脈含愁坐宵難遣睡魔欲將書破悶別淚損橫
波
脈脈含愁坐無心畫折枝幾時同握管相對仿徐
熙
脈脈含愁坐吹來落帽風去年當此日覓句共推
蓬
[illegible]脈含愁坐臨淵履薄天魂飛湯火際慚愧比神
[illegible]（[illegible]保陽諸名人見余詩畫咸[illegible]有神仙之譽益滋余慚）
脈[illegible]含愁坐沉沉夜已深打窗風雨急滴[illegible]此時

心
脈脈含愁坐刀環望已違羨他天際雁同宿又同
飛
脈脈含愁坐銀蟾已上弦歸轅須早整莫待月先
圓

姪元壽校字

信芳閣詩草卷四

蓉江陳蘊蓮慕青

咏史

黃鍾瓦缶一齊收堪嘆炎劉爵賞優掃鐸量沙紈袴子挽符紆綬爛羊頭都人席輿中宫並阿監權同帝主倖英俊下僚饑欲死紛紛竊國盡封侯

十羊九牧事紛更亂世堪嗟民命輕誰識奇才俾穎脫枉將美錦試縫成嘗思貔虎軍中鎮深惜麒麟地下行誅罪賞功同苦樂王臣盜賊豈難平

非吾族類心終異雜處中原事可知皂帽青衣何見辱柘弓銀硯枉相遺不知燕啄矢和子郤問蛙鳴官與私同氣揮戈韋粲死江東王謝幸生還

喜雨質外

聖主憂民易格天倒傾鮫室瀉飛泉百靈趨應三時雨（閣邸抄 上躬詣齋壇祈雨應時遠近沾澍）億兆咸沾大有年京入桃笙清午夢潤生綠綺綏朱絃讀書不及爲農樂涓滴何曾澤硯田

老母見寄茶笋衣裙感賦

阿母慈慈慣晨昏嘆久違傾筐拜茶笋稱體寄裳衣祿養心難洽求官計已非迴環書數紙涕下不能揮

秋日病中書懷

正是梧桐落葉初病魔鄉思苦難袪羈棲身世慚烏鳥迢遞山川斷雁書（已四月不接老母書）心織爲衣才素拙筆耕而食計原疎朝來搦管慵無力强起因謀擔石儲

待雪用尖韻

如珠如霰弄簾纖不耐風威分外嚴拂拭雲箋思

啄絮掃除蘿逕待鋪鹽寒侵翠袖依修竹冷逼黃緜失畫簷小婢知人先得句案傍呵潤秉毫尖

玩雪用义韻

啄冰屋角噪饑鴉已覺門無訪戴車四面凉風風勞絮一庭枯樹樹交花更無人進東方履可有袁貽協律家秀句果從寒餓得詩成白戰仿尖义

題徵蘭引

（武陵沈廣文吟樵夫人余氏日蘭伉儷甚相得以娩難亡廣文哀悼）
甚因畫並蒂蘭小幀并序顛末遍徵名人
詩畫予爲寫蘭一枝并賦四絶以誌哀忱

徵蘭引誦使人嗟可惜梨雲散彩霞若較安仁哀
更切宜男草變斷腸花
凉蟬落葉響空階哀感難爲奉倩懷但使深情長
在抱勝他營奠與營齋
只恐佳人貌得難生香眞態畫來看癡情應荷東
皇憫世世同爲並蒂蘭

東宓參軍夫人

蒙君飲我武林春橤苧傳甘別樣神同此清風林
下挹由來佳茗似佳人

大家風範信非常幸獲同心結雁行難得天涯免
岑寂春蘭秋菊共芬芳
未飲醇醪意已醺相攜羅袂接芳羣自慚不是司
勳杜也向尊前乞紫雲
蒙君一諾已無更想見金蘭手足情未識添香桃
葉女幾時方許列銀屏

老圃晩香圖爲鄧樵香別駕寫并題

模將五色黃荃筆寫出平生風骨香老圃不須嫌
寂寞一般璀燦耀秋光

東風

東風爾爲阿誰來萬紫千紅仗翦裁擬屬司風賢
內史不教吹謝只吹開

外子轉餉中州歸示途中所作喜書於右

歸展珠璣悲喜增禪參佳處夜挑燈流波膏火愁
徐淑令炙殘杯感杜陵每至州縣旦晩饋食麤糲不堪隨物肖形
蠶結繭止樊汙食客憎蠅大梁一路天氣和暖時屆冬令丑扇甚多集中有憎蠅塵每攜之句筆端嶽色河聲助欲和斯篇恐未能

排悶

造物爭功未覺難賾探冥索竟忘餐宵模竹影待
明月曉畫花頭繞曲闌端麗書饒文惲秀窮愁詩
少孟梅酸虛名妄作千秋想塵世繁華敝屣觀

自題畫

紅白桃花

白疑噴雪赤疑霞誤認桃源雲錦遮天上僊人和
露種莫將路柳並斯花

夾竹桃

[illegible]翠袖卷紅綃倚竹無言韵更嬌瀟灑纖姸誰

得似美人君子好丰標

白芍藥

最愛翻階玉幾叢春風拂處異香濃牡丹合讓花王號不染楊妃一捻紅

家無担石儲外子憂貧作此以寬其意

微官仍守簞瓢樂歸去還愁三逕荒欲使客無彈鋏嘆故將姓字動侯王

厨荒幸貸研田租兀兀窮年手卒瘏畢室差無懸磬嘆愧馳名譽滿通都

依然

依然太乙舊丰姿不遣秋霜上鬢絲若問駐顏原少藥平生處慣寂寥時

題胡夫人金芝閣深院避暄圖

結廬人境遠塵囂把卷沉吟逸思飄我欲卜鄰相傍住詩成好與共推敲

十二紅闌映碧漪此君何處不相宜神清骨冷無由俗（用東坡題林和靖句）怪底吟成絕妙詞

蕭然林下澹丰容律細長城不易攻（夫人自題一律俊逸清新諸閨秀雖有題咏然無出其右者）詩解窮人從古嘆問君何[illegible]哦工

覓句窮年不厭貧掃眉才子恣幽探自憐[illegible]成癖書味醇於酒味甘（徐陵與宗室書詩書甘[illegible]酒醴余素有書癖故云）

久旱已而甚雨誌感

維壬午月歲乙巳旱魃爲災歇耘耔紛紛祈請[illegible]白鷺浮鰲無靈望徒企舞雩焚山術已窮忽然[illegible]令出天公九天雲霧騰霄漢四海波濤響碧空分龍已過雨隔轍遠近沾濡理莫測（石陵避暑錄吳越之俗以五月

二十爲分龍日分龍後龍各有分域雨暘往往隔一轍而異也）聞道田家黍稷蘇民無鬻子販妻憂今年太歲空在巳傍舍壺漿已可求（馬總意林袁雅正書太歲在酉乞漿得酒太歲在巳販妻鬻子今適値乙巳而亢旱兩月既而大雨滂沱遠近沾沛黍苗芃芃較往歲轉茂雖災祥有自然之理而　堯舜在上聖德格天故能轉災爲祥也）心織爲衣筆爲食愧將升斗累親識注面吹帷舉筆難又恐饑寒慮明日登樓一望黍芃芃綠浪風掀膏乳中力耕猶有逢年樂莫怪樊遲願學農

代外子作蒲[illegible]客館述懷

蒲陽于役動兼旬狡兒奚奚未易馴（謂當時某某）四面
空山盧館夜一窗松月苦吟身點金乏術不求富
顧影無慚能耐貧（是役也外子幾為蜚語中傷故及之）歸去考應書
下下催科政拙枉艱辛

西鄰繆姓失火口占誌感

夜半西鄰遭祝融頓看烟焰逼長空天心善惡分
明判我意還愁玉石同
年來典盡嫁時衣家具蕭條便取攜好護青箱書
萬卷先人手澤此中遺

最憐族姒老還孷倉卒誰扶自護持咸謂蛾眉偏
有胆未曾纖悉失毫釐
禍淫福善豈虛傳傷馬傷人最慘然（時繆姓一家燒死五人）
我似二禪天上住火災不怕到窗前（寓居與繆姓鄰近尉廡已為燒燬又值下風火勢方張延至書室窗外咸謂必成焦土幸霎時風止火熄紙閣蘆簾一無傷損豈非天佑耶）
文遺胠篋未成灰（姪靜軒抄時藝盈篋倉卒中為人竊去）誰拾陳編
恐費猜萬卷書藏胸臆內不愁火難與風災

入都雜咏

補瘡剜肉漸生肌宦裏嚴催入帝畿妻即先生三
錯人言譏儂雙宿又雙飛（外背瘡新愈調攝綦難不得不與偕行故云）
雨雪欺人撲面飛倣裘弱質不勝威憐他病後神
衰薄水驛山程代指揮
嘗與名醫證錯訛陰陽六氣辨來多筆耕心織生
涯薄雜藝應添內外科

抵都喜晤惲蘭生六姒并諸姪姪女

迎門骨肉笑顏開共訝冰天我亦來不信閨中柔
弱質能逃鬼難（指壬寅再生事）與風災（指乙巳火災事）

喜看珠玉盡森森情話纏緜坐夜深嘆惜彫零諸
娣姒（六姒汪雲和十娣許麗卿十一娣魏潔卿俱相繼下世）不禁清淚濕衣
襟
嬌女咸工咏絮才（諸女姪皆能詩錫璇五姪女尤工楷法）詩情畫意
兩兼該（現俱從余學畫）叔無阿大中郎雅慚愧燈前問字
來

車簾

疑城一道動隨輪霧隱蓬山望不真展卷難邀如
水月留香雅護似花人蝦鬚捲處添吟興銀蒜[illegible]

時絕暗塵犂竟春光深鎖好免教雨雪濕車茵

題武夫人沈湘佩善寶鴻雪樓集并謝題拙
稿

數載神交隔暮雲銘椒賦茗久傳聞青蓮甘下宣
城拜我亦雅才合讓君

詩吟唐宋字鍾王捧到驪珠喜欲狂健筆一枝容
借否問奇願坐玉臺傍

嗟哉純孝世無儔閨閣能爲負米游至性清才誰
得似曹娥謝女並千秋

風流儒雅亦吾師黃絹題來歷卷詞自笑才華同
爝蠟媿無佳句答新詩

將次出都六姒惲蘭生設餞即席留別并示
諸姪姪女

難得相逢又別筵離堂情話倍纏緜能求冰鯉憐
兒孝四姪女錫蕙五姪女錫璇並刲股以愈親病不衣蘆花賴母賢姒性
賢淑前室子女愛如己出六法未工慚指授諸女姪俱從予學畫五車勤
讀望騰騫端娥無賴將人妬月落參横欲曙天

和答沈湘佩見贈原韻即以寄懷

詞壇厚誼夙根萌正始風裁仰盛名沈詩選入惲正始集珠
玉締交投兩串未晤時先爲予題集苔岑契合想三生閨秀
許訂同心譜美膳蒙頒護世城瀕行贈畫蘭四幀膳品二種旗
鼓相當八有幾竊攀屈宋庶堪京

千鈞健筆欲凌空多少名流拜下風敏捷詩追唐
太白研精畫媲宋文通宋劉文通深於畫理歸裝重疊貽騷
雅蒙惠鴻雪樓稿及諸名媛各集別夢頻番繞閬蓬最苦相思不
相見當時分手惜匆匆

烟蘿仙館雜咏十首

飯疏飲水樂簞瓢吏隱居然遠市囂我似涪翁無
嗜好胸懷惟用古書澆讀書

八口生涯賴硯田藉將詩畫送華年幾回擱筆添
悵觸蘭蕙何如蒲柳妍作畫

貧來何事遣牢愁畫債詩逋冷應酬我似君平安
卜肆偷閑窗下仿銀鈎臨池

書足娛情可自寬恨難尺五皂紗冠文希幕府黃
崇嘏武慕從軍花木蘭觀書

風宜扇引解煩襟邀月圍棋坐夜深我但消閑常

敗北平生不慣用機心 敵碁

幾回望月叩清光世味年來已慣嘗玉宇瓊樓如可惜何愁高處不勝涼 問月

寳鼎名香數袛陳祝親天爵享千春此身終愧嬰兒子至老晨昏奉二八 籲天

手追心慕環青閣 王澹音集名 夢想神勞鴻雪樓 沈湘佩集名 更有好詞吟不櫛 潘虛白集名 茫茫大地恐無儔 評篇篇風雅耐哦吟識面聞名企總深我欲繪圖尋故事拜潘揖沈哭環青 懷人 近時名媛潘虛白沈湘佩王澹音三夫人為最予來津門澹音已下世今春入都始得與湘佩訂交而潘虛白太夫人以事多阻未能一晤故云

終風且暴最堪嗟樛木徒援葛藟枝宜爾子孫應戩戩維賢維德亦吾師 蘋香姊

答沈湘佩

作答書遲只為貧筆耕謀食諒艱辛憶君時展瑤華讀那得天涯若比鄰 書來有天涯比鄰之慰故末句及之

自題虞美人蘭草長春便面

風枝露葉絕纖塵淺碧輕紅點淡勻舒似四禪天上住美人香草共長春

金芝閣二姊館甥命賦新婚詞即席口占

秦樓春暖雀屏開蕭史翩翩跨鳳來玉鏡臺前初卻扇稱心天與畫眉才

香飄桂子小登科五色雲開現月娥爭怪親朋齊健羨女兮窈窕士婆娑

送別伯谷大兄芳芝大嫂之任清河

四世稱同產君良語最眞 劉君良九世猶稱同產 一朝欣把袂五載樂親情涸鮒難蘇困廉泉慨濟貧離懷如中酒不待飲醪醇 嫂以行色匆匆招飲未至故云

送爾難為別依依握手時微才嘗過獎淑德最堪師 嫂待衆妾寬厚 誼感汪倫厚貧慚鮑叔知折梅如可寄蒔慰遠人思

為外子納寵口占以賀

天隨人願慰平生佳話應知自玉成為爾廣寒宮闕閉 佳期適值月杪 良宵甘讓小星明

豔抹濃粧曳綺羅風流夫婿欲風魔朐前代佩椒聊實蘩衍盈升得子多

不櫛書生禾筆呵替卿著意畫雙蛾邅叙珍重藏

金屋好賦房中得寶歌

謝武夫人沈湘佩寄惠畫扇畫幀麗參餅茶兼以寄懷

錦字迴環對短檠加餐深感故人情放低詩格酬猶易頒到瓊瑤報媿輕自有聲華傳海內漫嗟心力換虛名來書吾姊體素柔弱書畫固可陶情而亦能耗費精神妹以浮名所悞以致日無暇晷目昏腕弱清夜思之自覺可笑近日欲焚筆研而不得爲勸巫咸莫救蒼舒恨不獨君悲我亦驚姊近抱西河之痛

屢驚手重捧雲箋鈞樂因風落九天八餅頭綱清

菌顛三椏五葉起沉綿輝生蓬華珠璣富香滿襟懷水墨妍珍重拜嘉憑雁翼夢魂隨繞鳳城邊

寄懷汪太夫人潘虛白

四句小住憶京華交臂詩人失又嗟客春在京緣病多阻嗣又匆匆出京未獲一面爲悵自嘆蛾眉難負笈問奇何日侍韋紗

和鄧樵香別駕殘菊原韻

誰遣開遲殿後來離披三逕剩低徊格高似爾堪偕隱人瘦如花苦費才斜月殘陽描色相金鈿翠葉記根荄千紅萬紫飄零盡松柏同[illegible]

臨風仙骨尚珊珊件我清吟助我歡高士疏籬和露采玉人繡口帶香餐墨須乘醉淋漓潑樵香先生屬寫殘菊圖花不沾塵仔細看生性本來甘淡泊原非有意傲霜寒

錢香士太守以穆鶴舫相國丙戌海運紀事詩四章囑和即步原韻

非關陳法效前明自見飛輪達帝京玉粒千艘勤獻納珠璣萬里驗忠誠馮夷推送來何速鷁尾聯翩舊有程百辟匡襄籌策備相公應喜巨功成

聖主裁黍稷萬艮圖端賴軼羣材法立尤資天庾足艨艟一片日邊來應時風力征帆飽效命星符駭浪開安穩不殊行內地可知渡閘轉紆迴

輕航挽運太倉收島嶼經過駐荻洲其識羣僚謀集夏從知連歲慶登秋波心蛟鼉藏安窟月下黿還負客舟有

詔自容民力緩無邊

恩澤頌川流

丁沽翔集五花驄納蓋宣猷罔勿同裕 國自應頌大吏便民祇合賴羣公心傳德業師門福管領滄溟郡帥風倉粟只今儲積富好趨 丹陛告成功

和外子京寓寄懷原韻

萬疊情波感不勝憐他蕭寺似枯僧（時寓僧寺）愁霖釀就相思味清淚添成無盡燈劍氣久寒重拂拭（謂外子久不作詩來詩甚佳）珠光已晦失飛騰（余爲筆耕所累亦久廢吟咏矣）八生若使無離別恩愛誰知一倍增

並蒂蘭開感賦

一叢宛轉同心結幾箇相依並蒂花和露折來愁插鬢伊人京國即天涯

和外子秋夜讀書

屈宋衙官重冰壺心跡清胸羅書萬卷詩悟月三更讀書愁魔退揮弦落雁鳴所嗟貧似昔染翰尚謀生

午倦得詩二首

甫釋采薪乍離繡閣聽商颷之入耳覺簷鍼以驚心倚闌而陡怯凉颸握管則自嫌神困雖鏡中鬢影猶是春人而砌畔蟲吟已同秋士眉顰宛轉黛痕恐失夷光腰瘦惺忪衣帶何輸沈約更虛名爲累遂使詩魔晝障叩關似索新逋而弱質誰憐惟應託病逃禪隱几藉堪避債西窗露冷韻似黃花北地風高愁如綠緯午間小坐倦欲抛書載賦二章聊舒積悶云爾

繡帘垂地怯凉颸瑞腦慵添倦不支擬向芸窗親

筆硯翻攜書卷睡移時

果然午睡敵千鍾香護吟魂繞菊叢莫笑忘饑將辟穀起來書味飽胸中

楊慰農都轉命代和 卓相國海帆咏秋海棠用漁洋山人秋柳原韻

疑是亭亭倩女魂秋光澹沲掩重門風扶弱態憐香意雨洗紅粧惜粉痕恰稱月明雲淨院最宜橋綠袖黃村斷腸自送王孫去泣露啼烟不可論

裊裊西風未著霜或依芳砌或銀塘嬌如靜女初

臨鏡豔似紅羅乍啟箱耐冷也宜栽月窟含顰無分伴花王曾陪老圃秋容淡丹鳳城南晝錦坊

劇憐嬌若不勝衣吟瘦腰肢似也非繪譜既工渲染法詩人何故品題稀（木本海棠前人詠者多矣鮮有及秋海棠者）吳宮擁髻眉常斂漢苑留仙袂欲飛靜意端詳終有恨開時惜與好春違

商秋冷豔最堪憐大葉嬌花怯晚烟翠袖臨風愁渺渺芳心懷遠思綿綿猩紅繞砌看今日清淚抛階憶往年幸有玉人知愛惜折枝斜插綠雲邊

苔痕

漠漠斑斑點綴稠不爭要道與溪頭印來鳳舄香泥軟行過蝸牛篆影留拾翠嫩嫌花逕滑上階綠愛草堂幽殘紅滿地相輝暎艾納何須和雨收

得外子書寄懷

懷袖藏書讀未休眉頭纔下又心頭可憐難解腸千結綠蠟丁香一樣愁

瑯琊貞烈詞　小引

李㣉堂侍郎督學江蘇卒於官侍妾王氏自縊以殉大吏聞於　朝得　旨旌表一時士林賦瑯琊貞烈詞余兄芝房以所作寄示并索余詩為賦七古一章其詞曰

滇南侍郎今鄴侯（侍郎姓李）江東視學驅驊騮瑯琊姬人本黔產芳齡宛轉隨衾裯卿貳高官備休沐藏嬌特為儲金屋籃輿共踏青山青彩鷁同凌綠波綠樊素攜巾侍畫堂未輸白傅教新糚晨趨瑣院熏宮錦夜熱圖書爇鼎香朝朝暮暮情無盡寵姬胥忘益加謹惜哉箕尾促天星嶽嶽文宗一朝隕

此時怨憤斷柔腸此際音容已渺茫墮樓立志寸心決麻衣颯颯飛嚴霜節義高風在天壤當時詎作千秋想直以真性隨君魂生死相依結精爽宸章彪炳表厥貞一時彤管垂令名佳人具有烈士操小星煜煜光瑩瑩嗚呼五華高昆海潔（侍郎故鄉山水也）主恩深兮妾情竭尺五吳綾一腔血

題廖豸峯大令詩卷

巨製曾聞衆口推琳瑯寶氣亦佳哉蒼虬駕海神淪王天馬行空志未灰七品久登循吏傳八閩例

產軼羣才寓公聲望喬松質會見耆英洛社開

題胡吟香女史遺照 女史浙江人美而慧躭吟咏適同里錢氏遇人不淑而殂母夫人金湘琴亦能詩

披圖宛爾遇姮娥太息芳齡委逝波三月花光分兩頰六橋柳色集雙蛾埍逢紈袴清才少僊謫塵寰薄命多玉碎珠沉感惋惜王郎天壤恨如何

梅花詩社詠梅花四影

霜裏嬋娟鬭豔時冰輪花塢亦遲遲帳中乍醒游僊夢林下剛逢絕世姿望去成三非獨笑伴來夜

五慰相思徘徊欲向嫦娥問是我前身未可知 月下

香滿蕭齋夜氣清古甆歷亂插繁英銀盤芳甚光逾燦素面紅糚色轉明腕底胭脂圖未肖屏間水墨畫誰成愛他紙帳橫斜好又把蘭膏繼短檠 燈前

盈盈秋水寫容光坐對名花爾我忘姑射仙人增獮髓壽陽貴主助鵶黃寶奩陡覺珠宮現繡戶俄成雪海香何必羅浮尋夢去不如燒燭照紅糚 鏡中

一灣清淺照斜橫索笑尋詩溯灣行解佩江皋邀舊侶浣紗溪畔識傾城雲[illegible]起模難就驛使如逢折不成開傍曲闌凝睇處卿須憐我我憐卿 水邊

追悼司蘭六姊三十六韻

余六姊司蘭麗質端容具有夙慧長余兩歲於姊妹行獨與余洽幼時共針盤同筆硯如蛩駏之相依固無刻不借形影也少長歸中州白大令子鳳鳴生子女各二而最慧者獨早殤姊旣慟亡兒又僑寓維揚眷戀二親晨夕飲泣時余亦遠嫁互相翹盼蓋千里同此一心若將見而復不獲相

見者歷有歲年叢蘭早摧溘然竟逝卒年二十有八姊至性尤篤酷嗜吟咏而爲夫婿散失僅留咏西瓜燈一詩藏諸篋笥迄今廿餘年偶檢殘篇宛轉披誦不自知涕泗之何從也爰賦長律用示吉光片羽之藉余作而存焉畧敘弁言聊誌余痛其辭曰

漏盡人初定蕭齋猶未眠無心開卷軼觸目見殘編白抱同懷痛星週兩度天 姊下世已廿四年矣 憂傷成疢

疾余素無肝恙緣哭姊過傷而有斯疾聰慧損華年姊幼最慧過目不忘緬昔趨庭日追維樂事全膝前承色笑窗下互鑽研瑞腦添香鴨金針繡紫鴛帖模王逸少詞學柳屯田滅燭邀明月揮毫賦采蓮窺奩花邐麗琢句錦輪妍孝綽門風雅元龍品學專芝房兄雙珠誇照乘兩美喜隨肩大母含飴樂高堂屬望堅譽兒原父癖稱妹本兄憐倏忽榮華改淹留歲月遷阿爺初奉諱大吏遏飛騫吏議時適值祖慈棄養綠水蘭橈返紅絲繡幕搴扶鳩忻擇耦射雀記開筵甥館雙棲穩驪駒

一旦牽蓉江分雁影瓜步隔蟬聯淚剪西窗燭魂消南浦船迢遙千里望宛轉尺書傳屢接瑤報欣聞玉燕騈依依文葆製濯濯掌珠鮮嘉問頻相慰離懷未易蠲綵觴期共舉道光三年家大人七十壽辰相約同舉壽觴繡榻冀重連張角偏逢爾參商若避然余七年中每歸寧雖先期相訂至期姊以事阻不克歸余亦然看雲增悒怏望月更纏綿凄絕終風句難忘其雨篇盤中詩枉賦天壤恨難宣毒卉嗟冬茂名花嘆夏捐椿萱情痛切手足涕潺湲石碣餘荒塚未幾兩甥夭折姊壻亦逝雛[illegible]剩翠鈿宏篇

夫婿失片羽阿千鐫姊有春暉閣詩草數卷爲姊婿失去僅存咏西瓜燈一律芝房兄已刻入家譜淑質愁湮沒悲歌敘末顛欲懷椒醑問可結再生緣

附錄

詠西瓜燈　司蘭

鏤冰妙手卻鏤瓜猶記寒漿沁齒牙不道是空還是色果然如火更如花照人那有模糊處皮相從教清白誇頃刻炎涼君莫訝青門原是故侯家

梅花詩社詠海光寺海棠

宛若朱顏醉暈生漫將古刹比華清照來絳蠟容逾豔吹到紅糚風亦輕無數流鶯啼恰恰曾聞宮女報聲聲紛紛桃李俱麤俗富貴天姿畫不成

簾鈎

一桁珠光拂綺霞房櫳半捲越溪紗搴帷響觸搖環鳳倦繡人扶掠鬢鴉日影乍橫金絡索波痕輕漾玉鈎斜侍兒侵曉懸羅幕報道薔薇已著花

纖纖新月記傳神銀蒜垂垂護好春雙曲輕分青

步澾一彎低亞畫樓人開軒不藉魚吞吐展幔非
關蠖屈伸爲捉迷藏聞碎響湘簑窣錯聽難眞
流蘇不動篆烟微掩暎花枝壓繡幃半晌申申尋
好夢幾家乙乙漾朝暉莫教繞戸蛛絲罥恐碍歸
巢燕子飛掛起紅羅人共羡曲瓊今日賜緋衣
歴亂湘波蕩夕曛是誰纖手款犀紋呈來粉面剛
全露剖到瑤環恰半分高捲秋河看鬟鬒低垂香
夢護氤氳輸他屈戌同爲用無那玎璫入夜聞

自製豆腐偶成

神仙服食少人知世傳淮安王以丹葯熟成傾刻丹成幾轉時
翠釜烹來疑沸雪柔荑捧處並凝脂膏粱雜遝腥
堪厭水乳交融淡可思解得割雲餐玉法一標何
必認茅茨

灼艾

余素有肝疾發卽作楚然惟胸膈蓬脹而
已數年來事與心違肝氣行入四肢以致
痛楚艱於伸縮醫家云病在手足藥石一
時難達傳以灼艾法以手自灼漸便屈伸
足則不能自灼也有感於宋太祖灼艾分
痛事口占一絶用誌慨云

迷陽却曲傷吾足十指牽攣礙屈伸玉碎女嬃諸姊俱以下世兄遠隔可憐分痛又何人

夜坐書懷寄外

筆墨生涯聊濟貧可憐十指是勞薪謾誇中允揮
豪速其奈維摩示疾頻千里饑驅愁瘖瘵四年奔
走嘆風塵昏黃眼倦拋書坐只有燈前影伴身

梅花社長廖豸峯大令輓詩

曾傳好句到粧樓聞道才名遍九州客裏韶光容
易擲社中祭酒已難留閩南物望推長史山左人
文說故侯太息等身多著作杜陵相對起牢愁

排悶寫懷寄外

數年捧檄賦駪駪會少離多各損神劃地充饑難
作餅賣文爲活愧求人常思堂上恩勤日好護天
涯顧復身觸熱衝寒徒碌碌依然無補一家貧

秋窗風雨夕擬春江花月夜體

秋窗風雨夕寒氣侵窗前有客愁何深已覺離人愁

不盡那堪風雨攪愁心愁心枉向繁台寄無米爲
炊良不易依然仍抱北門憂漫說居官多活計活
計從來藉硯田可憐末疾久纏綿拘攣咸惜羅昭
諫風痺皆愁白樂天樂天昭諫誰能及巨賈多金
易篇什慚愧蛾眉步後塵數載天涯賣文活此時
名譽滿通都此際聲華徧直沽探風　星使書名
訪（謂戊申年陳子鶴花松岑兩侍郎徵畫事）藝苑宗工著意摹其奈維
摩常示疾遣別慈親誰護恤染翰何分寒暑天讀
書違計剛柔日辛苦誰憐太瘦生枉將實事換虛

名挑燈灼艾誰分痛咏絮吟成孰與賡羅敷夫壻
輕離別四年慣作梁園客客館笙歌樂暮朝深閨
風雨愁行役深閨寂寂夜迢迢翠袖寒生燭暗消
一天涼氣沉譙鼓四壁風聲響怒濤風雨凄涼訴
誰解十丈愁城攻不破愁見燈前影伴身吹燈且
向香衾卧

信芳閣詩餘

菩薩蠻 寄司蘭六姊

池塘春草如絲碧同懷千里關山隔何處是維揚
眉頭暗鎖長　迢迢雙鯉集慰我時相憶江上采
芙蓉秋來明月中

浪淘沙 閏七夕

女伴語聲嬌笑指銀橋劇憐烏鵲未生毛諒是儵
儵卿不穩緩御雲軺　玉露濕花梢燭影光搖中
庭瓜果又相邀天意也憐經歲別特閏良宵

鳳凰臺上憶吹簫 咏菊

廣陌秋高小窗風冷籬邊點綴輕黃試下階摘取
襟袖皆香渾不是等閒桃李趁芳菲愛踏春陽試
看我亭亭瘦影儘耐嚴霜　商量欲拚一醉借色
染雲箋香沁詩腸兒謝庭觴咏莫問柴桑更少些
兒俗韻雲鬢畔揷滿何妨還摘取花心花實歸來
獻視高堂

菩薩蠻

沉沉玉漏催銀箭鴛鴦欲繡仍停線[illegible]

安排候着他　囊螢與暎雪須把分陰惜燈炧月西斜何方坐落花

憶王孫

海棠深院綺筵開露滿芳叢濕繡鞋儂家乞巧異同儕試相猜一半愚來一半呆

滿庭芳 翰墨和鳴齋供菊數十種偕外拈得詩字

帶月鋤來和霜種就瘦影燈影參差花為四壁何必繞東籬若問九秋伴侶無非是松栢心期天賦與冷香艷質別具歲寒姿　猶奇當此際早梅數

點先放南枝試下堦折取並揷湘瓷渾似佳人高士看標格絕代同時沉吟久香噙口角煮茗共題詩

清平樂

愁風愁雨嘗盡愁滋味雁是南來人北去萬種離懷難寄　憐儂終日凝眸知他長掛心頭道路舟車勞頓如何禁得離愁

賣花聲 題朱鹺尹夫人刺繡紅葉仕女圖冊

彼美畫中逢翩若驚鴻寫肖玉貌與花同拾得階

前秋一葉端正題紅　妙手奪天工減盡鍼鋒嗅來香氣出春葱想見慧心人婉婉欲溯洄從余與夫人仝寓沽上以事多阻未得會晤故落句及之

鳳凰臺上憶吹簫 寄外

翠減蛾眉紅消蓮靨金猊香冷慵添任飛蓬雲鬢懶貼花鈿著甚來由拋撇愁滋味說起堪憐知也未為卿憔悴長是懨懨　懨懨吹簫人去嘆倚遍闌干卜盡金錢况望穿秋水屈盡春纖萬種離懷難罄空延佇月暝花烟惟願取珠還合浦人月雙

圓

摸魚兒 題周溫甫烟波泛棹圖

寄豪情茫茫大地商量遺與何處軟紅十丈徒紛擾只合烟波同住心暇豫趁一棹空濛領略滄浪趣漫斟綠醑看青嶂重重輕鷗片片隨着画橈去　才人筆幻出高人意緒傳來清境如許春江匹練閒懷抱箇是神仙伴侶儘延佇十二萬年間幾輩能容與夢魂栩栩想賀監當年鏡湖烟月似向此中遇

余以謭陋之質鮮力學而從事於風塵鞅掌作尹斗營營方以徵逐無清才居恒每引爲憾顧㓜攻舉業暇輒偷作小詩少長授室得慕青爲耦見其清思雅尙具有慧心每出一篇輒爲　先大夫許可夙知母家才人輩出有六朝劉氏風學有本源其信然乎余私喜閨中得良友而又愧天資才力均有不如每當花辰月夕此倡彼酬字句未協輒得慕青之助今來沽上十有餘載客途貧宦惟以翰墨相和鳴慕青又工繪事詩情畫意神韻遠過於余遇資斧缺乏則又藉其揮灑丹青得泉爲活是慕青之助於我者蓋又不止推敲字句已也今以其所作詩刪存數百首積年來畫資所入付諸剞劂而生平靈秀之氣性情之眞悉於是詩見之閨亦以鄙作附於集中俾覽者知余伉儷居貧自得至樂爰誌顛末於卷尾云爾

咸豐紀元歲次辛亥孟冬陽湖左晨跋

信芳閣詩草卷五

蓉江陳蘊蓮慕青

翰墨和鳴齋供芍藥數十枝對之點色并[illegible]

長句

繡帷錦幄任鋪陳羅列齋頭點綴新花氣釀成詩世界粉光奪得月精神紫袍金帶風流相玉骨氷肌綽約人拂拭生綃揮彩筆較他窗影畫來眞

秋感

病客偏多感蕭條値暮秋慈雲天際杳（已四閱月不得老母書）紈扇篋中收月冷憐花瘦霜濃替蝶愁吟情何太減無計下眉頭

風雨經旬旅懷悵觸適窗外紅蕉又爲所折傷美人之遲暮憐香草之離披秋士情懷殆如余今日矣爰賦小詩聊舒蘊結

愁霖徹夜響瀟瀟零落秋花滿徑飄安得齊奴施錦帳殷勤護惜美人蕉（紅蕉一名美人蕉）

末疾纏綿枯坐悶甚作此遣懷

半生廢學歎蹉跎可惜韶光病裏過萱子下帷才

更寫蘇娘織錦怨何多金迷紙醉娛清夜時外尙客大梁
歷杳魚沉飲翠蛾幸有澆愁書萬卷不須濃酎與
聽歌

觸緒書懷

兀坐文窗悶轉加愁懷觸緒苦紛拏藥無當病三
年艾堂有忘憂百歲花漸逼烽煙驚故國向軍門收復武
昌逆匪東竄已至皖江距吾鄉不遠矣久羈行旅憶天涯壻女去秋有北來之
信至今未到祝親壽比邱爲母逢吉康強願正賒接家書知
老母抱恙益深孺慕

不寐

久嬰末疾百憂煎風木銜哀屢廢眠一自傷心慈
萱失摧殘弱羽有誰憐

津門剿賊紀事起癸丑九月迄甲寅二月

賊勢鴟張逼郡城自憐閨閣枉談兵蚩尤妖霧如
延及便擬懷沙效屈平
天狗如雷墮地聲早知大角欲蹕兵二月初有星隕於西北其聲隆隆如雷維時予已知賊將北竄病軀久已輕生死咫尺烽煙轉
不驚賊踞獨流距津僅五十里

徹夜秋霖漲水鄉決堤直欲比淮黃狂瀾力遏西
南路始信神靈預設防癸丑八月河決芥園河神顯聖時張子班觀察欲修築隄防屢築屢傾西南遂成巨浸迨賊至僅東北一路兵勇得以專禦一方天意借水蓋以衛民云
築壍挑渠仗右侯萬金揮灑運良謀張右侯名賓石趙時人出家財募敢死士以衛鄉里後仗劍謁石勒勒待以上賓時危始識眞豪傑梓
里勳名孰與儔指張秀岩
妖氛壓境滿城驚侃侃忠言激義氓振臂呼時齊
效命壯哉一旅救蒼生指謝子澄明府
居安思患令公孫文采風流將相門預製神機藏

武庫雷轟電掣殪游魂楊慰農制府任都轉時始聞賊犯江南即捐廉製擡鎗五百桿迨賊至津門器械未能悉備賴此故得以擊賊
五載軍前草木風吹唇沸地逞兇鋒佛郎機共擡
鎗手殲厥渠魁鼂雁同九月二十八日逆匪猝至津門之黃姓墳園距城八里時津兵奉調在外謝明府率義民迎擊賊之前鋒即以擡鎗及雁戶鎗排伏於水次夾擊斃賊無算內有黃衣賊目名小禿子者絕驍悍立爲鎗斃賊始膽懾退至獨流負嵎抗拒
一公忠義高千古誓掃妖氛不顧身血戰沙場師
周[illegible]惜哉一夕共成仁佟都統鑑謝明府子澄十一月二十三日同時陣亡
擾擾壓沙刼未終枕骸遍野血流紅可憐盡向河

心棄順逆波濤魚鼈同（滄州獨流靜海經逆匪蹂躪殺戮尤慘）
知方有勇說津沽壯士皆如臾落河天下武功稱
第一七星旗指靖么麽（天津兵勇俱以七星旗制勝奉調他省者每與賊遇共識七星旗為津兵賊衆見即膽懾云）
文臣召虎帥班超統領雄師衛　帝堯更有天
心能助順河氷不合雪齊腰（謂勝帥德貝子達都統文直指錢方伯劉觀察諸公）
健兒十萬賦同袍釜底游魂敢遁逃將帥和衷師
用命行看奏捷沐　恩膏

送周芸輝表姑南歸

天涯何幸遇知音屢接清談愜素心不易相逢容
易別離情鄉思兩難禁
病中送客倍依依羡爾還家我未歸惟願天心憐
至孝兵戈不阻老萊衣

寄武夫人沈湘佩　并序

惠書省覽藉得好音竊幸華轂偕行雙旌
南指潞河津水便道相過則錦字緘情不
若河梁話別也賦此奉寄聊當心香虔爇
云爾

鵲尼聲噪樹梢頭捧到魚書喜動眸惟祝神君臨
五馬免教仙侶怨三秋陽春白雪誰堪和濃福清
才孰與儔三徑呼童勤掃待平原十日好勾留

附湘佩和作

燈蕊連宵結並頭彩雲飛到豁吟眸登山涉水
嗟今夏握手論文憶昨秋祗望南行尋畫聖豈
知西顧遠吟儔玉璫緘札情何重翻悔當時不
少留

秋日有懷沈湘佩家六姒惲蘭蓀郎以分寄

屢感魚書問疾頻女相如減舊丰神腰肢不為吟
詩瘦菊秀蘭芳憶美人

得湘佩書并和詩依韻奉答却寄

開緘安抵慰離愁也悔當時不少留（來詩有翻悔當時不少留之句）
愧我瓊瑤常乏報感君藥石屢相投陽春曲和
巴人曲百尺樓欽八詠樓幸有西風知別意幾回
吹夢到汾州

足疾未痊閣中遣懷柬外子和

如同明鏡絕[illegible][illegible]展卷人疑誦法華獨坐深閨誰
是伴半牀詩史[illegible]瓶花

水仙

開時能耐雪霜天廿四番風得氣先明月洲前逢
嘯侶蕊珠宮裏現神仙素甘高潔香纔久不御鉛
華態更妍玉几文窗堪作伴援琴三疊撫冰絃

竹菊

寒香晚翠一叢叢傲骨虛中節可風老圃何愁秋
寂寞龍孫脫穎已凌空

題陸夫人陳靜宜綺餘吟草

浣露披吟句若仙從知阿閣唱酬聯未妨宛轉盤
中製不數玲瓏錦字箋出水芙蓉神綺麗臨風修
竹意纏綿何時挹袖瞻丰采再覩瓊瑤第二編

靜軒大姪婦沈靜芳質美而賢竟門戶之獨
支悵所天之久客書來促其速作歸計而
姪乃隱忍不言余固未知也迨靜姪身後
得其書於行篋中觀其摯語纏綿情詞酸
楚不禁淚隨聲下徹骨生憐爰題廿八字
於後

怪底書來久隱藏負他賢婦斷迴腸劇憐不遇黃
衫客薄倖何殊李十郎

哭靜軒大姪

骨肉相依十八年沉綿疾病賴周旋半生抱負何
曾展有子堪嗟不象賢

一度追思一慘然鹹曹政事賴周旋傷心甫得酬
初志（去冬爲其報捐從九品）十二郎何不永年

午日漫興

匆匆佳節又天中且喜他鄉骨月同玉臂彩絲纏
宛轉寶釵艾虎製玲瓏烹茶松下驚眠鶴鬥草花
間藉落紅嬌女阿咸爭獻頌客愁頓釋樂融融

附和作　女小蓮

萊衣戲舞畫堂中蒲酒稱觴雅興同高唱咸欽
珠錯落巴吟難和韻玲瓏辟兵劍製菖蒲綠介
壽觴斟琥珀紅惟願年年同此日如川方至日
初融

僑寓中州夜雨寫懷（補錄）

徹夜響瀟瀟銀釭暗復挑讀書愁卷盡歸夢歎迢
遥露白葭蒼際風寒蛩咽宵饑烏棲未穩憐爾共
飄搖

七夕感賦

拙如鳩婦羽摧殘乞巧何心倚畫欄玉露金風嘗
獨詠銀箏錦瑟聽誰彈果然情比春冰薄漫道心
如皎日看十年前每逢雙星渡河之夕余與外燦陳瓜果信誓惟虔且分韻賦詩同心覓句今乃雅俗分途久無此樂矣爲之黯然何必他生今已矣陳詞好達
碧雲端

河北凱歌

喜聞逆首已成擒第一奇勳 帝室親畿輔肅
淸威震遠行看吳楚靖煙塵

號令嚴明苦樂同三軍感憤氣如虹僧邸日夜圍賊不避風雪有戲貂裘者斥去之士卒乃益感憤得成巨績洗兵力挽天河水殲戮蛟
螭沸鼎中僧邸圍賊於馮官屯築隄灌水賊勢窮蹙無食乃降

婉美凉公用佑誠賢王爲國膽包身功成諸將俱
茅土可惜當時獻鏡人指甯宗揚

才兼智勇度雍容牙爪還如總武通百萬妖氛俱

解離憂

舟中偶成

一棹走長河孤吟與墨磨人烟行處少雲樹望中
多漸覺鄉音改時驚春夢訛屢夢亡女玉華不緣拚一醉
何以遣愁魔

鴛湖阻風遲冠梅蓉卿不至

果然水秀勝杭州小泊鴛湖第一樓有約客來同
把酒無端風逆滯行舟雲低岸樹迷人渡浪打蓬
窗急夜流惆悵不眠重剪燭敲詩盼斷舊吟儔

吳江玩月有懷冠梅

繫纜船頭坐風平夜靜時多情江上月來照我吟
詩有酒成三友無波酌一巵斯人期不至心賞詰
誰知

吳江曉發

殘月墮江水遠鐘鳴寺樓數聲柔櫓響清夢又蘇
州

虎邱

七里山塘路春風卓酒旗祠欣瞻短簿墓嬾拜要

千古不擲相如買賦金

李易安　管道昇　謝道蘊　衛莊姜

易安深負趙明誠孟頫終慚管道昇指勸阻降元事天壤

王郎何足怪終風且暴更堪憐

披繹迴文以遣岑寂忽焉積感叢生不能自

已率成長句用寫予懷

紬繹迴文感倍加英雄畢竟愛才華時花美女原

難並牛鬼蛇神詎足誇懶向繡餘描比翼怕從樹

靜聽慈鴉委蛇退食歸何處淚蕊浮花留子嗟外公

餘之暇留連花酒有明時李雲田之風可謂風流人豪自成馨逸者矣故末句及之

弱腕無力翰墨久疎惟藉書史以消白晝然

眼倦拋書不毋悵觸吟懷索寞乏少愉音

勿謂無病而呻良由感極而悲者矣

窮追道岸志難酬弱羽摧殘若贅疣墨染煙驅今

已矣慎毋傷我讀書眸

友琴七姒惠書並賜新茶賦詩答謝即以寄

懷

寫到家書百感增不禁熱淚一時頃[illegible]又[illegible]笑思

當日各處艱難歎此生藥檢青囊君憶我詩歌黃

鵠我憐卿天和正藉新培養足見怡怡娣姒情

送春

紅消翠減正愁人病送春歸倍惜春為乞花神勤

護惜莫飄溷廁但飄裀

風風雨雨倍愁人懊惱枝頭減却春不謝長青惟

閬苑免教落溷與飄裀

附和作　女小蓮

帶將愁去送何人何必留春與惜春魏紫姚黃

偏落溷浮花淚蕊轉飄裀

月夜追涼滿身花影即景戲作

月光如水好追涼花裏風來體自香應是嫦娥憐

樸素為儂水墨繡衣裳

附和作　女小蓮

月中隨侍詠招涼採獻幽蘭潔且香坐久還愁

風露重金波似水濕羅裳

哭小蓮女

莫救沉痾喚奈何傷心老淚欲成河累兒衣質長

生庫猶說恩波慈海多（兒性廉潔每有需輒自質衣弗肯言也亡後得其質帖始知）
遥傳末疾夢魂顛累爾廻腸日夜煎聞說嚴寒猶
不避滿身風雪夜求天
抑鬱煩寃只爲儂嗟哉純孝勝黃童鸞刀四割柔
荑臂濺上羅衣血尚紅（始因余病割臂肉和藥以奇繼因余　母病篤復割臂肉以進云）
憚冰已可繼甌香玉雪肌膚錦繡腸花返瑤臺琼
碎掌令人能不恨王郎（女病中詠得落花詩末二句云莫爲榮枯增惆悵瑤臺好去證前因）

手似柔荑提汲難辛勤爲韻繪冰紈不矜嬌女門
庭貴甘旨親調堂上歡
痛定追思更覺悲懷中有女尚嬰倪傷心一事猶
堪慰孝順還生孝順兒

何處生春早擬元微之

何處生春早春生綺閣中曉寒輕繡被好鳥語雕
籠散地香雲黑盤鴉寶釧紅久經空色相惆悵對
青銅

何處生春早春生書室中蟾蜍初解凍鸜鵒不須
烘茶爇勞薪炭琴彈焦尾桐藻思抽乙乙揮灑尚
無窮

何處生春早春生小院中釀花風細細潤物雨濛
濛新柳幾枝碧殘梅數點紅勝情無勝具欲畫不
能工

何處生春早春生紫陌中玉樓人醉酒金勒馬嘶
風翠拾攜筐女牛騎橫笛童太平原有象憂　國
願年豐（用成句時天久不雨）

何處生春早春生詩卷中花原隨筆放月不藉雲
烘天壤差堪擬鷗波愧許同詩成還獨和回首感
無窮

迷陽

迷陽傷足已難支白兎東西走顧時（見竇元妻寄元之古怨歌）
實獲我心歌當哭蓼莪篇與谷風詩

和汪夫人鄒佩瓊寫懷詩原韻四絕

想有前緣未了因閨中管鮑勝情親春蘭秋菊同
時秀多是龍華會裏人

喜遇畸人得異書漫言多病故人疎聊分薄少猶堪愧尙說炎涼比衆殊
洗面年來淚點多愁人相對共滂沱（君以失怙而又悼妹余年來亦悲失恃且折掌珠故云）筆牀翡翠皆零落勉和陽春墨又磨
酬答披吟慰寂寥銀釭燈蕊結連宵家聲喜有佳兒振莫向侯門歎折腰

閱邸抄鎮江瓜州同時克復喜賦二律

豈易量沙與唱籌五年幕府廣咨謀夷吾局巳支江左王濬軍將下石頭尸滿南徐誰築觀糧通瓜步漸安流二三豪俊爲時出（時欽差大臣和公春翁公同書德公興阿鞠公殿華張公國樑等和衷破敵得成巨功一時俱得旨褒獎）豕突鯨呑一旦休
億萬軍儲未易籌全憑蕭相運良謀洪爐毛巳燎江上沸鼎魚猶困石頭漸喜　王師靖淮海堪憎賊血汚清流九州轉瞬昇平樂兹矢長韜兵革休

題唐花

羣玉瑤臺豈浪誇數枝紅艷配横斜文窗伴我殊難稱憔悴人看富貴花
果然國色擅天香富貴神仙色態莊不似人間佳偶少花魁却好配花王

和張夫人周湘湄（維德）見贈原韻

不竭詞源捷有神新詩似玉絕纖塵華嚴會上仙風引邂逅相逢藴藉人
膚似凝脂髮似雲果然爾雅又温文自憐零落江淹筆從此騷壇可屬君
敢云立雪向程門（蒙來函稱女弟子愧弗克當故云）惟願深閨晨夕親一瓣心香因我爇感君傾倒病中人
同心兩兩挹風華對酒聆歌興轉賒願祝東皇綏芳信美人不到莫開花

海口紀事（四國夷船駛至　上命譚制軍等率兵勇萬餘人駐防海口）

萬馬海邊屯居民安不驚文臣能捧日武將可干城四國徒乘釁（時英吉利俄羅斯米利堅佛蘭西四國船駛至海口）三軍共好名（海口兵勇萬餘以余癸丑曾賦津門剿賊紀事詩咸謂表揚伊等忠勇雖死亦足流芳千古因共矢誠報國踴躍從事孰謂閨閣中詞章末學無激勸之力耶）　王師惟耀德

原不爲觀兵

秋菊

璀燦秋光耀錦屏不須多繫護花鈴晚香老圃迎新福羅列高齋比德馨金老封翁贈外子菊花數種兼索余題句時封翁四品誥封令嗣又新授泰安別駕故云

煙霞痼疾勝情稀劇羨名花荷賜緋自歎江淹才思減漫誇彩筆詠芳菲

簾捲西風翠袖單紛紛紅紫傲霜難此花不比閒桃李能與高人伴歲寒

丹楓瑟瑟麗晴霞短鬢吟秋興轉賒忽憶故鄉雙櫓靜隔江小艇載黃花

健步攜來菊數盆秋宵相對玉無痕詩脾清沁香盈袖何必東籬把酒樽

松青柏翠伴凌寒倚竹何愁翠袖單不是殿秋偏爛熳一生風骨比原難

題畫

桐陰滿院映樓臺綠綺紅窗面面開纖手支頤何默默想應詩思靜中來

嫦娥不及美人粧霧濕雲鬟霧亦香試問當時竊靈藥可能吟咏好詞章

題天中景

佳景麗天中蟾蜍繫彩絨酒須應用瓦茶銚不宜銅細艾新蒲綠榴花寶勝紅吟情兼畫意揮灑抑何工

莫畫

莫畫冰紈索我詞我詞多是感秋詩鷓鴣啼雨猿啼月扇棄西風藕斷絲

輓姓蘭大姒姒姓繆氏爲申浦望族歸外堂兄麗初

不愧名門裔來歸家室宜事姑能盡孝姒事嗣姑極盡婦職撫女却尤慈撫前室女如已出枉織蘇娘錦姒紡織動於常爲巧婦炊遇人何不淑奩贈蕩無遺姒所有嫁資爲天揮霍致罄

余與沈湘佩夫人別數年矣始則魚書常達繼乃雁帛杳然屢寄詩函迄無還玉口占賦此聊遣悶懷

離懷何日爲君開望斷沉沉錦字來惟把嚴詩編壯懷荒莊[illegible][illegible]一齊栽

聞僧邸海口之捷詩以誌喜

維庚午月歲已未　重來矣錯料長驅似
昔年眼中久已無餘子養威持重有賢王未雨綢
繆預設防海底能教飛霹靂船頭先已殪豺狼
皇朝武功稱第一一戰已經摧勁敵千羣火雉
燒彼軍百尺井欄攻我壁窮寇紛紛夜刼營從容
破敵鬼神驚依稀雎水常山陣彷彿昆陽鉅鹿兵
帳下健兒猛於虎呼聲動地誅驕虜忠誠共矢靖
海氛賞累千金封萬戶卓哉將軍史與龍史軍門榮椿龍

協臺汝元同時陣亡曾經百戰眞英雄身當恩遇常輕敵痛
惜捐軀一炬中如山氣湧神威奮　方消
恨尸橫撐距生者擒　何曾剩是日意我軍勝必疎懈乘夜刼營僧邸出馬隊悉數殲焉生擒者數人

贈女校書誠鳳

果然含態復含嬌嚦嚦歌喉楚楚腰若使五陵年
少見也應無數賞紅綃
片片行雲著鬢鴉美人半老尚如花揮毫恰當纏
頭錦羸得新詞媲綺霞宋杜祁公夫人有贈綺霞營妓詩

外子於役歲暮未歸念伊雨雪載塗使我迴
腸百結沖寒默禱咸謂儂癡敷衽陳辭惟
祈神佑須臾晴霽想因誠可格天口占小
詩以識余感補錄

拜禱渾忘雨雪滋愁他遠道正驅馳寸心私喜邀
天佑能使雲開似退之

哭外孫女多福

伴我晨昏四載多依人小鳥最憐他脂融粉捏如
花蕊可惜優曇一現過

四日沉疴碎掌珠柔腸一轉淚沾襦分明耳畔猶
呼喚覓徧空房影也無
淚不乾時眼欲枯忍看玩物舊衣襦最憐小魄誰
提抱地下慈親覓得無
彷彿生前玉雪容繪圖心苦感良工圖爲同鄉杭芷舠所繪
生天憑借慈航力超拔迷途苦海中

自題玉堂富貴圖應崇都轉地山夫人茱卿
命

煙驅墨染憶當年著手成春百卉妍留掛蓬萼不

栖遲玉堂富[illegible]伴神仙

寓言

對鶩雖鶵賦好逑陰諧目運幾時休遂忘緇蠹渾閒事難免終羅天網憂

論晉史

門地何如姬旦親温文爾雅又忠純也如萁豆相煎急猶說同懷生哭人

抗疏忠言諫至尊疑防曲設豈皇仁可爲家國興亡戒能使親親有幾人

庚申春仲入都途次寄懷兒媳謝灝姪媳陳蕙外孫媳汪韻梅

舉目誰言笑性增忉怛多未青河畔草已綠水中波南浦傷如此西窗憶若何抽刀難斷水無計遣愁魔

入都喜晤蘭蓀六姒暨諸姪等聚首一月別後寄懷

天倫樂叙喜還悲欲語吞聲轉覺遲廉水難蘇乾鮒困盜泉不飲飽卿饑夫兄巢生六伯曾任光禄寺署正燈前淚[illegible]先德陌上花開盼故知沈湘佩夫人有三月抵都之信至今未到虎口餘生風木恨教人那不鬢成絲

果然九詣不辭頻指蘭蓀姒情話纏綿夜向晨海國濠濤憐小阮象如二姪奉委築挖津郡濠壘事甚掣肘江鄉烽火慮先塋翱鸞翥鳳驚人筆余手患拘攣不能握管自題入跋請六伯代書野蔌山肴適口羹時蒙以蒔茹薺菜見惠莫怪臨岐還惜別一回相見一回親結用來書語

題嚴緇生太史倦游齋詩鈔

騶從三津稅駕時忽驚爽氣撲吟眉千秋事業文章伯萬丈光芒太史詩精彩飛揚神愈王心花怒放句爭奇韓潮蘇海才何限運古如看筆陣馳

揄揚太過喜還驚闈閣深慚獲盛名公題拙作有同時沈陸漫題肩正始而還此最賢之句故及之餘子紛紛過眼底宗工嶽嶽倍心傾清新我愧庾開府俊逸公追劉長卿情緒多違詩思拙未能倚馬立時成公以大集見示頻行立命題句來札有倚馬立成之語惟時余因江鄉之警心緒紛如期以他日報命故云

有懷周湘湄

[illegible]咫尺路非修風急荒村已暮秋何處驚人吟

好句教人盼斷木蘭舟余避亂藤涝郎遣舟來迎而君以侍奉令叔姑弗克來故云
情比桃花潭水深高山流水遇知音何時剪燭西窗下如飲醇醪慰我心

避亂藤涝途中卽景旅館言懷共得詩十一章

舟行百里遠烽煙到此方知別有天豈獨全家免烽燹携來雞犬盡成仙
心曠神怡透骨香萬花叢裏漾輕航太眞虢國差

堪擬半是濃妝半淡妝藤涝人種荷爲業余到時適值荷花盛開
白白朱朱紫間黃水芳無數繞蘭槳斯遊更勝山陰道好景如仙應接忙
暫得安居寄羽翰衡門泌水且盤桓漁樵耕讀民風好可作桃花源裏看
時平說孝與談忠世亂誰能效赤衷藜蕨可餐瓢可飲自慚夫壻愧梁鴻
風急津城桴鼓鳴紅旗玉帳四夷營說和說戰都難事保衛生民石贊清

山嶽崩摧可奈何紛紛壯士競投戈　翠華安穩蒼生福猶諫　君王幸熱河
四月驚聞失故鄉長毛焚掠豈尋常萬金家報秋冬得兩處生全感　上蒼七月杪始得芝房兄淮安避亂之書初冬又接若愚弟避至泰州之信
凶耗傳來痛又驚詩歌黃鵠正憐卿從容就義誠堪敬不愧名稱莊友貞友貞七姒爲吾常莊培因殿撰之女孫四月初六日常城失陷投池而死
畿輔兵戈孰敢攖鹿門偕隱願難成蚩尤妖霧如

延及抱石焚山了此生
鵬負青天鍛羽翰將軍仗鉞尚桓桓指勝帥背城借一猶堪勝誰料諸公袖手看

感謝道蘊天壤王郎之語賦此

生長高門將相家銘椒詠絮富才華傳家書法精能擅尚有王郎天壤嗟

答女弟子周湘湄見懷原韻

才筆何能橫九州片言隻字愧傳留阿誰堪立程門雪惟爾能登宏景樓詩似春雲層出岫人同明

月幾生修荷花源勝桃源境他日相邀汗漫遊

避兵憶昔接芳鄰每到來時四座春彩筆花生推絕藝雕梁月落想丰神誰知詩畫琴棋友得遇溫柔敦厚人一日三秋知也未香車早過莫辭頻

有懷任夫人王敬山邾寄

羨爾閨房梁孟風大才有屈訓童蒙（其外濤山先生授余孫讀）避兵蝸舍同棲止我是高人阜伯通

其臭如蘭勝飲醇明詩習禮淡丰神安貧樂道誠堪敬生小珠圍翠繞人（夫人尊翁曾任湘南大令）

苔岑契合想前因更感憐才慰藉頻福慧難兼天所忌千秋幾箇管夫人

瓶中芍藥

繡戶香風滿鏡臺數枝紅艷膽瓶開一泓水置花磁下好讓驚鴻照影來

藤寓卧病夜不成寐寄外

病懷鬱塞苦難開隻影傷禽鳴更哀荼苦難甘甘更苦淚難拭盡爛成灰

牀前明月冷於霜病枕難安寒夜長遙想應官聽鼓客此時正學野鴛鴦

歷盡艱辛憶昔年十生九死起沉綿君今強健余衰病轉似雲泥各一天（見後八跋）

管趙

管趙虛名三十年鷗波亭變奈何天病當危處揮鸞刀（指壬寅年外子病危余刲股事）囊欲空時藉硯田不獨補瘡還補肉豈惟賴尾又賴肩那知出谷遷喬後轉詠終風且暴篇

外遣舟迎返津門途遇逆風感而有作

身世悠悠何所求不堪有七願三休去無所遂來無戀豈怨舟行遇石尤

藕斷休言絲尚連鏡中花影水中緣山人撇佩何曾稱（余自號煙蘿山人外捐阱後象服牟尼未嘗加體）天壤王郎甘棄捐

題徐夫人朱滌芙晚香閣詩草

捧誦瑤篇喜欲狂鈞天仙樂異尋常羨君福慧雙修到只恐鷗波遜晚香

酬答披吟幼婦詞春蘭秋菊想丰姿伊人宛在無緣見一水盈盈繫我思（聞寶舟現泊河下）

贈女校書彩鳳

淡淡春山橫翠岫盈盈秋水俏含情殢人別有嬌憨態一種風流畫不成

纖歌凝處遏雲霞舞袖輕盈步步花贈爾嘉名呼彩鳳他年彩鳳莫隨鴉校書本名大官爲易今名

贈女校書花明

桃花宜笑柳宜顰紅暈微窩百媚生只恐狂飈吹欲去懷中婀娜掌中擎晡時適值大風

依人嬌鳥可憐生宛轉聲如出谷鶯色藝真堪稱第一果然雪豔與花明校書本名順兒爲易今名

題若愚弟清淨自娛圖小照

家庭標舉蘇同叔鄉曲賢良馬少游畢竟天心能佑善置身虎口亦無憂江南失陷後急覓健足迎弟全家北上其時賊蹤遍野烽火蔽天老弱提攜倉黃奔走避居山谷中一晝夜地名虎口谷

花天月地恣盤桓富貴浮雲敝屣看幸賴憐才諸幕府常令街子報平安自題有無計消愁且戀花之句

法書端麗精能擅佳句芊綿格律新愚者是兄賢是弟名韁利鎖不關身

前有東坡後小坡今看念宛又芬陀念宛齋先舅翁集名芬陀盦若愚弟集名筆端豈獨江山助賸馥殘膏沾溉多

繁華如夢憶當年授讀抽毫娛膝前先舅翁開府楚南退食之餘輒命弟諸昆弟及余步韻賦詩卅載那堪經喪亂曩時公子最翩翩

柳色苔痕上堦綠掩映詩人讀書屋此中何必栽松菊廿年不見來何遲披圖索和圖中詩悲歡離合從頭思恤寡哀矜嘗請粟咸豐八年秋若愚弟入嘐城李載芬明府幕見恤嫠育嬰二堂爲蠹書侵蝕窮民無告倒斃溝壑者不少因詳告明府明府慨然捐廉千金以

補不足并延請公正廉明者司其事因爲文勒石以紀之莫歎饑驅羈驥足清淨自娛終不辱

附浣緗館詩後贈和各章

丙子春日喜慕青夫人袖詩過訪賦此

五色雲開降六萌三年前已飲香名檀欒竹自
胸中具爛熳花從腕底生詩筆君追唐學士賦
才我愧謝宣城劉樊本是神仙侶游宦相隨到
玉京

九天珠玉落晴空喜見翩翩林下風白雪詞華
欽道蘊綠波離恨感文通津門雲樹偕歸策京
洛風塵歎轉蓬怕奏渭城朝雨曲相逢相別太

匆匆

菩薩蠻 寄慕青夫人

雙魚遠寄知相憶陸離雲錦天孫織畫聖與詩
仙三生翰墨緣　自憐吟思減愁緒紛難剪秋
菊並春蘭感君青眼看

讀惠詩畫感成

閑月簾風別思生展君詩句若爲情一函珠玉
論交重滿幅龍蛇着色輕世事百年原夢幻閨
中三絕擅才名彩鸞寫韻辛勤甚廉吏家風徹
骨清

綠樹陰濃晝漏遲遠勞青鳥寄離思拈毫正寫
梅花影披翰先吟芍藥詞（大作芍藥詞綺麗清新）昔昔鹽
翻新樂府（時承惠晶鹽南棗）慨慨病減舊腰肢雲軿倘
共涼秋至願借葡萄奉一巵

癸丑秋日慕青夫人赴都就診喜晤口占即
以贈別

秋風喜見故人來鎮日清談笑口開慰我離懷
消我俗一杯花露吸玫瑰

瘦削吟肩減翠蛾偶然示疾效維摩臨岐珍重
無他囑掃盡愁魔退病魔

奉和見懷原韻

雙魚珍重尺書來頓展愁眉笑靨開棗板新鐫
吟稿富名花纖草竟同栽（聞以拙作刊入大集慚感何如）

滿江紅 戊午

上相專征看甲士如雲而集凝眺處連營列陣層層疊疊白面韜鈐堪破虜赤眉樓櫓應飛滅望海中烽火蔽長空心先怯　兩軍接生死逼矢未竭弦未絕歎紛紛解體倉黃避賊太守見危思授命石襄臣太守名贊清黔中進士任津郡素有賢名夷船到時太守厲色拒其入城並有與城俱殉之語一時民間感頌　偏裨臨難全忠節遊擊沙公春元暨都司陳毅候補千總常榮經制外委趙國璧外委石振剛護軍校班全布增錦驍騎校蔡昌年候補千總恩榮等同守炮台於四月初八日與夷船交鋒同時殉難而沙幸北公爲飛砲所傷腸飛腹裂死事尤極慘烈云

門保障有賢王難飛越

江南好

江南好綠水與青山山可畫眉臨粉本水堪掠鬢照煙鬟身在畫圖間

江南好息壤出佳人脂粉却嫌汙素面燕支何必點櫻唇楚楚小腰身

江南好食品記依稀芹菜白於春笋嫩鯿魚鮮勝紫鱗肥適口最相宜

江南好二八比邱尼杖錫無煩開地獄散花宛若下瑤池佛法可曾知

江南好最好是春天紫燕黃鸝名士酒玉簫金管盪湖船掩映好嬋娟

江南好水閣得春多一色杏花飛紫燕數行楊柳漾晴波曲水蔚藍拖

江南好首夏好風光細葛香羅蟬翼扇珠蘭茉莉夜來香點綴好梳粧

江南好佳景麗天中草鬭合歡揎翠袖臂纏憐愛繫紅絨嬌鳥囀花叢

江南好紅蓼白蘋洲玉面珠唇歌水調青絲皓腕采蓮舟點綴好清秋

江南好天女散花飛助我詩狂偏作絮憐他梅瘦故添肥香雪沁心脾

菩薩蠻

陳子鶴尚書於戊申年奉　命督理海運來津曾爲畫便面掛屏數事猥蒙奬許俾得藝苑馳聲近歲手足痿痺弗獲握管星軺再莅復荷重索畫章并命題

句余久疎翰墨僅以舊寫畫幀率填菩薩蠻一闋以應命並呈　韻蘭夫人正之

天葩仙卉交相映百花領袖誰能並佳景列三台春從大地囘　頻年疎畫筆篋衍維摩室尺幅奉璇閨凡花望品題

如夢令 補錄乙卯年贈汪夫人鄒佩瓊

㓜識尊嫜佳句 指潘虛白太夫人 愧我邯鄲學步林下好風華何幸三津相遇且佳且佳願結深閨伴侶

附刻信芳閣自題八圖

琴瑟和鳴

余年二十一歸於左氏時　先舅翁陳臬之江禮儀咸備顧以墜溷之繁英墮華鬘之小刼惟時外子與余琴調瑟叶無愧和鳴今昔相較奚啻霄壤乎是爲圖一

蕉下評詩

外子讀書侍餚之暇相守深閨每得句必丐余爲之删削時　先舅開府楚南署庭雜植芭蕉繁卉余每與外子坐蕉下評論詩篇翰墨同拈洵至樂也今則如隔世矣思之黯然是爲圖二

月下聯句

先舅翁致仕囘里余與外子晨昏隨侍閒時則覓句揮毫是時作翰墨和鳴圖余兩人於月下聯句題之迄今追念曩時恨不焚棄筆硯矣是爲圖三

風雪籲天

余每於外子出遊或赴試金陵或謁選京國余

念其性躭花月恐多魔障每夜必籲天爲之消孽延年并祝客中安豫雖値風雪必致虔誠是爲圖四

寫韻謀生

外子需次長蘆往往貧累寓中食指待哺孔殷余爲之分勞遂作畫題詩無間寒暑所得資藉足贍生雖歷年馳譽通都而勞苦實余一人肩荷迄今思之誠癡絶也是爲圖五

刲股療病

壬寅春余與外子同患病甚劇時則諸醫束手已分不起余亦孱弱皮骨僅存目擊心傷潛給婢取剪割左肱與服遂得痊可是爲圖六

目不交睫

丙午七月朔外子項生對口瘡而又疽發於背數日潰裂凋至尺許余徹夜不寐坐守其傍爲之敷治驅蠅半載如一日至九月口又生瘡余仰面跪而持管爲之吹藥膿血涕嗁直注於口至明春而得愈遂作是圖俾覩之或亦知勁心否耶是爲圖七

秋窗風雨

辛亥秋外子轉餉中州紙醉金迷備嘗酒地花天之樂余則津門寂處昕夕焚香每當風雨紛如輒坐閱一編間以吟詠感懷思念得長句名秋窗風雨夕詞是爲圖八

以上八圖自于歸以至今日撫今思昔悵觸繫之因裝池藏諸篋笥以貽子孫亦聊誌余生平所歷并示余不爲無功於左氏云爾

咸豐九年七月既望陳慕青自跋

瑤華閣詩草

袁綬

瑤華閣詩鈔

同治六年鐫

瑤華閣詩鈔

序

自余先大父有三妹合稿之刻迄余姊妹輩無不樂習爲詩而其中雄于才者首推伯姊瑤華姊性慧幼承先君子教習詩兼習長短句長更肆力于古而詩詞遂以大成近姊夫吳伯鈞裒姊詩詞各一卷將付梓人寄以示余噫與吾姊別二十餘年矣憶庚子歲余西走蜀姊偕伯鈞亦相繼東走閩凡夫山水之奇險風雨冰霜之勞苦宦途世路之崎嶇余習嘗之姊亦習見之其發之爲詩詞之妙也亦固其宜惟回思兒時坐隨園雙湖亭

子上邀姊同三五弟妹掬月弄花徵歌賭酒此景此情如彩雲影散杳不可覓而堂姊彖吉殉難金陵仲弟小村亦死節上海吾姊又睽隔數千里不知相見於何日死生聚散之感其能已乎所慰者姊于歸後家道日隆諸子俱得功名克自樹立今雖隨宦異鄉而白頭偕老夫婦倡隨之樂有遠過于秦嘉徐淑者益知女子有才無福之說爲不足信矣至姊詩詞得力之處識者自辨之何待余之贅言哉　咸豐乙卯冬月弟祖憲謹識于西蜀雲陽署中之西齋

胡序

在昔湘蘋采芹之歌豚槃銘椒之什白雪桃花之䛒明珠栁葉之詞靡不擷秀紅閨擒華彤管豈獨鮑家小妹香著裁篇隋苑相如紅牋琢句瑤華主人生長詩書夙耽翰墨珊瑚架筆不畫煙螺玳瑁裝函喜臨春蚓青燈落葉夜分而不倦披吟黛管生花粧罷而時勤揮灑家擅學林代授伏生之業人遊藝圃端齊左氏之才僕生長隨圍備聆芳懿雖梱內之言不傳其篇什而閨中之秀夙仰其才華及歸於伯英司馬也瑶琴靜好繡閣娛

嫻秦嘉徐淑詩篇增伉儷之歡清照明誠吟管盍倡隨之樂雖復掃擋虀鹽恪共蘋藻佳兒伴讀燈邊哦月露之詞健婦持家林下率煙霞之性望夫君兮天末緘札親裁吟淑女於花前組紃不廢迄乎浦江載渡閩嶠偕行紺荔紅蕉盈潤銀毫之色仙霞香雪爭芬斑管之華篇帙尤多吟哦更富凡夫朱豔班香之秀江花謝草之英羚羊香象之奇鏤月裁雲之儁無不鏘洋在口組織因心號作者以何慙雖專門有不及今當剞劂遠屬青言僕十載羇違一官坎壈巖邊羽檄盡日勞形故國青

山不堪回首憶金猊翠竹之場杳如昨夢念竹馬鳩車之歲同侍吟壇用誌前塵敢詞不敏嗟夫胡笳拍苦椎佩歌遲紅袖工愁綠衣善怨澧蘭沅芷風淒嫠女之砧綠竹清湘月冷皇娥之瑟歌成紈扇之詩每題秋恨織就璇璣之字半寫春愁遂疑女子多才生常薄命竟倒名流不遇詩可窮人豈知遇並才豐慶緣善積齡逾花甲福備壬林登之稱棗無慙女誡之篇鏤以茗華大書閨愁之例愚表弟胡元博謹序　咸豐八年書於武陵運署

簪雲閣詩詞集序

天將牖其人以成一家之名非第特有學問也必先與以過人之聰明而後有過人之才調詩詞其最著也是以名家難求名家於閨秀之中尤難予嘗持此說以質之伯鈞表弟亦以為然伯鈞深於此者也予自辛亥之春罷官居榕城與同社諸君閒為文酒之會伯鈞公暇必與焉酬唱之餘縱談古今詩詞諸名家議論多吻合因出其德配袁安人簪雲閣詩詞稾見示屬商訂而為之叙葢安人為袁簡齋先生之女孫蘭邨先生之長女

四

也簡齋先生高才博學一代宗工所著小倉山房集海內珍如拱璧蘭邨先生聰穎特達世其家聲所著捧月樓詞予嘗誦之其綺麗緜邈軼之南宋諸家有過之無不及安人賦性穎異髫稚時讀祖父詩輒怡然意開即能寄託韻事研究倚聲之學葢得於過庭之教深矣予昔遊京師與安人仲弟小邨大令晨夕過從試館聯牀挑燈話舊側聞安人同懷弟妹多工吟咏擕囊扣鉢殆無虛日而所居小倉山房園亭清逸花木暢盛四時之樂不同曉暮恣其玩賞維時簡齋先生早歸道山蘭邨先生方啟陳芳之國主驂雅之壇曹倉鄴架卷軸紛披孔尊鄉厨裙屐咸集然則安人居遊有林泉之美披覽多匱石之書而又萃四方名下麗句清詞供其考鏡用能探源於風雅博依乎載籍寫至情以眞摯寄逸響於清華聞小邨之言益知安人詩詞之所造亦遭際有以成之也今觀其集中懷古感時諸作沈着痛快無閨閣氣習即尋常贈答詩亦不憚推敲而務期研鍊杜陵所謂律細於老不其然歟至其尋聲按拍造語清腴比之白石屯田何多讓焉亟屬伯鈞付諸剞劂氏俾戚黨中

五

先覩為快又豈僅淑德懿行堪為女宗哉然則吾謂有過人之才調必先有過人之聰明不特於閨秀中罕見之即於名家中亦罕見之也豈虛語哉謹為之叙而歸之金陵夏愷序

師祁自咸豐八年宰臨汾迎奉吾　母由閩來晉
公餘嘗請以　母所詠詩詞付梓吾　母訓曰汝
承乏衝要當盡心民事期信友獲上毋亟此况我
詩詞皆性情觸發意到筆隨少時作無存者中年
草藁散失亦多今老矣親友四散無復興致爲此
韻語且不自信恐貽當代知者譏屢請屢止然師
祁嘗侍　先君子誦吾　母稱曰胎息騷選出入
經史不愧女宗顧謂師祁弟兄他曰有餘貲亟應
鐫板以傳家乘兼誌汝　母慧且賢逮事　重慈
敦親睦族教子承家無似爾　祖蘭圃詩草至今
無存爲一生恨事嗚乎　先君子言猶在耳師祁
等敢忘前訓今固請於吾　母謹編詩二卷詞壹
卷付刻適兄師郊弟師曾各以參校鈔本寄晉値
四妹謹儀歸寧因相與校刊惟師祁讀書不多未
諳體例擬請　大雅方家閱訂並賜序弁之卷首
另裝成帙焉同治六年嘉平月金陵吳師祁謹誌

六

於榆次官廨

七

瑤華閣詩草

錢塘　袁綬　紫卿著

偶成

紫藤香豔蕙蘭清一樣芳馨兩樣分却恐水沈焚不得羅衣欲換倩花熏

春日飲花下

俯仰境各殊所貴適吾意芳辰報花開就飲忍辭醉一盃助歡欣一盃澆磊塊借問種花者此意何人會

游雞籠山懷古

瓊樹歌殘璧月遥閒尋故碣認南朝草埋胥井臙脂冷蘿繞荒亭雉兔驕湖鏡幾窺紅粉倩山眉猶學黛蛾嬌臨春結綺知何處潮落空江恨未消

其二

依舊秦淮繞郭流珍珠河轉接荒邱千村萬戸環雲脚疊嶂層巒擁石頭複道記曾迴玉輦臺城可更護金甌我來凭弔斜陽裏烟靄蒼茫起暮愁

水仙花

瘦影珊珊種玉盤幽香一縷臭如蘭空階冷透梅花雪羅襪凌波獨耐寒

春宵不寐聽侍女彈箏

攤書就燈下漏盡不忍眠中庭悄無人明月空嬋娟花上露華溼屋角星河懸侍兒解人意纖指調冰絃一彈春鶯語再彈陌上桑側耳萬籟寂明月生輝光行雲何繾綣餘韻猶悠颺掩卷淡忘言幽花吹清香

送春

一道綠陰濃春歸細雨中鴨頭新漲碧燕嘴落花紅曲徑苔侵檻深庭絮舞風啼鵑無賴甚催去太匆匆

詠史

亡虜歸來思報復卧薪嘗胆是英雄五湖一棹烟波濶如此功臣竟善終

四皓安劉非助呂戚姬空自淚縱横若教如意爲天子未必能如孝惠明

壯髮初離宮女腹綵絣收去使人疑當時庸主昏難及自殺嬌兒媚寵姬

餘蔭成功何足羡汾陽七子有誰賢一軍盡甲存何意驕語還爭貴主前

將進酒

登離筵初進酒車轔轔在門守紅日近長安遥行復行心旌揺車轔轔出門走丈夫志忍回首夕陽沈兮萬山暮車轔轔兮去何處望碧雲兮長相思天一方兮知不知

西鄰女

西鄰有好女問年纔十七水波凝風神冰玉琢肌骨芙蓉裁衣裳珊瑚盛妝飾十一誦經史十二學紡織十三解吟咏詩成擬金石十四摹蘭亭刻劃簪花格十五十六餘桃李羞顏色飄飄御仙風皎皎照秋月十七正盈盈門庭媒嫗集阿母從傍言誰是乘龍客不求儀與貌不爭縑與帛願得同心人生作鴛鴦匹媒嫗笑揺首道此誠難必不見東鄰女芳華越三十

春醒

落梅天氣雨初晴往事尋思別恨生怪底簾衣慵不卷緑窗人正倦春醒

擬古

東風吹暖江南草萋萋緑上長安道長安游子幾時還江南紅顏鏡中老流光如水春悠悠還記年時送遠遊金勒未離芳草岸玉懊先上木蘭舟帆光人影遥相隔難憑青鳥傳消息一樣園林花亂紅如何愁損花顏色黃昏最怕雨聲聲梧院蕉陰夜色沈驚回紫塞三更夢滴碎紅閨一寸心鴨爐香燼蓮籌過鐙暈圓紅揺瘦影春寒側側透羅衣把卷低徊嫌夜永問郎何時錦衣還富貴容易離別難不看江上青青竹猶帶湘妃淚點斑

觀採蓮

日暮歌聲起前溪正采蓮渡頭逢浣女相與問華年

捲簾

纖纖微露畫樓頭一桁蝦鬚上玉鉤鏡裏春紅全面現屏間山翠兩眉浮軟風過處香難護素月明時影欲流雙燕未歸深院靜亂蟬聲歇斷雲收

移榻

一卷桃笙妥貼横商量何處愜幽情碧梧陰裏涼初覺紅藕香中夢亦清當戶莫嫌風料峭臨池却愛水迴瀠良宵欹枕閒吟際不掃香塵對月明

雪藕

午夢惺忪睡起初鮮醒真箇勝醍醐千絲宛轉情難斷
一握玲瓏玉不殊擘處最宜纖指爪拈來剛稱雪肌膚
幾回未忍銀刀試笑問伊人腕似無

浮瓜

清泉綠沁泛波時赤李冰桃總遜伊能使熱腸涼似雪
可知風味美於飴圓浮水面疑荷蓋渴解中宵勝荔枝
記得晚來新浴罷金盤捧出碧琉璃

接家書

感時兼憶舊半載別愁侵去歲書同展今宵酒獨斟落
花游子意明月故人心為問長安客春來思淺深

春日偶作

竟夕簾纖雨春寒傍曉加溼雲堆屋角乾鵲噪簷牙綠
潤蕉抽葉紅蘇杏着花樓高塵事遠別夢遶天涯

題獨坐幽篁裏圖

修篁拂晴嵐暗泉咽淒響泠泠夕露滋靄靄春雲蕩停
琴獨延佇吟嘯恣幽賞小坐展苔茵襟懷自蕭爽奚奴
抱綠綺含聽若欣仰林深無俗喧境僻起遐想空外裊
餘音涼陰月初上

聞雁

霜華如水浸庭陰觸根哀音感不禁似坐吳船聽夜櫓
慣催越女急宵砧香寒紙帳三更夢秋老關河萬里心
可有尺書從北寄起看涼月滿遙岑

明樂安公主玉印圖

樂安公主光宗女身出天潢貴無比勅書下降選才人
都尉翩翩似蕭史簫合秦樓琴瑟歡金蓮燭下任人看
天錢撒帳春如海玉女乘鸞佳遇難金枝生小耽文翰
異書賜出憑珍玩錦軸牙籤萬卷橫簪花格妙詞章絢

小印玲瓏玉色融雲雷紋細篆來工畫眉窗下攤書坐
素手親鈐一顆紅百年佳偶人爭羨雙修福慧神仙眷
不識人間兒女愁那知世上滄桑變罡風忽起委瓊花
一夕瑤清返鈿車彩雲易向秋空散都尉神傷鬢欲華
繐幃虛掩人何處長簟空牀愁日暮想像音容入夢難
禪心已逐空花悟一朝流寇犯神京九廟烟塵帝主驚
鼎湖龍去乾坤破獨木難支大廈傾精忠都尉肝腸裂
媧皇難補金甌缺兒女親看縛柱焚冠裳書畫從灰滅
揭天鼙鼓震京師國破家亡恨莫支身留一劍酬君德

名播千秋荅主知九原相見應含笑報國捐軀臣節耀
不愧天孀有幾人成佛生天還逆料此印流傳二百年
閨房雅尙想從前可憐玉石無情物不管興亡色皎然

秋夕感懷

涼飈動羅幕落葉下銀牀淒淒烏夜啼皎皎蟾生光下
階急砧杵冷露沾我裳舉頭望河漢牛女隔紅牆修到
神仙儔尙感參與商碧城渺何處青鳥方迴翔所思不
相見極目秋茫茫

元宵寄外十韻

自君之出矣春又返江干一歲流光速三秋別淚乾團
圞慶今夕燈火憶長安旅館朋簪盍深閨倩影單添香
嫌漏永把卷覺宵寒風景他鄉異人情兩地難慎言敦
友誼努力博親歡月桂期君折泥金遲我看姓名題雁
塔離思散眉端晝錦還鄉里萊衣膝下寬

銷寒第三集

宴雪 得冬字

東皇工剪水一白失羣峯花傍瑤臺落人疑月殿逢移
春還借酒誤曉不聞鐘極宴娛今夕離情感去冬

催梅 得寒字

似被嚴威勒南枝凍蕊攢暖宜煨榾柮斜欲倚琅玕只
不迎陽植難教帶雪看玉妃如有意可肯一衝寒

倉山月夜

空山無人寒月明銀河瑟瑟懸長庚林疎葉落紅塔燈
萬籟俱寂聞鐘聲登樓放眼渺無際烟樹微茫寫秋意
一繩新雁遥天來可爲離心傳錦字

九月十六夜夢中得勒住輕寒瘦杏花一句覺後甚
奇之因足成一絕

鎮日簾垂水竹斜樓高何處近喧譁春陰不散東風輭
勒住輕寒瘦杏花

長相思

春生茗盌清香浮二三絲伴話舊遊爐烟一縷篆心字
菊屏影瘦蘭缸秋垂髫還記貪嬉戲嬌憨不識愁難洗
紅酣緣醉海棠陰一枕春酲扶不起當時風景依然在
祇是尊前人事改誰知此會亦不長明年此日天一方
天一方君不知春蠶結雙繭織盡千萬絲恨無長房縮
地術頻年空詠長相思長相思在天末倒瀉銀河酒杯

窄推簾試問夜如何月冷霜寒墮黃葉

瓶

曾依仙子貯還丹小謫紅塵質尚完汲處淺深衡水易
插來宜稱選花難量寬似爾能容物膽小於君亦耐寒
清供吟窗添雅玩愛聽吉語說平安

爐

著手能同頃刻春熱中誰信最憐貧緼袍倏煖娛寒士
翠袖生香悅美人煮酒論文圖月夜焙茶撥火詠花辰
温存不藉陽和力供養烟雲自在身

九

鏡

蟠龍舞鳳貴如何懸向高堂閱歷多般若涼蟾能寫照
澄如秋水不生波半生肝膽君應識一樣光明我未磨
遮莫妍媸總無語任他花影自婆娑

扇

新裁紈素奪蟾光祇掩嬌羞不掩香出匣能驅三伏熱
入懷休怯九秋涼苦陰撲蝶春光媚水榭兜螢露草香
做世儘誇風骨冷桃花誰寫寄情長

冬夜

六曲屏山懶獨凭西風颯颯雁聲聲博山香燼不成寐
殘雪映窗如月明

銷寒第六集分得小樂府

金谷聚

四時多佳日行樂各有宜傾觴勿惜醉良會非常期

大道曲

誰云直如絃未若九折阪道險或同車平易去漸遠

有所思

有美如浮雲亭亭離西北相思天一方可望不可即

十

子夜變

郎心憨未知郎情猶不薄喜郎今日歸不忘去時約

玉階怨

斜睇西南月娟娟伴人愁繩河耿遥夜底要隔牽牛

烏夜啼

五更殘月明烏啼驚欲曙雙棲戀故巢語郎勿彈去

企喻歌

幽蘭生空谷含英揚清芬思為君子佩朝夕結殷勤

作蠶絲

春蠶欲作繭營營縈繞早懷絲幾時完纏緜直到老

九月初三日即事

謝庭小集數觥籌桂子香飄一徑幽曲沼無蘋花弄影長空如水月懸鈎怕聽蟋蟀聲中怨難寫鴛鴦心上秋知否重陽期早近題糕簪菊勝春游

養蠶曲

雞鳴喔喔女兒起起視蠶桑燈影裏一重綠葉萬蠶眠蚰蜒而吐絲纏緜今春喜說蠶成熟不向三姑夜深卜結成芳繭忘辛勞銀鐺煮出手自繅月中皎若冰絲白千絲萬絲機中織織成鴛鴦錦匹匹加顏色為君裁作襦君無寒令妾心娛為君裁作被覆君溫煖妾心慰妾思君君不知請君但看襦上絲妾望君君未曉請君但看襦上鳥他生不願作神仙願化鶼鶼西海老

秋夕

溼雲吹不散深院嫩涼生繞砌蟲吟急當樓雁字橫微風撼桐影疎雨助秋聲夜靜人無寐誰家笛韻清

木芙蓉

匝岸沿隄錦繡鋪隔年辛苦種千株拒霜細染紅深淺照水遙憐翠有無月底窺痕疑菊瘦風前比韻笑葵麤清華漫道真無匹倩女亭亭勝粉奴

七夕感懷

良宵慵自倚鍼樓涼逼桃笙水國秋怪底天孫空繾綣不知離恨笑牽牛

睡起閒庭夕照殘無聊數遍曲闌干天涯游子誰相惜珍重西風日暮寒

小芬仲妹于歸洛中賦此志別

我生方三齡母命返錢塘上省外祖母三載揺歸航歸來已總角見汝纔扶牀骨肉有天性笑語牽衣裳少長共嬉戲蘭閨雁成行芳辰撲蝴蝶清宵捉迷藏學繡倚紗窗嬌不識鴛鴦阿爺遠遊宦種花滿河陽憨嬉憐幼弟竹馬日騰驤我時漸長成簫聲引鸞凰于歸侍舅姑辛苦調羹湯歸甯喜不遠花月同徜徉愛汝解唱酬爭此燈燭光中表聯苔岑情若同胞良汝時已攏髮婀娜瓊枝芳人爭誇美好我更愛端莊聞汝壻年少彎筆富文章一朝爺書來道汝翁姑忙盈門豔桃李棨戟蜚清香行報三年績促此百兩將阿母送汝去悤悤束行裝

姊妹聞汝去無言欲斷腸况汝最嬌小未諳離别傷過
江愼眠食曉暮避風霜豈無相見期所愁道路長當筵
唱陽關含情各盡觴觴盡情未盡耿耿毋相忘回頭望
故山烟樹何蒼茫

新春寄弟妹

瞥眼流光歲又新東風吹倦倚欄人椒花獻頌逢佳節
栢酒稱觴壽老親殘雪寒凝盈尺瑞早梅香破十分春
謝庭詠絮饒清興可有吟箋寄錦鱗

寄小芬妹

絲窗猶掛吐絨紅妹綳塵封畫閣東不識椿萱承色笑
可能花萼夢遥通
明河影裏玉𤥭低香霧空濛鎖翠微倚遍雕闌誰是伴
心隨歸鴈月中飛

感懷

春寒何料峭春雨何連緜春風更無賴吹老豔陽天鼠
姑初着花嫣然紅且鮮無端遇風雨憔悴殊可憐年年
此花開花下傾千觴今年逢花時人爲離别傷天亦如
有知不遣花芬芳感此念舊遊淚下沾衣裳

題心玉女士離鸞集

一卷瑶函絕妙詞迢迢魚鴈訴相思才多那信能妨福
脩苦應憐不諱癡鏤雪團香雙管秀歌離弔夢兩心知
妾身轉覺分明甚莫作嬰兒撒瑱悲
碧海青天萬念輕嫦娥心性許同清已拚從一靡他志
便未成雙亦此情鏡裏鸞孤悲自舞樓頭鳳去寂無聲
他時儻入應常集别向紅閨播盛名

中秋對月

三五逢佳夕清華勝去年征人秋有恨思婦夜無眠香

斗燒心字羅雲畫遶天姮娥知别苦不遣十分圓十六夜望

八月十四日爲　先祖母陸太儒人八旬生忌追輓

半載慈雲隔三生壽域開音容猶宛在笑語已難陪薤
露歌聲咽香花梵唄哀酬恩空有淚還望鶴歸來

題畫四首

牡丹

畫出東風别有情沈香亭北最分明如何絕代傾城色
不及名花自一生

荷花

嬌曳紅衣出碧潭亭亭弱質不禁寒絕憐水國秋來早
寫上生綃盡日看

良姜

不愛濃粧愛淡粧一枝短襯一枝長韶光好處無人惜
翠帶紛披綰夕陽

菊花

三徑荒寒懶自栽一叢偷向筆端開傲霜早占高人品
未許尋常蜂蝶猜

答孫佩秋世姊即用原韻

未曾相識早相憐月落雲停悵各天一夕交情聯翠袖
十年別恨託朱絃豈無芳訊來花底賸有秋心寄雁邊
倚遍疎梅敲遍竹最銷魂是暮鐘前
林下清才自古難深慙家學我全拚歡場過眼鷗盟冷
舊圃關心鶴夢寒絕代明粧天際想三生慧業靜中看
雁行捧到瑤華贈羨煞吟思似轉丸

春日同倉山作

暗香吹送小樓前殘雪猶鋪淺水邊昨日輕寒今日暖
分明作弄釀花天
面面青山入眼新登臨妒煞詠花人東風無力春雲懶
隄畔垂楊綠未勻

題湯雨生都督十二古琴室填詞圖

將軍嗜古琴列侍金釵比託與任無絃一洗箏琶耳秋
期佇涼月鶴夢清如水春曉眠綠陰鶯啼和宮徵高懷
淡瀟灑覓句秋聲裏金閨有賞音佳偶神仙似盛世掃
欃槍雅歌傲餘子

秋興

離懷何處放吟眺晚風前涼月淡無色秋花瘦可憐碧
雲千里合錦字幾人傳漫挹浮邱袖閒身不羨仙

題秦良玉遺照

十萬黃巾拜下風桃花馬映繡旗紅玉容不畫麒麟閣
可惜皇家氣數終
巾幗空生大將才國亡家破事堪哀君王若是能專任
錦繖夫人又見來

秋日寄懷少蘭弟

與君連枝樹生小常依於嬉戲阿母側愛若掌上珠少
長弄柔翰雅向琴與書春秋多佳日詩酒常相娛娛樂

未終極忽忽感離居道路何迢遥山川阻中塗何爲有
離别奈此舟與車相去日以遠親愛日以疎豈忘宿昔
意撫心常嗟吁嗟吁下堦立西風吹我裾涼秋氣蕭索
俯仰獨愁余繁霜瘁百草木葉下庭除圓影麗西北流
光照吾廬引領望河漢河漢通天衢奈無乘風翼輕軀
不能踰寄書雲中雁爲我展區區相逢未遽必相思天
一隅庭闈有至樂悵望空踟躕

寄懷小村仲弟

極目河山迥天寒夕照微征鴻逗離恨來去一行飛
路遠書難達愁多酒易醺人生如意事骨肉莫離羣

秋海棠用王新城秋柳韻

西風嫋嫋斷吟魂絲雨温香晝掩門金屋漫憐新笑靨
玉階還認舊啼痕溼雲冷墜秋聲館倦蝶癡尋夕照邨
多少傷心兒女事紅愁綠怨與誰論
花葉伶俜畏早霜參差倩影隔銀塘閒邀織女偷窺鏡
愁悵牽牛懶服箱莫便品題同菊婢欲將嬌豔比花王
阿誰深夜燒高燭錯遣人疑碎錦坊
合罷梁州疊舞衣者番相見是耶非重來香國紅芳少

望去疎林綠暈稀一逕秋深涼露泣三生夢幻緣雲飛
木犀香滿芙蓉豔願結同心志莫違
撩人離緒惹人憐消瘦情懷澹暮烟不向東風怨搖落
俘經秋雨倍纏緜綺羅庭院思前度砧杵流光又一年
但使輕陰能護惜綠章同奏五雲邊

山居

山居遠市囂即目清且雅幽鳥時一聲雜花開四野飛
瀑樹杪落鳴泉石竇瀉地僻人跡稀意適眞賞寡盈盈
酒一樽月是同心者容與滌塵襟斟酌芳林下

紅白梅花歌

江南正月梅作花脂紅粉白爭相誇龍女冰綃襲香玉
石尉錦帳裁雲霞珊瑚碎擊燦奇麗珠璣密綴驚豪奢
封條皚皚耀白雪堆枝粒粒明丹砂妃子靚粧銜豔冶
夫人素面矜妍姱又疑飛瓊結伴下塵世偶然聯袂遊
戲停飈車桃李不敢鬬顏色松竹亦復慚蒹葭蜂未聞
香蝶未至清潔肯屑方凡葩巡簷索笑詎畏冷遠勝踏
雪尋山涯飛來翠羽啼不住聲清韻逸疑箏琶作記好
倩高士筆置酒宜招佳人嘉花前得飲不辭醉百瓶巳

馨還期賒月明粉壁弄疎影千枝萬朵紛橫斜寒香沁
骨助詩興走筆直欲飛龍蛇還恐巴詞俚語不足相彷
彿但覺根蟠幹曲蒼秀而槎枒調羹會待植廊廟百花
頭上爭英華

寄外詞後意有未盡再綴二絕

甘苦年來已備嘗貧居桂玉費商量彩鸞自降文簫後
唐韻書完第幾章
兒女初知世道難燈前也解憶長安秋風早報芙蓉發
歸騎休遲書錦歡

薄暮登倉山

好山誰躡屐烟景望中佳嵐翠欲眩目白雲常入懷幽
泉潄危石冷月挂懸厓歸路松林暝藤蘿罥鳳釵

竟夕

皎皎中天月照我百尺樓樓中有思婦竟夕起離愁含
情拂絲綺彈出相思旨誰言春宵月照人生歡喜微風
曳羅幃嫩涼侵銖衣與君千里別一載心依依青青陌
頭柳思君令人瘦未若田舍翁朝夕常相守

奉懷瓦梁五姑母

色笑睽違歲月遷每從魚雁訊安便須來佳貺離懷歎
捧到瑤函別緒牽老景可堪輸蔗境人情未免歎桑田
卅年慈愛慚深負何日銜環獻膝前

秋日遊莫愁湖

南國傳名勝盧家尚有樓君臣方講奕婦孺合無愁山
色淡如畫水光涼欲秋滄浪歌一曲漁笛出蘆洲

閨中雜咏

積雨連朝喜放晴小園花態可憐生紅闌幾曲圍香坐
定與常儀話別情

花晨月夕惜分陰未許閑愁暗裡侵恠底年來無暇日
不妨小病好微吟
深宵把卷清無寐差喜心情尚故吾爲問瑤臺游冶伴
風懷猶似舊時無
亂蟲吟砌月沈鉤秋色蕭疎易惹愁倦倚桐陰抛絲綺
明河影裏望牽牛

夜讀示兩兒

男兒立志初所貴乃孝弟讀書啓其蒙豈爲博金紫事
君如事親忠臣必孝子治國如治家循吏必悌弟爾曹

中人姿習俗易移徙日讀聖賢書自然識大體爾祖少食貧筆耕貲薪米拔萃舉明經一氊爲貧仕賢艮擢合尹循聲著遐邇五十歸道山宦囊清若水汝父少失怙孤立鮮依倚獨木支大厦恐墜箕裘美好學寡交游一編惜寸晷平生重然諾所爲慎終始家貧食指繁菽水無可恃飢來驅其行負米長安市近跡依我翁暮游恒自恥來歲試北闈但願魚燒尾揚名即顯親文章有知己嗟我出名門頗亦習詩禮結褵歸汝父井臼躬料理大母髮垂白所樂在甘旨羹湯洗手調終歲懽毀啻爾父昨來書問爾近何似青燈舊有味愼無惜揮齒嬉戲徒自棄歲月去若駛何時方成人慰我願復喜未寒衣先裁未饑食先俟典釵供脩脯和丸偕卧起棗梨莫攘奪手日共指視新詩當座銘高山試仰止

感舊

深鎖葳蕤靜掩門遠鐘聲裏又黃昏夢回珊枕春無影釵劃雕欄月有痕誰共燈前彈玉局獨來花下酹金尊歡場已逐輕雲散一度思量一斷魂

暮春

杜鵑聲裡惜年華深巷無人喚賣花燕子不來春欲去亂紅飛過阿誰家

山樓坐雨

雨氣逼高樓憑欄豁遠眸樹迷千嶂晚雲釀一天秋鷺懶盤風迥鷗閑狎浪浮來朝占曉霽擬作北山游

擬樂府長相思

長相思夜長無寐時蟲聲唧唧如催織起坐寒機理素絲素絲一何潔皎若窗前月窗前月照圓復照缺清輝千里共會見歡愁別歡愁別思憶同遙憐心一片如月照閨中寒衣欲寄添惆悵刀尺聲停勞想望妾望遠君懷歸恨無羽翼凌風飛可憐多少扁舟子離別都爲貧賤使人生富貴會有日何爲煩憂長戚戚不如迴環織錦文錦織成時一寄君

冶城柳枝詞

芳訊初傳到冶城槎烟曳雨弄新晴爲誰漏泄春消息借與嬋娟作小名

鑄劍池荒景寂寥漫吹香絮壓春潮千絲萬縷纏綿態可爲離人綰畫橈

畫出東風二月天楚腰纖細可人憐晴波暖漾烟絲活
兩兩鴛鴦棲底眠
六朝金粉已成塵賸有長條媚好春顧影自憐眉黛倩
效顰休妒鏡中人
舊巷長橋婉轉通曉風殘月畫圖中紅牙低拍尋宮徵
樂府伊誰齣最工
輕暖輕寒趁未忺愔愔天氣雨纖纖樓頭少婦多離思
莫遣花飛入繡簾

題少蘭弟倉山憶舊圖

乾鵲噪屋角阿弟貽我書書中何所語游子感離居上言加餐食下言懷故廬當春發遐想憶舊爲作圖乞我贈數言雅勝投瓊琚展卷嘆墨妙位置雅且都烟巒閴匼匝臺榭紛縈紆疎林延夕照芳塘粲芙蕖小艇盪澄碧垂竿餌游魚好風徐一來蓮香襲輕裾嘯傲眼界濶塵襟清以攄此中足幽賞我昔卧遊俱花盟與月社韻事常相於忽忽近廿載白日驚隙駒鳳臺不我住小謫下蓬壺歸甯二三月膝下多歡娛弟年方總角我時二十餘彼此樂徜徉不識煩惱吁河梁一爲別懷抱鬱不

舒從此盼魚雁一紙千金如何日二親歸荷衣賦遂初隨肩承色笑捧杖花間趨舊歡或可續白首盟不渝倉山好烟景咫尺空踟躕

松濤

謖謖森森一徑陰謖疑聽雨泊江潯怒濤卷石千峯合
老幹拏雲萬壑深涼月滿天驚鶴夢仙風半夜起龍吟
下簾危坐清無寐漏靜參横俗籟沈

移居漫興

北麓新遷物態殊地偏心遠恍仙都清幽不亞斜川景
誰寫高人徙宅圖
新筍齊抽破綠苔餳香酒熟燕初來韶光艷説三春好
富貴花迎寶鏡開
隔葉乳鶯啼曉晴風簾日暖花氣薰不知山翠排戶入
錯認吾廬添畫屏
柴門晚眺月朦朧斷續鐘聲斷續風火齊有時明一串
蔣山東望塔燈紅

歲暮書懷

寒天苦日短工作無餘閒日落衆務息開門見遥山山

容倦欲睡野燒明其巔鴉飛不敢落鴻驚時往還暝色暗林杪寒烟翳雲端悲風捲敗葉冰堅滯鳴泉俯仰氣蕭索悵觸感華年人生百歲中譬彼四序遷和風及春夏顏色花爭鮮長聽霜雪至點綴兩鬢斑駒陰不我駐却老無還丹傷貧復傷別擾擾相糾纏感此悟物理俛俛亟爲歡蕩胸無纖塵長歌養浩然

織女

卅萬天錢算未清雙星離恨幾時平䳒河遠隔相思字烏鵲難傳宛轉情作到神仙還惜別不修富貴總虛名停梭翻羨閑花草並蒂同心過一生

春雨無聊愁然多感即次外原韻

春寒料峭減芳華盡日陰陰雨腳斜醉不成歡詩境窄愁偏泥睡夢鄉賒當簷鵲噪疑開霽繞樹鶯啼似惜花惆悵踏青期又阻故園咫尺似天涯

偶見

綠筠深護小池臺一樹紅梨倚檻開簾影漾花浮荇藻誤他雙燕掠波來

春日偶成

春水平隄縠紋春山繞郭籠青不怨王孫歸晚一川烟草冥冥

挑菜不嫌泥滑踏青却喜天晴仰面兒童拍手雲中吹落風箏

地僻惟聞犬吠山深未有鶯啼游子尋芳倦返紫騮嘶過長隄

弄晴幾點微雨催花一剪和風吹得海棠紅綻輕陰再乞天公

題姚邗生表姊丈雲山洗眼圖

松壺居士今畫史尺幅能教具千里貌出雲山洗眼圖一朵芙蓉拔空起公子西泠舊世家朅來宦海厭繁華抽身怕入笙歌隊捫葛攀蘿逸興賒峯巒崩剝嵐光合帶水盈盈繞山腳帆檣出沒風浪中不見緇塵見邱壑衣裳飄飄欲化雲屐齒印破蒼苔紋松陰小憩快適矚赤城霞起蒸斜曛願借仙人綠玉杖蓬萊咫尺休回望兮翠綿延畫不分披圖不覺心神曠君家夫人我中表廿年遠別芳訊杳花盟月社感舊歡妙筆清詞傳畫稿石城猶記乍分攜還是雲英未嫁時星霜屢換朱顏改

膠漆難分玉軫知再逢何日原難定願託長歌先問訊
可憶山中舊草堂雪泥無恙遲鴻印簿領新叅望正長
烟雲何暇細評量他年晝錦酬初志絕頂湖山在故鄉

八月十四日即事

溼雲壓屋風拔樹覿面人疑隔烟霧電光閃爍掣金蛇
霹靂一聲雨如注倒瀉明河白浪翻橫飛疋練銀蛟蟠
中庭頃刻欲浮槎對此茫茫遠客嗟幾重樓閣波心浸
一角峯巒暮影遮當年聽雨蔚藍天四山飛瀑鳴濺濺
荷香沁骨涼生袂煑酒論詩夜不眠今宵聽雨西窗下
棖觸舊游淚盈把抱得雲和不忍彈素心人去知音寡
三更月出雨仍晴一片啼螿遍短檽秋從心上來何易
月到天中色倍明銀牀淅瀝秋聲廻細數虬籤秋夜永
欲將幽怨訴姮娥翠袖伶俜華露冷一繩雁字向南來
珍重霜前尺素裁爲言一載金閨婦愁似秋雲鬱不開

送倚筠表妹赴山左

廿年中表兩殷勤月社花盟影不分一自金徽彈別調
幾番錦字愴離羣拈毫愛寫纏緜句展卷愁看感慨文
絜果蘭因叅未透三生我欲問神君

垂髫韻事記從頭一角倉山景最幽避暑清游拋繡譜
消寒雅集檢詩籌西窗聽雨宵連榻北塢探梅曉放舟
四序平分無限樂不知人世有離愁
鳳簫聲裏賦催粧從此紅閨惹恨長陌上花開歌緩緩
尊前人去路茫茫青琳舊夢憑誰證碧海新愁祇自量
莫向高樓吟夜月相思應斷九迴腸
梅花吹雪柳搓絲那料分襟是爾時此去定知鴻案樂
重來莫負鹿門期鱗鴻好遞愁邊信猿鶴應添別後思
三疊陽關兩行淚銷魂心事水雲知

有感

人事多變遷盛衰原不一貧賤骨肉疏富貴親朋密淮
陰出胯下誰復知俊逸漂母具一餐豈圖後報德區區
高義心不謂出巾幗今人反古道所好在諛刻幸免冥
報遺恥乞嗟來食義命苟自安寵辱何由惑

題聽鸝圖

箬笠棕鞋稱體輕攜柑貰酒踏莎行倩誰寫出江南景
二月春風十里程
望裏垂楊遶曲隄金衣搖曳影偏迷交交鎮日機聲弄

織得春雲一翦齊

詩腸鼓吹動新聲字字珠圓和好音莫向枝頭誇百囀
阿誰遲爾上林深

峰迴徑轉戴家山趁曉幽尋興未闌拜絲如烟烟似水
滿身花露不知寒

有憶

聞說歸期小雪天望雲徙倚晚風前占來鵲喜離心慰
譜到烏啼別恨牽桂玉家鄉愁晚歲冰霜道路感華年
何當種秫南山下偕隱柴桑效昔賢

山居漫興

意行隨近遠境僻愜幽尋寺古松杉老城荒草木深鐘
魚消俗念山鳥悅禪心徙倚事遙矚空林藹夕陰

題湯太夫人吟釵圖

崑山一片玉雕琢成寶釵貞白表令德耀首光皚皚嫁
時阿父爲簪髻珍重不啻紅玫瑰舅姑慈祥娣姒睦琴
瑟靜好無相猜阿翁宦閩海夫婿侍親行闔宅寄榕城
平安盼合并跳梁小醜忽弄兵孤軍勢弱力莫爭食君
之祿盡職守誓與此城同死生臣死君子死父忠孝完
名凛千古凶耗傳來摧肺肝海枯石爛血淚乾招魂返
鄉里高塚空衣冠煌煌天語蔭後嗣晝荻茹荼勵初志
嫁衣質盡釵獨完理竟晨粧常隕涕膝下奇兒漸長成
弓衣花簇紅雙旌欃槍掃盡天下平斗南嶽北須政清
板輿到處花同笑一篇脫稿兒婦賡玉釵無恙髮將白
十九年來龍出骨摩挲手澤慨生平戛然一聲釵忽折
釵忽折知不祥當時有句吟悲涼駸駸歲月挽難駐憔
悴萱花萎北堂丹青難寫孝子心表揚大節須鴻文吁
嗟乎鐘鳴鼎食門排戟欲報親恩親不存

春柳用王新城秋柳韻

絲到江干斷客魂倦開青眼盼朱門千絲蘸水嬌留影
一抹籠烟淡有痕豔曲清詞翻舊院曉風殘月憶荒村
關心別有樓頭婦悵觸幽懷孰共論

纔染鵝黃未著霜又縈蘭棹泊橫塘絲垂細縷遮衣桁
眉學纖痕啓鏡箱咏絮詩才傳謝女同春法水乞空王
多情猶住斜陽影摇曳青帘認酒坊

一曲陽關淚滿衣舊曾攀處認全非可因人去腰肢減
敢怨春來信息稀別恨幾時和葉展離心癡欲逐花飛

長條枉向長隄植不繫驕驄願又違

依依裊裊可人憐檢點韶光過禁烟數雨量晴同繾綣
傷春惜別獨纏綿粧成碧玉延芳節散盡黃金誤少年
汁染宮袍應有待龍池佳景正無邊

輓儀吉妹

泣別紅閨半語無珊珊病骨不勝扶那知一去八天隔
從此傷心付女嬃

聞說郎君痛欲顛三生一刻盡纏綿情根似此因須悟
休再重牽未了緣

問字緗書態宛然依依情事可人憐上清有夢歸何早
小謫塵寰二十年

回首歡場事事哀月明應有鶴歸來雙魚不識重泉路
芳訊憑誰寄夜臺

迎春曲

簇簇紅旗出郡城行行宮吏逮迎春合歡綵勝釵頭顫
一色新粧看麗人

東皇何處啓韶華花漸蘇紅草吐芽見說陽春原有腳
使君心可在桑麻

檢點輕裘換薄綿不須曝背向晴簷關心壓繡貧家女
此日鍼工幾線添

介壽筵開酒興濃青幡猶立粉墻東柳梢風色花磚日
纔入春來便不同

丙午冬日寄懷小芬二妹

冬至草木摧北風永朝夕夜長不能寐寒月明簷脊悠
悠歲序遷忽忽憂愁迫十年手足分經歲音書隔豈曰
不我思關山紛重積路遠親愛疎別久心情易願一見
容輝望望暮雲碧無因生羽翰乘風快所適

即景寄諸兄弟

金井鴉啼夜色闌嚴霜似雪曙光寒臨粧呵手慵開鏡
索笑巡簷怯倚欄東菴幾攢明月底冷香一縷沁毫端
窗前硯北清幽甚容易分襟促膝難

望雪歌

陽氣不斂冬心溫時節三九如初春元冥未肯變寒律
無梅無雪愁詩人臘鼓鼕鼕歲將暮六出花從何處吐
剪綵仙人睡未醒玉龍懶向瑤臺舞空山一夕吼北風
溪橋凍斷無人蹤寒雲漫漫天似墨堅冰一重霜一重

圍爐火暖神色王準擬祥霙連夜降不須東閣訪梅花
好向西山看雪嶂朝來捲帳窗紙明尚疑玉屑堆中庭
詎知陽烏已出海光華燦爛輝蒼冥長空依舊碧無縫
盈尺封條空有夢拂箋裁句報二難好事都爲造化弄
我年十五十六纔倉山雪後烟景佳開筵折簡邀緣件
謝庭詠絮傾同儕錦片華年彈指過歡場回首情無那
當時座上分韻人落落晨星存幾箇物是人非事可哀
恨無青鳥訊泉臺浮生似歷紅羊刼彼美誰爲白雪才
智瓊嫡小蘭姨老歎息尊前同調少夌華底事滯歸裝

不管山中猿鶴惱掃來重整舊詩壇有約偏憐踐約難
綠章待向瑤清奏願乞天公玉戲看

題酬紅記樂府

一卷新詞萬恨攢愛河刻刻有驚湍干戈擾攘生離易
骨肉飄零死別難紅豆種成憐月缺綠章奏罷惜花殘
佳人小傳才人筆挑盡蘭燈不忍看

感懷

人壽不及物此理良可歎我生三十六攬鏡容色換靦
彼古稀年奄忽已過半觥觵守窮賤役心勞指臆脉絡

日就傷屈申筋不貫希賢勵素志撫心獨嗟惋富貴或
有時已輸去日筭

漫興再疊前韻

酒潮紅退漏將闌刺繡挑燈怯夜寒霜重雁聲沈畫閣
月明花影壓雕欄儘拚幽恨消杯底莫遣清愁繞筆端
有約漫嫌同調少選詩容易選人難

聞香雪海中梅花尚無消息詩以催之

竹外欄前萬樹梅尚無一朶向南開難邀玉戲酬吟筆
想對明粧勸酒杯獺髓乍敷紅暈淺虬枝漸聳綠房堆

衝寒未放春消息擬倩東君羯鼓催

題史小鈿表姪女手把芙蓉朝玉京遺照

江南二月濃春時花明紫陌縈露滋盛衰乃爲造化弄
東風忽折芳華枝名姝彷彿名花樣相門有女從嬌養
大母珍看璧入懷阿娘愛惜珠擎掌翁時鄉試來白門
外家小住常經旬締交吾師方雷陳願爲兒女聯婚姻
此姻未就爾翁死爾母煢煢依伯氏徙宅移家來秣陵
爾時垂髫才八齡生來弱質嬌無那軟曳輕綃若未勝
大家禮法森閨教長成德性尤純孝道韞爭誇詠絮才

雲英信有如花貌鍼神巧奪薛靈芸日向紅窗刺繡紋
崔盧來往門庭近彈棋問字何殷勤吾師古道敦友誼
不因生死交情易特倩冰人執斧柯遂教喬木附絲蘿
百年佳偶一朝定肯合天孫隔絳河芳年十九賦催粧
幽譜瓊簫引鳳凰門楣喜得乘龍壻里巷爭看百兩將
舅姑堂上憐嬌小酸鹹不責羹湯好琴瑟初調兩不猜
雙眉日倩張郎掃福去無端二豎侵災來苦被三尸擾
丰態伶俜怯曉風難將修短問蒼穹霞衣寶珥遺同伴
玉質雲容託畫工禱祀無靈百慮捐醫巫難起病纏綿

玉京舊夢憑誰證手把芙蓉悟宿緣彩雲易散留難住
傷心紫玉成烟去憔悴安仁鬢欲星黃金屋在人何處
我忝諸姑誼倍親新圖獨展淚沾巾長歌不盡悽涼意
可有來生未了因

不寐

彈指流光又歲除綠窗呵凍倦粧梳如何雪月交輝夜
寒透重衾夢也無

水災行 道光辛卯年

六月忘盛暑孽龍起乘時風雷助靈威勢欲傾天池晝
夜不暫息五日猶淋漓海水復泛溢橫流決河堤初驚
沒田園繼訝侵城基街衢日已滿升堂漫庭墀非魚水
中游非鳥樹上棲欲行畏沒踝如雉籠中羈三遷非擇
隣再徙無立錐生者成餓殍死者爲流尸旱災尚有屋
水災漂無遺大府坐束手小吏徒奔馳往歲存樂輸何
不行權宜災民日嗷嗷倉空雀呼飢輕舠載餅餌富者
且博施具奏計往返已逾匝月期望賑如望歲一日千
回腸煌煌 天子詔撫卹加恩黎奉行循故事開廠分
稀糜老幼相擠踏有命如懸絲賑粟存其名紅朽雜糠

粃少壯爭先獲疲癃遭顛危問利之所在吏役交營私
在官不在民古人早有詞有賑尚如此無賑害更滋三
復鄭公傳不知涕何之

紅葉用王新城秋柳韻

秋光黯淡易銷魂蕭瑟西風冷閉門青女無心留豔質
素娥有意鬪春痕不愁松菊荒三徑且伴芙蓉蔭一村
節物漸移烟景改茱萸筵上耐評論
半畝涼陰破曉霜明粧綽約映方塘倩他煑酒方開卷
佐我臨池好疊箱拚老烟霞棲鳳子肯隨桃李媚蜂王

素心人遠茅茨近卜築新移倂靜坊
爛縵曾爲上古衣世情轉燭儉奢非衆來色相年華晚
待到敷榮伴侶稀幾片斜翻斜月淡一林豔逐暮霞飛
隨波悔作氤氳使流出宮墻事事違
勻染胭脂絕可憐恍扶殘醉倚寒烟詩裁素手傳秋緒
衣被蒼生羨木棉紫玉關情縈遠夢青雲回首憶當年
化工心事伊誰識逗我車停夕照邊

倉山牡丹盛開家孀母招飲卽席感賦

陽春百花發鼠姑擅盛名今春雨水遲三月方含英嫣
然倚東風解語眞傾城主人開瓊筵邀客吹金笙行樂
貴及時相與各盡觥長歌發慷慨所愁節序更年時携
手伴落落如晨星骨肉多遠別踽踽難爲情身遥心自
近夢想通精誠豈無魚與雁奈此千里程溫涼敘片紙
離懷難盡傾歲月日以去憂思日以盈願附飛鴻翮乘
風以北征

秦淮漫興

開瘦芙蓉碧樹秋秦淮猶自泛輕舟迎來桃葉花同笑
送上楊枝月伴愁五尺水添思婦淚一聲鶯囀美人謳

如何淚灑金錢際不念高堂憶遠游

中秋寄懷柔吉妹

電速流光未肯延又逢令節負團圓月臨子夜珠光燦
人過丁年玉質堅伴我微吟清鑒影照誰私語悄凭肩
定知孤冷金閨客一樣秋懷怨杜鵑

哭小芬二妹

處世若大夢百年亦須臾胡爲感死生天高徒悲呼嗟
我與爾身親愛比衆殊憶昔一爲別奄忽十載餘聞爾
侍舅姑羹湯博佳譽聞爾弄璋㲉掌上擎明珠聞爾夫
壻貴指顧綰銅符歡會期雖慳往復勞雙魚千里誠一
心豈在形跡疏去年痛失怙五中慘不舒阿母扶櫬歸
相見惟欷噓廉吏著循聲囊橐若無儲兩弟甫弱冠研
經慕英儒家聲肯自墮僶俛支門閭北堂幸康泰望此
荆五株方期手足間協力哺慈烏天道渺難測鴟鳴飛
一書開函讀未竟雪涕沾衣裾此別永不見此恨何時
攄傷心蓋棺時慘極親人無繞膝復何恃哀哀遺三雛
欲往阻山川心與飛雲俱攬涕念阿母歸甯亟呼輿家
庭聚骨肉淚眼雙模糊雨泣摧心肝承顏色難愉死者

知已矣生者常悲吁念爾最聰慧魂應返清虛淒風生林木涼月下庭除悵惘思平生彷彿想形模精靈苟未泯夢寐相依於

和竹畦二兄月當頭夜見懷原韻

蕭寂閑庭夜已分冰壺驗影下階勤寒生錦襪凝憐我冷拂蠻箋雅遜君鴛瓦霜濃光耀月猊鑪香暖篆縈雲一年好景傳今夕和到陽春思不羣

偶撿破簏得桒吉妹丙戌歲所貽詩札迴環雒誦不勝今昔之感即系六絕歸之

卅九

偶翻破簏尋吟稿忽見銀鉤眼獨明丙戌嘉平書一紙迴環重讀不勝情

盛衰二十餘年事祇有多情月姊知今日思量如隔世可憐情況憶兒時

强為作達難消恨便說還鄉可有家絕似黃花宜晚節東籬寂寞傲霜華

半世因人事未成雖將絮果問神君媧皇淚補情天缺不策金閨翰墨勳

深宵風雨戰西窗讀向燈前惹斷腸六首新詩詞一解錯疑珠淚溼成行

可是三生有宿因聰明偏賦女兒身不須苦怨天公錯千古才人恨未伸

寄懷桒吉妹時新接小芬二妹訃音

憶送輕帆返石梁茱萸徧插又重陽南來征雁遲消息北去饑烏戀稻粱分手似愁千里別同生已悼一枝傷人天離恨無窮盡願祝春囘早戒裝

感懷

世事漸閱歷人心多變更貴則棄貧賤富則薄交情出山泉多渾逐羶蠅多營窺其厚薄間稟賦亦天成君子獨不然反此出真誠甘為巧者笑毋使達者輕

卌

即景

蕭騷一夜風兼雨病起心情懶獨吟落盡繁花吹盡絮綠雲如幕晝陰陰

晚春漫興寄黛華姊

春去寒亦去單衣始脫緜晝長夜苦短恆恐不足眠孟夏木葉茂綠陰覆平川芳草有生意蒙茸滿階前山深聞鶯遲清宵惟啼鵑鴣詠苦無伴獨耐常寡歡之子居

同城咫尺如隔山豈不知敘樂家貧乏盤餐賢者常苦
窘愚者偏處寬鄙嗇盈千倉慷慨無一廛賢愚不相等
貧富如天淵乃知世間事錢神操其權

題頻伽禮佛圖

女子貴從一未嫁與嫁異卓哉朱氏媛結髮識大義阿
兄有哲友碩彥多才藝拔幟童子軍高堂選爲婿絲蘿
一朝定矢志已不二郎君苦家貧婚禮猶虛遲棹舟赴
東郭義篤師生誼何圖墮水亡玉樹無端瘞阿兄愴其
情阿母隱其事隔歲女始知傷心惟隕涕人生有不幸
請母從兒志柏舟媲前賢褒旌非所冀願親享大年願
兄登上第旃檀裊靜室一卷懺來世妙音證靈侖慧業
參眞諦勁節方女貞凌寒色逾翠

柳淚

一樹垂楊拂麴塵縠紋生處葉初勻銀濤捲雪晴吹絮
金縷搖烟暖漾蘋帶雨絲翻波灩灩迴風碧皺漲粼粼
多情爲綰蘭橈住錯認乘潮客問津

輓舜華妹

人生忽如寄上壽無百年況復感死生悲哀相憂煎憶

四一

我初來時小姑方及笄溫良表情性淑愼仰容儀相聚
甫月餘之子賦于歸歸甯數晨夕鏡檻長相依高堂無
多出連枝雙繞膝與君姑嫂情誼比同生客親愛無猜
嫌廿年如一日舅姑相繼終寒素守家風操持役心力
遭際頗相同去年君來辭隨宦赴楚中遠別惜分陰秉
燭話離衷念兄客燕冀一官如匏繫願嘗負郭田早作
同歸計此言猶在耳此志終當遂方期後福長戚里交
相慰何圖一載强凶問來家鄉披書讀未竟涕泣沾衣
裳君事多未完兒女幼可傷夫婿服官政顧復難周詳
哀哀撫靈棺失恃摧肺肝青燈耿繐帳相對益悲酸山
川隔迢遞欲見何時還孤魂寄異域望遠空悽惻寒暑
忽復遷音容永不即寄書無青鳥天路浩無極感舊傷
我心援琴淚沾臆

晚眺寄懷柔吉妹

高城落日倚蒼茫放眼郊原野趣長近水東烟籠月影
遠山寒燒閃霞光鳴愁有雁排箏柱惜別無魚訊石梁
知否綺窗梅欲綻更從花裏望歸航

聞少蘭弟需次四川賦此却寄

四二

一檄文書萬里行蜀山蜀水賦長征異鄉風物從頭問
別路關河到眼驚三峽猿聲悽客夢五更雁櫓逗離情
錦城到及春如繡定有新詩寄我賡

前詩意有未盡再贅四絕

去年此際恨離羣苦為家貧手暫分今日雲山萬重隔
不知何處再逢君

鳥道盤空磴棧連崢嶸劍閣倚青天危欄凭處從南望
不及飛奴自往還

卅年手足三年聚半世都消離別中不識天公緣底事

抛將厚福賦愚蒙

香心不展小陽春半月曾無一日晴莫為梅花思故里
冷烟寒雨石頭城

春日感懷

春陽煦萬物和風散香塵柔條何冉冉嫩葉自蓁蓁軒
窗面北阜山色日以新野塘蕩幽碧澄澈瑩心神覩影
一長歎十年此因循當時卜居意詎為慕隱淪負郭無
薄田何由息勞薪向平願未畢五嶽志莫伸轍跡滯京
華淹留負芳辰遄飛羨高鳥潛淵樂游鱗情固不在遠

意適何憂貧誰能處局促養素全其真

少蘭弟書來以四川道遠為慮賦此勗之

蜀道難蜀道難川河與雲棧縈紆嶄絕何間關昔人已
有語今人胡不言蜀道之難如登天男兒壯遊志萬里
安能終歲寂寂守故園況君捧檄為貧仕願儲薄祿娛
親顏莫惜折腰趨下風但祈名譽動上公儉可養廉肅
僮約治家為政將毋同蜀中米穀三秋熟不比江南貴
如玉諸葛遺謀例不荒那識樂輸敲扑辱君不見叱御
王尊忠負節相如顯只在人心安不安不在山川遠不

遠

寄又村仲弟

別淚婁雙睫牽衣慰北堂辭家春正好作客恨難量薄
宦三巴遠羈愁一水長黃金爾何物買斷雁分翔

山中好烟景咫尺負花期那信春宵月翻成夜雨時有
情皆遠別無處不相思何日塵勞息同來理釣絲

遊子吟

歡會時苦少憂患時苦多臨觴袂就判揮淚盡金荷僕
夫駕征驂長歌行路難城高望不見仰首益悲歎行行

上蘭舟布帆穩中流雙飛羨水鳥終歲結綢繆迤山逝如駛遠樹排如薺濁醪不辨顏徒倚蓬窗底援琴拂瑶軫紘絕金徽冷賞音倐巳分燒燭憐孤影慊慊夢還鄉悠悠道路長佳人怨遙夜長定怯空房

別思

欲采蘼蕪悵遠遊平居容易感離愁十分春色情無着一片花光夢未留出岫雲孤飛亦嬾在山泉冷韻多幽未逢如願酬初志却向閑階望女牛

題陶雲汀宮保印心石屋圖

長沙古名區山水著異蹟巉巖擘石門俯瞰貫江碧砥柱屹中流地靈孕奇石像形金印堅瑞應偉人出臨江旁草萊中有讀書宅鵬摶礪志初鯉對趨庭日雲路快翱翔風高振六翮擁節來江南愛民無督責理財邁劉晏進賢媲姚伯佳話遍閭閻報稱章平積玉陛覲天顏聖眷何藹赫御筆灑烟雲寵錫題額鄉心戀一邱功業高百辟晝錦紀光榮君恩許馳驛陽春喜再來借箸蘇縈劇霖雨慰蒼生任重肩難釋公家太尉賢三楚留遺澤異代紹箕裘勳名垂竹帛

孟夏飲芍藥花下

丈夫貴樹立其志在功名女子不出戶長年無所營中饋事粗了鍼線須調停薄暮得暫息閑吟豁幽情是時四月天山深聞晚鶯芍藥開較遲紅芳殿春英花下具杯杓獨酌還獨傾三杯樂陶然氣爽心亦清凭高豁遠目疊嶂青冥冥地偏絕市囂寺近聞鐘聲中懷自蕭曠淡泊無牽縈

送又村仲弟赴試北闈

去年此日君甫歸木葉落盡霜雪飛風塵未敢瘁顏色

比貌畧較年時肥手足由來有天性讒巧翻笑蒼蠅非家庭巨細同會計心跡如一無相違名園茅舍距咫尺三日不見忘朝饑有時歸甯具尊俎捧觴上壽娛慈闈燈窗茗話聚同志漏盡不覺星河稀銷寒雅集記客歲矜奇鬬巧分新題人生此樂豈易得況復努力功名時驪駒在門酒在盞行李未發心先馳願君科第如拾芥青雲直上符心期風霜載途善自衛道遠莫使音書遲十年有約慎無忘錦衣萊服同光輝

贈李薇仙女史

和風扇淑氣萬卉齊着花倡條拂冶葉各自門芳華我愛彼姝子容色何妍姱清談霏玉屑素質輝玫葩妙態翩驚鴻明姿灼朝霞陽春豔桃李不數東鄰家握手不須臾離居與嘆嗟眷言慎眠食暇顧過香車三秋未足喻咫尺疑天涯

雜詠

郭外江潮長城中物價高天吳三歲厄風雨又蕭騷
有酒心難醉無書性亦叨勞勞身世感根觸坐深更
誤被浮名役悠悠二十年但期無別恨何必羨神仙

四七

寄跡言難踐依人志莫伸緘書詢季子何日息勞薪

寄少蘭又村兩弟

索居無聊思舊歡緘封寄弟愁路漫家庭巨細言瑣屑手腕酸脫書未完六親同運苦局促驚飄鳳泊無停躅良人幕游遠赴皖兩弟伶仃分粵蜀家無儋石憂母心況復年荒昂五穀不因貧賤困饑驅何致天涯分骨肉聰明早種煩惱根古來賢聖多艱辛功名富貴爾何物坐令白日愁青春是時二月風日暖一犁好鳥啼花[illegible]靜坐方嫌春晝長無眠不覺春宵短北門橋[illegible]

殘梅落盡桃李芳主人不歸猿鶴怨山容水色空蒼蒼人生莫嘆積穀翁翁方笑人如轉蓬盛年不得快胸臆何日同乘破浪風

效曹子建別白馬王體送又村仲弟赴粵就婚

鴻雁行欲分驪駒在門侯將赴古南越就婚省舅氏崔盧聯新姻中表非他比阿母檢衣裝奚童束行李匪因汝性儉草草具婚禮

婚禮古所重衷情難具陳先人慕循吏廉俸無多存悔買下水田旱潦徒均勻春秋備籽種無穫空耕耘屈指

四八

三年來戚戚憂家貧汝年已弱冠卜吉難逡巡家貧愁母心路貧愁汝身

汝身已艱辛汝兄尤偪促嚴冬十二月捧檄之西蜀萬里賦孤征在旁誰骨肉鞭繮凍欲撒雪深沒馬腹肯戀微官微爲求升斗祿敢怨道路長親老憂風燭省書情悽愴望遠空躑躅八表感停雲況復思手足

手足無多人年年遠離別嘉會苦不常光景如電瞥良時屆暮春雜花如錦綴開筵展殷勤傾觴共怡悅觴盡言未盡離心淒以結

結髮慕文翰棄捐脂粉膩詩書靡不窺好學忘年歲少
長課女工不懈負初志當今博科名取士重時藝譬作
敲門磚門開方可棄勉旃方盛年珍重梁棟器大父著
鴻名箕裘儻可繼
繼起可望者惟汝猶讀書三冬貴足用豈徒誇五車此
行旣受室鐘鼓樂渠渠冀望新婦賢詎獨蘋蘩需抽簪
昜勤學戒旦常相於晨昏護萱草兢惕延嘉譽何以慰
親心甲第光門閭春華宜自愛努力翔天衢

贈王若謝妹

詠絮才名著瑯琊舊族賢清標如菊淡勁節比松堅十
載離懷展三秋別夢牽丸熊身世感欲慰轉凄然
変態由來薄多君古道存解衣憐季子設帳課童孫愼
守三遷教難忘一飯恩白頭無恙在心跡待重論

哭淑筠妹

幽蘭生空谷素心絕纖塵葳蕤發華葉隨風揚淸芬盛
時靡不惜光彩日以新驚飇忽暗折哀怨那可論遭際
痛弱妹彷彿如花身枝原一本出誼比同懷人結髮失
怙恃伶俜多苦辛三年依我母視若掌上珍賦性復柔
順繞膝娛晨昏諸姑與伯姊奉侍何彬彬十一弄柔翰
十二刺繡紋清才林下彥豔質洛川神娉婷美丰度婉
變世無倫標梅擇佳壻幾姓通殷勤高義衆所慕誰復
論富貧鳩媒來問字阿姊主婚姻方期得良匹飛語置
不聞結褵方數月眉黛翻長顰不成鴛與鴦渺若胡與
秦輕衾覆孤影蘭房生棘榛來歸數晨夕與我尤相親
太息起中夜淚下沾羅巾金人口自緘委婉徒咨詢一
朝傳隱慝五內轉車輪正言託尺素大義冀可伸愚頑
悟公子始展伉儷恩綢繆結三月饑軀感離羣汝姊滯

江北經年憂思紛念汝買棹歸相見爭歡欣怪汝太憔
悴意謂初有娠何圖未大期遽爾誕麒麟湯餠宴方洽
旋復憂採薪沈綿困牀第轉側聞哀呻賤藥不時投庸
醫慣因循嗟我患微恙未獲親視君遣使探汝還欲語
輒聲吞殷憂不能寐凶耗來淸晨永訣摧心肝從茲見
無因猶聞襁乳稚彌留慘難分一月失所恃音容認未
眞人生多憂患未若君邅迍嬌女哭阿姨掩袂泣斜曛
惘惘默相向哀衷難具陳悲風起庭闈惝怳疑臨存芳
徽空想像目極天無垠寒月淡幽砌黯黯凝愁雲俯仰

增感傷揮涕心如焚情天或可補恨海塡難湮已矣今
生緣泉下慘孤魂

輓棠仙甥女二十四韻

有美閨房秀難參夢裏緣斷腸花作讖長命縷空牽墮
地爺先隕投懷母更憐身纔離襁褓命已賦迍邅刺繡
工偏巧耽吟句早圓三遷遵淑訓二九正芳年我忝諸
姨長兒眞絕代妍外家居最熟內則禮無愆小住情都
洽深談夜不眠半生誇敏慧一病忽淹纏祈禱難求佛
參苓敢惜錢阿娘心已碎嬌女恙難痊詎料珠擎掌翻
成玉化烟蕭郎空繾綣秦媛忽登仙日暖方調鳳宵沈
遽聽鵑傷心留賸珥掩泣檢殘篇埋玉無多地探鐶更
幾年紅羊隨劫轉碧落盼音傳渺渺穠華逝悠悠綺歲
捐白楊翻夕照青塚隔重泉冷月窺粧鏡孤花萎墜鈿
可憐魂不返猶盼夢能還有淚都成海無情敢怨天浮
生多苦境此恨更綿綿

春日即事

薄霧溟濛罥曉烟送春時節雨簾纖沈沈深院無人到
飛絮因風入畫簾

夢入蓬山萬慮清參差樓閣鎖花城商量擬賦游仙曲
偷得鈞天第一聲

題鄴樓業師攝山讀書圖

我昔遊攝山短髮初攏鬢幽尋侍舅氏陟險同躋攀桂
軒縈清夢遊興殊未闌一驚軟紅牽忽忽三十年平居
起遐想夢遶羣峰間吾師好襟懷山水爾拳拳當時此
讀書飄然疑登仙春山豔如笑玉女開朱顏秋山媚如
粧翠潑修蛾彎琳宮燦金碧僊籟發幽潺山鳥樂相呼
山花嬌欲言放眼最高峯俯仰天地寬長江兩派分如
帶山腰環萬瓦甃魚鱗千疇羅棊盤青青樹若薺藹藹
嵐生烟好景愜幽賞不羨閒雲閒誰爲作此圖示我索
一篇行將赴闈嶠遠別心淒然勝遊或再續斯圖當並
傳山靈默相契十載看雲還

和王潤如女史原韻

紅牡丹

沉香舊夢記矜誇姹紫嫣紅簇絳葩飛燕晨粧明豔雪
玉環卯酒醉流霞錦幃捲處飄芳澤綵筆書成寄麗華
百寶欄邊涼月底有人丰采類名花

白牡丹

素而朝天莫漫誇春風拂檻綻瓊葩鶴翎灑雪梳朝雨燕翦分烟破晚霞富貴底須矜色相神仙原不愛繁華瑤臺神女抛香玉幻作人間第一花

聞笛

葉落銀牀烏夜啼薄寒初透五銖衣誰家長笛吹殘月一片秋心逐雁飛

效長慶體一字至七字

詩感遇傷離停琴際刻燭時碧雲千里紅豆一枝惆悵

懷人夢低徊玩月詞見說盤中有錦生憐扇底無題送春春去歸何處莫向東風唱柳絲

酒驅愁致富任遺冠莫濡首舉必千鍾賜惟一斗桃花能駐顏柏葉堪介壽加帽竟攜還家拔釵不妨留友相期醉倒甕邊眠忘却杯流到誰某

同治六年鐫

瑤華閣詩鈔

瑤華閣詩鈔

閩南雜咏

錢塘 袁綬 紫卿

出山留別

別母牽衣感隨鄎遠宦情白雲千里隔華髮一時生願
祝萱常茂還期草並榮蓬窗今夜夢定遶石頭城
弱弟心如一相依又十年長貧慣彈鋏小別亦傳箋萩
水同商畧芸編莫棄捐家聲懼中落盼爾繼前賢
東髮尤相契同根姊妹花卅年榮瘁判幾輩世情嗟白
水盟心跡青雲感歲華春來宴桃李應念客天涯
嬌女初離膝邗江白下分溫涼調乳褓燈火伴辛勤婦
德宜相勗夫憐想更殷他時遂初賦饁餉助耕耘

金山懷古

幾隊艨艟逐浪開夫人督戰鼓聲催細民敢獻逃戎策
大將空嗟破敵才樓閣尚從山頂峙波濤仍自海門來
東流不盡英雄恨十二金牌事更哀

錢塘懷古

路出錢塘水更清掛帆人在畫中行山如疊浪黏雲碧
江欲浮天濯鏡明霸業已隨靈跡冷神威還逐怒潮生

一

霜寒一劍偏安局猶勝孱王乞罷兵

庚子冬赴閩途中與伯鍈夫子同作兼憶倉山梅花

我本餐霞人冲襟愛山水時平恨不櫛碌碌守鄉梓君
沾微祿適閩越我始同來訶江月高掛蒲帆趁順風回
頭倏過千芙蓉望夫石遠疑人立目斷歸舟龍骨出萬
古難銷是此情江聲日夜疑鳴咽金焦兩點風利不得
到只恐烟蘿暗騰笑古杭五日留西湖慳一遊毋乃愛
惜費雨雪風颼颼錢塘復上江山船船頭少女呼同年
江湖也作廊廟想不用文光射斗象明眸皓齒竟虛名
水佩風裳空想像浙西山水天下奇揭來可惜窮冬時
層巒疊嶂睡未醒不鬥明粧懶畫眉灘河水清石子多
篙師涉險相喧呼小船輕捷大船笨瞥眼已過疑飛鳧
冰澌雪浄天地肅撥棹空江皴寒綠蓬窗煮酒妥吟魂
手寫新詩屬君續忽憶倉山萬樹花寒香冷豔紛橫斜
羅浮夢好不歸去鶴守南枝應怨嗟

桐江舟次憶倉山同人

故園何處是雲樹思依依歲晚鷗盟冷潮寒鯉信稀灘
聲喧水碓帆影掠魚磯繫纜荒村近含情倚夕暉

二

釣臺

北風忽捲山雨來繫纜不果登高臺先生高尚隱不出
垂竿獨釣空江碧詔書物色聘書徵五月披裘人易識
故人轉忘天子尊足加腹上驚星辰先生高臥帝不悅
子竟不肯為我屈當時求賢如此誠先生釣魚兼釣名
先生不出臺不圮萬古千秋名著矣

蘭溪晚泊

望中郵市轉不覺畫船移江潤寒來早山高月上遲灘
聲驚客夢樹色逗鄉思燈火篷窗晚娛情酒一巵

清湖即事

水聲如急雨知有大灘來篙子呼風渡漁童撥棹回泉
流疑噴雪石響訝奔雷暝色蒼茫裏寒先雁陣催

仙霞嶺

仙霞嶺勢望岧嶤陟險籃輿去路遙怪石遠疑蹲虎豹
奇峯高欲插雲霄天分閩浙嚴雄鎮地近滄溟壓怒潮
差喜時清烽燧靖靈祠虔禱佛香燒

建溪

灘河險已過建河險更怕邨買永福船涉險例昂價船
小兩頭尖木爪前後架篷低畏順風溜急帆早卸不知
何年代鑿此山骨下狰獰蹲水面疑是怪獸化一灘復
一灘屈曲穿石罅水口灘漸平好景如敵蔗藋荒氣候
異閩歲同初夏草木鬱青葱風來送暗麝山雲自蒸騰
山花自開謝峯峯儼畫屏竟日讀不暇誰為闢五畝吾
欲稅吾駕

閩南寓館雜感

石火光中閱歲華不曾輕負好烟霞雲根坐暖山花落
竹院眠遲水月斜變體工書慙衛爍慰情琢句報秦嘉

過來韻事從頭憶清景難忘阿母家

斗北箕南繫夢思出山何日是歸期六旬老母持門戶
三省羈人感別離縮地有方貧亦樂點金無術恨難醫
一官雞肋謀生拙況值欃槍未掃時

骨肉無多六處安魚書重疊勸加餐嫏嬛福地驅愁易
傀儡名場愜意難花緣風飄憐聚散月當雲淨盼團圞
塵勞第一飢驅苦官閣燈紅影尚單

閩南蠻語譯難通入境都成有耳聾俗陋民頑官似鼠
價高市小婦猶彘閉門何異居空谷面壁真同住梵宮

詩酒緣疎知己隔故鄉疑在五雲中

讀史有感

萬古紛紛一局棋輸贏未判孰先知驢鞭易爛光陰短
冷眼旁觀悟已遲

賣武求仙一念貪如何骨肉自相殘輪臺詔下心方悔
思子臺空淚不乾

化家爲國有何功入贊黃扉九錫同一樣巢傾完卵少
南朝天子可憐蟲

投鞭欲渡廣陵潮草木皆兵氣焰銷十六國君元魏別
孝宗不愧聖明朝

不削藩封改府兵家奴難制誤因循迎來佛骨空膜拜
怪底慈航不渡人

汾河沙子亂中州皇帝稱兒竟不羞可惜時清英主出
軒弓易墜霸圖休

祥瑞天書舉國狂妒功奸佞舌如槍官家不用慚孤注
幸免青衣泪數行

羣盜如毛殺運開南陽勳戚賸庸才天魔舞罷乾坤破
忍駕明駝載寶回

五

養寇爭功坐失機誅臣殺盡諫書稀祖宗暴虐兒孫闇
孽報何須論是非

青史重播每不平可憐天意困蒼生忠良在位權奸黜
定爲君王頌聖明

月臺晚眺

卅載烟雲供養身故園別久夢歸頻北來雁字遥空過
可有鄉書寄遠人

聞道

聞道夷烽警江南已戒嚴不知天下士智勇是誰兼
戰守無長策攻心乏將才如何趙充國此日欲懷來
膽大君恩厚才疎遠慮忘相持謀未定何遽撤邊防
謬忝金張位難分宵旰憂愛財兼惜死何以慰宸旒
海禁無寬弛誰能濟米豚懸軍敢深入嚮導有懷恩
夷情同鬼蜮妖草蔵黔黎不禀氷淵懼能無悔噬臍
將帥安危繫無私識鑒明太平時已久列闘不知兵
物豈無相制神機貴出奇工師無利器尸素愧男兒
炯戒垂青史忠謀仰李公偷安主和議不戰敘軍功
昊天最仁愛刼數定人心莫逞侵凌志當思蟬雀箴

六

送春

好春如過客惆悵不能留舊雨三秋感殘燈獨夜愁鄉書遲去雁別夢冷眠鷗喚起休催曙飛花滿畫樓

寓樓晚眺

小樓宜遠眺薄暮一登臨萬瓦炊烟起高城夕照沉好山青繞郭嘉樹綠成林極目遥天濶鄉關何處尋

即事

闤嶠羈棲損性靈宦貧御下也無能頑奴叛主狂如猘客至呼茶謾不譍

七

初夏聞蟋蟀

異鄉殊氣候初夏亂蛩鳴唧唧自達旦凄凄空復情感時添白髮惜別對青檠傾耳不成寐樓頭月正明

消夏

閉門不管俗塵囂爲惜風蘭手自澆火傘當頭憎酷暑氷壺濯魄愛清宵招涼擬種千竿竹寫韻還栽片葉蕉結習未忘仍獺祭水沉添炷讀離騷

又

雪藕氷桃沁齒凉北窗夢穩傲羲皇畫中山好身難入畫內人多事易忘品茗細嘗甘苦味敲詩不辨墨花香綠筠簾外庭如水剩有蟬聲送夕陽

不寐

坐到更三轉猶憎夏夜長星河逾耿耿月露已瀼瀼遠宦八千里羈愁天一方卅年心上事欹枕耐思量

苦熱即事

驕陽爍石火雲流那覓山林水竹幽欲入黑甜逃伏暑恰飄黃葉已新秋長鑱託興尋生趣短笛舒情散暮愁白柰花香蟬噪歇纖纖眉月掛西樓

八

素馨花

最宜玉茗堂前植移傍瑤窗照眼明半畝濃陰延爽氣一叢香雪媚新晴助粧恰稱雲鬟膩比潔真同月貌清商署追涼何處好夜深花底坐調笙

七夕有感

鵲橋今夕渡雙星可有離情細共論千古騷人傳韻語不聞河鼓憶天孫

又

金梭慣織愁千縷錦字難封淚萬條一水相望猶惜別

可憐人世路迢迢

秋日與大兒話舊

有生憂患始何況困長貧詎短英雄氣偏疎骨肉親誰貽千日酒醉過百年春莫歎朱顏改愁多白髮新

望信

一紙平安信朝朝望眼穿如何峰獨秀不欲月常圓鵲喜從他誤蠅營只自憐涼秋粗料理好買渡江船

初秋曉望

初日淡林坰遥山展畫屏露稀蟬噪翼風定鵲梳翎樹密垂丹荔花繁綻素馨新涼吟思適爽氣豁青冥

雨夜

金荷風閃嫩涼生薄醉微吟聯未成一樣芭蕉深夜雨歡場人聽不分明

蓬窗野望

霞燒遠岫媚晴天雲樹微茫冐暮烟一棹西風秋瑟瑟荻花楓葉滿前川

鄉思

有鳥有鳥適彼遐方天高地迥載飛載翔好音相和眷

戀同行林木翳如徊懷故鄉

舟行即事

那兒人間安樂窩匆匆避亂赴洪都木樨香裏搴簾望一幅溪山放棹圖

衰柳蕭疎破曉霜潮平岸濶水風涼寫生欲倩徐熙筆楓柏丹黄豔夕陽

長年卸載快舟輕纜河千月正明不分荒郵墟散後阿誰横笛弄秋聲

上灘悔買龍頭艋十日行無一日程聽水聽風眠不穩可堪棖觸別離情

南平舟次

西風吹雨滿天飛霧冪遥山碧四圍買得扁舟仍作客可堪佳節未成歸月宮舊夢沉清角水國新涼換裌衣只恐姮娥暗相笑有人四牡正騑騑

撫州舟行

曲曲溪山儼畫屏秋高氣爽好揚舲幾家茅屋依青嶂一簇蒲帆出綠汀雲碓響春流水急風鶩低冐落霞停柳陰陰裏推篷坐幽鳥相呼隔樹聽

奉題茗溪女史醒愁篇兼柬令姊沈夫人

妙得驅愁術唫窻一卷開花間傳雅製林下想風裁結構休嫌幻經營却費才何時訪苕徑親炙挹瓊瑰

又

海上聆音少青琴祇獨彈萍蹤憐葉聚絮果悵沙摶野卉吹香雜山禽對語蠻春風紅豆發采采寄情難

時事

兩載夷氛擾連營海上難鉄衣霜月冷金柝曉風酸不戰軍民遁無功將相慙妖星猶閃爍露布幾時看

十一

春日感懷

閩嶠陽春轉江南芳訊疎梅花開古驛芳草發庭除遠客憐歸雁長貧愧蠹魚勞生過强半偕隱願猶虛

偶成

新綠成陰蔭小庭乳鳩相對語惺惺不知陌上春深淺柳絮飛來點畫屏

雜詠三首

浮世有王願願居山水間境曠神亦曠身閒心更閒軒窗繞梧竹臺榭棲雲烟雜花媚幽賞野蔬供清餐山禽弄好音暫去仍復還門無車馬跡苔蘚青斑斑終歲無別離骨肉常團圞萬物各有得逍遥物外天

淡交不可少三五契同心四時多佳日遨遊豁胸襟挈榼隨奚奴意行愜幽尋峯巒紛變態泉石激清音飛瀑濺衣袂落花綴松鍼探奇陟危嶠下視萬壑深小憩傾壺觴此唱彼亦吟白雲倏往還夕陽下遥岑

剏我辭故鄉寒暑倏三度相去三千里望遠渺雲樹悠悠念母心尺素將不去兒女天一方何時得重晤欃槍未盡掃兵革阻中路恨無乘風翼怫鬱感遲暮隙駒儵

十二

可駐恒欲返吾素

哭長女織仙

聞說夷烽犯故鄉驚憂不定禱穹蒼平安日盼雙鴻信誰料書來報爾亡

腸斷啼猿淚不乾曇花一現便摧殘阿孃縱有生花筆麗質清才寫出難

記得當年汝降生剛逢七夕賦佳名如何但乞天孫巧不乞天長地久情（女生于七月七日小字織仙）

遠嫁雖然悵各天閨房靜好別愁捐溫純博得翁姑愛

每向人前譽媳賢（女適江右南康盧氏翁宦維揚隨侍任所）
廿九華年一瞬中輕塵短夢太匆匆可憐失恃雙兒女
何日重逢慰寸衷
日服參苓質本虛遽投熱藥送須臾東牀知否庸醫悞
鑄錯無成枉自吁
未了情緣不盡悲魂歸應化杜鵑啼茫茫泉路誰相惜
冷煖扶持仗阿姨（女與淑筠妹最相得妹已下世數載）
無可如何祇淚垂風淒月冷夢回時傷心此後陰陽隔
汝縱能來我不知

猶憶當時詠落花怕隨流水去天涯誰知今日成詩讖
客舍停棺未到家（女詠落花有句云莫被東風輕悞也隨流水天涯竟卒於豫章寓館）
稽首慈雲梵唄哀願兒從此侍蓮臺浮生擾擾無窮恨
悟徹空花莫再來

秋日平臺落成懷古漫興

小築平臺感霸圖西山匼匝繞西湖雲蒸遠岫炊烟冒
一片嵐光乍有無（福州城西有三山西湖勝景）
孤山可有梅千樹禾黍離離蔓草蕪我亦西泠舊詞客
朅來悵觸感滄桑

一匳幽碧蕩秋空葉葉菰蒲戰曉風金鳳消沉蓮唱歇
不知何處水晶宮（閩主王延鈞建水晶宮于湖上其后陳金鳳製採蓮曲令宮人歌之）
烟靄空濛罨翠微雨餘城郭淡斜暉碧琉璃淨秋光冷
吹起蘆花作雪飛
空山古寺鎖烟霞一角紅墻萬綠遮曾是前朝遊冶地
也同大夢醒繁華（孤山開化寺前荔枝最佳大夢山亦在城西）
榕城薄宦滯清遊水態山容豁暮愁鎮海樓高空極目
心隨飛鳥去悠悠（東北有鎮海樓）
卵色天光水墨雲頳霞散綺媚新晴夕陽返照明丹碧

小李將軍畫不成
名臣政績名湖景風雅何人復主持爪跡空留泥雪冷
鴻飛塞外定遐思（士人云湖已就湮近為林少穆先生重濬）
耽吟愛讀都成癖只少江山助性靈十二欄干秋曉倚
四山青綠列圍屏
幾日丁丁斧鑿煩頓教眼界一時寬不須更作還鄉夢
遮莫湖山畫裏看

放歌

一日復一日日月如擲梭華年冉冉去不返青鏡明明

老奈何謬持夸父杖徒揮魯陽戈功名富貴草頭露今古傳人瞥眼過便逐赤松子遨藍采和遊心瑶島濯魄銀河其奈仙家光景亦俄頃一局棋完已爛柯歸來骨肉換朝市獨行踽踽翻愁多既難學鷄籠生全家口中帶又不能拔宅飛昇證大羅依舊名韁利鎖苦離別舟車登涉愁風波不如朝詠詩一篇暮飲酒一螺花吟月醉隨處好隙駒影裏無蹉跎素心人共數晨夕一邱一壑尋烟蘿倘得桃源洞中世世鎮長聚不羨當年安樂窩

池上納涼

方池如鏡水澄鮮零落紅衣漾碧漣笑指波心眉月影
誤他魚戲玉鈎懸

秋日雜詠

高梧葉未落時節已涼天征雁遲消息鄉書底不傳
金粟秋來發天香曉露涵故園花事好昨夜夢江南
秋水空潭淨殘荷尚有香欲留聽夜雨只恐擾鴛鴦
深宵起退思獨詠和吟蛩玉砌明秋月疎花寂寞紅

閏七月十五夜月

一碧天如水空明月鏡浮山河清有影今古淡無愁珠斗瑶光歛銀河素練收誰家横玉笛吹出廣寒秋

晚晴

霽色明書幌茶烟裊碧空秋聲梧葉雨爽籟竹林風蕙帶猶抽綠蓮衣已墜紅倦飛雙蛺蝶還戀舊香叢

重陽日憶故園弟妹

三年重九都虚擲秋色探從畫裏難怕插茱萸成獨笑
强斟醽醁憶同歡餐英老圃花全放挹秀平林葉未殘
紫蟹黄柑拚一醉幽尋誰共陟層巒

月臺晚眺

登高曠遥矚徙倚秋光裏晴空無片雲林壑湛清美落日懸金盤返照暮山紫飛鳥何翩翩迴翔覓棲止苟能傳遠情振翮倏千里荒村翳暝色暖暖炊烟起高梧引清風吹袂涼如水欲去聞天香忘機悉妙旨

和沈蓉花夫人五十自壽

籌添海屋奏鈞天眉案相莊慶百年福慧雙修誰得似
新詩吟在百花先

不須舊曲唱伊涼笑指麻姑鬢未霜自是蘭心同臭味

筆花分得杜蘅香

寄梅竹卿表妹

涉世如虛舟飄飄隨長風揭來聚閩海境遇將毋同同
爲出岫雲同作隨陽鳥旣忝葭莩親復結苔岑好昔人
重交誼高義仰雷陳生世恨不櫛苦樂恒由人多君薄
時趨慷慨制侵辱豈徒愧鬚眉兼可振薄俗凶頑苟能
化田氏紫荆但愁下愚質久漸故志荊治家不貴寬
恩多生妄想所以先聖言小人最難養

孤琴海上彈謬蒙知音賞何日結比鄰晨夕數來往朱
絃靜悄悄落葉鳴摵摵霜警夜烏啼魚跳池水活此時
一尊酒斟酌誰與同舉頭望天末烟霧相溟濛美人期
不來寒月何皚皚下階倚修竹顧影空徘徊夜深還入
閣燈燼和烟落月亦如慰情流光照羅幕

再和沈簪華夫人見贈原韻

萍蹤何幸聚螢方葑菲微才愧譽揚已仰聲華傳海嶠
可因風物憶江鄉青山對酒清如畫紅葉燒霞豔似粧
却笑朝朝忙底事研朱滴露和瓊章

和梅竹卿夫人見贈原韻

異地逢徐淑相看各爽然苔岑聯雅誼香火証前緣秋
水襟期湛春華翰墨鮮清標如玉映麗製待金鐫道合
情尤契交深意倍憐鄉心雲縹緲別思草芊綿萍聚愁
難久沙搏恨不堅結鄰如踐約花月句同研

哭次女麗仙

泡影幻女身賦命已不辰况作貧家婦艱難多苦辛汝
幼諳内則天性尤温存非徒工咏絮刺綉傳針神盈盈
雙姊妹鄉黨誇璧人汝姊出閣時汝年二八春兩兄效
秦贅獨汝奉晨昏弟妹方髫稚襁抱調寒温持家分我

勞午夜猶縫紉于歸甫一載汝父宦遊分牽衣那忍別
泣涕送車輪迢迢三千里相思勞夢魂我心猶自慰歸
時復相親何圖造化刻奪我掌上珍
去秋哭汝姊淚眼猶未乾今冬汝又亡慘切摧心肝四
年不相見悵惘隔關山如何此長別一慟憑棺難哀哀
父母心安能付達觀魂兮去何處月冷楓根寒彩雲倏
已散玉碎珠沉淵夜臺見汝姊相對定悲酸恨无雙鯉
魚飄渺書難傳傷心遺幼兒母死誰相憐黔婁苦夫壻
潘鬢應愁斑營齋復營奠何補汝迍邅世情如轉燭誰

念糟糠賢未知前世因可有他生緣滄海有時湮此恨
何時捐

寄孫芝香妹

寂寞閑閑門蠻方氣候溫新醅剛已熟舊句待重論衷
草秋蟲咽疎林露鵲翻素娥如有意昔昔伴琴罇

送梅竹卿妹之建陽官署

落日城西路送君從此去相望更登高征帆隔雲樹

聞二兒師祁舉京兆

姓名竟被傳鈔誤（題名祁誤初）疑信難安倚望心此日聲華

騰日下當年辛苦課更深雙珠早詡生南國獨角先聞
貢上林萬里長風看破浪錦標聯奪報泥金

荔枝

絳綃誰為褪中單細骨輕軀臭勝蘭憶得北窗涼夢醒
堆盤錯認水晶丸

菊影 和孫芝香妹原韻

澄潭寫出韻亭亭獨殿羣芳豔一庭佇月有心留粉本
傲霜無語倚雕欄燈摇素壁秋痕瘦香沁紗厨曉夢醒
錯認折枝描淡墨徐熙妙筆染微馨

閩南竹枝詞

大耳環垂一滴金四時褻服總元青蛇頭簪插田螺髻
鄉下粧成別樣形
滿綉花鞋赤足拖綿蠻鳥語唱新歌靚粧倚笑偎蓬坐
道是南臺科底婆

京口晚泊

繫纜江干正長潮荻蘆風起晚蕭蕭人才有數傳千古
山水無情送六朝鐵甕城荒斜照冷金陵氣王陣雲銷
霸圖憑弔空陳跡烏鵲寒聲答麗譙

雜詠

閩南氣候異江南才卸輕裘便御單涼暖陰晴朝夕變
莫將多雨怪春寒
蟶蜐蟳蛤西施舌入饌甘鮮海味多未到蠶時蠶豆上
退方休笑命名訛
溼烟不散曉陰陰厭聽林鳩逐婦聲可惜好春晴日少
鞦韆閑挂過清明
篠花紫豔菜花嬌桃李開殘柳絮飄不是彩旛紅一片
幾忘今日是花朝

庭中雙荔歌

中庭雜樹紛蕭森荔枝兩株尤出羣幢幢矗矗似車蓋
交枝接葉凝碧雲垂垂結實薰風裏不許楓亭獨擅美
萬顆勻圓火齊珠撒上枝頭壓桃李藐姑仙子來烟霞
忽然紅粧裹絳紗輕軀細骨風味别玉膚膩滑無纖瑕
當時未邀妃子顧此日閩南矜獨步尤物從來易惑人
解語名花漫相妬筠籃滿貯貽親知正値蓮花豔碧池
色香媲美嘆雙絶美人君子生同時摘來帶露乘清曉
瓊液甘鮮餐不飽盛衰物亦有乘除來歲多時今歲少

不圖卜宅恰遇卿飛瓊結伴邀雙成追涼月底中酒醒
分與輕尤誤水晶

寄懷梅竹卿妹

一别倏三載魚書往復勞宦清驅鱷族海宴息鯨濤羣
聚歡難續孤吟興不豪東籬好花月誰共醉持螯

三月望夜對月有懷少蘭弟

二十回圓月天涯各自看如何好良夜不共倚欄干花
外沉銀箭雲邊轉玉盤誰言今人喜徒此悵團圞

春陰

沉沉黯黯畫春愁怕聽林梢與雨鳩綠上墻腰苔色潤
誤人幾日踏青遊

新晴遣興 集詩牌字

霽色滄洲見高原藹夕陽境閒馴鷺伴谷暖媚蜂颺遊
俗親賓冷尋幽水竹香賺妍詩意悅小坐引杯長

篠陰書屋即事 集詩牌字

遠山涵翠潤修眉風日融和碧樹滋松徑胎禽梳粉翰
蘂闌語燕弄晴絲漸抛積累環花坐便趁叢蕉勸醉宜
記賞南樓輝紫霧曉鶯啼倦下橫枝

蠶娘 集詩牌字

攜籠九陌曉晴天市卦常占就石邊學屑綠香分視養
勤供清飲未曾眠閒幃恐放微寒度對鏡慵聞戲語憐
功媲先農遭際盛蒸藜荷力敬祈年

喜雨

一雨真如得寶珠枯槔聲歇老農娛潤生几席人心爽
澤遍溝塍地脈蘇擊壤已看民有歲打門不畏吏催租
江南猶困天吳厄百萬哀鴻泣路途

遠山

遠山如古畫墨淡不分明層巒雲峯擁微茫曉霧晴浮
嵐沉野燒疊嶂護荒城那似墻頭見秋眉太瘦生

黃昏

肺熱斷清樽嚴冬冷閉門霜風吹鬢影新月淡眉痕試
茗湯初沸添香火尚温檢書燈未上無賴是黃昏

南山

南山有古栢高出青雲端根固葉自茂何懼霜雪寒幸
無大匠知免被斧斤殘華屋有時傾棟梁難獨完不如
守本性凌寒壽千年

三十三

東城

東城桃李花灼灼矜芳姿會當春陽煦爛熳開及時東
皇欲返駕風雨旋相欺蜂蝶倏已散月明嗟空枝小草
任天倪翻得常華滋

紫薇

梧竹幽深石徑斜可人烟景似山家紫微不畏驕陽影
豔煞墻頭一樹花

記夢

衾裯如繭裏春蠶一枕梨雲曉夢酣恍到倉山香雪海

玉梅花下話閩南

題西窗話雨圖

梧竹鳴霜風空階沈暗雨秋燈耿夜窗有客偎燈語曇
妙能繪情景好庸須譜披圖感昔遊十稔易寒暑雲龍
負夙願風絮原難聚安得縮地術不畏山川阻萬里盍
朋簪歡會洽樽俎西窗更剪燭眷言豁離緒無為悵停
雲引頸獨延佇

接少蘭弟蜀中書感賦

一紙家書百感生宦遊人負杜鵑聲廿年未遂慈幃養

三十四

萬里輕分手足情栗里有田堪守拙桃源無地可歸耕
流光坐惜堂堂去何日鄉園晝錦行

秋夕

西風颯颯過林隈葉滿閒庭掃不開涼月有情如惜別
殷勤猶下畫簾來

春日懷故園

杏花紅潤柳含烟寒食東風燕子還罨畫樓臺春色鬧
差池亭院鳥聲閒種松屋角延斜照刪竹墻頭露遠山
無限離情消未得連天雲樹隔鄉關

即事偶成

夭桃灼灼柳毿毿好景都從畫裏探芳草綠肥春雨足
杏花時節憶江南

秋日出西城

秋原烟景愜幽尋寒菜千畦入望平黃葉村中樵擔出
碧溪橋畔釣船橫水風吹面能醒酒山色迎人似有情
欲上岡頭縱吟眺暮鴉啼亂斷鐘聲

懷竹卿妹

霜風撼亭樹蕭索見郊坰竹徑堆黃葉菱塘掃白萍離
心懸落日遠夢隔滄溟秋色閒中老雙丸不暫停

秋感

秋色榕城豔楓林葉尚丹雲蒸蠻嶠雨霜凈虎門濤世
事原知幻風塵亦太勞何時挂帆去海上釣靈鼇

初冬晚眺懷少蘭弟

寒空清太晚入望遠山重積翠天邊樹浮嵐海上峯鄉
書滯霜雁別夢感雲龍野寺荒村裏惟聞斷續鐘

送沈蓉華妹之馬巷官署

香盟初訂挹清芬折柳河梁忍送君雁字忽從雲外散

驪歌偏向客中聞江流渺渺征帆遠山色依依別路分
惆悵榕城好時序不成良會感離羣

送梅竹卿表妹赴鳳山任即用留別原韻

雲龍角逐悵前期遠道眠餐善自持佳句每從分袂得
離情不待挂帆知但憑忠信鯨波靜管飲和濆獷俗移
報最秦嘉賓內助尺書頻寄慰遐思

雙旌快指海東頭好趁長風賦壯遊嶺樹千重遙聳翠
水天一色凈涵秋神交異地盟金石仙侶同舟事唱酬
倘踐結隣他日約綠楊明月草堂幽

錢蓮因夫人以詩見贈賦此酬之即用原韻

才高班謝敢論詩風雅真堪作我師嗜好尤難同臭味
芝蘭何幸奉期頤榕城早聽神君頌萱閣初瞻令母儀
佇望欃槍連夜掃花吟月醉結心知

夏日即事兼懷彔吉妹

灌木碧蔭合虛堂靜無暑日長小憩佳惟聽幽禽語庭
廣甃方池石欄圍曲廡水風送清香菡萏紅半吐澄波
濯鏡明魚戲凈可數卜居遠市廛便有山林趣觸熱入
莫來濁我釣遊處向晚新月明彎彎憶眉嫵

感懷

曠野樓臺得月先春蠶垂老尚纏綿蓼蟲食苦君休笑
嗜好都緣賦性偏
綠衣黃裏色偏淆世事人心暗長消謾道小星能替月
光輝如月便成妖

放燈詞

六街風軟香塵細魚龍曼衍銀蟾底寶樹琪花照眼明
赤城霞擁鰲山起知費寒窗幾月工裁綃剪綵鬭玲瓏
鬧蛾簇着冠兒轉斗大明珠戲玉龍一重琉璃一重錦

蕩搖不定風前影弄珠神女清夜遊紫鳳青鸞作前引
爆竹笙歌不斷聞寒輕漏淺愜歡情誰家簾幕和香捲
何處樓臺倚月明綵棚十里垂虹架良宵欲買應無價
鈿轂香車夾路逢釵光鬢影交相射花市花燈燦列星
暖香薰透十分春柳梢月上清新句姓字依稀誤淑貞
月上柳梢頭人約黃昏候乃朱希真句誤爲朱淑貞詞特証之君不見廣陵燈秦淮月
此時光景尤奇絕欲倩仙人幻綵橋舊遊重溯離心諮

時事有感

五載潢池盜弄兵誰堪一戰戮長鯨登壇上相疎良策
專閫元戎負令名征調頻煩憂國計租庸全免恤民生
東南時事艱難甚投筆何人壯請纓
熒惑休移近女牛捎雲猶自亘南州勳勞早讀賢臣頌
宵旰難舒聖主憂欲挽長戈揮落日可無砥柱障中流
擁兵不戰空糜餉殺運于今未易收
孔亟尤需應變才濡流國寶未成災鴉兒軍已如烟散
烏合徒方作氣來減竈休疑兵勢解量沙猶冀敵鋒摧
八千君子今誰仗虎穴行看奏凱回
謀定難搖百勝軍由來兵戰不如心殊方久困萑苻患

下邑初瞻節鉞臨但矢公忠何懼敵不辭勞瘁易成擒
先聲早奪孽凶魄净掃妖氛聽捷音

筆牀

橫陳硯北隔窗紗茶竈前頭位置嘉莫向博山驚午睡
不知曾否夢生花

筆冢

利鈍其如久事何年華心力共消磨可憐細雨清明節
卮酒誰携奠薛蘿

燈花

銀釭燦爛初作花垂垂迸出如萌芽金粟細綴不厭脊
纍如貫珠明丹砂夜窗無風透碧紗釵頭玉蟲顫不斜
繙書眼昏疑霧遮不忍遽剔非凡葩呼鬟子細蘭膏加
慎防觸損生歎嗟頳鱗遠滯天一涯金錢欲卜書難查
分曹射覆徒喧嘩不如偎燈閑鬭茶宵深漏鼓已三撾
穗重欲落猶光華往時占驗恒不差報何喜喜來吾家

詠古四首

謝道韞

詠絮清才邁等倫可知伉儷有前因若教言行名臣錄
天壤王郎亦可人

木蘭

孝勇從軍代父征策勳不願尙書榮將雛匪易調羹苦
何不男裝過一生

蘇若蘭

佳偶如何成怨偶連波悔過遣陽臺迴文悟得郎心轉
畢竟才人始愛才

管夫人

一篇爭唱你儂詞福慧雙修羨仲姬嫁得王孫同白首
多情原不諱情癡

題樓觀滄海日門對浙江潮圖

百尺樓高倚望遙琳宮幽寂隔塵囂烟波萬頃搖空綠
洗出陽烏耀九霄
古寺曾經隱逸才一聯佳句野鷗猜於今海上鯨波靜
不見濤頭萬馬來

元宵曲

好天良夜佳時節東瀛洗出團圞月光逼羣星不敢明
玉鏡無聲礙空碧三五嬋娟正同逢雲光五色護重重
廣寒奏罷霓裳曲海上神山駕六龍踏歌聲裏衣香散
九華燈映花釵顫蓮漏今宵莫暗催歸來重醉傳柑宴
一別江南十載強芳時夜夜夢還鄉遙飛恨少凌風翼
縮地難尋費長房故園此際天花吐銀海光搖玉龍舞
雪月相輝最可人千枝繂樹圍春駐神仙世界本無愁
只恐姮娥笑遠遊不知香雪梅千樹倉山亭名弄影含嬌憶
我否年年此景長相似歌舞昇平樂無已安得雄才狄
武襄夜破崑崙甲兵洗時粵西用兵

冬夜

沉沉冬夜雁聲寒暗麝時飄九畹蘭月滿閒階光似水
更無人倚石闌看
絳蠟燒殘第幾條自翻吟稿自推敲耽吟不覺如年夜
霜月無聲轉樹梢

得又村仲弟署上海令殉難訃音詩以哭之

半載家書滯錦鱗慘聞凶耗走驚魂竟殉職守完臣節
敢棄城亡負國恩皓首慈親逃白及青年少婦哭黃昏
天涯有姊空腸斷北望停雲積淚痕
五樹荊花賸四枝仲妹早故宦遊常恨會難期詎知昔歲分

飛日便是今生永訣時泡影隙光真夢幻生離死別更
淒其干戈滿地家何在化鶴還山定益悲
痛亟還思未別前小倉山下好林泉坐來花月供吟醉
行處樓臺聽管絃離緒忽縈千萬縷鄉心已折十三年
故園倏被黃巾陷何日招魂葬墓田

哭采吉妹死金陵失守之難

金陵城頭陣雲黑城中萬姓無人色礮聲如雷城不守
賊已入城何處走亂殺軍民不住手家業蕩爲賊所有
少壯擄去冲前鋒婦孺驅來入女館打柴負重筋骨斷
食不充飢賸殘喘兩載斷消息未卜君存亡詎知君早
殉此難不覺雨泣沾衣裳人生不幸墮女身遭際未若
君遭迍十七于歸未八載傷心已作未亡人上有威姑
下有稚子生不能生死不可死辛苦羹湯缺甘旨茹荼
畫荻教子書空房月冷聞啼烏不圖兩子相繼殤天何
絕人空斷腸姑痛終堂女猶乳四壁蕭然存敗堵麻衣
如雪扶櫬歸隔江烟水孤鴻飛可憐婦職兼子職窀穸
經營殫心力繼嗣未立事未完忍死吞聲存一息遺腹
女漸長成珠擎掌上聊慰情才容雙絕擇佳壻蕭郎何

福聯姻盟結禧有日曇花謝駿鸞遽返神娥駕決絕難
爲阿母心茫茫碧落誰相迓形單影隻歸故園覩香姊
妹尤相憐半生心血賸詩卷付託何人誰代傳日月飛
龍愁出骨天長路遠音塵渺軍聲動地黃巾來鋒火叢
中幾人活嗚呼此時一死重泰山夜臺骨肉悲團圓定
知揮淚語夫子三十三年苦節難

題蓮因夫人詩集

永晝虛堂一卷開清詞麗句妙玫瑰多君早擅簪花格
似我終慚賦茗才西粤雲山新畫稿東吳烟景舊粧臺

鄭虔莫漫矜三絶林下於今又見來

題徐樹人廉訪裴亭課子圖

修竹碧逾淨一亭築其前虛窗敞不扃清氣得自然公
餘課石麟穎悟自殊衆亮節鮮籜龍清聲引雛鳳晝長
暑不侵散步循苔陰拳石媚而秀荷池清且深菡萏送
香氣妙得書中味此君垂典則卓爾異羣卉趨庭秉義
方講誦聲琅琅竿頭信日進導之以名揚

哭三女謹和

佛氏說因緣前生事誰記離合修短間似有神主使汝

容麗朝霞汝性猶聰慧針神妙絶倫常恐造物忌爲汝
覓佳偶十載煩深意因循選擇難倏過摽梅歲康節有
後賢令姊來問字絲蘿一朝附開館效桊贅琴瑟喜靜
好百年室家遂十月誕麟兒燕姑徵蘭瑞歡騰湯餅筵
英物啼聲異彈冠慶晉職盛世榮黼黻月闕誠可疑詎
意爲身累汝壻差次旋已被二豎祟汝恙仍未瘳力疾
躬親侍沉疴困三月敢惜參苓費禳禱苦無靈哀哉竟
長逝孤兒甫襁褓一線延宗嗣身殉恨未能腸斷啼猿
淚瘡痍痛難痊日見容憔悴土賊忽弄兵風鶴儆嚴備

汝兄急迎養爲汝行期滯戒途阻兵革航海庸非計不
意汝遽亡悽亟惟揮涕傷心視含殮痛絶桐棺閉忍聽
泣呱呱母死兒何恃撫孤至成立卅載談何易況我垂
暮年花甲猶餘四世鮮百歲人幸託渭陽義魂兮入我
夢語汝身後事千喚不一應遺恨何從慰

赴晉就養迂道至滬上省　母示六弟

竟遂歸甯願慈顏到眼驚滄桑悲世事忠烈振家聲返
哺烏私切加餐鶴算贏剛逢重午節蒲酒祝長生
一別關山隔依違十八年夢魂長繞膝弟妹莫隨肩䮾

族騷閩海鵑聲憶蜀川舊時行樂處花月照誰邊
盼斷平安字三年芳訊疎欲將詢雁序何以渺魚書養
志宜從實和衷只貴虛謙謙毋自信黽勉博嘉譽
國破家何在途長就養難干戈猶未戢行旅幾時安親
老尤愁別家貧却耐寒還期重定省全奉板輿歡

述懷

大角光茫極干戈迄未平黃巾何日滅白髮逐年生冀
北猶籌策閩南罷弄兵憂時思李郭匡復盡忠誠
故園猶陷賊欲返苦無家舊業空流水新知但落花白

雲親舍遠芳草客途賒莫問南中事吾生自有涯

看雲懷弟妹遠道隔山川別久音容改思深夢寐牽吳宮花灼灼蜀道月娟娟代北勞相望無因至汝前

浩劫關天數全資德業修乘時須將帥制勝出奇謀自笑隨陽鳥翻成喘月牛桃源何處覓安得挈家游

瑤華閣詞鈔

同治六年鐫

瑤華閣詞鈔

瑤華閣詞

錢塘 袁綬 紫卿

浣溪紗

繡幌低垂燕未還鴨爐添炷水沈檀粧成慵自倚雕闌

却愛輕風醒酒力生憎微雨釀春寒可憐時候杏花殘

賀新郎

賀蓮甫十六舅氏就婚浦口

陌上春光換正華堂雀屏開處珠筵春滿十二瓊樓花似海幾處湘簾低捲雙影並碧闌干畔好向玉臺尋豔句譜新聲吹入紅牙琯和一縷簫聲軟　別來歲月從頭算記當年謝庭小宴似曾相見今日紅羅親手揭還是舊時人面只添了九雛釵顫付與丙丁雙綬帶待明朝共把同心綰鸞鳳侶神仙伴

滿江紅

送雲裳姨母之嘉定

怕說行期乍領略別離滋味況又是江南三月餞春天氣兩岸柔條和淚折一襟幽怨憑誰洗向尊前莫爲唱陽關添憔悴　游冶處從頭記多少恨從今起算花深闌曲長相依倚如舊山眉窺繡檻檻前人影今天際賸銀鈎題壁字分明空凝睇

月底修簫譜

春夜乘月登倉山

渡谿橋攀石磴尋月上巖頂萬竹玲瓏搖碎冰輪影凭闌不盡低回一亭如笠算今夜更籌須閏　鬬香茗輕烟吹處成絲風細裊三徑回首紅樓隱隱一燈靚瓊簫譜出新愁梅花落徧却半臂嫩寒初勁

風入松

送華玉五姑母歸苕溪

相依幾夕數魫籌溝水忽分流楊枝待折還延佇恁輕颿欲去難留惆悵石城橋畔一年一送歸舟　歌殘金縷不勝愁無語注雙眸江南剩有歡場在料隔江夢也

回頭却怪鶯聲喚處綠陰遮斷紅樓

八聲甘州

秋日侍蓮甫舅氏遊攝山

認丹崖翠巘影鈎連別有洞中天恰秋空雲淨斜陽一抹紅挂峯前樓閣玲瓏不斷只合住飛僊何處晚鐘起敲破蒼烟　重倚松亭佇立指水流花淡泉噴珠圓忽怒濤風捲暝色上松巔有銜寒兩三來雁寫新愁欲下又迴旋低回處再來蠟屐知是何年

菩薩蠻

登最高峯

一峯秀起羣峯小東流如帶山腰繞日落數歸船江邨起暮烟　來時松下路半被雲迷住一笑問山靈還離天幾層

謁金門

微雨歇正是晚涼時節午睡起來人寂寂無聊閑竚立柳外輕雷纔息花上夕陽明滅獨上小樓情脈脈這山青欲滴

喝火令

寄懷雲裳姨母

點點秋聲碎絲絲夢影殘露涼如水怯凭闌辜負水晶簾外月團圞　已覺雞籌閏生憐蠟淚乾金猊熏透鷓鴣斑可也無聊可也掩屏山可也數他歸雁愁上兩眉彎

洞仙歌

冬日與采吉妹圍爐賞雪

紅闌六曲向風前凭徧曉雪霏霏撲人面笑雛鬟睡起倦眼惺忪猶認是一夜柳綿飛滿　水邊梅破蕊疎影橫斜不似年時等閒見翠袖暗香凝料峭寒生拚醉倒博山鑪畔更枝北枝南酹芳醪祝萼綠仙人月明相伴

清平樂

冬夜偶成

宵長人靜刻地東風緊冷逼羅幬眠未穩難遣離愁千

頭　起來閒倚窗紗夜深誰撥琵琶聽得小鬟私語月鈎初上梅花

蝶戀花

感懷

記得當儀分手去別恨縈懷怕詠相思句鸚鵡不知人意緒聰明故故撩人語　一夜小樓沈細雨吹盡嫣紅春又歸何處戲把榆錢千萬數可能買得流光住

慶清朝

五

春光明媚撫景懷人偶倚此解

新柳搓烟媆風熨草東皇着意安排鶯啼燕語小園紅紫催開又是花朝近也秋千雙索影徘徊輕塵外誰家冶伴戲蝶歸來　惆悵瑣窗朱戸自挂帆人去蛛罥塵埃眉山一角翠顰多少愁懷向晩薄寒料峭半簾疎雨潤蒼苔凝情處闌干十二敲徧鸞釵

買陂塘

題華玉五姑母深柳讀書堂圖

數東風幾番花信愔愔香絮吹倦千條萬縷爭牽惹綠罥謝家庭院春影清正午日遲遲一桁窗紗掩簾波半捲任軟搭簷牙低拖闌角不唱玉關怨　烟絲暖次第眉痕笑展有人翻徧黃卷落花片片飛如雨咫尺翠雲遮斷塵思遣恁殺粉調鉛一寸愁心絡流光似箭甚水碧樓臺泥紅門巷貪聽早鶯囀

卜算子

書懷

六

秋似有心來雁竟無書至獨自凭闌憶舊遊越恁添離思　踈雨滴梧桐淡月明幽砌一片蛩聲和遠聲不許愁人睡

百字令

奉懷雲裳姨母

湘簾捲處怪新涼如許作成秋意颯颯西風吹落葉又聽亂蛩唫砌滿院砧聲半窗月影好伴人無寐定知今夕鱗鴻一樣難寄　轉憶舊日游蹤近來情緒領略淒

涼味篆字香銷羅袂薄懶向玉闌閒倚盼斷花冠剔殘金穗沒個商量地幽階佇立碧雲迴望千里

踏莎行

春遊

倩影迷離東風料峭清明過後園林好桃花波暖泛輕舟烟絲無力縈蘭棹　病酒心情傷離懷抱畫屏展翠春山曉擬將幽怨託朱絃曲終不信知音少

南樓令

秋夜懷柔吉妹

深院一燈青孤唫壢未成聽蕭蕭葉打疎櫺斷雁數聲更四轉霜墮影峭寒生　花瘦太伶俜涼蟾繞畫屏記年時笑語分明不信歡場如夢短尋夢去夢難成

喜遷鶯

夜初長燈欲燼深院漏聲遲輕寒漠漠透羅衣正是雁歸時　夢成烟愁着絮怕聽啼螿如雨畫闌凭倦玉繩低涼月下樓西

七

浪淘沙

春夜

香霧溼紅英玉漏初停庭閒如水竹聲清人在隔花闌畔倚倩影伶俜　夜靜罷調笙月上疏櫺微風輕颺繡簾旌料峭春寒欺薄袂逼醒餘酲

蕭蕭雨

秋日懷嘉定表妹

正清秋天氣雨初晴薄暮嫩涼侵漸白蘋風起蓮衣零落桐葉蕭森來雁不傳芳訊雲樹影沈沈減却清游興冷醉孤唫　望處半竿殘照共炊烟一縷閣住疏林却高樓誰倚橫遂訴離心怕思量八年前事任疎花紅瘦倦幽尋無聊甚倩如鈎月來伴更深

百宜嬌

剪柳風柔養花雨細催就幾番春訊彈指流光驚心往事早是踏青期近秋千倦倚恰鎮日慵翻唐韻試輕衫重又裝棉餘寒無奈猶蘊　芳徑裏落紅成陣日影轉

八

迴廊綠窗人困燕蹴簾鉤鶯啼闌曲不管愁縈方寸深
深院宇乍夢覺繡屏香爐恁新來瘦減桃花釧環寬褪
如此江山
月當頭夜偕諸姊妹過雙湖亭登渡鶴橋望月繞
隄而歸冰輪碾空玉壺濯魄幾不知此身尚在塵
𡏖也
百年幾度逢今夕當頭月明如鏡曲繞花陰閒凭闌角
酒面被風吹醒霜寒鶴迴指樓閣參差搭燈紅映敲破

塵心一聲清磬出峯頂　艮宵偏愛漏永向溪橋竚立
無限幽興樹色迷濛水痕清淺涼浸一天星影此時此
景訝玉宇蓬壺還在人境便欲乘風謾愁驚背冷
買陂塘
題汪鄴樓師倉山讀書圖
問山靈烟雲無恙頻年曾此吟嘯溪流宛轉亭臺曲不
數十洲三島香霧裊恁竹外梅邊慣聽書聲早峯屏綠
遶指矮几眠琴橫窗停琖不放片塵到　流光迷那信

知音還少傳經猶記嬌小絳幃十載春風暖早識秋蟾
懷抱臨墨沼感青眼殷勤矜許巴巫調凭高遠眺念鷗
縱圓盟燕偏辭壘何日認歸棹
木蘭花慢
寄小芬二妹洛中
指烟蘿一角認十載舊歡場記花塢題紅柳隄拾翠春
滿江鄉芳塘半篙漲暖約蘭閨綵伴泛輕航不識閒愁
滋味憨嬉九十韶光　神傷驀地飲離觴分袂悵河梁

縱雁足傳情蠅頭寄恨輪轉柔腸凄涼夜來細雨慰無
聊誰與話西窗一夕心馳洛浦夢回人隔瀟湘
前調
惜花
背紅閨綵伴侵曉起繞苔墀待數樹分鈴懸旛酹酒不
放春歸枝枝競芳弄影最魂消月底上燈時好伴笙清
笛暖莫教燕妒蜂癡　霏霏紅雪撲簾飛吹落怨風姨
歎九十韶光三分春色多付香泥心期隔年再見却何

堪一載賞相思誰唱陽關送別可憐祗有鶯兒

慶春澤慢

黛潑山眉青迴柳眼愔愔天氣初晴又到花朝綵旛紅颭苔陰曲欄干外東風軟破春愁燕語忪惺暗消凝幾日春寒瘦了梅魂　桃花潭主殷勤甚借名流池館小盍朋簪佇月林疏一痕新綠粘雲銀鐙細綴星光燦聽誰歌金縷聲清囀啼鶯縮住韶光莫便飄零

壺中天

祝汪紫珊姑丈五十壽

堂開綠野羨羣真低首藕花香裏清福消來兼豔福信是歲星游戲揮手豪情軒眉峻骨江左伊誰比悄拈紅豆有人屏後偷記　猶憶膝下憨嬉倚嬌索果乙乙垂髫事未遂搴裳攀玉斝惆悵隔江烟水蔭庇萱幃祥徵蘭夢私頌新聲倚蒼生多少望公霖雨重起

摸魚子

竹夫人

十二

靈根舊是瀟湘種生來便矜風質瘦玉玲瓏淡雲孤介依倚底因人熱橫陳七尺恁一段秋心未秋先活午夢初迴桃笙如水嫩涼遍　簾纖疎雨乍歇正微酲倚遍嬌墮無力靜掩金鋪低垂銀蒜又是昏黃時節中宵轉側愛寵妬全消自然傾國碧擁紗厨奈花香沁骨

臨江仙

月當頭夜即事感懷

見說當頭今夜月鑒來瘦影都無惺忪扶醉下庭除霜華欺酒面寒透鏤金襦　笑問常儀應識我故吾可似今吾倉山風景擬蓬壺何當成小謫無分住仙都

前調

中秋即事

三五圓期容易過良宵拚得遲眠謝庭佳會泛觥船晶屏開翠幌邀月墮瓊筵　記與英翹花下立聯來韻語纒綿繁華過眼小遊仙玉壺重濯魄翹首又今年

夢橫塘

三

春日感舊

石髮梳雲柳絲牽雨嫩涼深閉池館纔過燒燈驀又聽餳簫吹暖倦不成粧慵還覓歷舊情都懶向危欄悄倚望斷平蕪裊腰路烟痕軟　歎衷墜了難尋任梨花落盡雛鶯嬌婉拍遍紅牙渾不是者般消遣怕暗裏韶華偷換小疊蠻箋寫春怨燕壘泥融鵲爐香潤奈相思人遠

摸魚子

青溪春泛

趁新晴相邀絲伴河干同上烟艇垂楊陰裏蘭橈捷劃破琉璃千頃風力緊度隔岸紅樓一縷簫聲迴斜陽弄瞑指青粉亭臺碧油窗戶依約娩粧靚　雙飛燕掠水爭誇輕俊橋邊來去無定三灣兩曲春如海多少六朝金粉鷗夢穩渾不管涼波搖瘦鞦韆影船脣小凭看霧薄籠烟星疎綴月畫出可憐景

漁家傲

秋到江城風景異山空葉落商飈起此際祛愁須綠蟻知也未酒醒依舊愁難洗　望斷長安何處是碧雲日暮涼如水來雁不將芳訊至添別思書空又寫人人字

聲聲慢

雨窗無寐別緒盈懷慢倚此解並寄都門

緜緜密密颯颯蕭蕭悠悠颼颼日日攙入紅蕉似和亂蛩催織金鋪夜深靜掩閃蘭釭玉蟲明滅翠袖薄恁新涼如水倚欄無力　此際渾疑中酒待說與心期又誰知得點滴西窗不管有人妻絕歡場甚時再省聽高樓

一聲橫笛漫凝眸怕秋風吹瘦倦客

江城子

舊家池館怕重經雨初晴柳初青暢好韶光沒箇詠花人把酒醉花花不語知也未此時情　雙隄壓水小橋橫畫船停畫欄凭訴與新愁鶯燕也銷魂欲倩東風吹夢去應不隔短長亭

踏莎行

湘畹妹委化經年每憶舊游益增新感漫倚此解用寫弔懷

過雨花蘇迴風竹瀁并刀難翦愁千丈一坏香土隔春山鵑聲併作銷魂况　鏡檻塵埋粧樓蛛網舊游重省添惆悵待憑幽夢訴無聊祗憐又被湘屏障

鳳凰臺上憶吹簫

鑿石通泉編籬護竹一番梅雨初晴漸濃陰綠透池館愔愔望裏烟鬟翠溼蛙聲亂老却啼鶯消長晝玉笙低按妨了閒吟　瞢騰近來情緒算不是傷春底事銷魂恁桃枝簟滑涼浸梨雲夢斷楚天何處簾櫳靜早又黃昏添惆悵而今始知情種愁根

十五

百字令

題二喬觀兵書圖

披圖神往恁東吳佳麗內家裝束雙倚東風閒展卷三略六韜都熟頰暈紅酣鬟痕綠嚲傾國殊凡俗樞機叅透運籌好在帷幄　却羨擲戟神亭鏖兵赤壁夫壻人如玉富貴英雄聯吉偶不數漢家金屋一炬東風三分南國捷報先聞淑阿瞞無賴高臺銅雀空築

賀新郎

送儀吉妹于歸袁浦

之子于歸矣記垂髫鎖窗朱戶常相依倚花萼春濃真似海底事十年彈指早料理適情離思簫鳳聲中分袂速算今番歸妹爻占四徵舊夢渺雲水　年來我亦愁難洗怪西風雁行吹散白雲天際家有倉山如畫裏無復冷吟朋醉料花月也添憔悴聽水聽風知未慣更憐伊初試羹湯味雙鯉訊須頻寄

十六

又

颯颯霜風勁恁無端秋心搖碎香盟篆冷極目寒江烟水濶望斷弄珠人影似半枕游仙難證爪雪空留腸九轉掐翠微一角斜陽暝津鼓促亂愁競　瑤觴欲盡情難盡歎從今畫欄池館與誰同凭荆樹分枝花一色那比尋常離恨盼何日壓歡重省哀柳蕭疎和淚折願柔

南柯子

烟寺晚鐘

徑曲松花落林疎塔影紅雲深何處梵王宮敲破塵心清夜一聲鐘　斷續隨風度相思有夢通韶華催去恁匆匆不管征人愁絕月明中

臨江仙

月當頭夜待月

未許嬋娟全面露當頭處說相逢癡雲深護廣寒宮中

十六

宵明鏡掩可是晚粧慵　窗外蜜梅初破蕊生憐香影迷濛簫聲吹徹玉玲瓏幽懷何處訴惆悵倚西風

無俗念

題王小鶴詩態圖

纖塵不着甚傳神妙筆寫來清景望裏松杉涼翠合三徑愔愔濃蔭泉咽雲根瀑飛樹杪仙籟如相應遠山延佇斜陽未許催暝　最好冷醉閒吟苔陰選石小憩凝思靜五字詩成還獨笑佳句玉溪差並鶴唳蒼烟花明

條早繫南歸艇待看取畫眉俊

浪淘沙　題瀟湘八景選四

江天暮雪

江濶水雲寬暮景蕭然花飛六出玉成團風急潮迴沙不起壓損琅玕　暝色上層巒木葉聲乾踏枝翠羽不知寒喚醒梅魂紅欲綻曾眼春還

明月生南浦

遠浦歸帆

十七

望裏江光明似鏡一葉孤帆搖曳斜陽影聽水聽風愁未穩箇儂歸計今番準　知否小樓人瘦損說與歸期好共樵青等別緒鄉心消不盡故鄉無恙鷗盟證

虞美人

漁村夕照

陂塘十里橫橋路日日鳴柔艣蓼花紅瘦鯉魚肥無事薜蘿深處掩柴扉　斜陽影裏秋容老流水孤村遶賣魚沽酒不知愁說甚人間談笑覓封侯

豔雪點綴瑯環境披圖認處無絃琴趣誰省

前調

題桑吉妹梨花白燕圖

一枝玉雪倩邊鸞寫出淡粧丰韻添箇呢喃迎社燕錯認釵飛不定素羽分烟碧紗籠月莫辨伶俜影清明過了憎寒怯暖誰省　却憶咏絮清才縞衣翠袖風調真相並神女多情憐寂寞來伴瑣窗孤冷選夢雲窩驅愁香國一樣單棲穩紅絲親繫故人無恙應認

買陂塘

題小村仲弟松陰把卷圖

鎖蒼烟一叢涼翠斜陽葉底紅閃虬枝聳作拏雲勢望裏濃陰如幔閒展卷聽仙籟冷冷似和書聲緩雲根生暖早楓冷燒霞林疎胥霧暝色起天半　披圖認恰是翠微西畔當時此景游倦十年雁影分南北知否花愁月怨離思遠賸三徑苔痕軟襯松花滿流光電轉盼綠野堂開青雲路穩衣錦遂初願

前調

送伯英夫子之邢邱

又匆匆送君南浦離心無限愁思高堂垂白兒童幼要妾扶持調理君但記恁陌上層樓凝眑人常倚風塵況味歎負米行蹤勞薪生計誰念倦游子　斜陽裏遙指關河迢遞潮寒休滯雙鯉門前綠遍垂楊樹何日繫君歸騎花月底怕鏡裏春紅容易添憔悴年華似水盼捧檄歸來板輿同奉把盞共君醉

清平樂

寄外

風尖葉裂蔌蔌飛瓊屑凍合關河天一色不辨去程南北　天涯游子單寒客中誰勸加餐便有今宵歸夢可能尋到長干

卜算子

寒夜聞雁

一字畫遙空響似箏絃度雲路迢迢倦欲棲繞遍相思

樹　見說帶霜來可解將書去夢穩涼波影不分妒煞

鴛鴦侶

買陂塘

寄綺筠妹山左

剪梧陰一絲涼翠西風先到金井亂蟲吟瘦疎林月香霧暗迷三徑人語靜賸竹外欄邊翠袖伶俜影宵長漏迥待選石張琴倚樓橫笛玉臂阿誰並　年來事覆雨翻雲無定鱗鴻偏滯芳訊歡衷輸與山靈笑嫩約十年難省癡欲問憑絮果蘭因曾指姮娥證心香篆冷便社燕多情盟鷗無恙離緒甚時罄

虞美人

宵長漏盡蘭燈灺殘雪明鴛瓦月波涼浸小庭心睡鴨香銷慵展九華衾　郵籤細數程過半腸逐車輪轉一番離別一番愁待不思量偏又上心頭

過秦樓慢

花魂

夢短成烟身輕逐絮好倩曉風扶定蜂鬚慢惹蛛網潛穿不怕妒花風勁還向樹底幽尋埋玉泥香瘞愁徑冷怨東皇何事催將春去付將婁哽　空記憶豔奪朝霞嬌籠涼月幾費詞人吟咏珠簾望裏玉笛聲中飛過闌干無影惆悵留仙未能盼斷珊珊容消金鏡便重來有約只恐鶯盟難證

疎影

題洪容生表弟婦秋容攬鏡圖遺照

新圖展處認玉臺倩影謝家丰度袖襌鬟低標格亭亭獨倚迴欄凝佇秋涼池館霜花豔看幾簇冷紅初吐怕柳絲碧剪西風好景又成遲暮　荀令神傷舊夢彩雲已散矣空憑婁楚想像仙姿憑仗丹青仿佛帳中重覩郎君縱應芙蓉兆賸此恨媧皇難補嘆綠窗鏡影圓時不是故人眉嫵

木蘭花慢

春柳

裊涼颸一剪裁萬縷羃晴烟漸媚眼舒青修眉暈綠丰態翩翩嫣然乍眠未起便餐他秀色也生憐點綴園林入晝日斜扶出鞦韆　年年腸斷灞橋邊難繫別離船爭葉密藏鶯絲長罥蝶不似春前纖綿嫩黃褪盡怕韶光還未肯留連休說萍因絮果玉關芳訊誰傳

菩薩蠻

春不老

一畦種向荒園裏一繩曬向晴窗底細灑水晶鹽會勞玉指尖　佳名聽便好真箇春難老甘脆醒微酲樽前最憶卿

清平樂

女兒紅

脂紅粉白可是閨娃植鏡裏嬌容同一色怎忍金刀輕劈　登筵會佐辛盤漬來糖醋微酸不爲傷春傷別也應悵觸團圞

月底修簫譜

雪等伴

積庭陰鋪屋罅酥粉是誰瀉眩眼花生虛白射精舍任教雀啅風翻斜陽暖熨甚冷抱冬心難化　凍鶯飛待邀月姊星娥來慰可憐夜盼斷珊珊誰速玉清鶴不看爪印猶存深情未泯問何日飆輪重下

蝶戀花

即景偶成寄懷少蘭小村弟柔吉妹

怯試春衫寒尚峭細雨斜風不管鶯花惱上巳清明都過了杜鵑聲裏韶光老　寂寂重簾香篆裊乍喜新晴靈鵲穿花噪宿酒醒來情悄悄綠窗自譜相思調

前調

少蘭弟招飲牡丹花下即席偶成

幾日輕陰游冶懶燕子來時已負韶光半落盡榆錢風力軟春愁暗逐蕉心展　却喜雨絲吹乍斷月姊多情特放蟾光滿錦瑟雲璈紅玉管隔花試聽歌喉囀

又

鞨鼓催開花爛縵人倚東風花與人爭豔雲母窗前簾
盡捲參差樓閣燈懸遍　良夜稱觴開綺宴酒滿紅螺
笑語殷勤勸願祝萱幃添鶴算芝蘭常護春暉暖

惜餘春慢　消夏九詠選六

平臺觀瀑

露洗烟蘿霞蒸雲岫望裏翠微斜矗峰巔樹杪匹練晴
飛冷挂一條幽瀑靜日奔騰斷虹懸處界破遙山新綠
又噴珠吹雪銀河倒瀉濺空難掬　還錯認玉女粧成

水晶簾下依約螺鬟如沐洽洽漱石曲曲穿林天籟暗
喧巖麓酷暑潛消凭高目眩滌盡俗塵千斛恁雨餘清
景倩誰摹上素綃橫幅

憶舊游

柳谷聽蟬

恁陰陰翠柳密罥谿廊秀妒山眉篩碎斜陽影裏新蟬
三兩露咽風嘶爲誰暗傳秋信曳響過深枝聽嘒嘒哀
音驚回午夢瘦怯綃衣　幽思動人處愛抱葉身輕涼

入琴絲撫罷清商怨把一襟餘恨分付新詞噪晚和誰
吟嘯仙蛻悵棲遲記玉手掇拶無蹤有韻空自知

探春慢

南軒茗話

撥火留香汲泉試茗遊興新來都懶暑簟褰移風簾盡
捲小雨乍過庭院向綠窗圍坐聽笑語盈盈不斷候他
蟹眼鳴時定磁先選宮碗　愛此香清色淺早齒頰涼
生睡魔潛竄寫景分題賦情聯句次第競奇爭豔吟罷

推敲處悄不覺花陰影轉紅上罘罳　痕斜照催晚

瑣窗寒

竹塢納涼

半畝清陰千竿涼翠坐來忘燠苔邊選石料理筆牀棋
局聽蟬琴和茗未休採菱豔唱遙相續向修篁倚處禪
參鼻觀露荷芬馥　注目真無俗正晏日篩金牖風戛
玉人閒境雅不數淇園幽谷掩輕紈餘酲乍醒遠山暈
入雙黛綠近黃昏淡月窺簾冷映螢穿竹

百字令

雙湖垂釣

湖亭幽寂愛邀涼最好曲欄同凭煑茗繙書消永晝遣興釣竿閒整緩勒輕桴徐安香餌界破琉璃瑩遶隄垂柳陰陰一碧清潤　向晚雨滴銀塘波紋圓處疊出連環印隱約游魚浮水面來唼鬢邊花影軟曳萍衣低牽荷蓋風裊絲難定金鱗獲得隔窗絲件爭問

聲聲慢

山亭眺雨

霧幕簷牙雲堆屋角苔痕綠滿閒庭乍密旋疎無端又復盆傾新涼暗消溽暑泛方塘泡影晶瑩風過處聽竹敲清響荷戞繁聲　那更蕭蕭颯颯攪柔腸欲碎愁損雙成水態山容微茫望不分明遙峯瀑飛銀練映撐烟一塔伶俜凭畫檻盼何時來眺晚晴

金縷曲

題秋雨懷人圖

夜靜商飇起戰梧陰葉飛愁碧雨聲敲砌點點點絲絲還颯颯作弄深秋天氣悄不管逗人幽思攪碎離心攙清漏甚長宵醞釀淒涼味尋舊夢渺天際　墜歡約略從頭記歎尊前酒徒雲散共誰吟醉寒逼西窗燈暈綠懶向危欄孤倚空目極亂雲千里欲倩頳鱗傳遠訊怕濤箋不盡纏綿意盟未冷恨難寄

如此江山

餞花詞

流光撚指逢芒種藥欄吹盡紅雨剪綵紉幡裁綃貼輦待餞花神歸去千絲萬縷擬繞向花梢可能留住燈火連宵繡窗忙煞小兒女　芳春紅紫競豔記飛觴醉月生恐辜負燕惜泥香蝶憐粉褪換了清和時序深情幾許聽唱到陽關更添離緒酹酒風前隔林啼杜宇

踏莎行

賞牡丹

綠潤紅酣香濃粉豔牡丹初放閒庭院一春常恐負花

期粧成靜日珠簾捲　倚笑娉婷含情繾綣若教解語
應腸斷東皇料也惜韶華倩他月姊來相伴

臺城路

園中春日來遊者麗人甚多偶擬此解

園林風景疑蓬島莫辭長日閒佇柳罨溪橋花迷樓閣
誰在闌干笑語嬉春好女指影轉斜廊怯遲纖步半晌
低徊被人偷認靚粧去　斜陽紅掛樹杪怪游絲無力
難綰春住屐印明量衣香暗襲多是繫人情處新詞譾
賦待說與姮娥又防相妒不放清光照伊愁獨訴

廿九

水調歌頭

送少蘭弟謁選赴都

風雪載途日君又賦退征高堂且喜尚健內政可經營
休慮家貧歲歉莫損男兒壯志身世重功名努力奮霜
翮萬里展鵬程　向臨岐還有語再丁甯人心險巇難
測着眼要分明慎接疎狂親友善察逢迎僮僕花柳戒
牽情祖德未湮沒盼爾振家聲

又

消得幾番別添與十分愁人生碌碌無味歲月去難留
漫說山川靈秀終是因人成事有志未能酬智慧兩無
用不禁恨悠悠　滯長安憐季子敝貂裘風塵誰識英
俊何處覓封侯兼謂伯英挽鹿尚虛初願夢犬猶存厚望生
計拙營謀富貴爾何物雙鬢不禁秋

又

知己最難得況復本連枝襟懷磊落相似真僞任人嗤
兩載花吟月醉猶記圍爐煮雪賦著闘新詞行雁聚還
散重見在何時　霜飈緊衰草盡夕陽微離筵相對無
語別緒亂如絲此去鳥亭鷺堠珍重風餐水宿眠食自
扶持逢鯉寄芳訊早慰倚閭思

卅

又

敝屣視簪紱雅尚慕樵漁百年駒過隙耳莫被利名拘
家有園林如畫室有琴書樂志花竹遶吾廬此景若輕
負猿鶴笑人愚　況平生思反哺效慈烏願儲升斗微

祿相與賦歸與花下板輿奉母窗下蒲編教子荆樹茂
庭除佳日介眉壽醉共捧屠酥

一枝春

寄外

倚酒驅愁留香款夢過了燒燈時序韶光有限爭忍更
攬風雨沉陰作暝謾贏得晝長無緒寒尙峭慵捲犀簾
怕聽晝簷鳩語　長安久羈倦旅縱春來未減離情千
縷三秋一日夢也有憑無據天長人遠奈魚雁不將愁

圭

去教省識瘦比疏梅折枝寄與

鎖窗寒

和鶴潭大兄又郁仲弟原韻

暗雨疏花沉雲翳月漏殘忘曉愁深夢淺怕說別來懷
抱憶當時寒螯共吟智瓊雅製新聲好向萬梅影裏紅
牙低拍覆觴同笑　誰料分飛早曠繡戶題箋尙留印
爪苔侵畫檻襯綠一庭芳草甚春歸人猶未歸片帆望
斷離思悄願晴絲繫住流光慢遣芳華老

浣溪紗

月子彎彎瘦一分可因離思淡秋痕綠窗幽寂冐香塵
簾有烟絲縈遠夢更無花片約吟魂不成閒醉又黃
昏

木蘭花

寄少蘭弟

問迢迢雙鯉怎不爲遞芳音自籬菊開時嶺梅謝後盼
到而今沉沉半池凍解蕩長空雁字寫離心眉月暗窺

圭

簾額暮烟深鎖迢岑　疏林選石自絃琴驚起欲棲禽
便撫冷冰絲倚寒翠袖誰伴孤吟悄悄乍晴又雪任花
憔鶴悴怕登臨何日重圓舊夢不辭同醉苔陰

卜算子

紅疏檻外花綠減庭前樹雁背斜陽淡不明秋老蒹葭
浦　掩却小屏山遮斷愁來路劃地西風釀暮寒又聽
瀟瀟雨

高陽臺

閨七夕

鴛杼重停鵲橋又渡銀漢瑟瑟涵秋笑指星榆明蟾已上枝頭含情欲話三句别問仙郎可省離愁算佳期不分今年兩度綢繆　人間共盼軿車過早心香篆裊眉案光浮露溼蛛絲穿鍼猶倚高樓花冠莫便潛催曙願涼宵更閏蓮籌乞天孫富貴長生吉語仍留

採桑子

送春

春陰過了芳菲節雨細風尖蝶怨蜂嫌輕暖輕寒起未忺　舊游約略和誰話彩筆慵拈蕙炷慵添滿院飛花怕捲簾

瑤華閣詞鈔

同治六年鐫

瑤華閣詞鈔

瑤華閣詞補遺

錢塘　袁綬　紫卿

踏莎行　四時曲寄汪靜宜表姊

春

香夢慵醒綠雲倦綰綺窗睡起晴光滿垂楊才染幾分黃搓絲無力東風軟　梁燕雙飛林鶯乍囀鰕鬚半捲閒庭院畫屏倚處暗思量去年此日初相見

夏

曲曲溪廊聲聲簷溜風荷香沁紅衣皺桃笙如水縠紋平燭奴剗偏燈凝豆　遠夢驚迴添人僝僽蕭蕭颯颯攙清漏尋常已是不堪聞如何更值黃昏候

秋

霜老空林霞燒遠岫井梧搖落西風驟東籬黃菊又堆金當筵誰勸茱萸酒　心較雲閒人如花瘦六銖衣薄涼初透小樓容易入深宵薰爐倚煖香凝袖

冬

落葉沈雲嚴風捲竹衡寒漫繞闌干曲瓊瑤踏碎認梅花枝南笑綻胭脂萼　香裊金猊盃浮紅玉花前按譜新聲續雙雙凍雀繞枝啼萬山欲暝寒烟綠

意難忘

春日感舊

小院春深暫苔陰門草樹底調笙柳烟迷燕夢香雪鎖花城閒佇立夕陽沈又暝色黃昏憶舊遊蘭姨別後偏繫離心　當時共坐更深記紅窗病酒慵倚銀屏留香薰寶鴨送月度簾旌春去也怕聞鶯怎知有而今頓重理斷歲零句誰是知音

月底修簫譜

柬蘭似表姐

篆烟微人語靜寂寞畫闌凭鄰院簫聲惆悵共誰聽當時月底嬉遊迷藏閒捉記踏碎滿階花影　盼芳訊別後雙鯉迢遥莫是阻潮汎舊事淒涼腸斷怕人問八年形影相依一朝分手歎他日香盟誰証

臨江仙

記得曉粧臨寶鏡萬梅花繞紅樓髻雲同綰兩鬟秋賣花聲過了猶未捲簾鉤　鵲鼎香温烟乍颺微風細揭羅幬鸞箋拂罷揀詩籌吟成先脫稿贏得玉搔頭

前調

記得綺窗初罷綉無聊同步迴廊簾纖梅雨過銀塘露荷香沁骨風遞一絲涼　樂玉舟深斟琥珀柳陰陰處傳觴采蓮呼婢泛輕艭紅衣愁觸損欲折更商量

前調

記得秋期逢七夕綠陰猶嚲殘蟬鍼樓瓜果正當筵一痕雲際月剛是近初弦　乞得星娥今夕巧絲絲穿賭誰先桐梢一抹鎖蒼烟露華涼似水誰畫此時天

前調

記得長宵織影並虬壺聽徹更闌犀簾不碎小庭寒抽簪閒撥火筯揀鷓鴣斑　報道玉梅花綻了數來二九將殘更看飛雪曉漫漫似聞瓊姐說眞箇玉爲山

一叢花

寄懷瓊芝表姊

曉粧纔罷倚雕闌花上露初乾湘簾半捲荷風細綠楊外三兩唫蟬曾記舊時雙湖亭畔同理釣魚竿　玉簫聲裏恨漫漫紅淚背人彈丁甯莫更歌金縷空贏得愁上眉彎十二畫樓凭高目斷知隔幾重山

菩薩蠻

春日偶成

海棠枝上鶯聲軟輕衫乍試春寒淺風撼護花鈴驚他蝶夢醒　晝長深院靜彈指清明近芳徑燕泥香新愁上綠楊

赤棗子

秋日西樓晚眺

風力峭雁聲寒象管鸞箋鎮日閒獨倚危樓凝望處淡烟疎雨暗遥山

蝶戀花

即景

重到舊時游冶處花底無人花外流鶯語翠幌低垂深院宇落紅幾片隨風舞　依舊雕闌橫玉礎一角斜陽漸下西窗去惹起新愁紛似絮和雲直到天涯住

點絳唇

久不得嘉定諸姊妹信詞以訊之

盼斷雙魚不知尺素從何寄水雲迢遞難得相思字十二紅闌寂寞和誰倚當年事而今猶記只是愁難洗

鬢雲鬆令

讀瑤箋凭綺牖誰捲湘簾微露纖纖手又是井梧搖落後霜葉紅肥秋老黃花瘦　綉慵時唫倦候薄醉旋消羅袂輕寒透漫說離情濃似酒爲問西風吹得盟鷗否

南柯子

風裏荷香細庭前露氣清銀蟾朗徹透疎櫺笑指粉墻角上倍分明　人影當窗見簫聲隔院聞常儀嬌小太憨生閒約雛鬟月下撲流螢

採桑子

閏中秋即事

百年難得中秋閏月又團圞人又團圞一碧長空轉玉盤　重逢二八嬋娟面倦倚雕欄醉倚雕欄金粟香中笑語歡

秋光皎潔逾前度花影屏山竹影屏山香露沾衣不覺寒　瓊樓玉宇知何處坐到更闌話到更闌如此良宵再過難

銷窗寒

銷寒第三集

寒蟹

歲晚村荒日斜潮落凍開湖觜蘆根吐沫又聽爬沙聲細愛雙螯霜濃更肥橫行那識漁人計任筠筐罩住寒蒲縳好賣來城市　還憶餜花底記解甲吹香酒邊親遞秋光過了又被釀成秋意便無腸離情未諳稻粱也合思故里負頻年獨數尖團盼到看燈裏

鷓鴣天

三載京華誤守株憑媛依舊食無魚貂裘已敝黃金盡
風雪迎人返故廬　幾息影又飢驅歸遲別速怨征車
欲將眠食殷勤囑生恐啼痕染客裾

菩薩蠻

翠禽啼破相思夢紅蕤一角鮫珠凍好夢耐尋思生憐
入夢時　梨雲容易散不管柔腸斷强起試粧遲眉愁
怕鏡知

水龍吟

題聯司馬璧夫人遺照

蘭因絮果茫茫丹青留得曇花影低鬟凝睇弄珠無語
内家粧靚見說當時天孫下嫁璇宮春永羡比肩靈匹
畫眉佳偶期白首雙棲穩　惆悵綵雲易散証香盟神
傷荀令天人標格春游會見夫人遊隨園曾仰丰采披圖重認釵
鳳分飛鏡鸞孤舞情天難問料紅樓碧落雲魂月夢盼
青禽信

蝶戀花

題蛺蝶圖

鳳子低飛芳草徑一碧陰陰軟襯苔痕潤露浥風翻香
夢冷六朝餘韻沾金粉　點筆吟窗添畫景絲戀紅偎
花事成銷凝不管春醒慵未醒向人舞倦翩翩影

步蟾宮

秋夜不寐有懷黛華姊

珠簾繡閣人聲悄任落葉滿階慵掃西風颳颳雨蕭蕭
更添起離愁多少　屏山倚徧閑情繞問誰識此時懷
抱夢中剛是話分攜却又被花冠催覺

金縷曲

送外

垂老何堪別况迢迢閩南冀北山川重疊十萬腰纏同
轉餉又值炎威酷烈早夢繞玉京瑶闕輸與閒鷗眠浪
穩歎勞生銷盡輪蹄鐵漫青鏡添華髮　催歸莫負鵑
啼切更誰憐傷貧念遠寸腸千結看碧成朱還自笑常
恐福因才折容易過好春時節說與旁人渾未省待宵

來細許多情月凝望處碧天濶

踏莎行

春遊

倩影迷離東風料峭清明過後園林好桃花波暖泛輕舟烟絲無力縈蘭棹　病酒心情傷離懷抱畫屏展翠春山曉擬將幽怨託朱絃曲終不信知音少

前調

暮春

蝶粉猶酣鶯聲漸老碧雲望斷魚書杳連宵有夢踏莎行柔魂縈繞池塘草　竝月林深題鈎石巧隨紅糝徑無人掃歸來倦倚茜紗窗博山香燼餘烟裊

金鞠對芙蓉

自題桐陰待月圖

斷雁縈雲暗蛩喧雨露華涼沁空庭正微酲乍醒笛弄凄清轆轤金井桐陰晚剪西風作盡秋聲墜歡何處盟寒舊日夢痕而今　夜深薄袂冷擁向綠天影裏敲竹低吟恰爐溫鵲尾燈暈花身素娥不解相思苦照離人直恁分明畫闌凭徧無聊心緒說與誰聽

相見歡

隔花清漏沈沈又三更祇恐夜寒指冷罷調笙　庭月滿簾慵捲雁聲聲知否有人欹枕夢難成

江南好

人別後又是探梅時風送歸鴉栖不定阿誰花底掩雙扉驚起翠禽啼　深院靜簾捲辟寒犀羗遂數聲吹夢斷屏山一角玉蟾低冷露濕苔衣

壽序

易曰家人有嚴君焉父母之謂也嚴也者正家之要然父過於嚴恐違子輿氏責善之誡故嚴必繼以慈母道本慈寓嚴於慈而後正位乎內家人所以利女貞也金陵袁太宜人爲隨園先生袁公孫女前福建南平知縣吳伯鎮先生正室嚴以正家以母道兼父道年七十矣哲嗣子選大令於今春設帨之辰述其母教屬序於和和以平日登堂拜母在子姓之列敢以不文辭夫周以前婦職之克傳者多以德秦漢以後多以節與才而最著者莫如相夫子成令名以及其賢子孫爲人子者能以其母之賢爲母壽則其所以壽者大方伯鎮先生之由太學生工舉子業也屢不得志於有司海內巨公儀其聲望倒屣投轄爭自禮羅常不家食焉故家政全資內助太宜人于歸時年十九賢淑之聲溢於里巷令祖蘭園先生謝世家計蕭條其時祖姑江太宜人姑鄭太宜人皆在堂太宜人主中饋侍養必豐故能得重闈歡外內無間迨重闈棄養事事皆中典禮向平婚嫁次第施行至今鄉人稱爲巾幗丈夫洵無愧焉吳氏爲洞庭

山著姓遷徙金陵以大令起家自蘭園先生由拔萃官廣東陽江縣伯鎮先生由內廷謄錄官福建南平縣子白大令以附監生官直隸盧龍縣子選以名孝廉大挑分發山西今官榆次縣季弟子沂以縣丞需次閩疆子白令嗣候選鹽場祖孫父子兄弟濟美一門代承清白是以太宜人恒正色訓諸子曰余非望爾等祿養也但勉爲循良無忝於廉吏子孫於願足矣和與哲嗣子白締交京師與子選同官山右知之最深現同膺赤緊論者皆稱爲善地謂其物產之美也賦額之多也戶口之庶也置郵之便也然而物產美則徵求衆賦額多則簿書積戶口庶則訟獄滋置郵便則奔走折節應給不暇兩大令奉政宣化肆應裕如知其稟承母教也有由來矣太宜人生長隨園家世工詩尤嗜讀史著有瑤華閣詩詞各二卷其中讀史誌疑居多因思江左靈秀問鍾於閨閣邗江楊德基以讀李白詩傳傳桐城張令儀以蠹窗詩集傳太宜人屏去風雲月露之章而以詩代史閒嘗觀古今得失發爲歌詠皆可被之管絃生平性至孝子選之迎養於晉也太宜人由閩南北來繞道滬瀆

省視慈親汪太淑人偕道稉由乍浦航海而東中流忽遇颶風見巨魚勢若吞舟舟幾於覆忽於波濤震驚中聞撲鼻檀香颶風乃息得以化險為平蓋孝之格於神明若此居恒最儉約而好施予嘗脫簪珥合藥以濟人所存活者甚多其就養山西由平河再遷省官每日除禮佛外含飴弄孫和見諸孫頭角崢嶸讀書識字讓棗推梨江夏黃童抑何早慧諸婦善伺起居希旨承顏亦都能稱太宜人意子選年逾强仕出告反面仍謹幼儀皆太宜人之嚴訓致之也今春三月設帨之辰獻壽者

三

賓繁有徒有觥有壺有爵有觚或牖或踞溢於庭除子婦拜於前諸孫拜於後乘龍承鳳羅拜於旁太宜人其欣欣然進一觴乎和於是揚觶進而祝曰坤厚載物其德無疆積善之家必有餘慶太宜人儉以持己敬以事上慈以逮下數十年如一日而又持家之正教子之嚴三子之各得一官深已愛民爭自樹立以慰太宜人也若此則以今日之康强卜將來之耄耋繩繩翼翼緜緜延延將見子伯昆季騰達於朝廷諸孫蟬聯於科第為善不期報乃分之宜而為善無不報乃理之常天之福

我太宜人正未有艾也和故謹述之以誌鄉里之光榮而視岡陵之景慶云爾

同治三年甲子三月　愚姪汪　和拜序

四

壽序

蓋聞天開壽宇龍壇呈元甲之圖人是福星鸞誥拜重申之命是以西池瑤竿介景運者世際中興南極珠躔應壽昌者輝聯上界恒春樹下和風鳴穆滿之謠長樂花前夜月奏霓裳之曲何必廖家古井始獲丹砂詎須酈縣清泉纔多紫菊則有野分斗次光連婺女之津家在江南春暖麻姑之酒十洲賦就祥光偏照於東瀛五嶽圖開瑞靄先呈於南戒葛仙井畔世享大年陶氏沓旁人多上壽芝採三莖之秀玉女傳觴莫舒七葉之祥

金妃設帨恭維我吳年伯母袁太宜人乃隨園先生之孫而蘭村明府之女也稽其譜系望出陳留詳厥里居家原浙水樹甘棠於北固曾扇仁風遷喬木於東山相傳卧雪門有通德競誇白頭尚書坊號光延不減烏衣世胄太宜人幼而習禮長更敦詩族壓譚邢名齊顧陸幽蘭紉佩拳奉女宗香茗裁篇素嫻姆教世有龍門之望欣快壻之乘龍里居虎踞之雄擬才郎於繡虎爰夫待字以及初笄風詩詠之子于歸易象演家人之吉一燈佐讀成夫子之令名百兩宜家慰尊嫜之夙願無何外庭則皋魚抱戚萬里奔馳高堂則孝鯉承歡重慈無恙環瑱宵撤學嬰兒之事親櫛散晨霜作季蘭之尸祭況阿翁騎箕之歲正冢婦髫蓐之年職正勉乎相夫勤更聞於鬻子錦挑對褓璧擬連城既雙蓼之交輝復三枝之競秀趨庭是鳳竟同薛氏之三會食皆龍不羨荀家之八戹匜饘䬸手自屏當鍼管絲麻親爲操作方冀重闈愛日永照堂前詎堪兩代慈雲同歸天上丈夫有四方之志射策京華傳家無半畝之田倣盧風雨相如橐筆久別鄉閭杜甫工詩倘居幕府遺其雜佩荷此門

楣母以兼師恃而且怙處世值亨屯之會知廢知興置身在剝復之交不奢不儉雖溷裙笄之列思在古人縱居紈綺之儔身通大義料其才識鬚眉每嘆不如測彼神機巾幗傳爲僅見想其數傳積德詎願人知累世行仁祇承家訓蚳能蟠笥偏呈集慶之符雀擬啣環洊食發祥之報吳公內助鄰里傳爲美談袁粲外孫風韻都能相似賓犬營嫁甫牽嬌女之烏牟鳴鳳是占旋奠諸兒之錦雁儕彌爲弟早薦賢書太傅諸郎羣稱國器弟兄叔姪一家皆吐鳳之英父子祖孫三代著飛鳧之績

宦轍先從於閩嶠象服隨夫養堂旋築於晉陽雞豚奉
母魚軒阮氏佳兒遠過於許奇翟茀大家哲嗣更賢於
曹穀郄夫人年將耄耋神明不衰崔太常親奉朱輪觀
瞻足壯勉官方以清正毋忘酌水之風聞堦下之平反
輒有加餐之樂公堂祿養偏捐五鼎之牲冠帔榮身猶
服七升之布褒綸周疊逾於架上之書榮誥駢闐積若
牀頭之笏聲傾都會咸欽秉禮之母儀名動公卿羣羨
知書之懿範至於多材多藝宜雅宜風夙嗜丹鉛尤耽
邱索書簽翡翠氍銀鴨之宵移硯匣琉璃聽銅蠡之

七

晝滴成都粉紙雙丸豆蔻之香河北花箋百軸芙蓉之
錦共羨茂漪書格早擅簪花相誇道韞詩名不徒詠絮
績班昭之別史無心留以示人斆令嫺之雜文何意出
而問世恒噞閨閣價懸呂覽之書不豔釵裙名掛蕭樓
之選此又掃眉才子未足儷其風華不櫛書生詎能齊
其焜燿而乃望鄉關而惆悵閱歷滄桑感親戚之流離
心傷風絮四方蕩析未消青犢之氛盡室團欒幸免紅
羊之劫於是皈心乾竺託命金仙爲持鹿女之經更禮
龍華之懺迴環往事繡佛青鴦感慨前塵飯僧白雀雍

州無量之寺定現雙花石頭彌勒之碑應來四鶴猶憶
槎乘貫月如過弱水之洋會聞香滿旃檀疑是慈航之
渡此皆積德之報抑亦呵護之靈而太宜人安不忘危
貴而彌下噓其善氣衍作吉祥種厥仁風蒸爲戩穀衞
精濟世栽董奉之杏林書讀養生辨韓康之藥性入室
則柝鈴周帀疑過石慶之門居家而婢僕精勤咸守王
褒之約含飴以弄陸子春車上璧人繞膝而嬉謝益壽
風前玉樹阮咸是姪居列竹林王筠爲甥成此宅相其
人如玉壻皆坦腹之英洗手作羹兒有齊眉之婦一門

八

孳從官箴悉稟夫阮姑阿大中郎家訓俱遵於邱嫂經
傳絳帳共承講論於宣文貴識緣衣咸賴品評於潘母
慈能逮下待澤者期功彊近之親惠以及人頌義者簫
翟煇庖之輩遂以三遷之母訓用成一代之禮宗洵哉
盛世之庥徵允矣德門之庇蔭也已泰等與令嗣輩苔
岑結契桂苑齊名久聞孟母之風愧乏江郎之筆鋪
揚𡁠昔賓皇娥拊瑟之懽詮次生平博天姥投壺之笑
福者備也爲大順之統名壽者酬也乃至德之協應堂
開四世三春報寸草之心壽享百齡七秩爲古稀之慶

廿四番花開金谷爭誇富貴之春三千年桃熟瑤池知是神仙之樹茲以季春之月欣逢誕降之辰稱觥盡蓬島之賓獻賦當岡陵之祝試聽倉庚鳴處柘館風清恰逢上巳旬中蘭亭日麗將見賈家彪怒揄畫錦以帣韡王氏龍超戲斑衣而鞠脃橘中十叟並奏雲璈竹裏雙妃齊翻寶瑟此日鶴籌益算七旬逢絳縣之期他年鳩杖長春千紀上丹邱之頌謹序

姻愚姪汪寶泰頓首

繡佛樓詩稿

錢守璞

女士繡佛樓詩 一

序

元遺山譏秦少游詩如女郎詩所謂有情芍藥含春淚無力薔薇卧晚枝也然少游集具在似未可以此爲定論而耳食者遂據此以爲口實矣彼鬚眉丈夫卓然一家於詞翰之際猶有孱弱之累矧吾輩伏處閨中才力旣弱讀書不多聞見不廣縱有所作亦不過爭妍於薔薇芍藥間耳何足當有識之一吷哉以觀吾姨母錢太恭人所作則又不可以是論槩之姨母夙具慧業落筆便超集中如擬古諸作題于忠肅傳論詩七古謝文節

公遺琴歌黃石齋先生草書歌辛丑歲聞粵東兵事感賦諸作鴻篇鉅製不同凡響的係可傳之作至於五律之佳句偶作云遠辱應無辱安貧便不貧題劍南集云詩情傲黃菊酒膽問青天題韋廬詩集云頻迦天外語簷蔔靜中香題武侯像云鞠躬曾拜表抱厀正憂時烏石山登高云清嘯答修竹奇書師古藤仇十洲江湖海日圖云盈盈浮碧澥赫赫吐丹光秋容云空明波漾影定靜月爲神秋色云柴門羣鷺白花徑一籬紅七言則如題商寶意詩集云大木不從巖際老明珠何慮海中

沉隨園女弟子圖云不夷不惠師黄老移竹移花入琴徵又云柏堂竹閣懷坡老習禮明詩羨洛神紫薇云紫衣披處人如玉黄紙宣時筆有花沈香卿女士挽詩云蕙繞絲雲空甲帳花當紅燭憶丁年諸作美不勝收略舉一斑使漁洋見之當繪作摘句圖也憶曩在嶺右朝夕相見有金釵執贄之舉姨母不棄愚陋殷勤教誨相賞在言語之外登山臨水飲酒賞花常侍左右間以所作呈政姨母顧而樂之暇日縱談時事伏其論古有識蒿目時艱時一太息不料其如是之速也玆則雲萃風

絜天各一方矣惟憑尺素以表寸心今子蓮表弟以名進士作宰湘南聞其有政聲雖强項招忌究亦見知于正人亦由母教之深故能克自樹立今道路肅清承郵寄大作頻有書來詳述近況諭爲序言余于姨母讀書稽古之心略有所窺見故不能已於言迴憶曩日論詩之樂相契於雙榕八桂排青聳碧之中情景猶宛然在目歲月如流不徒余將以荆布老姨母亦頻添鶴髮矣惜未能常侍左右請益如前思之悵悵爰述其梗概以告世之讀是集者歸天水郡甥女何禕拜序

題詞

見示大集中有題隨園女弟子詩四律超超元著飄飄欲仙知其傾倒余先祖隨園先生者至矣諸作皆工秀絶倫瑞啟芝由九光發彩花開蘭畹十步生香爲之擊節者久之或謂君詩尙格律而緯以性靈似不專主隨園先生者不知規規於繩趨矩步者非善學先生者也惟其格律之嚴益見性靈之妙三復之其在佩珊之右道華之左乎錢塘女史袁綬

秋水出芙蓉天然去雕飾詩境似之昨呈拙作深荷襃

賞鳳亦頗自負也贊揚處似非皮傳語鍼芥既投從此益增吟興余侍主人硯席之暇相與論詩不意又得導師於閨閣何幸如之毘陵女史沈鳳

自序

予幼承先君子之教自六七齡卽授以書十餘歲卽喜吟咏先君子甚愛憐之業未就而失怙矣悲哉家雖貧遺書尚夥予兄軼羣茂才教之讀麤知六義兼習繪事于歸後日侍外子硯席蓬門竹徑淡然無求時以詩相切劘外子時橐筆遠遊爲諸侯座上客倦游則歸予主中饋而吟仍不輟閒嘗奉教於從父梅溪先生曰詩不貴襲迹亦不尙矜持强立門徑惟詩中有我乃可以傳又嘗奉教於姻丈陳雲伯先生曰予聞之阮雲臺師云詩之工者不盡從詩出必也探源於經史沿波於著雅以及經緯輿地之術山川閱歷之境而詩道自昌予每有望洋之懼而二先生固詩中之作者也服膺之餘深愁才力之薄而遇又足以困之以故不多作亦不敢輕作候蟲時鳥鳴其情而已鴻爪雪泥記其遇而已外子見背予將焚硯矣然閨友之敏者又時時以筆墨相質證不得已而應之終無當於梅溪雲伯二先生之訓也良自愧已悠悠忽忽老境已來兒孫輩錄出予刪存之作計數百首而乞付手民爰記其梗概於簡端並欲後

生及時自勉也

同治八年歲在己巳壽芝女史錢守璞自序

繡佛樓詩稿卷一

虞山女史錢守璞壽芝

擬古

鴻鵠凌風雲魚龍挾波濤人生無遇合伏處終衡茅其
成時麟角其棄同牛毛一朝荷恩鑒煦煦春陽高星輝
後秉節露湛先簪毫地天慶交泰卷阿賦遊遨恩重報
匪輕鬱鬱中心忉

其二

人生貴適意不染世俗情潛心慕三古逸氣凌八紘胡
乃牽塵網擾擾恒相攖惟有信天子寂寞無所營靈鳳
匿丹穴豈羡歸昌鳴青蠅與白鳥樊棘空自盈知止戒
老氏不才悟莊生哲士任通塞至人守孩嬰

其三

凡卉無異香隆棟非弱木渝渝與詵詵進退聊竊祿鸚
鵡總能言佻巧愧眞樸其才濟艱難其氣協雍肅風雲
兆龍驤耆蔚憶鸞伏君臣契魚水談笑靖川陸矢志泯
二三積誠挽百六妙用喻傳薪奇才出推轂

其四

藐姑有神人神禪得化機欲往從之遊遲我兜率期八
景爲我輿五銖爲我衣青鸞導我前白鳳驂我騑玉泉
餬我煩石髓療我饑東海謁木公蓬萊拜眞妃脫身凌
八極塵鞅安可羈

題王石谷煙嵐瀑布圖

蒼然萬松栢突兀凌雲烟上有玉女池雪練懸飛泉紅
牆一角隔咫尺記曾洗筆銀河邊石谷瀟蕩人雲海開
心胸鵝溪素絹動盈丈置身恍在香爐峰竹林一帶春
雲碧遠近溟濛草芽白飛流界道馬不前洗出瓏瓏數
峯石迴環曲折垂單椒石梁一道橫山腰天紳倒卷水
花碎如煙如霧如冰綃遠勢疑連太華雪餘聲尙走錢
塘潮畫理幽深得微悟北苑準繩一朝遇昔賢共推煙
客翁屐齒猶餘未經處神仙中人不易得萬壑千巖拱
奇樹洞天清淨琅玕生竟欲移家此中去

管夫人白描觀音圖

蓮花莊上蓮花女福慧雙修只有君妙諦共參南海月
高懷常對北山雲鷲峯聳峙金容麗鵝絹臨摹翠管分
想見白毫光湧處心香一點共繽紛

呈族叔梅溪先生

畫理詩禪久服膺壯遊回首憶觚稜書追柿葉林中客詩贈梅花樹下僧朱邸鄒枚爭迓屐金經秀忍各傳燈名場齷齪留難住瀟灑行藏玉映冰

題隨園女弟子圖

入洛聲華世所稀蓬山遊罷戀漁磯不夷不惠師黄老移竹移花入尋微喜遂清遊麋鹿興怕談塵事鷓鴣飛西湖雖好金陵住朱邑桐鄉竟不歸

圖中豔質大家妝燕瘦環肥侍兩行釵玉瓏瓏鬟鳳亞

鈿珠掩映鬢蟬涼湖山福稱神仙福脂粉香聯翰墨香惜我遲生徒展卷未曾稽首禮空王

翠羽明珠各寫真名花都是女兒身栢堂竹閣懷坡老習禮明詩羨洛神七寶新開衆香國十洲如見織綃人性靈學問原無異啞爾蚍蜉撼樹倫

星娥月姊自相憐白首傳經坐几前句裏就參三昧諦畫中已現四禪天各持玉斝延庚酒同拜紅蓮太乙仙珍重瑯函勤護惜美人名士太平年

題李敬之先生韋廬集

我讀韋廬集清腴味最長頻迦天外語詹蔔靜中香鸞鳳古琴奏瑯玕幽館涼平生山水福嶺嶠接瀟湘

題曹墨琴夫人楷書後

學書願拜衛夫人彤管新留尋墨溫當代歐虞推楷法同時管趙識清門（夫人乃王鐵夫先生德配）百年高詠追前輩七子嘉名啟後昆（令嗣井叔在吳中後七子之列）春蚓秋蛇慚我拙幽窗相對愛朝暾

題于忠肅公傳後

呵壁問天誰所作憔悴靈均同一局太息明朝天順年

精誠耿耿于忠肅纔看閹黨肆宮庭旋見風霾陷土木北狩黄龍阻蹕途南遷白面私鄉曲賴有忠臣任仔肩力排衆議扶坤軸夙夜支持宗社安經年擘畫鑾輿復南城儻率百官朝東宮不改前星卜定知海宇頌聖神長見天家美雍睦譽衅無端詔易儲從此隱憂生骨肉奸臣已叩禁門開君王猶在齋宮宿居然擁戴詡奇功竟使忠良蒙顯戮金牌曾否出深宮兩字寃同三字獄君不見元武兵驚門外塵金匱盟寒殿中燭與人家國最難言往往猜嫌生手足謀國謀身不兩全千古忠臣

同一哭

讀阮芸臺宮保隋宮瓦硯歌有句云麝煤響搨寫隋書護兒先錄來家傳蓋因世南男作匠護兒兒作相之說而起以其先祖昭勇將軍武弁起家而宮保負絕學膺顯爵以之自況也因賦四詩

江都又見選樓開博學能收一代才自有護兒佳話在文通武達世交推

滴露研朱闡典謨瑯環珍品紫琳腴范喬傳硯家聲振

金印從今付碩儒

芝草無根況醴泉明珠光耀蚌胎鮮祖能提劍孫提筆十丈紅開相府蓮

想見高吟氣轉遒貂蟬珥處接兜牟龍身虎氣飛騰速繼志當如孫仲謀

咏梅

生就孤芳性丰標不著塵素心千點雪太古一枝春韻遠方超俗香清合抱眞月明靜寥廓相賞屬斯人

初春

一樹梅花開未落幾重新綠上堦苔樓頭遥望青山好且喜年華去復回

素心蘭

冠佩珊珊似藐姑冰霜爲骨雪爲膚清香冉冉還能辨綠葉疏疏近自殊翠羽明璫青玉案淡烟微月碧紗幮最宜空谷深山裏却盡塵氛靜自娛

雨後聞簫

小庭新雨後閒步午風微花霧簾邊聚輕雲樹杪飛松陰幽徑靜柳帶曲欄圍坐久簫聲遠枝頭已夕暉

題畫蘭

儼如空谷靄清陰不染鉛華有素心一種幽香來筆底未知春淺與春深

雨窗

細雨絲絲似繭抽啣泥雙燕語樓頭鳥當靜聽聲逾美花到含葩香益幽幾日龍孫新籜解一年雀舌早春收深閨獨坐紗窗裏無奈瀟瀟最惹愁

題仕女讀書圖

靜日幽窗一卷舒繡餘獨自賦閒居深閨別具千秋意

不是求名强讀書

午窗

水榭風凉透鬢鴉芰荷香沁碧窗紗夢回似聽鸚哥語
湯沸甌香喚鬥茶

湖上暮春

畫橋新漲綠潮平草滿柳堤分外青兩岸碧雲吹不起
一湖紅雨聽無聲日沉帆影流春水山擁波光入暮城
記得探梅殘雪路至今處處黛烟生

鄰女乞作白牡丹於扇并題

折得花枝露未乾替花寫照上冰紈丹青畢竟隨時易
富貴從來本色難春女有情疑芍藥玉人無力倚欄杆
蛾眉淡掃朝天去莫作尋常脂粉看

白蓮花

亭亭素質自矜持碧玉盤中瀉露遲淡寫一痕殘月影
暗吹幾瓣曉風時盈盈隔浦渾無語脈脈臨波似有思
記得招涼捲簾處流螢數點照清池

寫竹自題

萬物有榮瘁此君獨矯然高寒耐冰雪清瘦劃雲煙性
直名猶潔心虛節更堅玲瓏依片石不乞世人憐

病起偶成

輕寒輕暖日忽雨忽晴時病久身翻暇愁多夢到遲人
如孤竹瘦天放野雲奇勿藥新占易開窗記小詩

題范娛堂姻丈看劍引杯長小影

平生不識酒中趣把酒常思劍仙遇試看自古遊俠流
朱家郭解何足數范公儒者道味深與人無求惟醉吟
佩身雖有豐城寶豈與荆軻論素心天涯十載悲零落
剩有蓮花利鋒鍔醉中起舞愁雲開一片雄心動寥廓

說劍漫託南華翁酒盃欲吸江湖空天生神物有時合
安知不化延津龍飲不盡琉璃鍾斬不開煩惱障詩腸
百結何時休光射斗牛渺難望願公引盃常自寬看劍
莫訝光芒寒我披此圖忽增感欲憑紅線飛雲端

祝方臺山姻丈七十壽

高隱衡門杖國年松姿鶴骨地行仙一經授子千秋業
片石留名萬古傳丈室散花添妙手（謂智珠夫人）草堂把酒
祝華顛紅閨擬作岡陵頌共譜新聲和管絃
我來問字謁公門長者高風古道存白首浮家還是客

紅蘭繞砌合添孫西江才子天應惜南極仙翁世所尊
二月鶯花春似海且隨桃李醉芳樽

偶作

原知天地大許我作閒人遠辱應無辱安貧便不貧淡
心消宿障寂坐悟前身世上茫茫者誰知此境眞

讀曹瓊娟貞女守志述懷詩有感

桃李容顏冰雪心芳年十七罷調琴女媧未補情天缺
精衛難塡恨海深孤鶴不歸仙路杳嬌花偏受峭寒侵
斷腸詞句知多少夜半挑燈幾度吟

鏡裏燈前總黯然鸞鵠隻影自生憐柏舟自誓成高節
漆室悲吟撫舊絃修到好花終有刦非關明月不常圓
雙星間斷嫦娥寡同入迢迢離恨天

觀自在偈題布袋和尙像

布袋布袋其小無內其大無外不實不虛無成無敗常
參五蘊皆空能納大千世界還不了果報因緣償不清
恩讐怨愛收不盡鬼蜮行藏裝不完炎涼世態現身說
法聞者無害大腹儘包函靈臺無罣礙雖不合時宜去
來猶自在

寫牡丹蘭花於扇并系以詩

富貴依稀唐代豔幽閒知返楚江魂國香國色眞堪匹
應與龍門合傳論

即景口占

蓬門靜掩比山深四壁蕭然不廢吟自笑簪釵都典盡
賣花聲過不關心

謝文節公遺琴歌

刦換紅羊天水碧冬青一樹興亡跡宋室江山無半壁
東桐西梓存三尺當時變名入唐石堅心奉母爲逋客

婦死先殉夫之烈親在後成子之節正誦蓼莪悲錦瑟
北堂晚景憐垂白建陽賣卜藉演易弋陽勢孤非失策
郤聘還遭天祐逼首陽獨賦采薇蕨關心寺壁曹娥碣
應是貞魂勵毅魄白雁南來哀夜月六陵風雨悲枯骨
匡山鶯濤飛霹靂總有絲桐彈不得南宋宮人盡逐北
昭儀有筆空題驛操作拘幽傷信國七條絃上生荆棘
無多同調深悽惻羈禁小樓亦絕食天留正氣不可滅
同表孤忠光史冊誰人好古有琴癖重此不易連城璧
潛德幽輝未泯沒斷文不使莓苔蝕署欵號鐘供考核

十六字銘驗舊刻燕市沉埋年五百興亡舊恨與時積
淋漓清淚蟾蜍滴阜橋卜硯同珍惜

顧珠淵女史扇頭小影

對影聞聲已可憐詩中餘意畫中禪渾忘身價宜金屋
却羨衣裳號水田名士有情都是佛美人無刦郎神仙
蕉心自卷松心古揮麈清淡秋水篇

酬茅楚香夫人即用元韻

地分南北每神馳巾幗同岑幸一時嶺畔梅花迎綵筆
江頭明月對瓊卮豔情合譜房中曲新樣初翻機上絲

願學遊仙雙蛺蝶等閒飛傍最高枝
咏絮才高不道鹽繡君何處用鍼尖推敲腹稾時時換
宛轉心香細細添詩到清奇無礙瘦語多綺麗不嫌纖
耽吟自有眞滋味佳境須知蔗後甜

題俞子梧姻丈綠天菴古佛圖

臨風最愛猗猗竹映入諸天雲也綠更有狂僧擅草書
種得芭蕉陰滿屋碧空如洗淨無塵瑶草披香媚幽獨
先生誦讀在其中儒理禪機已兩融古佛低眉呈妙相
甘蕉展葉欲淩空諸天花雨紛如繡筆底詩禪風雨逗

聞思福地飄旃檀遊戲詞場筆馳騁作賦能令紙價高
淵淵金石和松濤一聲清磬萬緣寂讀罷楞嚴讀楚騷
鳳池他日神仙亞摩詰詩名有身價千賦千詩自詠吟
一瓶一鉢長休暇舌端知有妙蓮花彌勒同龕心出家
不須證取風旛動掃地焚香守木叉

即景

三月春風尚帶寒曉妝初罷怯衣單一溪新水平如鏡
花也垂頭照影看

夏日即景

午夢初回竹簟涼亂蟬聲裏又斜陽不知雙髻誰家女
菡萏花中笑語香

晚涼

晚涼正好倚紗幮微雨新晴暑漸驅湘竹叢中螢數點
藕花香裏鳥相呼月移花影裙添繡風漾簾紋露變珠
裁得雲箋書舊句芙蓉枕簟又重鋪

秋夜讀書

一雨收殘暑秋堂氣已舒梧桐吹葉落燈火映窗虛慰
此無聊夜欣逢未見書永懷清不寐坐待曉鐘初

落葉

夕陽斜照晚粧樓簾捲西風放遠眸鴉聚寒啼尋木瘦礁歸擔剩一肩秋有時帶綠埋荒砌何處題紅出御溝我欲搗衣桐樹下通憐征客不勝愁

梅花

流水空山何處村青邱格調與誰論碧雲舊夢春無跡玉笛新聲月有痕只許高人吟白雪獨憐翠袖倚黃昏閨中擬寫梅花影怕漏寒香晝掩門

題扇頭山水

蕭蕭風色雁聲寒淼淼波光筆底寬多少英雄閒處老千秋事業換漁竿

立春日畫梅自題

百花頭上弄顏色染黛施朱兼凝墨春光無際昨夜來先與東君報消息

除夕

檢點詩囊滌硯田依依今夕倍留連窮非可送須由命福不能求好信天釀橘預藏元夕酒頌椒拚廢此宵眠宜春帖子無多語爲祝新年勝舊年

清明

漠漠林陰幾處遮春寒細雨透窗紗禁煙時過煙痕重沽酒人歸酒旆斜未便單衫披杏子且看深院豔梨花溪橋夜雨應添漲明日新晴好放槎

題少日所畫花卉此余十五六時作也亦不復記矣今夏有閨友裝潢成軸持來特命加墨展視之筆墨疏陋腕力拙弱如小兒學步殊堪失笑拈一絕句誌之余既感筆墨之荒蕪復歎歲月之飄忽雪泥鴻爪陳跡猶新儻他日重逢又當

題跋以志翰墨緣耳

當年隨意寫花神偶結人間翰墨因今日重逢如舊雨臨波一笑陪相親

題翁繡君夫人百花圖長卷

應是司花仙偶然弄翰墨惜花寫花神有香兼有色玉腕運春風冰綃開頃刻能奪造化工別豺輕盈質觸手便成春奇妙不可測金閨曠代才藝苑千秋則詩禪證畫禪衣缽傳摩詰五色牟尼珠一枝江令筆如讀六朝文如遊衆香國琢絮謝家儔簪花衛娘匹璞也雯丹鉛

塗鴉慚自拙把卷心神怡雨窗讀竟日欲返再留連香
從卷端出

題外子畫山水小幅

半學倪迂半米顛無聲詩句畫中禪千秋自有知音賞
不論當時値幾錢
水郭山村翠作堆重岩難撥亂雲開柴門風雨無人到
若個扁舟載酒來

詠古美人

紅綃

却笑紅綃女逢人竟夜奔飛仙好身手小用惜崑崙

關盼盼

燕子樓頭夜殘燈伴獨唫香山詩筆健直刺美人心

霍小玉

腸與玉釵斷羅衣怯瘦腰憐才不論品薄倖自相招

琹操

能悟東坡語前生有慧根不教傷老大覺岸即空門

紅拂梁夫人

鬚眉愧巾幗擇婿定英雄各借夫人力勤王與衛公

綠珠

十斛明珠滿惟能換一姬欲知身價重乃在墮樓時

卓文君

半爲琴心悞當爐自忍羞蕭然徒四壁相對足風流

與外子論詩

學詩未工徒鬱結慧者心印不煩說香山居士意自真
龍門太史著其潔百城時攤考異同掠影淨光任飄瞥
春華秋實宜搜羅沅芷澧蘭多採擷邇之事父遠事君
萬古遺言傳聖哲天驚石破太荒唐却笑長吉嘔心血

安得相逢一字師良醫知病肱三折羣誇桃李逐時新
我笑帨鞶等虛飾扁鵲奇方能換心張儀譎性徒存舌
要知鍊句如鍊丹寶劍騰光加剔抉却笑迂儒枉用心
鑄錯聚成六州鐵後生安得有王筠賦詠郊居解呼蜺
黃茅白葦掃塵氛圓璧方圭飛玉屑就中傑出韓昌黎
石赤字青麟篆熱流傳一字一珠璣常與杜詩共披閱
江河不廢亘長存聲價更推唐四傑宋玉辭慚幼婦辭
謝庭雪比程門雪高懸寶鏡照明明不學么絃弄切切
詩卷能留天地間詩傳即是長生訣自慚凡質比鉛刀

相劍有人欽姓薛筆花未見夢中生筆陣時防肘後掣
豐城光彩斗牛間干莫雌雄豈分別能文誰會製天衣
亦有鶉裘難補綴巾幗無功貴立言激揚忠孝表芳烈
國風詩派比月明謝女班姬衆星列唐山克繼房中歌
大辯若訥巧若拙操觚未可率爾來酒有清濁月圓缺
安得瑯環福地開二酉奇書出巖穴問字偕君挽鹿車
詞源不竭清洌洌一任相如四壁空著書不礙交游絕

夏夜

楊柳陰中暑盡驅芰荷香裏影模糊方牀細繡鴛鴦褥

團扇新描蛺蝶圖小婢自移金齒屐奇書常護皂羅幮
池塘夜靜眞堪賞水墨烟林淡似無

白秋海棠

朝來清露洗嬌姿嬝嬝臨風見幾枝斜傍玉階無一語
最憐消瘦未開時

作同心蘭於箋寄玉婷妹

何必幽芳覓遠汀揮毫腕底有餘馨夢中喚作宜男草
漢上曾留解佩庭歡喜因緣多合掌同懷襟抱共忘形
憐卿海上孤吟夜特寫秋心寄畫屏

病起寄外

柴關寂寂似禪關病骨支離藥石間空譜相思紅豆曲
早期招隱白蓮灣富添新舊囊中葉貧賣丹青畫裏山
寄語天隨歸也得幾時身共野鷗閒

聞雁寄外

為訴羈愁路萬千羣飛嗚咽苦纏綿聲來楓葉斜陽外
影入蘆花淺水邊玉笛關山曾繞夢銀河牛女又經年
挑燈今夕書窗下不聽寒砧也黯然

欲寄寒衣泣素秋天涯有客獨登樓行蹤漫逐華亭鶴

狎侶偏尋海上鷗箏柱安排人待月櫓聲欸乃夢隨舟
殷勤封得啼痕去應解空閨一段愁

外子客雲間偕同人遊蓮花菴得詩二首寄示即
次其韻

何人起吟社勝地遍幽尋水步無嫌遠山情不在深新
詩寄閨閣舊跡問禪林悟得蓮花性池清證佛心
吟餘曾繡佛此亦散花菴夢醒香生座心空月印潭硯
田難計畝斗室小於龕俯仰皆成幻浮雲結彩曇

自題耦耕硯館圖

小樓但寫一家春結得幽居絕點塵刺繡床邊添韻事亂書堆裏買閒身盤餐淡薄聊容我筆墨荒疏懶示人賴有烟霞偕隱侶衡門飲水不知貧

自勗

凝神惟靜坐養氣只忘言得此安身訣心源再討論

題外子畫

白遍梅花不見村到來花下有柴門何如且就花前醉坐對梅梢上月痕

仙源有路近樵漁水曲花深畫不如中有數椽茅蓋屋

儘堪飽讀十年書

自題畫

一日一洗硯用墨先惜墨隱約遠山痕有色若無色孤亭枕溪流樹不雜荊棘萬竹接孤村隨我意所得

題康介眉女史榕陰消夏圖

林下高風仰大家簪花咏絮久爭誇披圖乍識天人貌定是前身萼綠華

絕代丰標絕世才蘭閨詩境淨纖埃涼生十畝濃陰綠此樹原宜南國栽

不寫慈雲護白蓮蓮卷濃蔭得天然圖中消却塵中暑才識人間有散仙

中丞碩望久聞名想見淵源有素成天賦聰明更家訓憐才好學具眞誠女史爲康中丞紹鏞之女

紅白桃花

東風曾識舊時顏劉阮思歸去不還可是仙家怨岑寂寄將春色到人間

閨中雜詠

新學彈琹指法生倩他鄰女按簫聲纔教半曲平沙雁

簾外知音來月明

讀書窗畔繡鴛鴦背倚書床面繡床莫遣侍兒嬌懶慣穿鍼纔罷又焚香

題七姬詠林後 元末張士誠據蘇州明兵攻之其婿潘元紹力戰敗歸顧所愛七姬曰我愛國重恩義不顧家若等何如一姬跪而前曰主君遇妾厚妾終無二心請先君死遂自經死六人者亦相繼自經而死觀古來史載貞烈事未有於一家一日而得七人者亦奇矣哉潯陽張羽

有志貝簡香先生重刻徵詩余另有跋

金釵十二最風華玉貌冰心聚一家趙國張敖初得地
河陽潘岳正看花本來共主緣先定肯使臨岐念忽差
慧劍揮時塵障了碧空攜手嘯秋霞

題自畫白桃花小幅

輕勻薄粉寫花神別有桃源洞裏春自古傾城原本色
淡粧合讓虢夫人

初度感懷

每逢初度轉傷神感昔撫今悵此身廿四年前兒墮地

五千里外客聯姻嘉慶戊午先君子遊幕蜀中先舅氏宦遊蜀中故人邂逅遂訂盟言丈皐𥥔先生為之作伐訂盟早誓靡他約聚首原知有夙因八載筆
耕任豐歉齊眉舉案樂清貧
弱質蓬門傍草萊布裙猶是嫁時裁未甘綠鬢隨時改
且看黃花次第開作客可能謀壽酒依人誰識不羈才
天涯今日如相憶應有新詩鴈足來

余秋室學士重赴鹿鳴宴徵詩即步元韻

名儒久仰魯靈光海鶴丰姿潔似霜前後輩稱新甲第
往來人憶舊書堂杏花久赴瓊林宴桂蕊重分月殿香
添得山中開甲子耄年合受
聖恩長
龍馬精神老更強座中長幼轉相忘題名舊事成佳話
娛老新詩滿和章海內英才原濟濟人間宦轍總茫茫
春明回首鬚眉改幾見蛟騰與鳳翔
羣羨仙班矍鑠翁瀛洲早步幾人同屈伸誰識圖南子
道德兼參河上公閬苑乘軒迎瘦鶴桂林並轡認花驄
歸來為語諸年少知否麻中尚有蓬
酡顏有喜酒芳醲律協聲諧興不窮書畫教人還自樂

文章報國不言功讀書有福看今日造士無私答上穹
屬和陽春天上曲深慚拈韻未圓通

閨中七夕詞代東寄外

不穿鍼縷不藏蜘吟就新詩寄子知七夕閨中清絕景
素馨花下寫烏絲
慧業從來有夙因自安愚鈍守天真任他祈禱癡兒女
乞巧爭奇花樣新
修到神仙便有情一般福命各虧盈劉樊眷屬吹簫侶
永謝離愁住玉京

碧落銀河翠色開週文織錦本仙才聰明原是前生慧
豈是投梭乞得來

題袁文瑞夫人秋窗課女圖

德言無愧母兼師絕勝桃花靧面辭家學推袁知有溯
冰清玉潤豔當時（夫人爲青階先生女）
左家嬌女擅才名爲出蘭閨詩境清髫鬌碧梧脩竹裏
琅琅雛鳳讀書聲

題沈采石姊白雲洞天詩稿

好句吟成字字清果然擲地作金聲若教雁塔題紅粉

應許君標第一名
中饋蘋蘩教育辛白雲深處一家春偶將餘事拈詩畫
已見閨中大有人

題松陰銷夏圖

曲曲籬門傍野橋卜鄰且喜近漁樵荷花世界堪消暑
自向花間蕩短橈
園蔬聊以助荒廚頓有溪邊自釣魚淡泊留君消永晝
一房山色半床書

有感呈夫子

高低人面盡生花歷遍羊腸日已斜心似黃河防九曲
身當岐路畏三叉假威每笑非眞虎添足空悲是畫蛇
用巧不如還守拙有才何必向人誇

題航海圖

穩趁慈航便無愁到岸難驚心風浪險放眼海天寬詩
借濤聲壯帆飛雲影寒吟身置蓬底好作畫圖看

題三吳謳頌卷（吳下士民爲王賁山廉訪賦）

知公心似水居愛傍滄浪寬猛濟經術神明推智囊憐
才端士習守約肅官方春到江南好吳中被澤長

地偏心自遠小住近山林雀噪喜無訟花開還獨吟政
兼詩律細德種惠根深留得甘棠愛羣瞻十畝陰

題紅牆一角圖

問津何處泛仙槎中隔銀河一道斜祇樹不棲同命鳥
維摩只散斷腸花明知綺語終成幻翻借禪機更可嗟
爲出人天微妙境抵他秋水著南華

讀湘烟錄悼香畹樓女史

珍珠無價玉無瑕今古青溪產麗娃天降國香留異種
人傳絕代幻奇葩斷腸應化相思草短夢摧殘稱意花

造化忌才兼忌色誄詞哀豔痛秦嘉
鴻爪猶存翰墨新玉簫再世證前因如花氣息應同命
流水年華易感春偕老非無舉案侶添香獨少抱衾人
若教摹寫崔徽影料得蛾眉也帶顰

呈陳頤道先生

唱遍楊枝更竹枝侍書分列兩蛾眉獨操虎觀千秋筆
共仰鱸堂萬首詩竹有虛心舒籜早梅存傲骨著花遲
蟲吟聲調卑微格難和先生白雪詩

讀小鷗波館集題後 頤道先生姬人管湘玉著

清詞麗色掌書仙黃絹才華絡秀賢名士傾城眞絕代
玉臺金屋好姻緣筆饒俠氣題紅拂句帶幽香咏白蓮
姓字想來宜愛竹森森風格自天然
俠骨禪心筆一枝摶香鏤雪寫烏絲停雲落月懷人夜（卷中懷粤仙茗仙兩閨秀詩最多）
鴻爪鷗波托興時娟潔掃除脂粉氣
蒼涼不似女郎詩滿門詞賦才無敵絳帳橫經已覺遲

題頤素堂詩稿

天地足元氣杳然久莫尋康衢原蕩蕩古色自愔愔皎
潔中秋月清泠太古音何人開正始遥爇瓣香欽
李杜垂光遠韓蘇繼起才精神照秋水風骨鬥寒梅頤
素高懷曠耽吟靜境開清新詩一卷盥讀數低徊

挽鈕壽田女士

德容恭儉久傳聞椎髻荊釵擬少君天上神仙歸極樂
人間佳偶忽中分吟奩空剩描蛾筆畫篋惟留繡蝶裙
馥郁衣香沾手澤侍兒猶說病中薰
惆悵生前一面難芳姿留得畫中看空空色相參禪後
了了聰明見筆端邀月拈花工刺繡調羹捧饌慣承歡
祇緣莊敬當姑意贏得全家心倍酸

夏閨迴文

陰晴晝出釀梅黃竹映簾紋簟浸涼簪墮偏眠初倦繡
草詩閒咏舊盈囊深深院鎖窗紗碧裊裊風縈篆縷香
林遍綠痕新雨過禽鳴繞樹柳絲長

題貞節母程太夫人遺像

賢哉節母節孝兼有在閨盟心在室蓬首不愧所天謹
侍姑舅篝燈課讀茹荼矢守樹德之基箕裘宜久福備
生前名垂身後
凜凜之行穆穆之容貞松百丈映月淩風紗遮韋母荻

啟歐公不渝家學斯爲女宗甘逾封鮭苦憶丸熊百世
規臬鑑茲貞璐

題程寒仙夫人遺集

清風吹萬籟奇響落瑤琹寒雪鍊詩骨幽蘭養素心驚
鴻渺天末調鶴記花陰留得驚人句餘芳重古今
能爲郊島語未有不饑寒把卷折花供挑鐙掩淚看風
霜摻井臼格律愼波瀾佳句纏綿誦蓮花粲筆端

題畫

幽人新卜好山邨門外迴橋溪水流相約攜琴閒過訪

峯峯青到讀書樓

題玉臺新詠

臨風一笑啟瑤函意自清新筆自酣句豔蓮花敲硯北
詩題桐葉補窗南曲傳引鳳誇仙眷才可雕龍勝慧男
好譜十眉傳合璧玉臺佳話記初諳

野鶴和族叔梅溪先生韻

雄心萬里趁風輪跳出樊籠閱萬春飲啄隨緣能作客
羽毛愛潔怕沾塵却憐湖海空留跡且喜丹砂不老身
難得彭籛揮健筆他年應有解縧人

女士繡佛樓詩　二

題並頭芍藥

嬾隨萬卉鬥妍媸能壓羣芳不自知何用帶圍纔足貴
任他春去未嫌遲香非蘭蕙猶同調色勝芙蓉更合時
願得此花常並蔕休教人世喚將離

小病有感自遣

家山遥憶隔江青杜宇傷春不忍聽每爲家貧思節儉
偏於事拙欠調停不因小病悲身世祇悔生來帶性靈
强理殘粧慵對鏡腰支自覺太傳伶

侍外子病口占

春歸一月未吟詩侍疾殷勤詎敢辭藥石經心親料理
寒凉著意慎扶持須勤調胃羹湯潔莫問梳頭妝束遲
身健人猶愁溽暑那堪伏枕卧床時

感懷

花市同看月移家嶺外居鄉愁千里外病卧一年餘嘗
藥能添債忘貧欲買書故園歸未得去住費躊躇

讀道書自警

人生榮辱最傷神苦戀紅塵事事眞到得精神枯耗後
方知原是借來身

不坐蒲團也悟禪和神國即大羅天無須逐伴歸山去
學道工夫貴自然

外子病起詩以誌喜

不須坐卧倩扶持喜聽賓來作賀辭鍊藥丹爐生紫氣
再生枯木長青枝世多憂患君能遣事獨支撑我自悲
一部離騷何處寄悟禪無路且吟詩

秋夜

興懶休拈韻澆愁借酒樽葉疏紅有信天遠碧無痕病
與簡編淡貧知夫婦恩春風何日至雙燕話衡門

題畫馬夫子雪窗呵凍作此寓懷葉共相炙硏用
跋數語相慰雖則飢驅奔走蹭蹬已極猶幸脫
韁自適不受羈絡鞭策之辱惟覩此凍雲釀雪
安排傲骨支撑君馬齒加長貍毫正健牛衣相
守龍性難馴弗擊唾壺諸宜自勉壽芝題并附
詩曰

畫骨久推曹霸傳神亦托子昂歎爾負鹽伏櫪何時得
遇孫陽

紅樓曲

懶繡鴛鴦愛作詩東塗西抹欲何之菱花一朶波心現
滌筆還同照影時
不解言歡解語愁花光月影上紅樓艱難境寫遊仙夢
會少離多笑女牛
磨折中多寓意篇玉分釵合亦前緣芙蓉儻是長生草
留得清娛侍馬遷
衆中巾幗盡奇才讀罷清吟病眼開一覺遊仙同證果
分明稽首到蓮臺
讒生貝錦亦堪悲鬼蜮難禁慧眼窺銷盡風波休羨事

斯人渾是佛心慈 謂平兒也

悟後有作

新詩何必譜紅樓悟得逍遥即壯遊敢把文章傲今古
且將花月付春秋茍無嗜好方無過既有聰明便有愁
羨煞滄江老漁父秋風一棹白蘋洲

為外題同心蘭畫冊 用元韻

詩堪寓意即揮毫花寫連莖勝補騷無地托根懷楚水
有情解珮記湘皋香超百卉人同傲操譜孤芳調獨高
惆悵當門難自護英華吐盡亦徒勞

作繭雕蟲志未降任他雪凍白鷗江偶依修竹垂羅袖
閒寫幽花拓紙窗屈宋怨懷原絕世英皇高格竟無雙
祗憐荆棘生空谷誰解靈芽奠玉缸

偶成

霜毫一擲請長纓絕塞龍沙萬里行未具鬚眉好身手
壯懷空作不平鳴

扇頭菊

也宜閨閣也山林簾捲西風瘦不禁我亦餐英抱幽癖
傲霜今喜有同心

外子寫竹余補倩桃一枝并系以詩

曉窗點筆硯池溫潑翠凝紅寫豔痕君子仙人堪作偶
瀟湘水接武陵春

元旦試筆

無疆民恍太平時新政光華獻頌詞索債人稀開戶早
賀年客少整衣遲五辛盤記詩千首百子香分酒一巵
明日迎春春已到庭梅紅綻最高枝

閨中元夜詞

人傳明月廣陵多燈月交輝夜若何今歲姮娥愛妝飾

菱花寶鏡又新磨

山溫水暖似蘇州似覺今年節氣柔不枉移家花市裏讀書樓近酒家樓

卜繭描㒵事事無幽閨掜管撥寒鑪不知燈市過元夜却寫山居避世圖

負他明月到貧家讀易挑燈夜煮茶自笑寒酸風味別飽餐虀粥咏梅花

送春

柳絲綰不住春光舉酒東風已束裝珍重明年來有信

思量今日去何鄉別時草草貽紅藥就道匆匆贈綠楊一種消魂千宛轉無聊時節晝偏長

采石姊枉過敝齋賦呈

瀟灑襟懷絕點塵丰華才調盡天眞傾心漫說新知己論到神交是故人

非虛見面勝聞名不判雲泥許結盟他日香奩成雅社寒禽慚繼鳳凰聲

春日以詩柬茅楚香夫人

漫言見面勝聞名未識芳容心已傾最好揚州二分月蘭閨詩思一般淸

滿門詞賦衆爭誇不數班家與左家屬和愧儂無好句惜將美玉倚蒹葭

無詩獨學豈能工歲月消磨貧病中得句自知無格律詩才終讓玉堂風

中饋虀鹽强自支才疏人譽性靈詩神交知己生平少何日橫經禮導師

爲葉心香女史題寶琴折梅便面

七寶瑤琴記小名紅樓才貌總輸卿琉璃世界光明相

人與梅花一樣淸

題李少子鏡花緣傳奇

衆香國裏豔詞成一種才華百樣情名紀泣紅亭上女大都薄命爲聰明

黃絹新傳幼婦辭蛾眉畐遇幸當時笑他未醒紅樓夢只寫尋常兒女癡

人閒那有小蓬萊慧想奇思筆底開百八牟尼珠一串竟無隙處着纖埃

小春九日寄外

製就寒衣欲寄將知君歲暮必思鄉君書忽到儂腸斷
又恐歸途冒肅霜

佩得宜男仗佛靈虛無恬淡守眞形濟生欲覓軒轅術
深夜挑燈讀內經

排悶還須累指尖迴紋樣好線頻拈荷囊抵得奚囊富
詩自纏綿意自嚴

釵荊裙布謝繁華歸後安排未是差慈母親炊儂自汲
飯香蔬熟比田家

述懷

無坐無眠總不宜厭聽人說毓麟兒劬勞初次爲人母
羞作桃花靧面詞

聽秀嬌兒玉不如蘭芽徵秀長庭除傳家他日無長物
筆底烟嵐架上書

覆載深叨天地恩家多憂患屢聲吞長成望汝酬余願
萬卷羅胸大我門

五月嬰兒襁褓初笑啼漸欲解牽裾似能悟得娘吟咏
活潑雙眸愛看書

題秋江待渡圖

埜服蕭疏不着塵晚晴喚渡立江濱袖中籠得新詩草
欲訪前村舊酒人

秋風瑟瑟水潺潺招友同看江上山看到斜陽山更好
滿身落葉不知還

月夜

夜色明如畫紗窗月影橫手中白團扇風動晚凉生

月夜攜琴登湖上春雨閣懷香雪女史

小樓獨上黯魂消偶吐閒情寄七條山鳥不啼人寂寂
一天明月捲秋濤

海上成連放棹時烟波深處得吾師曲中無限懷人意
惟有當前湖水知

雁

片影穿雲送落霞幾聲哀怨向天涯憐他何事關山外
飛斷寒烟帶月斜

題小欄花韻午晴餘小照

明窗淨几小神仙獨坐閒參畫裡禪捲盡遊絲風不動
雨餘庭院午晴天

抛殘筆硯懶謳吟栽水承歡頓指鍼除却性靈慳好句

空勞青鳥幾傳音

題雪中送炭圖

畫裡依然古道存攜來暖氣舉家温蓬門貧士天涯客
多少平生未報恩

元旦

水仙梅萼各爭妍歲首蘭閨景物鮮未須辛盤聊養拙
偶斟卯酒樂陶然戲將小婢呼如願笑遣嬌兒學拜年
從此韶光日爭麗好將春思寄吟箋

大兒方七歲學書翻墨於紙余就墨瀋戲作橫枝
大有生趣因點墨補成紅梅并系一詩

元旦揮毫萬象新七齡童子得天真欲撑老幹須培本
不礙橫枝但寫神娘弄臙脂兒弄墨世皆歡喜物皆春
高攀儻使符先兆第一花迎第一人

春日偶成

養花天氣豔陽辰綠滿閒堦草色新風定鄰牆翔粉蝶
雨餘池水躍金鱗海棠重憶聯吟侶楊柳曾逢拾翠人
二十四番剛過半感時傷別又殘春

外子作書幗銘示子姪余亦成此

今古此日月兩儀耀天眸失學如草木聾瞶同浮漚青
春安可再泯沒隨波流學者勒金石著作垂千秋究其
賦質初造物無等儔顯晦隔天淵惟人自營求嗟余處
巾幗有志力不牟性雖好經史無師與講求食貧惟餐
書兩架羅珍羞晨夕手自披遐想仰孔周移居傍南郭
結搆耽清幽傳經愳伏韋課兒攻韓歐淵源考異同籍
以消煩憂但能飽饘粥開卷心悠悠小山歌招隱與子
相賡酬

明周忠介像 公名順昌死魏奄之難

詔獄嚴羅網從容大義明壯哉君子節信矣故人盟磯
德茄花豔寒霜玉骨清幸哉留孝子遺墨峙高甍

小雲棲 周忠介公讀書處

三字山僧舊乞題千秋遺跡小雲棲為尋碧草忠臣墓
恰近白蓮君子溪一角書樓臨水建四圍野竹與雲齊
陰陰喬木依然在只有傷春杜宇啼

感懷

白雪陽春和者稀文章正始未全非摩天蒼鶻摶風健
繞樹黃鶯按曲低玉笛幾聲新驛路羊裘何處舊漁磯

六朝綺麗三唐俊放眼青天一鶴飛
願爲古佛補袈裟恨海難塡問女媧酒國有涯多浩蕩
靈臺無際沒攔遮野鴻覔食哀堪憫畫鷁乘風進可誇
始信窮通本前定拈花吟到夕陽斜
性耽吟咏引詩魔繡譜鴛鍼細揣摩濟世人才蕭葛少
憂時心事杜韓多正聲哀怨離騷派壯志蹉跎扣角歌
塵世難辭煩惱障一龕香火拜伽羅
茅塞初開鄙吝除蔡邕今已得奇書推敲競病情無盡
宛轉關雎味有餘姑射仙人貽繡段蓬萊織女走雲車

廣寒宮裡神仙隊隱約天風聽步虛
幾人海上跨鯨遊冷淡閒鷗任去留松菊關心元亮返
萍蓬彈指少陵遊竭來大筆歸何處却羨題詩在上頭
栗里烟霞浣花宅至今水竹尚清幽
且將水墨繪烟痕不敢題詩費剡藤遠近新詩吟策策
古今妙句振鈴鈴試尋佛偈經千徧宛似奇峰試一登
儻向白毫光裡任浮雲掃去幾千層

奉酬福花品夫人寄贈之作即次元韻

鷗波夫婦擬前身雙管題箋有鳳因一代風裁持正格
千秋閨閣幾詩人關睢閒課紅顏女甘旨歡承白髮親
即景寄懷逍唱和篇篇珠玉見精神

雨霽

鳥啼春雨霽絲長一庭幽素几焦桐潤小池曲水流飛
花藏石砌斜竹礙簾鈎閒試烹茶法爐烟淡不收

閱石頭記詠瀟湘妃子

仙姿淪謫寄侯門命薄才高難自存花若有情多惹恨
人偏識字是愁根斑斑空染湘妃淚嬝嬝誰憐倩女魂
歸到太虛應自悟情魔慧業兩無痕

韓蘄王祠

黃天蕩裡一帆風幾使金人返兩宮桴鼓聲中紅粉豔
分明兒女佐英雄
當時二帝久蒙塵豈忍騎驢老此身唱到西湖偕隱曲
玉顏相對有夫人

偕外子覽雲臺眺雪同作

報道庭前玉作堆久藏斗酒且銜杯探春合讓迴春手
對雪慚非咏雪才玉宇瓊樓同覔句松聲竹韻共登臺
恍疑瑤島花開早一夜裝成萬樹梅

新居六詠

君子居

不可居無竹顏題君子居持家宜學儉師事仰心虛花亞貪留筍兒勤愛讀書平安隨意報歲歲樂何如

半步廊

經營餘半步曲折一迴廊窄窄安茶竈深深引竹房欄干閒倚月簾幙護焚香鸚鵡渾無語移巢燕自忙

耦耕硯館

數口無恒產惟憑一硯田耦耕知稼穡偕隱入雲烟守

墨愚而智存心厚乃全不須憂水旱永遠慶豐年

北牖

新橋三瀆水古渡百花洲地僻芙蓉港春深楊柳樓他山青入郭我屋小於舟北牖攤書坐羲皇約臥遊

就山樓

神仙樂清曠好起就山樓對此開鸞鏡何須泛鷁舟縱覩千里闊全勝一窗收飽領烟霞趣居然傲五侯

覽雲臺

羅羅峰可數遂號覽雲臺四海春光麗一江帆影來月臨樓閣迥天壽畫圖開把酒閒憑眺狂吟亦壯哉

水榭納涼雜詠

結鄰最好是江鄉臨水紅樓又晚粧呼婢竹陰穿徑入
撩人花氣隔簾香橋橫日落一舟繫林密風生六月涼
博得芙蓉港上住田田蓮葉覆鴛鴦

深巷重門晝不開賣花聲熟送花來五更驟雨新涼好
一枕遊仙舊夢回得句未教吟侶改慵粧翻怕侍兒催
烟波偕隱堪垂釣且製荷衣自剪裁

剪淞何用買并刀一雨新添水半篙負郭幽居嫌地僻

看山全勝覺樓高曉粧菱鏡分雲影午夜松窗訝海濤
門外白鷗梁上燕阿誰安逸阿誰勞

亂蛙鳴處曉風多水面窗開綠綠波欸乃聲驚棲鳥夢
依稀人唱採蓮歌荷盤瀉露烹新茗燕剪裁雲試薄羅
乞巧穿鍼時節近雙星猶自隔銀河

九秋吟

秋痕

淺淺復深深幽蹤何處尋畫殘新翠黛淚漬舊衣襟楓峭潮初落蘭堦苔漸侵飛鴻留爪蹟印徹古人心

秋氣

一爽正乾坤浩然雲夢吞榮枯驚草木時節辨寒溫雨過山村失潮來海日昏豐城埋劍地虹影報誰恩

秋味

曾與蒓鱸約西風便憶歸紅時楓漸老冷處雁初飛人淡花同瘦霜濃蟹正肥門前疏柳在應笑折腰非

秋光

丹楓明夕照一抹遠山青碧水搖書幌銀蟾冷畫屏電芒飛閃閃螢火聚熒熒蕩漾烟波裏漁燈抵客星

秋色

遠水拍長空雲霞豔若烘柴門羣鷺白花逕一籬紅宿雨開新霽斜陽映斷虹青山抱樓角黃葉老梧桐

秋心

庾信多蕭瑟誰知宋玉悲因風添落葉向日願傾葵瘦菊香偏晚寒蛩語自卑吟懷托明月無奈有盈虧

秋水

楓落吳江冷當思千里蓴芙蓉迷去路葭菼溯伊人有意留紅葉無心種白蘋長天同一色蘭芷滿湘濱

秋烟

荻岓晨炊早蒼茫路不分村深宜隔水山遠若為雲薄薄帆留影昏昏鴉失羣焚香清秘閣茶熟氣氤氳

秋雲

共說薄如羅鱗鱗纈若波天衣易成錦織女懶拋梭出岫為霖去題箋待雁過蒼生凝望汝何必隱岩阿

題自畫玉堂富貴圖

七寶裝嚴設想奇好憑腕底吐芳菲最難富貴兼詞翰容易娉婷合瘦肥絕代何須矜豔質倚欄無語對清暉

沉香一捻春痕在疑向瑤臺月下歸（首句用唐人獨鶴出羣格）

偶成

碧花紅穗繪新秋曉起桐陰露欲流憶到清貧猶自慰不曾典却玉搔頭

樂天知命不意巾幗得之（族叔梅溪先生評）

喜雨

勢可翻盆晝作陰垂簷滴滴盡黃金高田龜坼咸憂旱下澤鴻嗷忽慰心大造無私原是福才臣有德便為霖深閨也祝秋收足穲稏香中抱膝吟

秋興

爲採紅蕖見白鷗晴波鄰女蕩輕舟門前綠水環三面郭外青山出一頭塔影鐘聲知有寺酒旗詩幟約登樓水雲鄉裏重陽節菊社初開又餞秋

三十初度述懷

十年中饋苦支持忽忽韶光去若馳對鏡依然寒女色捲簾又值菊花時貧無疾病須知福才擅詞章未足奇好古性情荆布慣與時粧束不相宜

稚子持觴介壽筵畫眉夫壻贈詩篇信天不覺襟懷澹

守道還須學力堅花樣舊時留己字玉臺新詠記當年齊家匡助慚無補四德名虛有未全

畫鶴自題

睥睨乾坤隘超然唳九皋華亭風信警赤壁月輪高識字形偏瘦乘軒氣不豪莫隨塵土去齷齪涸霜毛

讀吳漢槎先生秋笳集

絕塞笳聲動邊城瞑色催關山征戍苦離別古今哀木落千峯瘦天空一雁來自攜三寸管獨上李陵臺

自題秋岩竹石圖

能助詩人興霜林杳靄中樹猶如此老葉更比花紅凍雀棲常穩奇礓寫未工倪黃推逸品點筆彷寒叢

續九秋吟

秋影

幻境未分明秋從何處生銀河懸有象空翠落無聲玉鑑移花靜冰壺映月清遥山青未了天際雁初橫

秋興

蕭蕭還瑟瑟異地賦秋風陶令一籬菊歐陽四壁蟲髮愁邊月白影伴夜燈紅子美何多感吟懷千載同

秋容

欲畫偏難畫風光想不眞空明波漾影定靜月爲神草木含清意人天絕點塵繁華轉平澹綺麗是前春

秋意

約畧秋來近誰傳消息聲霜寒驚肅殺葉落感枯榮今古詩情淡乾坤氣象清無形亦無迹只在寸心明

秋思

默默因情感經秋感更多托心在明月寄語倩微波隱約聞瑤瑟低回想玉珂釆蕖偏隔水獨自望銀河

秋高

宇宙寓其形秋空望窅冥九宵孤鶴白萬里閒風清笛裏關山月河邊牛女星桂林有幽客又上碧虛亭

秋瘦

斜日挂疏林籬門一徑深嶙嶒山露骨勁直竹虛心遠岍橫如線羣峰削似鋮西風簾半捲對菊且閒吟

秋吟

畫角逼霜清秦關漢月明山川雄健筆風雨壯詩聲燈剩微微燄思猶滾滾生悲秋天地老萬物一時鳴

秋情

萬古難消遣西風動客襟淒涼塵世味慘淡別離心月近江湖闊山重瘴癘深邊城愁絕處夜聽斷猿吟

消寒四詠

圍爐

纔近薰籠氣便融陽回斗室不知風燈花頻剔蘭膏燄睡鴨初分獸炭紅晝短催人詩負債夜長課婢繡添工圍罏茗話烹冰水鑿凍聲疑響玉瓏

煮茗

日光照透紙窗明心自蕭閒境自清白玉臺邊味冰雪黃梅花下聽瓶笙題詩東閣呵眉子品畫南窗挾管城爲愛盧同詩句好和風習習妙香生

踏雪

簾捲瓊樓雪正飄江天放眼望迢遙奇寒初試吟偏壯世路塡平恨可消詩互推敲開境界畫憑指點辨溪橋廬山眞面何曾改只有龍眠擅白描

尋梅

點額新妝豔玉臺尋香曉起步蒼苔美人寂寞空山裏

斜影橫枝淺水隈積雪呼童先掃去折枝倩鶴漫啣來膽瓶貯得春無價供向深閨伴我開

銷寒雜詠

寒閨

自傷貧病女風雪獨居樓茅屋牽蘿補蘆簾帶月鉤不知脂粉豔却爲米鹽愁嫁得依人婿年年作遠遊

寒女

生長蓬門裏徒誇十指能羞看明鏡影自抱玉壺冰倚竹垂雙袖拈鋮守一燈凍蕉心未展風雪莫欺淩

寒機

裙布荆釵女年年織綺羅阿誰憐玉手勸妾廢金梭錦字含情寄冰絲作恨多霜天殘月落猶自望銀河

寒火

雪中誰餽炭聊自作松煤消渴烹冰水防饑掘芋魁龍薰空數漏釵撥已成灰多病難離藥休嫌椎拙煨

寒柝

何處報初更聞愁幾萬層敲殘深巷月剔盡小樓燈遠近聲相應高低數漸增恍疑頻剝啄惱亂夢無憑

寒月

素娥原耐冷莫問鬭嬋娟每到花期缺偏逢雪夜圓玉壺貯春淺冰鑑映心堅難悟空明理璇璣又一絃

寒雲

色勢壓天低長驅無定棲但知風轉北不覺日沉西客路愁腸斷鄉關望眼迷漫漫頻釀酒又聽亂鷄啼

寒嶺

雪蓋山頭白風梳木杪黃石奇撑瘦骨路曲見柔腸邛壑自成趣煙霞無盡藏獨留眞面目絶不類時粧

寒潮

有信天難凍無風浪一堆氣吞孤日墜聲捲萬山來强弩何須射狂瀾竟自迴嚴凝冰雪際餘怒尙如雷

寒谷

佳人慣幽獨翠袖耐天寒日暮偏依竹風高自佩蘭虛懷求當少苦調賞音難冰雪原同質烟霞足飽餐

寒塘

寂寞橫塘路應歸訪戴船鷺鷥饑啄雪楊柳禿無烟荷葉枯餘蔕蘆花老作棉不須歌暮雨愁絶凍雲天

寒澗

成冰欠柔軟本是在山泉月挂松梢雪雲移水底天無聲猿凍坐縮頸鶴孤眠深淺難窮測求魚不在淵

歲暮感賦

冰霜閱歷我何堪梅信誰從雪裏探瑣屑年年籌劃慣儉勤日日苦辛諳低徊別緒營巢燕憔悴詩心作繭蠶此夕更憐長作客屠蘇酒畔憶江南

老親稚子話南天歡笑圍爐憶往年骨月團圞勝富貴行藏瀟灑比神仙總無問世千詩卷幸有謀生一硯田

知子關河遠飄泊一逢歲暮倍淒然

除夕

百事分排半月前貧逢除夕費周旋寒閨辛苦摻中饋
又共梅花老一年

病中作

思慮營營不計年息肩誰復替仔肩人間少有驅魔劍
世上難尋無孽錢道了要從心死後念多錯在我生前
何時撒手離塵網面壁空山守性天

岳陽樓

春雪春風繫客舟岳陽樓下小勾留神仙迹遠風烟杳
江漢聲寒日夜流歸夢無憑鄉國遠水程有記客心愁
洞庭過去瀟湘近尚隔郵亭十四州

諸葛武侯祭風臺

避風舟繫祭風臺追溯遺風亦壯哉却讓伊周扶景運
能教管樂遜奇才三分業定英雄死八陣圖留猿鳥哀
羽扇一揮成鼎足阿瞞應悔渡江來

黃鶴樓

地勢盤三楚樓高入望收龜蛇山兩岸江漢水中流帆
影晴川渡人烟芳草洲誰能棄名利乘鶴快遨遊

獨秀峰

萬峰迴拱立巀嵲鎮中央柱接南天秀星聯北斗光樓
臺聳金碧嵐氣入青蒼桂海名山勝舉瞻大雅堂峯麓有堂壁鐫山谷所書五君詠

答汪梅芬夫人卽步見贈元韻一首何功甫少尉室人

識君已恨十年遲况是相逢祇片時冰雪聰明常起羨
梅花丰格耐尋思畫超一代徐黃品書擅千秋管趙奇功甫少尉書法子昂亦工山水
聞說桃溪烟景麗偏從桂嶺說相知

附元唱 汪文月

聞名久矣見偏遲握手猶疑在夢時啟口便談千
古事傾心細說兩相思羨君咏絮才何敏愧我塗
鴉句未奇從此不須嫌寂寞閨中今已得心知

白蓮花歌 并序

道光甲午秋七月久病乍痊移居甫定偶於篋中
撿得絹素作烟水荷香於上復系短歌以寄外子
夫鏤玉雕瓊每慙無筆寒泉素萼未得忘情念離
羣之伯玉羈迹天涯鮮同調之飛瓊獨吟閨裏小

院鶯啼驚破午窗春夢一燈秋雨聽殘夜漏寒鐘
積愫千層管城三寸緘以將意而已
尙湖水潔靈根吐蓮花一朵含清露供向慈雲大士前
亭亭淑質殊娟楚欲寫花神弱腕涼畫成轉爲九迴腸
聰明天與壚瓏骨淡冶羞爭粉黛光彎彎月照銀塘夕
移植此花花暗泣白玉盤中照影垂碧雲天末淩波立
下有鴛鴦宛轉飛華年惆悵惜芳菲堅貞自抱無瑕質
每向蘭皐笑洛妃蓮花開出清如水蓮房又抱雙蓮子
芙蓉港上曉風前阿侯玉色眞如洗粉濕烟濃獨自愁

西風遲暮潛雲收寫花要寫花情性清淺銀河感素秋

外子寫獨秀山圖

平生志效搏雲鶴自恨形骸束閨閣豈因高尙慕烟霞
別有閒情戀邱壑搨來畫徧嶺西山獨秀山形奇且卓
一峰突起郡城中厚重端莊如抱樸上有古亭顏大觀
下有深潭水不涸前朝藩邸久荒涼畫棟珠簾成瓦礫
欷歔憑吊一登臨險韻推敲筆空橐流丹聳翠落千尋
側視橫看知大略揮手能回天上心昂頭不插塵中脚
惜無謝朓句驚人鸞嘯長空破拘縛賴兹一柱鎭南天
獨立不懼眞岩嶤我聞粵西岩洞如奥府億萬山無一
坏土拔地參天變幻奇鉤連脈絡迴環護惟有斯山獨
養尊絕無支嶺相依附自抱中和蘊秀靈超然乃作諸
山主千疊魚鱗似披錦四圍雉堞如環堵此山不愧雄
奇者萬笏參天俱在下瑤簪玉筍自捎雲排碧送青若
奔馬想緣文筆落人間五色光騰不煩假壘芙蓉向筆
端生玉嶙峋自胸中寫桂海奇峰有萬千一峰不與衆
峰連孤懸嶺外無倚傍撑拄西南半壁天

寫荷花帳簷并系二詩

欹枕聽秋雨閒眠賦玉壺洞房涼似水夢醒飲荷珠
分得瑤池種清涼白玉床寫花多寫葉好覆睡鴛鴦

九日同外子小飲

氣爽秋高曉露濃西風吹豔碧芙蓉山居聊藉花爲友
菊隱翻成士似農煨芋味眞何礙淡題糕韻險不妨重
談經習射憂時事忽聽村隣夜半春
籬菊將開桂未殘橙黃橘綠竹平安傳疑霜信初聞雁
寄跡桃源不羨官歲稔時和農事足民恬俗阜客情寬
天倫團聚酬佳節薄具盤餐盡古歡

今歲雙桂作花較去年更盛九日復開以詩酬之

即用外子九日韻

去歲花開今更濃重陽桂綻襯芙蓉舊思灌溉滋根蒂新學栽培問圃農蕊欲綴球黃雪厚香如獻佛紫檀重芬芳恐逐西風去細摘瓊華和蜜舂

戀秋馥郁怕秋殘雨過新晴景物安吐氣盡能壯寒士爭榮何必號文官小山招隱才華富五竇聯芳德澤寬預祝明年花更茂月圓人健重追歡

附和韻 仁兒

又開丹桂露華濃萬斛天香透碧蓉把酒喜逢登穀日閒居擬學種花農追隨杖履椿萱茂唱詠襟懷棣萼重耕鑿此間猶近古村喧耞板戶喧舂

芟除榛棘補叢殘幾費慈心舉室安且學藏修師往哲敢期福命到龘官一庭金粟秋光豔兩度蟾華玉宇寬閏八月老圃栽培榮晚景幾枝瓊樹永承歡

代外子題陳軍門柳江歸興圖

人生志遂顯爵祿殊遇 熙朝寵優渥公本清時濟世才運籌决策居帷幄健筆先馳翰墨場立身早許麒麟閣信有詩成泣鬼神果然令出驚山嶽訓練火攻銳更精指揮勁旅摧神速楚南嶺外重巖疆百粵諸蠻咸悅服錕鋙之劍丈八矛金僕之箭一寸鏃全師蛇鳥仰天威聚米山川將地縮公防堵越南內閱邊疆肅靖將士忠純紀律嚴兵農歌笑戎行熟春風到處舞苗夷化雨時沾榮草木中外一家元老歡雍熙四海著生福聞達常存退隱機煙霞每羨林泉樂柳江返棹欲歸田泗水閒居擬盤谷盤谷徜徉適所安采山釣水應知足鶯花怡志欲歸田

故吏逢迎負弩前駐節柳營 心簡在 攀轅桂筦口碑傳名留銅柱安邊地身在蓴鄉話水天萬姓去思追畫鵠 九重隆命待凌烟畫圖引入松江道 天語重頒恩浩浩訪舊還尋問俗亭九峰數遍連三泖近家聊慰遂初心臣心感戴 天心巧巧合人天一德同好將經緯答 宸衷海洋境拓資籌略吳會彊寬備武功

感懷

貧家中饋經營苦拋卻文奩事女紅畫未成家詩未老蹉跎三十六年中

守歲

年年遠隔萬山重今夕團圞得慰儂身但安閒忘跼促

門無啄剝覺從容圍爐剪燭聽春雨把酒評詩到曉鐘

漫道自多平淡句瓶梅紅綻豔粧濃

外子畫紅梅題寄胡鐵香三丈

盤根屈曲卧蒼苔追憶江南昔日栽舊約有期春色在

新詩無意筆端來風清鄧尉香何遠月滿孤山夢乍回

姑射仙人矜素絢誤教桃杏費疑猜

鐵骨冰心入世難稍加顏色耐人看雨肥紅綻形偏瘦

清淺横斜影亦寒隨俗花容非鬥豔和羹梅信不離酸

且憑驛使遥相寄松竹雙清福地安

冬日梅芬姊邀過廣莫軒小酌論詩

風雪尋詩友怡然詩思緜清談能愈病小酌耐寒天才

色眞堪惜時論花蕊夫人事年光亦可憐共論千古事歸後不

成眠

題日長添綫圖

丰標秀絕似瓊瑩想見襟懷水月清摩詰吟成仙子繡

女紅後世勝詩名

不廢鍼箱負好春宜家內則著辛勤調羹補衮非常事

巾幗原來亦有人

工容壼範有良箴閨閣偏能惜寸陰解釋日長增繡譜

知君一定擅鍼神

雅度天然粉黛空披圖瞻仰大家風吳綾越線尋常事

製出聰明便不同

題倚竹圖

玲瓏幾拳石窈窕數竿竹好訂歲寒盟泠泠聽戛玉

高士干霄志美人忍寒意何可一日無此君標格異

乾坤有清氣惟竹得不失娟翠耐炎凉伴斯蘭蕙質

娉婷靜女容質直志士德寫稱素心人相看情默默

答蓉裳甥女詠懷元韻

春光洩漏野人家香綻南枝傍水涯冰雪栽培清瘦骨

東君寒意爲梅花

身被塵縈心出家幾時苦海有邊涯年來境界貧兼病

羨爾清才筆有花

補屋吟

補屋牽蘿適自如深山小隱卜幽居吟成儂可酬君句

課罷兒能讀父書元亮小廬念松菊季鷹歸舸憶鱸魚
置身莫笑謀生拙淡雅人難入市墟
史學詩才重左思如何作賦十年遲素心久訂同心願
古道翻令時道疑恩怨難均多毀譽伏飛未易辨雄雌
低徊矮屋憐張象品自千秋世不知

中秋夕梁壽芳夫人招飲即席賦呈

今夕何夕秋月明金波穆穆流前楹蟾華一鏡正皎潔
閨中雅集皆舜英藐姑仙人握我手齒牙吐慧霏瑤瓊
白紵歌中秋意好綠窗宛轉微涼生銅瓶煮茗淡相對

恍如洛浦吹鳳笙坐久紛紜八珍列各以詩力驅酒兵
愧無陽春白雪曲甘罰大斗擎兕觥安得青蓮作導師
舉杯仰視輝長庚牙期相賞有眞樂因緣投契由性情
詞壇附驥竊自幸君執牛耳登壇盟洵哉誠不負佳節
姮娥笑語聞瑤京七寶樓臺自千古我亦曾聽霓裳聲

擬古

團扇如明月美人手親製妾心本無暑自得清泠意皓
腕摇香風應向玉天置炎涼縱或更皎潔自無異用或
耀綺羅藏或在篋笥畫筆勿輕揮好圖女貞樹

人生斯世間各貴適其情既爲衣食累不能無所營知
止師老氏齊物悟莊生君看百卉植自有春雨生舉世
迷者多欲以智力爭奈何徑寸珠乃爲塵土攖
精誠求至道寂寞參妙機我本青蓮花偶被塵鞅羈蓬
里隔蓬閬瑤臺不可期何時師至人紫宮拜眞妃青鸞
導我駕白鳳驂我騑神明朗秋月壽永延春暉
高翡資勁羽隆棟無弱木臣賢濟艱難婦賢叶雍肅同
德比腹心交警比手足治國與齊家佐理賴良淑素志
鄙妖浮丹忱矢眞樸愧無襄贊才黽勉聊自勗

秋懷

歲華苦飄忽九月已肅霜疏雲耿河漢駟星明天房因
茲感搖落時亦讀老莊南山轉蒼翠林葉飛丹黃餐英
擷秋菊愛此晚節香攬物啟西牖延景開草堂夜久坐
聞雁嘹唳聲偏長嗟爾禽鳥儔亦復謀稻粱
明月霜天高微霜隕疏柳白帝從西來牽牛照北斗蕭
然巖壑中形影以爲耦羣峰淡而靜萬木時復吼籬邊
菊有花几畔樽無酒促織一聲聲曠職譏懶婦却月且
就燈一編慣隨手書味抵醑醪亦自享敝帚

吾生寡嗜好志趣慕篇什一自主蘋蘩長卿家壁立勉
旃屢屢歌饘粥苟自給倏忽十七年兒紹青緗業對此
一池波草堂開射鴨老至惜年華學問嗟勿及居此清
秋天暇即一卷習興至信筆吟拈毫開硯匣維此涼風
生露浥庭花濕爽籟颯然來景促蛩鳴急山深猿嘯哀
恍如上高峽念彼行役人（時外子在省門）塵顏耐勞乏懷我烟
水鄉滌場應荷鍤

秋夜靜且長秋日晴復佳晨起浥清光秋色盈庭階牽
牛附桐樹女蘿纏松釵爽氣沁肺腑折葵供清玩遙山

翠豁眸楓葉明丹崖呼鬟抱甕來一帚行相偕山居學
灌園去草鉏根荄藉此怡心目差勝浮江淮一歲能幾
時丹碧紛襟懷

李芸甫水部六十壽詩 代外作

仙李蟠根瑞蓂新弧南星煥豔陽辰蘭亭祓禊邀耆舊
花樹壺觴羨主賓恬淡高懷書畫舫烟霞清福偓佺身
憐才樂善傳心德（謂尊甫宣臣封翁）定有祥雲擁吉人
國任和神飲醴泉商山芝草自延年傳家應肖喬松壽
（尊甫壽九十餘）垂訓孳欣玉樹賢（謂小芸茂才晴湖農部諸公子）北闕鶯花傳
韻事西湖風月宴羣仙（誕日閩粵中諸名士公讌水部於小西湖之山莊）蓬壺
景麗蕭閒甚一卷黄庭手自編

清明即事

郊居村落近清明卜築憑高看耦耕一様小樓聽春雨
何來深巷賣花聲

花間卧閣小窻幽不許旁人花下游只有青山自排闥
朝朝含笑看梳頭

四面峰巒室不虛學農最好是山居閒中添得忙中事
課婢栽花課子書

客舍荒如野老家豈容懶不識桑麻灌園學圃英雄事
細雨荷鋤自種瓜

編籬分界幾家春選剩柴荆好作薪各掩圍扉行繞徑
免教鵝鴨惱比隣

小築山亝近水村鷄棲豚柵傍籬門犬難守戶羊難牧
始信空山虎豹尊

葱韭瓜薑雜菜畦藥苗野草望中齊好邀月色兼山色
亂石牆垣故築低

分付奚童起莫遲前村好去覓楊枝折來恰有千般用

不是旗亭綰別離
愛他嫩綠摘芽新剔取柔條好寫眞斟酌繞籬栽五樹
明年今日有餘春
籬邊自插兩三枝不與人間管別離曾謂細腰工舞態
倒栽一半好垂絲
積雨空庭長綠苔圍扉雖設不輕開盆蘭籬菊萌芽嫩
飢啄難禁山鳥來
日日冥冥雨若絲瘴雲壓屋電奔馳蒙茸絺綌更翻換
寒暑一朝有四時

小病連朝懶出房冷吟薄醉臥匡床深山何處尋蓍朮
空撿醫經寫藥方
較米量柴似俗凝廿年家計苦支持丰神減盡年時樣
只有臺前明鏡知

題畫雜詩

偶弄臙脂學畫家非隨羣豔鬥芳華天香寫入冰紈裏
冷淡人看富貴花　牡丹
托根無地怨東風何事蘭生荊棘叢寫出王孫家國恨
墨痕狼籍舊吳宮　蘭棘

無分魏紫與姚黃隨意尋常淺淡粧本色誰知眞國色
墨痕香處即天香　墨牡丹
塗鉛抹黛對花描學得丹靑破寂寥繡罷綠窗新雨過
捲簾試寫美人蕉　美人蕉
洛神羅襪愛臨波水際盈盈似芰荷世上但知曹植賦
不聞貞孝有曹娥　水仙
桃根桃葉本相連妝罷風前各鬥妍彷彿天台雙姊妹
素衣紅袖各翩翩　紅白桃花

題白荷花

瘦影臨波秪自憐藕絲易斷謝塵緣出泥不染亭亭立
願乞慈雲護白蓮
盤陀水月絕無倫知是蓮花作替身省識畫圖好風格
美人君子又才人
淡妝竟與畫圖爭潔白堅持品自淸不媿高懷比君子
外形正直內聰明

臨美人小幅各係一絕

何物堪將煩惱除殘編聊以伴居諸莫云閨閣無才識
不見班昭續漢書　執卷

正擬拈題賦小吟窗前蕙草是知音持來一種芬芳致
恰與佳人愜素心 拈蕙

閒來作楷甚從容紈扇題詞便不同祇怪一般搖拂處
知何別有異香風 題扇

題畫竹

本是吟風弄月才孤高只合伴寒梅春雷驚起淩雲志
自有層霄彩鳳來

寫慣修篁筆自便幾竿清瘦劃雲烟愛他直節虛心格
不與春花共鬥妍

龍頭妙譽文江著鳳尾清聲學海遊明月一輪升玉宇
琅玕叠叠自淩霄

淡着輕朱也逞妍七賢本是醉中仙儘他雨壓風欹慣
氣自淩雲節自堅 此詠朱竹

題紅梅

能向霜天矜豔姿東皇故意鬥新奇依稀小院橫斜影
狼藉臙脂點墨池

竹外溪邊莫浪尋爲花寫照替花吟天然明豔兼清瘦
桃李容顏冰雪心

題畫

潑墨淋漓似米顛不摹泉石寫雲烟閒來學得青藤法
百八牟尼筆底穿 葡萄

國色時宜豔牡丹國香高格重幽蘭山林富貴俱非易
特倩毫端寫二難 牡丹蘭花

前身應是婉淩華寒女臨妝靜不譁豈獨幽蘭堪作佩
綠衣玉貌自無瑕 水仙竹枝

薄他春卉鬥娉婷別有幽香筆底馨能傲嚴霜榮晚節
墨痕香裡祝延齡 墨菊

客路淹留去日遲西江消息繫人思昇平四海無他祝
處處咸生威喜芝 芝竹 時事傳來漸多虛警憶古人云威喜芝生主洗兵息患人壽年豐見抱樸子

喜見琅玕福地生天懷瀟灑萬緣輕杜陵詩句分明在
雛鳳清於老鳳聲 鳳竹

呢喃覆燕似笙簧碎錦坊邊豔七襄宴飛瓊林春日永
錦袍應惹御鑪香 杏燕

也宜閨閣也山林簾捲西風瘦不禁我亦餐英抱幽僻
傲霜今喜有同心 鞠

叢生空谷靄淸陰不染鉛華抱素心一種幽香來筆底
任他春淺與春深 蘭

吸露高枝穩餐霞異彩明紫薇映蟬晃遠近布淸聲 紫薇
蟬晃

題山水

翠巘丹梯石磴重千年白鹿洞邊逢仙人月下吹笙去
知在緱山第幾峰

小舫輕飄一瓣蓮耽吟忘却水如天忘機本是漁樵客
誤認乘槎海上仙

古來人物畫爲難纔見仙翁樹石間莫把丹靑名右相
太平勳業在塵寰

曲曲紅欄映水間夕陽影裏棹歌還歸來摹得烟嵐色
淡較雙蛾點遠山

客窗擬寫九龍山曾記扁舟數往還本是在山泉最好
不添波浪在人間

幽居地僻淨無塵紫翠丹黃別樣春高閣恰延山氣爽
溪流碧處白鷗馴

丹楓黃槲繪秋晴鴉背斜陽一色橫遙見牧童驅犢返
山中有客樂昇平

仙源有路近樵漁水曲花深畫裡居童子抱琴行得得
水聲雲態總舒徐

黃葉丹楓絢小春幽居地僻淨無塵數椽老屋門常閉
定有隆中抱膝人

女士繡佛樓詩

三

繡佛樓詩稿卷二

虞山女史錢守璞壽芝

題黃石齋先生草書眞跡卷子

蛟螭騰躍如有聲墨花黯淡英風生披卷能令神氣肅稜然如見古性情諫書當日披鱗進肯以唯阿效柔順讀易風霜剩一編憂時涕淚凋雙鬢乾坤龍戰空茫茫北都破後南都亡秣陵花月單騎出傳車夜走悲孱王諸王誰抱中興志魯王走死唐王繫早識危疆墮兵馬惟餘大節留天地入閩大儒世共知見危授命勝國時戴殘毫楮亦瑰寶寒香勁節相維持其心如玉筆如鐵麝煤疑是萇宏碧一代名同閣部垂千秋死繼文山烈此書揮灑何從容是否旁午軍符中正氣猶存正人在光燄耿耿凌長虹

題王仲瞿先生詩集

萬里風雲海上來請纓投筆走風雷空將一掬憂時淚付與蒼茫濁酒杯

投筆從軍歷險艱烽烟回首蜀中山何時一箭天狼落猿臂雕弓手自彎

久從藝苑擅詩狂詞翰如今有異香遭際當年逕前哲
常何薦達馬賓王
萬雪千冰老此身古梅香孕雪中春隋珠和璧雖無價
賣向人間不救貧

答汪梅芬夫人見懷之作

昌黎妙詠比龍雲聚首匆匆袂又分對月情殷曾把酒
論文心苦等行軍飄鸞泊鳳原無定說劍評花賴有君
朗誦新詩香滿口庭前松雪落紛紛

題商寶意先生詩集

蓬萊仙骨道緣深愛士常存廣廈心大木不從巖際老
明珠何慮海中沉詩題彩筆花同豔鶚起青天路可尋
揮灑雲烟沾後學玉堂書卷異香侵
肯將詞藻重王楊大器原難斗石量報國文章留紫禁
薦賢心事屬黃堂燈傳舊業餘清夢月殿新歌陋舞場
聽到正聲思學步幾回搜索到枯腸

題郭南屏丈夢覺圖 南屏常從軍塞外

一卷黃庭手自牋塵寰吏隱獨超然離龍坎虎丹爐裡
鐵馬金戈紫塞邊世外烟霞留好夢空中鸞鶴奏遊仙
紅塵多少求名客慕道惟應葛稚川
名山回首鬱嵯峨靈藥成時米一螺游戲且憑黃綬好
蓬萊唯覺白雲多心空薝蔔耽清靜手把芙蓉足嘯歌
自古仙才歸吏隱不須晦跡在巖阿

題王鐵夫先生詩鈔

空中花雨灑霏微流入毫端落紙揮想見詩情眞活潑
一雙蝴蝶上階飛
裁紅暈碧入奚囊展卷淋漓墨瀋香羨煞公門桃李盛
此官原勝牧牛羊

仇十洲海上三山圖

瑶臺紛紛玉鱗舞扶桑俄見金盤擎大瀛一鏡割昏曉
須臾忽耀眞光明琉璃宮殿霓旌入五色橋邊衆仙立
亭亭仙子綠波間擲米成珠香汗濕遠望眞疑不夜天
羲輪緩緩無須鞭壺中豈乏駐景術世外自有餐霞仙
近覩色飛眉欲舞淨掃浮雲見神女貴主還宮曲未央
皎若朝霞默無語六鼻鏡挂軒轅臺黃金萬點鱗甲開
珊瑚既從鐵網出火齊亦自珠宮來恍與燭龍峙相對
一粒金丹紅不碎離合神光烟霧銷空明寶鑑黿鼉拜

吾聞　聖人御世不揚波日升月恒氣象多逍遥定息
龍伯釣組織好借鮫人梭裁成白地光明錦試登鼇背
高唱曉日紅雲歌

讀張船山太史詩鈔

文采風流仰止餘碧梧翠竹映幽居出山尚任無塵境
遣興還看有用書宦海虛舟還泛泛詩禪妙處意如如
置身應是寥天鶴握管眞同跋浪魚
仙人游戲任東西宏景移家等鶴棲鏡裡丰神花影淡
梁間安穩燕巢低石麟傳世留斑管金爵騰輝映紫泥

料得憂時心耿耿拈毫未罷憶鳴鼙

題邵夢餘先生鏡西閣集

先生夙世爲詞客老學菴中業未閒鏡水鬚眉如鏡裡
花枝歌曲譜花間良田已足不三變名論欣看豹一斑
即此安貧兼樂道何妨小隱在塵寰

題韓淥琴刺史鳴琴課子圖

昔仰昌黎北斗名商瞿學易慰親情懷間韻共冰絲靜
膝下春同玉樹生緑綺養心培福地蒼松抱節證初盟
峨眉秀氣鍾雛鳳繩武無慙世德清

紫薇

畫省題詩憶賜茶玫瑰淺笑共芳華紫衣披處人如玉
黃紙宣時筆有花客到玉堂臨寶月書傳朮鈙豔丹砂
相逢高調尋詩侶不羨彤雲與絳霞

酒旗

搖曳眞同柳葉尖玉壺滋味價須添招人入畫游如約
映月看花醉不嫌酒客往來知聚散世途閱歷異酸鹽
更聽鳥語提壺喚多少春光寄此帘

擬唐賈舍人早朝大明宮之作

金闕觚稜麗玉繩夔龍颺拜慶同登曉傳露布光華復
瑞紀雲書日月恒視草幸隨柱下史伏蒲還仗殿中丞
扶桑開處　天顏喜仙樂遥從空際興

辛丑歲聞粵東兵警感事賦詩

昇平生齒繁良莠勞輯撫海外芙蓉膏利藪郎怨府思
欲漏巵塞曷先元氣補將相要和衷擎天非一柱厎幾
法律嚴同心修治譜緯武復經文師古勿泥古惰者凜
秋肅良者愛春煦謀卽繼以斷房杜勝燕許遂使富教
興四海歌樂土愼毋操之急海疆貴安堵和風異狂飈

醞釀作霖雨調燮代天工未可諉氣數馭馬持厥轡馴
猿操厥紐寬猛要相濟康衢無險阻維蕭能薦韓用才
不失所市虎心弗疑燃犀目盡覩志同功必成氣和病
乃去耕田戒鹵莽在昔聞此語峩峩和靖公聲價重璜
琥巒夷震且驚童叟歌而舞翹首月一輪浮雲蔽玉宇
忽去事未竟遺憾在卒伍韓范可推車秦越難共艫猶
聞去思歌僕射如恃怙

題唐子畏先生飲酒讀騷圖

桃花塢中有仙客倚醉狂歌拓金戟靈均哀怨正憂時

酒半搖毫風雨疾選勝應爲雲夢游紅蘅碧杜寫清秋
悠揚試奏花間笛遥裔欣看鏡裡舟靈均何必曾相晤
贈君以九畹之芳蘭吳山翠撲雙眉端兀傲詞壇曾虎
踞蕭條身世自龍蟠萬疊琅玕森碧篠山鬼湘靈並娟
好一捐醉眼落江皋採得驪龍希世寶

蝴蝶花

非紫非藍玉琢成更將翠葉助輕盈漆園自悟神仙境
晞閣能傳活潑情風定小園雙翼展雨晴曲檻一絲縈
前身傅粉尋香侶不盡風神栩栩輕

春日偶吟

韶華辜負過春三作繭辛勤宛似蠶垂柳輕盈飛翠碧
野花遠近雜紅藍牟尼慧業聞孤磬蔬筍清樽在小菴
安得焚香還卻掃蒲團獨向靜中參

題汪小蘊女史自然好學齋詩集

阿閣曾巢鳳九苞浮萍蹤跡判神交篋中舊稿祛新蠹
筆底新花舞瘦蛟緣綺今朝成絕調紅閨早日共傳鈔
自然好學聰明甚腹笥便便自解嘲

嘉耦匆匆手竟分陳小雲司馬德配 歲華鼎鼎淚泫泫冰霜節
操垂千載旗鼓詩壇張一軍詠史筆無塵垢繞評花卷
有異香薰瑶華珍重收藏處欲向粧臺乞郢斤

梁敬叔觀察花陰舞綵圖兼呈婉蕙夫人

飛鳳映蟠龍佳氣鬱烟靄大賢乃篤生霖雨寰中沛名
與實相符福爲德所載 清時建績還歸興思鱸膾忠
孝本一源栽棠而拔薤平輿見二龍武庫方課最謂吉甫兵
部 迎養奉板輿高堂起居泰競爽媲二方同源無異派
春日麗靈和清風戞天籟膝下每承歡人瑞軼流輩海

丙有幾家簪裼同慶會巍巍中丞公鵠立烟霞外松喬
與偓佺丹鼎發光怪濟川虛舟還眉壽永無害浙江接
閩江安艫待歸旆循陔歌白華萊衣彰繡繪承歡逾百
齡卿雲覆蔚薈延年溪菊芳潔膳陔蘭采

偶作

一片蕭寥境須從靜裡尋攤書遮冷眼鏈戶鍊冬心行
止無長策烟霞託短吟干戈隨處是何處覓山深

題瘿瓢道人畫

生香兼活色幻出畫中春酒國餘天趣仙心逼古人高

吟耐冰雪精藝見鸞麟獨立三山上蒼然抱性眞

題劍南集

磊落氣無前何人慰謫仙詩情傲黃菊酒膽問青天笑
撫隨身劍禪參出水蓮杜陵人去後空際又冰絃

望仙樓歌

登仙樓朝玉京飛行直上淩紫清翩然鸞鶴來相迎身
離五濁肌骨輕何用浮利兼浮名一朶青蓮開火裡中
有天漿善如水黃庭參校紫髯翁碧落逍遙赤松子傳
聞河上公讀書寄空谷五千言內典箋蹄二百籤中成

杼柚滴露研朱乍詮成（漢文時河上公善易仙去後帝爲之起望仙臺焉）雲卧
超然享清福漢文皇帝求其人丹書一卷留紅塵繡栱
雕題一朝起綠字赤文千古新登樓招手發長嘯絳雲
如幄隨車輪彷彿東方紫氣來壺中日月無邊春

文姬歸漢圖

火井不燃塞烽起絕代紅顏去鄉里幾年生長中郎家
傷心漂泊單于壘故國迢迢何日歸蛾眉已分龍沙死
關河風急飛秋蓬雪海凍結鳴哀鴻蠻靴簇錦驊騮紫
胡笳按拍氍毹紅鎮日無言淚痕濕菱花憔悴傾城容

一朝忽喜尺書至丞相憐才重高誼黃金萬里贖嬋娟
毳幕開筵別左賢大風起兮旌旗掣白日沉兮羌笛裂
胡姬玉琖勸葡萄歸鞍猶帶天山雪馬角烏頭亦等閒
好翻樂府唱刀環春風不耐狐裘暖一路桃花入漢關
君不見漢家慣用和親策大漠黃沙埋豔骨千載琵琶
怨畫圖臙脂塚上春痕碧吉利高風邁等倫故交兒女
掌中珍一星曙後猶珍重多少西華葛帔人

仇十洲江潮海日圖

昔人臨眺處雲海盪胸寬白雪凌空峙彤霞破霧寒萬

花香佛地一客坐仙壇絕頂身能到乾坤此巨觀

其二

萬籟無聲處行吟到上方盈盈浮碧澥赫赫吐丹光天外春難老壺中景正長東君如識我一笑起扶桑

其三

枚乘工七發海若壯三秋宛見蛟龍喜能銷今古愁一天金鏡滿千丈雪花浮會得盈虛理高懷狎白鷗

其四

筆共秋潮潔心猶旭日明豪吟對山水長揖謝公卿耀

影騰華采驅濤洗甲兵膠山通絹海珍重好藏楹

敬題諸葛武侯畫像

龍卧原非隱風雲自有期鞠躬曾拜表抱鄰正憂時雅度畫如見醕儒世所師扶危思管樂高詠杜陵詩

詠星

倚幌看牛女渾忘風露涼飛螢同燗爍流火辨毫芒光漏虛全屋春生杜甫堂變遷原未定不必怨參商

詠露

萬物均霑潤豐收報歲嘉栽培自根本長養達萌芽滴凝桐葉微微濕桂花天工恩最普定到野人家

雲韠娘詞書鄺湛若所撰赤雅後

雲絲萬縷疊春愁元女兵符素女優解語果然人似玉雙飛合稱鳳爲裘銀釵叩鼓啼山鬼雀扇簪花笑女牛仙客抱琴來挂管清風一曲碧天愁

四十自壽

倡隨辛苦病多身寂寞聯吟只兩人道遠難聯花姊妹病深漸識藥君臣豆棚宛爾籬蘿合茅屋居然結構新籬菊未開誰送酒渾忘今日我生辰

骨月團圞苦亦甘居家七事我心諳硯田接濟空憑筆書本生涯合課男閱世艱難惟嶺外諗人生長是江南灌園學圃猶農業勤養雞豚不養蠶

別饒野趣草堂開隨遇何妨穩草萊借得遠山作屏列乞將鄰竹繞籬栽百年切莫虛靡過五福全憑陰騭來且欲絃歌聊自樂兒曹同進菊花杯

婦職捫心媿盡辜不須循俗慶懸弧久荒墦祭思廬墓未作羹湯事舅姑親已昊天悲屺岵兒今隨地愛桑榆立言立德徒虛願巾幗終難似丈夫

閱堅瓠集載楊升菴有風花雪月詩自一字至七字以題爲韻始於香山即宋人所謂一七令也遂擬之

花婀娜天斜微吐蕊漸含葩臨風舒錦過雨烘霞經春粘蝶粉卓午散蜂衙絲柳池塘慣繞紫綠蓮幙輕遮堪憐二月深山裏野卉無名也發芽

月珠輝玉潔兩頭纖半規缺金鏡飛騰銀河超忽清移覆兔陰香散涼蟾窟輝生楊柳樓高影落芙蓉江闊姮娥何事也含愁長向關山照離別

新晴

山深成小隱地僻少人來一自春光到因將蓮幙開燕歸初識戶雨霽漸消苔課婢鋤畦草疏香手自栽

霽色逗窗紗晨光睡味賖宿雲連霧散喜鵲報晴譁花子沿籬撒春風製幔遮催耕復催植梭織是年華

偶成

久拋淨果淵紅塵悟却前因昧後因過望子賢愁命薄肯緣地瘠怨家貧十年學業成虛度一點靈光漸失眞安得此心如鏡澈蓮花開處駐吾身

陰雨兼旬月色沉瘴鄉珍重峭寒侵人因小病思高臥婢不知詩悵獨吟憔悴容光慚對鏡蹉跎生計托鳴琴自憐閨閣天涯慣清淨家山夢裡尋

題寫韻樓遺稿爲方秋伯少尉作 少尉原配吳夫人著

一編正始味清音林下高風杳莫尋閱歷山川傳好句倡隨琴瑟有同心前身明月圓雖久小影梅花瘦不禁遊戲塵寰原頃刻千秋留得短長吟

團香鏤雪賦華年一剎曇花現可憐亭號鷗波今管趙樓標寫韻舊因緣蜀都名勝供吟眺綺閣才思得秘詮

何必摹唐兼擬宋性靈筆落自超然

擬春閨怨回文

詩成獨倚小窗幽淺睡輕寒江上樓離別憶君尋夢遠古今同恨爲春留絲絲雨隔重簾捲點點花飛着眼愁時醉殘香孤枕冷癡情自負本誰求

題自寫扇頭山水

蒼茫雲氣筆端收樹杪泉聲聽最幽寫取山中風雨意小窗六月似殘秋

銅鼓歌 鼓在桂林節署袁太史子才賦之今長樂梁茝林中丞首倡徵詩依韻代外作

丁東斗箭銅龍鳴玉壺蓮漏鏗鏘聲戟門參衙報五鼓
須臾曉日昇丹極奇物韜晦二千載一朝光彩耀林坰
金音自足震魑魅何用西蜀鑄桐鯨當時伏波佩銅虎
銅柱標立茁蠻驚鏖兵大戰破側貳一鼓再鼓傳軍營
又從駱越得銅鼓鑄爲馬式來瑶京往昔記銘見書史
廣州風土猶知名留傳轉展際　昭代祝敔蕢磬製度
明遭遇得邀大雅賞揮毫吟咏齊鍾嶸羔羊春酒祝多
壽隆隆社鼓勸春耕欲使百粤化中土鑄陶耒耜安邊
垠蓬蓬鼉吼奏矇叟宣揚聲教如鐸鉦一聲鸞鸞百鸞

和羽觴銅鉢相縱橫千秋慧眼有真鑑范虞辨證徒紛
爭淵雲嚴樂各超妙咸加去取歸權衡在古考工各分
職韗人所掌造最精獨有此器乃金製其體隆大其音
鏗範銅作樣類盤敦陸離班剝無箴銘捜羅忽又得其
一雙行位置於懐清（節署有懐清堂）萬言倚馬煥文藻雷霆鼓
盪聲砰訇雷門鼓聲今又作岐山銅器亦已更銅仙銅
狄久銷毀銅琶銅管殊厭聽銅甌莫與刁斗比籌邊已
靖占休兵古光古澤照人眼森森瑞木敷華平桂嶺秋
高發爽籟以金代[illegible]伏庚惟公考據到秦漢蟾蜍徐

吐光精瑩文軫久已薄桂海蒙昧妄欲作撞莛石鼓曾
聞存太學銅鼓今又添圖經

落葉

入秋心事托詩歌夢繞疏林喚奈何片片打窗疑雨急
家家平砌怨風多瘦餘烏桕門常掩蓋盡青苔屐未過
讀到蘭成枯樹賦哀蟬抱蛻戀寒柯

天邊鴻雁影參差正是山中木落時飄向夕陽愁黯黯
堆來牆角意遲遲烏頭已白還棲樹鴨腳纔黃便去枝
偶向石欄干外立桐箋拾得好題詩

松柏才能見後彫洞庭波冷恨難拋濃陰猶記遮漁艇
禿樹今看露鵲巢殘影飛飛凝古磵寒聲颯颯起山坳
天涯此際無窮感深夜挑燈讀楚騷

颯颯瀟瀟弄晚晴採薪人去擔頭輕幾翻捲處盈虛悟
一片拈來風露清月透寒林疏夜色風搖遠樹起秋聲
新霜宿雨堆無限閒踏空堦獨自行

似雪紛紛點石磯征人路上滿征衣宛同宿鳥隨風散
還與流霞帶日飛水郭山村成爛熳吳江楚岸正依稀
寒林一派容光淡徒見斜曛映翠微

籬邊白菊

恬退深山裏孤芳自出塵傲霜空色相得月倍精神逸品高逾潔秋容淡始眞漫言寄籬下相守素心人

白菊滿籬忽開紅菊一叢

偏無紫翠與丹黃嫩白嬌紅欲拒霜本色素兮翻絢耀秋容淡極轉濃粧貧忘寂寞逢佳境老厭繁華重晚香就菊閒吟陶孟句一枝相對傲羲皇

題梅溪圖

攜杖尋吟侶衝寒梅蕊新乾坤滿淸氣天地幾詩人雪

後溪流活陽回谷滿春冰心誰省識畫裡替傳神

作秋林竹徑自題

杳然窮谷裏托興寫琅玕節以堅貞重畫偏神韻難桄榔似梧綠鳥栖作楓丹點綴殘秋景經霜更耐看

得梅芬姊見懷近作依韻答之

相阻無千里相思病一春遣懷無別計安命悟前因會有良期訂身宜慎攝珍憐君同境界憂患兩離人瘴雨剛三月窮巖不見春獨行惟惜別衆難總緣貧知已非容易中懷何日申他時小兒女能否結朱陳

題種花養魚圖

振襟垂柳下拂袖待和風天趣人倫裏韶華物象中春光培富貴秋水豢魚龍託取畫圖意傳神愧未工

櫻桃花二律

紅芳掩映玉欄干共醉流霞駐渥丹鶯鳥初啼含曉露杏花有伴耐春寒簾櫳半捲朱英嚲纓絡低垂綠葉團一自栽培依廣廈還從東閣附詩壇

鈴轅草木易春回挂綠簪紅映碧苔一院好風來蛺蝶午庭細雨黯瓊瑰未從燒筍筵前見先向傳柑席上開

畫戟淸香兵衛肅陽春同賞薦芳醅

五詠堂題壁 始安太守顏延年讀書處有石室在獨秀峰下相傳太守於此賦五君詠爲梁大中丞重建並繪圖徵詩

當年舊跡畫中看千叠屏風曲曲欄繪入鷲溪頻點染種成鳳尾報平安讀書岩自留空翠醉酒人皆賦渥丹回首滄浪會駐節盟心又見月池寒

一峰獨秀勢崢嶸就石依山卜築成桂樹秋風常歲歲堂鄰貢院羔羊春酒頌聲聲筆精重錄延年句墨妙新鐫魯直名勒黃文節公手書五君詠于石好續虞衡傳勝境淸香畫戟到蓬

瀛

題外子畫

茅亭踞江皋喬松俯其上羣木露春意叢山冋奇狀螺髻疊煙鬟漁舠釣新漲靜境得機先隨筆寫幽曠

用岐亭韻爲余小霞丈題借書圖

秋樹伴幽人青陰如柳汁染衣空翠輕繞徑苔痕溼時見抱書來奚童行得得把卷坐忘情吟懷靜不急自有妙香聞何須焚睡鴨辛苦詮蟲魚駒光度疏幕暫借友朋家亦加丹鉛赤矻矻惜分陰珍重髮未白名流折角

巾人識林宗幘聲價定千秋不學卞和泣勉此三餘功素履必無缺終日擁百城猶作借瓻客餘事擅詩名共傳丁卯集

代題南交行役圖 寶小村廉訪奉命冊封越南國王之圖

奉使皇華促據鞍鑾花犵鳥亦騰歡木棉遠樹雲千疊銅柱高標路百盤藩國疆圻承世澤中朝侍從亦仙官遙知秉節茲遊壯象跡蛟涎足異觀

題外子畫雙松圖

平生具有霞烟癖幼與邱壑元章石甘同堯雪守天年恥以秦封污勁質先生落落志殊衆和嶠之才庾顗重薄遊聊爾托幽棲濟世期爲國梁棟天懷浩蕩氣若虹鴻軒鳳舉意興雄酒酣試展一幅紙淋漓潑墨圖雙松好爲雙松寫筋骨古心古貌難形容森森千尺竄蒼鼠矯矯百丈如遊龍久鍾元氣結茯苓各抱靈根拄寥廓有時張鬣舞蛟虬有時養德棲鸞鶴退既可見通明心進亦足徵子房略養空以靜全其天抱樸以堅樹其節連天一氣青濛濛日月英華自融結明月在水雲在松松濤在紙風在空君家自有生花管心相印處追天工

楊婉蕙夫人屬和東園十二詠 夫人梁敬叔孝廉德配

紫雲綴疏花繽紛簷際落榜舊屋新營依然羅綺薈馥郁薰縹緗迴環象纓絡暫作還山雲經綸奇岩壑 藤花吟館

晉安多詩人顯晦各所遭惟公建此樓遴選筆自操鑑光獨澄朗鳳采與翔翺又闡百粵詩 時方選輯三管英靈集 榕城駐旌旄 榕風樓

爽氣撲眉宇三山立簷際嵐光翠欲流塔影碧如睇四時畫本佳萬種烟霞麗遠勝一閣收憑欄宜小憩 萬峯閣

庭中玉樹多丹荔手親植鳳髓自冰涼虬珠含頳色何

須崖蜜嘗清供有嘉實如見張曲江作賦揮翰墨荔門
褚臨與米跋耳熟珍瓊瑛昨觀雪溪卷眼福誇平生硬
黃鐵畫健淺碧銀鈎精蒙壽敦婉蕙雨夫人出示落水褚臨兩眞本千秋兩
美合璧寶雙晶瑩寶蘭堂
堦前植叢桂梧竹同脩然拓此曼華室參玆鼻觀禪冷
露凝萬斛秋色侵吟箋定有珠雀來冰輪飛半天曼華精舍
瀟藍與湘碧豈同響屧競種出青琅玕繞砌節清勁森
森翠鳳飛曲曲朱欄映開徑共行吟君子體物性瀟碧廊
蒼籀既云遠後身有筆虎玆臺碧落高磨崖石壁補日

月共照回星辰足吞吐不見鄂家書登臨若仿古般若臺
如圭復如璧主客臺當中相對圭璧材遥見起敬恭舉
杯望舒侍執鑾纖阿從穆穆金波出忘言幸相逢賓月臺
淵源一池水宛爾存太虛出山澤蓄黎在山澤菑畬安
有荇藻生至清原無魚鑑物波不起涵物度有餘淡函沼
小亭顏滄浪風月仍在目待奕石枰寒供吟銅硯沐吳
中謳頌多惠政留案牘偶然爲霖還三徑就松菊小滄浪
佛生無量壽佛泉平地來慧水如慧珠甘露如甘醅昭明
太子啟甘露入頂慧水灌心恍聞旃檀香似見青蓮開仗此入功水
藴爲羣英胎浴佛泉

五詠堂納涼寫圖卽爲楊婉蕙夫人壽

選勝同銷暑憑欄共納涼韻剛拈競病花恰鬥芬芳突
兀山爲障瀠洄水繞廊置身圖畫裏此境最難忘
瑟瑟紅衣漾亭亭明鏡中超然君子德惠矣美人風仁
壽標明德聰明悟化工惟宜國香佩千古寸心同

題李後主墨蹟

天縱聰明見別材鴻飛鶴舞筆端來如何割據偏安主
別具風華翰苑才

觴策歸朝廢讀無保儀帙事掌書圖詞華差勝降王長
扇寫黃羅說慶奴
畫禪詩謎折肱三國勢支離筆陣酣流水落花春也去用李後主句
念家山夢破江南
銀鈎遒勁筆通靈精采莊嚴繕禮經一樣趙家天水碧
多君墨蹟勝冬青
公餘稽古鑒精詳胸有冰壺眼慧光千載始逢眞識者
好陪黃絹貯蘭堂中丞藏有褚臨黃絹蘭亭本
文端用筆雖神妙建業文房已刦灰不遇賞奇裴晉國

畫沙折鐵委蒿萊

詠荔支呈婉蕙女士

鳳爪龍牙質著梧遠道來山園初採摘江路送檣桅色擬椒黄雜光羿肪白猜吟篇題杜老(杜詩有輕紅擘荔支之句)風味勝楊梅宛轉晶丸影分明絳雪堆紅襦藏碧繭玉質在金疊桂館添佳話楓亭毓異材虬珠含玳瑁瑩核化瓊瑰瑞露疑嘗蜜天漿比飲醅明璫誠罕匹丹實絕無埃畫戟凝香靜長筵避暑開吟懷春酒記詩料錦雲栽句已千人詠名原一品推燕黎咸受澤庭館記親栽(君家圃有荔支齋種荔支自為詩記之見集中東園雜詩)夏熟春榮後稽圖按譜纔香山詞翰妙子壽筆花催(張曲江有荔支賦)鈴閣抽斑管榕陰掃綠苔側生思蜀郡仙子憶蓬萊(東坡謂荔支為海山仙人云)雪椀存千顆冰盤薦幾回拈毫欣口福沾溉仰鴻才何物堪相埒蒲桃酒百杯

宋徽宗摹周昉唐元宗訓儲圖

肅肅穆穆朶殿中丹青妙繪生英風開元天子重儲貳箕裘欲使後裔隆閒倚隱囊訓經術稼穡艱難勤請益其容恭敬其色和喬梓深宮陳講席連枝已建花萼樓弟兄骨肉恩常周東宮更宜設師保賢臣金鑑懸千秋奈何傷殘及三子鳳質龍章棄如屣燕翼空聞有義方龍顏未免乖倫理漁陽鼙鼓晚歲喧乾坤旋轉歸中原天性澆漓由自召刲遷西內生讒言牟駝岡前風肅肅徽欽授受遭窮蹙斡蠱勞辛補過難異代相形同一局傳來畫幀知宣和篆文天水眞蹟多五嶽觀前時考覈太清樓上工臨摹繡褫錦贉足寶貴禁本丰神識精粹玩物馳心翰墨林等閒忘卻金甌墜靖康之難眞堪憐輕紈佳素飛雲烟此卷流離在人世披圖感慨悲當年

大梁城邊肆攻剽青城殿裏餘憑弔怎如蜀道劍門行靈武收兵猶克肖嗚呼自來主鬯兼承家箴訓宜錫屬望賒肯堂肯構豈易事帝範原不崇詞華

題落水蘭亭本後為楊婉蕙夫人作

碑版風流久豔傳蘭亭猶記永和年烟雲曾被蛟龍攫墨寶終難沒巨川

妙迹初觀眼倍明蘇齋賞鑑有先聲褚臨黄絹堪相配(褚本亦藏君家)定見雙雙虹月生

珍逾結綠重璆琳天水王孫保護深無限蒼涼家國感

祇應貞石鑿玆心
元圃珠光聚滿門當年珍重有江村自詡眼福拈毫記
倒盡金壺墨汁痕
臨池握管苦冥搜偶仿簪花擬學歐今日又窺眞定武
匠門月旦定千秋

題黃筌畫冊爲婉蕙夫人作

紈素流傳翰墨場蘭閨珍重貯芸香草蟲信手成佳趣
花鳥隨時譜衆芳筌畫鵓鴿圖極佳蜀國聲華推要叔蕤林粉
本訪刁光又聞畫雉稱神繪眼福於今誌不忘

題文端容女史畫冊

暈碧栽紅自足珍聰明如此見丰神傳家隱逸山中相
設色芳華腕下春畫筆似師楊妹子簪花如見衛夫人
欵字妙絕品題林下來眞賞乞取靈芬好問津曾借臨一過

題五詠堂圖

顏孟曾題石遺蹤大雅攀淸香凝燕寢翰墨托仙賓文
筆光千丈書岩水一灣畫中記崇軌海內仰名山

白酴醾和婉蕙夫人元韻

春深庭院曉雲凉白雪吟成錦繡腸曲榭梨花風乍過
畫欄明月影初長唐娥醸出盤中豔舒雅持來杯低香
二十四番飛玉屑得賡新詠沐餘芳

再和韻杜鵑花

仙移鶴林本蓉城勝湘楚何時又小謫爭向㣲齋覲干
房萬葉萌嫩蕊茗華吐疑剪絳紅綃似着臙脂兩蜀魄
托芳名粵山穠媚嫵淸俊誦新詩品題作靜女佳什冠
羣英凡豔非儔侶花神若有知精采應凝佇勑賜見宮
詞恩波永記取愛惜護雕欄栽培瀜瑤圃報玆珍重心
感遇亦鼓舞願祝詠花人長爲東道主

題後赤壁圖

二賦傳千古重遊興未闌霜痕木葉下人影月光寒元
鶴來仙客鱸魚佐晚餐同心二三子一棹儘盤桓

懷婉蕙夫人

詠絮淸才逈不同禮賢下士有家風蘭閨才子兼仙子
明月前身住蕊宮
詩筒酒盞一年餘憑示新詩足啟予繡譜靈芸常擅巧
食經崔浩自修書
鳳泊鸞飄各一天心香縷縷寸心堅尺書欲寄愁難盡

聊托成都五色箋

何逸民觀察擢任畿輔瀕行徵詩作此並呈觀察夫人

公忠體國婦孺知蘭茝清風在碧灘粵嶺宣猷先列郡
漢廷折獄重經師乂安人頌金堤績典雅家傳水部詩
留得攀轅佳話在元髻黃髮盡懷思（觀察曾任河防故詩中及之）

持躬廉潔比秋清夙凛冰銜豸繡榮
北闕頒綸堪慰母南陔侍膳不求名和風甘雨關民隱
旭日祥雲感至情早識龔黃多惠政輿歌到處頌清聲

拱揖羣峰聳玉簪看山拄笏水程南錦颿過里人爭羨
丹扆陳箴德自堪棠舍兩年陰已徧衢尊萬井飲皆酣
五雲多處聯京國天使名都此繫驂
舳艫日麗早秋天驛路晴霞擁畫船皖伯臺高迎使節
袁江花暖麗春烟功垂保障安瀾日倖賚孤寒頌德年
特達應資開府任重來棨戟奏綏邊

贈何蓉裳甥女（一字纖影）

畫理詩禪總可人性情近處見天眞文場若許來巾幗
應奪簪花杏苑春（甥並工制義）

城南城北每嫌遥為愛幽居遠市囂定有新詩寫粧閣
紅梅消息報春朝
養性無如學愈愚聰明不受古人誣清談玉屑霏霏處
畫出閨中詠絮圖

題金山圖

浮玉中流峙朝宗匯百川六鼇歸駕馭三島望神仙貝
闕疑天上雲帆近日邊古來舟楫利眞以濟時傳

讀梁茝林中丞七十自壽詩敬步原韻郎寄其媳
楊婉蕙夫人

節鉞清聲滿八鴻抽簪歸隱太匆匆共看雛鳳丹山起
偶駐祥雲綠野中報國還期調鼎業入山猶有賦詩功
先憂後樂襟懷在出處人皆識范公
北闕陳書曳杖歸江南父老竟相違丹霞駐景生芝草
玉樹飄香上錦衣手輯奇編昭激勸（所著勸戒近錄三編眞足扶翼世教）
耳鳴陰德契深微桃源卜築新樓閣（聞卜居浦城有小桃源之勝）永
祝蓬壺麗日暉
邊圻持節六年移鄉國重看景物宜臣節凛時鳩杖健
君恩深處鶴書遲江湖廊廟原何異卷軸丹鉛未肯離

記得棠陰留異政公留別粵西詩云棠陰所得是年豐蓋紀實也元耆黃髮尙
謳思
保障三吳際險難封章讀罷士民歎公撫吳時夷人滋事赴上海防堵時
大帥駐蘇州公與陳公忠愍戮力同心奏輒報可召公南國恩原渥謝傅東山
興自寬傳世文章登上壽濟時學術是還丹共欽元老
精神好老福還徵鄉下歡

新柳

夢醒西泠一段愁好春先上柳梢頭多情宋玉門前護
感舊桓温陌上遊西子黛勻描淺淡女兒腰怯試温柔

韶華莫放匆匆去飛絮飛花送客舟
踏青人向大堤行聽得黃鸝第一聲摇曳乍禁風日夜
纏綿催起別離情郵程朝雨愁寒食畫閣斜陽媚晚晴
擬向陽關奏消息生機無限到蕪城
依依猶是舊風情張緒當年負盛名千里長堤初試馬
一樓細雨忽聽鶯偶從水榭聊依傍嬾向旗亭學送迎
擬把棗糕先欲祀未知彈指可聞聲
重過瑯琊事莫論去年折處已無痕美人曾識黃初賦
春色初來白下門少小年華能解舞生來風韻總消魂

憐他長大偏容易培植時承大造恩

敬書明史方正學先生傳後

濂洛淵源近可尋麻衣如雪痛尤深半輪竟落江湖影
十族難回鐵石心哭有餘哀驚道術死無他罪惜楊憎
綱常賴有斯人植正氣留傳直至今

題葉小鸞返生香集後

凌虛何處泛仙槎望斷銀河一道斜蓮座已成稽首願
維摩空散斷腸花明知綺語終成幻竟別紅塵未可嗟
想見靚妝人絕代最聰明處抵南華

戲題杜司勳集

新詩傳誦豔紅樓酒國花天記夢遊儂裡罪言羣咋舌
座中狂態盡迴眸苟無嗜好方無過既有聰明便有愁
幸是當途遇知己湖州吟罷又揚州

題曝書亭集後

家學久推宰相冑江湖載酒忽中年竹枝豔紀遊湖曲
寶劍光騰出塞篇鴻爪雪泥蘇玉局曉風殘月柳屯田
經師詞客名俱占壇坫東南五百年

題陸放翁詩境二大字墨刻

韓陵片石世爭傳樓閣華嚴現眼前悟澈驂鸞詩境界
微吟應抵小游仙

墨妙當年訪右軍名山碑版佛香薰御書丞相南園記
可惜郇公五朶雲

頭白行歌等負薪江湖魏闕夢經綸草堂秋雨陰符閱
猶作南山射虎人

小樓深巷賣花聲紅杏詩傳舊有名譜就烏絲寫春色
香詞唱徧錦官城

苦吟鎮日手頻叉客裏詩情對晚霞明日斷炊何暇計

賣將團扇寫梅花

自作牡丹墨梅帳額感題四律

天葩原自有根芽國色冰心各試花百和烟濃流夕影
九華帳暖護朝霞舞盤態足當人主作賦才原出帝家
不向春風鬥凡豔紛紛桃李太夭斜

豐肌瘦骨各輕盈詞客憑欄仔細評品貴合邀花九錫
格高不數璧連城含章宮殿春陰暗結綺樓臺曉日清
一枕羅浮香夢覺曉窗小婢報新晴

夢入瑤池罥舞巾年華倏忽等輕塵五紋簾幙陰陰雨
四照軒盈寂寂春閑歷繁華成幻境支持霜雪悟前因
長卿去後吟情減空撫幽蘭憶美人

魏紫姚黃數舊家心腸鐵石骨清華已經風雨紅顏悴
好耐冰霜晚節嘉豔質不窺青鳥牖寒香豈上碧油車
空閨偶寫聯芳句各占春光第一花

寫梅有感

錯節盤根閱古今冰霜煉出歲寒心自從放鶴人歸去
不賦巡簷索笑吟

悼亡

憐君生小歷艱辛百樣坎坷鍊此身（夫子幼年失恃弱冠後遭翁大人之喪）口腹累人生有玷文章無命志難伸耽吟縱酒忘多病任俠揮金不患貧見義必為言必信陶然爛漫總天眞

憶君蜀道上青天（侍翁大人之四川任）失恃趨庭倍可憐詩展蓼莪傾孝思詩聯棠棣感陳編頻仍家難歸三徑蹭蹬身名剩一氈落拓元瑜聊入幕時虞世業墮前賢

與君髫丱約為婚兩地尊人古誼敦（先君子與翁大人本有年誼邂逅成郡聯姻婭焉余方襁褓）各自終天歌罔極一般身世歎無根堅持

白壁開甥館不棄荆釵贅舅門從此唱酬無間斷食貧
食力總温存
思君橐筆破饑驅篷背船唇慣道途異地傭書累衣食
故鄉失意戀江湖新婚賦别憐春色舊雨飄零感酒罏
十載依人無所遇猶彈古調賞音孤
哀君失恃尚髫齡難挽春暉失影形風木一摧傷寸草
白華三復愧葩經貧無長策成流徙家有重慈惜伶俜
姑大人逝時外祖姑在堂夫子館甥後即迎養余家合巹彌旬即迎養萱幃聊代
侍儀型

念君壇坫早名馳拔嶽驅山筆一枝才本濟時安賦命
愁非寄內不吟詩悔耽聲律同詞客恥為簪纓作畫師
苦為飢驅常橐筆稜稜丰骨逐時卑
惜君腕底好烟霞筆力能追元大家夫子作畫宗元人落筆古雅隨
意拈毫皆入古豪吟舊紙總生花錦江春色來天地成句
夫子有圖茂苑鶯花燦物華夫子畢生惟留二長卷藝圃儒林驕三絕
倩誰作傳誌秦嘉
哭君甚至挽無詩聊紀行藏當誄詞浮世幾時成解脫
夜臺何處可追隨怕虛盟約生慚我望振家聲亟勉兒

此憾此悲何日已天荒地老永難期

送梅芬姊氏歸里

翠柏蒼松託故知盟心照影對清漪十年早結青雲契
三管同看碧落碑令佐班彪修史筆更吟徐淑詠花詩
一帆風裏君歸去留得丹青繫我思
冰壺在抱比秋清記得談詩月正明畫到傳神堪絕世
詞工咏絮豈沽名各安荆布耽禪悅不競才華見性情
更羨膝前嬌女在小鸞雛鳳和清聲纖影甥女工詩伯凝甥有文武才
詩裁硯北酒花南回首當年慶盍簪雁影攜雛留未可

麻衣如雪別何堪梅花標格香猶在醽酒交情意倘酣
憶否瑤池同小讌夢中還共躡鸞驂
雲帆千里渡江天安穩波平下水船如玉人歸江渚月
泥金書望薊門烟伯凝甥服闋後將應京兆試孝侯臺畔題新句泰
伯祠旁慕古賢何日重逢有天定難猜鴻爪雪泥緣

題彭亦香刺史墨經從軍圖

烽烟忽起西延西欃槍氛惡驚羣黎草廬有客方讀禮
雪花打窗寒掩扉絡繹軍書旁午至有詔從戎拜天
使此身忠孝苦難兼移孝作忠見諸史一騎飛馳競鼓

聲衣存短後有餘悽馬背量沙見韜略盾頭磨墨搗鯨
鯢功成指顧動歓振醜類誅夷歌大定九京老母應有
知竹帛旂常喜家慶孝思由來重顯揚凱旋甄叙姓名
香斯圖也是淩烟像記取他年　聖澤長

白題小像

盈盈十五館甥初裙布荆釵挽鹿車記得嫁奩無別具
傳家惟有畫詩書
唱和紅閨琴瑟調安貧自力咏蘭苕依人壻作遨遊客
彼此詩筒寄寂寥

夢叶蘭徵兆已成慈闈欣慰試啼聲幾年望斷桑弧慶
一夕投懷月正明
終天風木禍侵尋七十慈親老病深祀禱無靈醫藥竭
不堪三復白華吟
恩深罔極報何從痛絕音容夢裏逢生女難償祧祀願
勉將吾子博貤封
惡耗傳來舉室哀淚枯腸斷志全灰偷生苦爲兒曹累
悔未追隨到夜台
鸞鳳分飛痛不幸減衣縮食課遺孤父書竊冀兒能讀

午夜丸熊甘茹荼
卅載辛勤鬢欲皤嚴霜厲雪儘經過岐嶒骨相看還在
凋盡朱顏奈老何

悲懷　外子捐館歲月如流將服闋矣

大化茫茫不可論人間天上黯銷魂忽吹孤竹山陽笛
半死枯桐庾信園誰念西華悲葛帔自招北斗奠椒樽
哀音聲起干雲上欲把煩寃訴九閽
銜泥雙燕苦婆娑忽覺形單歲月過夢裡鶴歸千古恨
曲中人唱百年歌鵑啼猿嘯風初動玉宇瓊樓月最多

應向空王虔頂禮蓮臺合掌沐恩波
玉鏡塵封桐樹凋詩城酒國太蕭條關心離聚淒涼夢
迴首悲歡上下潮往事莫思春際柳此身已化雪中蕉
斯人太息才難展且托巫陽賦大招
湘山粵水旅愁牽生死原歸造化權畫筆荆關藏篋底
聯詩管趙記花前何時成立期諸子此際仙凡隔一天
幽恨填胸難寫盡灑將血淚上吟箋

落葉叠前韻

搔首茫茫感莫論樹猶如此黯銷魂商聲夜讀歐陽賦

瘦影朝尋古佛園。誰掃荒庭迎落月。懶煨新釀瀉芳樽。
揭來眼界增空闊。不斷遥山直到闌。
園林入望盡婆娑。天外驚看雨乍過。何處哀蟬仍譜曲。
似同寒雁託哀歌。閒依竹檻風初勁。靜覺桐階月轉多。
聞說洞庭湖上水。近來一碧映澄波。
嘉樹難期盡後凋。涼天如水最蕭條。聲聲屐齒人沽酒。
點點征衫客待潮。却覆冷蛩依石甃。遠隨孤蝶傍殘蕉。
枝頭零落知餘幾。只有霜華似見招。
蕭辰容易恨愁牽。溫肅須知上帝權。文士丹鉛鐙火後。

美人刀剪雨風前。記曾濃蔭園長夏。剩有修柯倚遠天。
轉綠回黃那堪說。孤幃且試禮經箋。

秋日書齋遣興效劍南體

閒齋丹桂露華濃萬斛天香映鏡蓉把酒喜逢登榖日
得閒擬學種花農紅餘筆底奇書勘翠入窗間列岫重
耕鑿此間猶近古村喧梆板戶喧舂

予居在粵西會垣地近北城曰鳳凰里宅後地空
曠塘水渺瀰隔岸有李園花時白雪瓊瓏綿亘
數十丈城外諸山排青映碧入書窗中如圖畫
然顏之曰窗間列岫軒鳳所止必集梧桐名其
塘曰梧湖記之以詩

春冰已盡銷春風亦漸轉浮青雲外生嫩綠草中顯淩
晨啟我窗小坐等游衍幾枝碧玉簪參差露列巘蕩漾
一湖水望望窮睇眄青陽一以臨白雪近可緬瀛洲霏
玉塵蝶粉靜堪辨
閑門如讀畫各擅名家勝四時景不同嵐翠自相映判
闢峙大家倪黃闢幽徑一鏡空且明萬樹斜復正默參
剝復機青紅迭相盛長齋守木叉即是華嚴境瑱然遠

寺鐘月白禪心定擬築三間樓眺遠愜幽性

示媳

葭管灰飛運轉陽躬修家祀薦烝嘗蘋蘩餘暇勤鍼線
莫負春回一線長

寄梅芬姊

對此一湖水紅稀綠正肥江南梅雨節風景是耶非

秋日卽事

曉霧氤氳桂露濃窗間列岫削芙蓉黃花清瘦如高士
金粟豐盈亦富農寒舍經營眞草草幽花掩映自重重

素娥靈藥如相贈擬取元霜帶月舂

懷楊婉蕙梁壽芳兩女士

蒹葭霜落水瀠洄搔首停雲盼雁來盡日把君詩畫看
幾回吟咏亦憐才
可記交如金石堅只因同調倍相憐遥知兩地懷人夜
瘦影支離妬月圓

春日咏紅梅

竹外溪邊幾度尋瑶臺鸞鶴起清音天然高潔兼明豔
桃李容顏冰雪心

能向霜天矜豔姿東皇故意鬥新奇爲花寫照留仙處
狼籍臙脂點墨池

答何蓉裳甥女 一字纖影

最難閨閣兼師友似子清才況少年各有吟奩一枝筆
瓣香心事異時傳

送江夫人旋湖州 鄭夢白中丞德配

三載常瞻畫閣春歌傳檄佩重清貧金閨佐理辛勤甚
歸作苕溪息影人
中丞威德本兼施功罪盟心只自知料得草堂歸隱後
陰符一卷夢行師

即事感懷

樂土從來少是非酒香米賤更魚肥門忘鎖鑰悲鄰壑
毒蘊芙蓉釀殺機誰識康成勞戰守 鄭夢白中丞 忽亡和靖
共歔欷 林少穆制軍 閩中亦有憂時感蒿目瘡痍淚暗揮 粵西向稱樂土自道光二十年查辦鴉片烟欲禁絕售賣卒未能禁英夷滋事所僱壯勇皆游手無賴之徒英夷就撫後壯勇無業可以糊口漸爲盜賊粵西守土文武格於例案往往希圖省事懲治不力致東省匪徒擱入西省勾結土民行劫官不能禁鄭中丞據實上聞以致督撫不和先後更動林少穆制軍先聲足懾賊膽道卒於潮州賊肆無忌憚矣而永安之失則由所僱鄉勇不用命故防守不嚴

兵機呼吸判安危未雨綢繆貴預爲無業豈能銷劍戟
有才還望靖潢池儘教曲突徙薪早何至焦頭爛額悲
可惜健兒好身手調和乏術蹶難支 向提軍攻破紫金山後追至平南賊勢已衰將滅此而朝食矣乃楚兵與蜀兵爭僱擔夫不和以至各不相顧官兵大敗賊遂竄至永安
軍前文武重和衷宏濟艱難始建功赫赫鴟張氛已惡
紛紛鋌險技將窮俄看掣肘鴛鴦陣突出磨牙虎豹叢
客氣從來多僨事棋輸一着恨無窮 向軍門與烏都統意見不同
與賊相持倏半年養兵費盡度支錢丸泥未克看封谷
重幣徒勞犒控弦已覺因循遲射隼又因鹵莽笑耕田

危城望斷旌旗影意外將軍降自天粤西軍餉支給至七百萬之多而賊在永安突出由古速一路而走其處千丈高山有險可扼飛鳥不能過派某觀察帶勇保守某恐山頂取水不便移營山背平坦處以致一無準備賊來反為所踞烏都統不知地理率四鎮追剿全軍覆沒烏都統僅以身免賊隨擾及省城幸向提戎趕到人心始安城竟得保

壬子二月紀事詩時賊圍粤西省城

居人愁壯勇喜遠近傳呼賊來矣壯勇之喜亦何因挾
賊自重乞賞頻賴有桓桓之向總戎鞭梢急向榕城指
漫言女子敢談兵傾家欲雪同仇恥圍城後官民一體捐輸予傾家中之所有佐軍大兒乃蒙議敘改省湖南大帥持重向帥愁功城不愧綏遠侯

賊退後有封侯之說先定壯勇後退賊惟公能解居人憂吁嗟除
惡終未了豕突狼奔疾如烏危城復安有數存向公沉
靜鎮紛擾突然忽報全州傾實緣坐視乏救兵大才小
用曹刺史一腔熱血惟忠誠困守十日賊未退殺賊能
令賊胆驚假使事權竟相屬擒渠掃穴功必成刺史死
矣激庸懦未幾又報道州破果否黃巾有異才治世高
人莫龍卧練兵撥餉事本難不達其理績難課王道要
必本人情紙上談兵計終左吁嗟巾幗尚憂時安得琅
玕披腹達　帝座衆心成城不我欺機參剿復妖氛破

吾粤之幸保向帥之恩也全州知州曹燮培慷慨
登陴困守十餘日殺賊無算卒因駐兵城外之某
提軍坐視不救以致城陷盡遭屠戮設使文武齊
心內外夾攻何至蔓延如此哉壽芝記

舟抵衡山感李鄴侯事

卧榻籌天下君臣義更深摘瓜傷往事煨芋憶初心悔
脫山人服應歌梁甫吟衡山容大隱仙迹可追尋

壬子暮秋自粤抵吳重過京口

一櫂西風送客舟吳胥漸熟片帆收垂楊烟鎖荒村暮

疏雨船橫野渡秋卌載萍蓬羨歸鶴幾聲鼙鼓警眠鷗
時賊氛南竄蟬聲兩岸鳴如沸又近孤城古潤州

鐵甕城高倚大江江風渺渺水淙淙無邊浪勢連天塹
不斷濤聲送客艘雲影千層浮北固波橫萬叠衛南邦
願天速掃欃槍淨草面黃巾盡可降

水雲淼淼暮烟吹又過丹陽晚泊時世味未能雞肋棄
畫禪敢笑虎頭癡銅琶鐵板風濤壯水複山重道路遲
應有圯橋憂世者好尋黃石拜荒祠

潮平風靜渡歸舟極目乾坤萬里秋水勢遥連雲漢浮

波光滌盡海天愁美人桴鼓千軍起大將樓船一炬休獨有金山頂上月古今不改照江流

北固山

拔地蒼龍勢欲飛羣峰環合大江圍雲屯粉堞連青嶂風激銀濤撼翠微寺揭孫吳年已舊（吳甘露年建寺）山疑梁武改應非（梁武改北固爲北顧）上方幾處鐘聲起巒翠千重忽上衣

金山

融結原知大造功危峰孤聳一江中地從鼇極分來遠天向鯨波盡處窮樓閣光涵龍伯府帆檣影拂梵王宮

躋攀直越藤蘿上知在雲霄第幾重

焦山

開闢從來有此山偶從焦姓播塵寰百川趨海波濤上一柱擎天日月閒松竹尚迷青玉塢烟霞何異白雲灣欲窮勝概無佳句落照扁舟幾往還

虎邱白公祠

白公往日駐旌旗今見叢祠晝掩扉駱馬楊枝情宛轉信天知命契深微鷄林有價分眞僞獅座無聲泯是非不愧玉皇香案吏身名俱泰遂初衣

女士繡佛樓詩　四

聞金陵警

六朝花月依然在京口雄圖久駐兵萬里妖氛敢深入一時天塹忽南傾飛芻輓粟煩農部玉碎珠沉泣女貞我已無家悲轉徙那堪風鶴又虛驚（信到後還徙一空）羽檄紛馳轉餉忙金陵大局判存亡兵應高壘屯安慶賊已連檣下武昌半壁支持徒戞戞諸公氣節自堂堂閨中空灑憂時淚洗甲何年問彼蒼

示季廑

當年弱冠讀書身歲月悠悠疾似輪檢點旨甘能奉母支持門戶不憂貧樂天知命閒居福活色生香畫筆春努力前程方壯歲一帆春水自通津

自粵避亂至吳途中懷述四首

怕見干戈影空餘疾病身因攜舊書卷來看水鄉春典宅供行旅浮家認舊鄰（避亂歸江浙者紛紛）華胥徒有夢此意向誰陳

又見紛傳箭瀟湘烽火紅眞成千里雁賴有一帆風貔虎功宜奮潢池技已窮憂時難借箸垂老伏閨中

漸喜吳門近金焦兩點奇好傾紅䆫漲重對翠參差帆影連天遠江聲入夢遲所嗟形影隻獨坐忽成悲

親舊多搖落壺中歲月長（吳中親友凋喪殆盡惟王柳村姻丈隱於醫如魯靈光殿巍然獨存）高槐延老福奕葉守書香却笑歸心速翻嗟寄廡忙（賃屋而居）金鹽兼玉豉更乞養生方

鄉國秋風冷年華漸老耆紅閨稀舊侶黃葉訝新霜鰕菜味逾美橘橙寒更香所嗟生計淺未免惜流光

醉後口占

未識前生何許人偶來濁世溷紅塵他年欲稽來時路認取當頭月一輪

題空色圖

圖繪一美人一髑髏鏡中顧盼亦醒世之意也其蓮臺之說法耶抑摩登伽之幻相耶情緣自牽慧性仍在戲題二律以當棒喝

人面春風看等閒妍媸一體後先間莊生枕後仍空寂宋玉吟來忽麗嫺脂粉終教成白骨鬢眉多半悞紅顏時時展對空花影色相何愁覺悟艱

花開花落幾番紅過眼嬌娃轉眼空欲識變遷形貌外試看好醜畫圖中兩般色相人情異一樣形骸慧眼同

寫出廬山眞面目畫禪佛法本圓通

西湖喜晤楊婉蕙夫人

當初官閣吟詩侶今日黃堂內助名玉樹瓊枝騰秀氣
湖光山色伴吟聲梅花依舊仙標格醕酒猶存古性情
頻仗解囊助行色一帆風裏送行程 時予赴閩至浙川資將告罄矣賴君解囊壯行色

婉蕙夫人招遊西湖賦呈

敢將寸管浪題詩潑眼湖光夕照遲一朵仙雲今又見
湖心亭上話相思

綠淨波痕亦可憐春來活潑更增妍篁抽碧玉山[illegible]黛
畫出西湖春暮天
天竺山深路易迷雲中花藥自芳菲到來稽首塵心滌
古佛低眉坐翠微
何年小住白雲鄉領略靈奇悟道場水作波瀾霞散綺
世人忘却是文章
風塵小別十年遲來聽遷鶯出谷詩福慧雙修君獨擅
更看雛鳳上丹墀

題靈隱詩禪圖 圖藏靈隱寺懷駱賓王而作也筆法工細無款跡

浙西山水何淸雄岩嶤鷲嶺藏龍宮伊誰老衲默無語
驚人奇句飛仙同想見登臨盤折上松濤遙和海潮響
珠玉光中龍氣生丹砂影裡雞聲唱紅霞錯繡兼紫雲
古佛含笑迎東君日升月恒終古耀卜晝卜夜須臾分
大江千里平如練忽湧秋空雪一片天開萬里共奔騰
地軸三山俄隱現此時那不懷抱開豪吟足繼賓王才
參禪合向上方住選勝還從福地來四杰齊名擅坫重
中原文采如麟鳳古祠薦菊吊靈胥大海迴瀾遜羲仲
十丈紅開海上蓮瀛洲方丈忽當前塵寰放眼宜高處

百仞峯巒必造巔

題趙淸獻焚香告天圖 崇安令莫厲堂繪圖徵詩

使君淸比顧長康官署垂簾似草堂九曲谿山晨讀書
三層高閣夜焚香格天心事人能說得地才華道正昌
好繼昔賢期遠大豈徒聲譽滿河陽

昔聞

昔聞遊宦者祿養欣千鍾世事日多變棋局乃逾工吾
兒幸筮仕捧檄到閩中拙宦抱微尚瘠邑多澆風籌辦
責白鏹一方賤靑銅催科有成例賠累曷有窮補瘡竟

剣丹保此綬半逼大兒需次閩中時閩清出缺係最苦之地同寅推諉不前竟致受累閩清征收地丁每銀一兩收錢不及兩千而省城銀價已至二千一百有餘約計正耗每兩賠至三百文粵西正多事轉輸困兵農予爲兒納粟銜感報九重紓難難未已毀家家已空交代太轇轕刻嚴逞機鋒愧無點金術還藉麗澤功大兒交代傾橐尚未償清欲藉二三知己爲集腋謀米薪嘆珠桂得失紛雞蟲老人呼兒前爲爾發其蒙男兒處世間飛伏成雌雄窮則占屈蠖達則申長虹窮達自有命吾原信天翁

答沈香卿女史宜黃陳少香大令遘室少香名偕燦工詩

少小塗鴉學未諳敢誇桂海試鸞驂蘭言洽我形神影詩國推君伯子男明月一輪來硯北蒙以紈扇見貽湘筠千个倚花南東陽家訓傳巾幗畫境詩禪約共參女史有竹窗分韻圖故詩中第六句及之

附元作　香卿女史沈鳳

翰墨清芬數載諳蓬門今喜接魚驂女中拔擅詩書畫世上人稱福壽男珩珮遠馳多難後才名傳遍大江南蓮臺慧業容相證一瓣心香我欲參

贈袁紫卿夫人　綬

藉甚聲華一卷詩雙修慧業定相師范家傳硯能繩武夫人爲隨園先生孫女韋幔談經自解頤共說庭堦森玉樹獨推閨閣擅銅儀夫人精天文之學此才可惜生巾幗憂樂關心世孰知

觀物二章

自有天地來日月常不老日則晝閒明月維夜時皓日月不共明人事求全少

蕭粱矜第族藉藉烏衣遊轉眼臺城摧誤於紈袴流門蔭未可恃適貽蒼生憂

春日漫興

樓外晴波繞四圍天光雲影透書幃敲成舊句添新句悟却今非悔昨非鳥語花香原異趣鳶飛魚躍豈同機不須計較升沉事直道從來與世違

題袁紫卿夫人詩稿

袖得新詩本如登捧月樓尊甫蘭村先生有捧月樓詞清吟惟一卷家學自千秋花豔無雙品鸞吟最上頭小倉山色好空翠筆端收

閨閣詩壇少今逢大覺仙讓君執牛耳許我拍洪肩論

世徒看劍觀星欲問天（通星宿之學）　雙修饒福慧同譜九如篇

聞大兒分校秋闈詩以志喜

秋月春花不計年兒今已作渡人船玉堂世重清華格
花縣人留翰墨緣金鼎無塵生紫餤冰輪有轍上青天
定應一洗沉淪感造士原操造命權
乍看鵰鶚起聯翩萬里風雲付一鞭彩筆光芒逢此日
青燈甘苦憶當年別裁僞體宜求是獨澈靈犀抵薦賢
想見低徊勞檢點夜深歷盡漏緜緜

詞源不竭自盈科掃盡浮雲見絳河銀燭當筵花欲語
金鎞刮目鏡新磨入闈壇坫文章盛廿載光陰閱歷多
蓬島未登休悵觸好從南國采菁莪
聖世奇才肯自藏休教遺寶士心傷荻充舊事從頭說
玉笋新班照眼光奏曲昔存知己感得人今賦采風章
青青香草還搴取多少紅蘭映碧湘（兒將改官楚南）

示兒

士人抱志節觀者擬其矜嫫嫱迭相耀毀譽安可憑縣
令一官小念汝恐未勝無權而有責何以為勸懲手版
逐隊趨積習原相仍安得兼人勇弊除百利興翻遜閑
曹服避嚚有聾丞縱愧仇覽鳳勿效郅都鷹手持一卷
書此外百不能緬懷元紫芝清嘯如孫登其秀茁蘭菊
其寒勵霜冰嗟汝夙累重焉得虛譽稱唯茲青瑣業經
史常服膺顧一入仕途官卑識難宏掣肘在胥吏賢俊
猶摸稜自守勤與拙不逐競與凌攙擾艮可慚未若粥
飯僧能否不廢學願汝識力增和甘在蘊釀棫樸宜薪
蒸古琴奏空谷賞音闃無徵鬱久必然顯霞光日蒸蒸

陳海翁姻丈八十壽詩即題其詩稿後（並序）

原夫龍梭翬鑷矜古藻之紛披靈石雲璈極音聲
之繁會非不侈侈隆富燦燦規模然古人斟酌於
一字之微研鍊於三餘之暇讀覔不訛道鹽無憾
豈非會意者尚巧不誇宋玉之大言愜心者貴當
允符少陵之細律乎今先生以鈎河摘洛之才具
浴素陶元之學少年作賦會荷高軒綺歲上書親
瞻　北闕賈生遇吳公而神劍騰其光高柔得王
修而結綠長其價方謂弱水可杭強臺獨上[illegible]
事業神化丹青乃霜蹄一蹶遽息影於衡廬鴻文

自高遂怡情於典籍遯世无悶稽古有榮彼蝸角
爭名之輩蠅頭覓利之夫驚南華爲僻書辨孟堅
之非固士開不知七星王平但識十字者或月曳
華紳鳴丹轂久矣鵠蒼鷺白而孔翠閟其羽毛蕭
敷艾榮而蘭芶潛其芳烈當作達觀毋庸三歎第
見三千太學爭奉稽康五百門人都尊郭瑀蒼松
淩寒不掩其正性白雪成曲或聽其好音雞籠山
色次宗之室常存槐市春風伯起之堂斯煖周家
宰以九兩聯邦國曰儒以道得民者先生之謂也

小兒忝列門牆曾蒙訓誨賦詩擊壤讀律傳薪清
商調逸扣角而歌老鳳聲揚鳴皐而舞看亥字之
親書樂辛盤之獻瑞道尊先進如啟龍威靈寶之
藏心契後來似披綠玉黃紬之冊

八桂堂中香氣清讀書讀律且怡情青箱恰有烟雲繞
煖竈應看鉛汞生函夏性情同坦蕩熙春杖履樂和平
遙知問字車應滿吟罷猶能進一觥

婉蕙夫人以詩見示並有結鄰之約依韻奉和

何處華胥國迷陽唱接輿有兒期負米無事且觀書春
氣花能引詩情畫不如結鄰相慰藉鬱抱定應舒

劍池懷古 越王使歐冶子鑄劍於此

綠淨不可唾亭亭蓮葉香蛟龍曾捧炭星斗忽垂鋩對
面萬峯起盪胸一鏡凉神虬眠正穩借作鷺鷗鄉

九日烏石山登高

雁外青天逈岩嶢不可登秋光明更媚霸業廢還興清
嘯答修竹奇書師古藤洗兵勞遠望鴻爪記吾曾

沈香卿女士輓詩

歸眞人去境蕭然佳偶分飛淚湧泉窗繞綠雲空甲帳

花當紅燭憶丁年牙期相賞琴留韻 陳少香大令之側室也有竹窗分韻圖少香江西孝廉工詩畫 鶼鰈同心墨有緣料得詩魂長不死舉頭
月影正娟娟

匆匆初唱定風波跨鶴飄然可奈何三月冶春傳綵筆 今春同人以冶春詞徵詩夫人成七律四章詞壇老宿見之擱筆 五湖歸計負烟蘿伯
鸞今作靈光殿德曜翻悲薤露歌好把青箱付家學佳
兒膝下慰情多

偶感

行間未復國傷仇借箸還同局內愁棗地楓天傳妙略

青霜紫電出新秋弄兵賊敢矜螳背食肉人誰是虎頭吾子卑官等羈客儻逢黃石命從游

從戎投筆有豪英相士何人眼獨明挾策澌愁無坐處憂時敢作不平鳴速擒虎豹兵機捷遥對芙蓉爽氣清回首呼兒須御掃海天空曠人琴聲

擬克復金陵恭記鐃歌

結髮事單旅孤懷矢忠誠本非慕爵祿亦豈圖功名蠢茲跳梁者盜弄潢池兵猰貐競磨牙南國咸震驚

天子赫然怒

命將來專征

祖德培

國本

天意鑒

至誠哭騎奮楚蜀佽飛出幽并運籌子房幕決勝亞夫營穴中困螻蟻海上戮鯢鯨蚩尤霧已息寰瀛鏡至清

靈旗用太乙玉弩銷長庚功成

天有喜謀定勇自生策勳兼飲至爰錫帶礪盟

愼修益思永萬年長昇平

自題攜孫行藥圖

灘江水最清浩浩靜如鏡中有水竹村蒹葭足洄泳曠達記莊周逍遙志幽夐采山芝朮香釣水雲霞映飲愛醽醁醽經禮淨名淨畫筆倩虎頭靈臺寫明瑩敢云輝鳳毛偶爾捉犀柄得閒且課孫夜讀剪短檠文思入秋光藝圃應春令但須勤灌溉喜見蘭芽迸元方與季方昔賢二難并植德當雍和秉志必孤勁進不諧時榮退乃守閒靚不希日下荀雅愛谷口鄭但願孫讀書學文佩雅正兒今在風塵舉足畏機穽棲棲湘水湄枕扇侍

溫凊咳循謀旨甘梯哭遜營競庖代學烹鮮爻老說爲政前年值瓜期需次等朝請消息話烽烟莫解鄉思悃籬根菊作花今我幸無病齟積且俟時飲水自觝行花時進一觴升沉各有命試看十圍樹黃落畢及盛雨孫勉乎哉席珍期待聘團聚免流亡已足適吾性五色紛離披可當萊衣詠

甯德道中和顏佩芳女史山行之什 時結伴同行

籃輿行得得枷板聽聲聲沙石激溪水埜花罥樹根地偏男婦健山險虎狼尊雲外早投宿黃昏見玉盆

附驥同行役戀闈觸暑行一身勞太苦兩鬢色頻更䬪
齪村居宿喧闐墟市成但祈途路靖不憚繞郵程

途次生辰蒙顏氏小魯月舫桐生三昆季貽詩奉

酬誌謝卽步元韻

跋涉山巔與水涯仳離尤幸附香車同行深蒙提挈千秋詩格
宗開府終古人才出世家樾蔭暫依叨覆載珠璣疊贈
勝瑜珈自慚老拙衰頹甚難和三枝筆褩花
亂離失路幸追隨仁者相依暫展眉望族韋平綿德澤
聲華商魯見風詩翩翩濁世佳公子字字淸新絕妙詞

險阻途中加馬齒感君吉語說期頤

附元作　　顏培豫

偶然烽火避天涯何幸追隨慈母車令子喜成名
進士郞君紫聯明府丙午丁未聯捷南宮同鄉原本舊通家明府粵西人於
咸爲大同鄉兼有世誼無量壽祝秋三月本月朔日爲設帨令辰有象
祥徵服六珈眞是澧沅蘭芷茂南陔長慶護萱花
武彝相遇幸追隨壽母康健頌介眉德仰一生慈
惠儉才兼三絕畫書詩菊花杯泛延齡酒萱草堂
謌不老詞百里侯誇賢令尹湘江萊彩祝期頤

前題五言八韻　　顏培恒

大慶三秋候星明婺吐芒温恭安且吉淑愼壽而
康海屋籌頻益璇閨帨正長琪花眞燦爛瓊樹總
芬芳饌進紅虬脯醪傳白鳳觴華芝爭獻瑞福艾
競呈祥象服輝雙襲鸞笙奏兩行琴堂看舞綵難
老誦詩章

題蔡春颿太史山水冊十二絕太史名錦泉早卒冊爲林貞伯秀才所藏

春雨連朝日漸長拈毫似學米襄陽百花顏色三農穀

醖釀還從畢潽香
鶺鴒啼老小園花好雨依時潤物華最是農夫心更慰
插秧已畢早還家
空林掩映喬柯秀宛遇翛然蘊藉人想見竹林稱阮輩
青松白鶴自爲鄰
琉璃一幅淡遙天最愛蘆花淺水邊小泊不妨翹足卧
好風吹處便開船
記得匡廬逢六月尋幽覓句對淸風萬松陰裏噴珠玉
洗盡人間幾熱中

雲林修竹得秋氣秀絕曾無半點塵我道化工原活潑
龍孫今喜報青春
一道飛泉界嶺遥結廬此地絕塵囂水邊林下蕭閒甚
天籟宜從靜裏招
石上菖蒲綴紫茸登眞有訣坐芙蓉白雲千頃看無盡
不及先生浩蕩胸
笑傲滄江歲月寬孤蓬到處有餘歡羊裘客子還多事
雲水千重手一竿
幽林茅屋絕無聲溪水泠泠略彴橫閉戶著書多歲月
此中心迹自霙清

蜀道縈紆人羣嵐百千玉筍間瑶簪問他驢背尋詩客
可是當年陸劍南
白雲自愛青松伴舒卷無心得意多遮莫林間逢匠石
從來大廈仗貞柯

題貞孝先生遺墨 張東墅觀察之尊人

披圖手澤尚如新北苑峯嵐派的眞枚叔文章名父子
襄陽書畫古傳人千秋品學標貞孝一幅雲烟絕等倫
豈止流芳兼布德化行南國惠斯民 謂東墅觀察

題俞石年大令賣馬買畫圖

魚熊難並好去取却分明囊已空如洗金還好古傾驊
騮憐蹀躞雲樹愛關荆寫記龍媒跡同傳名士名

雲卿夫人楷書冊爲俞石年明府題

懸鍼倒薤迴無倫玉鏡臺前授受新老我頹唐尤有好
學書擬拜衛夫人

題東墅觀察太夫人畫牡丹小幅

林下高風遠欽遲我未親南樓花富貴西母月聰明國
色毫端現天香腕底生慈雲垂遠蔭湘水頌仁聲 哲嗣東墅觀察

庚申夏日移居就瀛水榭偶成四律書以補壁

賃得忘機地移居路不賒 去舊寓咫尺 窗臨三面水樓看一
洲花學圃栽蔬菜招涼剖棗瓜誰知城市裏恰似野人
家
就瀛開草閣抱郭露青山鑑水心逾靜聞鐘慮盡刪晨
吟花灼灼夜眺月彎彎暫却憂時病林泉消受閒
飲水亦徜徉荷衣六月涼閒雲看舒卷鄰女話家常溪
樹綠遮屋埜花紅出牆此間足幽趣不羨輞川莊

開拓心胸闊全憑後一村烟波環小樹風景借鄰園北
牖宜高卧南薰可解煩編籬蓄雞犬擬作武陵源

新居即景擬何處堪銷夏

何處堪銷夏新居景最清晚晴看竹韻落日聽鐘聲坐
久閒逾靜風輕螢漸明不知天上夜是否夜三更
何處堪銷夏鄰園翳色清荷風緣澗響秋意入蟬聲樹
密溪橋暗雲開村路明趁涼移筆研灑墨紙頻更
何處堪銷夏瀛洲曉氣清池邊漁遂起葉底浴鷗聲琴
盡迎涼靜霞光浥露明坐來香益遠晷刻已逾更

何處堪銷夏樓頭眺晚清月移鄰樹影竹引遠風聲入
斷殘鐘夢燈挑斗室明課孫閒數典不覺已深更

章麗霞女史見招賞菊聽歌小病不果走筆賦此
申謝

負他閨友雅招邀小病秋深倍寂寥良會從來天亦忌
看花也要福能消藥爐茗椀供衰朽檀板清樽羨舞韶
咫尺怡園獨惆悵倚樓隱約聽瓊簫（寓樓可望怡園歌聲隱約）

許節母史太孺人八秩壽詩

歲月雙星隔琴書萬里行赤虬騰李賀黃鵠泣陶嬰弱
息能知學尊章自慰情一身兼子職不愧女中英
天姻聯許史母德媲陶韋荻畫傳黃卷飴含對綵衣小
春猶藹藹大節自巍巍試看梅花發清香麗晚暉
秉彝生至德冰雪本精誠清節標彤管姬姜說令名廿
年儘勞瘁百歲享恩榮欲識閨中範長庚耀太清
散騎扶輿日宣文設帨年龍鱗松得地鳳尾竹參天翟
茀怡神暇冰霜鍊骨堅會看逢九秩濟濟又開筵
我亦嗟荼茹檻書啟壘莊祿難營釜庾迹久滯瀟湘（大兒薄宦楚南賦閒在省）心境殊甘苦神交頌壽昌採芝歌一曲持佐

九霞觴

題田二雲母夫人遺墨花卉小冊

活色生香筆一枝萱幃才調想當時瑤池阿母乘鸞去
手澤珍藏重孝思
淵源家學世咸欽棣萼聯芳母教深課罷詩書教繪事
又添典故到儒林
枝枝花朵粲於霞粉墨光中孺慕加欲報春暉思奮勉
藝林治譜好傳家（二雲於山水花卉近更精詣而權篆會同聞多善政）
哲嗣幹濟慰慈靈一卷丹鉛抵六經他日雲礽須世守

會看奕葉繼芳馨

題蔡石颿太史遺墨畫冊

策蹇山中尋古寺挂帆江上數奇峰風晴雨雪烟村景
寸管收來奪化工

幅幅蒼茫筆意遒卷舒千里足神遊他年若續宣和譜
直接千秋蔡石舟北宋蔡珪字石舟譜稱其山水筆筆有源流可數

休甯二烈女詩并序

二女爲休甯汪荀生茂才鍾淑女長名瑞珠適方
氏庚申入月寇陷休甯女負姑抱子避於鄉會賊

至擾亂中姑媳爲賊兵衝散女星夜訪姑已爲賊
割左耳負數創旋殞所生子甫五月亦殤會又傳
賊至女遂赴水死次名得珠年十八字曹氏未婚
亦於是秋城陷時奔避南鄉途遇叔祖母鮑氏女
謂之曰孫女幸得見大人畢生明白矣幸爲轉告
父母孫女之目瞑矣奮身投塘下死鮑得脫歸轉
述如此

修羅幻兵刦忽覩清淨根風蘭寄喬桑其香益遠聞左
家有嬌女名花開姊妹精金百煉剛良璧一雙碎三十
六峰秀四十六灘清青霞與白雪毓生兩女貞姊也二
十餘納采得焦婿機杼佐書聲蘋藻肅尸祭妹也甫十
八閨中方待年掌珠依父母試讀周南篇昆明飛刦灰
蟻賊恣流毒狂飈一何多烈燄一何酷二女各自揣風
節同凜然玉骨葬秋水鑒此清泠淵二女本同懷其志
共堅卓皎皎萬古心無瑕是爲玨古來貞與烈遇難甘
艱辛去此稍回惑人禽判一身嗟嗟二女子幽蘭抱本
性貞哉不約同臨危俱受命其父素讀書玉佩而瓊琚
女節洵有徵父教良非虛黃山白嶽間正氣徧崖岫中

有青蓮花雙株聳露鷲

周烈婦輓詩

錢塘方秋伯大令工詩善古隸旁及繪事與先夫
子爲金石交其夫人趙湘蘋予中表姊妹也別數
年矣今春湘蘋載秋伯靈櫬過楚向余述其姬人
之節烈有足嘉者予不禁墮淚因命大兒培仁爲
之傳而系以詩姬名珏廣西臨桂人事秋伯十餘
年淑愼無過秋伯宦懷集令卒於官廨卽日姬盛
服禮天地神明並跪辭於大婦之前日妾隨主人

去矣靈輀務返故鄉夫人善自衛毋以妾爲念並散其服餙於婢媪從容飲酖而卒距秋伯屬纊衹二時耳時年二十六

主誼深時妾命輕美人完節豈求名諸君莫笑羊欣筆鐵劃銀鈎古性情

樓中闘盼朝金界海外朝雲返玉天奇福分明勝坡老雙騎鸞鶴賦遊僊

題汪景珊親家課耕圖

浮嵐暖翠相回復天與幽人結茅屋問晴課雨農事多

雁稅魚租生計足先生家近桃花潭曾與青蓮接芳躅經腴史液供幽探竹榱松幢享清福壯懷自是濟時才小憩塵歌招隱曲鵝溪幾尺寫行藏布襪青鞋侶樵牧烏犍叱處禾正滋黃鳥喚時酒初熟坐卧閒吟元白詩游心先到羲皇俗攜琴載鶴卜新居匀遍移家如抱樸飯牛聲裡課春耕笑指林端上晴旭一片閒雲出岫來鄉心偏繞黃山麓瀟藍湘碧照胸襟秋水空明洗雙目紙窗竹屋鎮蕭閒碧杜紅蘅送芬馥達人隨處樂其天悠然物外看棋局圖中仙骨自珊珊福地寬閒秀雲木奇書萬卷龍威藏玉樹千尋鳳雛育淵明高柳影依依元禮喬松風謖謖偶然諸葛託躬耕聊與子雲分寂寞未看碧澥起鵬搏且向丹山效鸞伏靈犀一點獨超然出處何須詹尹卜

偶成

遥指西方是我家前因後果證蓮花堅持一句彌陀佛切莫臨終一念差

題舒蘇橋廉訪遺冊四圖

秋浦寒生白鷺濤使君持節一登高題詩早擅麒麟筆

懷古猶思虎豹韜鍾離爲明代龍興之地揮手萬民沾夏雨濠滁百里祭秋毫知公一笑憑欄日四野桑麻潤土膏濠郡城樓晚眺

牛山聳翠接遥天一碧平蕪欲化烟藜禁憶看花似海虬枝喜見樹參天松風入奏琴三疊竹影頻遮屋數椽歷盡冰霜承雨露異材持貢玉堂前牛山種樹

廬循依水逞干戈親率超騰曳落河敢以艱難辭險阻只憑忠信涉風波長鯨拽尾潛形影巨猾低頭入網羅惜未登壇持玉節擒渠掃穴譜鐃歌洪澤湖擒盜

鞍披錦障勒黃金怎似騎驢一片心甘苦同民垂治譜
清寒律已示官箴畫圖印雪鴻留爪家學鳴皋鶴繼音
調仲和觀察昆季
想見輕裝無長物只應攜得劍和琴策蹇赴亳
同治丁卯仁兒調任會垣誌別漣濱官舍之甲秀
亭亭爲兒所修
徘徊庭院倍凄然辛苦經營閱兩年一木一花親手種
怎教臨別不纏綿
雪椀之中一杯水叔牙慷慨說分金同袍友誼原當重
果否當年管鮑心兒爲交代所累宿逋未清

閭閻民性初諳日草澤萑苻拔已窮記取草堂顏草草
果然行李太匆匆
蔀屋家家羅酒漿黃童白叟共趨蹌居官日淺難施政
辜負生民一炷香
能化愚頑不費詞訓兒謹守愼無爲除蝗渡虎蒙天佑
慚愧紳民歌去思
側聞新邑勞供頓只爲虛名累在躬試學鬱林攜片石
不教兩袖說清風
才卸籃輿又水程幾年就養屢長征乍聽蓬背瀟瀟雨
猶作芭蕉葉上聲
意有未盡復占三絕
桃李成陰垂柳傍薔薇月季滿庭芳種花先要刪荊棘
玉樹瓊枝漸漸長
花太嬌紅不易栽玫瑰一樹映蒼苔春晴若共幽蘭發
慰汝惟憑社燕來
碧梧纔集未成陰修竹蕭疏已滿林集鳳成龍他日事
栽培要識主人心
效邵康節先生擊壤吟

焚香鎭日禮金仙恩未能酬澤又緜兒已成名吾已壽
鴻慈終始荷蒼天
七級浮圖貴合尖靜中自把俗情砭鐘鳴鼎食憂常切
不及春山筍蕨甜
結箇茅廬賦竹苞也同燕子自營巢重陽風雨吟詩日
不聽催租剝啄敲
自古同舟要解人不堪謝笑又顏瞋銷金鍋畔焦頭客
可許當前積愫陳
萍浮蹤跡本無涯何日幽棲築小齋萬事乘除天作主

人生何必苦安排
嫁衣日為他人作慧苡成珠莫辨之供張送迎多過了
微勞休賦北山詩
小小廳堂本不寬蘿鹽隨分有餘歡宦途多少風波客
莫厭尋常七品官
李代桃僵人不識青氈舊業剩書城五千言裡教知足
隨我山中採藥行

題劉竹亭軍門德配楊夫人梅林詠月[illegible]遺照
梟殘香篆已成灰回首瑤池感玉臺貝葉三生燈下盡

曇花一朶月中開蟾蜍蝕處罡風勁翠羽啼時好句來
現出娉婷留小影滿林香雪接蓬萊
盈盈一水隔銀河奉倩神傷恨更多共說德門森玉樹
夫人生雨公子只憑慧業靖干戈軍門統師在外夫人每夕焚香告天祝早成功十餘年來無一夕間焉
同心早結絲蘿願撒手難成戲佩歌吟罷清輝
攜綠萼羽輪歸去伴湘娥

繡佛樓雜著

虞山女史錢守璞壽芝

荷花賦

維時乍迎炎節初拂薰風燕語喃喃共啄花於砌北蟬吟軋軋盡咽露於牆東日暮菱塘色映芙渠水上烟迷花塢香分菡萏波中爾乃泛泛紅衣田田翠蓋托種華峯嶺上色豔芳菲移根太液池邊清芬馡馥仙心縹渺自生炎暑之中佛性圓通能脫塵埃之外若夫人幕名賢涉江騷客愛皎皎之仙姿標亭亭之高格嬌花濃豔

連夕照而增紅嫩葉輕舒映橫波而疊碧獨含水德值暑而風自能清上契天心遇閏而節何妨益是以內具明通外形正直是知色比仙姝而愛潔品同君子而懷貞植孤芳以婀娜渺泉累而輕盈彼夫植自名園栽來仙苑合歡爛熳若淡若濃同幹繽紛不支不蔓勝凡卉以自清擅芳華而獨遠乃為之歌曰芙蕖初發秀玲瓏望去銀塘白映紅最愛臨風嬌欲語銀河一水與天通

菊花賦

若夫颯颯涼飃時逢九日瀼瀼白露飾序三秋聽咽咽

之寒蛩微吟階下度聲聲之塞雁遠叫樓頭一樹丹楓偏含佳趣滿林黃葉幾動閒愁爰有耐冷之花傲霜之菊繞籬下而分叢傍牆邊而散馥攢枝將放先看雅韻欲流擢秀初開最愛清芬可掬爾乃亭亭伴月瘦影疑無寂寂臨風寒香時有傍杞爲儔移蘭作偶淡懷有品遜衆卉而非遲冷豔多姿殿羣芳而非後密栽幽徑移植疏籬或托靈根於瓦缶亦懸小字於牙牌朶朶爭妍拒嚴霜而更茂枝枝入妙凝曉露以偏佳壽客在酈泉訪新莖于甘谷餐華慰班女採異種於石崖是以芳名

入譜看從彭澤之園逸賦有傳出自天隨之宅讀魏公之句愛晚節於秋光誦楚客之詞餐落英兮秀色

春燕賦

輕寒乍送淑景方迴平堤草長小院花開綠樹陰濃聽鶯聲之細囀疏簾風暖有燕語之頻來愛紅襟之上下傍朱戶而低徊爾其兩兩銜烟雙雙掠日屢銜泥于渡口勞矣將雛或避雨于簷間倦而暫息春光將至偏向他鄉社日初過盡辭故國若乃覓故主而殷勤還尋繡幕試新巢之安穩並宿雕梁翦翦臨風低穿垂柳喃喃絮語欲訴斜陽銀燭光來恰照畫堂有喜晶簾捲處應知杏壘生涼池畔參差照水則影翻明鏡庭前來去啄花而身帶幽香爰爲之歌曰燕燕兮頡頏呢喃兮晝長願雙棲兮安穩托王謝之高堂

秋燕賦

西風吹徹鬱金堂涼月光侵玳瑁梁雙棲海燕意寂寞倦翼飛飛憶故鄉伊春光之迅速覺秋氣之淒涼夢尋陌上鸞箏曲影怯天邊鴛瓦霜爾其紅粉樓前烏衣巷里掠寒霧而無聊翦清風而遊戲衰柳殘陽黯淡光涼

雲珠箔蕭條意猶記嬌花片片飛獨聽淒雨蕭蕭至秋雨春花景不同流光忽忽夢魂中金堂玉砌知猶是杏苑桃林信不通倦飛聊上下舊侶各西東來巢伴老花間蝶歸路驚逢霜裡鴻唯有故人情義重敢云暫別去匆匆見夫語喃喃情眷眷乍上高檐還尋別院離緒紛紛欲訴難來春依約重相見則有君羈紫塞妾伴秋幃雲山望斷音信嗟違夢回邊月三更冷簾捲銀河宛轉飛又如作客三秋依人數載感殘杯冷炙而樓登帳秋月春花之節改看秋燕之將歸對著茫之愁海綠肥紅

瘦殘多時黃葉聲多酒不辭舊遊回首烏衣巷文采翱
翔帳昔期歲歲擠繁怨年年動客思歎營巢之辛苦聽
幽韻以淒其

紅雲繡天賦

風微木末烟歛山腰漾絳氛之藹藹望紫氣兮迢迢吐
文章而旖旎現氣象兮扶搖一碧淸虛幻盈盈之麗
質九光凝彩襯薄薄之輕綃無心結海市蜃樓天開圖
畫隨意成奇葩異卉世慶唐堯爾其靉靆如垂氤氳欲
上金風乍剪分明裁片段之羅翠霧輕籠多半作刺挑

之狀千花粲爛回翠袖以將翔五色繽紛耀文衣而欲
颺現絲綸之深淺織女留圖幻巧相之玲瓏鍼神寫樣
夫其續斷虹之萬丈疊暮靄之千層奕奕能奇蜀川製
麗纖纖堪織蘇氏呈能蒼狗白衣笑千秋之變相天吳
紫鳳愛一幅之吳綾遠望蓬蓬自西自東倩月老之紅
絲補天衣而無縫借素娥之金線壓蟾魄以淩空散丈
室之花優曇湧現鬥支機之錦造化爭工掩映乎銀河
碧落駕鵲橋而繡譜繽紛輝煌乎貝闕琳宮射牛斗而
文光絢爛遂使描鸞刺鳳應益聰明繡闥金閨羣擠璀
璨既乃撫雕欄登畫閣長空勢奐恍絳節之初臨天半
霞蒸訝丹爐之乍灼羨大羅兮在望瓊宮之刀尺何如
仰兜率兮彌高龍女之纖褂奚若乃爲之歌曰郁郁紛
紛自卷舒金鍼能度未能如靈芸縱有鴛鴦錦難繡朝
暾出海初又筆曰筆陣橫空看潤淰舒來白地光明錦
龍梭萬縷織紅絲七采九華妙相引

跋七姬瘞林

余讀有明潯陽張羽所撰七姬權厝志不禁悲其遇欽
其烈也夫孔曰成仁孟曰取義而忠孝之任責重鬚眉

孰知天地生人男女雖殊而綱常之畀實無殊也幸爲
男子多讀書饒經濟得以文章勳業鐘鼎勒名成其志
也爲女子者守其坤道恬靜無爲奉箕帚操井臼事翁
姑勗夫壻教育男女而已如七姬者更不然矣七姬俱
爲元江浙省行左丞潘元紹妾位居卑下抱衾執拂之
儕方元紹之戰敗而歸也召七姬謂曰我義不顧家若
等宜自爲計七人齊曰我等無二心請及公在時死無
令公疑遂趨入室相繼自經死非有沽名之義也其遇
使之然耳蓋死亦非易也不得其所不可死不得其時

不可死七姬生楚蜀荆揚産非一地乃一旦捐軀報主所奇者墮樓之烈得一已足千古乃異出同歸一心共穴可與蒼梧之二妃聊城之三女生同天死同穴者比烈矣當其時强敵壓境吳王張士誠以蕞爾之區與朋師相抗者數年元紹縱具兼人之才彈丸之地勢必傾危七姬苟不及早致命後將有求死不得者七人既處必死之鄉潘又引之導之其慕義之心久切矣彼七姬者雖抱衾執拂之儕其亦無愧於綱常哉嘗覩史氏所載貞婦烈女代不乏人然從未有判生死於俄頃決榮

辱於須臾同時共死爭先恐後以死爲榮如此者豈不異哉當時張宋諸君志銘於前楊文請公辨論於後迄今又將五百年矣紅顏遭際徒剩殘碑碧血芬芳尚餘黃土今讀咏林羣作前賢諸說備矣然其中不免文人好異互相聚訟而與七姬之心無所表白傷已余故知七姬之同日而死者非有沽名意也處不得不死之秋而竟死焉其遇使之然也其身死其心安矣身雖有七而心則一也不足爲巾幗光哉此寶嚴居士貝簡香先生所以表揚貞烈必不使七人之心湮没不彰也碑爲溧陽張羽撰東吳宋克書先生得其舊本茲重刊於干墨菴中近復葺其廟宇修其墓七姬有知亦應含笑於九泉閨采蘭女士跋咏林卷後云不屑拾人唾餘貽尾續之誚其詞潔其識超璞本淺陋自慚荒蕪非敢刺刺不休願以此說質諸采蘭當必有以啟予之淺陋也按七姬者爲蜀郡程氏廣陵翟氏黃岡徐氏濮州羅氏海陵卞氏彭氏大甯段氏

跋俞石年畫冊

夫象物必在於形似形似須全其骨氣骨氣形似皆關

立意而歸於用筆故工畫者多善書趙子昂董思白尤傑出者也王叔明云文湖州作畫不在郭熙之下由其天懷浩蕩觸處得水流花放之趣不可以筆墨畦徑觀也余於石年先生妙繪亦作如是觀

繡佛樓畫價序

余在髫年性耽翰墨先人教之讀書兼及六法迨至隨先夫子幕遊於外中饋之餘亦復不釋筆硯對鷗波而神往瞑鸞鏡以寫生歲月　流丞丞老矣兒子官楚就養來此憐其賦閒訓之守　省門久任家食維艱竊思

儁書日日亦寒士生涯而壓綫年年是寒閨本色親友中時有以絹素來屬畫者當知其老而諒其貧儻欲裁箋先期潤筆

示芝孫

歲在戊午夏六月望憶與安孫别已半載矣是兒自襁褓以至髫丱躬親鞠育十五年來未嘗一日離膝下玆因伊父權篆義章隨侍衙垒便於課讀余老懷繾綣不能無眷念之情撰此聯寄爲書堂補壁兼勖其學業勿懈云爾

心要無私躬須實踐
學期有用時莫虛糜

跋程稚蘅紀遊十六冊

稚蘅先生邃於金石之學作字畫俱古氣磅礴此紀游冊十六幀筆勢縱横人物點綴極其瀟灑山邨水郭逈出塵表足以徵淵源之有自也昔人云讀萬卷書行萬里路胸中自有邱壑信然今先生將遊辰沅山探二酉水歷五溪當另有巨製予拭目俟之咸豐庚申子月二十有五日拜觀於星沙寓齋

報楊婉蕙夫人書

載别芳儀一更鳳紀眷懷遠道兩奉魚函玉瑲緘札題花葉之新詩金錯貽珍贈美人之錦段聚頭四握繡被一端九華寶帳雜流蘇於蕙楊六幅湘裙壓五紋之彩線雒誦佳什追維壁歡繾綣彌襟如覿笑語知己慈雲返岫歸棹赴閩高堂既已恵被南交績樹　北闕自可抽簪頤養拄笏林泉追事業於安陽堂名晝錦學神仙之宏景閣號吹笙會洛下之耆英吟香山之妙句朝野仰其清風婦孺歌其盛德夫人隨君子以潔蘭嬿秉閫

德以獻椒頌同同鳥語如文簫之儷彩鸞灼灼花開若秦嘉之偕徐淑繞砌有瓊枝玉樹膝下承歡傾矜則伯姊諸姑閨中聯襼衛茂漪之筆陣暈碧臨池蘇若蘭之迴文裁紅織錦春風畫閣珠海千函夜月珠簾玉杯一卷鄴侯架前泪誦蒙𣪍之典太清樓畔金賺繡虩之軸陽冰碧落之碑斛斯錞于之器莫不牢籠今古驅使烟雲奇書則珍逾虎觀寶笈則富敵龍威某入瑯環之地眼福曾誇載瑤華之車手披未竟夫人中饋有閒粧臺多暇方且載觀竹冊流覽典墳五岳觀之絹素澄心堂

之遺跡評量書苑囊飫詩城大癡之烟墨一幢小李之樓閣千重快雪時晴佳想安善惠風和暢遊目騁懷加以綠水名園近依宅里祥雲福地更起樓臺蕂陰盤曲寫奇字於三蒼榕風拂披著華林之七畧佛水多旃檀之香平臺足流峙之勝金粟一庭香聞鼻觀蠹書半碣字蝕苔痕十片綠芽瀹泉而烹鳳餅千枝紅顆品荔而剖虬珠艮由鳴珂里內夙具仁風咏絮才名自饒慧業紀歲華之綺麗玉版裁箋寫鄉國之風光琉璃啟硯某學慚操縵曲豈娥於瓠梁識愧蹄涔享自甘於敝帚本

分隔於雲泥竟情投於膠漆中郎識柯亭之竹秦女拭鹿盧之劍知心有素慧眼常青自後名山勝蹟屢奉追陪銀燭琺鎚曾叨晨夕拈毫於玉臺綺閣之傍讀畫於虹棟雲楣之下隨仙子之雲軿曾騎白鳳憶洞天之福地共聽青琴酒號蘭生縱横觥政梨名訂座共整談鋒同刪組議之書命修食譜學作籠頭之句擬訂茶經登山攜謝眺驚人之句珠唾九天促席歌汪倫潭水之篇桃花千尺繼南皮之雅游同西笑之樂事乃一朝揮手君賦文通此日儀驅我慚陶令感殷勤於知己淚拭鮫

珠荷拂拭於越人身如燕石已似鄒陽竟辭梁孝未如丁收常事東平誦延年之五詠幸此生鳳舉鴻軒賡平子之四愁悵遠道於桂林湘水團雪散雪述申叔之離情采艾采蕭述詩人之洄溯幸而都梁香在牙曠聲留何處雪泥不印飛鴻之爪有時烏鵲能通銀漢之津倘冀六萌香葦聽散佩之歌辭三節錦衣繼韋平之世業還時重奉教則攜手軒眉續古歡則飛觴擊鉢斯則丹心寸意念結腸輪蚊翼蝸毛心期蔞轂者矣某空山侘傺瘴地羈愁風雨未已莫追秦女之鸞歲月如馳遂擊

荀氏之馬嗟乎泛泛萍踪無縮地之仙術采采蘭說懷天涯之比鄰此日蓮開碧沼特郵黃耳之一緘他時秋水一方翹望彩雲之五朵

繡佛樓試帖

虞山女史錢守璞壽芝

江流清似鏡　得清字

玉宇秋光潔銀河水氣清雙丸從地轉九派接天
生竹箭來無盡菱花洗最明魚鱗風拂拭蟾魄月
精瑩蘭芷香初起魚龍睡未成碧涵雲影淡紅照
日華晴錦繡層霞疊玻瓈一鑑平臨粧逢素女疑
是弄珠行

輕羅小扇撲流螢　得螢字

良夜秋光裡輕羅試撲螢團圓裁小扇熠燿比疏
星繡幌遮銀燭金風拂畫屏袖翻雲簇簇燈閃色
熒熒隋苑花剛謝齊紈手未停玉輪明月滿珠點
露華零故意兜纖腕移時過小庭囊來宜夜讀時
照案頭經

槐花還似昔年忙　得年字

轉瞬槐花放求名似昔年深黃斜日裡淺碧曉風
前紫陌遊如昨青雲望若仙春蠶新製作冬雪舊
書編千佛名經裡三條畫燭邊後塵來福地好夢

憶鈞天餅記紅綾賜班曾玉筍聯師門衣缽在黽
勉著先鞭

快寫珠璣歌喜雨　得歌字

靡霂崇朝降應徵喜雨歌珠璣看燦爛稼穡卜豐
多銅缽催詩急冰甌滌筆過詞應思愷澤頌擬獻
嘉禾望歲紓懷抱騰歡徧野坡熙春形舞蹈函夏
仰休和欲誌昭蘇景同沾浩蕩波
九重勞默禱霑足慶滂沱

經訓乃菑畬　得經字

不必良田富菑畬在六經心田勤播穫藝圃淪袖
靈藜火光騰赤芸編簡映青目耕如去莠耳學似
開局誦讀依螢案規模裕鯉庭春華秋實茂性光
善禾馨德業南鍼錫良言北面聽昌黎遺訓在小
子仰儀型

雲從龍　得龍字

霖雨崇朝降風雲頃刻從逆鱗驚百里霑足慰三
農白映空林竹青圍古澗松雄威騰爪甲冷氣篋
芙蓉鬖鬆燕來滿和甘聚處濃日藏紅影約烟銷

碧玲瓏錦浪千層湧飛泉萬壑重占需由出震變
化是神龍

蟬涼解助吟 得吟字

好句從頭詠蟬聲噪一林能銷三伏暑如助幾回
吟選韻風盈袖拈毫月滿襟嘯歌忘夏日斷續訴
秋心送暑啼紅雨招涼響綠陰催詩剛握管流響
正鳴琴嘒嘒來何遠悠悠意自深一編初掩後天
籟有餘音

記事珠 得珠字

慧業千秋擅奇珍萬鎰殊守身如寶玉記事有明
珠典冊胸前憶光華掌上鋪一鴟看易竟三篋寫
非誣智府常舒錦靈臺永握瑜藜燃今倍朗茅塞
此全驅入手探驪矣盈懷吐鳳乎應防魚目溷强
識勉良圖

水流心不競 得心字

流水悠悠去波瀾曲曲尋從來沖淡意不競利名
心霧散銷塵慮風來滌素襟忘機鷗自狎照影月
初臨圓折知藏寶方流驗毓琳萬紅花送雨一碧
古還今大氣原同運高樓與共深江亭吟嘯處妙
理悟烟潯

九轉丹成鼎未開 得成字

慧業三生定金丹九轉成爐還靈藥閟鼎已寶光
生鬱鬱紅霞麗森森紫電明月華藏的皪星魄鍊
精瑩火自含靑氣芝將擢紫莖養玆鉛永質化作
虎龍聲濟世閭閻壽醫人海宇清仙班他日到寶
籙[illegible]長庚

大[illegible]時行 得行字

[illegible]序臨炎夏滂沱大雨行龍睛三尺水燕尾一犁
耕盈缶爻初兆翻盆勢欲傾崇朝占石礎千里破
江萍澤遍勾萌達雲興下尺生金蛇看電掣玉虎
助雷鳴甲乙觀魚躍庚辛記鸛鳴爲霖臣佐
帝沾溉荷生成

芙蓉鏡 得徵字

何處邀明鑑芙蓉自昔稱波心鎔月影豔影奪霞
蒸朵朵迎紅日棱棱耀紫菱高堂將匣啟秋水忽
神凝儻使娵妍辨應教態度增櫻桃筵待設楊柳

汁同承映帶三台朗昭融入愷升科名占李固鏡
聽有休徵

占歲雨 得占字

野足知時雨豐年信可占飄珠沾綺陌炊玉慰茅
檐魚兆休徵合龍星祀禮嚴會看田祖賽更喜稙
孫添離畢三霄降興雲萬姓瞻鱗塍施厭霂雁戶
聽廉纖饁彼臺簑徧壓兮秉穗兼
九重甘澍渥風俗慶熙恬

蓮動下漁舟 得舟字

忽訝新荷動深圍一葉舟綠簑依近岸翠蓋漾前
洲菡萏香風繞笭箵水氣浮蕩搖添遠態欸乃入
中流鼓棹看青雀投綸狎白鷗擁幢窺隱約喚渡
任勾留玉井思仙腕銀塘放橛頭紅雲浮一瓣應
共謫仙遊

荷喧雨到時 得時字

何處喧聲起新荷滿綠池亭亭花放處瑟瑟雨來
時鷗鳥眠初覺蜻蜓態轉遲幾重聽滴瀝萬柄看
傾欹疊翠啼烟濕招凉墮粉垂盤擎玓的皪衣攲

葉離披水檻無蟬噪銀塘有鷺窺片雲天際起雪
藕好催詩

野館濃花發 得花字

野館多幽景新開一苑花芳菲兼瑣碎爛熳又交
加隔戶櫻桃倚當窗芍藥遮闌干迴屈曲枝葉見
橫斜雲錦添詩卷瓊瑤展畫叉一庭迎曉日五色
映明霞鶯燕風光麗琴書歲月賒草堂延賞處紅
雨黯山家

居高聲自遠 得風字

不借扶持力居高萬象空印心逢皓月瀧響入清
風碧樹棲身穩青雲托足崇翼輕調鳳管籟爽入
烏銅聲隱紅霞際吟幽綠柳中新腔聽斷續密葉
蔭玲瓏嘒嘒啼時久泠泠靜處融北窗高卧處逸
趣譜絲桐

鳥窺新卷簾 得新字

簾捲輕風裡知時鳥弄春蝦鬚剛挂處燕剪忽窺
人睍睆聽來熟玲瓏望未真連番穿樹去幾度拂
簷頻簧煖笙清候花明日麗辰爲憐歌轉玉莫遣

蒜垂銀乙乙紅襍豔纖纖綠竹勻閒關鴝書棟似
說歲華新

一葉桐飛忽報秋 得桐字

漸覺新秋爽飛來一葉桐鳳翎飄玉井羊角起金
風繡幕微雲碧銀床夕照紅白藏當月令黃落感
天工夜雨番番至晨霞處處同寒聲衣搗石涼意
月橫弓楚室枝原直吳宮翠尚籠難遮河漢影絡
緯響吟蟲

菊有黃華 得黃字

不斷西風起禽華壽獨長籬東攢葉綠硯北吐花
黃自愛鷲兒酌還疑杏子嘗金英超百卉土德孕
重陽處士天懷淡名臣晚節香一枝含正色三品
鑄中央翠竹含朝霧丹楓絢夕陽傲霜珍萬鎰郊
野慶豐穰

士先器識 得先字

佳士何由貴精心對聖賢器惟藏以待識乃領其
先骨重神寒品龍雕虎繡篇列來銜鑒肅鑄出鼎
彝堅妙合南鍼用高同北極懸萬形明鏡朗一顆

智珠圓卓爾功名建溫如福德全作人欽
聖德模範示班聯

燹餘吟

屠鏡心

序

陽羨任協襄先生篤行士也遭髮逆之擾僑寓津門時康亦從事其地因耀朗川大令得悉先生之品學卽聘先生課兒輩讀公餘過從見其手輯詩卷曰此先母爨餘吟遺草也瀕於淪没者屢矣乃縷述生平事爲歎息者久之太宜人屠氏桃溪世族幼事親以孝聞性喜讀女紅之餘咿唔不倦適同邑封翁拱辰

先生上侍舅姑下睦娣姒井臼躬操事無弗理暇與封翁唱和花前月下輒作一二章以遣懷不數年裒然成集經封翁手定四卷名之曰繡餘吟藏諸笥中無何家被盜笥亦攫去自後不復吟即偶有所咏脫稿亦不復珍惜矣晚歲睹諸子皆成立乃復搜羅殘稿僅得二卷易繡餘之名曰爨餘殆有慨乎悲者集中半思親憶兄訓子之作温柔敦厚三百篇遺義猶有存焉嗚呼焦尾孤桐吉光片羽可傳處正不在多耳庚申髮逆寇宜興協襄先生倉皇避難犯霜露涉荊棘每出入必挾是編而卒歷滄桑之變累刦不磨知賢母之遺澤天暴之孝子之苦心天鑒之覽是詩者宜如何興起哉康承乏浙東協襄先生以爨餘吟將付剞劂氏問序於康竊自愧不文又無以辭爰誌數言於卷首以云採風則吾豈敢同治九年中秋月

布政使銜浙東觀察使者愚姪文康敬序

序

同治戊辰冬陽羨任丈協襄出詩稿二帙見示謂余曰此母氏屠太宜人手澤也余與君為文字交乞弁一言將以授梓君其母大而誇毋淺而率毋駢四儷六毋佶屈聱牙縉曰唯唯竊自愧不能詩又烏乎言詩請即以序太宜人者序詩可乎亟詢生平事乃得其梗概如此太宜人桃溪望族性至孝尤具夙慧父

若母絕愛憐之幼既經史覽諸子百家言過目輒成誦長而幽閒貞靜善詩古文辭其才與道韞左芬埒承歡之暇且繡且哦人以是益奇之笄年適同里封翁拱辰先生先生富於學貧於貲太宜人善事舅姑中饋惟謹與諸娣姒無間言客至則拔釵沽酒咄嗟立辦戚黨僉曰賢每與封翁析古今疑義迭相唱和機聲吟聲恒達旦不倦封翁屢困場屋鬱鬱不得志太宜人善言慰之務使破涕為笑而後已又若思親感舊或流連風景大率寄情於詩故所作日以富封翁為刪而存之得四卷顏曰繡餘吟示不廢女紅也無何盜入室攫其笥以去遂倦於詩偶屬稿旋棄去又以諸子漸長成佐封翁督課之若帖括若楷法若詩若賦靡不循循善誘俾底於成故諸子皆以名下士嘖嘖人口封翁年未艾遽捐館舍太宜人哭之慟

將以身殉諸子號泣止之晚年病且篤乃命諸子裒集殘藁為身後計因以爨餘名篇嗚呼孝而賢賢而才是之謂完人太宜人為不亡矣協襄昆仲既失恃護惜甚至每出入必挾是編與俱厥後黃巾之亂破城郭毀室家凡諸所有悉灰燼而太宜人詩獨存天欲傳之非人力也夫鼎一臠豹一斑嘗之窺之美於是乎在爨餘之作奚少焉縉與任丈交最深且久不

敢以謭陋辭謹畧陳之以俟世之採風者杭州張之縉拜序

序

甲子歲耀曾差次津門與任兄協襄得訂道義交比來四年矣今歲春協兄將移幕浙東耀曾亦遠選黔邑時將判襼出太宜人詩集二卷見示曰此先人爨餘吟草也韜菴其序之敬授讀訖集中大半思親之作憶兄勗子之辭誦之令人孝友慈愛之心油然而生至箴規勸誡之詩深得溫柔敦厚之旨其裨於性

情者甚鉅非徒法律之細詞藻之工者比也聞太宜人舊有詩若干卷已付盜刼此集僅其續餘粤逆陷宜興此集復失幸尋獲於兵燹瓦礫中自後倒徙流離珍護克保太宜人陽羨望族嘉言懿行不僅以詩傳即詩又不僅以二卷傳而吉光片羽失而復存亦可見仁人之手澤與孝子之苦心同為鬼神所呵護者矣耀曾晉都考驗未獲序而協兄已行頃紆道四

明復得聚首者三月真文字之緣深而迂拙之不許
拚歟協襄長耀曾一歲耀曾以兄事之故辭不敢文
謹序其顛畧如此協襄其亟付剞劂俾讀者同厚性
情弗以為一家之珍藏也同治六年九月下浣愚姪
耀曾韜菴甫謹識

爨餘吟題辭

宜興戴嘉瑞蕅生

歷盡重重刼猶餘頁頁詩詞章天性見松柏歲寒知
畫荻昭慈德鐫梨動孝思自慚生晚近未獲拜師資

宜興戴嘉玉璇生

浣薇三復句清新才調翩翩見性真盜刼干戈皆不
怕始知愈屈愈能伸

調寄玉連環　荊溪傅隱蘭

金釵十二難為友詞壇領袖毫端燦爛舞春風寫不
盡才華茂　詩味濃於醅酒爨餘德厚雅吟耽詠性
情真雕琢句皆瓊玖

金壇于懿靜宜

吉光片羽乍傳來新咏還疑是玉臺昔日囊中藏錦
句今朝爨下惜琴材青山黃土埋詩骨綠字紅箋付

刼灰剩有一編饒雅韻女相如本謫仙才
絳帳風清憶昔年母儀今尚仰文宣畫殘白荻書猶
好咏到黃花句欲仙一卷閒吟足今古三生慧業證
因緣新詩繡板彌珍重有子真堪說象賢
金匱鄧　瑜慧玉
絳雲樓閣紫鸞車縹緲瓊仙謫太虛錦句爭誇詩博
士玉臺本屬女尚書蘭窓春静調鸚鵡芸帙香消付

蠹魚我欲買絲繡吟草吉光片羽重何如
翰墨三生有夙因珠璣尺幅儘堪珍銀毫洗盡鉛華
色玉屑霏來咳唾春紫府高開陳學士青山遺逸卞
夫人詩名應享千秋壽歷刼常留不壞身

奉題胞伯母居太宜人爨餘吟草後
作詩以言志吐辭皆至理欲罷胡不能性情不容已
有質原非陋為文不入靡温柔與敦厚悉本風人旨
我今思伯母慈訓無孔邇伯母生桃溪德門屬居氏
天資擅夙慧自幼耽經史博覽綱目書搜羅及諸子
過目輙成頌會心悟行止推敲紹元音分別賦與比
歸我伯父家儉勤無虛晷承歡事舅姑拔釵供滫瀡

倡隨諧琴瑟蘋蘩親沼沚刺繡有餘暇筆墨任驅使
兼作時賦詩課兒培根柢訓誨並温習天倫賡樂只
諸兄各受教詩賦得其似賢哉孟母名言行傳閭里
初編繡餘吟四卷存棐几忽為盜所刼篋笥無剩紙
暮年集殘稿二卷盡於此題卷曰爨餘才名稍稍始
倏忽值滄桑群醜起蛇豕狼虎踞鄉邦蛟鯨沸桑梓
烽烟蕩室家流離復轉徙斯稿獨能存珍護良足喜

仲兄來示我命我片言誌受而披卷讀教我如親指
思親哭姑篇至性提人耳惟孝乃能友情及兄與姊
即景咏花詞和平為正軌我雖不解詩相皮猶見髓
讀罷萬感生愧悔從心起我無咏絮才出言慚下俚
憶昔在湘南始習雕蟲技獨學苦無師援古謬比擬
而今痛未亡浮華謝旖旎雖為强握管動輙聲變徵
世事悟升沈持論徒偏倚命我不敢辭謹以述原委

己巳重九後二日胞姪女珮瑛謹誌

爨餘吟目録

上卷

爨餘吟上卷

陽羨屠鏡心掃花主人賸草

憶親

堂前古槐樹。上有慈烏鳴。偶爾一回顧。動我無限情。慈烏能反哺。哺食往廻縈。我亦為人子。一載未一行。雲山徧阻隔。惟有此心傾。願借東南風。吹我入太清。

登南岳

既入此山中。塵氛敢披拂。觸手推白雲。墮懷抱明月。色冷星辰稀。徑仄烟霞別。山花紅不採。石筍綠不折。委蛇山腰均。壁立峰頭直。春風吹不到。秋水自清潔。居然人世離。翻然神仙列。青嶂忽自開。翠鬟重復合。隱約聞疎鐘。模糊認古碣。句斷字畫無。碧暈苔衣結。一顧但松影。再顧無人迹。寺遠不知處。紅牆露雲隙。

示溶兒

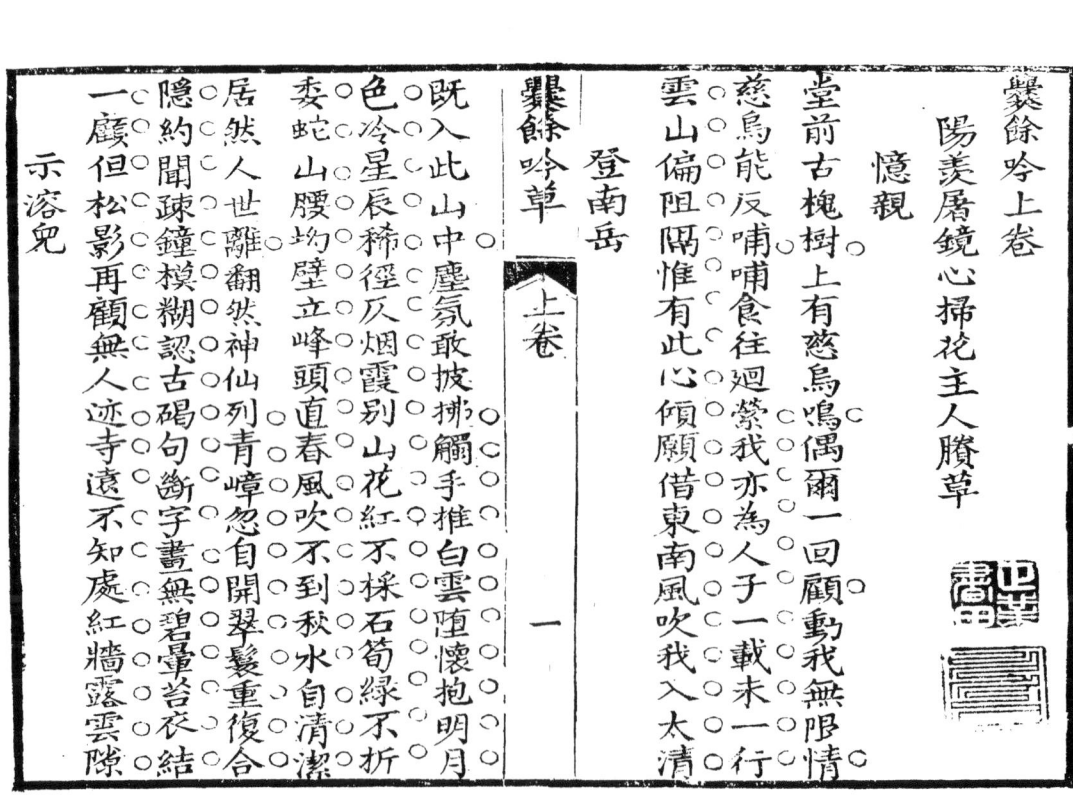

石台高高利如削溶兒睹跳傷其足斯時不敢告親知累日攤書牀上讀千呼萬喚始出来蹻折杖策趨庭堦面容消瘦清且白指磨膏藥膿不揩饑心驚訝重相詰尚設虛詞不肯說旁邊小弟代為述方曉飛簷與走壁好好一人完四肢忍不安分形如斯筋傷肉綻苦如此若有正事胡相持倩人送轉書塾中一夜呻吟蹣面紅起来權學鷺絲立呼弟覓藥行忽忽

君不見南山有虎何其兇虎如折脚何威風客来進退欠周旋送迎只在書案邊有時反呼幼弟送幼弟反居客之前綴園不在天之涯師還未謁徒嗟呼扶几屈膝窓前看亭亭玉立紅梅花吾今作歌再三囑案頭常置時時讀髮膚俱是父母恩慎愛骨肉毋相觸有日天門蕩蕩開于斯一躍何其樂

納涼有感

抱病経旬両目傷慣趨晚色避晨光半開繡幕看氷鑑漫整羅衫扣玉璫唧唧蟲聲鳴古砌霏霏螢燄逗縹緗星環碧漢三千界水浸瓊樓十二廂幾處幽芬花氣靜滿庭寒影露珠涼欲迎爽籟雲先淡怕受炎氛菊未芳詩思忽從天外落秋教多在樹間藏榮衰有定仍無憾得失難憑不敢量庇蔭古槐聲散翠千宵新竹尚凝霜斷機有意偏遲滯畫荻無才廢酌商

雙鬢易從青鏡改一絲難繫白駒行化頑枉說生公法點鐵慚無術士方半懶半癲隨分過何消觀劇又登場

思親

昔日思親遠今日思親悲昔日思親遠寄詩今日思親親不知作詩未竟如刀絞把筆欲寫和淚掃滿紙模糊看不清閉目凝神心了了白髮慈顏宛在堂斑

衣舞綵戲成行此際歸時何所見杜鵑啼血心惶惶空山日落人悄悄捲捲黃沙明月小傷哉此際倍思親痛煞尊親夢魂杳薄暮蕭蕭風雨急夜烏嚶咿啼倍切一從永訣到如今萬斛愁煩向誰說聽殘玉漏天將白竟夕傷懷神思乏朦朧恍惚見雙親短髮飄飄多白髮牽衣正欲訴離情欲訴未訴陡心驚回頭轉眼忽不見四顧茫茫無影形槐堂有路槐陰散血

淚如珠空自洒無限傷情仔細思自此欲歸心更懶驚看紅日滿窗前輾轉思親劇自憐罔極深恩無可報教兒何以慰重泉冥蚨燒盡無消息泉下人間成永絕日復日兮年復年子規處處啼紅血形銷骨化有誰知似病非病强自持一朝撤手紅塵外便是追隨膝下時

憶母

剔盡銀缸漏未終思親轉憶幼年中堂前喚女聲猶在膝下牽衣事已空明月照來窗外白啼痕漬向枕邊紅教兒何處傳消息泉下人間未許通

贈潁川徐夫人二首

絕頂聰明絕世姿十年伉儷忽長離家傳簪笏聲名遠節凛冰霜天地知曾向棘林驅藻翟每從月下譜琴棋可憐縞素窗前立恰是梅花映雪時

一日思君百徧過雲山疑隔意如何祇緣艷說人如玉轉使牽情意着魔荊棘露濃須檢點釋迦經好且摩娑從今閨閣成知己慚愧拋磚望琢磨

恭步家嚴口占原韻

一行字跡慰親思偶學塗鴉敢說詩岑寂破將書作友推敲穩倩婿為師雷驚新笋成斑早寒逼春花鬪艷遲小立庭階瞻永日重重槐影護鶯兒

再疊前韻

鞠育恩勤晝夜思應知無語是笙詩剩憐弱質徒爲女況復髫齡未有師渚水流來神脉脉春暉照處日遲遲遥離膝下情何限莫報高深些子兒

三疊前韻

教儂何以慰親思輾轉憂懷未得詩康樂門中無陋學孟桓傳內有眞師棠花映日偕春永修竹臨風舞

翠遲萬種離情難解釋倚欄閒看浴鳧兒

哭姑三首

祇奉羹湯九載寬慈恩不啻掌中看婉容愉色承歡易忍淚含悲侍病難有意莫伸知內苦臨危式顧更心酸如何撒手拋兒媳滿樹啼烏羽未乾

可憐患病幾曾瘖爲服羚羊便入陰狠劑誤投猶乞效庸醫貪聘只論金桑榆不料無多日甘旨何曾少

盡心回首慈幃成幻夢頓教血淚滿衣襟

一從永訣到如今潛夜追思淚不禁南極星輝天有月北堂雲散地無陰慈顏瘦影分明在清夢離魂何處尋最是令人惆悵處冥蚨燒盡不聞音

和胞兄菊坡夢游洞庭席公祠原韻

舊寓離踪已數秋夢魂復向席祠游一池魚水依然在滿架詩書尚未收下榻豈緣新客至開花可爲故

人留昔年好友纔逢面恨煞銅壺報曉籌

春雪

紛紛六出舞長空捲起湘簾一望通點袂光含妍杏雨粘籬影逗落梅風爲憐小圃花枝凍漸覺平林霧色融香氣欲飛寒氣斂陽春收拾玉壺中

病魔

形影無分總繞縈相親若此竟難評卿何多意偏憐

我我豈無情不惜卿池上怕看眠鶴瘦風前愁見落花輕從今藉爾為長伴一枕游仙更有情

對鏡

相看彼此意無窮表裡晶瑩造化工對面悲歡仍一體平生離合總相同別開世界身先幻跳脫輪迴我亦空悟得元機應退步可知退步路原通

粉洋蝶

愛向蘭閨覩艷粧蝶衣惹滿粉脂香影飛秋水菱花畔情逗春風杏靨旁似避輕紈迴翠袖非貪濃郁繞羅裳性高不覓園林美好伴金釵十二行

粉荷花

滿座清芬吐艷時賞心恰好兩三枝粉衣映水凉偏覺翠蓋遮陰暑不知正直敢標君子格風流別具美人姿等閒莫訝新粧淡根蒂分從太液池

白秋海棠八首有序

余曾閱花譜知白秋海棠為秋花中佳品購之數載僅得二本植之庭下花繁葉茂娟娟可愛因乞吳菊畦先生為之寫真縱腸斷以名花猶晚節之似玉偶譔蕪詞辱及芳卉誠無當於品題庶大雅之垂諒

徧訪名花着意求韶華屈指幾經秋玉階約畧橫新

影金谷模糊憶舊游細雨微風多積怨輕煙淡月亦凝愁無聊偶向閒庭過唧唧蟲聲自唱酬

攜鋤只為種名花點綴庭堦挹露華翠葉細鋪鴛錦碎瓊姿半靾鳳釵斜枝頭糝雪侵銀蒜砌畔流香上碧紗天惜主人親手植沿籬多倩綠陰遮

愛花翻惱得花遲花譜重翻記昔時淡色曾操貞婦淚素紈不入婕妤詩臨妝只許冰為鑑對酒惟應玉

作卮更有黃花矜晚節清芬未許逼東籬

彩繩搖曳護花鈴雨朶風枝弱不禁避俗只因清入骨對人惟以潔為心秋光小占猶宜淡春色爭嬌為惜陰十二欄干簾盡捲一鈎新月助微吟

為愛幽姿靜掩門露珠風片又黃昏一枝綽約雲為護數朶輕盈玉自溫月影半簾虛寫照霜華滿地欲銷魂等閒不識秋風面千載詩人小李倫

輕塵飛不上枝頭的是神仙第一流無色也歸青玉案有香肯入綠珠樓湘簾影逗零星月銀燭光搖淺淡秋蟋蟀聲中清不寐花前欲去又勾留

亭亭玉立豈尋常小試秋風淺淺粧一任幽情吟古調更無睡態入詞章天姿欲化蟾蜍魄仙體寧沾蝴蝶霜萬種風情描不得教儂然自費商量

一頁生綃一葉烟披圖熟玩晚風前玉容敢損昭君面素絹如臨姑射仙差勝春花香自遠不為秋悴色逾鮮白描自是推高手摹得精神透絲箋

有感

入世何為效避秦滿懷抑鬱幾曾伸須知滄海經千劫終是蜉蝣寄一身未向青雲舒浩氣莫憎白眼屬庸人待看雛鶴凌霄日健翮摩空不可馴

聞宜邑侯周恤寒士作詩頌之

玉粒均沾過厚珍荊南衰草色皆新好施豈為倉儲滿市義還憐士子貧杖下催科嫌吏俗燈前掩卷感公仁從今不用群相訝比戶欣逢廣廈春

望夫石　恭步盧忠烈公韻

怪石相傳戍士妻峯頭悄立望遼西淚零秋雨將穿眼黛染春山憶畫眉魂魄虛依關塞月衣衫空化客途泥可能重遂三生願不負多情猿鳥啼

端陽

風過爐煙散艾香喜逢五月慶端陽雲鬟釵壓朱符小玉腕珠穿彩縷長檻外榴花堆琥珀筵中蒲酒泛雄黃拈題分韻酬佳節收拾新詩入錦囊

夏日

香消寶鼎晝無譁小立閒庭日已斜滿架綠雲獅子草四圍紅錦鳳仙花瀧餘珍果還澆茗尋罷葫蘆又數瓜莫笑儂家偏好事免教愁思亂如麻

羽扇

霜翎素羽認依稀鶴舉鵬摶事已非失意漫嗟雲路杳關情深喜玉人揮迎風最好遮紅袖怯雨曾經宿翠薇莫向池邊撲蝴蝶恐驚魚躍誤鷹飛

摺扇

淚灑湘妃事已除春風展出玉無瑕關心摺處疑雲捲信手披來認月斜護美隔開簾外蝶攜春深伴袖中花多情邀得高人賞時有新詩寫碧紗

紈扇

素羅薄綺總相宜巧製齊紈好護持明月隨懷人倦後清風拂面汗揮時輕招亭畔唤螢溜偶撲花間笑蝶癡窺破炎涼無限慨好同蕉葉寫新詩

蒲扇

握得蒲葵又暑天一同蕉葉鬭娟娟清溪水漲和雲剪纖手功深帶月編細拂輕風飄葛袖漫分新綠颺茶煙離離幻出團圞影悅目唤他草色鮮

蕉扇

半捲青羅一葉蕉十分裁剪勝輕綃愁思有托終能展心事無憑藉此消解慍漫憐風拂拂隔窗深負雨瀟瀟秋來莫許閒拋却自有齊紈伴寂寥

種菊

購求佳種已紛來珍重還宜手自栽新土細篩無厭
苦舊籬勤葺莫輕開縱然不見花千朶從此頻澆水
一杯誰道灌園非樂事霜華滿地絕塵埃

問菊

欲訊花情花自知故將絮語向東籬芳菲春色何偏
早消息秋風為底遲陶令恩深應繫念白衣酒美可

相思喃喃問汝渾無語記否餐英欲落時

採菊

金風瑟瑟近重陽好向東籬採菊忙腕底未沾三徑
露指尖先染九秋霜一枝摘下花含笑數朶攜來袖
帶香聞道餐英能益壽歸時漫製錦雲囊

簪菊

何事籬邊採菊忙摘來豈為鬭新粧偶然對影看花
笑不比盈頭插帽狂蟬鬢潤沾三徑露玉釵斜插一
枝霜侍兒背後端詳好贏得尋詩墜砌傍

畫菊

閒畫三秋菊興狂拈毫落紙試籌量橫斜易繪籬邊
月深淺難描葉上霜繞筆金風舒冷豔披圖彩色帶
清香寫成好向閒庭賞何必陶公伴夕陽

題菊

漏深不怕薄寒侵為詠繁英自賞音滿紙秋光和露
寫一天霜影帶香吟題寬易繪清幽品律細難描晚
節心吮墨濡毫無好句年年花笑到如今

秋夕

疏竹蕭蕭曲檻前玉階小立晚涼天碧梧不靜因秋
老皓月多情為我圓葉似落花風似剪雲如羅綺霧
如煙等閒只解春光好為有紅花着色妍

老少年

亭亭玉立曲欄邊翠葉鋪紅色自妍時令慢言交晚
節丰姿反覺勝青年慣經霜露神逾健久歷風塵質
更堅為語多情小兒女承歡孌護侍堂前

茉莉

天然清雅脫繁枝白玉搔頭巧護持蕋破每逢新浴
候花開故待晚粧時風迴小院香偏覺露浥中庭暑

不知最愛夜涼人靜後月明古砌好尋詩

秋雲

散却奇峯出岫飛長空搖曳逞風微捲舒銀漢光原
白掩映紅霞色便緋似紙好書新雁字如羅難製美
人衣待看夜月將華候化作魚鱗綴素輝

菊影

一簾花影疊重重最好橫斜夕照中風至靜時分曲
直月於疎處寫玲瓏過欄香暗秋無迹入鏡姿濃色
即空滿地綠陰如印印却教陶令認朦朧

雪美人二首

瑤階悄立恰如癡楚楚身材淡淡姿凍結雲樓新曬
足寒增月鏡晚粧遲冰心若解陽春曲玉指應填落
絮詞日影莫教亭畔過恐他減瘦小腰肢

冰消百事已灰心總有陽春不解音高潔應知人比

玉清寒豈羨帳銷金雲衣換處嬌無力香汗添時弱
不禁我欲攜卿同步月如何只是立花陰

春日即景寄徐姪星珊三首

韶華滿眼雨初晴料得溪山更有情一水綠環凫共
浴兩峯青逼鶴齊鳴春圍萱室香彌馥蔭鉄椿庭月
倍明聞說詩人帷下早螢窗不輟讀書聲

天垣何處隱文星簾霧濃氛尚渺冥酒縱三更新結

契詩留十幅舊圖屏肯將經濟驕當世自有文章對大廷午夜書聲何處是畫眉窗下一燈青歌成白紵已親聆一曲陽春筆盡停三峽詞源春水綠一灣眉樣遠山青毫端香勁揮珠玉幕外花深列錦屏鳳翥龍翔看此日鄙人寧不被餘馨

嘲盆蓮

參差蓮葉碧玲瓏數徧新枝興已窮對酒無期虛久

待看花有約竟成空倚妝趙后爾非瘦不孕楊妃毋太豐試指漫彈秋水綠凝眸怯見晚霞紅珠旋翠蓋三分雨香借銀塘一縷風抱恨偏從明月下關情最是艷陽中自誰負卻殷勤意於我何慚愛護功怕聽隣姬歌採採幾回搔首曲欄東

盆中白蓮和外子韻

透徧新荷尚未暈綠波顧影已霏香閒庭置酒開金盞小令傳花泛玉觴白也丰神原覺靜飄然逸氣不勝涼已過清曉猶凝露未到黃昏欲鬪霜明月初圓西子面熏風齊現洛妃妝似應解語先含意知為催詩急就章倚檻恍疑臨水國盪舟莫又入銀塘問卿根蒂從何得太液分來記盛唐

池中白蓮

幾番微雨幾番風放出蓮花曲沼中雲水共爭明月

白江天不鬪晚霞紅占來清淡神逾靜洗盡鉛華色是空翠蓋露凝珠錯落冰肌香逗玉玲瓏鷺飛失影疑翎化鶴到望形訝羽豐解珮深憐情旖旎贈環轉笑事朦朧欲思結社親高士敢謂敲詩奪化工生怕小娃偷採折浮蘋開處意無窮

尋鶴

昨宵曾向九皐鳴今未歸來竊自驚新漲溪邊看有

迹峭峯山下聽無聲得非已遂凌雲志莫更虛辜待
月情怪石留形幾誤認危崖隔路怯難行元裳朱頂
知何處綠水紅欄望亦清欲過小橋穿竹徑忽聞禽
唳破雲程如輪遥展霜翎潔似掠斜飛雪羽輕最好
白蓮池畔集一齊掩映不分明

秋日新霽憶姊

極目天如洗秋高雨又晴山爭圖畫淡雲妬綺羅輕

竹嶼烟橫白蓮池水漾清一行新雁字兩地別離情
豈為悲秋瘦偏教愁緒縈何當重聚首樽酒慰生平

秋夜有懷

偶向樓頭倚秋高月倍明光飛金鏡滿風静玉壺清
大地飛霜白遥天虛籟生故園千嶂隔新雁一行輕
羽便書難寄愁深淚易傾何堪頻悵望回首不勝情

惜蘭三首有序

蘭蕙頗多而鮮佳者偶有一花品格幽静差堪寓目擬欲留供數日細品芳姿轉瞬花已剪去但留葉焉因不勝惆悵作此紀之

報道芳蘭剪慨然悵所聞祇看花一面未盡意三分
嫩綠含新雨餘香淡夕曛願教連歲發庶不負慇懃

其二

豈亦當門種如何忍棄捐風輕香未散雨細綠逾鮮

佩也誰為紉花兮我尚憐幽姿猶在目凝想静娟娟

其三

愛此原無癖凝情轉笑余蘭非親手植花自玉人除
月淡空齋静香微翠幕虛何時重賞識屈指計年餘

望月懷家嚴

鬢髮霜華白精神月色鮮願同古槐蔭長覆畫堂前

小兒吟二首

乞得紅蓮藕盛來白玉盤叢前拜新月不許別人看

其二

劈破新蓮藕分來冰雪絲欲將露珠串又怕曉風吹

春雨

潑夜風和雨平添幾尺泉臨溪一間眺三兩釣魚船

閒居

畧畫三椽屋孤村一抹煙柴門無客到雲與鶴同眠

春寒

春寒何太重新雨恰初晴竹葉十分碧梅花一味清

同治十年桃月業師任協翁夫子贈

爨餘吟目錄

下卷

詩餘附

爨餘吟下卷

陽羨屠鏡心掃花主人賸草

春閨即景

日光掩映畫屏殷燕語驚人午夢還偶啟簾櫳看春色一雙蝴蝶繞花間

白梅

亭亭玉立自清臞占斷風情向小姑一片寒雲千樹雪山高不覺月輪孤

紅梅

寒香猶未着春風不是冰中即雪中最好晚來天又雪玉壺迸出一枝紅

綠梅

東君開剪試春羅不管殷勤青鳥過偶向小孤山下望鶴雛眠處綠雲多

玉蝶梅

春到枝頭梅影肥勾成玉蝶鬪芳菲日烘紅蕋顏如醉風送寒香勢欲飛

有感二首

蘭膏焚盡漏聲遲懊惱孩童読課詩小立欄前望新月玉鈎已上柳梢兒

身多疾病起常遲瘦減精神力不支為怯春寒簾不

捲任他聲唤賣花兒

秋雲三首

散却奇峯入太清卷舒恰似綺羅輕詩人莫怪秋來薄不想衣裳想世情

疑羅疑綺總非真變幻無常別有神幾欲當風臨畫本卻緣染翰又翻新

遥看雲影薄還匀點綴秋容更覺新一卷飛來溪上過幾乎誤煞浣紗人

題少妝姪綴園吟草四首

喜從文庫乞吟箋剔盡蘭釭細細研數卷春雲明月夜一灣秋水晚霞天

從來清福屬詩仙舉首功名早着鞭畫錦堂前花爛熳春風座上月團圓

參軍開府久研磨片片雲霞眼底過偶爾臨風一披

讀回頭驚見落花多

新詩鄭重欲籠紗美玉明珠未足誇一帖泥金邀聖眷彩毫賦遍上林花

春雪

東風着意剪冰綃捲起珠簾一望遥天意似憐梅蕋瘦故教飛絮護寒條

白梅二首

聞道春從昨夜回捲簾處處綺窗開小亭積雪花無影惟有寒香入座來

春光漏洩本非真久已冰心避俗塵冒雪直從江上至自和明月證前身

紅梅二首

疎影橫斜欲吐時看來不是舊冰姿鏡奩雖有胭脂水誰向東風着滿枝

瘦影朱顏映曲欄自然丰韻耐清寒強他俗眼何人識却與桃花一例看

綠梅二首

春風未擬到天涯誰道南枝已着花不是暗香浮夜月定教貽誤綠窗紗

暗香浮動近黄昏坐對寒花細品論莫說墜樓人已遠春風又返綠珠魂

題小倉山房卷後

明珠錯落水晶盤一片光華耀眼寒不敢臨風讀仙句恐教飛入碧雲端

惜琴

價值千金百衲琴伯牙鼓後少知音可憐誤落時人手流水高山空古今

春寒

寂寂春寒懶捲簾繡鍼金剪幾曾拈若因別事還籠袖只為翻書露指尖

姑氏萬夫人招飲涉園口占戲贈六絕

十分繾綣兩情同邀酌名園聚潤衷一色玻璃分五彩恍疑身入碧雲中

樓臺巧樣盡玲瓏最好行來曲徑通正欲勾留秋水畔主人已過小橋東

不信仙凡隔小橋廣寒另有五雲霄而今賞識嫦娥
面小立花間幾度招

危崖峭立忽聞簫遏住行雲未許飄借問歌聲誰宛
轉謝家小女正吾髫

恰纔分手又相逢攜手攔前意轉濃山上有亭應有
鶴拚教尋遍最高峯

重重素彩鏡初磨燈影花光一片過似此勝游誠不

倦漏聲催起別情多

別姊

惆悵深閨判袂難幾回握手倚攔杆祇緣怕動高堂
意淚眼相看不敢彈

憶姊

衷情脉脉向誰談盡日思君隔遠嵐惆悵雲程一行
雁不多字畫只成三

有感

荊花零落悵凋殘拂面輕風陣陣寒記得昔年今夜
月幾人同倚玉攔干

即景

春光搖曳風前柳水氣空涵雨後天一二片雲飛鳥
渡兩三星火釣漁船

咏菊名有序

九秋菊花競放佳種紛披主人清興偏豪因
堆菊以供雅賞爲各賦其名紀之

照眼金毬爍寶光宜君正位定中央安排五色花環
繞恰似祥雲捧太陽　大金毬

慶雲紅映菊花天一片祥氛小圃前莫笑倚攔人不
識看來非霧又非煙　慶雲紅

夕陽三徑想烏衣並卧繁枝未肯歸十二攔杆簾盡

捲如何不向玉臺飛　雙飛燕

豔菊天天照眼新自將秋色幻陽春癡心再四翻花譜未見陶公也辟秦　桃花菊

慈悲何事現仙粧楚楚雲衣淡淡裳生小未曾臨佛地癡心對菊欲焚香　觀音菊

一團寒雪幻秋花皎潔全無半點霞笑煞多情維小玉背人只把豔陽遮　一團雪

為愛繁英手自栽一枝濃豔帶霜開花前莫譜霓裳曲恐惹漁陽鼙鼓來　楊妃菊

燦燦金姿翠葉遮詩人底事擬名差三千佛子三千座只有蓮花少菊花　金佛座

繁花爛熳眼光迷銀瓣重重恰放齊若悟座中空是色也同明月共歸西　銀佛座

菊瓣玲瓏佛指尖散花偶露玉纖纖一枝珠蕋風前現錯認牟尼笑欲拈　佛指甲

底事繁花幻鳳衣玉顏凝露蕋珠肥如何月下尋無影難道臨風化羽飛　白鳳毛

菊幻蓮花更有神冰姿原不染輕塵社中高士今何在惟有陶公是故人　白荷花

亭亭粉菂號新荷含笑臨風似在波鄰女不知花解語隔籬猶唱採蓮歌　粉荷花

似學楊妃醉後粧滿園豔菊減容光秋風扶起嬌無力妬殺欄邊睡海棠　醉楊妃

紅豔金英未足誇怎如白豔浥霜華欲從月下窺嬌色清影橫斜不見花　月下白

三更素菊倍瑩然秋色留人未許眠對月不知誰是影清華一樣鬬嬋娟　天心月

天符佛塔盡塗金黃瓣中涵碧玉心最愛月明三徑

靜重重疊疊綴花陰 天符塔

虬龍開放曲籬邊簇簇金鬚分外鮮只怕夜來風雨急恐教飛入九重天 金虬龍

瑩瑩素菊本無雙一片清輝入綺窗識破此花真色相何須月下玩秋江 秋江月

詩人品菊幾曾差宛若輕羅浥露華借問霜娥誰得似秋雲雖好不如花 輕羅菊

詩餘

清平樂 春雪

春寒寂寂至晚猶飛雪冷破梅花香更冽一種風情獨絕 禁他寒逼湘簾金猊獸炭重添試問韶華誰負黃昏呵凍毫尖

前調 春雪

雲開雪霽光耀梨花院窗外斜陽寒一片早已繡簾高捲 清游豈待黃昏銀沙鳥跡留痕偶意開軒臨眺梅梢壓住柴門

憶秦娥 咏蝶

香溶溶一雙蝴蝶繞花叢繞花叢低飛遠颺趁着春風 滕王粉本料難工快將彩筆寫虛空寫虛空煞時不見已過牆東

前調 雨後

晴雲起蒼苔雨過迎眸綠迎眸綠鳳仙幾處海棠一簇 花兒紅過鞦韆架一雙粉蝶風前落風前落輕紈畧展齊齊撲着

漁家傲 春歸

八九韶光春欲去離情脉脉花無語苦口留春春未許開簾處滿園錦繡飛紅雨 一徑杜鵑啼不住怪他弱柳空垂縷不繫春光惟落絮春難駐綠窗譜盡

銷魂句

醉妝詞 採桑

者邊採那邊採轉入深深翠那邊採者邊採只怕蠶娘待

者邊採那邊採肯把工夫害那邊採者邊採忘却釵兒墜

點絳脣 白海棠

不關濃粧鉛華洗淨清如許玉壺深貯脉脉渾無語越樣添嬌新着霏微雨移樽處且燒銀炬共賦神仙侶

步蟾宮 雨後即景

雨餘碧沼添新漲看點點浮蘋飄漾芙蕖低颭翠翹偏又濺那明珠一黛 蕭蕭風攪梧桐響生做出新秋模樣新秋模樣不勝涼這近水幕兒休上

西地錦 柳色

記得嫩條初長細綠隨風颺輕煙淡月隄邊水上翠金明幌 惹得畫樓人望壓着眉峯想如今又是新春也把珠簾快放

菩薩蠻 暮春

花飛陣陣飄紅雨園林一帶春歸去赤緊下簾鈎已添心上愁 想朱顏怎駐歎玉顏何處杜宇一聲聲

教人無那情

憶落索 春殘懷姑氏涉園萬夫人

深院花飛何處住小橋流水珠簾繡户倩誰開也只為東君去 嚦嚦鶯聲燕語綠楊深處那人端的幾時回寫不盡相思句

十六字小令 題扇頭蓮花二首

鮮幾筆停停出水蓮摹神處花綴翠毫巔

香拂拂荷風水氣凉輕羅袖一握小銀塘

一剪梅 月夜爲晁兒

功名壯志一心堅叨在師邊遠勝親邊春風座上露華鮮鄭重花前謹慎樽前迢迢良夜白雲天鄉思休專學思宜專二分明月十分圓佳兆今年喜兆他年

雨中花 訪吳氏竹園

宿雨初晴天尚早遠山明碧峯青峭竹蔭驚寒鶯聲弄巧恍擬渭川重到習習清風舒鬱抱神仙地俗氣盡掃退步躊躇高人在座欲見又如何造

前調又一體

處處清陰環翠竹白雲深鶴雛穩宿雪冷松筠冰凝柏節競女貞貞淑萬卷鮫綃堆滿架是一派丹青名軸更願祝春風年年披拂賞識瀟湘綠

步蟾宮 咏燕

燕兒最惱簾兒放怕隔斷差池來往泥香故墜畫欄前儘罵着東君一儻嬌嗔不管花飄漾都看那春風捲蕩春風捲蕩好飛來怎偏要玉鈎親上

醉妝詞 繆秋

人兒瘦花兒瘦衹為秋時候花兒瘦人兒瘦莫把風霜受

者番病那番病只與愁厮併那番病者番病怕啟菱花鏡

漁家傲 仲春即景

二月江南風景麗玉樓四面珠簾啟紫燕商量嬌語細花障裡雙雙粉蝶隨風起水滿新池鷗自戲鑑盈倩女欄杆倚寶騎香車芳草地羅綺隊春風扇底歌聲脆

清平樂 月下

晚煙纔動早又黄昏半冰鑑當空花影滿水浸了閒庭院 行行雁字南征泠泠白露寒生靜夜悄無人語輕風特送簫聲

憶春娥 漁家

斜陽淡雨三破網當門晒當門晒蘆花岸上蓼花灘外 霜天雪地煙波慣綠蓑青笠孤舟泛孤舟泛一綫拋下鯨吞鼇吠

清平樂 過義塚

人生如寄恰與蜉蝣比泉下人間空我你願把情關早棄 年年草色青青有誰祭掃仙靈藉有醍醐灌頂色空空色心經

文姬歸漢

不作胡笳拍何來返漢期高情推宰相絕域返文姬
再世恩殊重生還夢亦奇可憐金有色難免玉無疵
蕃馬雲旌護貂裘雨雪欺懷抛雙赤冷情逐一鞭馳
柳色依依處闌心脈脈時開奩圓破鏡羞畫遠山眉

明妃出塞

琵琶催馬上掩袖泣明妃天子恩如是廷臣計亦非

可憐傾國貌竟使出宮闈深幸烽煙息難辭竹帛譏
花顏悲薄命紅淚濕征衣月冷胡笳勁星殘寶騎飛
從今沙漠外不見美人歸豔骨埋青塚千秋怨夕暉

婕妤當熊

不料嬌柔質能當犯殿熊邑來天子駕建出美人功
趨步先中立關心倏側攻縱橫衣捲黑擱隔袖飄紅
楚楚身無倚纖纖手亦空劇憐聲勢猛竟與獸情同

虎衛皆生餒蛾眉獨效忠婕妤千古羨恩幸愧三宮

頻來燕語定新巢

底事窗前燕飛飛入幕頻得非嫌壘舊想欲築巢新
宛轉纔商定差池復細詢泥香遲畫棟花片炫詩人
豈畏輕風夜偏愁久雨辰往來無定見下上亦勞神
雅意成三月高情寄一春願教王謝客左右比為隣

淺草纔能没馬蹄

幾度風和雨迎眸草滿隄試教馳寶馬恰好没輕蹄
薔帶三分欠裙腰一道齊柔絲鋪嫩翠淺跡印春泥
金勒遲芳徑銀驄躍碧溪鈴聲揚柳外鞭影杳花西
粉蝶紛紛舞流鶯嚦嚦啼青雲多是路進步不須梯

硯田無惡歲

美産誰為勝良哉是硯田割雲無儉歲攙玉報豐年
耕也雖憑舌鋤兮不荷肩筆山環遠岫墨沼注清泉

祇許攤經讀毋教帶犢眠收來金粟倍放出榜花鮮
學飽三冬足名成百世傳　聖朝均雨露藝圃潤
無邊

春水緑波

依依楊柳岸客去竟如何別緒隨春水離情寄緑波
青連芳草軟紅泛落花多南北添新漲東西漾碧羅
輕帆飛畫鷁小艇遠漁蓑翠色橫千里滄浪一棹歌

寒梅着花未

採得梅消息能教客意安離人情宛轉芳訊細盤桓
竹外花應放窗前蕊可攢香曾浮月白冷或壓風寒
遠思愁聞笛鄉心夢倚欄何當逢驛使寄我一枝看

秋雲似綺羅賦 以題為韻

奇峯乍散暑氣初收輕雲淡漾碧水分流擬世情兮共薄思富貴兮同浮吹來少女風前多成薄素忙煞天孫機上總為新秋爾乃若減若增若合若分吐霞光兮縹緲鬱靄氣兮氤氳有意飛來直達相如之志無心鋪出不爭蘇蕙之文望長空兮共見聽機杼兮不聞誰家笛韻悠揚吹來良夜此際天光迢遞遏住

行雲何其一卷將消幾層又起護蟾彩兮一輪化魚鱗兮千里忽掩嫦娥之面錦幕初垂翻牽學士之心欄杆徒倚認素練兮依稀想衣裳兮恰似況乃元機莫測倏結蜃樓幻境難窺忽成海市雅意無窮高情莫已待新雁以臨書借太清而鋪綺斯時也潛藏不少舒卷何多貝闕珠宮是誰製錦瑤京玉宇何處拋梭當七夕兮好助牽牛納綵整六銖兮曾披織女凌波細雨盈盈現出一天弱縷遙山隱隱疊成半壁新羅其逸也出岫無踪思歸有路或送金風或飄玉露拂拂霏霏朝朝暮暮既剪裁兮不堪任紛披而莫數正氣爽而天高且揮毫而作賦

梅花賦 以水邊籬落忽橫枝為韻

雪意初成欄杆乍倚凜冽乎寒香蕭疎兮玉蕋清也如斯寒應若此喜春光兮漏洩天地皆新看消息兮

傳來園林競美孤踪曠迹偏宜遠岫遙山逸致幽情最好小橋流水若夫層岩峭壁深谷危巔雲疊疊兮愁芒鞋之踏破月皎皎兮憑蠟屐之迴旋花合花分覺幽林之可玩花圍花繞尋出路兮茫然雪海香城擬入羅浮之夢冰肌玉骨恍逢姑射之仙笑時態之炎涼反移情於世外怕塵氛之披拂故托跡於雲邊芼乃數間茅屋幾處疎籬瘦影亭亭恰夕陽之淡淡

芳情脈脈宜細雨之綿綿一夜風聲頓啟羈人之念三分寒色同生異地之思斯時也酒載南園詩成東閣閒椅則綠螘新醅得句則寒冰共爵靈禽偷眼忽驚玉笛吹來雛鶴飛鳴似解寒英欲落護漠漠之雲容佐嶙峨之山骨籠霏霏之輕煙伴娟娟之皓月臨詩酒兮長歌嘆春光之倏忽於是訂同心之友結歲寒之盟庾嶺重來喜姿容之依舊端溪復植見丰格

之逾清節之勁也孤標傲世神之逸也嫵媚多情花之麗也容光飛舞樹之容也枝幹交橫是以寫臨窗之素影攀入戶之瓊姿若箇銷魂疊雪橋兮訪豔擬他索笑敲冰筋以題詞爰為之歌曰地爐何處吹葭管春光飛上梅花枝梅花燦兮春風吹春風吹兮雖久持創煙景兮自君始自君始兮君無私醒萬卉兮天之涯起桃李兮無遲遲

秋海棠賦以數朵輕盈嬌欲語為韻

颯颯金風冷冷玉露粧點閒堦安排側路幾層嫩綠將舒一抹新紅欲吐霏霏拂拂釀成秋色紛然嫋嬝婷婷放出海棠無數越樣妖嬈天然婀娜幽懷豔思禁他抑鬱之深情碧唾紅冰發此輕盈之小朵生非薄命豈金屋之能藏護有輕陰修綠章兮敢情斯時也流螢欲墜蟋蟀齊鳴睡態橫陳照蟾光兮淡泊玉

顏倩笑羞嫋影之分明弱不禁寒被煙綃兮薄薄柔難待曉添霧縠之輕輕至於檀心脈脈芳思盈盈開紫幕以邀紅不愧神仙之號佐黃花兮浮白何來腸斷之名宜石宜盆鄉何多麗因風因雨僕也牽情遭小玉之摧殘已施薄責怕鄰姬之偷折未許先行嘗此花陰寂寂梧影瀟瀟銀炬燒殘非關月夕珠簾高捲快似花朝怪子美之無詩每多抱憾笑太真之殢

酒忒也粧嬌花之美也其格清標超然拔俗其容嫵
媚溫其如玉偏宜院落之深深恰好欄杆之曲曲夕
陽淡照生憐弱質之難禁清水頻澆更惹芳心之所
欲既着雨而彌鮮復含情而欲語無奈朱顏已改驚
節序之常遷何期玉貌無常嘆韶華之易去傾纍雨
兮何堪降肅霜兮如許娟娟默默委紅粉於無言化
化生生懷綠珠兮有緒仙蹤暫別何消輾轉於當時
香徑重臨預擬相逢於此處

跋

秉在齠齔以外家親故得識　太宜人德容莊肅竊
欽憚之尚不知其能詩弱冠偶游南嶽山寺於青螺
閣讀題壁詩古茂蒼秀律細如杜少陵方知　太宜
人涵養淑德之深時方學享吟咏乃　太宜人與
先恭人為孀娌行時相過從復得親承　慈誨竊其
緒論所論詩大率以骨幹為主立言純厚一出於性

情之正不涉虛華綺靡　先恭人嘗命秉録集以訓
秉姊弟嗣兵燹後篇帙散失近從　協襄二兄處得
見全稿開卷如新不啻重覩　先慈所命録本竊興
思弃不忍卒讀乃　協襄二兄前在危難之時出生
入險克保先澤是非精心專一默感彼蒼曷克至此
嗚呼太宜人乃不亡矣時歲在屠維大荒落九月下
旬姻愚姪萬秉謹跋

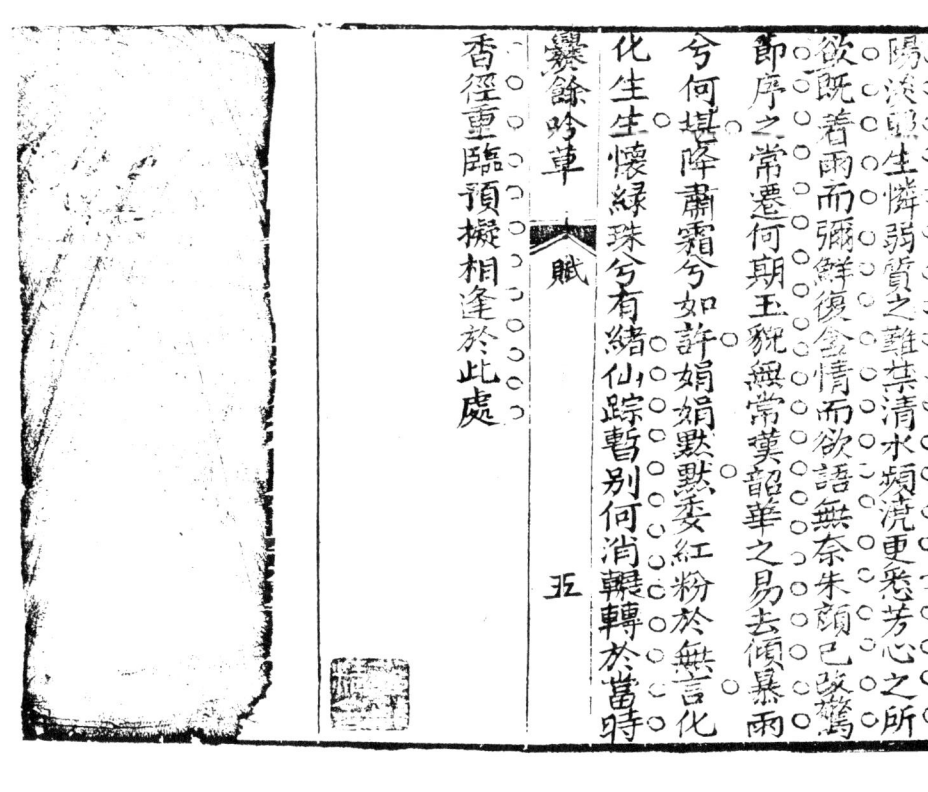

跋

憶先君子設帳綴園時從堂弟麗雲暨協襄旭江兩弟先後侍立門牆學俱日進時吉初習吟詠偕麗雲昆季持歸呈政伯母蒙伯母獎許過當兼賜以題辭四首吉喜不自勝敬藏篋中以方專意舉業未及請讀全稿即偶讀數章亦未識伯母之詩如此之工而且富也庚申大刼倉皇避難諸群從紛紛四散聞協

襄被擄至西江閘關旋里適陶山弟自津航海來援親入賊境踪跡得之攜手回津惟協襄弟室人暨四弟旭江夫婦先已殉難餘俱得完叙於異鄉往歲協襄弟寄吉書囑題伯母詩集云刼後家無長物惟先慈吟草兢兢寶貴得以不失誠非易易吉受而讀之至前賜題辭恍如隔世不禁感激涕零且喜且疑自慚自恨喜伯母之詩如吉光片羽歷刼不磨深訝協

之被擄遠去性命且不測何以區區詩本竟與死生相共得保無虞而吉之自慚而自恨者先君子著述等身自詩古文詞以外如易解諸說彙講春秋四傳折衷以及離騷性理杜詩左傳諸論註講俱經及門手錄善本准備付梓豈料大刼臨前吉昏瞶逃生不及検點竟將先君子遺稿盡陷賊中事定追思悔已無及以視協襄之萬死一生卒保先人遺集可告無

罪於泉下者為何如耶吉本不足言詩兼詞俚語亦何敢以唐突尊長大集謹附登一跋於後用誌是集之所以幸留而自悼其瞶瞶云爾庚午夏日從堂姪

謙吉謹跋

跋

噫此 先伯母屠太宜人賸稾也何幸而留此憶幼時曾讀是集中有一翦梅詞亦能約畧成誦展閱卷首 太宜人親題曰爨餘吟恍然心喜自謂得解因質之 太宜人得毋用焦尾故事否 太宜人笑曰而亦解爨下焦桐乎雖然余則以中饋餘閒隨意口占耳安比中郎逸調哉回記斯言謦欬如

昨孰意爨餘之名竟作數十年來預讖耶吾鄉著作林立即銘椒賦茗不知凡幾庚申粵逆之擾刦火飛灰求其辦香片楮渺不可得爨則誠然餘何有矣而是集竟以爨餘獨存是非幸歟雖然吾為是集幸尤為吾昆仲幸也為吾昆仲克體 先志之為幸也是集存留顛末前序言之詳矣凱以猶子之愛昆季之親不敢阿好揄揚貽哂大雅所望吾宗繼起得是集而珍護之俾知是集所由存吾昆仲備歷艱險而友愛不渝者胥本 庭闈之教訓也豈第曰爨餘吟乎哉當作吾家景慶圖也姪凱謹跋

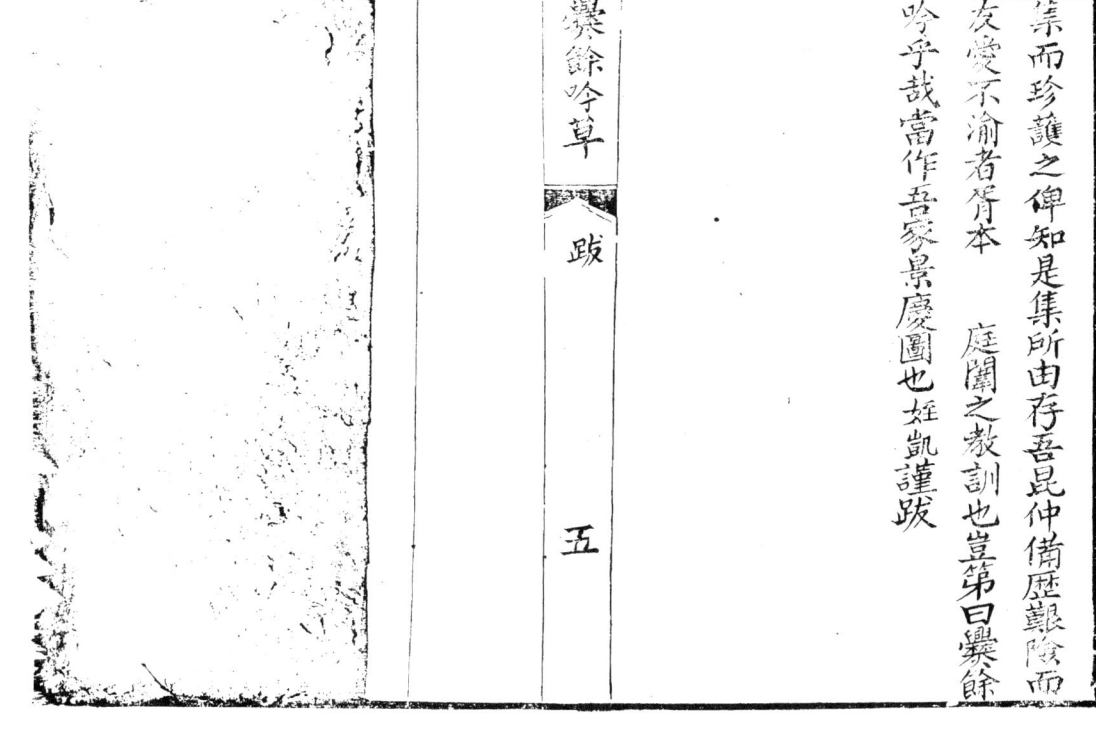

跋

先慈屠太宜人自幼耽吟著作甚富有繡餘吟四卷曾經先嚴拱辰公刪定待梓不意於道光　年被盜刼去以後脫稿不復收存多所散佚晚年始彙聚一束題曰爨餘家兄弟未及編輯咸豐庚申年陡遭兵燹治隨衆守城先遣眷屬於鄉間暫避并檢先人遺像及遺稿與四弟貫親自密藏迨城陷治被賊擄

去閶闔至江右始得逸出而四弟賢弟媳朱氏暨室人周氏又復先後殉節治悲憤之餘知其地不可久居因急檢收像稿仍得之于原處即作一囊存貯同治癸亥賊氛又熾治挈二子避匿馬山四十餘日糧盡援絕生死須臾適三弟珍奉伯兄溶命航海來援竟於七月到津門敬將像稿呈伯兄收存今當初夏課讀之暇録成二卷敬誌數言以見吉光片羽遺簪人間正非易易爾

同治三年初夏次男治敬誌

芸香館遺詩

那遜蘭保

芸香館遺詩

同治甲戌夏四月朔
兀魯特錫縝謹署

芸香館遺集

夫玉臺之編非所宜於金管荻筆之訓未遑頌其椒觴豈以蘇蕙徐淑内政無關謝母鴻妻文辭罕述辯通仁智中壘殊其篇林下閨房濟尼别其品而況家擅勛閥體胖帝潢嚴萬石之精明苗夫人之貴盛亦或深持禮灋垂美珩璜未聞兼涉六儒究通四始王姬桃李艷入輶軒之陬季女蘋蘩自諳房中之樂若 宗室博希濟吉特夫

人者和林貴種瀚海名家毓秀璇枝遠承薛禪之帝紹封珪棨代襲名號之王泉於尊人涉帑紫庭依光 丹闕犀紱賜帶擬漢廷質子之班 鳳詔銜綸視宗世閣門之職充蒙古奏事官遂定居京師焉夫人蕙性夙成茁華絶出幼受詩於外祖母英太夫人韓太君之易學徧逮諸孫劉令嫺之文辭本於外氏十三工篇詠十五究

經義較之容華弱齡艷傳催妝之句應負奇悟夢授左傳之文殆有過焉及歸年丈副憲兩亭先生鮑宣受學因締少君儔元有聞亞儷杜韓蓋中閨唱和觚翰無虛歲事相矜賭書為樂下逮奕葉亦播藝林副憲以 玉勝承華金貂嗣業出為協揆文懿公後梁公名相寔曰宗室之英今時清名雅為諸房之冠經營北合盛無間於宏微

出入南衙侍保全於李石比之安平議事或取參譚山公擇交亦資內決靜好之助於古為多兼之周覽政書明習掌故晉代朝正之禮定自陳援魏朝近事之條諸夫封母遠於歌傳寡鵠教盧九熊魯敬姜戒不忘恭宋宣文世無廢學所謂既昭婦則兼擅母儀宜播棑蘭傳之閨閫者焉然而竹柏之性宜高大年鍾呂之音既徵極貴乃艾歲

方屆蘐齡忽摧門帨未懸帝琴永徹令子伯希孝廉泣搜歷匱捋齋遺文得詩百篇釐為二卷而屬為之序慈銘章結齋年之契曾展登堂之儀步障不施實筵已設衣預摻絲武語孟陽機斷流黃同悲仉母東另未致執紼何從展讀遺編恍親咨款清而彌韻麗而不佻高格出於自然深情託以遙指懷人送遠之什登山臨水之吟踵軌風騷鎔情陶謝洵

足抗美選代傳示後來名士遜其智珠 國史煒其彤管矣哉謂才思非婦人之事華藻乖福壽之徵是以茂先作箴不取麗製昌圖得偶憑焚舊詩夫人削稾不存意亦猶此不知周官婦學所晐九能三代姆教皆通六義鼓城作賦張說儺之東征唐山有歌漢志以補雅樂況夫人者訓傳羊敞業付左芬佳婦婉嫕一門講授則是編也亦猶子政編祖氏

之詩丁援譔大家之集此垂珍笈式誦先芬而後之論世者所當襮異璿源纂芳玉畹修女宗之盛事燿昭代之藝文尒

同治十三年歲在閼逢掩茂寎皋之月會稽李慈銘拜譔并書

芸香館遺詩卷上

喀爾喀部落女史那遜蘭保蓮友著

偶成

暑退新秋至風清氣爽天繡餘拈筆墨花影到窗前

初夏

一桁疏簾窄地輕落花和絮裊檐楹綠陰滿院紅塵遠時有飛禽墮地聲

小榻松陰坐午涼游絲暗罥柳絲長一晴未覺薔薇放隔著紗窗偶送香

蛛網添絲鵲鬪巢層層密樹望中交培花養鶴閒生活坐把羣芳譜自鈔

長相思

轆轤綆短金井深梧桐一葉生秋心秋心零落向誰訴絡緯唧唧答寒礎碧雲欲暮歸雁遠綠窗閒盡鴛鴦鍼

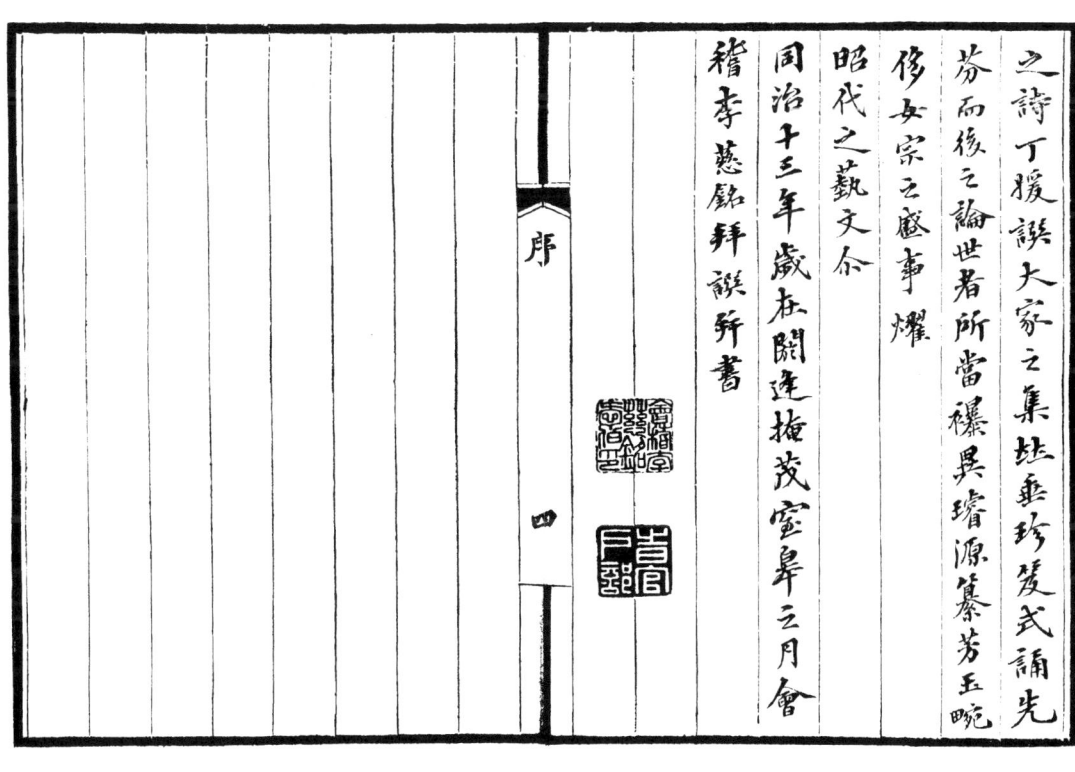

行路難

四角雕輪三足馬請君暫憩瓜廬下天荆地棘康莊途問此栖栖胡為者秋霜昨下羊腸坂春風自暖桑榆社

秋日

極目寥天一望收西風故故動簾鉤白雲有意親書幌殘日無言下畫樓落葉聲中憐短鬢寒鴉點裏帶清秋海棠一檻嬌無限似欲邀人為少留

晚秋偶成

未寒天氣欲寒風霜染楓林漸已紅五夜鄉心生蟋蟀一年秋色在梧桐鴿鈴雁字雲千里藥徑菘畦地半弓好把酒杯尋樂趣菊花昨夜放籬東

覓詩

靜室焚香坐覓詩叢篠紙閣鎮相宜屏圍燈影嫌妨目窗隔寒威巧中肌落葉打門風有韵殘花滿地月添姿清宵似水休輕負檢點芸函不厭披

風饕

鎮日風饕甚深閨為掩門寒林爭日色薄酒見春痕竹影幽人帳梅香老婦盆拚他窗外冷鑪火隔宵温

不盡閒愁緒蕭然一室中壁燈寒射幔窗紙暗吟風衾薄温難徧宵長夢不通無眠數更鼓月影下庭東

成趣園夜坐

林壑杳以深拂石坐忘冷涼月不親人孤松轉清影

秋夜吟

景況居然一味秋嫩寒侵入水邊樓半窗涼月花能淡滿院清風竹自幽詩境須從書裡悟機心漫向奕中求人生可樂須行樂荏苒年華去不留

詠菊

清標傲骨絕羣流凡卉輸君一百籌似此丰姿應

愛我算來心性只宜秋愁生北地霜千里夢落東籬月半鈎點綴蘭閨成韵事不辭斗酒爲君謀

冬夜讀書有懷竹君妹

讀罷閒將繡枕欹書聲歇處漏聲遲風來竹院一堂韻月照芸窗雨地思碧簡多情容我伴青燈有味許君知重重别緒綿綿道樽酒何時共論詩

賞雪

朝來大地換新妝壓盡塵埃氣自芳竹葉敲餘銀

有韻梅花著遍玉生香擁箕掃徑兒童喜撥火烹茶姊妹忙尊酒未終明月上愛他天地一般涼

遊西山

清晨駕巾車日晡到山腳頓簸不辭勞山靈如有約轉路入煙霞回頭隔城郭危磴雜松楸遠寺聞鐘鏄孤青表遥峯萬綠爭一壑行行下筍輿徑窄步引卻還與叩僧寮荒荒紅日落

我愛秘魔崖怪石高撐天復愛寶珠洞下瞰及平田快哉御風行頃刻如登僊探幽及窮僻選勝防人先所愧腰腳劣呼婢相引牽夾路橡實厚嵌石孤花鮮流連劉忘歸峯峯凝暮煙

宿大覺寺

十畝松陰滿寺涼一條瀑布界山光峯巒青逼衣裳冷燈火紅盤棧路長時有微香來佛座偶聞孤磬出僧房遊人對坐渾無睡明日登山禮佛忙

春曉

夜來微雨曉添涼一枕遲人春夢長料峭風吹深巷裏賣花聲似促晨妝

春午

小闌干影日遲遲一派春聲鳥語知繡罷綠窗人意懶碧雲天外漾游絲

春晚

柳梢風軟紙鳶收爲愛斜陽上小樓挂起西窗閒徙倚一彎新月誤簾鈎

春夜

閒來得句費推敲愛月翻嫌樹影交試向畫闌斜
處過一雙宿蝶起花梢

春日三首

乍暖天教雨住涼閒來只覺晝偏長蜂憐露重遲
歸戶燕趁風微低度牆作畫每教衣染墨折花贏
得袖餘香一春細較渾無事且作尋題覓句忙

碧天雲淨澹煙籠輕暖輕寒二月中竹印粉牆成
畫稿箋藏翠袖當詩筒偶耽薄飲忘家務無為微
吟誤女紅最是春光留意處杏花初綻小樓東

庭院初晴有暖香紙鳶一綫曳韶光時原可樂花
含笑春故多情艸亦芳杏苑露濃迷蛺蝶柳陰沙
暖睡鴛鴦閒來只覺身偏適自掃青苔坐夕陽

尋詩

綠窗人靜篆煙消春引詩情上柳條正欲尋題無
覓處小鬟報道是花朝

訪畫

一點春痕透絳紗新紅催得畫情賒曉妝勝有胭
脂水較量枝頭作杏花

折花

滿園春色手親栽一日花前幾度來恠底枝頭蝴
蝶舞鬢邊新插牡丹回

檢書

傍架齋書小課功安排身入古香中舊遺花樣新

翻得又省窗前細翦紅

僕婦李氏隨余六七年今為家大娅鳳儀夫
人携往　盛京因成十韵以畀之

聚散原無定親疏各有緣料應難惜別無那總情
牽意逐遼東水思縈薊北烟隨人千里外伴我十
年苒挑繡資分綫梳妝倩整鈿他時我還憶此去
汝堪憐衣履隨行篋平安好寄箋離懷飛鳥迹心
緒落花天舊主思休切新知禮欲虔濡毫吾舊里

古蹟待歸傳

三月十六日送鳳儀大姨之 盛京

一曲驪謌百感生夕陽流水送君行臨歧莫作傷
心語縱有關山不隔情

以布衣一襲贈僕婦李氏

縷縷絲牽別緒真布衣一襲贈離人前途冷暖原
難料借得斯名要謹身（半臂俗名緊身）

暮春即事

晝靜蘭閨午夢遲困人天氣正斯時日移綠蔭遮
書案風送紅英到硯池縮地有方應借畫留春無
計只哦詩安排清簟疏簾處伯姊相邀一局棋

代書寄鳳儀大姨

分手難言別寸心爭忍離與君獨不見令我長相
思落月憶眉宇停雲想鬢絲計程驂駐後轉盼雁
來時眠食欣增勝平安可告知得閒聊罷繡消暑
但憑詩處世求安拙言情盡占癡蕪函將意寄煙

樹綠低垂

海淀

曈曨初日霽郊坰馱夢輕車曉出城一帶山光分
遠近萬畦雲影界陰晴打禾聲裏豐年樂疏柳行
中輦路平何處桂花香撲鼻貴家樓閣儘崢嶸

題宋女史張玉娘蘭雪集 舊知鸚鵡冢故
事今購得其集乃為之作此詩

松陽山下埋香土一枝紅豆生無主春風未許作

鴛鴦秋雨先教泣鸚鵡嬌藏綺閣深玉孃生
小春無心分來翠珥教妝裏敲斷金釵學苦吟月
未全圓花未謝碧玉盈盈猶待嫁誰下姑家玉鏡
臺溫郎中表才堪亞婚期猶未指三星偕計郎偏
進上京春暖侍兒嬌有伴天寒翠鳥噤無聲詎道
相思不相見滄桑頃刻能生變合懽庭樹未成花
連理繡絲偏絕綫飛語忽傳到繡閨金刀不惜斷
鴛機百年已閱人間夢一死何妨地下隨錦囊一

卷編遺集翠梡三旬絕玉粒風驚桂苑青霜飛夢斷楓林紅雨泣侍兒嬌小號雙娥一縷情牽誓不他荒塚一坏添婢子雕籠半夜殉鸚哥千秋此是傷心事主自死節奴死義合窆雖教夙願償旁觀猶灑多情淚自今溯宋迨千年蘭雪清唫賸一編讀罷空成鷓鴣賦冢荒何處暮雲邊

夏日即事

清簟疎簾靜不譁陰陰夏木罩窗紗酬書無價將釵抵買竹留錢趁雨賒洗硯恍疑雲在水拈鍼權當筆生花粉牆隔斷塵千尺不使閒愁到我家

小齋宴坐

青琴一曲日斜陽庭院沈沈苔徑涼薜荔青搖花侶雨琅玕翠脫粉如霜心清自得詩書味室靜時聞翰墨香燕子不來春事盡鬢絲禪榻兩蒼茫

題冰雪堂詩稿

國風周南冠四始吟詠由來閨閣起漫言女子貴無才從古詩人屬女子詩人世每謂多窮我道窮時詩乃工請看後世流傳者多在憂愁憤激中我師聰明由夙慧髫齡解字傳三歲家貧母病苦備嘗鍼黹餘閒愛文藝于歸家是紫薇郎遇天得所傳書香蘭閨聯句春方暖戒旦趨朝日正長酸風忽折鴛鴦草蘭芽况復霜前槁偏將薄命付伊人坐使紅顏速衰老天長地久恨迢迢大節松筠特地昭冰雪名篇人比潔歸真取字意殊超觸境生情每言志一編寫盡平生思不道風雲月露詞純以性靈追六義我幸身居弟子名執經問字早心傾夜讀清詩剛擲卷秋高月朗碧空明

小園偶興

小步意徘徊西風幾陣催淡煙隨暮起落日促秋來紅葉點高樹黃花壓翠苔晚來清興好隨意過平臺

題翁繡君女史羣芳再會圖

如讀離騷疏披圖得巨觀春風新管領香國大團圞宛若瑶池會羣仙集糍壇封姨莫相妬收取卷中看

檢點羣芳譜開時總不同別離憾人世缺陷補天工湯說妍媸雜誰言色相空題詩慚點汙越女亦西東

芸香館遺詩卷上

芸香館遺詩卷下

喀爾喀部落女史那遜蘭保蓮友著

瀛俊二兄奉使庫倫故吾家也送行之日率成此詩

四歲來京師卌載辭故鄉故鄉在何所塞北雲茫茫成吉有遺譜庫倫餘故疆彎弧十萬衆天驕自古强夕宿便氊幕朝餐甘湩漿幸逢大一統中外無邊防帶刀入宿衛列爵襲冠裳自笑閨閣質早易時世妝無夢到鞍馬有意工文章綠窗事粉黛紅燈勤縹緗華夷隔風氣故國爲殊方問以啁哳語遜謝稱全忘我兄承使命將歸晝錦堂乃作異域視舉家心徬徨我獨有一言臨行奉離觴天子守四夷原爲捍要荒近聞頗柔懦醅倍醨其常所愧非男兒歸願無由償冀兄加振厲舊業須重光勿爲兒女泣相對徒悲傷

得鳳儀大嫂　盛京書

讀罷燈前心意慵花牋與恨疊重重浮雲人世聚又散流水年華秋復冬偶對好花思笑貌時從明月想儀容昨宵剛有逢君夢怪煞無情遠寺鐘

謝張孟緹夫人辱題小照即贈

閨閣論才子當今第一人我生猶未晚塵海暫相親鰕菜江南夢鶯花上國春層樓高寫韻悵望每凝神

春日有感

鎮日懨懨倦倚牀蘭閨人靜晝初長悶懷縈繞調鸚鵡春色飄零到海棠姊妹離情頻悵望詩書滋味漫評量無端暗感韶華換又見新雛燕繞梁

題蘭墀二姨如舟室

如舟小屋遠塵喧別是人間一洞天紅豔花光輕洩露綠連槐影淡浮煙閒眠小榻疑停槳醉倚虛牕當叩舷愛此數椽隨意構息肩容膝樂悠然

夏日

午夢初回晝正長新蟬學噪韻悠揚湘簾似水波紋澹葉幄如雲日影涼心靜卻緣知事少身閒又為賦詩忙增儂興致連宵雨嫩竹參差已過牆

秋雨

陰釀連朝雨秋聲滴碎天牆陰苔色古池面水紋圓韻入蕉窗裏涼生筍簟先閉門無箇事身倦枕書眠

秋晴

滴徧芭蕉雨秋晴寫一庭雲容沉水白山色接天青樹穿蟬添籟花眠鳥喚醒捲簾新爽入斜照上疏櫺

題覽勝圖

披圖一覽卧遊同縱欲爭先也計程書畫琴棋詩酒外深閨亦可寄閒情

憶懷

憶昔肩隨姊妹行舊時勝事總難忘碧紗牕擁書

千卷紅杏筵開酒一觴春到樓頭人共繡詩聯花下句生香倚闌賸有曾騰醉流水行雲總感傷

小園落成自題

處泰堂

坐攬空明景閒來試一唫亭臺四面畫泉石一生心窗豁風先到庭空月易臨昨宵觴客地花下有遺簪

漱芳榭

小室青溪曲疏闌碧玉文池光輕漾月石洞冷嵌雲靚水知魚樂餐霞許鶴分玲瓏牕格子樹外是斜曛

知止齋

鈴索沉沉霎幽齋小壓宜松高知宅舊樹老得春遲屏曲書園坐花香夢入詩捲簾新月好皎皎在東籬

得真觀尚　齋名

萬瓦縱橫内蕭齋靜不嘩琴心託幽草書味聚寒缸泉石圍三面松篁蔭一窗碧苔閒滿地絕少足音跫

芥舟　榭名前為射圃

臨水層軒敞依山一徑長穿雲春習射坐月晚乘涼竹檻留禽語松花蓄鶴糧街塵高十丈不遣過紅牆

豔香館　階下有梨三株牡丹數十本

一院涼陰滿延緣碧蘚肥梨雲春不落花雨夢橫飛冷豔全欺雪天香乍染衣模糊晚來月强半在書幃

退思書屋

十二重闌阻環房出入迷茶煙當戶裊竹影拂窗低壁畫蟬聯壘案書鱗次齊安排紗障子便可歸香閨

快晴簃

玻璃嵌面面此室最宜冬殘雪明三徑孤雲瘦一
峯梧桐寒縛草薜荔曲纏松晴日初開霧南窗小
夢慵

晴虹 橋名

橋上長廊建春流活活經桯開閒卜雨萍裂偶窺
星魚氣連雲起泉聲俯檻聽坐來濠濮想花滿夕
陽汀

慕舡

流出潺湲水居然小石梁青蘋浮夜雨紅蓼占斜
陽聊作閒鷗界平分秋水光朝來行不得石上有
新霜

小池

便有滄洲趣澄波坐渺然買魚還自釣汲井謬稱
泉花外都無地波中別有天浮萍看動盪昨日已
栽蓮

假山 夫子築此山屢成屢易至是又將
復毀余勸而止

屢易煙霞稾山應號再成峯巒新結構洞壑小經
營畫意麤能具詩心最忌平名園輸半畝猶擅笠
翁名 半畝完顏氏園名

曠觀亭

樹杪高亭出登臨足大觀花光迎日暖石氣逼人
寒一角青山暮千林落葉乾憑闌舒遠眺涼月白
團圞

天光一碧樓

小閣柳陰中層闌高下紅山光生檻外天影落盃
中伍舞鸞支雪高鶱蛺背風晚來一枝笛吹出碧
玲瓏

五月八日與麟莊蘭谷二婭夜話

桐影迷離月影斜晚風涼透碧窗紗鑪煙茗椀挑
燈話風過香來姊妹花

題香湖女士墨蘭冊

自是高標韻自長不將顔色鬬羣芳愛他閨閣生花筆寫出人間第一香

和友蘭三姊留別韻

怕君車馬去吾門握手依依愴別魂此後相思應入夢只愁夢醒了無痕

小聚如將絲綜麻片時分手各天涯明知聚散原常事妬殺枝頭連理花

五月廿八日即席再别友蘭三姊

離筵相對暗傷神總覺衷情話未眞握手殷勤無別囑尺書早寄故鄉人

和友蘭三姊杭州見懷原韻

六月聞君已渡河清秋又涉大江波思鄉應灑登高淚惜別空成對酒謌素簡纔從湖上寄黄巾已恐浙西多干戈滿地相離遠搔首青天可奈何

當歸遮莫換將離此意山窮許默知海上青桐是同調江南紅豆最相思休回念我能添病除卻懷君不賦詩秋亦知人情緒惡芭蕉窗下雨絲絲

附原唱　百保友蘭

秋深鴻雁滿關河一棹吳江起夕波花發江村新覓句人來畫舫待徵謌月明野店清砧急風掃荒村落葉多為問都門舊知已故園情緒近如何

西風漸緊雨迷離把酒蓬窗憶舊知楓葉半江添畫本梅花千樹動鄉思寄君南國燈前信寫我西湖陌上詩客裡加餐應共慰鬢邊白髮已添絲

輓華香世娟

三生文字結因緣小照留題已十年鮑妹才華今代謝鴻妻淑範後誰傳春來人往愁無地月缺花殘恨有天八秩重慈九齡子翁姑俯仰倍淒然

傷心最是好人亡林下高風想大方回憶交期雲慘淡怕思夢境月昏黃生兒育女俱煙散搜畫尋

詩賸墨香白酒斝盃同淚奠九原酸苦要分甞

寄和友蘭三姊

正是花陰望雁初一朝喜得故人書遙知素手緘封日目斷京華幾憶余

錢唐聞已解重圍招隱嘉賓喜不支夜雨新來大雷信秋風重賦小山詩

初春寄懷芸卿妹

別來轉眼又經年自遣春愁靜裡觀草長階除餘

雀啄花臨窓紙蕊蜂彈路長敢怨音書少晝靜翻驚繡閣寒無限離思歸筆底情深只好寄詩看

庚申冬寄外　時在灤陽

漫道相思苦從悲行路難烽煙三輔近風雪一裘寒去住都無信浮沉奈此官親裁三百字替竹報平安

寄鶴友七姊天津

傑閣高樓夏景多津門此際樂如何唫成字句芭蕉寫妝罷香從菡萏過綺閣應添新著作荒園時闢老煙蘿西山昨夜胡桃熟奉上盤匜助醉謌

鶴友七姊駐津數年每得鮮果嘉肴率為郵致昨來䎽復以憶津門食品詩誇於余荅東坡在海南食蠔而甘恐人得其味屬相與秘之今讀吾姊詩用意過東坡矣乃用原均率成四詩聊為一臠之報

久闊襟懷慰幾重莫辭綠蟻泛杯中津門燕市秋

何限快得酡顏相映紅

桂子花開秋氣清微風片月繞檐楹支頤笑說神僊事久已逍遙過半生

漫誇珍味重唐時一騎紅塵走荔支三日關疆來海船自挑朱顆自題詩

幾處樓臺送夕陽蓼花蕉葉鬪秋光甕頭昨漉鵞兒酒為愛同心取次嘗

墨君女史鶴友七姊小姑也墨君今歿十年

矣有自書詩一帋存余處即憶鶴友作也
珍之箧衍有年昨歲鶴友来都向索頗切
感故人之舊情欽七姊之友誼囙和韻四
章同為裝池以歸諸鶴友

重繙舊夢到春城一度唫囬百愴情徒賸吉光留
片羽賭詩從苦論輸羸

一家風雅憶閨中絶妹梁妻才調同惆悵芳園聯
詠地傷心依舊夕陽紅

我愧樗材炙蕙芳徽風雅調引来長十年離恨猶
能說時對雲容想羽裳

銜杯今日正愉思話舊偏教憶昔嘗寸帋付君頻
鄭重故人墓草又離離

壬申冬日代柬招鶴友

宋寘匡居俗念生梅花笑我負清盟南柑已到香
醪熟可否前来話別情

祝歸真師八十壽 補遺

真業來蓬島修齡衍麥邱性同松柏茂身與水雲
遊大節千秋定新詩萬古留絳紗稱弟子慚愧鶴
銜籌

芸香館遺詩卷下

太夫人自七歲入家塾十二能詩十五通五經十七歸　先府君上事姑嫜下和娣姒家務之暇不廢吟咏所作詩已裒成巨帙中歲多讀有用書終年矻矻經史故詩不多作迨丙寅歲先府君棄養後內事拮据外禦憂患境日以困遂絕不復為詩嘗語不孝及妹猗曰吾於詩學得窺其門徑而少年所作率多浮響不足為後人效如我竟死幸勿梓吾詩苟天假之年看尔

輩成立不以家事累我我當復舉所學陶鎔而出之冝可媲於作者嗚呼言猶在耳而　太夫人竟於客秋厭棄人間矣不孝昏憒瞀亂罔知詩之為用也何如而竊念梓詩是違　太夫人之命罪也不梓則　太夫人之德言無所附以傳勢將終於汶沒罪益甚乃請於里郡諸長者僉謂　太夫人之詩清雄綺麗為必傳之作亟冝授諸剞劂不孝用敢取　太夫人丁巳歲手鈔本又益以搜輯所得共九十一首編為二卷錄付手民嗚呼　太夫人之意本不欲以詩傳故佚失散亡無從收拾今所存者特千百之什一耳而況懿德嘉言又豈辭章所能盡傳者哉惟冀後之讀者即詩以闚行誼勿徒以語言文字求之則不孝所以梓　太夫人之詩之意庶幾無憾焉爾

同治十三年五月不孝盛昱謹識

冷紅軒詩集

百保友蘭

冷紅軒詩集一卷增詞賸卷

光緒乙亥 錫縝署

序

德容言功女子之大端忠孝節義人生之大節數者得一已足震鑠古今輝煌宇宙而况交萃于一身乎然而天之待之也必勞之苦之困阨顚躓以至于死而不恤豈天之故願是哉苦其實而甘其名嗇於當時而豐于後世其加意玉成者自非山川之鍾毓祖宗之積累誠未易幾此而其人之承天命而不改歷百折而不回堅貞不拔之操又固豪傑志士之所不能而竟於閨閣中見之爲足奇也吾友友蘭夫人姓薩克達氏爲滿洲與公女家故貧與諸昆弟讀敏慧特異十齡能爲韻語及笄通諸經適瓜爾佳氏延祚爲故相國桂文端子婦文端故巨族乃未及朞而夫死撫遺腹子壯介公麟趾含冰茹蘖不復嚬笑骨肉中又多不諧調護幼子奉侍高堂較之貧家婦苦更十倍中間隨文端任所數年文端疾夫人刲臂以療文端獲愈會文端調任他省乃置夫人于家伶仃獨立不復能與族衆居賃舍陋巷爲屋數椽親操井臼衣食或不繼如此者垂二十年咸豐丙辰壯介以部郎授金華知府時粤逆已蔓延江南北或勸留京師夫

人以教子作忠不宜臨難苟免毅然之任辛酉冬月杭州再被圍壯介以金衢嚴道署藩司奉夫人居省城夫人逐日飭壯介率練勇屢挫賊迨城垂陷夫人飲壯介以酒令巷戰殺賊勿返顧乃自北向叩頭懷浙江布政使司布政使印赴署後園池死嗚呼夫人於此其可謂全人矣余固知夫人之若此也余與夫人以戚里爲文字性命交每聚談多至深夜歷數古來節義事輒欷歔流涕期以身踐而卒能若此豈非天乎綜計夫人苦節四十年以孝稱于里鄰晚年以身殉國忠義之氣近世尤希而其餘事則研經貫史爲詩爲詞作繪彈琴弈棊女紅無不能無不精此其人豈非天之生是使獨以爲我旗藉女子光哉余故不爲夫人惜而深以得交夫人爲大幸也亂後壯介事得 上聞

旌夫人如例其子婦自海上攜諸孤來余索得其集合之篋中所藏者詮擇删定存於家今年春爲序以梓之此在夫人爲末事然即此以存夫人使後世傳列女者有所考鏡或亦夫人之所深許也夫

同治十二年春三月外藩女史那遜蘭保拜譔

冷紅軒詩集卷上

長白女史百保友蘭著

夏日亭中納涼

偶因消午倦靜坐小亭中古樹連天碧閒花映水紅人誰忘溽暑天特與清風又見奇峰起雲生日腳空

夢歸

魂夢長隨雁陣飛故園千里一時歸逢人正話他鄉事雞唱驚回月照扉

園中即事

曲曲闌干護碧池小園雅興有誰知簷開積雨初晴後人醉斜陽未落時楓葉纔紅疑中酒菊花正放好吟詩良辰美景難收拾不覺窗前日影移

詠竹

小山芳逕畔竹箭幾枝新卿自稱君子儂堪作主人臨風轉瀟洒得雨倍精神獨對芸窗下襟懷不染塵

大雪

雪影空中舞渾疑柳絮狂松枝增秀色梅意滯春光覓句推窗得烹茶待客嘗擁裘凝望處未覺北

風涼

松

萬木皆搖落淩寒羨老松不隨紅葉墜偶借白雲封偃蓋能棲鶴盤根欲化龍朔風吹未已翠影自重重

已是無餘卉蒼蒼色不更冰霜操自勵風雪韻尤清品概超羣木巉崎見一生竹梅稱益友不愧歲寒盟

題小堂三弟詩集

詞華典贍意淸新倚馬才高信是眞我愧左思推

重者轉無佳句和陽春

秋雨

庭梧初落葉鴻雁已南征竹徑含雲氣蕉窗帶雨聲沈沈迷畫閣黯黯滿秋城極目疏煙裏蒼茫遠岫橫

晝寢

簾底敲棋罷迎風臥北窗桃笙淸佀水幽夢入瀟湘

春曉即事

曈曈春日上窗紗曉起臨妝展髩鴉却喜侍兒能解事一枝新折碧桃花

種花

遲得花枝手自栽親攜鴉嘴劚蒼苔深紅淺白參差種好待春風次第開

月夜聞鍾

忽訝鍾聲起宵深萬籟幽隨來五更月敲徹一天秋斷續參譙鼓悠揚繞畫樓何須發深警不寐正閒愁

月夜偶成

颯颯金風木葉飛銀河皎潔漏聲微一窗涼月明

如水鄉夢因何不肯歸

留別荆南女子吳秀英

攜手同遊幾度春驪歌一曲暗傷神瀕行相囑還相慰始識將離意倍親

十載晴窗共繡針挑燈每話至更深慇懃此後如相憶秋月春風兩地心

晚泊宜郡

極目停舟處孤城夕照斜烟霞生碧岫鷗鷺下平沙遠浦明漁火寒林聚暮鴉白雲紅葉裏遙識有人家

舟次巴東見山居者

誰家巖畔結蝸廬門對江流畫不如茅屋數椽叢樹繞芋田人背夕陽鋤

萬縣曉起

鶯回曉夢不成眠起看江行欲曙天水氣嵐光分不出鳥聲啼破萬峯烟

夜聞潮聲

夜聽潮聲似雨聲舟中頓覺峭寒生急呼婢子推窗看霜落江天月正明

自重慶陸行途中偶成

雞聲斷續月朦朧催起征人曉夢中回首荊門徒悵悵關心錦里轉匆匆水程莫問波中鷁客路初驚塞外鴻屈指芙蓉城在望鈿車重駕五花驄

早春

小苑春回草色新樓頭垂柳綠初勻無邊淑景添詩料領略韶光有幾人

早梅

寒梅消息問花僮芳信誰知昨夜通能耐冰霜迎愛日詎同桃李笑東風有情送臘虛窗外何意爭春小院中月下橫斜疏更好卻愁粉本畫難工

玉人來

風前小立自徘徊紅雨紛紛點翠苔別有一般蘭麝氣回頭瞥見玉人來　風

春光明媚獨徘徊桃李芬芳次第開折得一枝歸去玩忽驚花外玉人來　花

藥爐茶鼎慣徘徊六出花飛映鏡臺欲拂錦箋題瑞雪聯吟還待玉人來　雪

月明階下且徘徊爲愛清輝步翠苔隱約似聞環珮響花陰轉處玉人來　月

攜琴林下久徘徊小婢焚香掃綠苔偶拂冰絃成

一曲不期聲引玉人來　琴

挑燈窗下共徘徊角勝棋枰眾妙該不道坐深忘漏永隔牆還有玉人來　棋

搜尋翰墨費徘徊錦軸牙籤次第開抽得奇文思共賞推窗恰喜玉人來　書

晴窗潑墨好徘徊滿紙雲烟妙化裁畫到仙山樓閣處就中添箇玉人來　畫

庭前閒步悄徘徊雲淨長空絕點埃滿紙吟情向誰說掀簾一笑玉人來　詩

幽齋小酌莫徘徊沽得香醪樽又開醉眼自花花

亦舞何須眞箇玉人來酒

得夔州來書知　家大人入楚境口占誌喜

輕舟聞已過巴東稍慰他鄉孺慕衷半載蜀都留宦跡七年荆國被仁風旌旗重指前游地教化仍施未竟功底是家書猶不達朝朝天際望飛鴻

楚江舟次

極目江干景蒼茫動客情白沙新雁落紅樹夕陽明渡近人歸語村遙犬吠聲四山青靄合風定水雲平

江上

水影沈沈暮靄橫遙山低與碧波平詩懷南國浮江漢人逐西風入楚荆萬里鄉心隨雁渺三更霜氣逼燈清疏星冷月蘆花岸隱約前灘落雁聲

述懷

馬蹄帆影事長征楚水秦關路幾程放浪江湖詩易就攪愁風雨夢難成牽情綠草閒榮悴引恨青山日送迎底是鄉心消不得每隨歸雁入雲橫

聞雁

夜分征雁聲凄楚似怨長途念儔侶我亦天涯羈絆身半窗殘月愁千緒

感懷口占

世態輕如紙人情重在金炎涼多幻相感慨付微吟教子他年志營齋此日心向平婚嫁了泉下好相尋

解纜值秋季傷懷血淚枯關山心力倦風雨病魂蘇感慨詩情有淒涼舊侶無故鄉何處是江上暮雲鋪

喜逢郵遞處急作故園書舉筆淚先墜搦胸志未舒從今塵夢醒此後壯懷疏蓴鱠空思想何時返舊廬

西蜀崎嶇路年來數往還征塵滿衣袖隻影復江關旅夢雞聲裏詩情楚水閒長途心易倦翻羨野人閒

珠江寄瑞六女兄

弱體方爲二豎侵瑤械遠到抵千金眼前碌碌誰知己獨有蘭言慰我心

新篇讀罷淚潸潸憶我時看昔贈環萬里關山雖遠隔神交祇在寸心間

故鄉極目路迢迢鵑血斑斑漬素綃若問近來儂景況淚珠眞似海門潮

匆匆愁病過三春自愧無方慰此身翹首天涯誰骨肉每因秋水憶伊人

感懷

素衣到處染征塵漂泊天涯劇苦辛爲問故鄉諸弟妹可曾有夢到征人

數年空自望歸期淚冷珠江月上時愁裏那堪聞杜宇斷腸人賦斷腸詩

章江晚泊

一幅雲林景天公設色勻樹鴉團暮靄村犬趁歸人殘照平山外餘霞遠水濱欲成圖畫出粉本妙無倫

間倚蓬窗望人烟夾岸繁晴波搖日脚暝色起山根幾點明漁火三篙漲水痕蒲帆看乍落停泊卽前村

富春卽事

一江春漲綠如油兩岸山光翠欲浮畫舫酒闌人已散碧天斜挂月如鈎

淮安卽景

雨絲風片亂飛花搖颺青帘賣酒家野老二三閒逸甚綠楊陰裏話桑麻

春日雨後偶成

紅欄干畔獨徘徊芳草閒庭燕子來滿地綠陰新翠溼一池紅影嫩桃開

小園又放紫丁香斜拂簷牙瘦影涼獨怪東皇無定意乍晴乍雨使雲忙

雪夜卽事

玉屑繽紛點碧墀寒香正好沁詩脾侍兒笑指庭前樹已放紅梅一兩枝

晨起對鏡見鬢有白髮數莖因思歲月如流半生已去憮然誌慨

園廛何日息長征夙願年來尙未成鏡裏忽驚新白髮蹉跎惟恐負平生

因前見白髮憮然有作繼思前人髮到白時也是難之句復占一絕

寸衷展轉每多憂應爾星星兩鬢留對鏡自思還自慰卅年心跡悟從頭

秋日書感

風色肅庭院蕭疏生客愁故園千里夢新雁一聲秋官閣仍連雨天涯數倚樓空懷季鷹意何日願方酬

題美人圖

盈盈秋水黛微顰默默無言獨看春應是芳魂銷不得教人紙上喚眞眞

好是雙鬟映翠蛾不須巧露襪淩波知卿出世無他恨惟向人前露面多

文信國

丹誠耿耿挽金戈宋祚雖亡志不磨青史照人存古道忠魂猶泣舊山河

貫日忠誠可奈何千秋遺恨涕滂沱三年犴狴心如鐵留得乾坤正氣歌

雪後同諸弟妹聯句

北風昨夜釀同雲學蓮五弟曉起推窗玉屑紛數點梅胎堪索笑冷紅一枝松麈好論文學蓮八因得酒成詩捷小堂三弟地爲無花降雪勤浣香二妹鴉陣橫來摶冷霧笑山六弟松帷密坐擬春曛烹茶靜聽泉初沸小堂刻燭欣看篆更焚三尺早敎農望洽冷紅九霄共仰帝恩分笑山圍爐鬥韻歡何極學蓮接席馳談意倍殷魏英四弟贏得此時刪俗慮晶瑩滿抱絕塵氛小堂

初秋即事

蟬聲吟樹杪宿雨已全收芳草碧三徑夕陽紅半樓微風清溽暑涼意入新秋獨自憑闌坐荷香鼻觀幽

春花皆放獨菊離冷淡感成二絕

萬紫千紅競艷陽菊苗猶是意蒼涼秋風一旦驅炎暑看取亭亭獨傲霜

生涯落落向東籬韞秀含芳自待時候至重陽花爛熳惜他蜂蝶已無知

寄蘭史三妹

屈指暌違閱四年簪花妙格勝從前池塘春草添新夢助我詩情似阿連

自嘲

笑我詩成癖推敲意自怡閒時吟弗輟午夜卷仍披研露圈周易焚香讀楚詞何妨呼獺祭樂此不曾疲

蓮蓬八和韻

袍帶裝成體態尊束身名敎度朝昏拋殘紅粉留香澤著破青衫剩翠痕幻化未空還是色玲瓏有竅總無言汙泥不染心原潔好向蓮臺懺夙根

托體清漣氣味淸閨中遊戲巧裝成冠襦不借針神製色相都從指法生處世炎涼應是夢任人播

弄總無聲他時擯棄秋塘上鷗鳥菱花續舊盟

重陽偶成

風雨又重陽他鄉望故鄉人驚今日瘦花比去年黃鴻雁分南北茱萸插短長遙知諸姊妹歡聚侍高堂

金英爛燦葉離披肯負花前酒數巵別有閒情應失笑秋光又老一年詩

寄中峯諸弟

依然多病心情懶遠盼鱗鴻問訊勤千里關山愁入夢三更燈火歎離羣終年獨玩粱園月何日同

看冀北雲官漏沈沈春夜永無眠意緒總紛紜

小立花間草似茵天涯極目可憐身家園又是三年隔物候仍看幾度新聊藉詩書消永晝直將得失等浮塵舉頭紅雨紛紛墜强染霜毫賦送春

中秋夜夢至瓊樓玉殿迥異塵凡仙子往來恍如舊識醒後追思因用上平韻戲作遊仙詩十五絕

無端夢入蕊珠宮樂奏鈞天絳臘融喜與飛瓊曾並坐醒來衣上有香風

絳宮回首碧雲封誤碎當年琥珀鍾今夕夢中尋舊跡瑤台女伴喜重逢

仙姬綽約貌無雙共倚瓊樓綠綺窗見說時纔傳玉詔明朝阿母演新腔

天機淡蕩動靈旗阿監傳宣拜玉墀祝罷無疆開御宴瓊漿徧賜夜光巵

夢幻難分是與非居然化鶴共雲飛闌干十二簾高捲暫向蓬萊侍玉妃

雲裳霞帔憶當初道是瑯環舊侍書小謫無端下塵世好將一夢悟眞如

未識今吾即故吾漫疑初入此仙都舊時女伴爭

嘲笑失却當年記事珠

閬苑歸來路已迷綠窗難認舊蘭閨小鬟笑指西廊宇是謫紅塵去日題

月光如水滿瑤街香露無聲溼綉鞋鬥草歸來語同伴鬢邊贏得翠鸞釵

九層台聳白雲隈樂奏簫韶鳳輦回火棗玉梨堆几案飛瓊又進紫霞杯

雲母屏風御座陳霓裳舞罷月華新珮環聲曳天風細碧玉圭擎拜紫宸

晶瑩月色映祥氛瑞彩光中錦繡紋今夜嫦娥纔

識面天街桂子落紛紛
五雲高拱紫微垣帝座森嚴靜不喧玉女仙姬衣淡雅霞裳爛漫讓天孫
兩邊蹌濟列仙官內侍擎來赤玉盤青女素娥齊進酒風姨揚袖爇沈檀
廣寒清禁夢中還回首人天頃刻間一縷幽香參鼻觀桂枝親向月中攀

先夫子遺照瑞菊莊六兄懸之室中歲時設供感賦

歎逝情何極神交直到今十年增百感一諾重千

金季子墓門劍伯牙江上琴閱牆嗟薄俗能弗愧苔岑

寄亞南姊

聞道蓮輿返 帝京故園風景勝蓉城遙知松菊秋窗外刀尺聲兼誦讀聲

寄中峯等

彈指光陰迅睽違更二秋山川遲夢寐風雨助離愁縱有書頻寄難將酒共酬故鄉饒菊蟹緬想意勾留

寄亞南姊

久下湘簾引步遲北風信息每參差破人寂寞三更柝消我光陰一卷詩生怕言愁愁更集縱能寫恨恨誰知邇來有事深歡喜見說冬生是玉枝
纔抛蒲越已秋砧舊雨長違悵望深幸捧瑤函遙寄語似燃銀燭近談心五千道路常提筆三十年華早碎琴賦就栢舟兒女小焚香翻覺羨旃林

自述

針黹匆忙誦讀疏每愁几席負三餘縹緗萬卷何時畢願乞來生作蠹魚
電光石火本須臾肯把閒愁累病軀悟徹浮生原

爾幻憂天每笑杞人愚

魚鷹

捕魚出水技何工江上勞勞趁晚風知否有人量暗布無災終遜信天翁

柳絮

非花非雪費疑猜慘白無聲滿綠苔纖質那堪颿道路輕身容易上樓臺飄揚難定何方住冷落誰看滿樹開最喜清明天氣好春風淡蕩去還來

春陰

陰雲漠漠度花朝篆盡爐烟繡懶挑草色劇憐簾

外綠春光暗向雨中 消海棠枝上啼紅淚楊柳樓頭冷翠翹九十韶華過已半東風吹徹賣餳簫

春晴即事

東風吹煖壯丹棚無限韶光雨乍晴卒地繡簾春晝永連天芳草落花輕鶯兒出谷還喬木燕子尋巢續舊盟欲試新茶消午倦綠楊陰裏聽瓶笙

憎病戲題

牀頭藥裹幾時拋竟把參苓作故交半解醫書因善病瓦鐺桑火細推敲

鳳嶺

崎嶇鳥道夕陽西苔蘚摩挲認舊題回首萬峯皆在下振衣直與白雲齊

送二兄嫁之道州任

楚南奉檄駕雲軿道出梁園喜暫停舊事重談傾別酒詩筒此後寄郵亭

衡湘佳處舊曾經山水迎人不了青此去洞庭秋夜月好將斑管弔湘靈

臨岐往復數趨庭家訓官箴一樣聽況是陽城留宦跡使君端克紹前型

每思故里憎爲客況復他鄉又送君杯酒休辭今夕醉來宵旅夢隔層雲

見書冊中 先夫子詩有感

一覺游仙夢浮雲萬慮休詩猶藏錦冊人早赴瑤樓回憶他生誓空餘半世愁遺孤今幼學能否紹箕裘

示憎兒

九泉盼望阿爺目十載劬勞母氏心一語勵兒休怠惰讀書須要惜分陰

病起即事

一庭花影日遲遲小病新瘥靜養宜長晝明窗消

午倦烏絲欄寫少陵詩

春日偶成

小坐綠窗無一事篆香空繞讀書床乍暄天氣新晴後初試春衫杏子黃

秋感

又至重陽候蕭疏動客愁砧聲三徑月燈影一簾秋唧唧蟲吟急紛紛葉落稠天涯無限意相望意沈浮

自汴赴楚途中口占

炎光烈烈悸征鞍此日應歌行路難翻羨村姑溪

畔佳綠楊陰裏共晨餐
荆吳粤蜀駕風湍秦晉齊梁控玉鞍踪跡九州行
欲遍馬蹄何日駐長安
輕舟又向大江浮鄂渚烟波感舊遊往事不堪回
首憶南陔草色自由由
卅年閱歷眞如夢底事三番至楚鄉每到悲歡離
合處居然人世小滄桑

咏鶴

雞羣權共立狎侮任兒曹豢得羽毛足飄然雲漢
高

舟泊釆石磯泊月太白樓下即景

輕舟停泊水之涯一片空明靜月華纔覺嫩寒微
醉後挈瓶且煮小團茶
江波月色兩晶瑩好把秋光子細評一種詩懷幽
絕處遥山隱隱雁聲清
冰輪西轉玉繩低一簇垂楊護短隄萬籟無聲聲
更妙蘆花瑟瑟水東西

舟中即景

一葉風帆莫計程遥天惟見雁南征楓丹蘆白秋
如許人在衡山畫裏行

小住吳門寄舍弟

瀟瀟風雨隔蘇州覊旅他鄉莫上樓買得吳箋三
百幅好將細字寫離愁

自汴赴楚臨行將盆中牡丹移種花畦戲題

移將鹿韭雨中栽手舉青泥次第培寄語後人須
愛護春風未必不重開

冷紅軒詩集卷上

冷紅軒詩集卷下

長白女史百保友蘭著

自閩赴滇雙溪口夢歸

萬峯飛渡瞬還家骨肉相逢笑語譁一枕夢回翻似夢雙溪驛外月西斜

西陽嶺即景

清曉事長征山容子細評雲從足下起人在畫中行石磴連番渡烟嵐到處橫松杉夾輿長藤薜挂崖生澗曲隨灣轉峯奇劈面迎險途多膽怯絕頂盆心驚昂首九霄迴凝眸四望淸佳哉斯嶺秀宜雨更宜晴

小松

道旁松尙小翠色一何新應有干霄日濃陰蔭路人

淸明

悄悄憂心對短檠旅懷明日又淸明一杯難奠魂千里雙淚空拋月二更天上還期重見日人間誰和斷腸聲年年盼盡鄉關路最怕傷懷杜宇鳴

崇安道偶成

水閣山村似畫圖別饒幽致畫中無霏霏細雨新晴後一抹斜陽叫鷓鴣

舟次淸溪遇雨

雷聲隱隱起前潭驚覺羲皇夢正酣徙倚蓬窗閒眺望濛濛煙雨似江南

黔陽道中偶成

岧嶤岡嶺覺雲低石級盤空路似梯回首故鄉何處是不堪時有杜鵑啼

游飛雲洞拜石觀音 黃平道中

匹練如銀界碧岑淸幽曲徑好追尋天然圖畫開靈脈自在莊嚴起敬心山氣氤氳滴甘露香煙繚

緲隔叢林松濤竹韻兼泉響化作諸天梵唄音

郎岱路中遇雨

夢斷雞聲歇崇岡曉倍涼烟嵐迷竹樹雲氣溼衣裳鈴語當風緊崖花夾路香一鞭衝瘴雨休唱憶家鄉

老鷹崖

翠色朦朧欲接天一山高聳萬山連回眸下視塵寰路一氣空蒼走海埏崖壑濤幽意爽然箇中風景倩詩傳凌霄誰見飛昇客多歷名山便是仙

密樹深籌繞翠微晚來煙靄襲人衣紅牆隱隱招提近寂寞鐃聲破夕霏

聞平彝過去皆平路口占誌喜

半載舟車路幾番魂魄驚崎嶇聞已過心地共寬平

楊林道偶成

瘦來肌骨覺衣寬尙是天涯行路難一枕夢回山月落五更雞唱野風寒爐中香盡晨鐘動壁上燈微繡被單愁病不堪排遣處何時覓得小還丹

中元寄書先夫子綴三絕句以下雲南節署作

十載光陰彈指過知君地府近如何懷才已負生前志能否修文赴大羅

空將別恨寫鸞箋回憶當年倍黯然一束紙錢千點淚并教萬里達重泉

幾番搔首問靑天尺素修成藉火傳一事報君差可慰孤兒解讀蓼莪篇

偶成

風風雨雨佀重陽七月籬邊菊已黃欲遣悶懷塡小令詞牌偏得憶家鄉

春日登海天閣望金馬碧雞諸山

爲愛粼粼水一溪尋芳步過小橋西偶登高閣窺金馬閒倚雕闌話碧雞幾畝菜花香正遠數株楊柳綠初齊和風澹蕩春光媚又聽新鶯出谷啼

春興六言

牆外笙絃繚繞小園桃李參差幾處鶯簧蝶拍此時宜酒宜詩

雨春軒

風信連番到杏花一庭紅影映窗紗尋芳小倦還閑坐鸚鵡催人解喚茶

臥雲仙館

風裊晴絲柳罩煙碧紗窗外草芊芊博山鑪爇沈香火靜讀南華一兩篇

春晴

一天雨霽碧迢迢風擺垂楊舞細腰看取春光聽亦得賣花聲和賣餳簫

春暮感懷

又見枝頭紅雨飛近來事事與心違椿萱老去悲何極手足離多信亦稀異地情懷人悵悵故園花柳夢依依那堪回憶當年境一覺黃粱是也非

暮春卽事

屋角鳴鳩雨若絲一春花事到酴醿晝長意懶拈鍼綫煮茗焚香集杜詩

夢

蘧蘧疑假亦疑眞幻境迷離若有因悟徹百年原似此却從何處認前身

影

燈前月下倍殷勤行坐相隨未暫分碌碌依人原似我了無心跡卻輸君

步學蓮弟原韻

弱弟唱陽春郵筒寄遠人無方能縮地有志豈憂貧萬里勞吟咏何人共笑顰臨緘題數語倍覺意酸辛

秋夜

値此蕭疏候他鄉更愴神詩書消夜永風雨感懷頻萬里關山路天涯愁病身一燈孤影瘦雙淚溼羅巾

見桐葉落

檐前鐵馬響丁東小立閒庭倚碧桐自笑病身如病葉一般柔弱怯西風

十月一日夜窗書懷

何事而今不自肩那堪觸緒憶從前匆忙鍼黹詩章廢瑣碎齏鹽俗慮牽教子殷勤須畢世懷人魂夢隔重泉淒涼贍有將枯淚官鼓鼕鼕夜侶年

深巷明朝賣杏花

半夜簾纖雨乍知助杏嬌小樓聽此夕深巷唱明朝早市筠藍集幽閨曉夢遙新泥雙屐滑春色一肩挑芳草高低路垂楊宛轉橋香飄沽酒店聲和賣餳簫穉蕊晨含潤斜枝態更饒綠窗淸玩好疏影伴吟宵

暮春之初

春光纔欲暮修禊憶羲之一水環流處羣仙畢至期羽觴浮此際雅咏播當時絮影迷幽境花香繞夢思漾萍風習習篩柳日遲遲舊曲歌黃鳥新詞譜柘枝踏青宜舊雨祈福藉淸池白袷衣初試陽和景漸移

秋雲侶羅

秋雨初晴候雲容薄侶羅卷舒迷雁陣縹緲閣銀河未入機人手翻疑織女梭無心離碧岫有影濯澄波乍睹魚鱗密旋驚燕尾多量應邀月姊剪或

倩霜娥世態原如此天衣究若何餘紋殘照裏散綺彩霞拖

黒龍潭唐梅步葉棣如學使韻代作

探梅來龍潭觀梅憶江左雅集效昔賢行厨攜疏果春風馳輿馬敢或辭勞癉雪海與紅霞照眼花千朶潭龍更效靈泉噴珍珠顆顛邑映清曜風韻亦嬝娜同游有黃荃繪圖無不可星使首品題和者自乃夥共覺吟興發把酒花間坐微風暗送香拂拂杯中墮斯景眞清絕胸襟滌煩瑣主賓皆忘形瀟洒歡無那折得一枝歸小齋時伴我

再和前韻

花探唐代梅路轉龍潭左神物逾千年荒荒存碩果春初古藍發游觀不憚癉樹含氷雪姿花綻胭脂朶最愛半開時奇香孕顆顆老幹積莓苔新枝含婀娜種者知爲誰觀者及時可諸公工題咏名句何其夥險韻闘芳新吟成頻起坐花前倒清樽細瓣入白墮偷閒纔半日頓覺忘塵瑣夕陽下遠山欲歸眞無那勒石示後賢才疏應笑我

觀花

韶光屈指正花朝幾樹夭桃映碧寮往歲春風曾有約昨宵微雨爲含嬌鏡匳影入堆紅粉玉檻香來襲絳綃記得當年詩與逸斜陽一抹酒帘飄

春日即事

明媚春光桃正開放懷復上碧雞臺烟雲忽憶遙山翠知是濯花微雨來

陰雲漠漠午風輕芳草遙看綠毯平絕似江南風景好一犂烟雨課春耕

西園即景

新開幽境喜天然樹繞花圍屋數椽疑在田家圖畫裏枌榆社外杏村前

結得山中處士廬數枝梅樹一畦蔬蘆簾紙帳安排好讀畫烹茶意自如

芳艸芊綿繞門菜花一帶映朝暾他年得占田園樂耕讀眞堪教子孫

興來詩酒足留連到此應將俗慮蠲花下偶然彈一曲落紅如雨打琴弦

詠愁

累人疏嬾費人思易積心頭易上眉綺陌花飛春去後空階雨滴夢回時一燈寂寞蟲吟砌三徑荒涼月入帷欲學無情情不死空嗟千古鬢成絲

山海棠

異卉識山棠滇南獨占芳淩寒舒翠幄映雪門紅妝有態偏多豔無情爲少香搜奇花譜外逸品借詩償

耐得冰霜冷遲開韻更幽竹梅堪作侶桃李孰能侔凍月時留影春風未省愁孤芳如待蠟燭酒好相酬

瓶梅

衝寒恰喜早梅馨折取瓊瑤貯膽瓶冰雪傳神撩几案水雲寫照映窗櫺幽香助我詩千首清夢輸伊月滿庭清味果然稱益友一燈相對讀葩經

莫愁雪虐與風饕手汲寒泉供養勞斷續幽香凝酒盞清臞仙骨入吟毫一枝也作橫斜態三徑仍同格韻高竹屋紙窗人寂寂更將芳潔注離騷

秋日新晴登碧雞臺

時雨經旬霽色開攜樽同上此高臺一天夕照明如錦四面遙山翠作堆涼意欲催巢燕去秋聲漸逼井梧來憑欄遠眺滇池闊眼界無遮亦快哉

棠川孫節婦歌

葉棣如學使之妹年三十二而寡未四十

而卒學使聞耗悲不自勝爲敘其梗槩丐詩文以廣其傳因作長歌一首

手足猶來稱同氣傷心人痛孫家妹妹適孫郎守志終畧述生平堪敬愛幽閒夙號閨中彥更喜綺窗親筆硯不獨班姬謝女才星術占書善推驗都利自推嗟薄命說禮敦詩本天性侍疾殷勤大母前五年無懈彌貞順椿庭倏又病支離子舍無方篤孝思纏綿牀榻形神敝和緩空勞技莫施徬徨中夜情難已股肉甘心就刀匕玉腕潛將雪刃揮杯羹立見沈疴起迨至于歸百兩迎入門嘖嘖著賢聲酒醴蘋蘩宜家室高堂顏色霽陽春春風燕起門庭福幸有熊羆占夢卜方欽德曜得歸鴻奚料賈生旋賦鵩可憐慟不欲生時察理衡情轉自持姑衰正藉媳如子兒幼須兼母作師風雨更深烏亂號書聲刀尺夜焚膏九原一去無消息三十餘生兩鬢凋或言　盛典隆旌節未合舊章殊可惜後來當以減年聞詎識貞懷轉悲咽自言夫婿有定義從一原爲分內事表揚心已涉近名況復減年還作僞見地高明皦不欺生平行事類如斯阿兄話到傷心處淚雨縱橫不自知彩雲易散琉

璃旐本怪斯人太淑慧寄遠書猶問舊年長行人已辭前歲吁嗟乎斯時聞者皆心酸我獨聞知摧心肝一樣孤悽修短異長歌當泣涕汍瀾

病中偶成

卧病難成寐宵深被不温風聲喧到枕月色靜依門萍梗嗟身世關山阻夢魂素心違別久懷抱向誰論

春晚作

念切遄歸事屢差年年芳草總天涯登樓有句吟飛絮染翰無心賦落花寥廓雲天頻過雁蕭蕭林

木慣悽鴉荼蘼開徧春將盡小立階前日又斜玉沼澄清水挹藍綠陰庭院燕呢喃落花風軟鶯聲細芳草春濃蝶夢酣學畫染成峯六六尋詩行徧徑三三明窗晝永鑪雲裊一部南華靜細參

送春

爲惜韶光醉一觴風吹紅雨暗飛香不知明歲春歸日是在他鄉是故鄉

不寐

篆烟香盡已深更送到輕寒覺被輕夜雨瀟瀟人不寐卧聽梅子墮階聲

欲歸偶成

束罷行裝意黯然故鄉萬里隔雲烟艱難歸計今纔決辛苦餘生轉自憐衫上淚痕思往事鏡中鬢影感華年強人一事差堪喜重論詩章雁序聯

留別四知樓卧空

明窗棐几淨無塵消受清幽六載春刀尺聲中梅月好暗香疏影伴吟身

鶴

久離鴻鵠侶淩霄志尚存鼓翼低徊處難拋飲啄恩

鎮寧州觀瀑

得得征輿且暫停爲觀飛瀑倚疏櫺千峯雲氣凝秋雨百尺奔濤瀉翠屏故里歸時宜感樹天涯回首總飄萍五衷無限縈回事對此潺潺那可聽

重遊黃平州飛雲洞

六載光陰彈指過瓣香今又爇維摩無邊法雨從天降不盡慈雲聚岫多性海覺來常自在情魔除去好婆娑世人休道蓬臺遠明月三更點素波

梅花

冒雪淩霜爲報春羞同凡卉占芳辰自知兀傲難

諧俗甘與東皇作外臣

舟中即景

繫纜停橈傍釣磯經霜疏柳尚依依秋風江上琴
三疊暮靄烟中山四圍孤嶼沙明雙鷺立破菴雲
鎖一僧歸夕陽閃爍昏鴉背樵唱聲聲出翠微

麟趾以員外蒙
恩加道銜花翎恭賦志喜併以示昜四首

丹綸重疊賁蓬門喜感交并莫細論好把清勤常
自勵勿求温飽負
天恩

少年恩遇拜楓宸孔翠彰纓豸服新勸我舉觴容
一醉算來此日樂方眞

循環天道信非訛愁裏花陰一剎那往事不堪回
首憶比人贏得淚痕多

家計蕭條意自如夜燈紅處課兒書風霜歷徧淒
涼境纔見春光滿敝廬

赴金華即席留別蓮友

別緒縈懷意侶麻一杯酒盡即天涯同心聚首知
何日此後愁看姊妹花

一鞭今又出都門回首河梁易斷魂重把羅巾拭
別淚新啼痕間舊啼痕

寄蓮友妹

秋深鴻雁滿關河一棹吳江起夕波花發江村新
覓句人來畫舫待徵歌月明野店清砧急風掃荒
城落葉多爲問都門舊知己故園情緒近如何

西風漸緊雨迷離把酒蓬窗憶舊知楓葉半江添
畫本梅花千樹動鄉思寄君南國燈前信寫我西
湖陌上詩客裏加餐宜共慰鬢邊白髮已添絲

赴婺州署任所兼示趾兒

閒倚蓬窗憶舊遊輕帆重泛武陵舟綵衣喜作萊

衣舞循政須從善政求十室邑爲民父母二千石
是古諸侯箕裘世受國恩重好把清勤夙志酬

淨慈寺謁 先大夫遺像

選佛場中禮法王宰官身幻毘盧裝雙峯一渡留
遺墨先大夫督閩時曾于夕陽嶺畔結一亭額日雙峯一渡淨土三椽亭瓣
香燕北平章傳奕葉浙東惠澤繼甘棠因緣底是
斯邦重五代湖山衍慶長

天竺寺

修竹帶朝烟聲喧石底泉湖山環法界梵唄落諸
天撲面嵐光溼當空塔影圓筍輿歸路遠回首白

雲連

初地今方至層巒樹杪看修篁三竺路清磬百花壇妙境開生面慈雲入大觀風微松韻靜夕照暮烟團

憶靜圃諸弟

蜀山越水玉門笳雁陣分飛望眼賒四野烽烟何日靖那堪骨肉各天涯

春夜偶成

絮飛花謝已殘春寂靜閒亭草似茵日暮碧紗窗外雨一簾燈火話征人

葛嶺

修竹不見天隱約有茅屋息足磐石間春風吹濃綠

蘇小小墓

參破繁華是夢痕西泠橋畔弔花魂斷殘楊柳青驄騎香冷枇杷白板門玉骨深埋芳草碧荒邱空對暮烟昏艷情綺思消磨盡坏土依然歷刧存

正月六日西湖偶成

喜對湖山共酒尊鸞章豸服昨承恩南陔日永椿庭健繞席歡看子共孫

曉發

西風吹夢漏聲殘滿地霜華夜欲闌最是萬家眠尚穩一鈎斜月送征鞍

半世馳驅客路賒一鞭今又走天涯雲山歷歷如相識笑我重來鬢欲華

沂州道中

平疇雨潤曉烟籠漠漠輕陰護玉驄驛柳尚依孤艇綠霜楓初染半林紅臨川飲馬波紋細破屋炊薪暖意融指點前溪通畧彴此間風景似南中

泊孟河口

數叢竹樹好探幽新筍鋤來酒共酬瓜步軍聲驚去雁蘆灘秋影賸眠鷗閒看前史消長夜每憶時艱動隱愁官舫暫停潮未上一帆此夕且勾留

候潮

喜得新添水半篙畫橈輕泛趁初潮偶因沙淺舟行緩疏雨微風弔六朝

六朝勝蹟盡凋零賸有金焦兩點青大白滿浮談往事回頭已過可中亭

西湖探梅

廿四湖山繫夢思今來喜值早春時扁舟泛入西

溪路香雪飄來墮酒巵
六橋烟柳未垂絲正是孤山雪霽時詣囑東風莫
狼籍好留香影覓新詩

春日雨後偶成

初長天氣景融和小園尋詩遣睡魔曲徑雨餘苔
草碧閒亭風定落花多海棠低映珊珊影楊柳輕
搖瀲瀲波乳燕翩翾春晝永履痕不惜印青莎

孤山探梅

芊綿芳草碧無痕處士高風跡尚存爲愛暗香疏
影句孤山坐待月黃昏

蘇隄春泛

湖水澄清泛畫橈溼雲斂盡雨初消蘇隄楊柳蕭
槮甚賸有春烟鎖六橋

寄趾兒

一帆輕度水雲深花月春江好共吟覽勝舟停芳
草渡探幽人步水邊林離愁休向閒中憶好句須
從妙境尋瀟洒襟懷原不俗休將塵務擾初心
馳驅憐汝征途苦離緒縈懷嬾舉樽莫道長江風
浪險昨宵有夢赴津門
草綠汀州細雨時客途料爾動離思山村水驛斜
陽裏莫唱青青楊柳詞

探梅

一枝芳信別經年雙履侵寒破曉烟徧訪園林問
消息關心我更在春先

移梅

小陽天氣煖初回報道南枝已放梅深院風光尚
蕭索移將春色近窗栽

種梅

留得庭前半畝寬藉花學圃自盤桓霜華蓋地蒼
苔冷鋤碎園圃月影寒

評梅

耐寒松竹許追陪風雪林中獨自開羞逐繁華守
孤潔聲名端不愧花魁

問梅

飽歷冰霜傲骨存不須解語亦銷魂想因勘破炎
涼境檐際朝朝帶笑痕

供梅

一枝相對助詩情春色疑從斗室生顧影莫憐疏
影瘦近來我更瘦於卿

簪梅

夙愛孤山續舊遊斜簪春色髩邊留晚來女伴爭相笑錯認黏來雪滿頭

畫梅

欲傳花照托輕綃下筆難將瘦影描不著胭脂留本色知他生性厭嬌嬈

吟梅

閒庭小立月華明花下徘徊句未成一縷寒香襲衣袂詩懷梅韻共雙清

餐梅

調羹解渴待他時墜瓣先教浸酒巵細嚼冷香清有味一腔冰雪沁詩脾

冷紅軒詩集卷下

冷紅詞

長白女史百保友蘭著

浣溪紗

梨影溶溶小院幽鞦韆閒挂綠楊稠微風輕曳繡簾鉤　月色冷臨金屈戌花枝低拂玉搔頭紫簫自按夢梁州

前調　明妃

永巷傳喧妾點行菱花自對淚盈盈琵琶馬上別魂驚　青塚紅顏千古恨黃沙白草少人行君王恩重此身輕

憶江南

桃欲落細雨灑芭蕉同憶江南風日好玉人樓上品瓊簫春漲泛紅橋

洛陽春

李殘桃謝春光老知燕愁鶯惱小闌閒倚惜飛花方舉步憐芳草　又賦就送春藁向花前頻禱與卿此日別東風待明歲開須早

闌干萬里心

丹桂飄香秋欲老霜葉落小庭誰掃映窗涼月色淒清又引起離懷抱　思量千里關山道魚與雁

幾時到砌蟲只解訴秋心卻不管人煩惱

浣溪紗

草綠閒庭燕子飛落紅成陣撲簾幃柳陰鶯囀午風微　蜨粉蜂黃都退盡韶光荏苒惜芳菲小詞又賦送春歸

巫山一段雲

倚枕慵繙卷無聊偶擘箋雨絲風片柳飛棉剛是困人天　體弱香慵麝心慵畫憶眠落花芳草燕蹁躚春在綺窗前

揚州慢

鸚鵡洲邊漢陽江口繁華不減揚州憶髫齡隨侍此地舊曾游幾度征帆重過緣慳意嬾風阻扁舟笑半生彈指聲中欲白人頭　者番重到數佳辰將入初秋念山水依稀林亭瀟灑勝蹟仍留十二年來舊夢憑闌望煙靄共浮喜布帆無恙閒看江上沙鷗

慈暉館詩詞草

阮恩灤

慈暉館詩艸

汀州伊念曾

咸豐甲寅冬十月
吉林洪氏開雕

緝雅堂詩話一則　南海潘衍桐嶧琴

媚川夫人爲儀徵相公女孫幼工詩律長精琴理又能通毛傳大義幽嫻淑慎不媿門風福慧無年蕙蘭早折檢錄遺稾工秀特絕此詠絮才也

按緝雅堂詩話爲　公督學時編輯兩浙輶軒續錄所著而繫於各家小傳之後者　公錄夫人慈暉館詩凡十二首其編次則卷五十有四云

光緒壬辰三月婿侍生陳豪識

一

慈暉館主人傳

兄阮恩海南畺撰

妹名恩灤字媚川先文達公第三女孫先清河公第三女也妹生時清河公官永平知府府城外爲灤河古灤水也故名妹生三歲清河公即棄養幼而凝重明敏十歲許聘武林沈蓮叔直指公第八子名麟元字竹齋今杭郡增廣生也咸豐壬子四月竹齋來揚贅於

余家妹年二十有二五月偕竹齋歸甫抵浙而直指公薨妹衰絰入門哭泣盡禮事君姑能先意承志姑偶有小恙衣不解帶以是得君姑歡明年二月將歸甯而揚城陷余先於正月侍母挈眷移居北湖公道橋實僧渡橋也妹以吾母年逾六旬不勝轉徙之苦且道橋距揚城僅五十里危幕堪虞兼之傳聞異

詞致駭物聽潤州金陵先揚州而陷江南北梗塞更無從覓寄書郵憂鬱驚悸心脾俱傷致疾之由已伏于此三月大兵雲集道路漸通妹與竹齋專人至道橋省視吾母併返知吾母尙清健以次悉無恙始轉悲爲喜厥後雖魚鴻不絕然每一拆牘一緘札未嘗不泣然流涕而三復河廣之章也甲寅四月患咽

痛醫投以散藥而病轉劇乃陰謂竹齋使密札余又恐傷母心囑勿稟書至而余以襄辦善後先二日之揚城吾母得此書益焦灼急欲治裝親往余聞此耗力疾返道橋隨侍赴浙于六月十一日抵武林相見後悲喜交集如隔世歡妹時臥牀一月餘矣猶謂患難之秋而母女兄妹尙能聚首或積鬱少解葠朮

頼以有靈不意氣體久虧幻疢爲虐竟於七月二十巳時棄世當彌留時語余曰病不起矣其如慈母何語竹齋曰必以素服斂葢直指公甍於壬子五月制未終也嗚呼孝矣賢矣妹性敦厚舉動必循禮遇貞烈節孝事尤樂道不厭耽詩書解音律詩詞亦韶秀然不盡留稿今稿之存者僅十之半又癖嗜琴其

最工者爲關雎普庵猗蘭梅花平沙塞鴻諸操有揮送之態先文達公偶至選樓必令一彈再鼓顧而生歡呼之曰琴女孫且手書楹聯以賜云古琴百衲彈清散名帖雙鉤搨硬黃自偕竹齋歸後以在制未嘗奏安世樂然伉儷相愛敬一室之內翕如也肅如也嗚呼吾妹竟長逝耶回憶妹在室時遇花辰月夕

余攜琴笛各一與五弟起臣內子華琳暨妹共四人更唱迭和不知燭跋更闌可謂極天倫之樂盡人事之歡矣顧以昔視今滄桑迥異能勿悲哉嗟乎竹齋與妹梁孟也竹齋之傷悼何待言獨念吾母千里來御今轉以哭臨歸歸途其何以慰耶靈而有知得毋遺憾於九原也乎時維咸豐四年閏七月上浣三

日

序

媚川夫人青琴儷芳玉李降耀白太傅之家世篤生金鑾李文叔之著述紹有漱玉璇錦在握神珠湛胸夢披玉衣華鬘證其仙果才豔香茗彤管煒其清輝以騎鶴之名區贅乘龍之佳壻劉家姊妹媞媞成行叔姬伉儷雙雙俱至匪徒兩美必合抑亦三生奇觀者矣

時則揚蒜渡之舲返柳浦之驛六朝山黛翠落眉籢十里瓊花香霏藺楮敲玉釵而刻燭鞶鑑圖開書練裙以代箋珍珠字小加以緣綺在御雙聲競陳金荃掇華九變復貫同同者鳥育育乎魚斷鐵躍夫甤賓名香薦之熏陸奉光儀則才驚徐淑慕仙耦而福妒劉綱固宜月有長圓花無離恨何意狐鳴社警賦

感蕪城燕巢幕危徙空吳會羽書馳驛而去木秭蔽江而來夫人望天南之白雲悲塞北之黃鵠思歸之操空撫近淚之土不乾殺賊心雄未遂木蘭之志飛龍骨瘦竟貽藁砧之憂逮至破冢回船布帆無恙板輿入舍華髮依然而海山之靈藥無徵塵世之彩雲不駐天乎此酷人何以堪覩其金井梧桐之吟珠

湖綠柳之句龍沙入夢草有紅心鵑血成波墨無華色采薇鹿祜難問元穹傳書鶴來遽歸閬苑可以欽其行之孝矣可以憫其志之悲矣嗟嗟太上忘情誰能遣此美人曼壽振古爲難六如亭中幻塵緣於泡影九市天上迷法界於華嚴不囿文豹之皮難挽驚鴻之跡于是彩毫公子繪南嶽眞圖蘭臺阿兄作

道韞小傳偏摻蘂篋塵緗瑤華載索弁言詞
標黃絹綴玉臺之序我愧徐陵鐫盤中之詩
君眞伯玉
咸豐四年仲冬之月韻梅張景祁譔

序

慈暉館主人旣逝世吾姪竹齋茂才裒其遺
詩如干首詩餘如干闋將壽諸棗梨問序於
余啓而讀之篇什雖隘而纒緜悱惻之懷清
遠雋上之致固已挹之而無窮味之而不厭
自非夙有稟承未易臻斯壼域也及晤其兄
南畺主政於吳門則知少受詩於母氏劉太
夫人六歲卽通毛詩大義嗣乃熟精於古詩
源旁及唐宋諸家流覽殆徧無不窺其堂奧
稍長兼精琴理吾師　文達公每至選樓必
令鼓一再行以佐歡讌於女孫中別呼爲琴
女孫夫琴之與詩同出一原古人歌頌皆可
被之管絃故有工詩而不習琴者矣未有善
琴而不深於詩者也性情所發時而託諸絲

桐亦時而傳諸謠詠凡以其天眞獨粹是以隨所抒寫而各極其致也惜乎天不祚年遽焉凋謝檢其書簏只此吉光片羽爲可悲也然光氣已不可磨滅矣

咸豐甲寅九月上澣子萊光霖譔

予婦慈暉館主少聰穎善鼓琴兼解吟諷
先大夫宦揚時爲予委禽時予年猶未冠也洎咸豐壬子余奉　先大夫命親迎於邗來歸後遽嬰風木之痛婦髽紒擗踊哭泣盡哀戚鄰咸稱其孝居亡何粤氛不靖蹂躪江南北金陵維揚以次陷川陸道梗不得一紙書南望白雲無時不神馳千里也由是方寸結轖不能已已輒復寄諸謠詠予以憂能傷人止勿嘔思每謂予曰詩者思也記有之應感起物而動然後心術形焉陟岵采薇每多苦調動於中者不自知耳嗣後屬稾輒毁不令予見予亦不欲傷其意也今歲首夏患咽痛纏綿藥裹者累月陽虧靈宅竟以不起嗚呼傷哉婦亡後搜其藁篋遺稿散佚存者僅十

之半彙而錄之得詩詞若干篇內兄範書大令屬壽諸梓予不忍拒明知巴歈里唱無當雅裁而哀悼之忱或藉以少慰九原有知其將笑予爲諂癡否乎

咸豐甲寅閏七月武林沈麟元竹齋甫識

題辭

謹次　阮文達公題女蘿亭詞卷韻奉題一律　　魏謙升滋伯

良緣太短惜匆匆絕似優曇現鏡中詩思芙蓉麗初日琴心梧葉舞秋風韋平家世天姿貴謝鮑才華古媛同惆悵瘦腰人悼儷一編悽對玉玲瓏（庚園有奇石名玉玲瓏余昔題一詩）

楊錦雯晚嵐

新詩骨秀本裁花未許清芬擅左家況有香詞追漱玉琴言譜入茜窗紗

徵題有句記新圖一現曇花不再蘇（夫人有橫琴坐月圖余曾譜詞）才大紅塵難久住定修瑤史返仙都

蔣坦藹卿

青天碧海思茫茫春入仙山夢不長今日小

鸞無處所人間但有返生香
簾卷西風月似煙房中無復舊琴絃傷心一
曲離鸞調絲網塵蒙近一年
王埜 小鐵
錦瑟華年廿四春羽衣仙侶證前身琴心解
脫胷眞慧詩格纏緜筆有神鳳管風悽留賸
翰蠶篋月冷黯香塵傷心奉倩搜遺稿卒讀
何堪淚滿巾
吳受藻 蘋蘅
廿年彤管播芳型詠絮曾趨謝傅庭若把琴
心證詩格高山流水獨泠泠
鼙鼓聲高動地來夢魂飛不過蘇臺傷心一
曲揚州慢傳到人間劇可哀
病骨纏緜歲一周彩雲吹散月華流廣陵從

此無人繼絕調空聞在選樓
替吟白燭恨難消檢點叢殘百不聊留得一
編香茗在閒愁瘦卻沈郎腰
應寶時 敏齋
李家金石伏家經都付風花奪脆齡愁煞阮
公墩上樹年年青護瘞琴銘
雪珠如豆敲庭竹一點孤燈凍不紅料得近
來荀奉倩夢魂冰透玉瓏璁 庾園玉玲瓏石宣和花綱石也
萬刼誰知故劍存迴腸割斷斷情根憐君翻
笑君多事何苦重尋舊墨痕
高望曾 茶庵
一編塵黯翠螺妝花韻簾前總斷腸惆悵東
陽瘦腰客卻從緗篋檢詩囊
蘭言霏玉妙無論紙上摩挲見粉痕回首揚

州二分月烽烟滿地黯吟魂

江城子　張應昌 寄庵

松風水月韻愔愔是琴心是仙心珮戛飛瓊吹下步虛音身自蕋珠宮裏謫留一卷鶴鸞吟

高陽臺　方 隲 雲泉

月冷紋窗香消翠縷凝塵積滿湘弦人去幃

空柔腸已斷經年除非夢裏相逢乍柰鰥魚醒枕難眠近闌干一搦腰肢垂柳風前　行吟都是傷心地祇箕簫戛玉疑佩珊珊粉盝脂箱零星怕拾遺篇簪花瘦格叢殘稿總唬鵑血灑成斑惹情牽暝寫晨鈔愁損朱顏

壺中天　戴賡保 勉齋

瓊簫聲咽判相逢再世秦臺恩眷一種閑愁

無著處落葉半庭吹滿月冷蟾光琴寒鳳軫舊夢如煙輭 夫人有橫琴坐月圖 玲瓏閣小石邊慵影空卷　誰念冰雪聰明華年廿四花信風吹斷縱有零縑遺墨在難補芝芙夢短淚灑啼鵑魂悲化鶴同抱青山怨還樓何許恨他天遠人遠

高陽臺　王 起 硯香

奩粉香沈皴綃帳掩壺中紅淚偷彈冷落妝

臺瑤編珍重相看冰絃曲斷瀟湘月瘦郎腰悶倚闌干夢珊珊絮果蘭因都付毫端　聰明自證金閨福柰懷兒憶母翠袖愁單露草煙榛淒涼目送家山雙彎莫剃眉峯恨悵鏡兒空照孤鸞最心酸小字簪花怕讀燈殘

閨秀題辭

齊天樂　吳　藻蘋香

謝家門第天人貴風姿綽然林下碧幌紘琴瑤編印粉跨鶴揚州曾逐高吟和寡歎香茗詞工玉臺誰亞石倚玲瓏庾公樓畔好亭榭　無端烽火照眼白雲嚴半杳凝望親舍寸草慈暉空花幻影愁滿秋燈涼夜郎腰瘦也可重檢眉簽舊題羅帊錦瑟華年杜鵑餘淚瀉

虞美人　鮑　靚玉士

鹽梅門第調羹乍別夢縈親舍高樓目斷苕凝思紅了疎梅碧柳又絲絲　竹欄花隝閒題記好景何曾廢是仙是佛漫參詳且駕鸞輧還返白雲鄉

清平樂　關　鍈秋芙

畫屏秋遠殘夢兜衾短風落瑤箋詩一半和雨和塵吹滿　隔簾彈冷琴聲小樓收了秋鐙不及多情芳草春來還肯重生

感皇恩　沈允慎湘濤

月冷謝庭空瑤琴聲斷縹緲仙雲碧城遠塵緣如夢虛說齊眉曾願春歸花落易韶光短　昔憶江南頻拈湘管淚滴思親翠箋滿詞工淑玉遺向天涯人羨清才深不愧名門媛

減字木蘭花　高　茹子柔

家山何在滿眼風波成恨海鎮日相思併入齏辛幼婦詞　水仙渺矣環珮依稀殘夢裏香影蘅蕪遺得橫琴坐月圖

齊天樂次蘋香夫人韻　許延礽雲林

十年鴻雪邗江住相逢選樓樓下小字珠含
芳姿玉映佳壻乘龍來迓膏琴調寡是韋貫
紅妝掌絃能亞詠絮吟成韻流松石古池榭
鄉關旋警燕幕小邨同避地睽隔茅舍癸丑三月予避兵新城媚川亦隨侍踵至鄉隅相隔終未得一見靜樹烏啼寒
潮鯉訊難慰椒窗晨夜鸞笙去也歎一霎西
風頓蔫桃杷漫展瑤編麝丸和淚瀉

慈暉館詩草

儀徵阮恩灤媚川

和宋白玉蟾彈琴詩韻

湛然抱琴癖閒彈送夕陽雲和不可作一曲
一迴腸
黯黯秋雲裏森森脩竹間化機人不識飛雁
落空山
山月瞰長空泠泠十指中成連滄海上千古
歎高風

長蘆菴

長蘆菴在予鄉蘆洲之北岸蘆洲在
眞州江中每歲所入爲祭祀睦族公
車等事之資名曰禮祀洲彷始蘇范
文正公故事也其北有草廬數椽郎

名爲長蘆菴　先文達公揅經室集云東坡集中有長蘆禪院其地在眞州六合之間產蘆極盛今菴地似不相遠四面臨江山容水態一目千里堤上桃柳環列辛亥春侍吾　母來菴信宿而反作詩紀之

大江茫茫江水白隄畔築菴護深碧緋桃綠柳鎖雙眉日浸波光邊雲液新蘆簇簇滿長洲深厚由來畜土脈彼蒼眷注優且渥四十年中地頻闢洲地始僅里許歲收極微今地已極十倍之廣天之待予家亦厚矣千村黛色接雲容百頃嵐光被郊陌江流浩浩匯奔注兩山排闥如相揖庵之南面爲五洲高資兩山聳然對立如屏如几昔年曾付丹青手妙畫難得雲林筆忽檢巾箱舊圖卷癡翁豪素留名蹟煙

江疊嶂渺千里尺幅不嫌鵝絹窄借作此圖亦快事風濤颯颯生虛壁先文達公嘗倩諸畫工繪禮祀洲圖悉不稱意嗣於篋中檢得明初史痴翁潑墨山水一軸紙僅二尺然超超意遠頗得烟江風景因借爲禮祀洲烟江疊嶂圖我今恍惚身入畫萬壑千巖赴襟曷彈琴一曲江月寒蒼翠空濛入簾隙

春草二首

又是鶯花倦酒天平蕪一抹遠山連青回南浦離人淚綠趁西泠估客船陌上暗驚春晼晚天涯不斷雨芊緜馬蹄款款教休踏留與棲香粉蝶眠

王孫何事賦飄蓬一道裙腰輦路封燒後新痕留細細雨餘生意透重重小青冢畔人誰踏康樂池邊夢早通結伴清明期共鬭南園

烟綠正蒙茸

春雨

當春一番雨雨意暢人情水滿將平沼雲低欲壓城遙知深巷裏時有賣花聲所慰三農望扶犂處處耕

闌干

林園隙地界三弓數徧闌干亞字紅淡月斜臨移碎影名花低壓護芳叢不知曲折從何轉但覺迴環到處通獨有詩人吟未穩閒來輕拍倚東風

試茗

泉鳴石銚竹烟斜一琖旗槍潑乳花卻笑東坡老居士頭綱八餅向誰誇

選樓四時詞

六幅蟬紗曉檻開絲絲烟柳拂池臺佳辰又是清明近羅幕低垂細雨來

金鏡平開水一方曲屏如幔石如牀月明風送荷香遠銷得詩魂耐晚涼

草凝寒露竹凝烟水淺池塘墮白蓮雨過小林涼意足滿庭秋思雁來天

幾日繁霜淺草枯十三絃柱雁行孤平林蕭瑟棲殘照金背寒鴉接翅呼

夏夜

薰風夜透池荷颭拂拂幽香來竹院起視明星獨倚闌涼雲密織魚鱗片冰綃霧縠卻袂暑披襟懶挈黃羅扇燈疏月落不見人隔花時有流螢現

觀荷

荷靜縠紋涼風行自在香蘋洲詞可譜玉立照新妝 用弁陽詞句

七夕偶成

疎星淡月兩依依謾說填橋禿鵲飛卻笑文章誰織錦累他靈石贈支機

立秋日作

水檻涼生雨腳微青籬絡角豆花肥前宵已聽新蛩語不待梧桐一葉飛

盆中白菊大如牡丹

秋英豔比洛陽春淨洗鉛華態更新疑是仙人擎露掌水晶簾底絕纖塵

仲冬盆菊猶茂

素豔開原晚霜腴老更滋幾經陶令醉留慰楚纍饑擬掃三三徑渾忘九九時酈泉如可酌合獻萬年巵

寒月

霜月照松礀清輝特地寒蘿陰翠袖薄心怯倚闌干

盆梅

盎然春意小瓦盆娟寒葩暗香帶月滿疎枝當窗斜天地始來復几席常清華卽此鄧尉嶺何必逋仙家

冬夜

獸鑪無焰峭寒增芸閣閒吟自翦鐙幾度拈毫剛落紙一痕香墨已成冰

蚪箭頻催月未闌貂茸新卸覺生寒半窗竹影書千个絕勝文家畫本看

燭花

銅盤鶴焰夜光融蠟鳳啣花結幾叢雙炬撤歸蓮蕊豔兩行照出杏枝紅聽來吉語銀屏底添得清輝繡幄中月映小窗梅乍放更兼疎竹瑞烟籠

詠琴墅梅

茅屋藏花裏梅開滿屋香七絃鳴綠綺千樹繞紅妝古調憑誰契冰姿爲爾芳泠泠驚宿鳥月凍半林霜

即事

鎮日雨簾纖樓前李花落時有東風來吹上闌干角

春晴

潑眼晴光破曉寒落花榆莢滿朱欄清明纔過無多日開徧南園綠牡丹

詠絮

垂柳三眠後新晴絮乍飛蜂黏穿曲徑蝶惹戲斜暉撲雪迷花塢因風颭客衣畫橋回首處點點送春歸

春望

高樓眺平楚江樹何沈沈茅屋互鱗比烟靄一以深青驄識歸路黃鸝弄好音揭來寫懷抱舉目悲登臨蘅蕪渺天末桃李亂雲潯韶華易逝羽奄忽不可尋俯仰感今昔悠悠千古心回首妝臺畔花落冐瑤琴

久雨初霽

風暖鳥齊鳴西園淑景呈濕雲棲樹杪初日晃簾旌遠岫空青染平疇衆綠生三農應忭慰戴笠事春耕

始聞蟬聲

日午風暄次第鳴脩然一碧樹無情好音爲報黃梅出雅奏疑翻白苧輕弄古我憐才語澀上頭人愛鬢絲青莫矜倚托清高甚應悔秋來玉露零

賦茉莉

瑤根新種小南强笑摘花鈿助晚妝風裊銀絲涼露重夢回綃帳翠鬟香桐縣細落痕難覓粉蝶低飛影易藏好與魚蘭配風韻青甆分餉采珠孃

湖上

柳陰深處覓新涼百頃玻璨澹夕陽閒把漁竿自垂釣白蓮花底起鴛鴦

玉玲瓏閣暴雨

雲壓長空勢欲摧天教潑墨畫圖開翻風亂颭竹陰碎卷地忽聞荷氣來定有蛟龍遷窟宅暗驚燈火暝樓臺秋聲巳在芭蕉樹不覺紗屏夢屢催

早涼

鵲渚西風大火流青蟲撲簌夜缸幽不知庭外涼多少一樹梧桐一葉秋

庚闌竹如意齋 先君舅直指公書屋也茂林脩竹映帶左右予每過之輒低徊不忍去惜未及攜琴林下一彈再鼓耳

齋名如意最銷愁脩竹娟娟綠蔭稠入夜暗篩千片月未涼先做二分秋綺窗映水青全護曲磴通橋韻欲流若使鳴琴對松石應教

元鶴下仙洲。

庾園白皮松

拔地苔陰黯。參天黛色濃。庭應神鬼護。枝任雪霜封。架石還招鶴。拏雲欲化龍。銀濤風送響。疑在萬山中。

朝露

碧宇高寒天始秋。珍珠價賤未須收。漢宮仙掌今何在。謾比金盤鉛淚流。

新秋感懷

雨餘人意爽。秋氣足庭除。水曲聞蟬後。霜關警雁初。風欺袖羅薄。月瞰屋梁虛。渺渺滄江路。誰傳雙鯉書。

秋夜夢歸邗江并得句云花奴載菊自江鄉憶 先文達公撫浙時每至秋晚必命花奴自維揚載菊一舟藉博家鄉風景繪有秋江載菊圖故夢中云云因足成之

家園回首費思量。城郭依依認綠楊。琴客絃詩宜水調。花奴載菊自江鄉。柴桑粉本秋容澹。瓜步鐘聲驛路長。夢醒不知窗月皎。白雲何處倍神傷。

對月有感

雲靜暮天碧。秋深霜月遲。倚樓對清影。撫景動遐思。鄉國明誰共。衣襟冷不支。行吟獨惆悵。未覺夜闌時。

暮秋偶成

幾叢瘦菊耐深秋。簷鐵驚風話別愁。皓月不知人意。苦暗篩花影上簾鉤。

醉蟹

莫倚横行意態雄蕭妃骨醉恨差同稻粱盡豢雙螯黑湯鼎今逃一背紅人甕每思鄉味俊將糟不擬食單充飼陽口福偏多累未許加餐勸酒筒 時予以腹疾未得染指

鄉居晚眺

漭瀁雲濤作勢奔夕陽銜破遠山痕春前花鳥無消息天末音書役夢魂陵谷百年人事改江淮半壁戰塵昏倉皇行館同巢幕不及歸鴉向晚村

兵亂未息鄉問久疏南望白雲形神交瘁人言愁始欲愁矣率賦長歌用攄憂抱

羽檄半天下江南復江北千里望白雲可望不可卽憶昔在室時帣帷侍晨夕勝衣授文史章句勤記述餘事及繪畫丹青恣塗澤如何一揮手鶺蟀頓代易巾車願言邁旋歸那可得豈伊岡阜高伏莽多蟊賊豈伊風濤阻旌旗蔽江黑端憂從中來寤寐空反側深淵有蛟蚪叢薄饒豺貘音書亦已渺何況見顔色日月如轉轂烽火何時熄欲取瑤琴彈思歸操誰識欲引濁醪飲愁病輸酒力區區寸草心胡以酬愛日安得掃欃槍塵氛清四極上賀風雲通下慶亂離息載詠河廣詩長風送歸楫

暮春晚晴

西湖暮春天連綿雨不歇草色濃如烟柳絲重欲折今茲覩新晴尋芳鬧蜂蝶歸雲意遲

遲斜陽半明滅倚檻澹忘言悠然自怡悅晚
花散餘香簾卷一鈎月

春柳

倦柳依依舞細腰風絲輕拂鳥聲嬌千門社
鼓斜陽陌一路酒旗紅板橋客夢遠隨流水
去春痕閒逐落花飄是誰借與并州翦翦出
離愁萬萬條

和白香山月夜調琴憶崔少卿詩

琴韻幽閒寄性情香山月夜憶崔卿可憐古
調無知已箏作尋常簫管聲

庾園蹊徑絕佳來歸後約近載許窺園
之樂僅得一再余固負園園無負我乎
悶作此章藉以自嘲

一年容易又秋初咫尺林園跡久疏莫謂關
情非草木多緣寄目在琴書萬竿脩竹胸中
貯百種名花眼底虛几坐小樓遙憶處那堪
青盼屢邀子

寄家書

拈毫欲寫幾遲回萬種新愁頃刻來書盡蘭
箋心未盡卻教緘罷又重開

新秋感懷

雲影重重月影圓新涼又是早秋天關山迢
遞家千里風雨蕭疏客一年到處蟬琴寒咽
露幾行雁字澹浮烟消魂金井梧桐樹葉落
無聲倍惘然

奉吾母來札喜誌一絕

畫樓寂寞正徘徊驚報家書一紙來半是歡
欣半還懼先看函面莫輕開

偶作

片月銜山遠歸雲傍樹橫江城吹玉笛日夜
故園情

聞砧

西風蕭槭送寒砧入耳偏教鄉思深響徹關
山悲戍路聲傳閶闔碎秋心驚回獨枕三更
夢催落涼蟾萬樹陰不管離人腸欲斷更攙

霜角度遙岑

晨起見積雪

馬耳風尖散六花前宵撲簌打窗紗瓊枝琪
樹迷三徑屋角朝曦影尚斜
玉戲曾聞碧落仙田家三白祝豐年天公似
念人間冷大地關山與著綿

冬日偶成

平安兩字託魚箋回首萱闈倍黯然怕向高
樓卷簾望青山遮斷白雲天

接家書有感二首

東風又到短長亭惆悵珠湖柳色青安得蒲
帆懸十幅隨潮直下廣陵城
紅橋回首路茫茫雁足書來每斷腸惟願烽
烟漸平息歸篷影裏白蘋香

和竹齋主人

嬌鶯啼上綠楊枝閒傍妝臺瘦不支半榻詩
書常亂疊一樓風雨最相思瑤琴空撫思歸
操黃絹慵賡絕妙詞鴻雁在雲魚在水更誰
傳訊到天涯

初春遊雲棲

筍輿破曉到雲棲萬个琅玕夾道齊覓路曲

盤山磴窄松陰深覓寺樓低疎鐘頓令塵心
遠古壁應無俗客題卻喜春來較早杏花
微雨故淒迷

雲棲題壁和　先文達公韻

四山滴寒翠長松夾脩篁江潮齧岸急天風
吹衣涼諳禪參舉葉禮佛來焚香定禽寂無
語雲間鐘梵長

由雲棲紆道至湖上名園古寺游賞竟
日泚筆賦之

兩載湖山住題襟願未酬說曾聞約畧地始
足勾留棠樹垂先澤（隄上桃柳半爲先文達公手植）花城飽
豔游蘋鐙勞夢憶烟柳六橋頭

春日感懷

獨有思親淚逢春灑更多兩年經別久千里
奈愁何畫閣遲遲日珠湖渺渺波歸期休復
問一歲一蹉跎

甲寅三月余以事過西興舟泊北岸有
老樹一株參天百尺榜人以繩度之圍
約四丈許其腹空洞如小室殆千百年
物也賦此以誌奇觀

參天黛色接蒼茫尋丈難教握帶量終古風

雲通際會神仙窟宅露行藏漫勞賦筆吟枯
樹何止奇材識豫章閱盡滄桑塵外刧幾回
柯葉改青黃

慈暉館詞草

儀徵阮恩灤媚川

燭影搖紅

元宵燈謎

明月隨人碧空一色烟巒照鳳城火樹燦銀花爭向雲階耀疑似紅梅放了只須臾煥烘林表霞觴泛豔冰璲燒脂樓臺低峭　彩射

千層此時倍覺春容好南油西漆愛輝煌羅綺紛環繞最是妝成鬧掃說蚪籤休來報曉今宵不禁更買來宵金錢多少

漢宮春

揚州隋文選樓巷見於宋王象之輿地紀勝等書隋曹憲以文選學開之唐李善等以注選繼之非昭明太子讀書處也予家在文選巷嘉慶十年先文達公始於隙地築樓五楹即名曰隋文選樓樓之上奉曹憲及魏模公孫羅李善魏景倩李邕許淹七粟主左右爲藏書所樓之下爲西塾庚戌暮春偶步選樓下因溯厥由來漫賦此闋

曹氏開先更諸儒繼後選學遙傳迴思舊時堂構都付榛烟幸存故阯記吾家卜築林泉願自此蘋蘩永祀馨香俎豆年年　莫道風流雲散念門牆桃李多士班聯昔曹憲居此聚徒教授凡數百人公卿多從之尋來雪泥鴻爪餘蹟留連依依斜照喜高樓百尺參天任羅貯名書萬卷未敎媲美前賢

玉京秋

湖上看桂

烟水遠涼颸動羣木桂花初綻低雲密護頹陽微渲淺碧深黃相半最畱人風送香煖凝眸看幾枝斜倚小山亭畔　林外殘霞催晚喜餘芬常畱仙館瑤砌珠塵畫欄金粟十分秋滿試問天台料萬樹應亦同時開徧漫飄

散爲惜芳華太短

高山流水

遐樓理琴

遐樓脩竹峭寒侵按冰絲指冷瑤琴彈到月明時蟾輝朗徹遙岑試回首落雁沈沈聲停處別有悠揚逸韻暗度疎林只鍾期難覓山水意何深　披襟清風入懷抱愛洽然古調

愔愔出土憶號鐘廿字獨矢丹忱感滄桑觸物驚心武林吳君素江嘗得古琴於土中背有銘曰東山之桐西山之梓合而爲一垂千萬古上曰號鐘下曰登山古色斑斕斷文隱約知爲宋謝文節公故物也惜余生也晚未獲一寫懷古之思念今日但問移宮換羽誰是知音況無絃眞趣三昧費研尋

洞仙歌

送秋

青林紅樹幾日霜風驚纔說悲秋又秋盡想金焦兩點瘦卻愁蛾無限恨殆比送春更甚

寒雲催雁陣雁去無聲碧漢迢迢夜清迥楚客賦情疎搖落江蘺忍重憶故園風景到此際匆匆苦難畱問有酒盈尊可能消領

鎖窗寒

消寒

凍雪拳鴉深松隱鶴綺窗風緊貂茸護暖減了弄妝清興問園梅將開未開小闌淺壓苔枝冷憶六朝山色愁蛾難畫峭寒同警 雲影西樓暝正酒熱楓根箭飄竹徑燈簾自倚銷得玉釭蘭燼怕窺簷霜月半棱夜階漸覺瑤漏靜且圍鑪小試龍團也勝椒花飲

慶清朝慢

除夕聽爆竹聲

蛇壑年華鳳城燈火東風催動春聲神弦作歌迎送上燭霄明聽向南鄰北舍流光電掣總心驚纔一瞥蝶衣碎迸翻訝飛霙 歲已盡漏正永試問夜何許夜轉三更最是銅街疊鼓依約雷鳴猶記椒筵散後千門歌吹雜簫笙銀臺畔蠟花送喜還綴瓊英

迎春樂

四時美景知多少算惟有春光好園梅爭報齊開了只幾日東風峭 問何處玉簫聲繞倚亭畔暗香縹緲那得瑤臺月夜醉索巡簷笑

夏初臨

平山堂看龍舟

高閣凌霄長坡掣練正逢競渡芳游遙指旌旗回旋三兩龍舟滿湖煙景齊收沸笙歌亂逐中流錦波盪槳春雷疊鼓作勢昂頭 當年闌檻種柳依依醉翁陳迹鴻雪空留青山無恙哀絲豪竹都休羅綺雲稠笑無端極目凭樓惹閒愁幾多鱗爪驚起沙鷗

揚州慢

壬子五月道出姑蘇聞是晚虎邱燈舟極盛吾　母暨葵農四兄竹齋主人及余偕往觀焉月采燈輝朗徹如晝因填此解以記其盛

萬點疑星四圍如畫往來半是燈舟正繁絃急管響徹大江流憶邗上湖亭逭暑清歌檀板鼓吹都休怎人移星換旬餘疑隔三秋

一輪皓月喜此時同照山邱更燭影搖紅波光耀彩幾費凝眸生怕汝南雞唱知慈雲返棹難留（吾母擬俟明晨即分袂回邗矣）這餘輝良夜頓添無限新愁

浣溪紗

吳江舟次

江北江南暮靄平濛濛烟樹雨初晴萬家燈火隔湖明　風送歸雲棲斷嶺星連寒月帶孤城輕帆一刻過松陵

又

何處幽人玉笛吹（聞隔岸笛聲）新愁遙寄落梅時隔汀鷗鷺未教知　江渚風濤羈客恨水窗絃索女郎詞夢回朱舫漏遲遲

十六字令

愁羽檄紛馳又一秋頻回首惆悵水西流

剔銀燈

硯屏

悄坐夜窗孤暝不滅臨池清興試啓銀屏照來瓦硯隱約墨痕深映凝眸細認注瀲灎筆花流影　格寫朓豔秀整光凍砑螺清泠玳几燈疎金星匳小比似暈妝窺鏡蘭箋書盡

覺恍惚有人遙頌

碧桃春

予性酷嗜山水在室時或泛舟湖上或寄跡名園情之所到月必屢焉自于歸來杭塵事沓來未及一覽湖山之勝思之憮然癸丑春以楚氛逼近江滸子隨　君姑避居新城董灣雖

地屬鄉隅而水光山淥縱橫無際羣峯似笑遠樹如簪俯仰流連頗娛心目因爲倚聲以寫其勝

錢江山水秀靈鍾茫茫天地空避居聊借作游蹤風光堪慰儂　雲漠漠雨濛濛青松羅數峯依稀身入畫圖中何期逆旅逢

又

數椽茅屋接松杉晴峯明翠嵐碧林深處夕陽銜依依春色酣　城市遠水雲涵終朝送客帆門外小港通長江遙望行舟歷歷可見　祇憐病骨似眠蠶輕寒怯茜衫時病初起

撲蝴蝶

月夜看菊感懷

霜英弄晚清絕東籬景秋容太淡蟾波相掩

映幾重簾卷風疎一曲闌迴露冷何如未荒三徑　峭寒警年華逝羽風雨重陽怕回省亭亭照見恍如儂瘦影最憐壓鬢簪低況是燒燈院靜銷磨醉吟清興

訴衷情

繡絨窗底卷銀鉤蟬鬢理還休星期暗數靈匹河漢正西流　思往事觸新愁莫凭樓梧

桐夜雨點點聲聲漸做深秋

掃花游

自雲棲寺歸泛舟西湖游覽竟日倚聲成歌

萬篁徑裏正翠滴籃輿海霞初曉寺門漸杳更明湖灧瀲鏡波迴抱極目羣峯百變雲容盡掃晚春好問堤柳舊栽添種多少先文達公撫浙時濬西湖曾命海塘兵翦柳三十餘枝徧插蘇隄并令逐年添插千枝何事贏懊惱指綺碧亭臺俊游曾到謝墩自小歎而今賸有冷烟衰草先文達公又於湖心積葑成堆中建小亭徧栽桃柳杭人呼為阮公墩今圯廢有年矣無限悲懷且聽鶯啼樹杪日西了儘徘徊晚花池沼日暮舟抵湧金門復游宋氏園時丁香大放霍靡可愛

後跋

慈暉館詩詞吾弟麟元竹齋配阮淑人所著也觀其兄南疊主政所撰傳暨數十年宗族鄉黨之所稱道則其所謂賢且孝固不必以詩詞顯而詩詞要自有不可磨滅者蓋淑人卒於咸豐四年七月而慈暉館草之栞也則成於是冬十月其後六年吾弟謁選京師板留家塾未一年而杭城陷又一年再陷意是刻必同付劫灰矣乃同治三年二月城克余返自甬東入城則敝廬已蹂躪不可居因就吾兄弟景家衖宅暫憩焉廳事榜曰恩慶堂爲梁山舟學士擘窠書竟無恙其東偏小室名安雅者額亦在焉楹間一雕漆聯句云瑤琴韻合神仙侶金帶香濃宰相家殆吾弟贅

揚時青廬中物可慨已又登其樓則拉雜満中訝故紙簏中梨棗宛然啟視果慈暉館詩詞藏板也又甚幸焉惜詩餘稍有缺毀耳逮函告吾弟謀補栞而徧覔藏本卒不得荏苒十一二年矣今年春外甥謝吉人自泰州歸冀燹前或有攜出本囑其檢諸行笥果得之因取前板對校一過並付梓人缺者補之毀者易之未匝月而工竣遂成完璧噫江浙罹烽火久矣金石且爲焦土况區區寸楮尺木其不至拾作炊薪者幾希余既幸是刻之不卒磨滅而益歎淑人之賢且孝有由致已

光緒元年歲次乙亥夏六月沈彤元芷淥記

徐烈婦詩鈔

吴宗愛

女士雲鶴仙館詩

敘

宇宙無端而有人人無端而有我自傫然頂鐵忖之豈不曰我止此身身外惟影耳而影與我苦樂榮辱固不相關也使我有身後名亦與影何異寂寞千載又惡在影之是我也以彼猖狂之見蓋亦弗思耳矣使人盡無影則宇宙如長夜即欲謀生前一杯酒復何可得雖然鬚眉巾幗自愛其影則又何暇長慮及此今夫鑑影者於清流有溷焉從而告之曰是可以鑑其不艴然怒者幾希夫知溷之不可鑑而獨不愛其身後之影是尚爲能充其類也乎故夫

自愛之至雖使曠古無人影而我之影終不可以落溷如是而已余頻年杜門養痾偭方寸嶽起輒攤卷覯古人影比尤苦不適時復隱几而吾友靜卿氏忽以絳雪詩鈔進曰是影夫佳子嘗從而張之矣盍更以當七發則亟起整襟覯之喟曰誦其詩而見其影賢如光案何莊豔如檣琵琶之聲不下堂才足以見賞於中郎而無胡笳之十八章其諸集衆影之長而破閨閫之天荒者乎然何其久而弗祿也往者庚子辛丑間東南多故所在有碧血影大都陽烏赫然矣其不幸而等於就陰之滅者復何限吾聞長谿

嶺有影焉曰金華營副將朱貴父子乍浦一井有影焉曰諸生劉東藩之女七姑是皆皭然不辱其影者鬚眉巾幗一也曾不數年幾於就陰而滅矣余嘗欲并赫然者勒爲人影一書而未得遂使頑鐵笑人迺以復於靜卿氏曰子前以是鈔一再刻爲未足意甚善隆崖遺烈莫能問吾嘗成子之美無俾斯人之影就滅也因點次終卷敘以付剞氏嗟乎酒杯在手磊塊何窮顧影裴裒落溷可畏言之長矣有心人當不以爲筆荒而墨唐也

咸豐四年歲在甲寅夏四月長安散人許楣辛木氏撰於看劍引杯之室

徐烈婦詩序

余官永康日訪得徐烈婦吳絳雪殉節事求名人爲作傳且播諸管絃以表彰之先是邑人爲余言吳絳雪邑之才女也武義李氏藏其詩倪明經蘭谷夔魁爲余借得鈔本知爲東陽明經王虎文崇炳所編輯虎文係康熙時人曾撰金華徵獻畧載女史九十餘人而獨不及絳雪蓋其時猶未見絳雪詩耳此本殆其後見而錄之者故繫以兩跋不及登諸梨棗也夫世多以才女目絳雪然其詩之幾就湮沒且如此況乃捐軀兵燹之中完節荒涼之地志乘未

載傳聞異辭設非急爲諮訪又安能傳信於一百七十餘年之後哉曩者金華王君家齊刊絳雪詩余曾爲之序亦祗稱其才而惜其詩之僅有存者及得聞其殉節始末乃歎絳雪之傳無待於詩也夫古今才女多矣有以才傳者有不僅以才傳者以才傳者其人不必傳而翰墨可觀則因其才而傳其人故詩愈多才愈著耳若夫奇節懿行卓然自有千古而吟咏所寄雖零章斷句亦足以想見其生平是因其人而傳其詩其人固不僅以詩傳也如絳雪者有才亦傳無才亦傳而何必計其詩之所存者尠乎余既

傳絳雪之烈因以傳絳雪之才則詩又烏可以不傳乃取王氏重刊本屬陳琴齋孝廉校勘一過復序而梓之絳雪兼工繪事其父士騏字驥良娶邑東芝英莊應氏故至今猶藏有絳雪書畫余嘗從應榆亭諸生乞得杏林春燕畫冊設色精絕書法酷似董香光其名印係仿漢銅印蓋國初人手筆色色皆工不徒其詩足傳也然皆絳雪之餘事耳其不朽者固在彼不在此

咸豐二年歲在壬子二月[illegible]桐城吳廷康序

重刻徐烈婦詩序

永康徐烈婦吳絳雪能詩善畫早寡守節康熙十三年殉耿逆之難海甯許戶部楣爲之傳海鹽黃大令憲清譜爲桃谿雪傳奇讀者可得其生平已所爲詩有日六宜樓稿者一卷緑華草者一卷又回文詩一卷附焉道光咸豐間初刻於金華再刻於蕭山先後經兵燹板片已燬世鮮傳本桐城吳二尹廷康心焉傷之將謀重付剞劂氏而問序於余蓋蕭山本卽爲吳君所采輯而傳奇之作亦由吳君敦迫而成者也夫烈婦之死且合從容就義慷慨捐軀而一之其事固有足傳者然非能詩且工若是世人亦未必豔稱之慨自粵寇之亂婦女之死節者何限豈遂不如烈婦而往往湮沒不彰非其戚族鄉黨幾不能舉姓氏以別無文采可表見故也然後知詩以人傳人亦未嘗不以詩傳而是集之復事梓行又烏可以少緩與吳君年逾七十浮沈下僚而闡幽表微之志不以貧老而少衰其賢信不可及矣余獨惜與烈婦唱和者有吳氏素聞其行事雖無可考而烈婦所與書中有茵溷分途菀枯異路之語意其遭際年壽必遠勝於烈婦顧素聞之詩若蓋世無如吳君

者爲之搜羅掇拾今竟無傳則雖謂烈婦之遇難爲幸而
素聞之未遇難爲不幸可也乃後人之誦烈婦詩及桃谿
雪者罔不知有素聞其人是素聞因烈婦而亦傳不可終
謂之不幸也已同治十三年歲次甲戌仲冬之月無錫秦
緗業序

徐烈婦傳

海甯許楣辛木

烈婦姓吳氏名宗愛字曰絳雪永康人嵊縣教諭士騏之
女國色也嫁邑諸生徐明英康熙十三年耿精忠叛於閩
僞總兵徐尚朝寇浙東陷處州將犯金華六月游兵至永
康邑人讋竄尚朝令人宣言曰以絳雪獻者免時絳雪已
寡聞亂匿母家絳雪之幼也慧甚多藝能九歲通音律十
餘歲父教令作詩詩輒工嘗代父與同年生倡和服其精
當已知爲小女子作也乃大驚善寫生閒作設色山水皆
有致繡回文詩鏡囊見者歎雙絕既寡猶盛年以才故豔

名尤噪尚朝嘗官浙東故稔知之至是衆議行之以紓難
勢洶洶絳雪念徒死將貽桑梓憂乃慨然曰未亡人終一
死耳行矣復何言賊得絳雪喜卽出境以兩騎翼絳雪行
甚謹至三十里坑絳雪度賊且止營紿騎下取飲投崖死
或曰其地近溪口下有潭絳雪蓋投潭內死云永康故僻
邑絳雪死一百七十餘年無能以文發之者獨傳寶其詩
畫其雜見諸家傳記亦目爲才媛而已道光癸卯桐城吳
廷康爲茲邑丞始詢知絳雪死事甚烈懼其愈久而湮也
爲刻其六宜樓稿絲華草各一卷而俾余爲之傳絳雪旣

死會總督李之芳以兵扼衢州尙朝踞金華之積道山踰
年卒破滅不復犯永康
許楫曰余讀漢書至王昭君未嘗不掩卷太息也漢當元
帝時單于衰弱和親特故事又廷見使者難失信耳假令
昭君如絳雪吾知其出關必自殺以報天子帝不失信昭
君亦不失身于大漢光赫赫矣終老絕域哀哉然昭君人
至今憐之而絳雪之烈因廷康之請而特傳之將以告後
之爲班氏者也
國色是禍根藂幼慧尤是禍根然一身遇禍而一邑得

全其功大矣不獨完節勝昭君也班書匈奴傳敘昭君
事甚略乃史體應爾然烏孫公主以宗室女下嫁不書
於武帝紀而昭君一良家子於元帝紀大書特書孟堅
蓋深惜之班書但有外戚傳范書創列女一門最善然
殿以文姬則舛也天予絳雪以昭君文姬之長而絳雪
更能合孝烈將軍爲一人千古無兩眞他日　國史之
光矣　又記

書徐烈婦傳後

海鹽陳其泰琴齋

吾友桐城吳君康甫慷慨志節士也其爲丞永康之歲訪
得康熙時徐烈婦吳絳雪始末旣爲之梓其遺詩而繫以
許辛木農部之傳矣猶恨未詳其年余語康甫傳以徵信
故疑者勿著非略也然攷之於詩固自有可見者請爲補
之案農部傳謂九歲通音律集中聞琵琶有感自註九歲
從先君之秀水於江上聞此曲曰此曲則非汎聞其聲也
所謂通音律者信矣自九歲之秀水至十二歲隨父移剡
邑又二年歸永康故有六年浪迹浙西東句而自註居秀

水三載剡邑二載止五年者註紀其積實之歲月詩舉其
歷年也其在秀水時與同姓女史素聞其筆硯辛丑歲同
作雪意圖壬寅同和山陰祁修嫣女史春閨詩其移剡邑
當即在是年作雪意圖時蓋十一歲何知非十歲也絳雪
雖幼慧素聞齒更穉八九歲小女子恐未辦同作也由是
順數十四歲歸永康爲甲辰逆溯九歲則已亥矣其嫁不
知在何年次同心歌於歸家有感之後是歸未幾而嫁非
三五郎二八時耳同心歌謂襁抱失家慈其送次姊詩孤
墳草自春句自註先慈辭世已二十年而趄云艱難別老

親益絳雪生而失母至是二十歲父幸健在次年父始歿卽聞琵琶有感之歲也曰九歲從先君之秀水又曰今十二年矣合九與十二則二十一歲前此有作稱家嚴至是始稱先君知其歿也其詩分六宜樓稿綠華草爲二卷六宜樓稿爲居秀水剡邑時作綠華草歸永康作次第秩然後附與素聞啟并梔子同心圖余因思絳雪當未笄之年父以爲之師素聞以爲之友𨷖聲韻賦采色極閨中清燕之樂迨歌同心後雖未輟吟詠而身親井臼良人常外出老父終天年素聞契闊固已侘傺無聊矣卒之所天旣殞鼙鼓震驚而身亦隨之然且越百五六十年之久載乘寥

落志節不彰微康甫將并其斷簡殘編亦且爲蠹魚噉盡又況其石火電光之歲月哉悲夫絳雪殉節之歲爲康熙甲寅上溯壬寅十二歲則至是纔二十四歲耳綠華草以悼杳詩終夫亡而杳枯蓋前一年寡也壬寅爲康熙元年絳雪正隨父秀水其生以順治九年壬辰而康甫示余吳氏家乘謂父歿於順治五年戊子旣與詩不合又纂取王右丞臨高臺烏鳴澗二絕爲乃祖時送行詩益可笑決爲無知妄作余恐後之人反援家乘以疑詩因并著之余又

念素聞能與絳雪倡和亦難得然數過秀水訪其詩無有獨春閨聯句附絳雪集中耳絳雪寄同心圖啟有一別五載語後署康熙壬子時絳雪年二十有二似歸永康後曾復相聚詩無可徵燃脂續錄摘絳雪句多集中未見是絳雪遺詩尚夥姑闕疑以俟再放云

紀康熙十三年耿藩叛擾浙東克復各郡縣事略節

書於永康烈婦徐吳氏傳後

同治甲戌冬余奉
命鎮浙莅任數月吳康甫二尹來謁陳其所刋永康烈婦徐吳氏傳集並桃谿雪傳奇披閱之下因歎烈婦之紓難殉節不獨爲一身之名節計且爲一邑之民命計也方逆藩之叛於閩也凶燄鴟張附近守將相繼通欵郡縣紛紛失陷永康界處金之間處弁徐尚朝既受僞官麗水縉雲不戰而下將趨金華則永康爲孔道曾未聞民遭蹂躪軍

費攻剿豈紀載偶遺耶抑實有陰爲計畫得以保全勿失耶按吳氏傳稱僞將徐尚朝豔氏之色蓺先遣人示意欲得之紳民議以氏獻賊以紓難邑令韙其計趣氏往氏初聞警奔避城東後塘衙母家賊隊由縉雲至園村勢甚劇村民允以女獻氏弗忍以一身轉累闔境遂慨然登騎往賊喜先遣大隊從義烏武義邊界直趨金華永康各村幸免蹂躪僞將令二卒挾之行至三十里坑桃谿紿賊下騎汲水飲乃墜崖死焉余初以婦之墜崖全節事所或有至謂以婦餌賊遂能保全地方或爲附會之說暇日檢舊本東華錄及國朝名臣傳載耿逆時戰事甚詳因條記以證之是役也李公之芳爲總督軍務賚公塔爲平南將軍而康親王實總其畧而奏其功當李公部畫諸將弁分路防禦時則賊由常山陷開化壽昌淳安又由處州犯義烏浦江東陽湯溪龍游叛鎮祖宏勳據溫州尋陷黃巖犯台州及紹興復集衆窺衢會平南將軍統兵赴浙與李公會師五月自杭赴衢七月閩賊大舉攻衢李公誓衆禦敵有守備程龍怯戰斬以徇於是將士殊死戰遂敗賊於坑西陳世凱等乘勝復義烏湯溪牟大寅破賊於常山游擊王世

萬破賊於龍游鮑虎復壽昌王廷梅敗賊於金華李榮復東陽又大敗賊於金華之壽溪斬僞總兵張元兆等參將洪起元敗賊於紹興復嵊縣時賊黨犯金華平南將軍遣副都統瑪哈達擊走之復義烏諸暨僞都督周列等迭犯衢賚公與李公師衆擊敗之十四年擊敗僞將軍於黃潭口僞將馬九玉李廷魁屯踞州城北元山口賚公督兵乘夜攻圍破之焚其木城馬九玉等退踞大溪灘賚公馳擊斷其糧道復江山縣時
朝命康親王傑書爲大將軍駐金華賚公爲參贊分駐衢

州十五年秋康親王進攻衢州僞都督周列僞總兵蔡明等率衆二萬由常山謀犯衢王命喇哈圖等擊敗之於焦園等處徽營副將姚宏信等大敗賊於建德鄭坑官兵敗僞都督徐尚朝等五萬衆於金華城僞將沙有祥踞桃花嶺王遣副將馬哈達等擊破之復處州僞將遁走仙居副都統穆赫林等追敗之於白水垟復仙居縣又復松陽貝子傅喇塔等敗賊於半山嶺攻黃巖僞將曾養性遁走溫州遂復黃巖城十月浙營官兵進攻溫州復太平樂清青田有

詔趣康親王進師福州王遣貝子傅喇塔等圍溫州僞將曾養性祖宏勳悉衆來犯副都統託他本擊敗之八月賚塔公復江山馬九玉棄營遁九月王遣胡圖等追破之復常山進攻仙霞關賊將金應降遂復浦城縣於是康親王帥師入閩次延平而耿精忠遣子獻僞印乞降浙江官兵收復溫處二州觀數公籌剿之績克復各郡縣彰彰可考惟永康一邑獨無見聞則其未遭兵燹可知非吳氏以一身餌敵藉以保全一邑而能若是乎夫欲保全一邑不惜以一身餌敵難矣以一身餌敵而猶能拚一身之死終不爲敵所餌則尤難矣惜志乘未載民間亦罕有知其詳者事遂湮沒弗彰即其族裔亦往往諱其事而不闡其微閱數百年更誰道其遺芬餘韻耶康甫前丞永康採訪得實爲葺其詩並傳其事洵今之古人也余嘉康甫之表彰遺烈並爲旁證諸公戰克事蹟始知諸公之戰績繫全浙之安危彼吳氏者煢煢一嫠婦耳乃能以身紓難並以身全節亦有繫永康一邑之安危也皆不可不記爰牽綴以著於篇

光緒元年歲在旃蒙大淵獻季夏上澣古開平贊臣希元識於武林軍署之重來堂

吳絳雪年譜

吳絳雪以國色天才從容赴義以全永康一邑民命亦昭代一奇女子也而事越百五六十年志乘無考道光二十三年桐城吳康甫大令廷康爲永康丞始諮訪故老得其本末屬海甯許辛木農部楣爲之傳兼屬海鹽黃君憲清韻珊製桃溪雪傳奇以行於世於是絳雪始不泯矣傳奇中事實多以意爲之蓋院本體裁固如是農部之傳頗足徵信而其年則弗詳海鹽陳君其泰又考之絳雪遺詩論定其年表章之意亦云至矣然亦有不

能無誤者如謂絳雪卒於康熙十三年甲寅年二十有四則當生於順治八年辛卯而顧謂生於順治九年壬辰其誤一矣其在秀水和春閨詩爲壬寅四月有詩序可考其從秀水至嵊縣渡錢唐江在三月有詩句可證而謂和春閨詩之歲卽移剡之歲其誤二矣其歸永康詩云六年浪迹浙西東自注云寓居秀水凡三載居剡邑又二年則是五年而非六年與詩不合陳君云注紀其積實之歲月詩舉其歷年也然則何必作此參差之筆乎余疑注中三年是四年之誤蓋其居秀水甚久故曰凡四年其居嵊縣則不久故曰又二年合成六年正與詩合依此推排則絳雪死年實二十有五嗟乎百年者壽之大齊絳雪僅得其四之一天旣促之人不宜更奪之也故作吳絳雪年譜

順治七年庚寅吳絳雪生

許農部傳云名宗愛永康人教諭士驥之女

黃韻珊桃谿雪傳奇云父驥良公

吳康甫云絳雪之父娶於應氏

按集中招素聞詩自注余姊妹三人又歸家有感詩自

注時二姊已適人則絳雪行第三也然詩中屢及翠香二姊而不及伯姊疑遠嫁或前死矣

又按集中同心歌云衣身少坎壈襁抱失家慈不詳歿於何歲然其送次姊詩自注云先慈辭世已二十年而其詩首云定省思姑舅艱難別老親老親謂其父則其父猶在至聞琵琶詩云憶九歲從先君之秀水又云今十二年矣十二加九爲二十一是絳雪二十一歲父歿矣送次姊詩蓋作於二十歲然則母歿卽絳雪生年也

八年辛卯年二歲

九年壬辰年三歲

十年癸巳年四歲

十一年甲午年五歲

十二年乙未年六歲

十三年丙申年七歲

十四年丁酉年八歲

十五年戊戌年九歲

傳云九歲通音律

集中聞琵琶詩自注云九歲從先君之秀水於江上聞此曲

又按集中多與素聞唱和之作有將從秀水至嵊縣別素聞詩則素聞乃秀水人矣其與訂交當卽在是年素聞者其族妹也其招素聞以詩代柬云族有文姬重綺琴知是同族又報素聞書稱賢妹知是妹矣

十六年己亥年十歲

集中有題家嚴課女圖詩自注云家嚴作圖時宗愛年尚十齡按絳雪從父學詩當自此年始

十七年庚子年十一歲

按集中詩當從此年始今開卷第一首題晴湖春泛圖疑卽此年春也

十八年辛丑年十二歲

集中題雪意圖詩序云辛丑雪夜與素聞圍爐偶舉古今人詠雪句可記誦者凡十餘首次日因取其詩句可入畫者各寫其意以呈潘夫人有不愜意者輒命改作數日成此冊按潘夫人當是素聞之母

康熙元年壬寅年十三歲

集中寄和祁修嫣女史春閨詩序云唐時有光威裒姊妹三人聯句成七排十二韻女冠魚元機和之山陰祁修嫣女史偕其二妹依唐人體韻共成春閨一首遙寄素聞夏初無事與素聞依韻和之時康熙壬寅四月巳酉日

二年癸卯年十四歲

是歲至嵊縣集中有將從秀水至嵊縣別素聞詩又有渡江詩云春江三月浪浮天又有越州途中詩云暮春天氣柬輕裝知其去秀水在是年三月也其渡江詩云只惜西湖違咫尺清流偏阻雨纚緜是所渡卽錢唐江

故與西湖咫尺而惜以雨阻未游又有答西泠女史周瓊詩云記得三春正落花鳳山門外喚輕艇可憐咫尺西湖路不見仙人萼綠華雖非此時詩然所云鳳山門外喚輕艇則正此年渡江事首云三春與春江三月相符陳君謂至嵊縣即和春閨詩之年則三月已渡錢唐至越州矣安得四月已酉尚在秀水與素聞共賦詩也集中送外兄詩題云先君秉鐸剡邑時外兄曾從學彼地桃溪雪傳奇云驥良公歷任仙居嘉善嵊縣校官則其至嵊疑是宦游然集中代家大人送戴文學詩自注

云家嚴僑居剡溪地主三人其一文學若果秉鐸是邦則自有官舍何云僑居又何以屢易居停疑作校官尚在其前茲則以宦游舊地重來作寓公也

三年甲辰年十五歲

集中有剡溪雪夜詩自注云家嚴滿擬今歲歸永遷延不果竟至歲暮當是此年詩也

四年乙巳年十六歲

是歲歸永康集中別剡邑詩云秋色留人無限好舟泊蘭溪詩云歸家剛值黃花節則知歸永康在九月也歸家有感云六年浪迹浙西東自注云從家嚴寓居秀水凡三載居剡邑又二年夫注所以注明詩意斷無詩言六年注只五年之理注中三載必四載之誤寓秀水四載者已亥庚子辛丑壬寅也居剡邑二年者癸卯甲辰也絳雪以九歲從父之秀水十六歲始歸永康而云六年浪迹者實舉其在外之年耳

又按同心歌即次歸家有感之後則其歸徐君孟華爲室疑即在此年冬或明年春也

五年丙午年十七歲

六年丁未年十八歲

按報素聞書在壬子年三月而云一別五載則是年復與素聞相見然於詩無徵也

七年戊申年十九歲

八年己酉年二十歲

有送次姊詩說見前

九年庚戌年二十一歲

父驥良公當卒於是年說見前然已酉送次姊詩孤墳草自春則尚是春日驥良之歿或即在已酉夏秋以後

亦未可知也

十年辛亥年二十二歲

是歲婢慶雲生一女按集中抱二姊子爲嗣詩自注云前年小婢慶雲生一女其抱子爲嗣當在癸丑年之秋則慶雲生女在是年矣

十一年壬子年二十三歲

是歲有報素聞書并以同心梔子圖寄贈自署年月云康熙壬子年辰月巳酉日

十二年癸丑年二十四歲

按徐君之卒當在是年之春據壬子年報素聞書止言結褵以後靡室焦勞不言抱未亡之痛則其夫猶在也故知歿於是年矣其翠香二姊將以次子爲余嗣詩以誌感云湯餅清歡會九秋則是九月也而未云添丁欲向先夫告好慰蒼涼土一抔則夫死已葬距徐君之卒少亦數月故知在此年春矣

又按集中有憶外詩云妯娌同居猶寂寞是徐君未始無兄弟不知何以必抱翠香之子爲嗣豈徐君兄弟皆無子邪桃溪雪傳奇云與族中妯娌乞得一子立爲夫嗣不知別有所本抑或姑以理言之

十三年甲寅年二十五歲

是歲耿精忠叛於閩中僞總兵徐尚朝寇浙東六月至永康宣言曰以絳雪獻者免邑人聚謀欲以絳雪紓難絳雪遂行至三十里坑投崖死蓋捐一身以全一邑非尋常節烈比也事詳農部所爲傳

又按集中悼杏詩即作於是年春蓋絕筆也

同治十三年歲在甲戌十二月上澣德清俞樾蔭甫譔於吳中春在堂

題詞

章汝銘曰予在嘉善時於龔太守筵上和鷓鴣天詞一夕中得十數首次日吳教諭贈予詩云詞人按板稱三影文士濡毫擅八叉前繫小序用駢體中有云吟詩希逸兒郎擅風月之名泛水元眞奴婢悉漁樵之選全篇典麗稱是余愛玩不忍釋手及詢之乃知其女代作也女名絳雪教諭有三女俱能詩此其最少者後聞其人亦國色也因作三絶寄教諭其末首云如花姊妹粲成行三妹淸才更擅場欲問玉容曾稱否芙蓉猶恐妒新妝

燃脂續錄曰閨秀吳絳雪永康人嵊縣訓導士騏女著有六宜樓稿綠華草予曾得其全集淸辭麗句目不暇賞如憶外云鄉書恐社燕歸信失秋蓴送人北上云雪高添嶽色冰壯失河聲贈某云秘書諧詰屈古曲辨妃豨聽琵琶云急管揮冰雹遲聲媚落花春日即事云曉理瑤琴絃倘澀醉臨禊帖格差肥元夜云笙歌地覺春如海燈火人忘月在天寒食省墓云滿澗啼鵑春雨暗十年樹木綠煙多閒居云荷花冉冉淸宜晝瓜蔓離離韻欲秋送外弟云夕照桑麻新鶯堠春風桃李舊鱣堂春日漫興云寒食煙新官柳綠飼蠶天近女桑穠淸明憶外云癸亥家蔬筍憐佳節驛路風波阻遠人贈某世弟云貧笈曾稱高足弟閉門重著等身書上某年伯云啼鳥落花山自韻淸泉綠竹路添幽上某上舍云詩人留跡稱丁卯野客搜奇誌癸辛送外云遠志誰人呼小艸荷花自昔號夫容寄外云琴書作伴君非貴井臼持家我慣貧病起書懷云流水不爲將恨去春風空解入幃來抱姊子作嗣云人誇似舅同無忌我羨生兒讓莫愁暮春云社燕將雛花漸落晴鳩呼婦甚初紅感懷云蟋蟀不知離別恨夜深偏向短垣鳴此等數十聯

俱膾炙人口艷極一時或云絳雪姿容妍麗更能曉音律兼繪事作花艸翎毛極工甚所長不獨於詩也

張南士曰女史吳絳雪淑而多才早寡抱姊子爲繼作詩云予易陰陽柏榮分姊妹花案太平淸話宋高宗時高麗國進陰陽柏一株僅二尺許每歲左華則右實右華則左實以陰陽柏對姊妹花工巧絶倫又七律云人誇似舅同無忌我羨生兒讓莫愁案莫愁有二梁武帝歌云河中之水向東流洛陽女兒名莫愁莫愁十三能織綺十四采桑南陌頭十五嫁爲盧家婦十六生兒字阿侯此莫愁與妓

名莫愁者迴別以之對宋書何無忌典巧不織睕唐詩西園公子名無忌南國佳人字莫愁推爲千秋巧對此亦以無忌莫愁作對面另有一人眞天造地設也

王崇炳曰余遇諸暨余秀才於甬上向余借鈔絳雪詩因言其室人亦能詩出小箋相示書法妍秀其詩云窄袖春衫小樣新勞君遠寄別離身幾回對鏡增長歎不是當年綺麗人余爲歎絕別後復寄其題絳雪稿七絕四首云吐屬清華蘊若蘭仙風玉貌總珊珊天人綽約爭誰似應是前身吳彩鸞片羽由來重吉光偶然陶寫味深長殘膏賸

粉都堪重佳句眞宜入錦囊果然玉佩雜瓊琚鍾郝明風式里閭問字有緣親絳帳瓣香定奉女相如縹緲高樓號六宜能琴善畫更工詩才人自古稱珠樹爭及閨中色色奇秀才名蔭祖字希曾其室人名玉蕣姓戴氏

圖繪寶鑑卷八吳宗愛字絳雪金華人庠生徐明英室工畫花艸翎毛人物著色山水亦佳

國朝詩別裁集初刻一卷之末有合肥龔尙書題絳雪畫冊詩云蕢珠補屋意高閒萬壘煙霞擁玉顏想像亂峯晴雪裏自臨眉黛寫青山沈尙書評云其人品高潔可知林下之風不止閨房之秀

汪詠庵擷芳集有絳雪春詞一首云不畫雙眉向碧紗隨從香渚補妍華層嵐無計雲容媚爭似春山鬢有鴉

山陰秦佩芬女史亦有題絳雪集四絕云劉家三妹擅才名香茗詞華玉樣清絕妙鏡匳花六尺回文錦字織新成一騎蛾眉虎豹叢和戎魏絳太怱怱浮生一擲懸崖手羞作胭脂井底紅石霞山色劫灰餘環珮魂歸舊里閭合向枌榆安俎豆黃金鑄箇女相如一坏青塚草芊芊此事銷沈二百年不是龍眠賢季子青山何處弔嬋娟女史名雲

佩芬其字

一 永康烈婦吳絳雪詩后論　陽湖楊晉藩蕉隱

烈婦吳絳雪之死也閱今百數十年未有表彰者吳君康甫爲永康丞訪得其實始求刻遺詩敘而傳之其處變之權死義之烈應爲史乘採錄者仁和胡珽國既詳論之矣海昌許辛木爲之傳海鹽陳琴齋復編年以次其詩其事迹詳載許傳蓋絳雪之死以康熙丙寅六月其殉節時日無考又殞身絕壁之下溪流迅急不獲其屍故闕而不傳於邑乘所以無徵也方賊騎未入永境時當局者不爲禦寇計而獻一女子以緩師期事勢可知矣夫取飲有

人殉節有地而必欲求諸不測之淵又或因所諱而闕之是秉筆者之過也假令絳雪如南宋臨海王貞婦青楓嶺事當時必有據其詩以傳其人者乃遲之一百七十餘年待康甫而其迹始顯蓋人心不死抑亦有數存其間耶嗟乎時際大難初不有心世道之君子採訪難得其實耿逆之變英風義烈之士爲褒揚所未及者何可勝數豈特絳雪一人哉攷古烈女傳始漢劉向有母儀賢明仁智貞愼節義辨通諸目明永樂元年仁孝皇后編纂是書漢以前則取劉向漢以後則取正史後史奉爲準則若絳雪者其達權通變殆所謂賢明仁智有合於殺身成仁之義者歟遺稿兩卷雖殘缺不完大節可見前編多隨父宦遊之作終於課女圖至所擬鏡聽寄衣曲似與下卷作同心歌時爲近悼杏以後不復有詩其間訪慈照庵尼淨因舊宮人王氏李夫人禮佛樓王駙馬園林則梅村樂府遺音也贈吳素聞同心梔子圖傳鍼神於弱縷注精意於毫端麗州應蓀園既著其文與蘇氏並傳矣至其工書畫解音律慧而多能餘藝有足稱者今大節既彰軼事可無述焉

論曰絳雪以色藝兼擅遭造物忌抑知厄之即所以顯之

耶迨大節既著秉筆者復以迴護之見湮沒者百數十年天地正大之氣無屈而不伸然不得主持風教賢有司表而著之雖貞烈如絳雪未易揭幽隱而覩白日也然則康甫之功豈在班范下哉

題烈婦吳絳雪詩后　陽湖屠瑞霞碧城

覆巢無靜枝駭浪多驚涂時危智勇見忍死在須臾一死重泰山不惜千金軀貞心貫金石正氣還扶輿豔質甯爲累才華衆所惜戰守豈無謀排難在巾幗巫陽不可招誰爲叩天閽空傳塞上吟漫著和戎績

水龍吟　陽湖　楊璿華蘊芳

百年前事難詳，卽今所得遺編在。芳華已謝，飄零詩卷，曾經滄海。蕙質成煙，冰心化石，溪山頓改。料斜陽秋草，芳魂招遍，費幾許、騷人淚。　終古乾坤正氣，賴貞風、扶持彤管。蛾眉英傑，巾幗奇姿，等閒顛頓。月冷鵑枝，香消塵土，恨餘千載。問荒煙舊事，蒼茫但遙指，重崖翠。

滿江紅　陽湖　楊昭華韻侯

往事銷沈，猶傳得、幽閨奇節。笑當日、狂瀾誰障，娥眉卻敵。蕙質已隨衰草萎，精英不共芳華滅。望重崖、無處弔香魂，凄涼絕。　滄桑後，存餘劫。溪山改，成遺迹。悵珠沈玉碎，音塵消歇。碧血丹心昭萬古，零篇賸稿留殘墨。問千秋、誰續斷崖碑，褒貞烈。

吳貞烈　陽湖　楊璐潤玉

吳貞烈事，諸女史論之詳矣。璐幽閨末學，才淺識疎，色絲齏臼，未覩鴻文；金馬碧雞，未諳史例。因讀其傳，景其人而爲之贊曰：

繄維貞孝，爲世作則。仁智內含，英華外飾。古來忠孝，皆出性生。以經達權，求仁得仁。不有明哲，孰爲表微。無悵華滋

徐烈婦詩鈔卷一

六宜樓稿

永康吳宗愛絳雪著

德清俞　樾蔭甫　東陽王崇炳虎文編集
梁谿秦湘業澹如鑒定　海鹽陳其泰琴齋校訂
陽湖楊晉藩蕉隱　海昌許　楣辛木評閱

題晴湖春泛圖

畫橈縹緲欲凌空，兩岸花開映水紅。三十里湖晴一色，春來都在曉鶯中。

遲素閨不至

此意亦人所有，只恐桃花不肯待。一雙寫醉人幾煩，便遲三千年開也當點首。

日暖疎簾燕子催，春風不見繡幃來。芳華且待佳人賞，爲報桃花緩緩開。

喜晤素閨

果然邂逅慰離羣，翠鵲簷前噪夕曛。筆硯爾來誰共我，鶯花此日正思君。春來舊徑仍芳草，雨過前山膺白雲。倚眺風光堪入畫，輕綃粉本好平分。

夜坐同素閨作

詩亦嬋娟，人亦嬋娟。

小樓盡日雨纏緜，誰送清光綺檻邊。簷滴無聲雲作斂，剌

對影而四矣

桐花外見嬋娟

題畫

淡日橫翠微泉聲相斷續空山靜無人深林出黃犢

回文閨詠

華年悶坐對妝匳寂寂頻教昨夢占斜雨細風春閉院淡煙微茗曉垂簾花開半畝濃陰溼燕觸雙鉤舞影纖衙柳灑塵飄絮薄紗窗映樹傍高簷

春日即事和素聞

良辰美景賞心樂事

東風送暖入春衣茗椀鑪香伴掩扉曉理瑤琴絃尚澀醉

此絳雪一生福命最佳時也

臨禊帖格差肥垂楊映日眠還起山雀窺人下又飛為誦芬芳悱惻句幾回盥露濯薔薇

題畫

一再品題聲價十倍桃花有知亦當以紅箋綴小詩陳謝歲擬二絕云不喜仙尨吠綺春生怕輕薄有劉晨紅顏慣得蛾眉賞曾見周南

遙山澹冶入煙霞一帶春流夕照斜羨殺綠蓑漁釣客牽舟長得傍桃花

秋夜偶成

迢迢銀漢夜無聲陡覺秋光滿目生夢裏家山雲萬壘籬邊雞犬月三更香銷漏永薰還冷錦為愁多織未成惆悵鄰家誰弄笛縱非別曲亦傷情

似裏人怕似漁艭迷渡行微發願得傍傾城若教饋面呼新婦紅雨前身是小名

春閨寄和祁修嫣女史

唐時有光威裒姊妹三人聯句成七排十二韻女冠魚元機和之山陰祁修嫣女史偕其二妹依唐人體韻共成春閨一首遙寄素聞夏初無事與素聞依韻和之以寬便寄焉時康熙壬寅四月己酉日也

千巖秀處多才士珠樹今聞姊妹三（素聞）映月清才成錦字臨風玉質怯春衫（絳雪）堂開綠野心殊羨障設青綾耳

弈局句眞解人語想

素諳（聞）眞箇相如原作女秪憐崇嘏不為男（雪）妝樓有記

見紅閨膩及敲落鐙化時也

焚香讀弈局無書仗悟參（聞）燈下塡詞分按譜花前作畫共書銜（雪）沽春暫質黃金鐲瀹茗親調白玉簪（聞）折到薔薇深耐冷咀來橄欖待回甘（雪）珠璣錯落清詞擅蘭蕙芬芳妙舌含（聞）銀箔愁聽鶯睍睆晶屏低隔燕呢喃（雪）餐花人好途偏阻漱玉才高對恐慚（聞）林下高標徒悵望煙雲重繞越溪南（雪）

以垂髫之年而押險韻均極穩豈非女中神童惜素聞之無傳也

訪淨因（淨因慈照庵尼俗姓周名翠翠早寡出家後更今名）

遙聞清梵響空山一帶祇林盡日關曉照初臨禪院靜飛塵不動佛旛閒長隨松下披緇衲無復花前理翠鬟笑我

此來因聽講蓮臺坐下肯空還

舊宮人 宮人王氏少時入福王宮亂後流落江南寄食尼庵家君曾見之談舊事甚悉命作詩紀之

回首深宮淚暗彈過江消息路漫漫霓裳有譜春聲老綺閣無人夜月寒空悔雨雲離楚峽不隨雞犬侍淮安衣箱賸有君王賜零落寒宵秉燭看

艾炙眉頭瓜歆鼻青彩紅粉未路同一啜泣何嗟及矣

招素閨以詩代柬

憶昔天涯正綠陰鴛鴦湖畔晤知音家無靈運空春草余姊妹三人尚無弟族有文姬重綺琴雨後憐香花共摘風前射覆酒

同斟縱然小別關心切幾度閒階悵獨吟

春曉寄二姊

玳瑁窗明聽曉鴉年光可愛是韶華山含軟碧猶春雨門掩濃陰半落花妝罷閒階苔影寂夢回午榻篆煙斜堪憐弱女當兒息也隔音書各一涯

呈章年丈

緅雲深處駐鑾車曾殿靈光世共誇自許文章堪歲月不將簪笏換煙霞名詞自昔稱三影逸藻何人擅八叉蒙賜金荃披永夜縹緗眞欲陋諸家

一小女子耳三四居然髯眉口吻五六對仗之工真章先生已

疊前韻再呈章年丈

許爲三妹淸才更擅場矣不消我輩冬烘再作應聲蟲也

前作七律并小序呈年丈頗蒙褒獎因賜硯山荷囊諸珍物後又步韻和且言三影八叉雖柳三變張九成之對不過如此心感且愧

偶擬蕪詞誦鳳車屢徼厚賜示榮誇三峯筆架珍疑玉五色荷囊爛若霞愧乏正聲諧競病偏蒙險韻和尖叉多公獎借逢人說錯釆何曾擅作家

寄賀李蒙泉世兄新入詞垣 世兄嘉善人受業家嚴門下

泥金書到正芳晨契合眞教筆有神上苑煙斜鶯語曉天

街花落馬蹄春金荃舊仰詞章好玉署旋添事業新從此皐比聲價倍門前曾立紫霄人

將從秀水至嵊縣別素閨

紅窗幾載共修眉愁說飛蓬欲別離一刻可留還繫戀半生相好倩誰知沉沉細語驚殘漏黯黯銷魂對冷卮事不自由身是女傷心還訂再來期

生離光景寫來竟足死別卒之搏沙一散身落浩劫筆端預讖勝於蓍蔡哀哉

渡江

晴光初喚野航船縹緲輕帆渡綠煙越嶠千巖青入畫春江三月浪浮天幾聲水鳥蒼波外一帶疎林落照邊只惜

西湖違咫尺清流偏阻雨纏緜

有此佳句方不負山靈獻媚

越艸途中

暮春天氣東輕妝頓覺前途秀鬱蒼曉雨乍添苔磴溼山花低接筍輿香家家叱犢風初軟處處啼鳩日正長野店新泉堪小憩瓶笙初試綠沉槍

紆盤百折出崔巍又見前途綠野來一碧平疇千頃合四圍蒼翠萬峯開溪流新泛桃花水越釀初濃柏葉杯惆悵浣紗人不見斜陽暝色又相催

齋居雜詠

幽峭

春雨何纏緜幽閨聽不足昨夜吐明蟾清光如可掬晨起覽窗紗灼灼明朝旭苔色自蒼涼庭柯淨如沐頓復起濃陰峭寒風斷續乍雨乍晴天雲霞無定局關心數殘紅循欄行屈曲一鳥忽飛來啼破綠煙綠

采菱歌

秋風嫋嫋動波皺密葉疎莖接水濱何處歌聲來打槳煙波都是畫中人

幾日花呈背日姿佇看軟角已離離滿湖斜照歸家晚爲愛清光立少時

王駙馬園林

駙馬不知爲誰始所謂齊[illegible]有大臣而史失其名者耶妝鏡但有殘花粱燕惟存老柏黃粱夢好否

晝戟淒涼對落暉園林有願竟心違殘花帶雨依荒砌老柏參天守故扉鳳去秦樓池苑在鶴鳴華表市朝非春來膹有堂前燕猶向妝樓故址飛

七夕

獨不記君家仙人賣唐韻耶待至持家井臼負芳辰之日方知仙人亦不得已而借債耳然二萬錢至今未償始遂日三分起息也

一水銀河路阻長年年耕織只如常傀人底事爲情累借得天錢尚未償

答西泠女史寄詩

女史姓周名瓊杭州人於潘夫人處見余詩過蒙

錯愛遙贈佳章備述情兒謹以七絕二首奉答

新詩字字慰清愁林下才名孰敢儔讀到曉窗紅雨句羌無故實自風流

記得三春正落花鳳山門外喚輕艖可憐咫尺西泠路不見仙人萼綠華

暮秋感懷

過雁聲中獨倚樓天風蕭瑟正深秋菊花疎淡宜黃蝶蘋[illegible]流凉膹白鷗四壁蟲聲添冷韻半林落葉起清愁故園又過茱萸節幾度歸心不自由

春雲似美人夏雲當似烈士秋雲似高人冬雲似渴驥漢

素聞當行和作而全稿被瑤池諸仙索觀帶去矣爲摘鏡箔回文詞意僭補二絕云

簾捲東風怯玉肌離愁如雨正絲絲晚山橫翠有新色可悵向人深畫眉

鳴鳩乳燕各青春誰道雲山隔一塵淸薄窗紗三萬里可憐同是倚樓人

剡溪商氏諸昆季以春日宴會詩見示因題其後

商氏諸昆盡惠連一家宴集敞瓊筵鶯花時節宜觴詠山水清音陋管絃朗月自贍名士抱春雲爭似美人妍風流佳話傳東浙羨殺天倫樂事偏

寄素聞

憶昔紗窗共繡時裁紅暈碧日相隨猧兒矯捷防翻奕鸚鵡能言教誦詩愛說荷花開並蒂愁看芍藥號將離祇今賸有花閒月照見幽閨獨畫眉

春日有懷素聞

別來愁緒起無端窄袖輕衫怯曉寒原上草薰春盎盎心中人隔路漫漫疎風小圃宜鶯粟細雨新蔬採馬蘭相憶無緣教縮地芳華不共倚欄看

彈琴

香煙裊裊晝沉沉流水空山對鼓琴一曲未終天欲午落花無語臥苔陰

題素聞山水小幅

一舟浩淼出輕嵐兩岸遙山黛色酣昨夜燈前重把玩滿窗煙雨夢江南

覬燃脂續錄所載清辭麗句流落醬瓿者多矣東陽王君鈔得此冊眞詩中古押衙也

卷中題畫詩皆有意致惜未得見其尺絹寸紙也

上家挺菴先生

邛窰紆回迥絕塵桑麻如訪武陵津詩家留蹟稱丁卯野客搜奇誌癸辛白石清泉閒適意藥鑪茗椀共隨身煙蘿回首殊堪羨風月天教屬隱淪

寄和淨因

傳聞煙外結空林滿澗松花落照陰欲訪幽蹤何處是數聲啼鳥白雲深

暮春漫興寄素聞

朱霞似綺散高空暖色平蕪極目同社燕將雛花漸落晴鳩呼婦甚初紅插秧鼓動時宜雨賣酒旗低不礙風底事佳人芳信杳空教豔日照簾櫳

題畫

嫩柳幽花驛路遙江村一曲雨瀟瀟分明指點揚州路細馬春過皁莢橋

賣花人

未及燈宵節唐花已鬭新東風千種巧紅雨一肩春深巷傳聲早高樓喚夢頻堪憐蜂蝶小也識逐香塵

賣餳客

唐人詩一經點化遂成好女子口吻

幽秀蒼涼我知此時正憶素閨而不得見左顧見雨字爲曰無

噓氣輕蟬翼真疑妙手空幻形成物類到處聚兒童擔荷斜陽外簫吹紫陌中喚聲猶可聽故故近簾櫳

芭蕉

分得靈根出碧阿添來首夏景清和曉階臥影侵苔蘚午榻垂陰勝薜蘿久客何堪春色老得君輒覺雨聲多雲藍自愛層層展展盡芳心又若何

小園

小園新雨後遊覽約鄰娃水漲荷錢長欄陰柳線斜機忘親野雀坐久密飛花更愛鑪聲細冰甌共試茶

題李夫人禮佛樓

高樓縹緲翠微中蔬食清嚴法界同數幅繡旛塵不動香煙低裊畫檐風

炎埃夏日徧塵寰羨殺高樓盡日閒誦罷法華時眺望開窗無數夕陽山

秋日園林即景

數日無人到秋風一味涼蟲聲疑雨落蝶翅學花黃樹老依殘砌藤高出壞牆危欄聊倦倚竹外又斜陽

代家大人送戴文學之四川 家嚴僑居剡溪地土三八其一文學

憀右盼見雨字爲曰可憐而已

是時髮纔覆額耳靈心慧眼已能勘破世情如此奇哉

李易安詞帶雄氣而暮年草草梳妝此只是小女子嬌喘聲口

而刀光劍影不能動秋波之一轉固知歸愚尚書以蒙叟詩冠本朝自是六州四十三縣鐵也

萬里蠶叢路青天蜀道程秋風動草木有客趁晨征楚峽寒雲重秦關落月明從茲別知己驪唱若爲情

剡溪雪夜 家嚴滿擬今歲歸永遷延不果竟至歲暮每憮然不樂

重雲如幕峭寒天日暮齋廚尚未煙此日何人曾訪戴剡溪風雪似當年

擬鏡聽詞

寶鏡光同明月好紅顏多恐鏡中老鏡中嬌豔尚如花爭奈檀郎不思家別後匆匆歲將暮多少離情向神訴薰籠斜倚怕孤眠抱鏡暗向門前步小犬狺狺行人靜寒生羅

袂嬌顧影自憐繡街未慣行對此不覺芳心警誰家細語小窗開好語道來總一般私計果如箇中語明春應唱大刀環緩緩歸來心暗喜嬌羞對人語復止窗下銀缸燄猶紅含笑重把雙蛾理

擬寄衣曲

明月生東海光冷流黃機閒階絡緯啼淒淒機上少婦背燈坐秋深未寄征人衣當時出塞三千人男女見敵不見身此時共憶征夫苦一夜寒砧連萬戶萬戶寒砧何淒清哀鴻落葉不堪聽風雪應深雁翼營夢魂不識關山道教

妾織素若爲情

梅

蕭疏瘦影映芳梅。曾記兒時手自栽。昨夜衾寒香入夢。月明窗外一枝開。

送春

萋萋草色疏簾外。漠漠蕉陰畫閣前。落盡嫣紅還細雨。暮春天是奈何天。

海華富麗之作好懷止此以後雖有綺思芭蕉不展矣

賀見郭忠恕爲富兒畫也

徐烈婦詩鈔卷二

綠華草稿

永康吳宗愛絳雪著
德清俞樾蔭甫　東陽王崇炳虎文編集
梁谿秦緗業澹如鑒定　海鹽陳其泰琴齋校訂
陽湖楊晉藩蕉隱　海昌許槤辛木評閱

元宵

佳節金吾全不禁。鼇山處處鬬鮮妍。笙歌地覺春如海。燈火人忘月在天。醉酒歡聲聞比戶。拋毬雅戲樂韶年。歸家姊妹餘喧笑。猜謎傳來五色箋。商氏家作春燈謎絕佳猜得者以物酬之

寄翠香二姊

迢迢銀漏轉深更。風雨聲多夢不成。深記前年樓上飲。玉蘭花外共聽鶯。

春日雜詠

數里平蕪遠眺明。倚樓人怯杏衫輕。芳郊雨後春如繡。無數風鳶出曉晴。

宿雨迷離霧未消。黃鸝聲裏路迢遥。垂楊兩岸溪流綏。一帶春陰綠過橋。

合下首襯之所謂衆人皆醉我獨醒也是齊蘭生空谷意亦是松柏後彫意講世開女菩薩拈卷一思能忍東方許開花也莫便道忍冬是花名囫圇滑過

禽鳥尚知留人剡溪風雪將何寂寂也

寫市井喧鬧光景如畫

牡丹一樹燦瑤臺爭對東風瀲灩開春到人間工點染等閒都看此花來

幾番雨細更風斜池面初聞出水蛙小圃無人春自到柔藤開徧忍冬花

初夏寓齋即興

濡滯歸裝又歲餘寓齋無事賦閒居麥涼風爽聞鳴蛤食物豪奢採坐魚（田雞一名坐魚剡溪四月後邑人多以此充膳）滿院槐陰閒煮茗半窗竹影課鈔書纏緜雨後時憑眺天外流雲水不如

別剡邑

林間落月映人低縹緲輕輿出剡溪秋色留人無限好水禽山鳥百般啼

舟泊蘭江

久客歸心急遠旌黃昏喜見故鄉城帆檣繞郭人音雜燈火臨江夜市明斜月女牆寒擊柝秋風官渡遠鳴鉦歸家剛值黃花節促換輕舟趁水程（舟人到岸則鳴鉦從蘭江舟上大船難行因換小舟）

歸家有感

自侍家嚴附轉蓬六年浪迹浙西東（從家嚴寓居秀水凡三載居剡邑又二載）歸家自覺鄉鄰好顧影仍憐弱女同（時二姊已適人侍老膝下者只予一人）

古來閨閣小有才色多爲綺語所誤絳雪天賦豔才而能守禮謹嚴如此歌名同心卻語語有分別使李北海見之必當按崔顥令下拜也

紙閣蘆簾孟光未是俊物奈伯鸞短命何

圍秋光猶賸菊齋廚晚計總宜菘知交問訊連宵聚頓亭寒燈分外紅

同心歌

兩家昔相好早歲訂婚期主盟在父母與君兩不知人事多舛錯饑渴事驅馳家嚴憐弱女遠道亦提攜君在山之麓妾在水之湄茫茫山與水音問兩差池一朝得相傍歡樂免仳離結以黃金帶酬以白玉卮明珠羞自獻滿月光無虧新歡方莫比憶舊頓生悲妾身少坎壈襁抱失家慈二姊適人早阿弟誕生遲在家歎影隻出門憂路歧誰料

姑早世當妾未結褵母恩既莫報姑容不暫窺輿言念及此曷禁涕漣洏再拜薦蘋蘩隱痛肝腸披前事既如此黽勉望後期困頓共君守艱難共君持願君莫憂貧抱甕敢辭疲願君莫辭賤荊布自堪支物有同心藕花有同心梔同心復同心永矢無猜疑

聞母舅自楚還誌喜

萬里無消息忽聞返舊蹊家存兵火後人到漢陽西往事悲蛇足浮生倦馬蹄可憐田數畝曾否足幽棲

寄懷素聞

僕嘗有一聯云峯寒枯石骨木落透風聲讀此覺我詩殊少蘊藉未若此風致宜人也

佛言不可說不可說子曰如之何如之何袁籜菴對聯妙絕矣不如此引青梅爲知已更覺聰明

諺云女心外向故古來孝女類多不嫁絳雪已結褵而依戀所

翩鴻邈邈隔遥天勝會捫胸倘宛然杯酌冬聯名臘入園林春戲號秋千追思舊雨還如昨屈指離雲又幾年此日臨風徒悵望何由吹我到君前

冬日村居雜興 時因歸省家嚴仍居故宅

掃盡前蹊落葉紅村居蕭索曉炊中冬山瘦削宜添雪老樹槎枒不動風喚伴寒鴉投日暖離羣孤雁入煙空閒來橋外看梅蕊已逗春光一線融

春樓偶眺

幾番新雨後草色滿平疇偶得芳時暇重登故里樓春檐

飛早燕綠水悦晴鷗遠眺垂楊好飄飄起暮愁

答次姊詢近況

愁緒吟情積似麻懨懨瘦影困春華故園佳節方樓箇偏愛青梅沁齒牙

招翠香二姊以詩代柬

翩翩鶺鴒鳥雙飛共水濱如何爲骨月聚首失芳辰世途如轉轂人事總勞薪居隔十數里欲見常無因伏念門戶薄桑榆景多辛昔時姊於歸承歡妹一人今妹復有適滕下更誰親安得姊與妹買山常結鄰吾今與姊約歸省趁

生如此是能讀蓼莪之詩矣厥後玉碎香埋留與孝烈將軍同祀一廟

此沈尚書所謂林下之風不知

閨房之秀儻列女傳特立高隱一時德曜詎難爲女兄矣

眼前景經妙筆遂成奇語

芳春盤也歡共聚井臼力堪均同心奉甘旨一日抵千旬輾轉復輾轉寸衷難具陳羨殺嬰兒子環塡徹終身

喜晤次姊

幾度思歸未有期一朝相見慰相思庭花也識人欣喜初放嫣紅第一枝

接得籃輿喜氣新郎看兒女倍精神啞啞啼笑喁喁語寂寞全生滿室春

家嚴構別墅五楹初成誌喜

竹杖芒鞋引興賒數楹別墅自清華菱荷綠水騷人宅松

菊清樽處士家春雨一簾閒待燕疎風三徑課澆花樓窗更擬玲瓏啟爲玗吟詩對晚霞

園林

園林經歲別蕪沒漸成荒綠草迷春徑青苔合斷牆亭欹猶面水樹老易斜陽還愛臨池好初荷送晚香

春晚即事

芳草嬌晴試軟遊輕衫初禦麥風柔松陰雨後春眠憒柳外煙深午喚鳩滿澗落花山自韻一林細竹路添幽歸來更愛斜陽好照我桐梢水外樓

樓眺

何物女子雄健乃爾

幾天梅雨後新水正盈隄閒愛登樓眺時聞好鳥啼雄風吹野闊雌蜺跨山低只惜光陰速晴莎彌望齊

貧女行爲外弟榮作 時外弟鄉試落解

此絳雪自畫小影也

世人徒誇黃金屋誰識柴門女如玉女貌嬌嬌芙蓉花女心耿耿女貞木鴉髻不爭時世新銅釵自憐容顏沃年年代作他人衣夜夜光紉鄰家燭前年陌上百花香女伴相約踏春陽今年女伴不相待碧月金風玳瑁梁祇有貧女貧如故韶華屈指芳期誤菱花照影自徘徊亭亭似怯曉風摧鳳凰未肯將鴉逐僊杳還期傍日栽爭奈時人無特識動從脂粉論顏色坐使深閨老傾城藐姑山高求不得寄語天涯才子知早歌金縷莫教遲西子須逢浣紗日王嬙須遇未嫁時

大難大難越是慧心人偏會說此種議論直欲擬翻古來不平公案

題天台採藥圖

採藥見桃花路循桃花去春巖瑤草香漸入雲深處

展家嚴課女圖謹誌 家嚴作圖時宗愛年尚十齡每一展圖覺少時膝下瞻依景象宛然在目

清寂庭階水不如焚香課女慰閒居疎風絮閣闃[illegible]若壁月花窗照讀書笄總何堪採二酉分陰也便惜三餘披圖不記年光換猶似雛年繞膝初

送大姊

矯健一氣

定省思姑舅艱難別老親兼營無善策一往不由身暗壁燈無燄孤墳草自春 先慈辭世已二十年 臨歧生百感不語自傷神

詩格至是漸老而琴棋塵積憔悴風鬟矣

繞膝嬌甥好翩翩雙璧聯 姊生男女各一 笑啼俱適意跪拜總堪憐暖日驅鶵地秋風鬪蟀天一齊隨母往桃雪爲誰妍

描畫小孩可愛光景入微

贈鄰女

豈知厥後以身和戎

燕語鶯聲動曉帷君窗兩兩鬪挑絲倚欄愛看穿花蝶誤得工夫一線遲

耶木蘭事正一奇一正古今皆無此格局我所以歎息於出塞琵琶也

綺檻輕風作曉寒喃喃絮語忘朝餐談兵未必深閨事偏挽鄰娃說木蘭

寄外弟 時在台州

名教中自有佳語余每閱卷至新婦參軍輒歎林下風氣掃地

貧賤驅人少勝籌天台境好任淹留尋僊不是韶年事好遇桃花便轉頭

寄外

落葉颼颼裏秋燈怯影單此時瞻遠道愈覺路漫漫風雪貂裘敝關山馬足寒朦朧憐淡月兩地但同看

臣之質死久矣不似白傅聞商婦琵琶始覺有遷謫意也

聞琵琶有感憶九歲時從先君之秀水於江上曾聞此曲今十二年矣

低唱清樽無限情四絃何處韻淒清分明暮雨春江上十二年前倚舫聽

外兄主剡溪講席詩以代餞先君秉鐸剡邑時外兄曾從學彼地故詩中及之

莊重切題自無瓜李之嫌

一肩書本豔行裝絳帳從慈式季長夕照桑麻新鷺堠春風桃李舊鱣堂皋比權自經書重虎觀人曾姓氏香夙志何須悲鎩羽持衡玉尺正多方

此絳雪自占身分耳何嘗奉承花王耶

牡丹

絳雨紅雲作海來百花開後此花開天憐國色增殊寵占斷春風廿四回

繡毬花

細碎叢花聚一團綠煙深傲曉春寒也知豔冶輸桃李故作風流別樣看

菱鏡勞人不如閒庭花竹安能無恨然世

春日偶成

燕語鶯聲日百回倚欄初倦影徘徊過牆細竹參差見上架柔花次第開流水不爲將恨去東風空解入幃來勞生

間絕藝被女學士一手將去流水無情亦且生妒安肯將卻恨去傳得易齎鹽以香茗換井臼以匡淅耶○爲字借讀平聲

漸覺閒時少硯匣棋匳半積埃

鄰女約踏青不果

芳事蹉跎又一春踏青底事總逡巡晚煙籠外昏如幕曉雨階前細若塵幼歲琴棋憐昔夢持家井臼賀芳晨當壚共隱臨邛市歎息文君尙未貧

清明展先慈墓

麥飯親提酒自斟棠陰墓道晝沉沉春暉㬠燠恩難報泉路蒼茫夢莫尋滿澗啼鵑寒雨暗十年樹木綠煙深淙淙賸有環山水猶似窗前教詠吟

曲罷不知青海月徘徊猶作漢[illegible]看忠厚纏綿同一風旨

紙鳶有作昭君像者戲賦四首

琵琶斜抱態珊珊縹緲雲端響珮環應是芳魂思故國年年春度玉門關

從此人間不再生奈小兒輩玩弄造化何

意態難描是麗姝丹青當日恨模糊緣何綠草芳郊外又逐春風入畫圖

我爲代答曰猶帶昭陽日影○西宮昭陽俱借用

佳麗千秋得最難高飄偏許萬人看碧空深處東風冷可似西宮獨處寒

但空嫦娥見妒又被天風吹下

自悔無金與畫工紫臺一去類翩鴻人情大抵多翻覆只合高寒傍月宮

憶外

傷哉貧也一至此乎

幾回歸信失秋蓴。砧杵聲中盼望頻。別雁何堪愁裏聽。寄衣難稱瘦來身。貧家蔬筍憐佳節。驛路風波阻遠人。姻婭同居猶寂寞。天涯舉目果誰親。

題雪意圖冊子後

潘夫人似是素聞之母能爲兩女師而與村夫子手一兔園冊不知詩畫爲何物者

辛丑雪夜與素聞圍爐偶舉古今人咏雪詩可記誦者凡十餘首次日因取其詩可入畫者各寫其意以呈潘夫人夫人曰畫用淡描猶詩家禁體也有不愜意者輒命改作數日成此冊今已十餘年

暇日檢此冊不禁淒然因題其後

同歸閒寂可歎

佳人一別路長賒。故篋飄零幾歲華。偶檢雪泥存印爪。轉憐茵溷異飛花。前塵已逐流雲換。展卷依然暮靄斜。半壁寒燈如夢夜。不堪拈韻和尖叉。

翠香二姊將以次子爲余嗣詩以誌感

其詞彌工其情彌苦已是下場頭矣豈料復有和戎之役耶

湯餅清歡會九秋。試啼早欲卜英逌。人言似舅誇無忌。我覺生兒羨莫愁。不是悲愉關骨肉。誰能撊戶代綢繆。添丁欲向先夫告。好慰蒼涼土一坏。

蟋蟀

蟋蟀何爲者。淒淒徹夜吟。閒階沿月淡。小院鎖秋深。獨且憐更柝。微寒怯薄衾。此時思破鏡。幽夢不堪尋。

抱二姊子爲嗣

典博令我輩自嘆腹儉

抱得阿侯到。歡聲樂舉家。書香思爾續。蘭夢益余誇。子易陰陽柏。榮分姊妹花。從茲忘寂寞。膝下審啞啞。前年小姨慶雲生一女與二姊爲媳故第五句及之

送外妹

惘惘伊人去。江春水自流。昨朝高處望。猶自見君舟。

早春即景

永晝垂簾卽誰適爲容意始終一守禮女子知隱痛之血初非草草一筆胸中夙具粉本矣

計日燈宵近。風威漸解嚴。新曦明曉幌。薄雪霽春檐。小鳥喧晴早。幽花落瓣纖。如何當淑景。永晝只垂簾。

悼杏　杏爲夫子所種夫子逝後杏亦隨枯

人間薄命恨無窮。誰料名葩亦與同。倚徧欄干消息斷。可憐二十四番風。

附報素聞書 并回文

素聞賢妹妝次相隔數百里外蒙委專使竝惠懿章藉得順訊潭安俾知近祉慰甚幸書中備敘淑懷纏緜往復春春山迢遞秋水蒼茫靡日不思妹之念鄙人猶鄙人之念妹夢寐縈懷不堪言罄維吾妹盈盈妙年名花初開春曦方旭妹夫已探芹香一室喁于天倫至樂曷勝延羨鄙人自結褵以後靡室焦勞慨焉身任菽水光陰齏鹽歲月歎人生之局促慮來日之大難回念曩時花晨鬬茗月夕鬮題邈如隔世此情此景何堪爲吾妹述也獨念絳帷聚首

與吾妹膠漆相投三生締契方謂同福共命如吾二人者何可須臾隔詎料一別五載雲山遼絕晤面殊難而且茵溷分途菀枯異路今日望妹幾若泥壤中望雲霄矣尚何言哉尚何言哉惠貺頻承慚乏李報謹具玉鐲二香囊三古鏡一鏡箔一箔上回文乃鄙人所意爲者託六出之名葩表寸心之縈結仿蘇家之錦字稍約其詞視侯氏之龜文較暢其旨命之曰同心梔子圖昔劉令嫻摘梔子贈謝娘詩曰兩葉雖爲贈交情永未因同心何處恨梔子最關人區區之意聊託於此吾妹必能一見心解也心邇身遙言難盡意臨楮神馳統維懿照昔康熙壬子年辰月已酉日愚姊吳宗愛拜書 按壬子康熙十一年

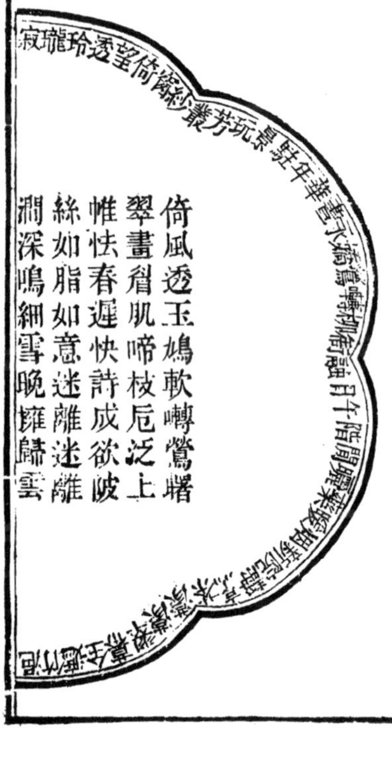

酥如黛如聲模糊模糊
梧攤寒軀寒壺提勸爐
碧破襦鳥宿符姑小茗
引春喚乳燕剖驗泉新

右回文共一百六十五字外圍七言詩六聯所以象梔花之六出內以一雪字居中順逆循環縱橫交錯俱以此字為貫串所以象梔子之同心故名曰同心梔子圖今摘可意會者聊記讀法於後

第一先將方圖中雪字拆作雨山二字從中縱豎一行順讀成澗深鳴細雨山晚攤歸雲一聯倒讀成雲歸攤晚山雨細鳴深澗一聯

第二亦拆雪字作雨山二字左讀成雨聲寒宿燕句右讀成山意快啼鳩句為一聯又顛倒讀之成燕宿寒聲雨鳩啼快意山二句為一聯

第三從第四行第四位如字倒讀而上乃如脂如絲四字嵌入山雨二字讀作山如脂雨如絲二句即從帷字右旋至玉肌遲轉至中心眉字止其文云山如脂雨如絲帷翠倚風透玉肌遲春怯畫眉

第四將迷離迷離嵌入雨山二字讀云雨迷離山迷離陂上曙鶯囀軟枝詩成欲泛巵合上節乃長相思詞一闋也

第五從第六行第四位如字起亦倒讀嵌入雨山二字

左旋至中心襦字云山如黛雨如酥梧碧引春喚乳鳥軀寒攤破襦

第六將模糊模糊亦嵌入雨山二字讀云雨模糊山模糊爐茗新泉驗剖符壺提勸小姑合上節又成長相思一闋

第七就右偏上下節隨意讀成長短句上節云肌玉透風倚翠帷怯畫眉春遲或讀作怯春遲畫眉亦可俱眉與遲叶下節云枝軟囀鶯曙上陂欲泛巵成詩巵與詩叶或讀作欲成詩泛巵亦相叶上節或更讀帷翠倚風

透玉肌宿畫怯春遲下節讀陂上曙鶯囀歎枝危泛欲成詩各七字五字句

第八左偏讀法與右同上節云烏乳喚春引碧梧擁破穤寒軀穤與軀叶或讀作擁寒軀破穤下節云符剖驗泉新茗爐勸小姑提壺姑與壺叶或讀作勸提壺小姑

上節又可讀梧碧引春喚乳烏穤破擁寒軀下節讀爐茗新泉驗剖符姑小勸提壺

外六出圖從紗字左旋至叢字得七言六聯從叢字右旋如之

以上讀法照王氏冰壺山館本惟王本方圖右偏上節宿畫怯春遲與下節危泛欲成詩平仄一例左偏上節梧字碧字兩行作梧擁破穤碧寒軀烏讀為軀寒擁破穤與下節姑小勸提壺平仄兩歧疑傳鈔之誤余為訂正作梧擁寒軀碧破穤烏永康應君聖階推廣讀法層出不窮遂成續編讀法一集

跋

絳雪詩東陽王明經崇炳鈔自武義一書家者原本分六宜樓稿絲華草為二卷詩僅百餘首燃脂續錄摘其佳句甚多半存集中餘皆成廣陵散矣金華王君家齊嘗取而刻之蕭山丁君文蔚王君錫齡復刻一本皆余友桐城吳君廷康贊成其事因為之敘而蕭山本則余所校勘也每思評點重刻以廣其傳而余年來筆墨似多田翁耕耨甚苦十指不得暇乃以寄老友長安散人彊令加墨甯寬毋苛並綴眉批以醒將書引睡者之眼散人初未應曰吾已

為之傳矣既而曰吾胸中磊塊亦正須酒澆耳且吾曩者作傳為世故牽帥頗失體吾嘗改正而自刻之因不復辭既告成散人自敘重刻之意余復為任校勘之役而識其原委如右

咸豐四年孟夏海鹽陳其泰靜卿氏跋於武林撫署幕中

女士雲鶴仙館詩 二

晉埜吳老父臺大人台下遥聞
貴省忽被兵刼想
老父臺有功世教澤及生民自有
吉神擁護福履亨嘉定符心禱
回憶
溢永時折節下交與 先君子氣
誼相投搜尋絳雪遺蹟庚子鄉

試啟行時即檢家藏杏林春燕
圖命埜奉呈
台下因得仰接
芳型俯聆
清訓光陰轉瞬於今十有八載矣
心邇身遥無時不深翹企至女史
吳絳雪得

老父臺闡揚幽節梓行詩鈔自當
不朽 塋於雨窓之暇展讀梔子圖
妄演讀法得詩詞若干首陳翺埜
先生見之強付剞劂恨不得就正於
老父臺耳雲山曠隔晤面殊難正
結想洄忽閔
台駕回杭曷禁心往而神馳也愧

無餽問之資聊撿梔子圖讀法四
本先呈
台電倘有當於萬一或嚴加
斧削再行翻刻或採摘數首附載
詩鈔之後不至湮沒幸甚 塋以蒲
柳之資鄉山匏繫己酉後連遭大
故無由自伸翹首龍門處非

老父臺不能聲價再爰撿近時所
集唐人詩句擬古從軍行百首
謹呈
鑒定乞賜 題籤并懇呈政學憲
及陳琴埜先生諸名公倘蒙批示
俯賜弁言不勝榮幸之至絳雪詩
鈔及梔溪雪懇 賜二部敝邑

閫境夙蒙
慈惠創建貞孝節烈總坊祠
宇文閣考棚以來曲荷
裁成備承
期望倘杭城中有善地可棲
伏惟
薦舉庶得不時趋侍躬聆

教訓則受益不淺矣此後如有
諭函祈交育嬰堂褚奏嘉兄手方
不失落肅此蕪稟恭候
陞祺不一
制治下晚生應瑩頓首拜稟

同心梔子圖續編讀法序

牡丹競娟萼露雙頭芍藥多姿香生並蒂穠粧梅顯魁春
則兩兩鴛鴦氣醞檀心傳粉則翩翩蛺蝶繫惟絳雪[illegible]
華溪吳氏宗愛號絳雪永康人教諭士騏女適庠生徐明英早寡著有六宜樓綵華草詩二卷厥有叢[illegible]
聞靈鍾秀水士騏時為秀水教諭素聞秀水女史劉家三妹夙擅才華三女[illegible]
俱能詩工畫此其最少者章汝銘寄詩云如花姊妹粲成行三妹清才更擅長吳國二喬競稱[illegible]
質自相依附竟成連理之枝好共綢繆遂訂同心之約與
心有鏡願與月而俱圓解語如花忍因風而吝散胡乃鳳
來五載晤面殊難豈其締契三生前言是虛或鳩哺宅畔
感桑葚兮初紅暮春漫興寄素聞晴鳩呼婦葚初紅或烏乳林端懷桐陰之
正碧夜坐同素聞作刺桐花外見嬋娟或聽曙鶯睍睆依稀銀箔添愁與素
閨聯句和祁修嫣女史春閨銀箔愁聽鶯睍睆或聞宿燕呢喃彷彿珠簾弄影遲素
聞不至日暖疎簾燕子催或質將金鐲壺提而顏欲酡朱聯句沽春暫質黃金鐲
或倚向繡帷褥破而肌還怯玉聯句臨風玉質怯春衫或泛巵陂上
惜別而黯黯銷魂別素聞黯黯銷魂對冷巵或瀹茗爐邊聯吟則依依
如夢和素聞詩茗碗爐香伴掩扉又聯句瀹茗親調白玉籍或盼歸雲之縹緲合雲
又是離雲寄懷素聞屈指離雲又幾年或慨細雨之纏綿今雨不如舊
雨夜坐同素聞作小樓盡日雨纏綿又寄懷素聞追思舊雨儼如昨或臨深澗疑鯉信之

遥通寄素閨底事佳人芳信杳或對晚山恨螺鬟之遠隔寄素閨啓雲山遼絶晤面殊難囊取南都石黛鬬畫雙眉别素閨紅窗幾載共修眉今留北地燕脂偏分兩靨風光如昨形影斯單那不枯肺腸於玳瑁窗前落顏貌於芙蓉鏡裏迴持彤管表丹忱擘鸞箋摛鴛鏡結香囊而寄意託古鏡以傳情爰把劉孄之詩樣描梔子還仿薛媛之畫箔製香匳外則應規徵分凹凸內惟中矩妙握璣璿飛六出之花天工奪巧屬一心之草春豔爭妍易讀者一十二韻之周流玉裁玉律難窮者八十一字之蟠結蹜度金鍼腸九曲以縈迴穿珠似蟻線千條而嫋娜織

柳如鶯經緯爲文引色絲於雪繭縱橫其縷吐靈緒於冰蠶羌鬬角以鉤心復裁紅而暈碧茂矣美矣倒之顛之月影一輪苾寒兔魄霞光五彩調寄霓裳此天地之奇文亦古今之妙義無如吉光片羽漸䖏飄零剩馥殘膏幾經湮沒良可慨也豈不惜哉乃有居今博士好古名臣桐城吳參軍搜尋香稿按圖繪寶鑑載吳絳雪作翎毛花卉極工瑩家藏杏林春燕圖係絳雪眞蹟先君子題云絶代風流鬱錦幃杏林春暖鬬芳菲可憐粉本傳遺蹟祇有斜陽玉燕歸燕舞芳林嘆別魂杏花開向舊柴門那堪香雪飄零盡拾取殘牋認爪痕時羅芬餘明府延先君子掌邑塾敦與參軍吳公友善歸之公遂廣爲搜尋竟得絳雪詩集二卷內有同心梔子圖先君子諱文定蘭谷倪夫子玩索璇圖詩止迴

文四聯詞僅相思兩闋而觀齋先生以爲未盡其義而觀其深也命抽乙乙之絲用尋庚庚之緒瑩則詞慚幼婦巧讓天孫雖欲從之奈空杼柚況有嫁者待作衣裳治絲既患其棼製錦亦云未學除非繡口許窺侯氏之文不是蕙心莫問蘇家之字敢自謝夫不敏願有待於多能而先生意又勤勤情逾切切長者之命卻之不恭美人之貽繹之爲貴由是借薔薇而盥手玩菡萏以悄心時而擁被以思或又閉門以索幾經尋繹屢費推敲始囿苾苾纔難了了頑如立石忽點小子之頭智等挈瓶竟肯先生之首朝披

夕玩覺一索再索三索而爾般日引月長乃五言六言七言之俱備韻無妨疊聲不嫌雙旣蜂腰鶴膝之難辭豈白雪陽春而能和採桑子南鄉子漫擬閨情浣溪沙浪淘沙聊傳春思阮郎歸否王孫憶無一段離愁雲起巫山霏霏千般媚景春到畫堂遲遲山記小重蘇養直曾吟蝴蝶天涵尺五秦少游載賦鷓鴣仙如康伯可之芳情徐師行之逸興歐陽公調諧金石瑪延巳音協宮商狂笑春風咏楊花於孫氏寒增暮雪擬柳絮於謝庭俱籠尺素之中盡羅寸丹以內搜之愈出未能得其二三引而廓銜敢詔吞者

八九莫作井蛙之吠兩部笙歌祇同管豹之窺千純錦繡
雖寓鍼神於香閨宜傳粉本於文房詠旣可吟圖必須繪
愧非纔月織雲之手技不稱良雖用騁妍抽秘之心匠難
見巧云爾
咸豐元年歲次辛亥嘉平節前一日永康應壂萊園氏識
於芝英莊碧溪之書帶草堂

梔子同心圖讀法序

昔蘇氏璿璣圖縱橫往復皆成章句宋元間有僧起宗
者以意推求分爲十圖得詩三千七百五十二首而明
人康萬民又增一圖更得詩四千二百六首今　四庫
全書集部有璿璣圖詩讀法一卷卽此兩家所演合成
一編者也夫璿璣圖止八百餘字而得詩幾及八千首
其神妙眞非意想所及矣嗣是以後寂寥千載未有嗣
音至　國朝康熙閒永康才女吳絳雪又有梔子同心
圖之作其圖凡一百六十五字左旋右折皆可成詩舊
讀止詩詞數首未盡其妙咸豐初應萊園明經壂復就

其圖潛心玩索得五言絕句六首七言絕句四首詞三
十二首又六言詩八句其鉤心鬭角之巧乃始稍稍呈
露亦不負作者苦心矣絳雪以才女而兼節烈事湮没
幾二百年吳康甫大令爲其縣丞訪求得之屬黃君韻
珊製桃溪雪傳奇以張其事又刻其詩附以此圖固表
揚節烈之盛心亦憐才之雅意也余因勸并刻應君讀
法以貽好事者使海內錦繡才人因此讀法交相推演
或更有不盡於此者他日匯成一集與璿璣圖讀法並
傳不亦足見　昭代之多才而爲藝林之佳話乎
同治十三年十二月上浣德清俞樾蔭甫序于春在堂

同心梔子圖續編

陳鳳巢飈齋先生鑒定　永康應　堂養圖著

永康吳絳雪報秀水吳素聞閨友并回文

素聞賢妹妝次相隔數百里外蒙委專使並惠懿章藉得順訊潭安俾知近祉慰甚幸甚書中備敘淑懷纏綿往復春山迢遞秋水蒼茫靡日不思妹之念鄙人猶鄙人之念妹夢寐縈懷不堪言罄維吾妹盈盈妙年名花初開春曦方旭妹夫已採芹香一室喁于天倫至樂曷勝延羨鄙人自結褵以後靡室焦勞慨焉身任菽水光陰齏鹽歲月歎人生之跼蹐慮來日之大難回念曩時花晨鬬茗月夕闘題邈如隔世此情此景何堪爲吾妹述也獨念絳帷聚首與吾妹膠漆相投三生締契方謂同福共命如吾二人者何可須臾隔詎料一別五載雲山遼絕晤面殊難而且茵溷分途菀枯異路今日望妹幾若泥壤中望雲霄矣尚何言哉尚何言哉惠貺頻承慚乏李報謹具玉鐲一香囊三古鏡一鏡箔一箔上迴文乃鄙人所意爲者託六出之名葩表寸心之縈結仿蘇家之錦字稍約其詞視侯氏之龜文較暢其旨命之曰同心梔子圖昔劉令嫻摘梔子贈謝娘詩曰兩葉雖可贈交情永未因同心何處恨梔子最關人匾匾之意聊託於此吾妹必能一見心解也心邇身遙言難盡意臨楮神馳統維懿照旹康熙壬子年辰月己酉日愚姊吳宗愛拜書按壬子康熙十一年

五言絕句圖

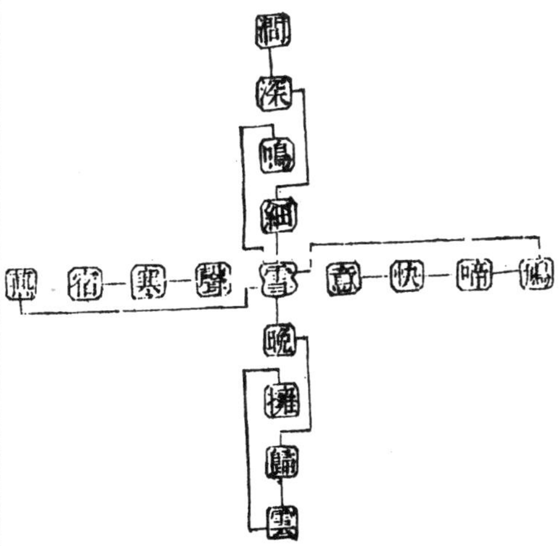

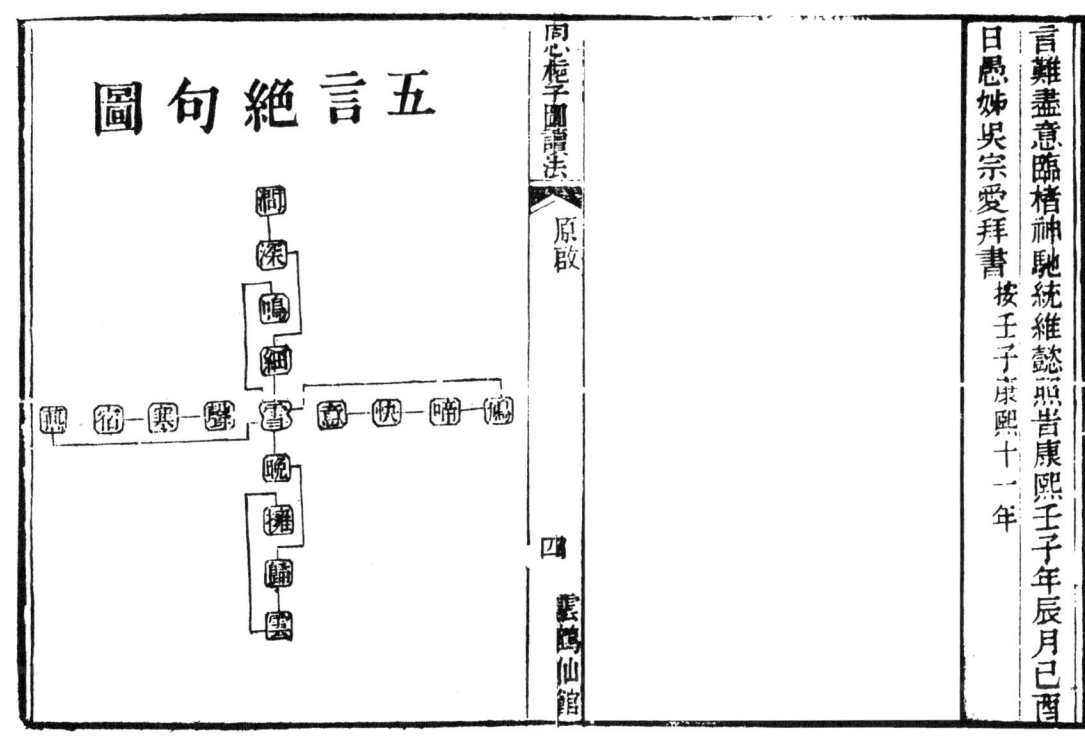

右圖將雪字拆作雨山二字。直行從雪下半字順下讀起間第三字至末掉轉。亦從澗字起亦間第三字。至雪上半字掉轉橫行從雪上半字跳出右角。一順讀歸左角從雪下半字跳出讀法同。

五言絕句一首

山晚歸雲擁。澗深細雨鳴。雨鳩啼快意。山燕宿寒聲。

五言絕句圖

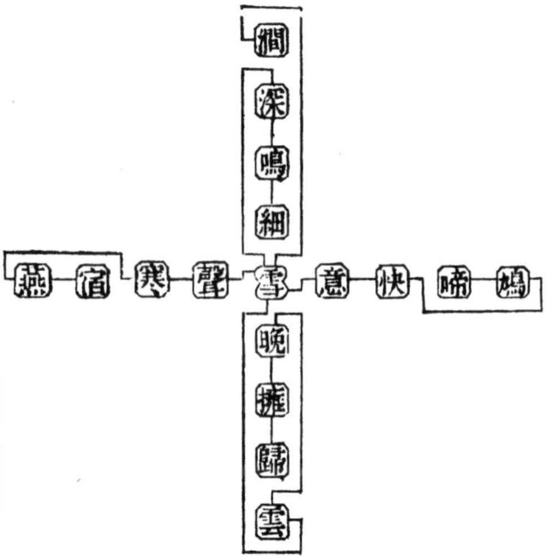

右圖先讀橫行。從雪上半字向左。至第三字。一折。從外兜歸右。從雪下半字起讀法同。直行上從澗字跳歸。雪上半字掉轉第二字順下。下從雪下半字跳至末掉轉處。與上同。

五言絕句一首〇微 齊古通用

雨聲寒燕宿。山意快鳩啼。澗雨深鳴細。山雲晚擁歸。

六言四句圖

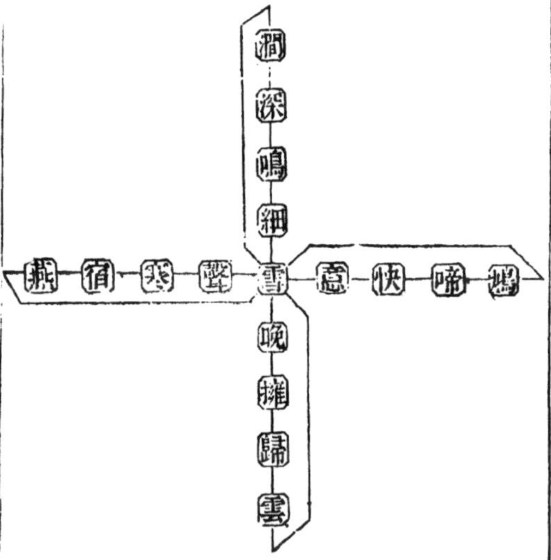

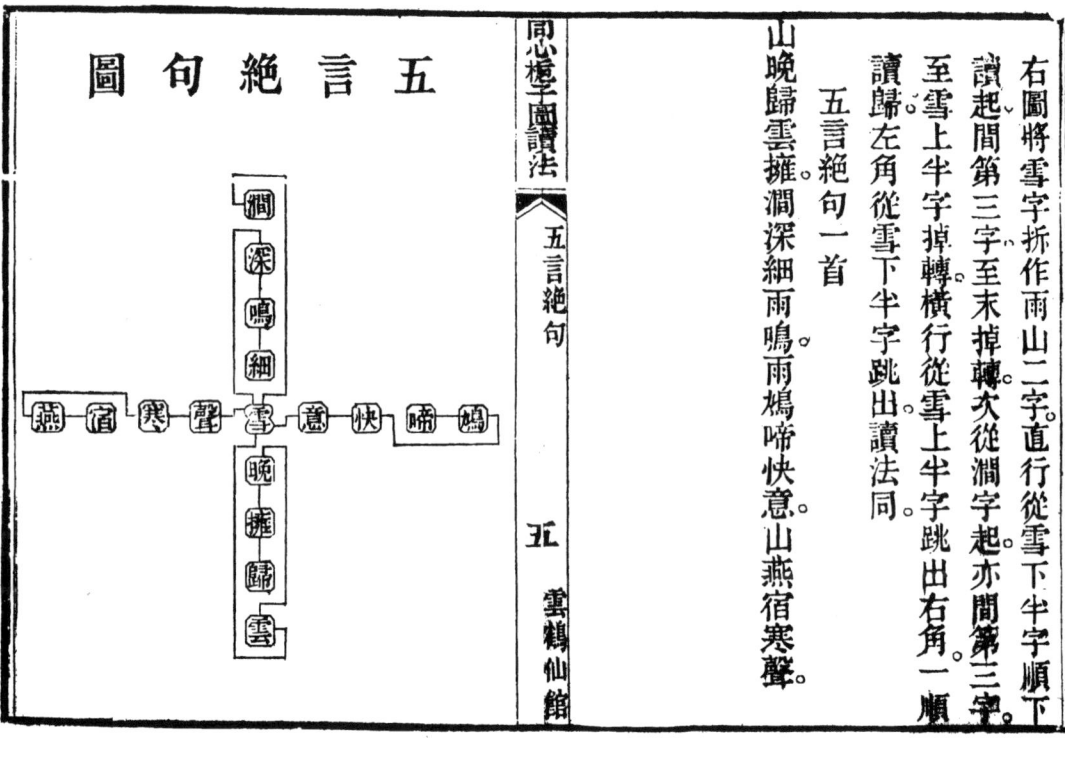

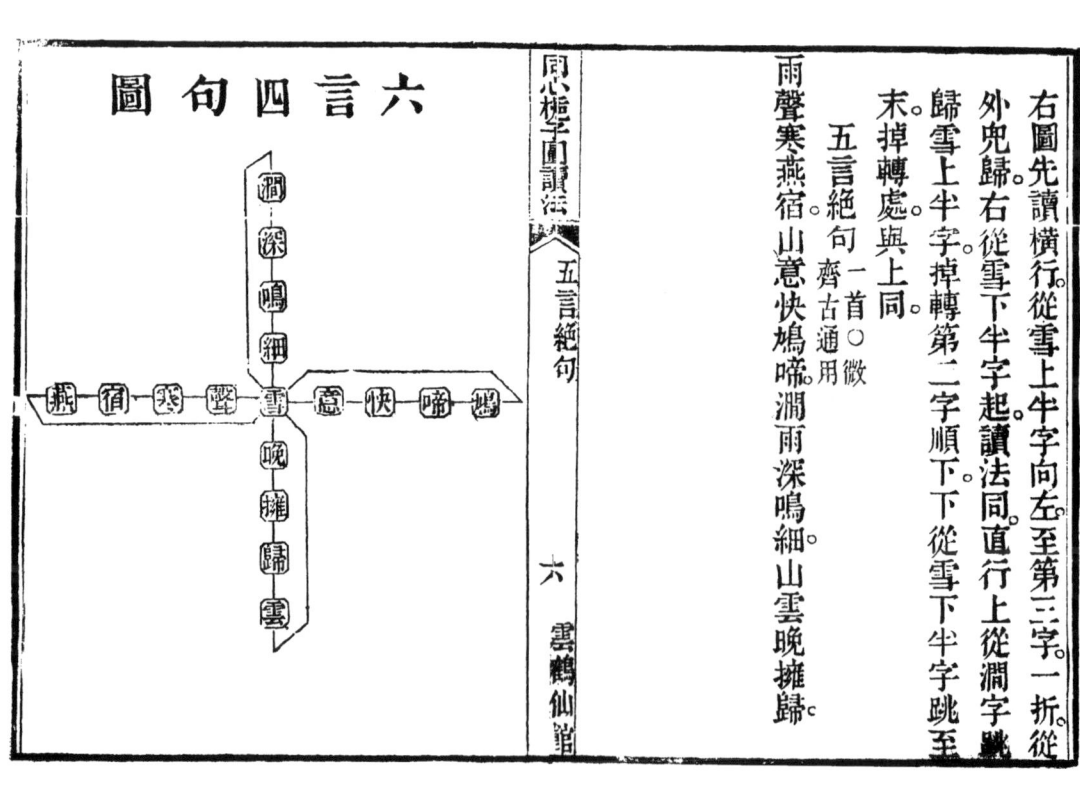

右圖從上一字跳歸雪上半字讀出左。從下一字跳歸雪下半字讀出右。從右一字跳歸雪上半字逆上讀。從左一字跳歸雪下半字順下讀。

六言四句

澗雨聲寒宿燕　雲山意快啼鳩　鳩雨細鳴深澗　燕山晚擁歸雲

六言四句圖

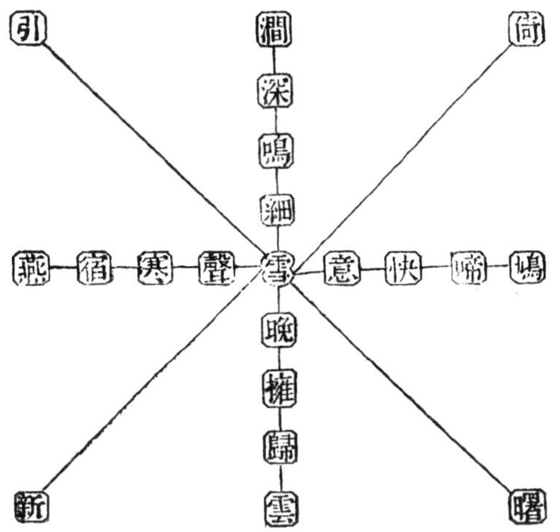

右圖從四角關歸中心。又從中心讀出上下左右。

六言四句

引雨細鳴深澗　倚山晚擁歸雲　新雨聲寒宿燕　曙山意快啼鳩

五言四絕圖

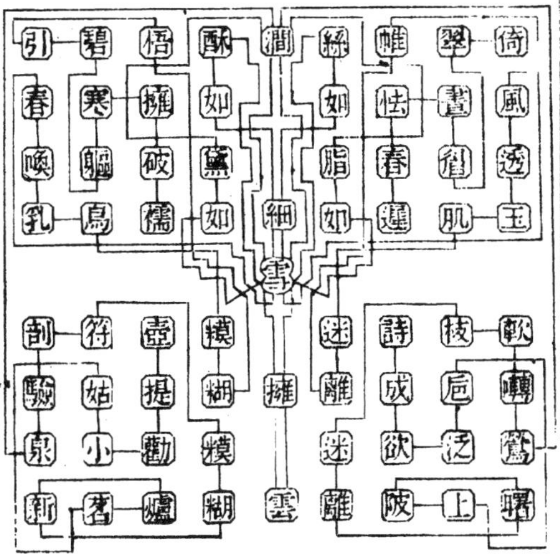

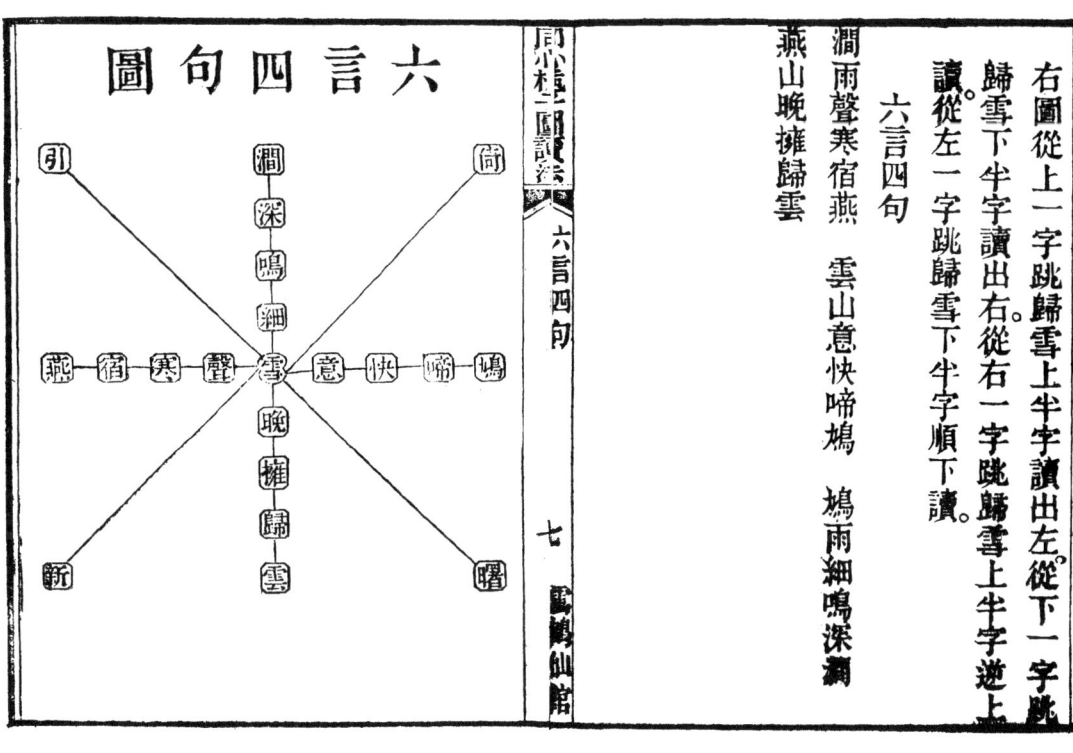

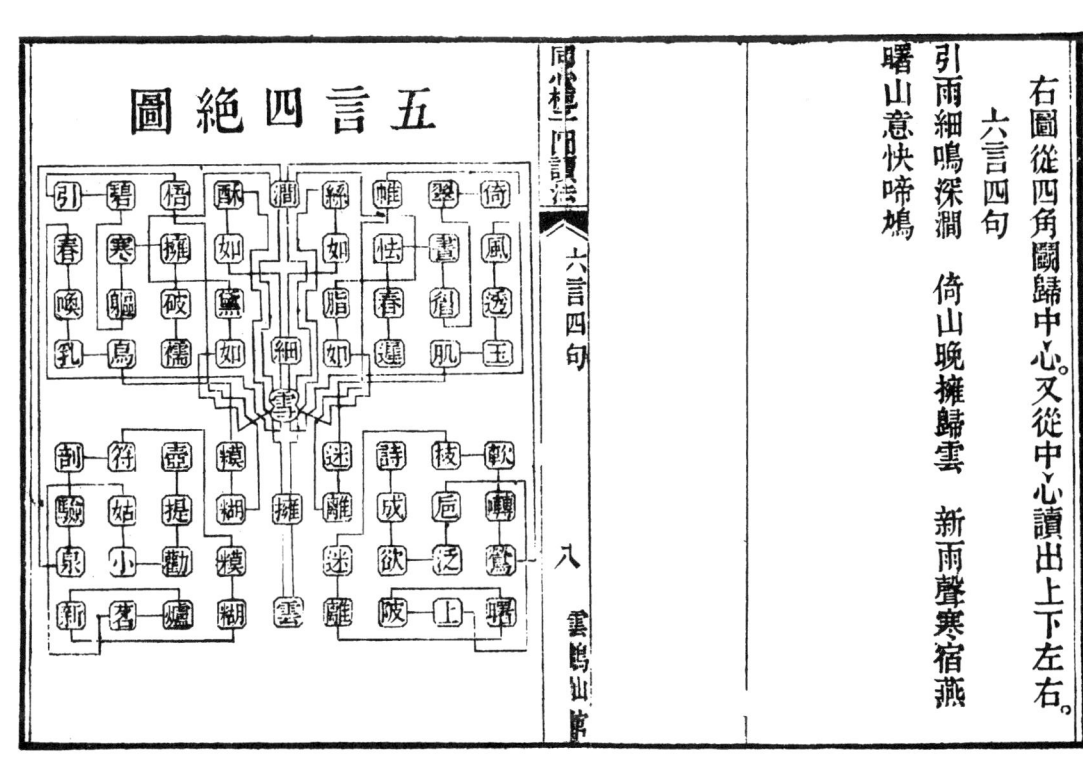

右圖中縱直行空四字橫空八字上截鉤下截四字從中縱上一字跳歸雪上半字讀起下截鉤上截五字從中縱下一字跳歸雪下半字讀起

五言絕句四首

澗雨細如絲。山風透玉肌。迷離帷倚翠。眉畫怯春遲。

其二

澗雨細如酥。山春喚乳烏。模糊梧引碧。軀寒擁破襦。

其三

雲擁山如脂。澗鶯轉軟枝。迷離曙陂上。卮泛欲成詩。

其四

雲擁山如黛。澗泉驗剖符。模糊新爐茗。姑少勸提壺。

七絕四首圖

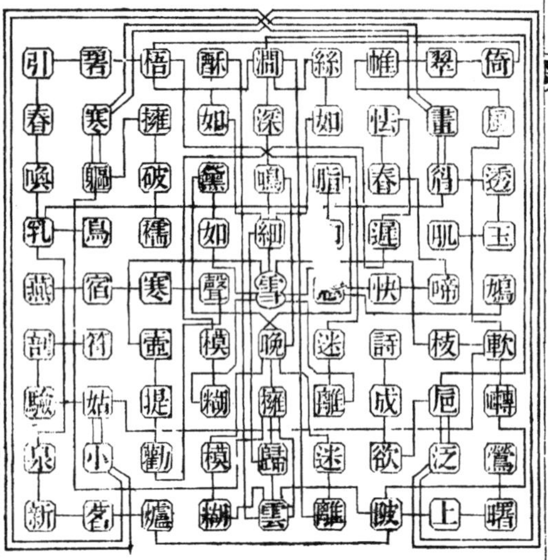

右圖從鳩鶯烏燕四字讀起四角鉤連迴互各赴本位而止

七言絕句四首

鳩意快啼春怯遲。模糊山雨細如絲。澗梧倚翠帷風軟。姑小畫眉透玉肌。

鶯曙上陂轉軟枝。雨山如黛晚迷離。澗深鳴細歸雲擁。軀寒泛卮欲成詩。

烏乳喚春引碧梧。迷離山雨細如酥。雲歸擁晚鳴深澗。卮泛寒軀擁破襦。

燕宿寒聲勸提壺。雨山如脂晚模糊。雲陂爐茗新泉乳。眉畫小姑驗剖符。

長相思圖

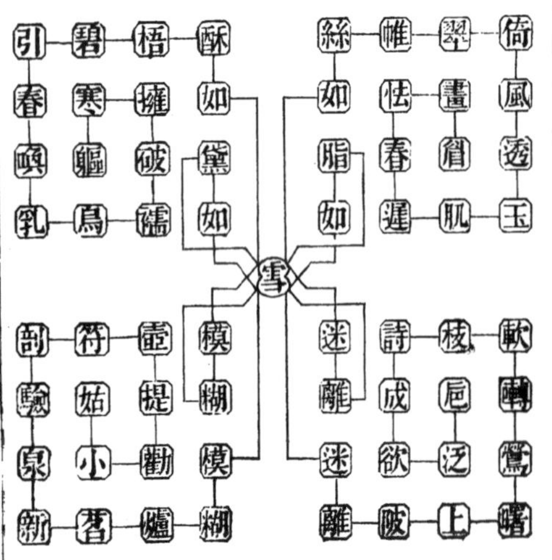

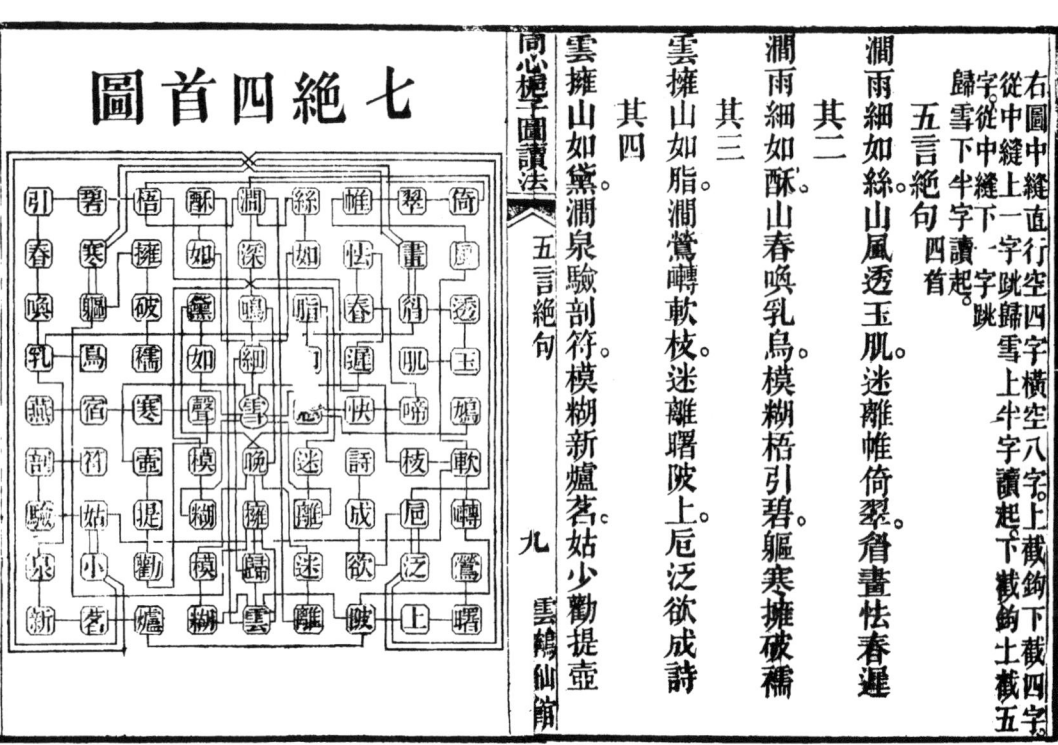

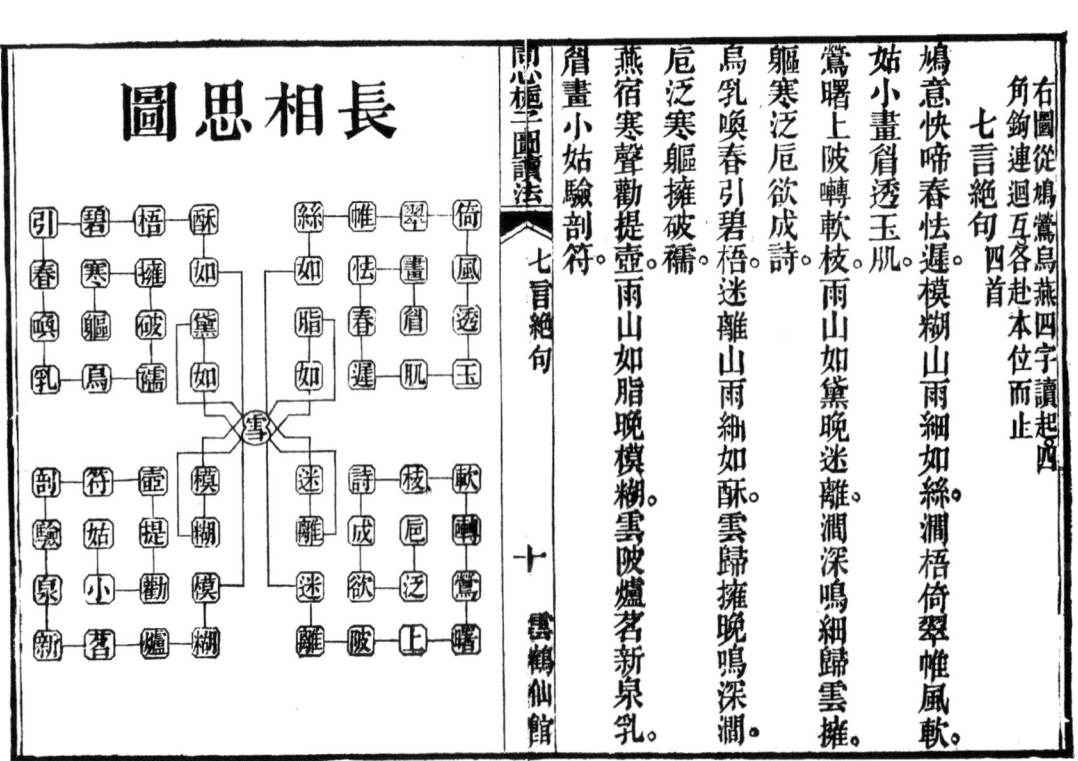

右圖讀法已詳原稿茲不復載

長相思二闋

山如脂。雨如絲。帷翠倚風透玉肌。遲春怯晝眉。　雨迷離。
山迷離。陂上曙鶯轉軟枝。詩成欲泛卮。
山如黛。雨如酥。梧碧引春喚乳烏。襦破擁寒軀。　雨模糊。
山模糊。爐茗新泉驗剖符。壺提勸小姑。

長相思圖

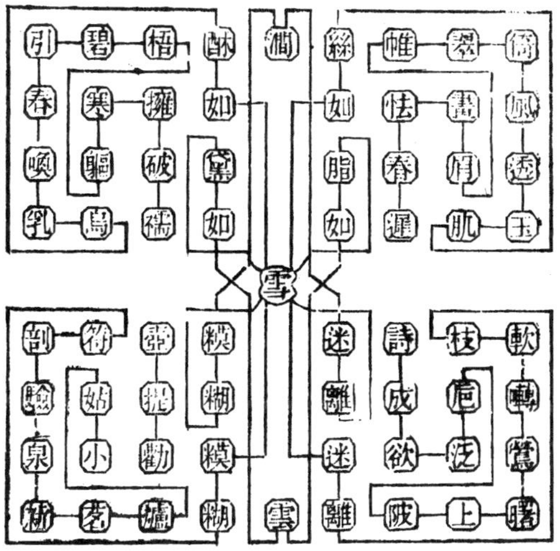

右圖中縫竪一行空六字橫一行空八字右邊上角從雲雨二字和如脂如絲四字讀起右邊下角從澗山二字和迷離迷離四字讀起餘是前圖迴文左邊同

長相思二闋擬馮延巳春閨

雲如脂。雨如絲。肌玉透風倚翠帷。眉晝怯春遲。　澗迷離。
山迷離。枝軟轉鶯曙上陂。卮泛欲成詩。
雲如黛。雨如酥。烏乳喚春引碧梧。軀寒擁破襦。　澗模糊。
山模糊。符剖驗泉新茗爐。姑小勸提壺。

採桑子圖

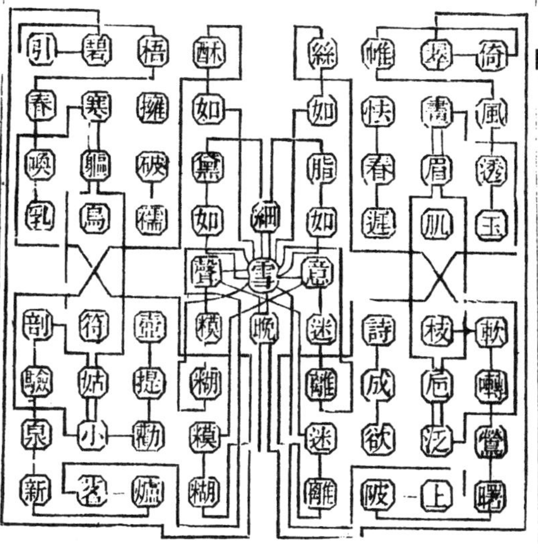

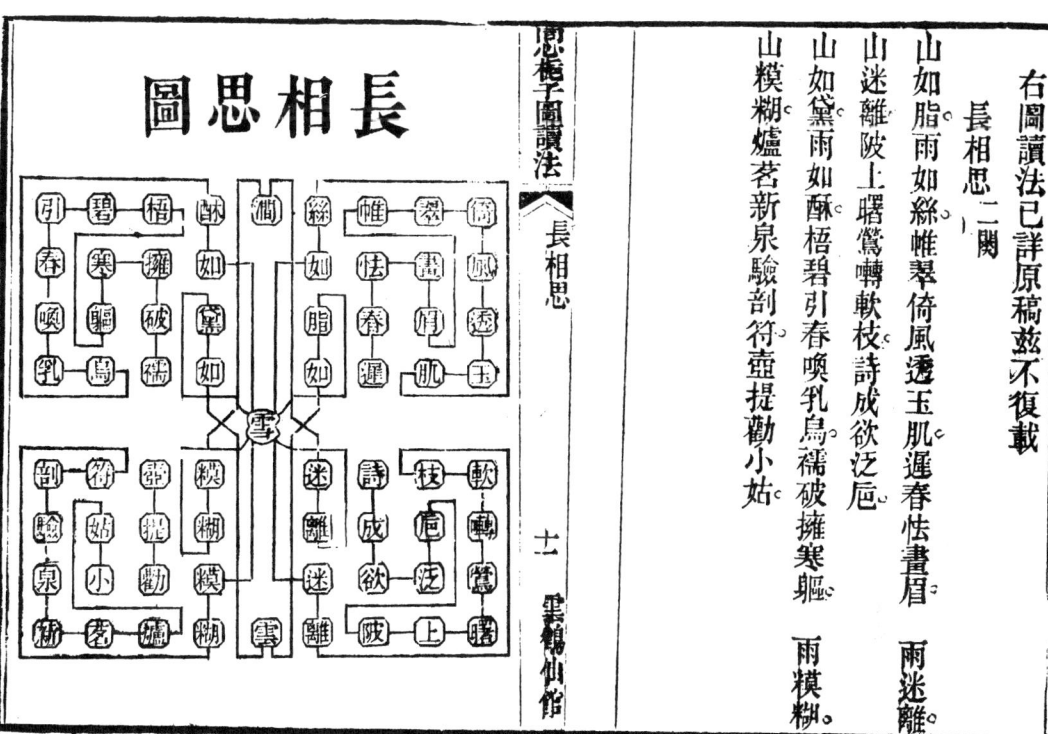

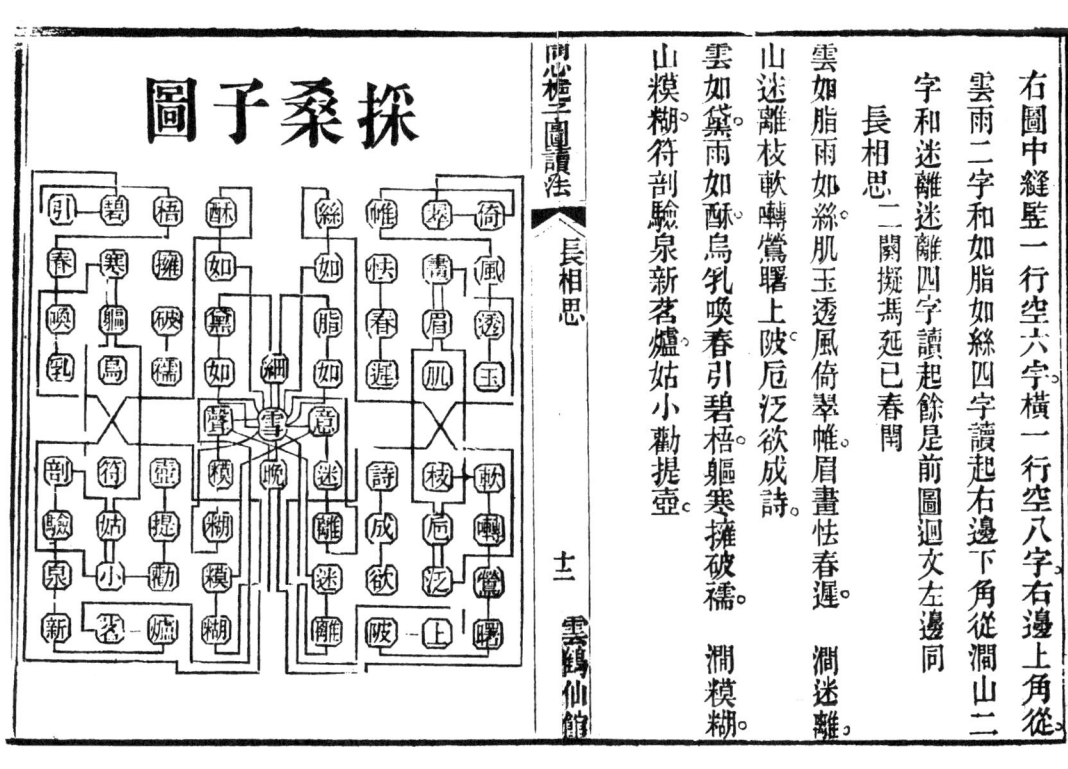

右圖中縱橫直二行空十二字。上下交互四字。右傍從肌枝二字旋繞入心又從中心顛倒讀出左傍從烏符二字起。讀法同。

採桑子　二闋

肌玉透風帷倚翠。晚山如脂。細雨如絲。泛卮眉畫怯春遲。
枝軟囀鶯曙陂上。山意迷離。雨聲迷離。畫眉卮泛欲成詩。

烏乳喚春梧引碧。晚山如黛。細雨如酥。小姑軀寒擁破襦。
符剖驗泉新爐茗。雨聲糢糊。山意糢糊。寒軀姑小勸提壺。

南鄉子圖

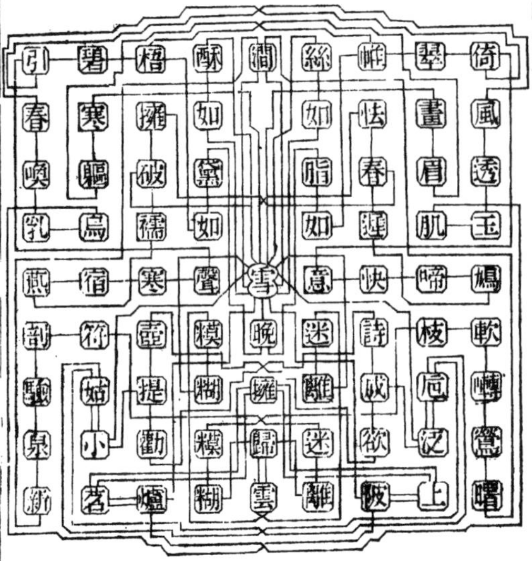

右圖中縱直行空三字。上一字屬下截從下數上第四字屬上截左右交互十字。右傍從左讀起左傍從右讀起。

南鄉子　二闋擬孫夫人閨情

襦破怯春遲。鳩啼快意倚翠帷。如脂晚山如絲雨。畫眉梧碧引風透玉肌。爐茗擁上陂。山澗曙鶯囀軟枝。糢糊歸雲迷離雨。泛卮。姑小提壺欲成詩。

遲春擁破襦。燕宿寒聲引碧梧。如黛晚山如酥雨。寒軀。帷翠倚春喚乳烏。陂上擁茗爐。山澗新泉驗剖符。迷離歸雲糢糊雨。小姑。卮泛成詩勸提壺。

浣溪沙圖

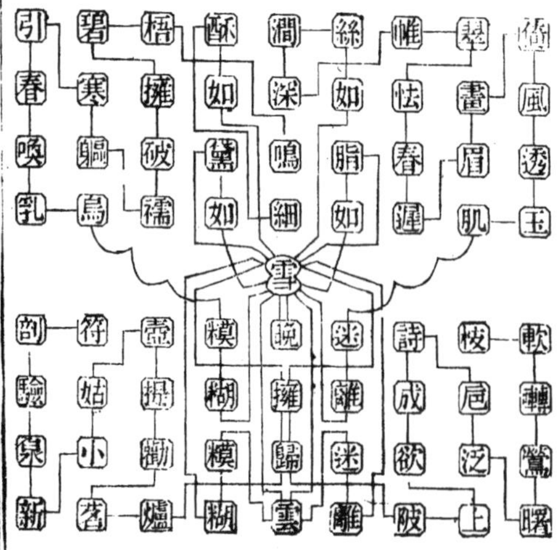

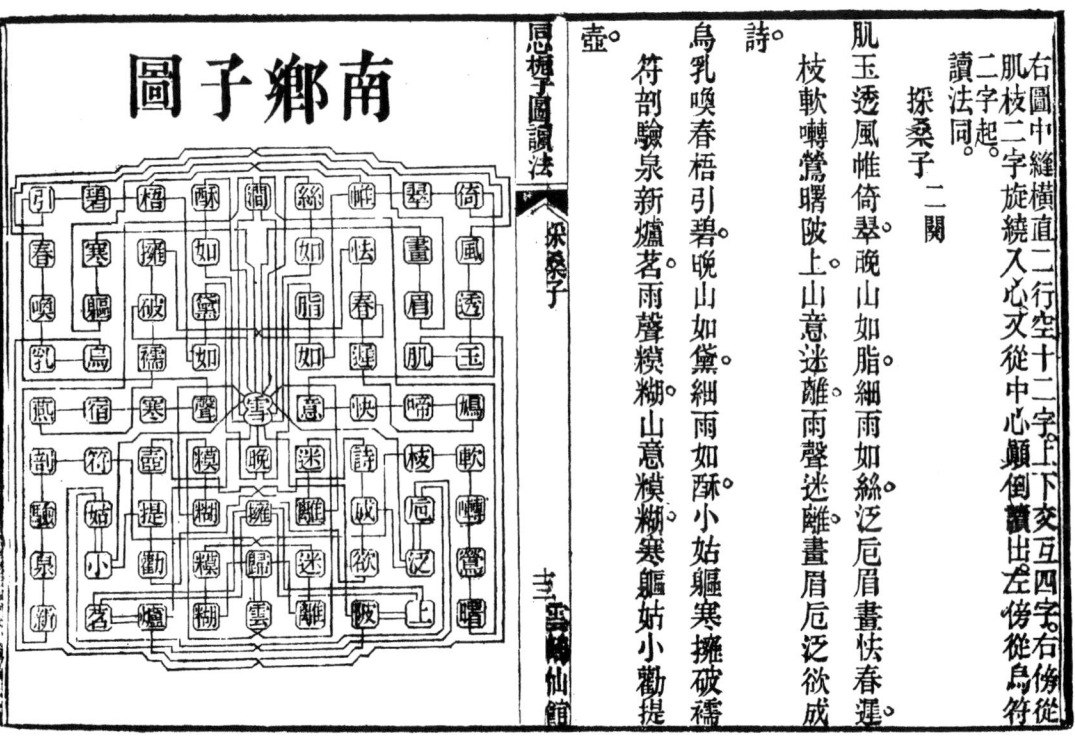

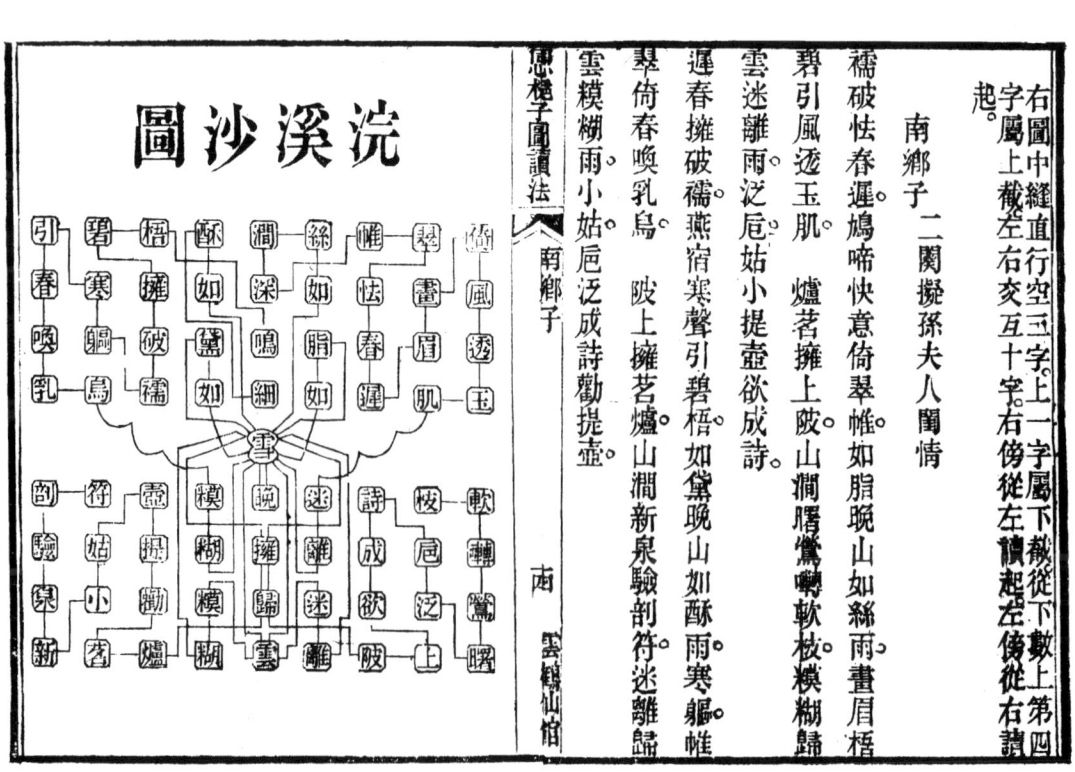

浣溪沙圖

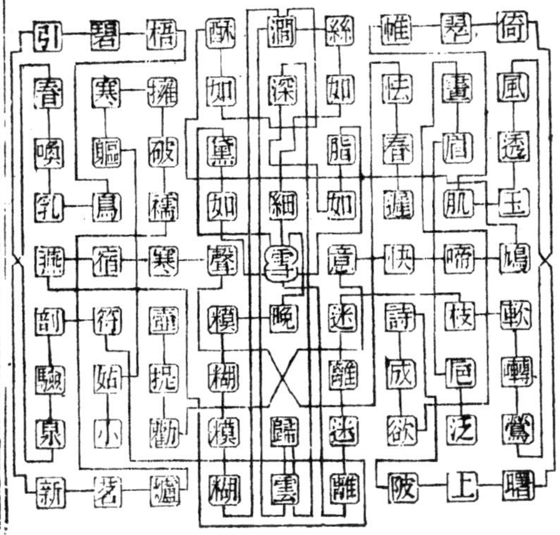

右圖空中縱橫八字。從中縱直行晚字讀起。

浣溪沙　二闋

晚山如脂雨如絲。澗深帷翠怯春遲。眉畫倚風透玉肌。

迷離山雲迷離雨。擁歸陂上欲成詩。卮泛曙鶯囀軟枝。

晚山如黛雨如酥。細鳴梧碧擁破襦。軀寒引春喚乳烏。

模糊山雲模糊雨。擁歸爐茗勸提壺。姑小新泉驗剖符。

浪淘沙圖

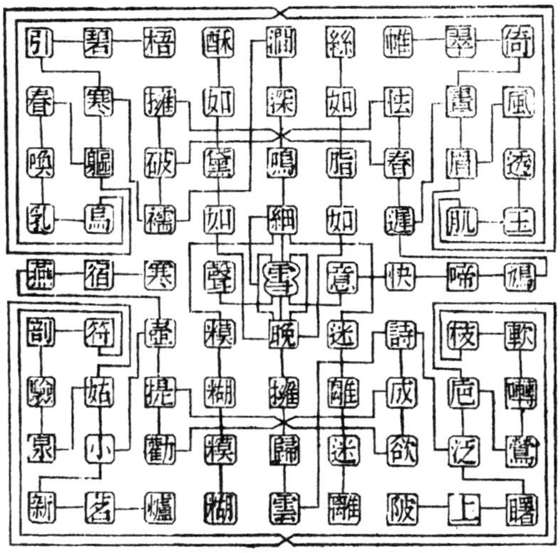

右圖中縱直行空二字。上下交錯讀。中縱橫行左四字屬右。右四字屬左。中縱直文上三字及雪上半字屬左。下三字及雪下半字屬右。俱從下截讀起。

浣溪沙　二闋擬秦少游春閨

泛卮眉畫欲成詩。陂上曙風透玉肌。帷翠倚鶯囀軟枝。

迷離迷離山雨晚。模糊模糊澗雲歸。燕宿寒聲怯春遲。

小姑軀寒擁破襦。爐茗新春喚乳烏。梧碧引泉驗剖符。

雲深如脂山如黛。雨細如絲澗如酥。鳩啼快意勸提壺。

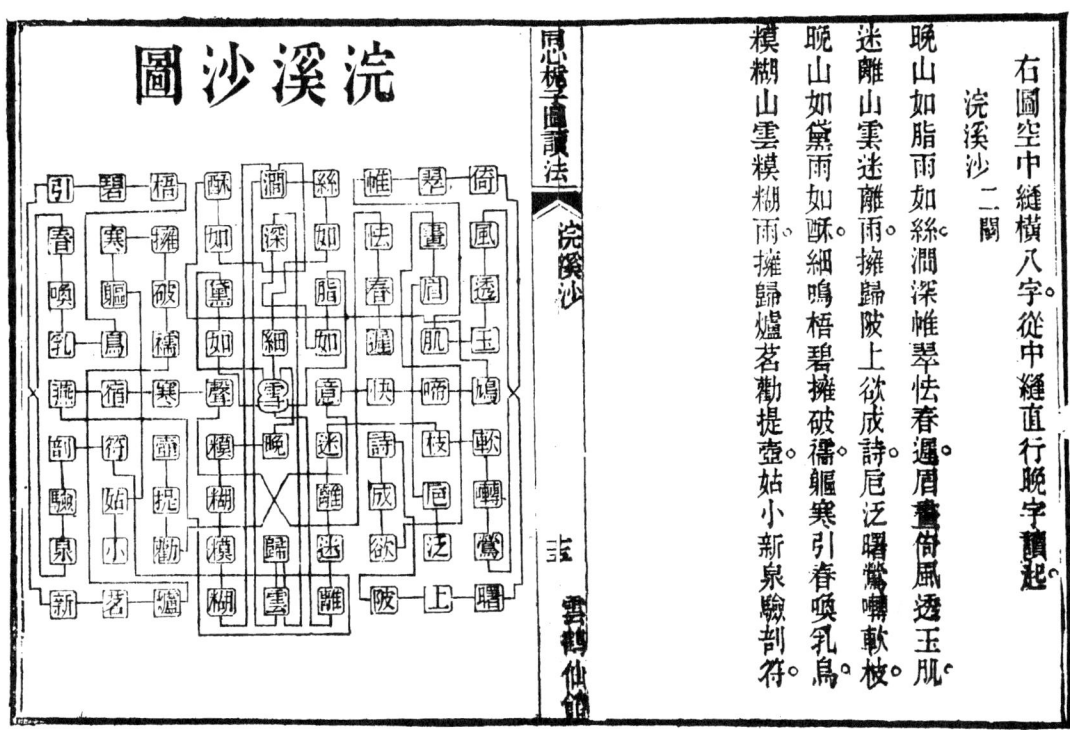

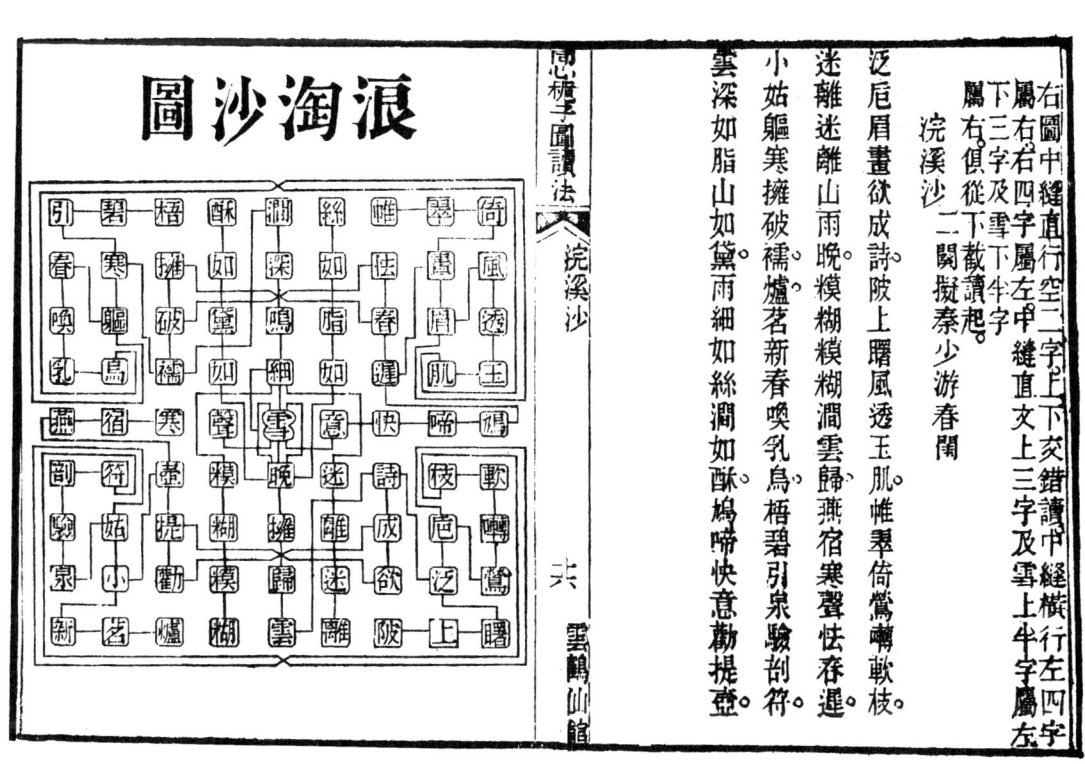

右圖兩旁交互八字中縫從下逆上至細字屬右從上順下至晚字屬左。

浪淘沙二闋擬康伯可春閨

帷翠倚畫眉風透玉肌軀寒。襦破怯春遲。鳩啼快意山雨晚如脂如絲　陂上曙泛卮鶯囀軟枝姑小提壺欲成詩雲歸擁晚山雨細迷離迷離。

梧碧引寒軀春喚乳鳥眉畫遲春擁破襦澗深鳴細山雨晚如黛如酥　爐茗新小姑泉驗剖符卮泛詩成勸提壺燕宿寒聲山雨細糢糊糢糊。

阮郎歸圖

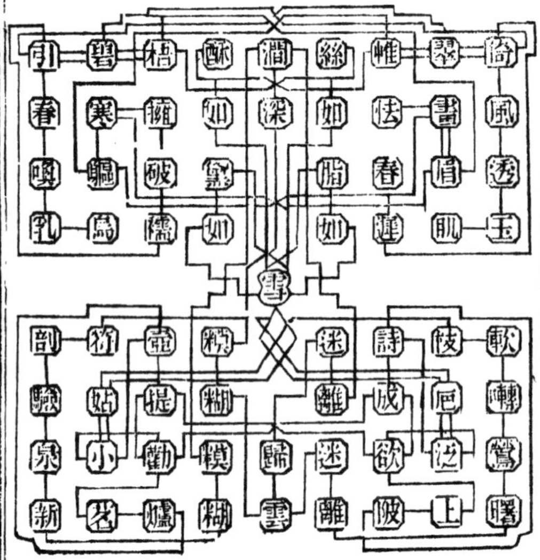

右圖中縫直行空四字橫空八字左右交互十四字先讀下截右傍從中縫上二字順下讀起左傍從下二字逆上讀起。

阮郎歸二闋擬歐陽永叔春景

澗深糢糊雲迷離曙鶯囀軟枝姑小壺提勸成詩陂上欲泛卮　山如黛雨如絲梧碧引翠帷寒軀眉畫怯春遲倚風透玉肌

雲歸迷離澗糢糊新泉驗剖符卮泛詩成欲提壺爐茗勸小姑　山如脂雨如酥帷翠倚碧梧眉畫軀寒擁破襦引春喚乳鳥。

憶王孫圖

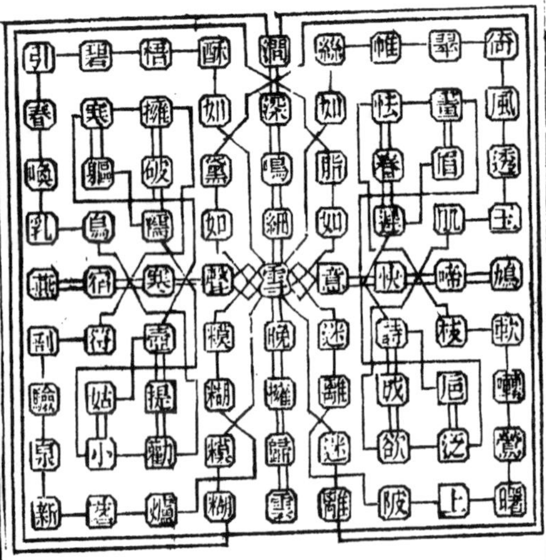

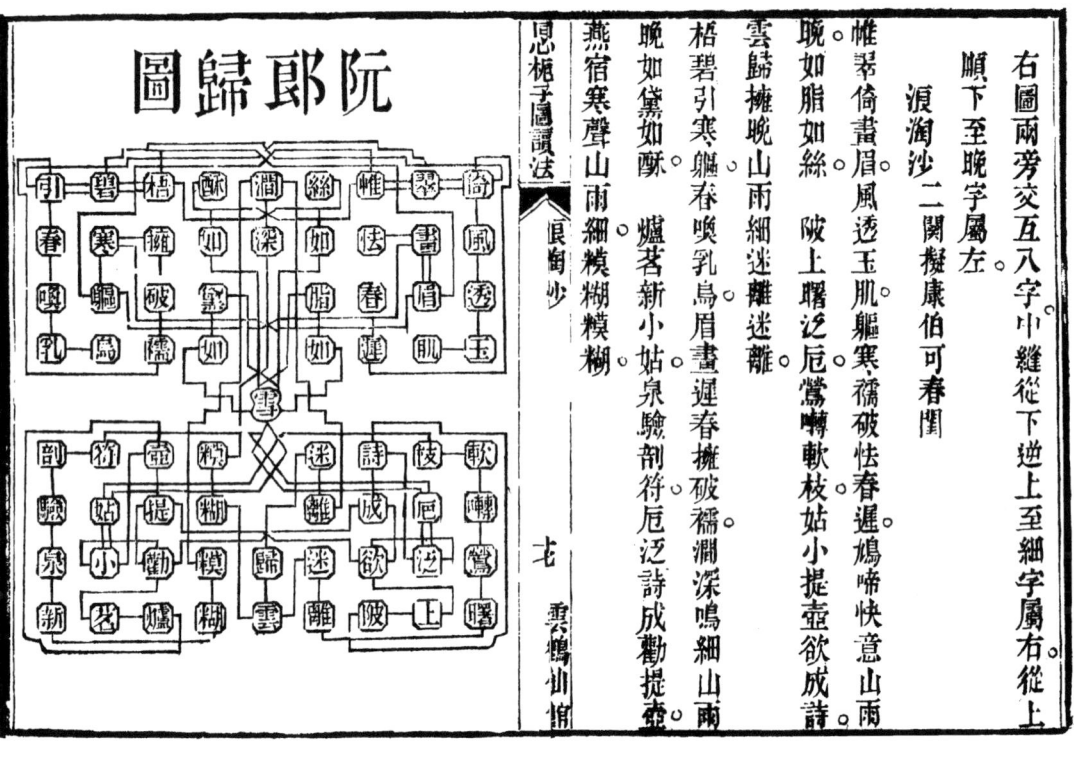

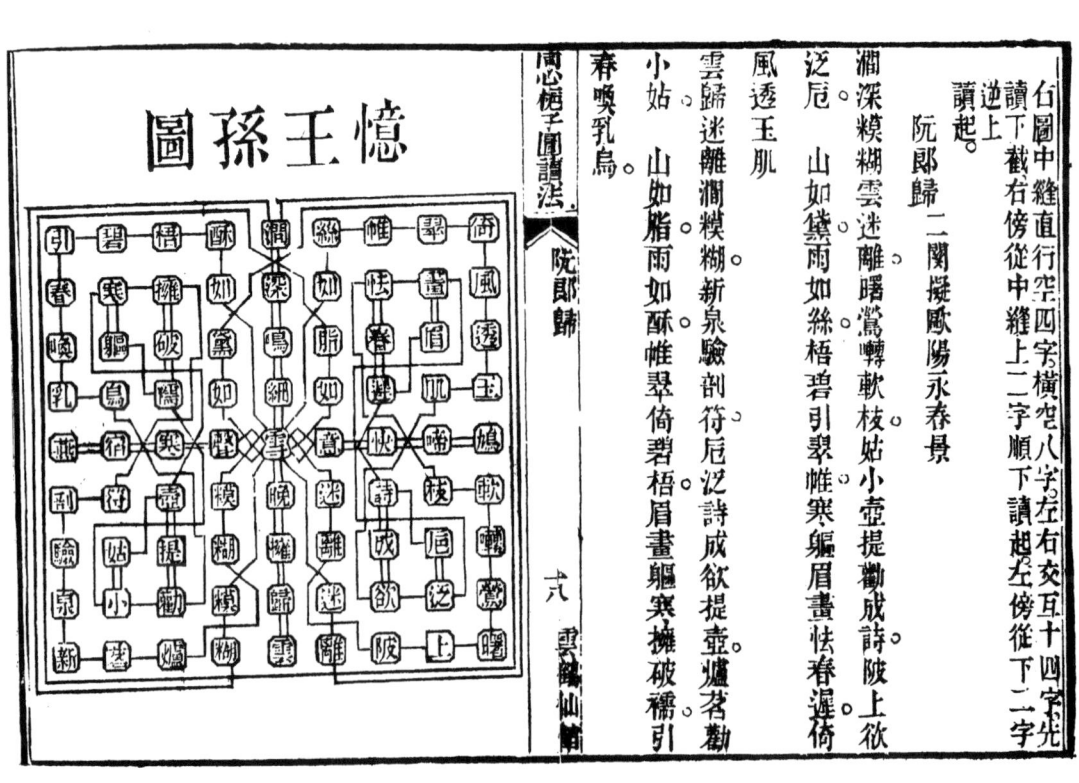

右圖上右角從中縱直文上下鬭歸讀起下右角從中縱横文兩頭鬭歸讀起上下交互七字左傍同。

憶王孫 四闋擬秦少游春景

雲歸擁晚山迷離。澗深鳴細雨如絲。帷翠倚風透玉肌。欲成詩。卮泛遲春怯畫眉。

鳩啼快意山如脂。燕宿寒聲雨迷離。陂上曙鶯囀軟枝。怯春遲。眉畫詩成欲泛卮。

雲歸擁晚山糢糊。澗深鳴細雨如酥。梧碧引春喚乳烏。勸提壺。姑小襦破擁寒軀。

鳩啼快意山如黛。燕宿寒聲雨糢糊。爐茗新泉驗剖符。擁破襦。軀寒壺提勸小姑。

巫山一段雲圖

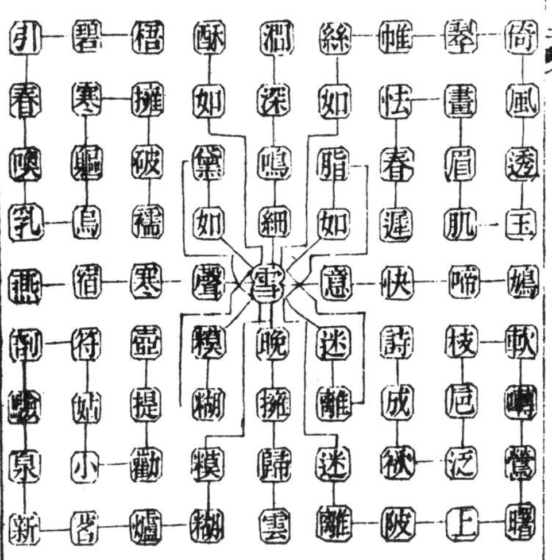

右圖右傍上下三十二字。從中縱横文兩頭兜歸讀起上下左傍上下三十二字。從中縱直文上下兜歸讀起上下交互八字

巫山一段雲 二闋

鳩啼快意山。迷離雨如絲。帷翠倚風透玉肌。眉畫怯春遲。

燕宿寒聲雨。如脂山迷離。陂上曙鶯囀軟枝。卮泛欲成詩。

雲歸擁晚山。糢糊雨如酥。梧碧引春喚乳烏。軀寒擁破襦。

澗深鳴細雨。如黛山糢糊。爐茗新泉驗剖符。姑小勸提壺。

畫堂春圖

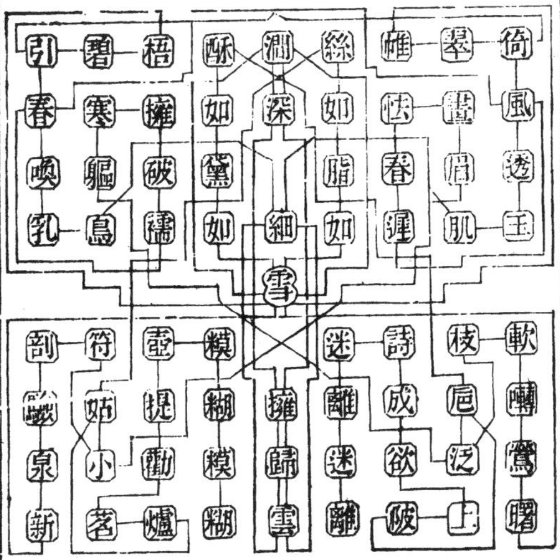

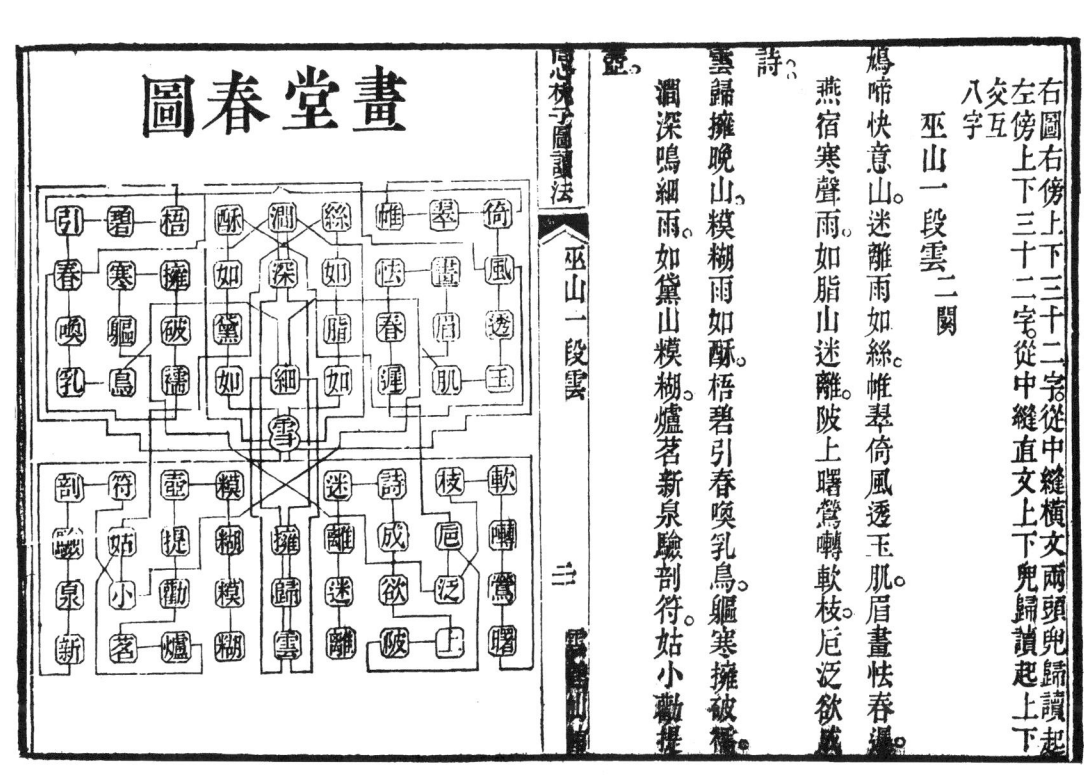

右圖中縱直行空二字橫空八字先讀上截左右交互四字右角從左角讀起鉤左邊下角二字左角讀法同下截從中縱直行上下顛倒讀起。

畫堂春 二闋擬徐師行春怨

梧碧引春倚翠帷。山雨如脂如絲。姑小眉畫怯春遲。風透玉肌。 細雲歸擁深澗山曙鶯囀軟枝泛巵陂上欲成詩。迷離迷離。

帷翠倚風引碧梧。山雨如黛如酥。巵泛軀寒擁破襦。春喚乳烏。 細雲歸擁深澗山新泉驗剖符小姑爐茗勸提壺。糢糊糢糊。

小重山圖

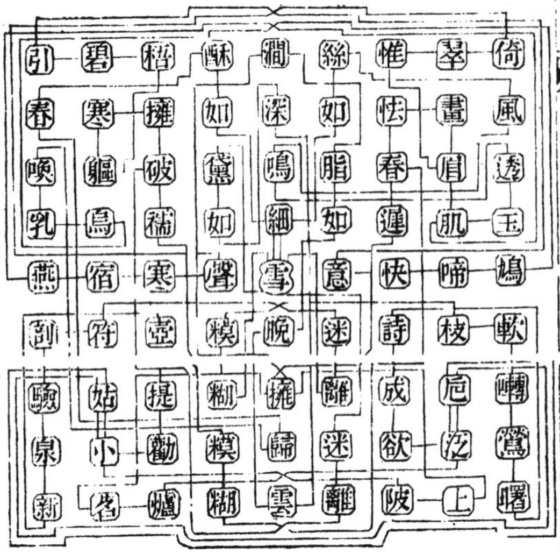

右圖從中縱末一字讀起。四角迴環交錯各赴本位而止。

小重山 二闋擬蘇養直春閨

雲深如黛山迷離。破襦擁上陂。小姑巵泛欲成詩。曙鶯囀軟枝。 糢糊雨細如絲風鳴透玉肌。燕宿寒聲倚翠帷。眉畫怯春遲。

雲晚如脂澗糢糊。春遲擁茗爐。泛巵姑小勸提壺。新泉驗剖符。 迷離雨細如酥春歸喚乳烏。鴣啼快意引碧梧。軀寒擁破襦。

鷓鴣天圖

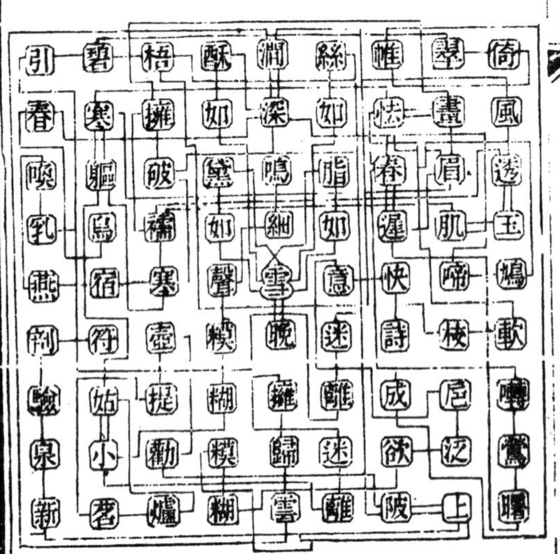

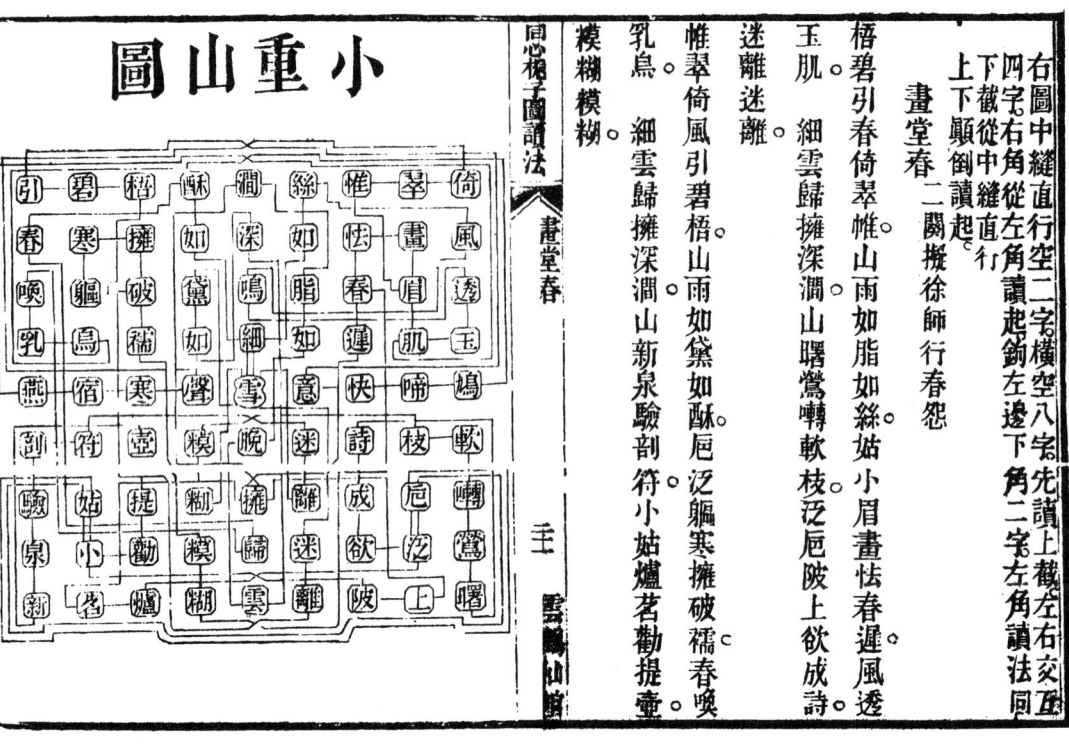

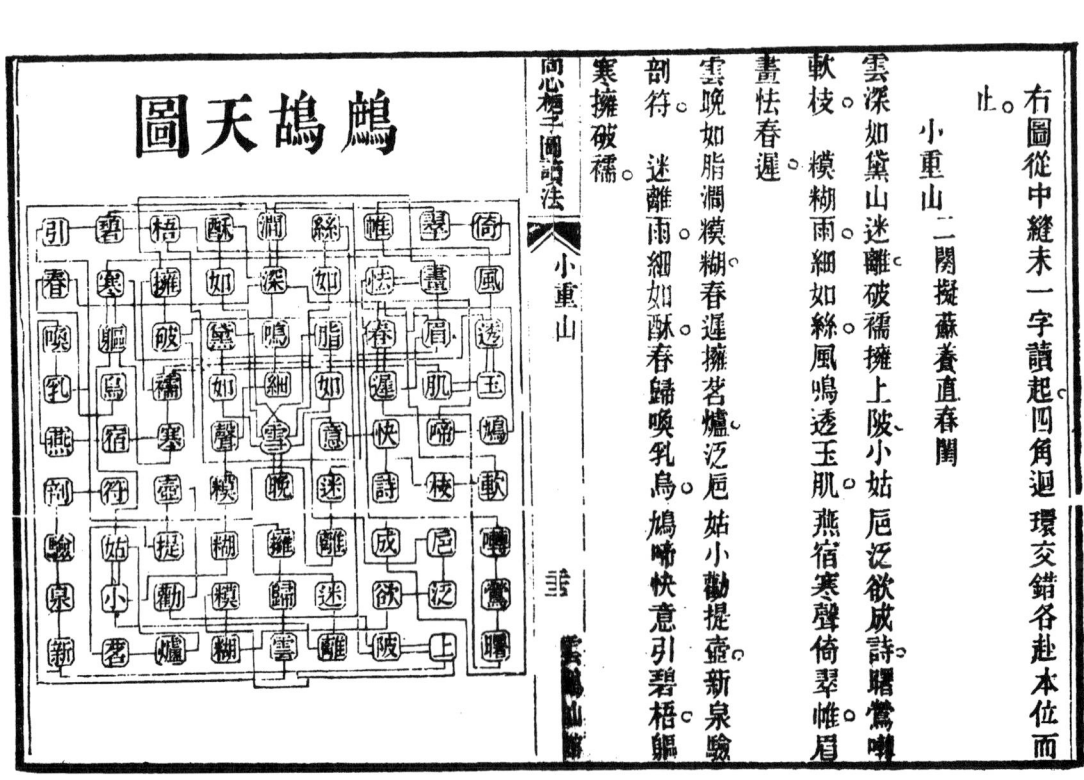

右圖從中縱直行晚字逆上讀起。四角迴環交錯各赴本位而止。

鷓鴣天二闋擬秦少游春閨

晚山如黛雨如絲。陂上模糊欲泛巵。意快詩成帷倚翠。碧梧枝軟怯春遲。曙鶯囀。春鳩啼。深澗雲歸擁迷離。小姑軀寒眉怯畫。擁破寒襦透玉肌。

晚山如脂雨如酥。深澗迷離引碧梧。風透玉肌襦擁破。春遲眉畫怯寒軀。寒宿燕。喚乳烏。春深鳴細聲模糊。小姑爐茗提壺勸。陂上新泉驗剖符。

恩梔子圖讀法　鷓鴣天　三十三　雲鶴仙館

六出瑞花詞圖

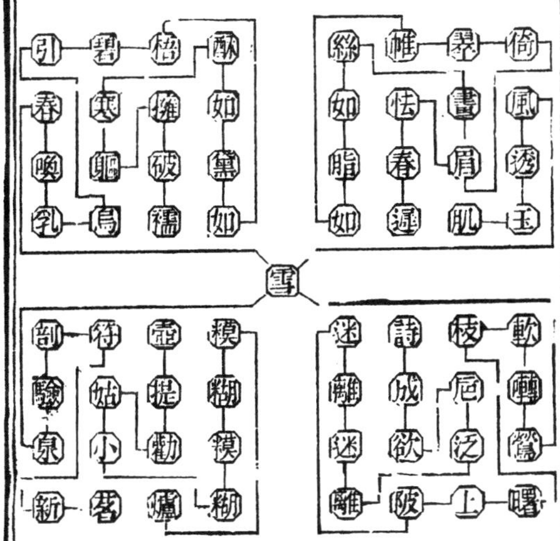

右圖雪字不拆間啟云。托六出之名。葩意本此其讀法從中一字。向出兩旁上下第二字讀起。

六出瑞花詞

雪風透玉肌。倚翠帷如脂如絲。畫眉怯春遲。

右臨雪掃眉

雪鶯囀軟枝。曙上陂。迷離迷離。泛巵欲成詩。

右吟雪泛巵

雪春喚乳烏。引碧梧如黛如酥。寒軀擁破襦。

右褪雪擁襦

雪泉驗剖符。新茗爐模糊模糊。小姑勸提壺。

右瀹雪煎茗

恩梔子圖讀法　六出瑞花詞　三十四　雲鶴仙館

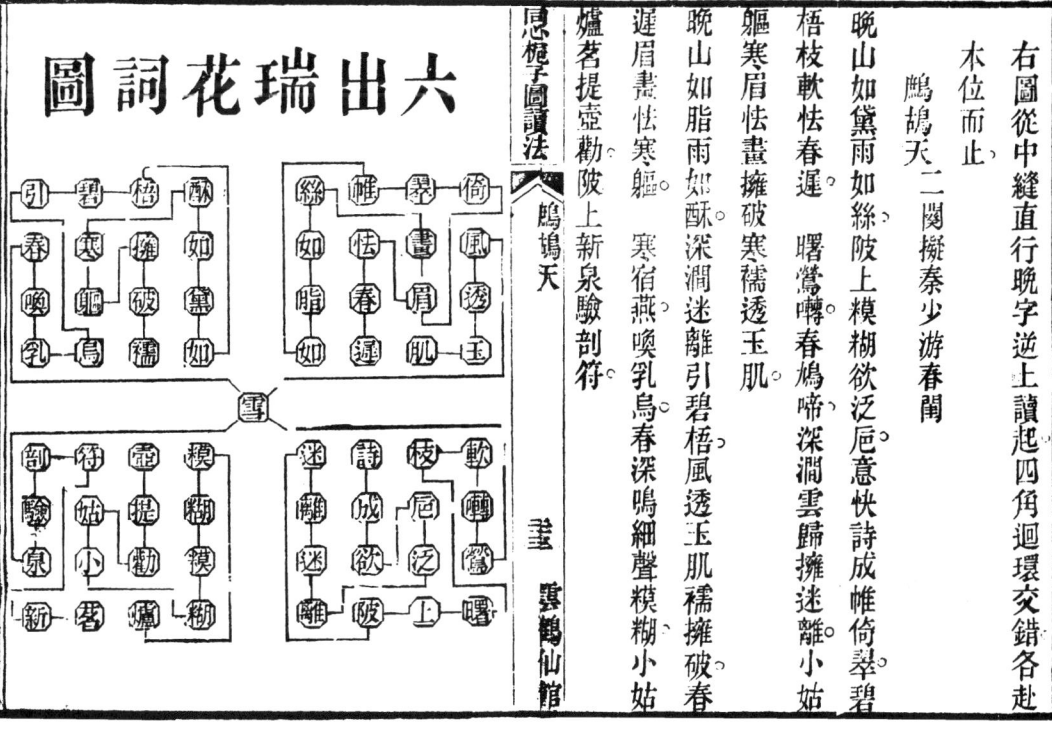

跋

吾邑女史吳絳雪名宗愛秀水教諭士騏女曉音律嫺吟咏兼工鍼毛花卉人物山水而姿色穠粹見者豔爲天人著有六宜樓稿及綠華草後附寄秀水素聞女史同心梔子圖并啟夫絳雪之工畫圖繪寶鑑詳之矣其嫺吟咏則當時素聞知之然脂續錄摘入佳句甚多甬東戴玉苕女史題其稿東陽王虎文先生記之而惜不見其全集及其詩之幾湮没也則吳參軍 廷康 用活板傳之既而金華王蘭汀 家齊 重梓於冰壺山館詩集不至湮没矣獨怪同心梔子圖其組織工巧不減蘇氏迴文前雖并刊其圖附以讀法然寥寥數章未盡圖妙吾友應君棻園善屬文工駢語客冬將此圖反覆詩繹昕夕披吟讀成詩如千首詞如干闋讀法既工繪圖更巧此編成而梔子圖益彰矣趨齋陳先生鳳巢見之褎諸同人慫恿付梓遂顏之曰同心梔子圖讀法旹咸豐元年立秋先一日澍亭弟徐雨民謹跋

蓮因室詩詞集

鄭蘭蓀

蓮因室詩詞集

光緒元年乙亥
春趁慶署檢

鄭孺人傳　　德清俞樾撰

鄭孺人諱蘭孫字娱清別字蘅洲杭州仁和人幼孤
鞠於外家其外王父孫公博雅士也愛其慧教之讀
六歲通四聲九歲能爲小詩以庭前花木命之賦輒
有新意至十四五工書畫且善爲唐宋人小令孫公
益奇愛之難其壻久之謂同里徐君才壻焉徐君諱
鴻謨字若洲故杭之巨族居姚園寺巷有高樓一區
自其五世祖文敬公高祖文穆公以來
累朝賜予秘籍及購藏羣書皆庋其上徐君自幼博
覽無遺年十四補博士弟子員作觀潮賦傳誦一時

孺人歸徐君年甫十有九事其姑孫太孺人能得其
歡心已而徐君官江南攝揚州府經歷遂奉孫太孺
人就養於揚以揚州風俗豪侈輒誦隨園詩曰青山
也厭揚州俗多少峯巒不過江徐君戲反其意曰青
山也羨揚州好多少峯巒隔水看慰之也咸豐三年
賊陷江甯順流而下將薄揚州時徐君奉檄乞援於
淮孺人曰事急矣吾姑高年不宜久居危城而又懼
中途遇鈔掠乃盡棄其囊匧惟奉
純皇帝賜文穆詩卷及其家乘與先代遺像從孫太
孺人挈子女以出奔如皋未至失其長女女甫十歲

意必殤折矣未幾竟得於吳陵之鄉閭先時有曾媼攜二女與孺人同居曾媼旋物故孺人攜其二女至如皋爲擇良奧而歸之及失女復得僉曰陰德之報也越二年孫太孺人卒徐君方護理揚州府清軍同知孺人獨治喪衣衾皆手自縫紉人稱其孝明年大旱孺人鬻衣易粟食鄰比之餓者徐君既服闋復之官孺人與其子琪居如皋家益貧不能具脩脯乃自課其讀書作示兒詩四章九年賊再陷揚州徐君力戰受創幾死傳聞已歿於陣孺人欲冒險往偵之乃先爲孫太孺人卜地於如皋城東權葬焉封以土識

以石罔不如禮已而舟次泰州知徐君遇救未死乃迎之至如皋躬視醫藥歷十月之久始愈而孺人亦病矣孺人故達佛理遭遇兵亂益視死生如夢覺初至如皋曾賦自輓詩十六章至是知不起然猶治家事勉琪誦讀如平時十一年徐君攝六合瓜步司巡檢其夏五月孺人卒於如皋先卒前十日謂琪曰吾病不可爲矣後十日當逝汝父未還身後事吾自任之乃召僕媼治歛具且命題墓碣曰蓮因室主人墓蓮因者其所居室名也琪及其女兄各刲股羹以進竟不效如期而卒卒之日異香滿室有金光穿戶出左右皆見之孺人著有蓮因室集生子二曰琪曰珙生女一曰雲芝琪早殤珙有雋才詩文字畫能世其家雲芝亦能詩嫁同里袁啟瀛

舊史氏俞樾曰余主講詁經精舍始識珙蓋精舍中之高才生也珙爲余言孺人性謹厚有識畧居恆寡言笑臨大事則從容治之無倉皇之色嗚呼如孺人者可不謂賢哉躬操井臼不廢翰墨兵亂中猶時以詩歌見志可謂女士矣

娱清女史詩詞集序

夫采鸞寫韻人間重翰墨之儒道蘊吟詩世上愛香匳之什紅閨覓何絕世風流繡闥拈毫自來佳話此才子所以掃眉進士於焉不櫛也乃若浙水名門左家嬌女歎中郎之無子十載飄搖痛任昉之早亡廿年孤露（內子髫齡失怙恃）相依繼母弔影生憐寄育外家傳經有自（外叔祖孫補年公內子外祖也恩勤撫育日授經史）秋鐙半璧盡鳴機夜織之時春雨一簾正弄筆清吟之日（內子幼耽筆硯十歲能吟）窮愁掩泣抑鬱無聊萋菲傷心淒涼誰問遂乃寄憂愁以抒意託詞句以寫懷秋月春花助閨中之詩料

鵑啼蟋語逞筆底之清辭迨至遠嫁黔婁椎髻作梁鴻之婦早離故土荷鋤為萊子之妻（年十九歸余）黃覇家貧孟光志合寄簞瓢於陋巷琴和瑟鳴等蓬梗於浮家（時余僑居嵩湖）婦吟夫唱妝臺春暖或邀韻以聯詩繡幄宵深或分題而刻燭此亦人生之樂事寒士所快心者矣然而囊空羞澀菽水需謀親老承歡旨甘不足（余以己亥庚子辛丑壬寅連歲作客謀食四方）陸士龍之入洛半為饑驅王仲宣之離家無非寄食年年橐筆唱河梁攜手之詩歲歲登樓吟灞岸懷人之句徒令深閨少婦寄錦字以迴文遠道離人寫愁情於新柳闌干倚月不減低

吟刀尺經秋多成好句（內子耽吟覓句忙迫不輟吟咏）雖合兩心之離聚集一卷之珠璣不四五年得數百首（詩草三百九十餘首詞草一百八十餘首）詩則纏綿悱惻盡送行惜別之章詞則綺麗清新悉殘月曉風之曲洞門房之良友作平地之神仙況乎杜牧依人之日袁浦春波（辛丑客袁江）相如賣賦之年邗江花月（壬寅客揚州）烽煙海嶠戎馬南來（庚子海氛不靖逆犯乍浦余家由嵩湖還杭州）羽檄危城扁舟北渡（壬寅夏又避地泰郵）拋殘鈿合盡室倉皇掮擔金釵全家遷徙既流離之歷盡弋吟咏之難忘幸而鼙鼓聲銷欃槍影落蘇臺小住鏡檻初安（癸卯秋由揚州移住吳門）而僕又以五斗折腰一官奉

檄少年干祿猶有豪情寒素求官轉生離緒（余將入都筮仕）此日玉臺小序梅萼含春他時彩筆同題杏花吐艷明隨樂志極平生好合之歡婉孌同心補已往別離之缺

道光癸卯十二月望後一日若洲題於吳門寓舍率

意寫情殊不覺言之冗也

序

今使名媛工詠頌椒多靜好之詞女子善懷采葛無流離之感房中製樂疊韻雙聲花底分箋同工異曲豈不古深閨之樂事福慧兼脩作平地之神仙鬟眉可傲也哉然而九重何遠媧皇不能補離恨之天七寶雖新姮娥不能修長圓之月達者順受其正詩以窮而後工事至無可如何又不得不轉一想也則如蓮因主人者湖山靈秀冰雪聰明蚤歲耽毫已呼博士好詞脫口不愧外孫（主人幼失怙恃外王父孫補年先生教之讀遂工吟咏）迨結縭於名門旋從宦於異地香雲繞鬢春浮隋苑花光淺水修眉秀奪平山柳色每當官衙鼓散畫閣香凝牙管一雙銀箋五寸此倡彼和揮毫而並蒂花開前喁後于搆思而同心縷結粉痕微落釧影輕搖高柔甘守賢儷以終身重耳願就齊邦而偕老眞可抗左芬於晉代追大家於曹家無何紅羊突遇白馬飛來北府之士没焉複關之險搖矣於是心如輪轉身若蓬飄衛女興淇水之思公主抱淸河之痛二分月冷伴影同來兩袖風淸餘貲散去澄心堂內牙籤半付灰塵廣寒宮中法曲尙傳人世（主人舊有都梁香閣集兵亂時失之後聞有人購去）雖復持張說之珠聰能記事無那劃江淹

之錦闍不成章（默録舊作不及十之二三）靜言思之悲可知矣況復夫君薄宦聞雁語而拭秋砧兒女髫齡和熊丸而課夜讀避氛東海刼外愁深翦燭西窗燈邊影寂（主人有西窗坐月圖）迴憶聽鶯有喜騎鶴同仙虹橋聯脩禊之吟螢苑唱悲秋之曲此情此景何地何年固宜腸九迴而欲斷愁萬斛而難量也爰於作客之光陰更記傷心之歲月詩則句裁白玉有韻皆淸詞則拍案紅牙無言不綺曲翻蔡女聲因酸楚而彌工歌唱韓娥音以悽愴而益妙嗟嗟夢悟蓮花因果豈非夙世才淸柳絮聰明何必男兒孰太上之忘情信詩人之多慨杓華年似水感與時增愁緒如棼才因興減杜宜韓買曾來問字於元亭（主人姪悼原曾就學於余）伏女班姬因久聞名於靑障猥蒙兒示華什不棄蕪詞笑蛾眉之學畫未免效顰聽鵑血之嗁紅不如歸去君乎自愛毋悼槩槩生挽之詩（主人有生朝自悼詩詳載集中）僕也請前更作玉臺新詠之序

咸豐庚申荷花生日如皋錢士杓奎卿氏拜撰

蓮因室詩詞集後序

予髫齡即諧韻語自道光丙申至咸豐壬子十七年中所得詩詞除刪去兒時之作共得八百餘首分爲兩集一曰都梁香閣一曰蓮因室集其中感事懷人思鄉憶遠之作居半餘皆同人唱和爲之每逢月夕花時略一展覩輙覺平生遊覽際遇況味宛在目前用以遣懷兼自慰也詎意癸丑春二月間粵匪作亂揚城告警倉皇出避兩集俱失嗟乎十餘年心血棄於瞬息之間瀚海茫茫塵沙滾滾殘篇斷簡雲散花飛愧非太上之忘情敢說樂天而知命非珠非玉留

之亦貽笑於大方或泣或歌失後益增憐夫泡影況乎春蠶寫恨乙乙縈抽絳蠟多情行行淚墮纏綿宛轉惜駒隙之華年慷慨悲涼感浮生之際遇斷猿腸兮寸寸咽蟲語兮聲聲短調長篇空思舊句吟風嘯月忍負黃昏甲寅春日因避兵遷居雉水虛齋寂寂顧影生憐明鏡朝朝容華暗減悵昔遊之如夢散盡晨星歎幻質之非堅等諸朝露恆眉愁不解益往事難忘排悶無朋防憂斷酒於無可如何之時作無可如何之事爰將舊作強記十分之一錄成一册并以自題蓮因室序一篇亦默出錄之卷首且予也自遭

兵亂萬念俱灰奚啻半夜聞鐘當頭棒喝身雖寄於紅塵菩提有樹心早悟茲幻境明鏡無臺頂禮慈雲省識回頭是岸皈依正覺生憐苦海無邊惟願永侍蓮臺莫使再生塵世盡除罣礙先教熱地清涼祇有慧業難銷未刪綺語每於酒前茶後雨夕燈窗往往信筆直書但覺感慨之情未能已已耳

咸豐甲寅初夏蓮因室主人又序

蓮因室詩詞集前序

予自丙申至甲辰所得之句已集成一卷題曰都梁香閣集惟乙巳至今凡有吟詠隨作隨忘零星拋棄散失殊多兼之作客天涯詩懷草草寄身宦海歲月堂堂東閣觀梅時有寄懷之什西窗剪燭每多寓感之詞嗟乎涼蟬泣露恐未盡其酸寒冷蟀吟秋祇自言其辛苦時宜未合少紅香翠豔之篇世路多艱有彈鋏分金之感既乏奇詩泣鬼敢誇好語如珠祇合用祖龍之法早付洪爐抑或似精衛之悲拋塡恨海因思嘔心得句本繫性靈擁髻微吟半由感慨平生

志氣已拌誤盡蛾眉客邸爽懷猶冀傳諸翰墨爰於雨窗秋日姑錄存之名曰蓮因室稿感入世之因悟出塵之妙蓋予夏間臥疾幾殆迷惘中似為大士引去戒之曰汝本蓮座侍香之童偶謫塵寰諸宜留意拚示偈言四句云心如明鏡不沾塵慧業無端誤爾身記取本來眞面目蓮華會上證前因予擬再叩則覺花雨著衣旃檀竟體惕然而寤疾亦頓瘥於是前因後果觸緒紛來塵夢仙緣關懷自惜欲知前世已教領略今生未卜他生倍覺可憐今世依稀夢影疑幻疑眞彷彿花香若離若即青春不再既難爭草木之榮白日易銷安得如金石之壽惟願銷除妄念奉蓮華會上一瓣心香洗盡愁痕向楊柳瓶中同沾法雨

咸豐壬子秋七月蓮因室主人自序

題辭一 此乃彙錄　先君子平日題詠倡酬及悲悼之作不敢刻後故冠於題辭

戊戌秋日題都梁香閣集

林下風流早出羣調脂弄粉漫紛紜齊梁艷語香盈卷周柳新詞唱入雲筆底塵沙輸蕩掃閨中師友許平分少年喜作驚人句第一清新已讓君

甲辰重陽後三日題都梁香閣集

嘔空心血寫新詩月底花前弄筆時語到纏綿難著句事當離別易悲思風塵對影懷前度雲海盟心數舊詞慚愧王郎笑天壤筆花禿盡苦吟遲

和韻寄都梁香閣主人

樂府新歌行路難愁城高築幾曾寬篋中書寄新詩密襟上痕添別淚殘千里鄉心秋作客半庭涼月夜憑闌最憐一樣登樓事同集離情到筆端

寄懷都梁香閣主人

樓上詩人壁上詞經年小別繫人思遙知擁髻低吟日定憶輕裝作客時眠食盛從勞慣適音書封爲語多遲聞來莫向江南望十里青青楊柳枝

寄懷贈蓮因室主人

鳳凰于飛其鳴鏘鏘之子來歸彼美孟姜一解　淑慎可親詩禮家庭女則是嫺婦道克成二解　洗手作羹先知姑性姑心有喜奉悅斯敬三解　惟笑黔婁落拓未休萊妻自安爲隱者流四解　斗升薄祿甘旨不足竈手辛勤終年操作五解　艱險驟膺死中求生大節既全家室再興六解　芝蘭宜露松柏倚雲吁嗟妙德誰令斯貧七解　明德達人其後必昌請觀伯鸞乃儷孟光八解　干將韜蹟無殊頑鐵發爲毫芒于今爲烈九解　盈虧至理斯道循環聖哲待時安乎其間十解　富貴不淫貧賤不移素位而行丈夫之奇十一解　金紫不傳不如簞瓢吾人安命隨遇逍遙十二解

將至海陵留別蓮因室主人

扁舟東去復西馳聚散因緣幾箇知我已窮通先悟徹永先裕後望佳兒

昔晉孫子荆除婦服作詩示王濟王曰未知文生於情情生於文覽之悽然增伉儷之重余以今年季夏之月先室謝世一周既除服矣因思才固不敢追古人伉儷之情古今或同賦詩誌感

歲序遞易駒光若流去何所之靈爽邈遊感念今昔悲不自由儀度嫺雅德言並優允矣孝慈喪葬是謀詞賦擒華蘇蔡可儔元理宿悟四諦博求精進證果

不懈不休遘癘三載命也勿瘳夢幻泡影不爲我留
逝者罔知我心煩憂去年今日忽已歲周悲悼傷懷
催我白頭深情固結莫達九幽

題辭二　原集所徵題詠兵亂時與集俱失　先母在日僅默得二首茲循原次仍錄於前凡近日名公賜題均隨到隨梓謹以先後爲次

戊戌秋日題都梁香閣集　錢塘　孫念培　竺樵

脫口珠璣有別裁繡餘寫韻綺窗開行間新試簪花格江左重驚咏絮才好句全消脂粉氣工愁端自性靈來鬢眉未得窺廊廡敢效詞人序玉臺

奉題　娛清表姊大集　錢塘　孫因培　子竺

回首蓮臺悟夙因一枝湘管獨生春鳥私易落傷心淚鴻爪應憐現在身南浦音塵勞夢寐北堂色笑賴昏晨勸君病起休惆悵藉慰天涯遠別人

花農賢弟以　尊慈蓮因室主人遺集屬題謹成四律　德清　俞樾　蔭甫

記昔脩佳傳曾深尹吉思余曾爲撰家傳今刊附集中　而今展遺集又誦色絲詞冰雪聰明性蓀荃寄託資西湖靈秀氣未信在須眉

一序從頭讀方知有夙因蓮花通佛性明月悟前身宦轍雖無定靈臺總不塵支持烽火際豈止耐清貧

隨園老居士自挽有詩篇何意閨中秀能游物外天集中有自挽詩　消除兒女態了達去來緣定已歸兜率無勞訪易遷

幸有佳兒在遙知世澤長　戟門新拱客講舍舊升堂
索我題詩句期君自顯揚　崇公借魏國有待在瀧岡

題徐花農　母氏蓮因室詩詞集　湘鄉　楊昌濬　石泉

載誦名媛集天才罕比倫　亂離身世苦翰墨性情眞
蘭本生來質蓮徵悟後因　青山傳好句夫婿亦詩人
城北徐公子錢塘舊世家　等身同著述避地隔煙花
孝性始婷篤仁心道殫加　喜無巾幗氣豈止擅才華
烽火揚州路蒼黃劇可憐　異鄉始老在舊物

御題先夢裏家無定愁中　何獨傳女師洵不愧訓子
有遺篇

哲嗣才殊雋同欽　母教資曾爲蓮幕客新折桂林
枝雅擅文兼品能傳書與詩雲程期遠大珍重顯親
時　仁和　許庚身　星叔

一片湖山秀偏鍾咏絮才　新詞和月浣麗藻倩雲裁
感慨身如寄艱難志不回　鎭家留翰墨珍重比瓊瑰

敬題蓮因室詩詞集　仁和　許祐身　子原

都梁香閣已成塵（昔太夫人有都梁香閣集兵燹時散失）又向蓮臺證
夙因世路艱難歸大覺文章才調本無倫郎今逝水

遺芬在猶想當年晝荻親幼訓詩書嫻禮讓羣推徐
稺不凡人

玉立森森淨滌塵知君碩學豈無因昔年　母教曾
勞瘁蚤歲才名絕等倫（哲嗣博學能文才名藉甚）故里浮家空四
壁（哲嗣早失怙恃雖多文爲富而環堵蕭然）廣陵坏土慟雙親（時太夫人旅櫬尚
厝江北哲嗣時以爲慟）蓼莪一卷頻珍重留取芸編示後人

恭題　徐伯母鄭太夫人蓮因室遺集　定海　孫　煥　漁笙

小坐恆沙浩劫灰天教詩筆寫瓊瑰都梁香閣雖成
夢吉羽留將女士推（癸丑寇陷揚州太夫人避居如皋都梁香閣詩詞已全軼去
惟默錄之句倘題爲蓮因室集即今所刊本）

教子成名母氏蘇讀書明理仰前模示兒詩卷餘莪
痛展拜西窗坐月圖（集中示兒詩四章以讀書明理爲勗又有自題西窗坐月圖小
影詩）

詠絮才高膝下依戲嬉嬌態解牽衣蕪城作賦今明
遠香茗還應數令暉（集中有牽衣嬌女句太夫人有女公子二皆幼慧能詩）

國器曾經大匠稱軼羣騏驥快雲騰邗江一滴思親
淚八月枚濤起廣陵（喆嗣花農同門者冬日百咏俞太史蔭甫師彭雪琴侍郎
擊節稱賞楊石泉中丞爲之刊以行世）

花農孝廉以其　母夫人蓮因室遺集屬題敬

成四絕卽用集中自題筆囊詩韻

錫山 秦緗業 澹如

佛座蓮花有夙因琁閨偏作亂離身詩篇零落都梁散怕寫西湖舊日春其少作曰都梁香閣集已於亂中失去故今集中殊少題詠湖山之作

自澆杯酒自招魂集中有自悼詩此卽用其首句一字都成一淚痕夫壻更生翻感逝鰥魚從此泣黃昏

繁華休說舊揚州蘆葦蕭蕭戰壘秋一賦蕪城難卒讀古來才媛總工愁

石麟才調動當時日誦清芬有所思他日金蓮送歸院心田須記示兒詩集中示兒詩有願汝福田心地種句

題辭三 閨秀

娛清夫人自廣陵避居雉皋予得暢聆教益兼訂蓮盟心性相喻將無終極豈尋常交態耶不揣鄙拙敬呈二律以申傾仰之忱

如皋 顧琇瑩 蓮卿

冰心獨抱玉無瑕絕世清才衆所誇麗句芊綿詞詠絮妙書瑩淨格簪花筆含生韻追摩詰骨有元機禮法華信是飛瓊新謫降重來塵世飯胡麻

一樣情懷具達觀輸君丰骨獨珊珊淨因合證三生石白業先超百尺竿攜手對花消世累聯牀聽雨足清歡憐余姊姊無多少異姓應須骨肉看

奉題 娛清夫人大集調寄湘春夜月

常州 鍾維則 子嘉

近新霜西風簾捲銷魂況是旅館無聊心事不堪論知否天涯小住笑浮蹤無定同是萍根便商量慰藉慿生遺得昔夢前塵 疎鐘古寺悲笳雉堞涼月朱門刻翠裁紅便琢就新詞麗句都是愁痕悲秋病酒更那堪客裏深春這節序惱人間沒箇君苗拌擲筆硯全焚

奉題蓮因室遺集

德清 俞繡孫

敲金戛玉擅新聲文采風流別有情稽首慈雲塵夢
醒好將慧業證前生

才調應疑是謫仙半生常伴藥爐眠知君更比梅花
瘦畫到梅花更可憐

咏絮才華付逝波幸留詩卷未消磨蓮因一集流傳
廣榮比笄珈九命多

絲絲梅雨悄無人讀罷低徊暗愴神慚愧年來憔悴
盡案頭湘管已生塵

蝶戀花 前詩意有未盡更譜斯闋

月有清陰花有露展卷琳瑯色相空中悟螢苑羈愁

烽火遠蓮臺小謫塵寰去 顧我無才堪咏絮猶記
髫年戲弄嘔心句棐几湘簾香一炷碧雲天遠人何
處

讀蓮因室主人遺集泫然有感敬題二律

仁和許之瑩芝蓀

何不相逢共唱酬空傳舊日讀書樓誰知小病眞成
蝶漫擬浮生恰似鷗水月多情勞客夢鶯花無恙伴
春愁何時載酒西山去一酹詩魂古渡頭

遺珠賸玉若爲酬花落香消燕去樓白雪歌殘雙袖
淚春風喚起六朝愁征衣屢[illegible]江天雁旅食頻飢海
上鷗太息詩魂招不得天涯凝望幾回頭

敬題徐母鄭太夫人蓮因室遺集 調寄金縷
曲

仁和張煒彤芬

避亂東臯住寫悶中叔餘身世愁懷幾許鏤雪裁冰
詞絕妙不減謝家風絮耐幾度秋窗聽雨回首玉臺
新詠失悟蓮因花散維摩女感飄泊淚如注 驚京
驀地催鸞馭幸佳兒親承母教遺編付與書卷詩篇
同什襲珍重吉光片羽待刊稿流傳處處問字恨余
生也晚拍紅牙三復纏綿語願私淑瓣香炷

蓮因室詩集卷上

錢唐　鄭蘭孫　娛清

甲寅春日客館無聊記錄兵亂時失去舊作愴然有感爰成十絶句卽自題蓮因室稿卷首

稽首慈雲證夙因電光駒隙夢中身願消三障諸煩惱永侍蓮臺不染塵

敢誇丰貌比花妍敢說才華似謫仙小劫紅塵無限恨茫茫人世感流年

摶沙聚影歎浮生擬愛貪嗔仔細評前世欲知今受是當頭棒喝最分明

十七年中兩卷詩花飛雲散去難追始知兵火無情最殃到裁紅刻翠詞

粉奩舊句憶難眞強半遺忘化作塵勉記數篇書一冊撫今追昔黯傷神

不堪翦燭向窗西蠟淚模糊夢影迷物換星移人事改彩雲散也曉風淒

異鄉況味太無聊寂寂虛齋暮復朝淒絶再生人世客予去歲避兵備嘗驚險遺愁有酒亦難澆

生涯憔悴強維持習者多憂信有之慚愧讀書破萬卷天教儂不作男兒

一寸柔腸一寸灰曉窗怕見夕陽催祇緣知遇無窮感記錄詩篇不爲才所錄舊句強半感知慨事之作

幻夢如煙憶昔今美人香草寄微吟天涯賸有鴻泥迹心血銷磨感慨深

當湖送孫竺樵三兄之山左

風風雨雨過淸明一唱陽關百感生故里祇憑歸夢去天涯豈忍送人行柳絲若黛鶯嚦緩草色如烟客騎輕回首雲山共明月異鄉愁聽子規聲

呈夫子

也同歡笑也同愁數典談經事事幽雲鏡竝看雙影瘦綺窗閒對一燈悠偶纏薄病親調藥陡覺新寒教換裘消受閨房好風致暫蠲塵慮對鸞儔

歸期不果感賦一律寄呈　孫補年外祖父大人

天涯眞覺別離難空數歸期淚暗彈玉漏已驚鄉夢遠銀缸猶照客愁攢身如病驥惟思臥心似秋花不耐寒腸斷一緘書寄後黯然無語凭闌干

讀紅樓夢前後傳奇戲題二律

情長情短總情癡飄渺紅樓事可知漫把靈犀通密意空將鳳紙寫相思緣深木石遭媒妒雨冷瀟湘歎

病遲莫怪騷人心不死文章做到返魂時
詩思如蠶乙乙抽分題賭韻共綢繆美人有壽應無恨萱草蠲憂豈耐秋淚盡未酬知遇感天高難問別離由紅樓幾許關心夢不是情深不解愁

西泠弔蘇小墓

香車無復碾芳塵悵望西泠草似茵楊柳風前思舞袖桃花雨後認歌脣韶華迅速憐佳日烟樹蒼茫慟美人千古情深兒女夢夕陽憑弔黯傷神

偶寫並蔕蘭以爲閨中作讖戲題四絕句

名花品格最清幽態自翩翻韻自柔寫到並頭花欲笑鷗波亭上太風流

頻年善病不禁愁辛苦風塵已倦遊詠月吟花一枝筆學描粉本寫香柔
羅袖涼生八月秋藥爐烟淡上簾浮吟肩消瘦吟懷減別是天涯一種愁
月子彎彎照畫樓錦屏深護不關秋年年鄭重同心語人自團欒花自稠

重之邗江留別故鄉親友

聚首無多又遠行別離況味故人情臨歧幾許傷心淚忍在闌干不敢傾

禾中小住三日臨別賦此呈　孫匡叔三舅父

風塵草草誤華年問訊多蒙舅氏憐青眼早深知遇感窮途尤覺受恩偏舅氏爲予助裝雪泥鴻爪空嗟我浪迹萍蹤欲問何無奈匆匆挂帆去相逢不盡話纏綿

爲孫吉箴大兄寫便面墨蘭感思題四律

知己天涯有幾人弟兄姊妹一家親論交肝膽存深味過眼華年感夙因宛轉周旋關厚誼飄零蹤迹歎風塵自憐枯盡生花筆贏得浮名暗愴神
湘簾不捲玉鉤垂滿院蛙聲病起遲妄念漸除緣綺佛貪嗔雖戒未忘癡誦餘經卷愁難懺脩到梅花瘦可知寂寞銀屏淸夜永自燒殘蠟畫烏絲

生涯何暇論窮通釵玉敲殘唱惱公作客已如藏拙鳥依人尤似可憐蟲無情江水連天碧有意燈花到曉紅消盡名心心血冷任他日月去匆匆
草閣臨江夏亦寒絲絲梅雨拂闌干香消寶鴨篆痕瘦風送笛聲午夢殘刻翠裁紅餘慧業駐顏益壽望金丹年來與味頹唐甚閒仿鷗波寫墨蘭

哭　孫補年外祖父

戚里今方奉典型天邊遽落老人星湖山回首成千古詩禮傳家有一經上壽定知神自樂考終未必藥

無靈此生莫遂童烏願空自含悲剔弱翎
老去經營意未休療貧無計苦相謀心傷空憶三旬
話恩重難言一字酬隔歲書函愁卒讀畢生心血許
全收（外祖病革時以所著詩詞稿付予）分明亦有陽城願宅相何年
慰白頭

吳蘭齋夫人以詩寄懷賦此代柬

風塵誰贈浣花箋詩句清新字可憐詠絮人眞情鄭
重論心我本思纏綿山川浩渺空翹首世路崎嶇獨
問天手捧瑤篇倍惆悵百回未厭小窗前

河梁握手記臨歧强說還鄉定有期路遠祗憑書往
返愁多翻覺語支離一簾秋雨燈挑後半夜紗幮夢
醒時已是客懷消不盡誰家玉笛倚樓吹
何年翦燭話重論忍見征衫舊淚痕瘦骨逢秋偏善
病故人遠別倍消魂二分明月他鄉夢一紙音書此
日言知否客中無賴甚藥爐經卷伴朝昏

白桃花

不將綺麗鬬韶光雪貌冰姿迥異常玉洞自栽清淨
質仙源本隔軟紅鄉繁華夢醒抛金粉色相緣空洗
艷妝爲囑年年花發處莫隨春水誤劉郎

白秋海棠

冰肌何必蕙香薰楚楚幽姿自出羣愛傍籬陰迷曉
月不隨梨夢泥春雲玉階露重悲紈扇金井風微捲
練裙占斷秋光最淸絶低叢涼蝶莫紛紛

和故鄉吳蘭齋夫人病中寄懷原韻時予亦臥

疾

寂寞銀屏玉漏遲挑燈重讀故人詩湘簾細雨和愁
織鴛枕新涼有夢知落葉西風歎瘦骨殘蟬倦蝶惹
相思雖然不是悲秋客可耐天涯慣別離
風淸露冷片雲低遠岫蒼然入望迷寫恨祗憑雙管
筆寄生聊覓一枝棲連天秋水江湖迥動地風潮蟹

稻齊落月滿梁企予望夜深小立畫屏西
世態風雲莫問渠謀生計拙感何如嘯蛩宛轉青苔
雨倦雁飄零尺素書檢點參苓新病後辛勤刀尺早
寒初勞人與味無聊甚賸有詩魔未掃除
碧梧庭院雨初收緩緩冰輪上畫樓病起頓寬銀約
指酒醒慵整玉搔頭花前淸影伶俜瘦鏡裏眉痕淺
淡愁覓句懷人兼感事水紋珍簟思悠悠
揚州風味異杭州雪過淸明尙未收秋早已鋪方錦
褥春深猶著木棉裘生疎歧路交親少冷淡襟懷別
思悠惟有多情簾外月夜來仍照客中愁

勞人原是可憐蟲莫把行藏問化工靜裏生愁有誰識病中多感與君同未完塵劫聊觀世不鍊金丹已悟空安得乘風歸故國西窗翦燭話窮通

爲孫子竺弟書扇率成四律

結得弟兄緣夙塵豈偶然榮衰聊閱世才命欲疑天草草詩懷誤勞勞俗累牽相看同一笑何地有神仙

謀生慚計拙劍鋏不輕彈志士肝腸熱詩人際遇難論情同骨肉知命忘酸寒宇宙寬如此隨緣且自安

涉世等虛舟空懷千歲憂般般車笠誓瑣瑣稻粱謀迢遞鄉關夢辛勤宦海遊願教常聚首此外復何求

簾外雨絲絲韶華三月時遣愁聊說鬼破悶學敲棋道味朋中得交情久後知清芬盈袖底慚愧强裁詩

車之邗江後寄懷禾中　孫匡叔三舅父

睽隔慈顏又一年依依孺慕望南天模糊別淚沾紅袖宛轉衷懷託錦箋歸計艱難勤問卜世途辛苦慕求仙黃昏縱有團欒月獨自憑闌萬感牽

蓬飄無定又揚州酒綠燈紅憶舊遊雲樹千重迷望眼江流九曲阻扁舟長宵睡少無歸夢遠道書稀有別愁記得臨行重悵望黯然爲我稻粱謀

幼年深得外家憐命也如何莫問天螘穴蜂房知幻境蛻餘蝶化悟神仙出乾坤外愁應少從閱歷來心愈堅勞逸窮通等閒事每逢聚散獨纏綿

陰陰槐影壓闌干遙憶音容別思攢暑氣侵衣宜養攝病軀勿藥幸平安（予素有咯紅之症日來稍覺痊可）米鹽瑣瑣謀生累歲月堂堂作客難欲寄魚書重翹首政餘無事願加餐

甲辰冬夜夢　孫補年外祖父

寒燈熒熒燄將滅欲眠不眠過愁絕朦朧合眼見慈顏車馬喧闐有行色執手向予未一語何來僕從相催別匆匆夢境能幾時夢醒倚枕空勞憶浮雲聚散

本虛無難向泉臺問消息廿年恩重豈尋常往事追思寸腸裂速死從親亦何憾萍梗天涯有誰惜銅壺滴盡更漏殘援筆書成淚凝血

夜坐待夫子歸

珊珊玉漏起何方不信清宵爲底長翡翠屏寒人對影芙蓉帳暖夜添香多情絲蠟憐花夢無賴銀燈照晚妝料峭春風簾怕捲半階斜月半庭霜

孫竺樵三兄由武林鄉試重之山左道出維揚詩酒留連殊深歡洽臨行予寫叢蘭小幅并綴五律四章一則晨星小聚聊記俊遊一則

折柳河梁權當贈別

一唱河梁曲關山客思盈天涯知己感逆旅故人情
雲水經年別風霜幾日程韶光駒過隙青鬢可憐生
天寒歲云暮離緒亂如絲哀草凍雲合朔風斜照遲
腰圍新病減眉黛舊愁知興味消磨盡何堪折柳枝
回首憶前遊當湖小滯留論詩消永晝翦燭話鄉愁
不吝綈袍贈頻勞藥餌謀風塵多聚散辛苦幾經秋
無物助行裝芝蘭九畹芳墨凝香濟遠花媚葉低昂
君子懷深德騷人賦感傷清芬圖畫裏幽意託瀟湘

長歌示孫子竺弟

昔人誓車笠在心不在口落落雲萍交惟君是益友
歲寒松柏枝青青抑何久嗟予困風塵風塵何所依
回頭望故國故國親舊稀牽蘿補茅屋稻粱謀豈肥
造物忌才名微才天亦妬韶華未可留朱顏肯長駐
悔不作男兒蛾眉鏡中誤榮枯本無常否泰互相逐
雖出自然理勞人苦寒燠憔悴行江邊悲歌聊當哭
七年客他鄉三年避烽火宦遊鼠撥薑謀生計亦左
屈指十年間依然猶故我感君意氣親知予際遇艱
凡百代躊躇肯為錢刀慳其心自溫厚其行自清閒
熱腸念途窮解袍惠冬日愁病兩無聊藥物每周恤
不以異姓分肝膽頓秦越索逋盈門諱解紛免憂思
慷慨志士心敦良古朋誼不以貧賤交敝屣易捐棄
出言臭如蘭立身介於石怡然秋菊淡炎涼任相迫
不以三千人頓忘彈鋏客論心每翦燭煮茗閒聽雨
秋月揚清暉春花艷芳樹嘯詠復留連從朝又云暮
舒以觴酒消哀懷向誰論人情秋雲薄世態棋局遷
安得掬江水一洗平生恨茫茫宇宙間浮生一葉輕
富貴難強求寵辱何必驚三萬六千日夢境徒營營
所以區區念最貴者知己慨焉發長歌此歌良有以
願君年復年素心古井水

代柬答山雲姪

銀牀一葉落梧桐秋去春來似轉蓬辛苦生涯餘馬
磨飄零蹤迹仗天公兩九日月消青鬢千點霜華咽
暮蟲寂寂黃昏香篆冷畫屏低映蠟燈紅
欲書近狀拂雲箋筆墨荒疎為病纏羅幔半低遮素
月鏡鸞塵掩冷花鈿殘蟬高樹涼先覺瘦影秋窗夜
可憐九藥消磨愁不療誤他塵夢說求仙

附錄寄作　　徐　時山雲

作客饑驅每日忙勞人謀食慣他方桃花息淚容
安枕梅水連江穩渡航弱質強支慚閱歷半生多

誤悔文章頻年離緒伊誰識陡畔青青柳萬行
纔言春別又云秋客久還鄉祇當遊風月數程勞
遠望平安兩字慰新愁關懷每說馮驩慨垂念還
深伯道憂書意詩情感何限江南江北水悠悠

姑丈陳芝楣觀察督運北上道經邗江小住三
日臨行賦呈一律以抒別感

孺慕纏綿黯自傷祇憑雙管寫衷腸關懷絮語諆長
策破格憐才念異鄉求每不情偏我諒報雖難必敢
公忘感恩擬取平原繡同是蒼生一瓣香

謝吳蘭齋夫人惠手書摺扇

朝來青鳥下瑤階捧得瓊章眼重揩聞說錢唐江水
漲水深能否似離懷
格擬簪花妙入神相思疊作袖中珍年年便面春風
裏彷彿清芬來故人
羅衣單薄晚涼輕挑盡殘燈別思盈雙鯉好傳羈客
語離愁如草雨中生

輓孫吉篋大兒

久病知無藥可醫紅塵緣盡便長離兒素精岐黃病中自知不起每云塵緣一盡郎撒手行矣難忘客裏雲萍感空憶生前笑語時肘
後有方療弱質予去歲臥疾幾殆兒爲診視始獲痊可座中無日覯丰

儀靈帷一拜心俱碎空賦招魂讀楚辭

病中有感示孫竺樵三兒葆麓六弟

病魂不耐曉風吹潦倒精神強自支揮塵清談憐此
日傾觴長晤又何時身如秋草涼先覺心似蠶絲細
已難莫問阿儂究何憾平生懷抱託微詞

爲孔繡山表兄寫扇頭蝴蝶

露似珍珠草似茵眠香夢暖玉階春翩翩歸去尋芳
懶紅雪一庭花雨新

謝孫竺樵三兒寄惠阿膠

露冷深秋客思長尺書迢遞接他鄉想因知道吟肩

瘦藥物勞君遠寄將

送山雲姪歸武林

兩度邗江來去忙行裝纔卸又歸裝一樽別酒天涯
感十幅蒲帆江上航新暑侵衣宜養攝舊遊如夢費
平章還鄉倘遇雙魚便好寄平安字數行

遊子行

門前南北路迢遙無斷絕人生天地間何事易離別
行裝未曾束迴腸已如結百憂塡懷抱宛轉向誰說
江邊秋草黃馬上繁霜切依依楊柳思皎皎清波冽
歡顏爲誰開愁心祇自識吁嗟遊子行風塵一身孑

放歌

旭日照我窗明月照我帷請君雙眉展聽我前致辭四十年已衰二十心尚癡從春又復夏歲月能幾時生前不開懷死後何所知安用黃壚下羅襦鈿匣爲

送孫子竺弟之皖江

異鄉知己孰如君慷慨胸襟卓不羣非比尋常論交道忽然雷雨忽風雲

煮茶賭韻客愁消秋月春花暮復朝底事皖江江水碧布帆催送路迢迢

小坐強於去後書臨歧無語意何如願君客裏加餐

飯尺素頻傳雙鯉魚

行舟正值暮冬時歸計應期夏日遲欲贈長途無物可一甌清酒一篇詩

爲許緣仲表姊丈寫紅白梅花帳額即題四絕句於上

第一名花第一香雲階月地舞霓裳傳神寫向鸞溪絹雪壓霜侵兩不妨

重幃斗帳勝金鈴深護花枝作錦屏疎影暗香無限好娟娟霜月酒初醒

神仙富貴占三春江北江南物候新十二瑤宮香徧滿萬花低首拜芳塵

調脂弄粉傍妝臺淺白輕紅次第開解得憐才深意否與渠同自故鄉來

送陳亦雲九表弟回武林鄉試

蒲帆十幅挂輕船易散晨星一悵然數日清談消俗慮兩行蠟淚又離筵江山風月吟懷爽湖海豪情逸興偏歸去桂林香正好一枝端合讓君先

夕照將沉月痕初上與孫子竺弟清話信筆賦此

斜照初沉拓綺窗客愁如許未能降新詩愧我難盈

百（弟與子賭作詩百首孰先成者勝）雅韻侔君竟少雙善病怯風垂繡幙清談忘倦剔銀釭襟懷宛似秋宵月素影依依映暮江

和韻　孫因培子竺

清宵翦燭向西窗賭韻談詩兩不降天上神仙原免俗人間知己定無雙論心小院傾杯酒坐月深宵背短釭最好年年常聚首任他帆影落秋江

寒夜

紙窗淡月影朦朧香煖金爐獸炭紅纖體不禁風露冷黃昏鄭重下簾櫳

癸丑二月揚城告警予倉皇奉　姑慈出避感
而賦此
金釵鈿盒盡拋殘逝迹幽居魄也寒疾病每求醫藥
苦辛勞欲乞米鹽難因容蓬首形成鬼夜黑朝饑夢
怎安任爾霜風欺瘦骨寸心一點自懷丹
承歡何以慰　姑慈歷盡艱辛到此時一卷遺容重
香火四齡幼子念宗支晝眉人遠書難寄白髮秋生
感可知尤望天公默呵護
奎章家乘莫相離予出避時行篋皆棄去惟奉高廟賜　先相國詩卷及　先人遺像家乘敬不敢失

六月十二日哭子竺弟殉難
一慟腸迴血淚枯悲深填臆祇天呼遙憐此日魂歸
早未卜泉途目瞑無再覩難期尤痛汝雖生何樂轉
傷吾形骸待斃心如碎爲寫哀思筆强濡
避亂鄉間與適祝氏姊遇於隔舍乃往依之泫
然而作
潛蹤避禍慘難支忠難相逢淚似絲清白行藏聊自
慰艱辛況味更誰知酸風刺骨知宵冷淡月疑燈照
影遲姊妹何辜同此厄撥雲甚日見天時
予避兵困苦惟覓野草煮食閨友楊夫人憐之
裹糧相餽作此以謝
恥云而北學偷生視死如歸未足驚夙習詩書知大
義誓全白璧保清名吞聲敢仿孤臣志嚙草還深伏
櫪情難得蘭盟閨閣友裹糧相餽出真誠大人於賊未至時預寄米百石於地至此時以見贈

蓮因室詩集卷上終

蓮因室詩集卷下

錢唐　鄭蘭孫　娛清

如皋寓齋感懷

依稀風景又他鄉回望邗江黯自傷小紀寒宵支病榻（去冬揚城寇亂時予避兵寄寓小紀驚憂所致卧病幾殆）如皋春日卸行裝（今春二月間由小紀移居如皋）參苓雖救沉痾愈（臥牀兩閱月幸每日倩服參苓始獲痊可）懷抱難消此恨長（揚城被亂後予之詩詞稿兩集均失拙何圖不足珍惟諸同人賜題珠玉亦併沉浮殊爲可恨耳）憔悴逈非當日比負他鸞鏡說明妝

忍向人間慶再生殘棋一局未收枰辛勞作宦憐夫壻（時夫子代篆揚城）嬌小無知念幼嬰堂上姑慈恩未報故鄉親塋痛難營（嚴慈靈櫬均未卜葬茲又緣逆匪作亂未克買棹南歸）但將心願他年了肯戀塵緣作遠行（張船山太守句云人生久居世慨焉如遠行）

自題墨蘭便面

名花空谷香獨抱清貞德寫向畫中看不假鉛華色

予竺弟去歲避兵鄉間潛入賊營欲殲其渠魁爲我軍應以機事不密被害今歲六月十二日乃其期年亡期賦詩十六章哭之詩成泣鬼固未敢當此言而哀情或過焉弟果有知當亦隕涕矣

天降飛災豈預期罡風一夕隕瓊枝妖氛匝地魂先斷壯志衝霄怨可知未卜青衿偏報國難消碧血痛遭罹傷心眷屬無由顧驚險何人不畏辭

盛署剛逢六月時霜刀雪劍慘如斯難收玉骨荒郊外竟乏金棺卜殮遲濟世才華憐抱負坐生磊落想容儀功名未遂身先死脩短難明信可悲

聰明薄福果然真予季生何命不辰萱草凋零先失恃棣花落寞不成春房帷應歎梁鴻案歧路空嗟范叔貧何罪遭逢竟如此天高難問去來因

異鄉聚首十餘年誼等同袍一倍憐破悶黃昏催煮酒排愁清晝賭題箋西窗翦燭聽秋雨小院論心慕學仙高雅不爲時俗賞久將富貴視雲烟

殘暑初消夕照微過從時復歎荆扉樂天知命隨榮辱陶令忘機任是非瀹茗晴窗花拂檻論詩涼夜月侵衣而今迴憶都成夢淚濕闌干作雨飛

珊珊瘦骨怯涼秋吐縷紅霞誤善愁藥物慣勞君檢點方書緣爲我推求（予咯紅疾每發弟必覓藥餌稽古方以治）日長每勸加餐飯風峭頻呼下幙鈎不盡平生知己感微軀便死豈能酬

辛苦誰憐宦海遊飄零蹤迹感青眸多方委宛謀長策曲意殷勤慰客愁事有纖微無諱隱胸能容忍自

和柔淒涼今日人何處誰覓遺骸土一邱
同遭兵亂困揚州相對昏燈泣楚囚烽火驚心猶念
我流光過眼不堪愁攜來薄粥先催飲檢得新書暫
免憂知道孱軀憔悴甚頻言泰至否將休
長江難洗此煩冤孤應憑誰爲救援天折橫遭傷死
別辛酸備歷痛生存淒迷莫問三更夢縹緲空尋五
夜魂風景依稀人隔世腸迴九曲怕重論
千山萬水送臨歧猶有歸途聚首時此別今生難再
見重逢斯世斷無期愁心欲碎非關劍號眼加昏未
盡悲踽踽窮途迴淒絕何曾一刻展雙眉

韶華彷彿似當年病骨懨綿祗自憐寂寂空齋人靜
夜淒淒小院雨餘天昏燈顧影難成夢殘漏驚魂欲
化烟多少煩憂向誰論衷懷能否達重泉
人琴亡矣感難支硯匣塵生罷詠詩絕筆已無心覓
句招魂爰爲譜哀詞銀臺燭墮雙行淚寶鴨烟縈一
縷思記得吟窗當日語生前慧解死應知予嘗言人生親朋聚首爲樂百年之後其誰知之泡影空花曷可勝歎弟日不然大凡人生而慧解者死亦靈警斷不似村夫俗士之流易於汨沒也今憶昔言竟成讖語泉路茫茫靈魂渺渺未識九原之下果能有知念及塵世否悲夫
不及重泉再見難紙灰飛蝶洒痕乾前因後果情堪

悟泡影空花夢易闌傷逝有辭嗟永訣遣愁無術付
長歎任他日月堂堂去我已心同止水看
墨痕和淚寫悲懷劫外餘生倍覺哀佛本垂慈憐弱
質予今發願侍蓮臺予往歲臥疾曾蒙大士示夢獲痊去歲難中亦蒙大士救援予欲隨侍座前則曰汝尚有塵緣數載行當來此耳感慈悲之庇護痛兵火之倉皇苦海無邊回頭是岸況再生客耶下聲梵咒朝窗淨一卷金經暮靄開寄語茫茫
泉下客可知萬念總成灰
弔君予爲賦哀詞予死他年孰輓詩離別人天悲此
日艱辛患難憶當時芝蘭誼重言猶在文字緣深感
可知一寸柔腸已酸透鏡中青鬢欲成絲

心香一瓣禮空王何處招魂我黯傷願脫沉淪依淨
土莫生塵世往他鄉蓮華會上希重見絜果因中忍
便忘手撫靈筵淚如雨酸風淡月影淒涼

有悟

鏡花畱影花何在夢蝶疑周蝶亦虛一卷金經心卽
佛不知何者是爲予

秋日偕同人遊定慧寺題壁

欲息塵襟此暫遊上方風景足清幽慈悲佛現莊嚴
相鐘鼓樓高梵唱秋身世蒼茫憐寄迹華年倏忽等
浮鷗二分明月揚州路回首雲山滿目愁

東嶽禪院題壁

梵宇清涼絕俗塵凌虛樓閣幾由旬曉鐘聲徹白雲外夜月影澄秋水濱欲悟眞空參古佛願消災障叩尊神蛻餘留影天涯客瀚海迷茫感夙因

禪林寶訓一書誠佛門之甘露苦海之慈航披閱之餘尤深警悟爰題二律於後

名言覺世度羣生苦海回頭即岸平半夜清鐘諸念息當天皓月一輪明精嚴戒律與仁義省察安危識重輕不二法門無罣礙等閒榮辱豈能驚

禪林寶訓著千秋三教殊途本一流達者肯因名利

縛勞人空爲稻粱謀紅塵雖悟今生味黃土難知再世由祇合洗心皈佛座未來過去總休休

憶孫竺樵三兄葆麓六弟

外家兄弟芝蘭契落月停雲憶昔今山左崎嶇遲雁足（竺樵三兄宦遊山左）當湖迢遞少魚音（葆麓六弟以居憂仍歸當湖）春江細雨羈歸棹（甲辰予返武林道出鴛湖至匡叔舅氏署中晤談甚快臨行葆麓登舟話別時値細雨榜人慵於解維）東閣嚴寒話客心（乙巳冬日竺樵南歸掃墓道經邗江小住數日）回首俊遊增別緒昔年異地記分金

憶同盟諸姊妹

異姓花繁姊妹紅晨星聚首十年中春朝煮茗逢晴日夏暑開筵趁好風藥物關懷緣病裏綈袍慨贈念途窮自從烽火連江後雲散蓬飄信未通（余同盟姊妹凡十餘人因粵匪作亂均各遷徙迄今未通尺素）

憶杭州

故園千里路迢迢烟柳春深鎖六橋蘇小墓前芳草碧白公隄畔酒旗挑重臺樹影迷朝旭古寺鐘聲咽暮潮第一江山好風月淺斟低唱負歸橈

示琪兒

端方品格性和平人我無心兩不爭願汝讀書明禮義何須朱紫定公卿

此身莫作等閒看祖德天恩報最難願汝惜名兼惜福莫耽聲色苟圖安

是非得失總非眞利己休爲恐損人願汝始終知謹愼布衣蔬食樂清貧

扶危濟困憫孤寒莫學慳貪世俗看願汝福田心地種百年境遇總平安

愁

來時迅速去時難着骨黏心不易寬門掩落花簾乍捲月窺羅帳夢初殘長途金盡空彈鋏遠道書稀獨倚欄更有相思不相見[illegible]杪隔雲端

淚
見人偷拭背人彈點點非珠漫落盤惜別尊前羅袖薄裁衣燈下翦刀寒巴人嘅罷聲猶咽絳蠟銷時跡未乾兒女英雄最無賴悲秋懷遠一心酸

生朝自悼詩八首并生輓文

古人以蓍蔡決疑近日神祠中用籤語以卜其用異其靈同也乙卯春日塵勞所積疾病時作祈得二籤一云晝長一枕黑甜餘夢入南柯上使車富貴榮華何足羨覺來萬事總空虛其一籤亦有世事盡隨流水去功名富

貴等浮雲之句覩此二籤來日無幾可知且余自遭兵亂已覺萬緣灰盡故神明亦欲成余之志以籤語指迷因憶袁簡齋太史緣卜筮歲星不吉作生輓詩自輓內有句云輓詩最好是生存讀罷猶能酒一樽莫學當年癡宋玉九天九地亂招魂青鬢無常黃泉路渺每見生前聰慧有餘之人逝後尙寂無靈響況在余輩哉閨中末學何敢仿前輩所爲特物不平則鳴聊踐後塵之步耳爰於上巳生朝花明晝靜之時敬禮大悲寶懺一壇一則懺已往之業因一則祈將來之淨果仰仗佛力普渡迷津外另設瓣香佳果清茗時花影形相弔自致辭於錢唐娛清女史蓮因室主人座前曰竊念汝有生以來天資敏悟怙恃早失風木興悲外氏恩深提攜逾格三齡識字學辨之無十歲能文已諳平仄西湖水秀慧解今生南海雲慈皈依夙昔吟紅刻翠爭誇詠絮之才鏡影窗痕敢說比花之貌筆牀硯匣瀟灑深閨湘帙雲箋零星滿案惜花春起早每怯朝寒愛月夜眠遲翻嫌秋冷外祖

有孳珠之愛每嗟不作男兒弱質似斷梗之飄自歎偏爲女子宜家賦罷遠嫁堪憐隨宦身羈歸期難卜閱艱辛之始計米鹽之初草草詩懷青眼感終知遇勞勞客況白駒催盡華年紅顏無福已教領略窮愁絲鬢難銷又歷倉皇烽火迫至再履塵寰避居異地望故鄉之路迴舊雨凋零悵邗水之烟迷晨星隕失罷翦窗西之燭怕斟花底之樽韶華迅速滄桑之感誰知世態更遷冷暖之情孰識比肩夫壻作宦天涯白髮姑嫜承歡旦夕女癡

兒幼豈解愁煩婢拙奴愚焉明事緒空齋顧
影生憐病骨之沈綿朝鏡翚眉不盡中懷之
憂憤空負文思似錦難登塔以題名休言丰
度超凡未脫身而出世嗟乎女史惟我與爾
形質非殊憂喜咸共春波照影我亦憐君秋
水明妝君應眷我欲知前世祇須省識今生
懺悔今生莫使沈淪再世烟雲過眼須知四
大皆空愛戀迷真應使六根胥淨流光容易
浪死虛生一旦骨化重泉形銷黃土生前之
朱顏玉貌盡屬虛無身後之桂酒椒漿都成

幻設即使賢孫孝子難代疾苦之纏便有金
穴銅山不換春華之質是故達人知命作自
輓之文楚客工愁寫招魂之賦與其憑弔於
無知莫若徵歌於有識彷彿神光乍合依稀
幻相當前絮果蘭因現身而說法鏡花水月
留影分觀空此日受瓣香之供先教解悟清
涼他年侍蓮座之前莫使再臨塵世云爾

自澆杯酒自招魂畫燭紅搖寶篆溫憑弔恐難知後
日達觀聊且賦生存鏡花縹緲憐花影水月清涼認
月痕莫笑夢中偏說夢勞人心事向誰論

神明垂示指迷津一枕黃粱幻境新玉匣珠襦何足
貴雪膚花貌總非真翩翩華表空歸鶴辛苦天涯暫
寄身詠絮謝庭嗟抱負傷心應自掃眉人

余死他年孰輓詩（哭子竺弟詩中句）生前身後感何之美人
香草詩懷託青鬢韶華電影馳塡海不銷精衛恨補
天空有女媧思蘭因絮果憑誰證五夜清鐘夢覺時

餘生猶作客他鄉鑄錯難爲鐵石腸人面桃花增感
慨秋雲世態閱滄桑琉璃匣冷詩慵賦翡翠杯空酒
怕嘗淒絕二分明月夜揚州舊事最難忘

青山埋骨究何方自顧孱軀亦可傷風景依稀新第

宅（時僑寓雉城）情懷宛轉舊思量眉痕展鏡愁難解病思
扶衾藥厭嘗最憶參苓勞檢點當時珍重覓岐黃

自避烽烟客雉城萬緣灰盡一身輕榮枯過眼原知
幻聚散縈懷尚有情靜炷瓣香朝禮佛細參妙諦悟
無生誰爲我相誰人相莫使微塵滓太清

無端歷劫墮紅塵彈指華年秋復春曾侍蓮臺餘慧
性偶臨濁世感前因辛酸甘苦深嘗味離合悲歡暗
損神蠟燭成灰蠶作繭一言爲喚夢中身

涼秋蛻迹豈求憐祇合皈依古佛前昔日纏綿誇碧
藕而今清淨悟紅蓮茫茫苦海回頭岸擾擾愁城入

空禪癡愛貪嗔從此斷莫生塵世願生天

客館秋風燈窗涼夜偶製筆囊感從中來爰題
四絕句於上余亦不自知愁思之深也

天涯回首感前因憔悴空嗟現在身硯匣塵生吟興
減筆花零落不成春

十年幻夢黯銷魂襟上塵痕雜酒痕最憶夜涼詩乍
就一簾秋雨送黃昏

鑄錯何堪說九州蜕餘身世不禁秋蕭條客館無聊
甚別是心頭一種愁

賭韻分題憶舊時西窗往事不堪思難塡滄海無窮

恨忍剔秋燈再詠詩

自題西窗坐月圖小影

為周為蝶不分明我是何人誰是卿望去丰神憐此
日悲來事緒感今生春蠶作繭全身裹蠟炬成灰徹
底淸惆悵掃眉閨閣裏也教福命誤才名

坐月西窗玉漏遲雲迷邦水怕重思當年舊雨論文
地此夜晨星已散時踽踽天涯傷寄迹勞勞客路倦
題詩人生怎比嫦娥好圓缺陰晴自有期

神光離合幻疑眞鏡裏花痕夢裏身入世飄飄憐絮
果關心脈脈感蘭因死生聚散縈懷抱窮達悲歡悟
影塵過眼芳華等駒隙不堪回首欲霑巾

徐黃妙筆駐華年顧影珊珊態自妍刻翠裁紅留慧
業出塵慕道禮金仙誦餘經卷愁難懺修到梅花瘦
可憐余為孫吉篋表兄寫墨蘭扇曾作是二語昨此圖成忽憶及舊時玉窗春曉圖小景不禁有感念此聯恰合遂復用之寂寞銀屏秋夜永自燒短燭拂雲箋

西窗坐月圖成後懸諸壁間夜燈對影余懷黯
然因以瓣香自弔重題六絕句以誌感

一瓣清香午夜遲影形相弔感何之傷心我是重生
客易觸愁腸落筆時

是處雲山骨可埋死生何必費安排瑤華小劫滄桑

感淒斷誰知此夜懷

圖中淸景寫深宵彷彿前遊夢影迢一度尋思一長
歎人生聚散太無聊

女癡兒幼未知愁憔悴空勞藥餌謀不耐懨綿支繡
枕强扶殘夢倚香篝

靑鬢華年駒隙催此心眞覺萬緣灰殷勤贈有天邊
月淸影依依入座來

金經一卷侍蓮臺莫論聰明莫論才尙有癡腸憐幻
質燈前顧影一低徊

顧梅卿以筆囊索題賦四絕句

活色生香筆一枝也宜書畫也宜詩調黃暈碧消長畫點染天然雅擅時顧君善繪事名冠一時余西窗坐月圖小影即其所寫

和靖高風遠俗塵虎頭家法有傳人疎枝斜倚黃昏月寫上雲藍妙入神

明鏡閒摹絕代姿美人香影寄深思胭脂艷抱薔薇露瀟灑文窗握管遲

蜕迹天涯暫寄身敢誇詠絮步前人枯腸自愧無佳句贏得鵞溪翰墨新

寓中牡丹盛開感題四絕句

第一名花第一香天然品格豈尋常三春迅速繁華

景清淨端宜侍法王

脂痕粉暈態尤妍國色爭誇富貴仙省識紅塵春夢幻而今低首學參禪

花開花謝自年年黃土朱顏儘可憐最憶邗江花月夜當時翦燭賭題箋

避兵寄寓雉城東覓句花前夕照紅爲祝花神一杯酒無風無雨乞天公

避兵僑寓雉城迄今三載院中牡丹自寄迹後更盛於昔豈花亦識余耶嗟乎天涯萍梗逆旅勞人逝水華年涼蟬身世詩懷冷落非復當時勉再賦四章聊酬花神之深意云爾

去年曾記別花時頻囑今年花滿枝多感花神憐此意一枝枝好爲扶持

閒階小立一徘徊麗色疑從天上來豈與等閒凡卉伍仙姿端合住瑤臺

烟雲富貴總非眞傾國名花合出塵我是罡風吹墮客色香影裏悟前因

天涯寄迹又三年三度花開解語妍客裏自慚無錦障濡毫聊贈五雲箋

題雒瓠人退藏軒詩集

浣薇三復後齒頰有餘芬壯士能超俗清才卓不羣悲歌孟東野逸韻鮑參軍筆底收奇句花開五色紛

謝宗友石遺瓜

炎暑難消盼日斜感公親賜綠沈瓜涼生齒頰風迴雪清滌心胸色麗霞瓊報無由嗟客裏吟懷有限愧方家天涯何幸邀靑顧聊折雲箋謝絳紗

題洪海如福西河望嶽圖

華峯仙境足句留雲影天光爽客眸應是清遊遊未足故將勝蹟畫圖收

浩渺黃河九曲分振衣濯足滌塵氛烟霞隨處留題

詠健筆如椽掃碧雲

和答吳春林茂才

春林先生乃當世之奇才有山塵之素志胸襟沖淡不趨利祿之途意氣清閒早悟眞空之妙余寄居雉水數載於茲草草詩懷秋蟲自弔勞勞客路倦翮慵飛感青鬢之無常願脩淨果悵白駒之過隙擬坐枯禪已未夏日先生以所著繭雪山房詩集見示幷賜瑤篇捧誦之餘香生齒頰塵俗頓消豈意閒府叅軍於斯復見仙心慧解言言獨得眞傳雅韻

雄才語語深藏濟世瓊瑤巨製彩筆生光金石新聲奚囊擲句旣蛟騰鳳起亦玉潤珠圓柳屯田雅擅詞壇白樂天尤深禪理氣高磊落不爲一世羈縻心自空明早識三摩旨趣余也雖居閨閣久耳清名今讀作章益深欽佩願圖師事甘執贄於吟壇竊幸指迷示維舟於彼岸承詢天心何在如何是正法眼藏私念靈光不昧善根卽是天心法眼觀空道境斯爲正藏禪機奧妙鈍根正愧愚蒙先覺當前末學終慚淺陋先生本儒林之正宗悟釋家之妙諦敢問萬法歸一一歸何處悟心容易息心難如何是息心法二絲凝物卽是牽纏一月微雲終成渣滓然而人身難得白髮易催一失本來何時能復尙希片言啓悟俾得有益身心非徒博見聞之廣矜辯難之奇也敬題大集拙句二章仍用賜和舊題禪林寶訓原韻附呈於左

奇才俊逸本天生雅韻吟梅宋廣平詩品敲金饒鄭重禪機指月證分明飽嘗世味胸襟淡解識塵根利祿輕道義高風誰得似等閒低首合心驚

曾讀瑤篇憶去秋東臯第一數名流（去秋題彈蕉館遺墨冊中諸名人題詠殆徧內有先生所題四絕句尤覺超塵軼俗）錦囊得句疑仙助絳帳談經爲道謀丹篆夢吞應有驗洛陽紙貴豈無由詩懷更挹禪心靜俗慮能敎一洗休

題宗友石扇

一蓑一笠寄生涯風月江山興正賒豈似勞勞名利客等閒容易誤韶華

題畫

亭亭艷影倚西風高潔襟懷自不同莫向秋花嫌冷淡拈來色相悟眞空

松陰竹影淡籠烟月地雲階別有天寫向晴窗添客思故園風景尙如前

輓吳夢蘭女史

十五華年夢幻因曇花一現可憐春前身定是瑤臺種謫向人間不染塵

趨庭婉娩性和柔蕙質蘭心第一流自是聰明關造化彩雲易散影空畱

書卷横斜鍼線殘恍疑瘦影尙憑欄一簾紅雨東風緊零落花痕不忍看

去冬曾記香車駐玉貌分明在眼前不信流光如電掣從今回首判人天

問疾前朝尙一過返魂無力奈天何歸來未及黃昏候已報香銷冷翠螺

堂上椿萱淚似絲招魂屬我譜哀詞豈知憔悴天涯客愁絕挑燈握管時

脩短難將問彼蒼百年回首亦黃粱早離濁世非無幸好向蓮臺侍法王

無端驟雨損瓊枝杜宇聲中玉漏遲往事追思倍惆悵杜蘭香去未移時

爲上官子峯司馬寫梅竹筆囊題句

珊瑚作架玉爲匳翰墨香濃染素縑竹報平安梅有信春光先占上毫尖

題菊花楓葉便面

雅淡詩人品淸高隱士家重陽佳節近楓葉麗於霞

偶成

小院深沈夜氣涼紅蓮不及白蓮香心淸悟得禪機妙淡境中藏滋味長

碧梧枝映月輪高小倚闌干首重搔不盡天涯羈旅感異鄉心緒自蕭騷

銀漢無聲玉漏沈錦囊挂壁冷瑤琴冰絃不整非無意曲外猶存太古音

瘦骨憎涼未卸綿蘭膏添炷夜題箋此生自顧無長策祇合參禪古佛前

題美人畫幅

冉冉抱琴來悄向雲階立春色滿羅浮露華霑袂濕

又

小倚玉闌干欲釣還無力偶愛蓮花香更誇好顏色

秋夜

一燈涼逗小窗秋脩竹淸風暑意收寂寂黃昏人不寐月波如水漾簾鈎

爲綠仲表姊丈寫松石便面題句

月輪涼映廣寒居水石清華畫不如一派空靈詩世界竹聲松韻夜窗虛

贈何浣碧夫人

文壇舊日久馳名遙企芳儀未識荊猶憶邗江開覓句蕪詞曾向玉臺呈

謝家道蘊擅風流刻翠裁紅事事幽如此清才誰得似羡君福慧是雙修

蘭閨重遇素心人交淺情深悟夙因我欲訂盟爲永好應憐憔悴異鄉身

題洪石樵背月吹簫圖

碧梧庭院漏初長自度秦簫韻抑揚祇恐廣寒偷曲譜故於花底背清光

萬籟無聲午夜分清音響遏欲穿雲應知冷淡高人志滌盡纖塵卓不羣

爲金香圃明府題芝松小石便面

華芝五色可延年泉石烟霞別有天何處濤聲來午夜月痕如水映松巔

題秀華女士扇頭美人

玉梅如雪映瓊樓覓句裁箋韻事幽紅燭燒殘春露重一彎斜月映簾鉤

翰墨香濃玉版箋篆爐風細裊輕烟惜花更惜春宵短月地雲階夜不眠

謝答熊竹邨先生

朝來乾鵲噪庭階遠道音書慰客懷想得政餘多雅興萬花深處酌新醅公善飲愛菊有陶靖節風

瓊瑤惠寄扇頭詩宗派江西雅冠時頻囑癡兒勤護惜他年折桂莫教遲公寫蓉桂圖紈扇以錫幼子并書佳句於背

每懷高義報何時雲樹蒼茫動客思自笑家貧無長物晴窗握管寫蕪詞

題扇

雙雙新燕子曲曲玉闌干暮捲湘簾起應知翠袖寒

雛鶯啼柳翠弱蝶醉花天何處春痕在裙腰草似烟

題梅月畫幅

羅浮山下倚東風第一名花出化工獨抱冰心有仙骨無雲萬里月當空

庚申夏五月海陵返棹後代柬寄熊晉生姻世兄

烽火驚傳又遠遊布帆三挂海陵舟余自甲寅至今海陵之遊已三度矣天涯何限晨星感怪煞垂楊不繫愁

篷窗翦燭坐清宵揮麈清談俗慮消悵我去畱皆是
客榜人何必促歸橈
疎星淡月景蒼涼回首雲天又一方最憶關懷知客
裏臨歧爲我費平章
匆匆話別又旬餘覔句殷勤託鯉魚想得開緘應一
笑拋磚端爲引瓊琚

題畫屏

雲衣縞袂淨無塵玉骨冰肌淡有神朱羽夜寒棲未
穩月痕清浥露華新
碧波如鏡映空明魚戲青萍自在行恰是清和好時

節紫藤花下晚風輕
輕紅淺碧兩三枝花影朦朧浸曲池添箇白鷗閒覔
食看魚石上立多時
調簧小鳥新音澀解舞柔枝翠帶長彷彿六橋風景
好桃花紅艷柳搓黃

爲湯杏園寫梅竹紈扇

倚竹無言靜入神冰心高潔得天眞濡毫試向晴窗
寫冷艷飛香染未勻

爲羅浩川寫梅竹小幅題句

瑯玕千尺矗雲霄香徑羅浮路未遙曉拓晴窗呵凍
管一枝清影麗紅綃

爲陸石琴寫芝蘭便面

天然靈質獨超塵入室香清四座春應笑調鉛閒弄
筆也從粉本學傳神

謝吳春林見貽佳句即次原韻

風華久著德音昭健筆淩雲志自超倚馬文成堪奪
錦驚龍書就欲騰霄身無世累名心淡囊有新詩俗
骨消萬卷胸藏誰得似南金聲價讓君饒
耳熟清名已數年入必敏捷韻翩翩儒宗妙解通禪
理道旨深明達性天好句獨超開府後奇才不讓子

安前平生著作知多少書徧琳瑯七寶箋
駒馳電掣奈雙輪幸指迷途見性眞揮麈清談閒論
道探奇索典喜搜神菩提鏡則聞深果菡萏花香悟
夙因莫道詩懷秋水淡須知明月是前身
奈無好句答瑤章末學閨中敢擅場珠玉當前愁選
韻芝蘭入座有餘芳篆爐烟細書帷靜深柳蟬鳴夏
日長欲索枯腸重拂紙幾番擱筆自慚惶

輓朱烈女　并序

朱烈女者許畱仙先生之淑聘也丰姿綽約
豈徒道韞之才性質幽閒早擅大家之望家

居浙水西子湖明門對吳山南屏峰古固已奪山川之秀得天地之靈矣然以如斯之人允當富貴壽考以終其身孰意璧月未圓微雲頓黯瑤花方蘂罡風忽摧書中半股之釵不堪永訣井底一杯之水大好埋香此咸豐十年春三月事也蓋當杭城告警即懷必死之心不待粵賊臨門已遂全貞之願殉難之夕留仙先生夢烈女來别云赴蘂珠宮去臨行諄諄以老母姑氏爲念嗟乎靈光不昧孝思終全玉碎珠沈不作女兒之昵昵眉痕鬢

影尙來魂夢之珊珊潘安仁之悼亡豈能免哉第念彩雲留影曇花愛空靈歸天上即是神仙名著人間終垂史册烈女雖一時之慘而實則千古之榮矣余寄居雉水數載於茲歲月依然生涯如故來日茫茫不堪設想今聞烈女仙去客懷尤覺黯然爰賦輓詩六章并誌數言以申哀思既傷逝者行自念也悲夫

蘂珠仙子返瑤宮霞散香飛怨曉風此是情天離恨事茫茫何處問蒼穹

花貌冰心第一人妖氛匝地早捐身名垂青史千秋後緣結龍華會上因

西子湖頭碧水平南屏山下晚風輕香魂乘月歸來夜定有空中鶴唳聲

靈光業已歸天上孝義難忘是性情故駕雲騈留夢影是眞是幻慰平生（事載留仙先生所撰行略中）

英才下筆氣如虹爲賦哀詞淚染紅營奠營齋知也否料應天上與人同

雪泥鴻爪異鄉身（余作客雉城已數年矣）握管難經幾愴神解脫憐君仙去早空餘翰墨結良因

題梅竹便面

凌寒誇艷質戛玉有清音倚竹無言處誰知避世心

畫扇贈何芷香夫人題此誌别

芝蘭並茂玉階盈八室偏饒淡遠情知否圖中深寄意素心人足慰平生

煮茶清話客愁消秋雨春風破寂寥底事碧波催打槳雲帆回首路迢迢

贈馬母顧心戒夫人

柔嘉淑愼大家風不讓當年詠絮工儒理本來通釋理趨庭時已悟眞空（夫人早具出塵之志尊翁顧心齋先生精通內典晚年預知西

歸之期遍告同人無疾而
逝得諦妙果於此可見

不羨雙飛鳳鳥翔夫人于歸數載後卽持淨戒生憐青鬢易成霜
洗心早侍空王座法界靈明識妙香

解脫塵根達性天開翻貝葉樂忘年身心不爲世緣
縛雲淨碧空月自圓

揮麈清談玉屑霏旃檀香細染雲衣傾心從此應低
首賴指迷途識妙機

夢中得句醒而足成一律

藥爐經卷亂橫陳病裏韶華夢裏身學佛未妨圖作
佛出塵何必定離塵靈明悟徹方知我色相參空孰

是人一粒明珠無價寶拈來信手得天眞

題梅竹橫幅

玉立靜無語孤芳清有神不隨桃李艷先占上林春

題富貴長春雙壽圖

調鉛弄粉費評量繪得花開富貴祥想見瑤池高會
日總推全福是劉剛

蓮因室詩集卷下終

前此頁第四句用仄不叶乃變格也然竟用平未知所據

蓮因室詞集

錢唐 鄭蘭孫 娛淸

憶秦娥

舟中鄉思

風帆急鄉關漸遠雲山隔雲山隔鎭日思親無由解
得 別離情緒從今識深宵看盡燈花結燈花結滿
腹牢愁天涯行客

漁家傲

至吳門舟中晚眺

昏鴉陣陣投林黑好山迎面如相識閒倚篷窗心似
織蒲帆直西風吹夢來無力 斜照將沈烟水碧鄉

心撩亂天涯客雁自南飛燕自北韶華易蘆花兩岸
秋江白

金縷曲

三月十七日乃 孫補年外祖父仙遊之辰
撫今追昔愴然於懷爰賦此闋聊當一哭

千里關山隔痛慈顏仙遊去也今生永訣寒食棠梨
風共雨又是期年時節盼一拜靈帷難得寸寸柔腸
非劍斷更行行淸淚如珠滴精衛恨杜鵑血 星移
物換堪愁絕悵而今雨雲回首頓傷疇昔飄渺予懷

前段兩八字句古人多係
上三下五句法此雖無礙
究屬不宜

天際遠。潦倒自憐羈客。況塵世升沉難必。聚散浮漚無定影。歎流光瞥眼。如駒隙窮途感。與誰說

明月生南浦

爲孫子竺弟寫叢蘭便面

情懷冷淡天涯客。弄墨調鉛。强作消愁策。自歎窮途無長物。贈君聊寫崇蘭君。　幽藍中含貞靜德。抱道深藏。不爲炎涼易。珍重春華宜護惜。年年便面常相識

菩薩蠻

憶夫子

垂垂簾幙深深院。繡牀風緊紅絲亂。微雨又新秋。客心愁不愁。　登樓眉黛蹙。江水依然綠。酒醒一燈殘。離多夢轉難。

酷相思

秋窗聽雨

蓮衣未褪星期早。奈風雨。窗兒攪見寶鴨香殘燈暈小。人意思。花知道。花意思。人知道。　別後益憐相聚好。甚獨自。傷懷抱。聽簾外沈沈聲到曉。人去也。花愁老。花謝也。人愁老。

前調

珍重下脫一字三字兩句乃
此調定格

送夫子赴都

曉夢如烟慵欲睡。又門外。催人起。問行李匆匆安也未。君去也。留無計。儂住也。行無計。　眼底離情衣上淚。珍重長安地。盼桂子香淸秋月媚。雁到也。涼須記花放也。歸須記

雙調南鄉子

自題玉窗春曉圖小影

羅袖曉寒添。纔罷晨妝掩鏡匳。臉暈消紅眉減翠。懨懨。倚到梅花亦可憐。　花艷尙如前。詠月吟風句懶拈。斜倚玉窗人倦也。仙仙。踈影淸香撲畫簾。

其二

錦幙怯春寒。金鴨烟沈曉月殘。一色花痕淸似雪。漫漫。着意相憐起早看。　拍遍玉闌干。似絮愁腸畫出難。多謝傳神雙管筆。珊珊。顧影何須換骨丹。

其三

庭院雨痕收。侵曉珠簾乍上鉤。紅雪裝成香世界。悠悠。不是凝妝獨倚樓。　回首憶前遊。鑄錯何須說九州。月地雲階無限感。休休。萬點春痕洗舊愁。

其四

香霧透紅綃。壓鬢濃芬上翠翹。嬾起扶頭心緒懶。朝

朝酒病詩魔兩不聊 記得放蘭橈香暖孤山雪未消惆悵故園雲路迴迢迢江北江南客夢遙

金縷曲

被酒歸來春寒較甚客懷棖觸萬感紛如此時欲眠其可得乎爰挑燈拂紙作一百十六字時孟春下浣五日

今夜如何睡倚薰籠香濃寶鴨燈明金穗瘦影偎人清似此相對自憐明媚怎禁得頻年況瘁觸緒關心心易感枉羅衫搵透雙紅淚愁如許幾曾醉 茫茫甚處埋憂地悄黃昏半階月色滿庭霜意料峭春風簾怕捲領略無聊滋味驀聽得漏聲三次半臂綿輕釵玉冷靜沈沈四下重門閉悲歡事忍頻記

臺城路

己酉正月十三日哭次女通兒

八年繞膝今成夢傷心不堪回首掌上珠沈懷中月冷恰是燒燈時候韶光依舊歎一現曇花罡風吹瘦盼爾重來今生已矣那能彀 聰明怎偏不壽檢斷紙零箋淚痕盈袖（女爲仿字甚工每見壁上對句必用筆摹寫盡善病前不遠猶寫數紙藏篋中）書飄渺泉臺淒涼人世幾箇黃昏清書茶前飯後每誤喚兒餐寸心酸透奠椒漿冥途知也否

前調

哭山雲姪

朝來忽接驚心報憶別光陰非久濟世才華匡時抱負天不假其年壽關山回首痛病骨支離吟箋猶袖（調夫姪孫來信云病革時猶袖予詩句吟詠不輟）此語淒涼予腸斷矣淚如[illegible] 記送歸舟時候感往日書來殷勤問又煮茗清談題箋和韻正是小庭春晝而今知否歎泉路茫茫空澆殘酒爲賦哀詞衷懷已酸透

前調

寒窗人悄雨夜燈昏黯黯離愁盈盈客思信筆賦此以寫悶懷

雨聲不盡離人恨宵來倍添情思抱影迴燈偎衾卸髻待睡又還休睡消紅減翠歎聚散匆匆泥人清淚縮地無由柔腸不飲已如醉 黃昏悄然門閉正瓶花玉凍爐烟香細漏永寒添幃低風峭誰識此時滋味愁來怎避想秋月春花碧窗幽意下九初三予懷渺天際

一剪梅

病骨初痊離懷易觸因寄夫子皖江信匆匆附書二闋於尾

病骨逈寒瘦不支倚着牀兒偎着衾兒不言不語強支頤想起行期望到歸期　江闊天空雁倦飛雨也霏霏雪也霏霏小窗風靜篆烟微燭剪窗西人憶窗西

臺城路

又

年來憔悴腰圍減無眠每看侵曉錦幔圍香銀篝倚玉風雨送春歸早天涯芳草問別後而今怎生懷抱絲是無聊屋梁月落畫屏悄　倦遊回首堪憶憶酒痕碧凝燭花紅小篆裊清愁塵封匣鏡絲鬢催人易

老相逢最好奈地北天南夢雲難到欲寄音書雙魚江上杳

前調

壬子七月二十夜紀夢

銅壺蓮漏聲頻滴蓉枕夜涼初倦酒力消慵愁腸暫解夢到何方庭院花如人面看曲曲銀屏碧天雲漢玉宇瓊宮神仙莫是舊時眷　低徊者般依戀奈怯怯柔魂曉風吹轉翠幙燈昏篆爐香燼零落鈿蟬金燕琉璃匣畔怕彈指華年等閒偷換悶壓鴛衾袖羅絲寶釧

轉應詞

寄禾中孫葆麓弟

明月明月記照還鄉時節扁舟小住鴛湖惆悵天涯隙駒駒隙駒隙回首倦遊愁絕

浣溪沙

細雨霏微疎燈明滅舊遊如昨人感重生幻夢疑烟情悲隔世明明玉鏡晚妝慵寫雙蛾薄薄羅衾瘦骨自憐新病春蠶未死空餘舊日纏綿秋燕慵飛已識營巢辛苦琉璃硯匣一任塵生綺麗花晨何須簾捲紅蔫綠悴好

句遲拈月暗雲迷盡闌怕倚雪鴻蹤迹浮生何啻萍蓬草木形骸幻質非同金石塵緣雖悟客思難消旅館清寥聊成短闋信筆直書殊不覺愁痕之深也

悶倚龍鬚八尺牀隔簾微雨送淒涼銀釭剔了又昏黃　夢欲尋時偏寐少事難言處最情長不堪回首耐思量

前調

題菊花便面為宗友石作

采采東籬菊正黃西風簾捲近重陽揮毫寫得幾痕

霜　雅韻也如人意淡秋容偏耐月波涼高懷晚節豈尋常

減字木蘭花

爲宗友石畫梅

暗香清絕獨抱冰心幽韻別疎影橫斜玉作精神雪作花　雲階月地回首孤山添客思寫向窗前疑是飛來姑射仙

金縷曲

謝答張海門太史

落寞天涯客避烽烟東皋小住自傷萍迹故國迢迢

千里遠憔悴低飛倦翮回首處流光虛擲漫說黃金堪作屋奈立錐無地乾坤窄顧稚弱悵巾幗　塵沙撲面何由拭望前途茫茫身世不勝淒惻惟有高懷知拙計穩護一枝棲息勞雅意殷勤培植我欲報公難以報祗畢生感佩存胸臆吟短句藉松墨

前調

和宗友石韻

捧得瑤華句向晴窗迴環雒誦瓣香重炷戛玉敲金誇絕調久仰先生名著雙管筆鸞翔鳳翥白傅高懷貪隱逸伴林泉種竹雲深處超塵境樂眞趣　閨中

木學勞虛譽愧微才未工織錦難追詠絮辛苦天涯傷寄迹客裏年光偷度空夢斷故鄉雲樹不盡滄桑身世感悵窮途飄泊誰青顧愁如許那堪訴

如夢令

題秋海棠便面

露濕玉階時候妝點秋容消瘦試寫畫中看脂暈粉香盈袖知否知否淸影憐他如舊

金縷曲

再疊前韻答友石先生

敏捷成奇句走龍蛇烟雲落紙蘭釭添炷斗酒百篇

誰得似名共謫仙爭著非凡格所能隨翥雛鳳聲淸應並繼定他年穩步靑雲處（先生兩賢嗣俱穎悟異常不可限量）萊衣舞得天趣　九齡稚子邀深譽賜琳瑯珠璣一卷豈同吟絮襲錦薰香常展讀此是慈航普度等七尺珊瑚瓊樹（先生以大作示幼子并賜教言感何如之）惟我俗懷殊碌碌索枯腸恐誤殷勤顧陳腐語勉申訴

沁園春

爲梅閣姊丈題美人小幅

乍展鴛溪忽驚鴻影依稀個人看雲鬟初攏淡妝增艷柳眉如畫遠黛微顰淺暈紅腮香籠翠袖鴉綠單

衫穩稱身端詳處似當年何地曾見眞眞　嫣然別
樣丰神怎無語含情帶薄嗔任千聲低喚未迴嬌盼
一燈相對難問仙津飛燕輕盈綠珠明媚嬾步凌波
不染塵銀屏悄擬量珠十斛買取芳春

金縷曲

題卜母蔣太夫人詩卷

三復悲涼語寫平生艱難況味傷心幾許鏤雪裁冰
詞一卷節孝千秋昭著霜夜冷青燈機杼風木空餘
人子恨更孤鸞鏡影尤淒楚松筠志耐寒暑　無端
驟雨摧瓊樹幸天公栽培深意賢孫繼祖雛鳳聲清

堪慰望萬里雲程健羽應不負當年辛苦愧我吟懷
殊草草勉題箋敢步騷壇主謂集中諸公題句　欽佩意賦金
縷

雙調南鄉子

題美人畫幅

深院杏花天垂柳絲絲未作綿宜雨宜晴人意倦窗
前覓句聊題玉版箋　無語聳吟肩懶畫脩痕黯自
憐聞說江南風景好華年羅綺爭誇富貴仙

賀新涼

題宗友石小影

一幅雲藍紙寫少文悠然獨立胸襟如此蝸角蠅頭
何所計世態任他非是又豈羨等閑青紫李杜文章
歐柳筆擅詞壇風雅閒退遜清名盛久傾耳　杖鄉
時節居鄉里享林泉優游清福有誰能比松柏歲寒
姿益茂鶴算頻添無已好閉戶開研經史酒盞詩筒
塵俗遠更輕衫羽扇傳神似識者相共瞻覷

點絳唇

題斷簡殘篇便面

檢點零星香薰錦襲留餘馥長篇短幅曾飽文人腹
字蝕蟲殘何處牙籤簇愁重讀當年珍惜為有千

鍾粟

減字木蘭花

寫扇頭菊花為周紫卿姻嫂夫人作

重陽時候簾捲小窗涼乍透弄粉調脂試吮霜毫點
染遲　晚香幽艷雅韻三秋應獨占一握風清遙企
芳儀未識荊

前調

宗友石囑題其友人畫紅樓夢歌伶紈扇

卽空卽色幻境荒唐人不識恨海情天黃土朱顏儘
可憐　韶華難駐幾箇聰明能覺悟曲度雲屏多少

紅樓夢未醒

憶秦娥

題陳卓齋姬人雪窗梅影遺照

空勞憶曇花一現傷心色傷心色雪窗夢冷雲階月黑冰肌玉骨曾相識暗香清影添淒惻添淒惻返魂無計佳人難得

賀新涼

錢奎卿見貽佳句又爲余蓮因室稿作序賦此以謝

耳熟清名久數東皋騷壇名士君應居首健筆凌雲誰得似合稱才量入斗定不讓當年歐柳何幸蕪詞勞染翰賜題箋敏速誇神手九天外落瓊玖 浣薇三復臨窗膩好珍藏襲之古錦常攜座右末學閨中何足道下里聲同瓦缶類雅韻冀傳不朽自愧客途無以報勉濡毫敢步詩人後吟短句代樽酒

菩薩蠻

爲徐東園寫梅竹便面

江南江北春光好一枝嶺上開偏早占得衆芳先凌寒瘦影妍 羅浮清夢足翠倚瑯玕玉寫向畫中看香飛上筆端

明月生南浦

題錢奎卿詩詞集

攜來戛玉敲金句不棄荒蕪囑我從頭註價重雞林雲錦護閨中竊恐塗鴉誤 迴環雒誦匪朝暮一爽塵襟似嚼寒梅素想見吟成誇七步珊瑚筆底花常吐

其二

評花醉月才人事倚馬千言獨樹騷壇幟開府參軍多逸思清新別具天然致 琳瑯一卷藏瑤笥麗句仙心密密珍珠字此日胸存湖海志他年風送摩天翅

其三

新聲響過穿雲裂鄭重題箋字字霏香屑鳳吹鸞鳴清韻別艷花風舞迴瓊雪 西窗有客堪愁絕回首蟾光幾度圓還缺不盡羈懷增感咽長生何處求仙訣（曾爲予題西窗坐月圖小影）

其四

百篇斗酒文何綺好句拈來寫徧銀光紙午夢未成推枕起捲簾讀向松風裏 驪珠一串差堪擬楚客工愁寫出愁如此階下秋花涼玉蘂薜蘿烟冷懷湘

水日昨又以詠盆蘭秋海棠詞見示

其五

自憐憔悴低飛翮宦海浮沈往事餘鴻迹西子湖邊烟水碧平山堂下繁華易　而今又作東皋客百感中來天地爲之窄祇合逃禪聊自適藥爐經卷虛堂夕

其六

雨過銀屏風暗度雲洗天空又見冰輪出窗下水沈香細護五銖衣薄涼生素　擬欲報瓊還又住幾度裁箋自愧難追步減盡吟懷無好句宵深自把蘭釭炷

民國十年歲在辛酉春日閱畢

蓮因室詞集終

跋

余與　徐若洲表兄論交最深因得聞其淑配　鄭孺人之德幷悉其談禪之妙辛酉夏　孺人自知不起作書遍別親知述大去之期余初以爲駭既而噩耗果驗聞者無不愴然嘗　孺人之病革也有金光出牖間左右皆見其得證善果於此可信卒之日喆嗣花農甫十一齡越十四年花農登賢書時方居楊大中丞幕府因以遺集付梓閱月而成名賢俱有題咏余喜　若洲表兄之有子而又幸　孺人之翰墨於焉不朽也因綴此以誌欽佩至其敬承先志益振家聲則花農事也幸自愛之乙亥冬月仁和許樾身謹識

附記

悲哉　先母之可傳者不僅詩詞也而今之可見者祇此矣猶憶琪八九齡時　先君服官揚州琪隨侍先母居如臯每篝燈課讀漏三下始罷恆謂琪曰爾母以我爲嚴也爾之成立未知吾及見否豈知未及成立而　慈顏已不可復覩耶此集之未刻也舊有都梁香閣蓮因室兩集咸豐癸丑揚城告警　先母倉皇出避惟奉

高廟御賜詩卷及家乘宗像以行而兩集遂失居如臯時默錄一卷與嗣後所得皆題爲蓮因室集卽今

所刊本也顧琪夙遭憫凶甫十一齡　先母卽已棄養　先君取遺集授琪曰爾善藏之爾母一生行事俱見於斯吾將梓以行世也乃釋服一月而　先君又見背事遂不果三年之中兩遭大艱既無伯叔終鮮兄弟家之多難於茲爲極當是時也依親串以居者數年迨丁卯應試南歸始以筆耕自食然饑驅奔走南北靡定故謀付剞劂而屢未果也乃　當世名公鉅卿不以琪爲譾陋爭欲引而進之因得以　先人遺集質於諸公之前　俞蔭甫師欣然爲製家傳並貺題詞　彭雪琴侍郎又爲署檢於是幽光潛德煥然頓彰琪竊深自慰也會　中丞石泉師招入幕府箋牘多暇遂以　兩親著作俱付手民蕆將並行於世値琪謬登賢書匆匆計偕北上　先君一集卷帙較繁尙未蕆事而是集已竣凡得詩二卷詞一卷家傳序言以次分列　中丞師覩是編之告成也代爲之喜手題五言詩四章且謂琪曰賢母之敎於此可見一斑矣爾其勉乎哉琪謹聆是語悲感交集自念學殖淺薄知識茫昧而動邀知遇之賞雖由愛士者之不遺葑菲殆亦　先人之餘澤未墜乎使今日

高堂無恙及見斯集之成或亦慰藉於萬一而此

時昊天罔極望雲徒悲則是集也亦猶桮棬之空存也安忍展觀哉乙亥嘉平中浣男琪百拜謹識